博雅撷英

张伯伟 著

中国
诗词曲
史略

图书在版编目（CIP）数据

中国诗词曲史略 / 张伯伟著. —北京：北京大学出版社，2022.10
（博雅撷英）
ISBN 978-7-301-33331-0

Ⅰ.①中… Ⅱ.①张… Ⅲ.①诗歌史–中国 ②词曲史–中国 Ⅳ.① I207.209 ② I207.23

中国版本图书馆 CIP 数据核字（2022）第 166971 号

书　　　名	中国诗词曲史略
	ZHONGGUO SHICIQU SHILÜE
著作责任者	张伯伟　著
责 任 编 辑	张文礼
标 准 书 号	ISBN 978-7-301-33331-0
出 版 发 行	北京大学出版社
地　　　址	北京市海淀区成府路 205 号　100871
网　　　址	http://www.pup.cn　　新浪微博：@北京大学出版社
电 子 信 箱	pkuwsz@126.com
电　　　话	邮购部 010-62752015　发行部 010-62750672　编辑部 010-62767315
印 刷 者	涿州市星河印刷有限公司
经 销 者	新华书店
	650 毫米 ×980 毫米　16 开本　22.75 印张　375 千字
	2022 年 10 月第 1 版　2022 年 10 月第 1 次印刷
定　　　价	88.00 元

未经许可，不得以任何方式复制或抄袭本书之部分或全部内容。
版权所有，侵权必究
举报电话：010-62752024　电子信箱：fd@pup.pku.edu.cn
图书如有印装质量问题，请与出版部联系，电话：010-62756370

目　次

新版前记 …………………………………………………………… 1
导　言 ……………………………………………………………… 5

上编　诗歌史略

第一章　"诗"字原始观念的形成及其流变 ……………………11
第一节　"诗"字古义检讨 ………………………………… 11
第二节　"诗"的观念从宗教到人文的展开 ……………… 13
第三节　从"诗"的早期观念看中国诗学的若干特质 …… 19

第二章　温柔敦厚和香草美人
——中国诗学的初建 …………………………………… 23
第一节　春秋战国时期诗歌的地域性 ……………………… 23
第二节　"《诗经》学"上诸概念的诠释 ………………… 26
第三节　《楚辞》的兴起 …………………………………… 41

第三章　秦汉大一统制度下的诗歌 ……………………………… 53
第一节　秦汉文化政策及其对诗歌的影响 ………………… 53
第二节　乐府诗的消长 ……………………………………… 57
第三节　文人五言诗的形成与成熟 ………………………… 67

第四章　士人之诗与贵游之诗 …… 73
第一节　"五言腾踊"的建安诗坛 …… 73
第二节　士人之诗的系列及特征 …… 80
第三节　贵游之诗的系列及特征 …… 94

第五章　唐诗的发展 …… 114
第一节　南北文风的交融和唐诗面貌的形成 …… 115
第二节　盛唐气象 …… 123
第三节　唐诗的新变局 …… 136

第六章　宋诗的特征及其形成 …… 149
第一节　宋诗产生的文化背景 …… 149
第二节　宋诗的发展及其特征的形成 …… 154

第七章　少数民族诗人的崛起 …… 172
第一节　辽　朝 …… 174
第二节　金　源 …… 177
第三节　元　代 …… 182
第四节　清　代 …… 188

第八章　域外汉诗总说 …… 194
第一节　朝鲜半岛汉诗 …… 195
第二节　日本汉诗 …… 206

下编　词曲史略

第九章　词体的形成 ······ 229
　　第一节　词体的起源——音乐与文学 ······ 229
　　第二节　词体的形成——从《云谣集》到《花间集》 ······ 231
　　第三节　诗词异同——兼论词体的特征 ······ 236

第十章　两宋词的发展 ······ 244
　　第一节　从伶工之词到士大夫之词 ······ 244
　　第二节　慢词的创新与词境的升华 ······ 248
　　第三节　格律词和豪放词的发展 ······ 255

第十一章　清代词学的"中兴" ······ 272
　　第一节　清初词坛 ······ 272
　　第二节　清词流派 ······ 278

第十二章　散曲的形成与特色 ······ 292
　　第一节　散曲的渊源与形成 ······ 292
　　第二节　散曲的特征 ······ 297

第十三章　散曲的发展 ······ 304
　　第一节　元散曲 ······ 304
　　第二节　明散曲 ······ 316

第十四章　从旧诗到新诗 …………………………………… 327
　　第一节　传统诗词曲中白话因素的演变 …………………… 328
　　第二节　新诗的发展 ………………………………………… 335

参考文献 ………………………………………………………… 346

新版前记

公元二三世纪之交的拉丁诗人泰伦提雅努斯·马乌（Terentianus Maurus）曾经说："书籍自有命运。"（Habent sua fata libelli.）诗人的话常常可以有不同的理解，对我来说，这句话很适用于本书。本书原是"中华文化通志"中的一种，1992年的《光明日报》上曾广撒"英雄帖"，向全国征集各志作者。《艺文典》主编是刘梦溪先生，他似乎对《散文小说志》和《诗词曲志》的应征者不甚满意，所以亲自约稿，前者由北京大学陈平原教授撰写，后者则由我承乏。写作工作始于1993年，主要完成于1994年，1995年初交稿，1998年由上海人民出版社出版。百部巨帙，堪称豪华。但令人遗憾的是，赠送作者30册样书以外，全书以成套出售的方式发行。所以除了经济实力较强的图书馆入藏，个人几乎无力拥有。她虽然曾经作为国家领导人出访美国时的礼物蒙受殊荣，却很难成为普通读者案头邺架之物。这与我写作本书的初衷是不相合的。也许是看到了这个问题，十多年前上海人民出版社曾希望单独印行本书，或照旧或增写，而我当时忙于域外汉籍研究事业的开拓，兴趣被"瑰奇异境"所吸引，无心"却顾所来径"。四五年前，江苏人民出版社意欲出版本书，那时，"拨弄旧琴弦"的工作已不至于使我厌烦，如果编辑稍加督促，也就不会功亏一篑了。前年北京大学出版社张文礼先生再提此节，并且列入议事日程，我终于决定摆脱琐事，利用今年寒假完成了本书修订，她也终于有机会以平凡的形象与读者见面了。的确，"书籍自有命运"！

说是修订，其实更动极为有限，只是调整了若干字词语句的表述，改正了个别讹误而已，书名则易为《中国诗词曲史略》。中国拥有悠久的文学历史，如何保存、呈现这些伟大作品，描述、阐释卓越文学家的伟大创造，历代人都为之付出了巨大努力。现代学术诞生以来，又有很多外国学者加入了努力的行列，他们以各有异同的立意、视野、取材、剪裁向世人呈现了丰富多姿的中国文学的面貌。而本书的呈现，也是有其特定视角的。郑樵说"古者记事之史谓之志"，其著作追求的是"会通之旨"，意欲"总天下之大学术而条其纲目"(《通志总序》)。本书无此奢望，但也追求能将中国诗词曲当作一个整体而"条其纲目"，使普通非专业读者对于中国诗学的特征、演变、价值和意义有一基本认识。所以，本书既不刻意追求独创性，也不列举炫耀稀见文献，只是对被历代公认为"杰作"的作品以及它们之间的关系作了个人解读。而"杰作"的选择标准，也往往以被我记住的作品为基础（这不完全是出于对自我的依赖，更主要的原因是篇幅限制），我确定这不是一份冗长的清单，但可能因此而与很多读者记忆中的作品相吻合。当然，作为"文化通志"之一，本书会着重考察随着这些作品带入的文化印痕，并力图透过审美活动加以开发研讨。2010年孙康宜、宇文所安（Stephen Owen）主编的《剑桥中国文学史》出版，此书集合了众多美国名校的名教授执笔，其写作方法，据主编序言所说，是"采用更为综合的文化史或文学文化史视角"，从而成为该文学史重要的和主要的特征与贡献。而在上世纪末出版的本书，采取的恰好也正是上述视角，但篇幅不足其书的三分之一，这表明我的叙事远远少于我的省略。但愿能够借用贡布里希（E. H. Gombrich）在其《艺术的故事》第十六版前言中的话："某一方面的任何所得都可能导致其他方面的所失……但是我真诚地希望所得远胜于所失。"

如果今天重写本书，我想应该有两个方面可以得到改善：一是知识上的，随着年龄的增长和阅历的扩大，在知识的全面性方面，今天总是比过去更为均衡，这足以使某些章节的论述可以避免匆忙和肤浅；二是观念上的，经过三十年来对域外汉籍的耕耘，我会更加注重文化间的相互碰撞和影响，在讨论中国少数民族和域外汉诗的时候，不过于强调汉文化的同化力和辐射性，而是尽力展现文化交流中的双向互动。同样，在讨论20世纪新诗的形成、发展和演变时，除了纵向梳理传统诗词曲中白话成分的逐步增强，对于翻译文体和外国文学的影响作用，也会增加评价的强度和力度。最明显的一例，中国20世纪文学史上第一首白话新诗，是胡适在1916年7月22日写的《答梅觐庄——白话诗》，但他却将自己在1919年4月1日发表的《关不住了》视为"我的'新诗'成立的纪元"(《尝试集·再版自序》,1922年),而这首白话诗实际上是对美国女诗人萨拉·梯斯苔尔(Sara Teasdale)"Over the Roofs"一诗的翻译。翻译文体对于中国现代新诗在语体上的示范,至今还是缺乏深入研究的。如果今天重写本书,我会努力探索这些诱人的问题。毫无疑问,我当然也会容纳新的参考文献。

然而就整体上来说,我对本书论述的基本框架和结论仍然持肯定的意见,这也就是为什么我愿意维持其原貌让她重新面世的原因。最初交出书稿时的我——36岁,如今再次出版时的我——63岁,时隔27年重新打量这部著作,让我想起意大利学者兼作家翁贝托·艾柯(Umberto Eco),他在26岁撰写了《中世纪之美》一书,54岁为该书的英译本写《再版前言》,其中有这么几句话:"在这本小书中,我以年轻学者的笨拙方式讲述了一个故事,但时至今日,我依然相信这个故事。"我对此深有同感。

今天在南京降下了2022年的第一场大雪,窗外是一片银装素裹的世界,不知什么时候,脑海里飘来两句陶渊明的诗——"倾耳无希声,在目皓已洁"。

2022年2月7日写于百一砚斋

导 言

本书所论述的，是以汉语为表现媒介的歌诗词曲，在中国文化的影响中产生和变迁的历史。

"歌"有徒歌和入乐之分，徒歌亦称为"谣"。《诗经·魏风·园有桃》云："心之忧矣，我歌且谣。"《毛传》云："曲合乐曰歌，徒歌曰谣。"从文体的意义上说，歌谣是接近于诗的。徐师曾《文体明辨序说》云："孔子删诗，杂取周时民俗歌谣之辞，以为十五国风，则是古之有诗，皆起于此，故又通谓之诗。"所以歌、谣、讴、诵、辞、谚，皆可通之于诗；前人论述诗体的起源，也往往上溯于歌谣。本书以"诗歌史略"为上编，包括了古今体齐言和杂言诗、乐府及歌谣。词、曲都是先有曲调，然后根据其节拍配上歌词演唱，所以是"由乐以定词"（元稹《乐府古题序》，《元氏长庆集》卷二十三）的。宋翔凤《乐府馀论》说："宋、元之间，词与曲一也。以文写之则为词，以声度之则为曲。"从文字的角度看是词，从音乐的角度看就是曲。前人也往往将词曲并论，如王易的《词曲史》、龙榆生的《词曲概论》等。本书以"词曲史略"为下编，其中"曲"只限于散曲，不包括杂剧和传奇。广义地说，这里的歌诗词曲都可以用"诗"来统摄；因此，本书所论述的对象，也就可以说是中国诗学。

本书原为"中华文化通志"中的一种，这决定了其论述的范围、重点以及写作方式有别于一般的诗歌史或词曲史论著。

本书涉及的时间段，从《诗经》时代直至20世纪40年代，约有两千五百年。作为精神文化的集中体现之一的文学，其产生和变迁的过程，也往往体现出文化的变迁。中华民族是一个多民族共同体，在民族文化的融合中，文学是一个极其活跃的因素。在历史上，也出现了大量少数民族的优秀诗人，他们用汉语为表现手段从事创作，因而大大丰富了中华民族的诗歌宝库。本书列专章讨论少数民族诗人的创作，正是着眼于民族之间的文化交流与融合。在更广泛的范围中来看,汉文化不仅对于少数民族,而且对于周边接壤的邻邦也产生了很大的影响。作为汉文化组成部分之一的汉文学,在朝鲜、日本和越南的文学史上也曾经被视为正统文学。域外的许多优秀诗人,也曾用汉字写作了大量表达他们的思想感情的作品。这些作品,既受到中国文学的深刻影响,又往往带有异域的馨香。从文化的传播与变迁的角度看,认识域外的汉诗学,有利于从整体上了解汉文化,使人们在了解汉文化的主流之外,更能了解各汉文化支流与主流、支流与支流之间的关系及各自的特色。正因为如此,本书将域外汉诗也置于讨论的范围之中,以期从一个侧面说明中国文化对域外的影响。

精神文化在开创时期是特别值得注意的,这种开创意味着文化由原始阶段进入高级阶段时人类精神的突破和宗教传统的开端。相对于未来,她是开创的;而相对于过去,她又是转折的。传统的特殊性往往决定于这个时期,所以德国哲学家卡尔·雅斯贝尔斯(Karl Jaspers)将人类文明进程中的这一阶段称作"轴心时代"(Axial Age)。从文化的角度看诗学,则一个民族诗学的特殊性也往往奠基于其开创阶段。由此而导引出本书的两个写作重心:一是注重中国诗学初创期的讨论,它包含两方面的意义,即观念上和技巧上;二是注重中国诗学转型期的讨论,它也包含两方面的意义,即题材上和审美趣味上。而对于缺乏这种初创和转型意义的部分,如叶燮指出的"自宋以后之诗,不过花开而谢,花谢而复开"(《原诗》内篇下),则略言之。

从文学角度认识文化,当然也须注意文学自身的特点。韦勒克(René Wellek)与沃伦(Austin Warren)在其名著《文学理论》中,曾引用贝特森(F. W. Bateson)的一段话说:"真正的诗歌史是语言的变化史,诗歌正是从这种不断变化的语言中产生的。而语言的变化是社会和文化的各种倾向产生的压力造成的。"作者同时又加以修正道:"语言与文学的关系是一种辩证的关系,文学同样也给予语言的发展以深刻的影响。"[①] 所以,注

[①] 韦勒克、沃伦:《文学理论》,刘象愚等译,生活·读书·新知三联书店1984年版,第186—187页。

重诗歌语言的变迁，也就成为本书的另一个重心。语言的变迁包括句型上的四言、五言、七言、长短句和自由体，词汇上的古语、新词、方言和口语，句法上的对偶、平行、倒装，以及韵律上的平仄和押韵等。由四言发展至五七言、长短句，由诗而词而曲而新诗，所反映的也是诗歌语言逐渐向接近自然的语言靠拢的趋势。

中国是一个有着悠久的诗歌历史的国家。在诗教传统的影响下，中国诗人对于当时的政治生活和社会思潮的敏感性，在世界文学史上也是相当突出的。现代评论家往往指出我们的文学传统中缺少"纯文学"的观念，太多的作品中含有道德训诫和政治讽谏的意味；即便是表达男女爱情的诗歌，其中也往往寄托着君臣遇合之感。用这样的眼光从整体上来概括中国诗学，难免失之片面，但以上的指陈也的确说明了中国诗学中的一个重要方面。由于研究视角的不一，许多优秀的有关诗词曲史论的著作，未能充分地展现那些极大地影响了中国诗学面貌的各种文化因素。这一缺憾，希望能够在本书中得到一定程度的弥补。同时，本书较少对作品进行纯文学的鉴赏和分析，也是由题旨本身所决定的。

总之，想在一本篇幅不大的书中，描述两千五百年诗歌词曲的复杂而曲折的变迁史，挂一漏万诚为难免，顾此失彼竟是追求。清人王士禛论诗云："诗如神龙，见其首不见其尾，或云中露一爪一鳞而已，安得全体？"（赵执信《谈龙录》引）借用其语，透过本书对中国诗学的"一爪一鳞"的描述，读者或许也能联想到首尾完好的"龙"的全身吧；透过对其屈伸变化的过程的勾勒，或许也能预示其继续腾飞的方向吧。

上编

诗歌史略

第一章 "诗"字原始观念的形成及其流变

第一节 "诗"字古义检讨

文字产生以前，初民的口头创作，在世界各民族的历史上，都可以追溯至远古时期，口头创作的歌谣就是诗的前身。这一点，中国古人已有明确认识。如孔颖达曰："上古之时，徒有讴歌吟呼，纵令土鼓、苇籥，必无文字雅颂之声。"又曰："讴歌之初，则疑其起自大庭时矣。"①大庭是神农的别号。孔氏认为其时虽可能有乐器，但未必有文字，所以只能说是口头讴歌，而不可谓之诗。歌谣是诗的先驱，因而今天考察"诗"的古义，先要考察"歌""谣"二字。

"歌"的古文作"謌"，金文作"訶"，从"口"，与言字合体则为"訶"和"謌"，假借为歌舞之"歌"。②"可"字从"口"（廿）从"丂"，据白川静说："'廿'是存放祝词的器物，加入祝词，器物口微开之形即为'曰'（曰）字，'曰'既是向神的诉说，也意味着神旨托附之词。"③至于"丂"，陈梦家认为"就是呼号的号"，和舞蹈一样，呼号（歌）也是巫术的一种。④

和"歌"联系在一起的是"谣"。"谣"也是祭祀仪式中的语言，金文写作"䚱"，左边是言上加肉，表示供神和祈祷；右边是系，"谓欲交接于鬼神而以品物为系属也。"⑤由此可知，作为"诗"的前身的歌谣，

---

① 《诗谱序正义》，《十三经注疏》，中华书局1980年影印版，第262页。
② 详见周法高编《金文诂林》卷五上，香港：香港中文大学出版社1974年版，第2986页。
③ 见《中国の古代文学》（一），东京：中央公论社1980年版，第122页。
④ 《商代的神话与巫术》，载《燕京学报》1936年第20期，第539页。
⑤ 于省吾《甲骨文字释林》，中华书局1979年版，第29页。关于"䚱"的解释，此处参考了白川静说。曾宪通《说䚱》一文以为乃"䚱"字之象形，载《古文字研究》第十辑，中华书局1983年版。

其内容都是与宗教祭祀、巫术表演有关的。

早期"诗"的概念又是怎样的呢？甲骨文和金文中都没有"诗"字，根据可靠的古典文献记载，"诗"字最早出现于《诗经》中：

  吉甫作诵，其诗孔硕。其风肆好，以赠申伯。(《大雅·崧高》)
  矢诗不多，维以遂歌。(《大雅·卷阿》)
  寺人孟子，作为此诗。凡百君子，敬而听之。(《小雅·巷伯》)

这三篇作品的写作年代大致可考。《崧高》的作者是兮伯吉甫①，作于宣王朝（前827—前782）。《卷阿》一诗，据《毛诗序》所说，乃召公贻成王（前1104—前1068年在位）之作，傅斯年则认为此诗作于厉王或宣王时，即公元前9世纪到前8世纪，其说多为现代学者所采纳②。至于《巷伯》一诗，《毛诗序》以为作于幽王（前781—前771年在位）时，班固《汉书·古今人表》列"寺人孟子"为厉王（前877—前842年在位）时人，或为《齐诗》之遗说。总之，在公元前9世纪，甚至可以追溯到公元前11世纪，"诗"的名词已经出现。而且根据《卷阿》的例子，此时的"诗"和"歌"也已经有所区别。"诗"字显然是指用语言文字固定下来的思维表达，它是一种语言艺术，而与作为音乐艺术的"歌"相比，是具有另一特征的。

然而这未必就意味着"诗"字的原始意义。从字源学（etymology）的意义上考察某一概念的形成及演变，在中国古代，是用训诂字义的方式以求原始字义，在西方，这种研究方法也颇有影响力。其基本过程是先寻找出某一字的原形原音，由其音、形以求其义，并进而寻求原字与孳乳字之间的关系。例如，从《说文》开始对于"诗"的诠解，都是与"志"联系在一起的，近现代的学者也多主张"诗"和"志"原本是一个字，它们都本于"之"③。陈世骧更进一步指出，"诗"字的字根"㞢"，其意义一方面是"之"，另一方面又是"止"，而"诗"字乃是在更高的

---

① 此王国维说，见《兮甲盘跋》，载《观堂集林》卷二。《毛诗序》以为此诗作者为尹吉甫。
② 参见《傅斯年全集》第一册《诗经讲义稿》"大雅的时代"节，台北：联经出版事业公司1980年版。
③ 这一观点可以朱自清《诗言志辨》为代表，文载《朱自清古典文学论文集》（上册），上海古籍出版社1981年版。

意义上将这矛盾的二义综合提进到一个"升华的统一",认为"诗"字的原始含义,是"蕴止于心,发之于言,而还带有与舞蹈歌永同源同气的节奏的艺术"。①而周策纵在对甲骨文和金文的有关字形的研究之后,从字形上分析出由"之"如何演变成"诗",并特别指出了其原始意义和宗教的关系,得出了这样的结论:

> 汉字"诗"是从基本符号 ⊌ 发展到 ⊔,再发展到 ⊔（寺）,⊔ 有指祭祀中伴随着某种动作、音乐、歌诗和舞蹈的一种特定行为的意义。后来,当强调音乐、歌诗和字词等方面时,就造出了"時",而后者终于变成了"诗"。②

在目前的研究状况下,我们不妨将这一结论暂时接受下来。

第二节　"诗"的观念从宗教到人文的展开

对"诗"字的原始意义的探讨,从文化史的角度来看,其实并不在于是否确切厘清此字的原义如何,而在于通过字源的探索,或许可以发现某一观念的演变痕迹,从而产生一种新的认识。

宗教作为人类文化发展进程中的一种阶段性的必然现象,在各个民族的文化史上都出现过。在中国,传说中的帝颛顼时代便是以宗教为核心的。《大戴礼记·五帝德》说他"依鬼神以制义",也就是"说他是大巫,他是宗教主了"③。作为原始公社的末期,当时社会的特征就是"民神杂糅,不可方物;夫人作享,家为巫史"(《国语·楚语下》)。下逮殷商时代,这种宗教气氛仍然相当浓烈。宗教领袖即为政治领袖,"王者为群巫之长"④,表明巫师已与王室结合起来。甲骨文和金文中都有"巫"字。巫的职能,据陈梦家说,有以下五种:祝史、预卜、医、占梦、舞

---

① 《陈世骧文存》,台北:志文出版社 1975 年版,第 50、60 页。
② 周策纵撰,程章灿译《"诗"字古义考》,载《古典文献研究(1991—1992)》,南京大学出版社 1994 年版。
③ 徐旭生《中国古史的传说时代》(增订本),文物出版社 1985 年版,第 76 页。
④ 陈梦家《商代的神话与巫术》,载《燕京学报》1936 年第 20 期,第 535 页。

雩①。所以古代的乐、舞、诗（这本是结为一体的）都曾托附于巫。《说文》记载：

> 巫，祝也。女能事无形，以舞降神者也。象人两褒舞形。②

《尚书·尧典》：

> 八音克谐，无相夺伦，神人以和。

《周易·豫卦》"象辞"曰：

> 雷出地奋，先王以作乐崇德。殷荐之上帝，以配祖考。

如果上文对"诗"字古义的推测离事实不远的话，那么，诗歌原本也是依附于宗教的。早期诗歌的内容不外两个方面：一是有关生产劳动，一是有关宗教祭神。尽管现存的文献大多出于后人的记载，但多少也反映出远古的遗迹。

> 伊耆氏始为蜡，蜡也者，索也……曰："土反其宅，水归其壑。昆虫毋作，草木归其泽。"（《礼记·郊特牲》）
>
> 今日雨。其自西来雨，其自东来雨，其自北来雨，其自南来雨。（三七五）③（《卜辞通纂》）

---

① 陈梦家《商代的神话与巫术》，载《燕京学报》1936 年第 20 期，第 534 页。有关这方面的最新研究，可参看张光直《商代的巫与巫术》，收入其《中国青铜时代二集》，生活·读书·新知三联书店 1990 年版。

② 尽管这一文字上的说明受到了当今一些文字学家的质疑，以为"舞"字由"无"演变而来（见李孝定编述《甲骨文字集释》，台北："中研院"历史语言研究所 1965 年版，第 1927 页）。不过据文献记载，早期的舞蹈围绕着宗教却是不可否认的事实。如夏朝的九代、九辩、九招皆为巫舞；卜辞中常见的"今田巫九〔备〕"，据于省吾说："即'今用巫九摇'也……'巫九摇'犹言巫九舞。古者歌舞恒以九为节，巫祝以歌舞为其重要技能，所以降神致福也。"（《甲骨文字集释》，第 1595 页）《墨子·非乐》："先王之书，汤之官刑有之，曰：其恒舞于宫，是谓巫风。"《河图玉版》载："古越俗祭防风神，奏防风古乐。截竹长三尺，吹之如嘷，三人被发而舞。"甚至《周礼·春官宗伯》还这样记载："司巫掌群巫之政令，若国大旱，则帅巫而舞雩。"

③ 汉乐府中有《江南》一首："江南可采莲，莲叶何田田。鱼戏莲叶间。鱼戏莲叶东，鱼戏莲叶西，鱼戏莲叶南，鱼戏莲叶北。"沈德潜《古诗源》卷三评为"奇格"，这或许是由于他生世较早，未见卜辞之文。

现在读到的《诗经》中虽然也还有一些祭祀的作品，但其重心显然已经有所改变，即在原始宗教中注入了一种新的精神。例如，甲骨卜辞中有不少是以求雨为内容的①，包括命辞、占辞和验辞。作为一种祈祷辞，总是将最后的决定权归之于上帝，而人所能做的，就只有对上帝的祈求膜拜。陈梦家《殷虚卜辞综述》的"卜雨之辞"中曾经举出以下例子：

  帝其令雨—帝不令雨

  帝其雨—帝不雨

  帝令雨—帝不其令雨

  帝令多雨—帝不令其多雨

  帝令雨其年？—帝令雨弗其足年？

《诗经》中当然也有言及求雨的诗篇，如《小雅·甫田》：

  以我齐明，与我牺羊，以社以方。我田既臧，农夫之庆。琴瑟击鼓，以御田祖，以祈甘雨，以介我稷黍，以谷我士女。

朱熹《诗集传》卷十三注此章曰："言奉其齐盛牺牲以祭方社，而曰我田之所以善者，非我之所能致也，乃赖农夫之福而致之耳。又作乐以祭田祖而祈雨，庶有以大其稷黍而养其民人也。"同样是求雨，但丰年的关键乃在于"农夫之福"，而农夫有福的原因又在于他们的勤勉耕作，所以得到了神灵的庇佑，即此诗下一章所说的"曾孙（此周人对其祖先神灵之称）不怒，农夫克敏（工作得又快又好）"之意。恰恰是这一点说明了在人类的社会生活中，人的自身努力是得到神灵庇佑的最后依据，而不单是依赖于对上帝的一味皈依。这不仅显示了中国历史的黎明曙光，也显示了中国文化的黎明曙光。②

  这个重要的历史转变，当在西周的初年。王国维在《殷周制度论》

---

① 参见陈梦家《殷虚卜辞综述》第三章第一节"卜雨之辞"，中华书局1988年版。
② 甲骨卜辞中常见有的"其雨"一词，在《诗经》中凡两见，即《邶风·蝃蝀》的"崇朝其雨"和《卫风·伯兮》的"其雨其雨"，据胡小石先生《甲骨文例》下所说，两者皆卫诗，故有殷人遗语。但值得注意的是，"其雨"在卜辞中皆为占卜时的占辞，而在《诗经》中，则皆为比兴之辞，指向人间的普通情感，完全脱离了宗教的含义。

中指出："中国政治与文化之变革，莫剧于殷周之际。"又说："殷周之兴亡乃有德与无德之兴亡。故克殷之后，尤兢兢以德治为务。"①立国之基础在于统治者道德之有无及良窳，而不仅仅依赖于是否得到神灵的庇护。巫师在《周礼》中仅列为中士，属于太祝，其地位是无法和商代相比的。②所以《礼记·表记》上说："殷人尊神，率民以事神，先鬼而后礼……周人尊礼尚施，事鬼敬神而远之。"孔子说："郁郁乎文哉，吾从周。"（《论语·八佾》）《周易》贲卦"彖"曰："文明以止，人文也……观乎人文，以化成天下。"孔颖达《周易正义》曰："言圣人观察人文，则诗书礼乐之谓，当法此教而化成天下。"正是对西周文明的回应和阐说。所以西周以来的诗，尽管还是和歌舞联系在一起，但就其表现的精神向度而言，不是朝着天上的神灵，而是面对现实的人生，体现了宗教向人文的过渡。如早期歌谣的原始意义多与宗教祭祀有关，而在《诗经》中抒发的，却大多是人世间的普通情感：

> 之子归，不我过；不我过，其啸也歌。（《召南·江有汜》）
> 心之忧矣，我歌且谣。（《魏风·园有桃》）
> 夫也不良，歌以讯止。③（《陈风·墓门》）
> 作此好歌，以极反侧。（《小雅·何人斯》）
> 君子作歌，维以告哀。（《小雅·四月》）
> 啸歌伤怀，念彼硕人。（《小雅·白华》）
> 凉曰不可，覆背善詈。虽曰匪予，既作尔歌。（《大雅·桑柔》）

而在文字上最早使用"诗"来指代某种用语言形式固定下来的作品，现在可以考见的，也是在《诗经》中。上文举到的《卷阿》，是对周王之德的歌颂；而《嵩高》则是对"申伯之德"的赞美；《巷伯》一诗又是发泄怨恨之作。以上三篇作品，都被命名为"诗"。从以下相关的作品中，我

---

① 《观堂集林》卷十，中华书局1959年版，第451、479页。
② 参看唐兰《略论西周微史家族窖藏铜器群的重要意义》，载《文物》1978年第3期。
③ 下句今本作"歌以讯之"，《广韵》去声至六引作"歌以讯止"，钱大昕、段玉裁、朱骏声、林义光及陈奂等，皆以"讯"为"谇"字之误。1977年出土之阜阳汉简《诗经》正作"谇"，今据以是正。参见胡平生、韩自强《阜阳汉简诗经研究》，上海古籍出版社1988年版。

们不难发现诗是用来表达现实人生的喜怒哀乐这一观念的普遍性：

> 维是褊心，是以为刺。(《魏风·葛屦》)
> 家父作诵，以究王讻。(《小雅·节南山》)
> 王欲玉女，是用大谏。(《大雅·民劳》)
> 吉甫作诵，穆如清风。(《大雅·烝民》)

这些用来"刺"或"谏"的都是诗。由此足以证明，自西周以降，下逮春秋时代，诗歌已经逐渐摆脱了宗教性祈祷的束缚，而日益充盈了现实的人文气息，这在观念上的表达，就是"诗言志"的提出。

《诗经》中的"诗"字，一般来说，还只是就具体的某一篇作品而言的。然而在春秋时代广泛流行的"诗言志"说，这里的"诗"字恐怕已经上升为一个比较抽象的概念，应该视为对"诗"的初步定义。文学上一个专有名词的出现，也许表示一个新的概念的初建，同时也就意味着对之进行评价亦即文学批评的萌芽。如上所述，"诗"和"志"，从字源学角度来看，皆以"㞢"得声，而一从"心"，一从"言"。在古文字中，"心"和"言"正属于偏旁互易之例，所以很可能原本是一个字。但在春秋战国之际，"诗"和"志"早已分化为二字而各有所用。"诗"是"言志"的载体或符号，这一意识为时人所普遍接受。

> 诗言志，歌永言。①(《今文尚书·尧典》)
> 诗以言志。②(《左传·襄公二十七年》)
> 诗以道志。③(《庄子·天下》)
> 诗言是，其志也。(《荀子·儒效》)

---

① 孙星衍《尚书今古文注疏》卷一。关于《尧典》的产生时代，今人意见不一。顾颉刚主张为秦汉人伪作，见《从地理上证今本〈尧典〉为汉人作》；郭沫若认为是战国时子思之徒所作，见《十批判书》；范文澜则以为乃周朝史官掇拾传闻，加以组织而成，见《中国通史》。本书取战国说。

② 关于《左传》的真伪问题，自汉以来争论不休。本书不认为是刘歆伪作。

③ 关于《天下》篇中"诗以道志"等六句二十七字，自马叙伦《庄子义证》疑为古注误入正文之后，许多学者均有考证，以为衍文。但即使如此，我认为这六句话仍然是以战国时人的认识为依据的。

> 诗，言其志也。①（《礼记·乐记》）

所谓"志"，在古文字中代表"识"②，又可以训为"意""心""念"等等。所以，"言志"也就是"言识""言意""言心"。朱自清曾经将"诗言志"看作中国诗学的"开山的纲领"③，到了汉代，就有了两篇重要的文献，将这一观念在文字学和诗学上固定下来。

许慎《说文解字》三上言部："诗，志也。志发于言④，从言，寺声。"从这个文字学上的权威解释中，我们不难发现，许慎所总结的"诗"的概念，一方面偏于"言"，另一方面又偏于"心"。我们很容易为这一文字学上的说明找到大量的文学上的佐证。在《诗经》中，充满了以谐合音乐的语言所表达的人们内心的欢乐和忧伤，这正体现了抒情诗的两大要素：音乐节奏的语言和内心意志的独白。而许慎对于诗的"言志"和"从言"的说明，也反映了从春秋战国到汉代，人们已经认识到，诗歌是由生发于内的情感意志和表现于外的语言文字的高度融合。而充分表达这一观念，并且在诗学上奠定了牢固基础的则是《诗大序》⑤：

> 诗者，志之所之也。在心为志，发言为诗。情动于中而形于言，言之不足故嗟叹之，嗟叹之不足故永歌之，永歌之不足，不知手之舞之，足之蹈之也。

这里，"诗"既是"志"的停蓄（"在心为志"），又是"志"的表现（"发言为诗"），从而涵容了字根"业"的"止""之"二意；同时，诗还是和音乐、舞蹈同源的艺术形式。这两个方面的意义，既展示了"诗"的观念的演变痕迹，也标志着中国早期诗歌概念的成熟。

---

① 《礼记》虽成书于汉代，但《乐记》则取于《公孙尼子》，见《隋书·音乐志》引沈约语。公孙尼子则为孔门弟子。
② 参见段玉裁《说文解字注》十篇下。
③ 见《诗言志辨序》，《朱自清古典文学论文集》上，第190页。
④ 此四字通行本中无，杨树达《释诗》据《韵会》引《说文》补，见《积微居小学金石论丛》（增订版），中华书局1983年版，第25页。
⑤ 关于《诗大序》的作者，迄今争论不休。徐英《诗经学纂要》（台北：鼎文书局1973年版）列清以前诸家之说，即有二十四种。其形成过程可能并非出于一时一人，当为自战国至汉代的儒生陆续完成的。

第三节　从"诗"的早期观念看中国诗学的若干特质

由于自春秋战国以来,"诗言志"成为普遍认同的一个观念,无论是"赋诗言志"还是"作诗言志",诗的目的即在于倾诉内心的意志或情感。从听者或读者的角度而言,也是重在从诗歌中去把握赋诗者或作者的心志。《左传·襄公二十七年》载,赵孟请七子赋诗,就是想"以观七子之志"。而孟子在其人性论思想的基础上提出了"以意逆志"的说诗方法[①],强调读者从诗歌的文字进入从而获得与作者精神品格的合一。这一基本观念也就影响到中国诗学若干特质的形成。

从《说文解字》对"诗"的解释来看,"从言"即表示其义类,所以诗是和语言紧密联系在一起的。这里的"言"当指书面语言[②],即汉字。由于汉字以形声字为主,也特别适合于文字的修辞。字形作用于视觉,字音作用于听觉,以形和音表现内在的感情。《文心雕龙·情采》说:"故立文之道,其理有三:一曰形文,五色是也;二曰声文,五音是也;三曰情文,五性是也。"这是就广义的"文"而言,所以包括了天地自然之文。若是就狭义的"文",或者更集中到诗而言,其本身就是综合了形、音、情三者的。《左传·襄公二十五年》有"言之无文,行而不远"之说,这里的"文"则指文采、修辞。"修辞"连文见于《周易·乾·文言》:"修辞立其诚。"如果说,修辞是属于"美"的话,那么,"诚"所包含的是"真"和"善"[③],真善美的结合,便是中国诗学的基础。此外,中国诗学中的某些特殊技巧和句法,也是和汉字的特征分不开的。例如骈偶,这是利用了汉字在字形上的特征;又如双声、叠韵,则利用了汉字在声韵上的特征。至于从双声、叠韵演化出声对,而不犯形与义之忌;从字形字义而演化出的形对,又不犯声韵之忌;交叉为用,互相制约,更是

---

① 关于此一问题,参见张伯伟《孟子"以意逆志"说的现代意义》,载《中国诗学》第二辑,南京大学出版社1992年版。

② 从字形的发展来看,由"㫳"变化为"诗",也可以看出早期诗歌从口头表达向书面表达的演进。

③ 在儒家典籍中,《中庸》对"诚"字有很好的发挥:"诚身有道,不明乎善,不诚乎身矣。""诚者,天之道也;诚之者,人之道也。""诚之者,择善而固执之者也。"参见饶宗颐《孔门修辞学》,收入《文辙——文学史论集》,台北:台湾学生书局1991年版,第77—83页。

综合了汉字的形音特征。此外，还有声调上的要求，讲究清浊和平仄，形成了中国诗学在技巧上的若干特色。汉字是没有语尾变化的语言，所以也就没有"格""数"以及"时态"；同时在诗歌语言中，还常常省略主语和介词，有时甚至将动词也省去。这就使语序富于变化，内涵因此而有欠精确。但另一方面，这也使中国诗歌的意蕴变得更加丰富，从而形成诗多义、无达诂等一系列理论和实践上的问题。在汉诗翻译成外文的时候，这个特点表现得尤为突出。[①]

"诗言志"的观念还表明了这样一种基本看法，即诗歌是诗人心灵的外现或诗人生命的流露，而不是对自然的模仿或理念的复制。这造就了中国诗歌的抒情传统，并以抒情传统作为衡量文学的重要标准，与西方文学的史诗和戏剧的传统形成对照。即使在后起的戏曲或小说等叙事文学体裁中，也同样充满了抒情的调子，诗词在其中扮演了重要的角色[②]。孔子将"志"的意义在其人性论思想的过滤中加以转换，从而限定在"仁义"的范围里。同样是诗，孔子就说："诗三百，一言以蔽之，曰思无邪。"（《论语·为政》）"思无邪"的精神，就是仁义的精神。孟子继承了孔子的学说，提出了"以意逆志"的说诗方法，中国诗学思想中就进而提出了对诗人之"志"，也就是诗人之心的要求。总括起来是两个字：曰真；曰正。而由"真"到"正"，其会通合一的途径有两条：一是诗人之心的内敛净化，使其心"真"到纯粹之境。这时，诗人所言所咏的"志"就是"赤子之心"，也就是"童心"[③]。而"赤子之心"和"童心"，必然是一颗"无邪"的心，所以"真"就是"正"。王国维《人间词话》所说的"主观之诗人，不必多阅世，阅世愈浅，则性情愈真"，就应该在这个意义上来理解。另一是诗人之心的外扩涵容，使其"个人心"成为"人

[①] 参见刘若愚《中国诗学》上篇第四章"诗的语言在文法上的某些方面"，杜国清译，台北：幼狮文化事业公司 1979 年再版；叶维廉《中国古典诗与英美现代诗——语言与美学的汇通》，收入叶维廉等《中国古典文学比较研究》，台北：黎明文化事业股份有限公司 1977 年版，第 185—235 页。

[②] 参见张敬《诗词在中国古典小说戏曲中的应用》，收入《中国古典文学论丛》册一"诗歌之部"，台北：中外文学月刊社 1980 年再版，第 17—38 页。

[③] 李贽《童心说》指出："夫童心者，真心也……若失却童心，便失却真心；失却真心，便失却真人，全不复有初矣……天下之至文，未有不出于童心焉者也。"《焚书》卷三，中华书局 1974 年版，第 98—99 页。

类心"的代表。这时，诗人所言所咏的"志"就不只是一己之穷通，而且是大众的哀乐。这样的作品，就不仅是有"个性"的，而且是有"社会性"的。"个性"与"社会性"的结合，就是"真"与"正"的融通。孔颖达《毛诗正义》卷一对《毛诗序》"是以一国之事，系一人之本"等句疏解道："一人者，其作诗之人，其作诗者道己一人之心耳。要所言一人，心乃是一国之心。诗人览一国之意以为己心，故一国之事系此一人使言也……言天下之事，亦谓一人言之。诗人总天下之心、四方风俗以为己意，而咏歌王政。"正是这个思想的极好说明。① "真"与"正"的结合，与上文所说的"修辞"之美以"诚"（即真和善）为前提是贯通一致的。因此，虚伪的感情、阿谀的作品，是为中国诗教传统所不齿的。

"诗"既然是"言志"，从读者的角度而言，也就贵在透过文字以把握作者的心志。诗是由语言（包括书面语言即文字）表现出来的，而语言与人的关系极为密切。《周易·系辞下》说："将叛者其辞惭，中心疑者其辞枝。吉人之辞寡，躁人之辞多，诬善之人其辞游，失其守者其辞屈。"所以《孟子》论"知言"时就这样解释道："诐辞知其所蔽，淫辞知其所陷，邪辞知其所离，遁辞知其所穷。"（《公孙丑上》）并进而提出了"以意逆志"的说诗方法："故说诗者，不以文害辞，不以辞害志，以意逆志，是为得之。"（《万章上》）② 由此而形成了我国诗学批评上的一大特色。于是连带产生了以下两种观念：从作者方面看，"以意逆志"在实际运用中所追求的目标是"心"与"心"的相通，所以古代诗人大多抱有这样一种信念，即并世虽不为人知，后世则必有人知。李攀龙《比玉集序》云："夫诗，言志也。士有不得其志而言之者，俟知己于后也。"③因此，他们非常注重人类大生命的延续与完成，坚信古人活在自己心中，自己也能活在后人心中。叔孙豹以"立言"为"虽久不废，此之谓不朽"（《左传·襄公二十四年》），曹丕以"文章"为"不朽之盛事"④，

---

① 参见徐复观《传统文学思想中诗的个性与社会性问题》，收入其《中国文学论集》，台北：台湾学生书局1982年版，第84—90页。
② 刘熙载《艺概》卷二《诗概》指出："'诗言志'，《孟子》'文、辞、志'之说所本也。"已经点明了两者间的关系。
③ 《沧溟先生集》卷十五，上海古籍出版社1992年版，第378页。
④ 《典论·论文》，《文选》卷五十二。

此所谓"不朽",即指其"文心"的不朽。这种观念,是古代文人的普遍观念。所以,他们对心灵的千古相通极为重视,坚信个人的生命能够在人类的大生命中延伸。从读者方面看,"以意逆志"是以追求诗人之"志"为指归,所以,中国文学批评十分强调读者对作品的穷观返照,以获得作者的"苦心"所在。姜夔《白石道人诗说》指出:"《三百篇》美、刺、箴、怨皆无迹,当以心会心。"元好问《与张仲杰郎中论文》诗中也写道:"文章出苦心,谁以苦心为?正有苦心人,举世几人知……文须字字作,亦要字字读。咀嚼有馀味,百过良未足。"① 中国文化能一脉相承地绵延数千年,这不能不是一个重要的原因。另外,中国诗歌的抒情传统也使得诗学批评注重内在感情,注重韵律的和谐、文字的构造以及意象的涵蕴等,与西方文学批评注重分析作品的结构、情节和角色的倾向,形成了不同的特色。追根究底,这些都是由中国人对于诗的早期观念所决定的。

---

① 《遗山诗集》卷二,《四部备要》本。

第二章　温柔敦厚和香草美人
——中国诗学的初建

《诗经》和《楚辞》无疑是中国诗歌史的两大源头。在以后的发展中，形成了并行不悖的"风""骚"传统。六朝乃至明清时代的批评家，几乎无例外地以后世的诗歌出于《诗经》和《楚辞》，这除了一部分"崇古"的心理原因以外，更多的可能还是道出了这样一个事实，即中国诗歌的基本发展方向及艺术手法，在发轫期的《诗经》和《楚辞》中已经大致确定了。

第一节　春秋战国时期诗歌的地域性

《诗经》中的"风"，包括《周南》《召南》《邶》《鄘》《卫》《王》（东周）、《郑》《齐》《魏》《唐》《秦》《陈》《桧》（亦作"郐"）、《曹》《豳》，合称十五国风；加上"雅"（西周）和"颂"里的《鲁》《商》（宋），共涉及了十八个地域。从时代来看，则大约自西周初叶至春秋末期，共五百多年（前1066—前541左右）。下逮战国之世（前403—前221），诸侯力征，文学亦有新变。所以章学诚《文史通义》卷一《诗教上》说："盖至战国而文章之变尽，至战国而著述之事专，至战国而后世之文体备。故论文于战国，而升降盛衰之故可知也。"就中国文学的地域性特征而论，《吕氏春秋·音初》溯东、南、西、北四方之音，各有其渊源。如以《破斧》之歌"实始作为东音"[①]；而南音则为"周公及召公取风焉，

[①] 陈奇猷校释《吕氏春秋校释》卷六，学林出版社1984年版，第334页。案：傅斯年《诗经讲义稿》中推论此处之《破斧》即《诗经·豳风》之《破斧》。但豳地在西方，不应为东音之始。清人赵佑《诗细》卷四引用《吕氏春秋》语，以为《豳风·破斧》"首二句或即出古诗成句"。傅氏乃谓"恐《豳风》为周公向东殖民以后，鲁人用周旧调，采庸奄土乐之诗"。此说虽未必可据，但豳调流行于东方，至战国而被附会为"东音"，也是极有可能的。

以为《周南》《召南》";以"秦缪公取风焉,实始作为秦音(即西音)";以"'燕燕于飞',实始作为北音"。尽管《吕氏春秋》在追溯四方之音的来源时,多染神话色彩,具有传说的成分。但指出《国风》中有四方之音的差别,也就透露出自西周以迄春秋战国,诗歌已逐步呈现了鲜明的地域性特征。

班固《汉书·地理志》曾这样论述见收于《诗经》的列国诗歌的特色:

> 秦地于《禹贡》时,跨雍、梁二州,《诗·风》兼秦、豳两国……其民有先王遗风,好稼穑,务本业,故《豳诗》言农桑衣食之本甚备(颜师古注:"谓《七月》之诗。")……天水、陇西,山多林木,民以板为室屋,及安定、北地、上郡、西河,皆迫近戎狄,修习战备,高上气力,以射猎为先。故《秦诗》曰:"在其板屋。"(颜师古注:"《小戎》之诗也。")又曰:"王于兴诗,修我甲兵,与子偕行。"(颜师古注:"《无衣》之诗也。")及《车辚》《四载》《小戎》之篇,皆言车马田狩之事……吴札观乐,为之歌《秦》,曰:"此之谓夏声。夫能夏则大,大之至也。其周旧乎?"

夏本指西方,周、秦皆地处在西,其声乃为夏声,亦称雅声①,其意则指正声。周人得天下,便以其地之方言为列国君卿大夫之正言。故曰"夏则能大,大之至也,其周旧乎"。

> 河内本殷之旧都,周既灭殷,分其畿内为三国,《诗·风》邶、庸、卫国是也……故邶、庸、卫三国之诗相与同风。
>
> 河东土地平易,有盐铁之饶,本唐尧所居,《诗·风》唐、魏之国也……其民有先王遗教,君子深思,小人俭陋……吴札闻《唐》之歌,曰:"思深哉!其有陶唐氏之遗民乎?"
>
> 魏国,亦姬姓也,在晋之南河曲,故其诗曰:"彼汾一曲。"(颜师古注:"《汾沮洳》之诗。")"置诸河之侧。"(颜师古注:"《伐檀》

---

① 程树德《论语集释》卷十四《述而下》曰:"雅之为言,夏也。孙卿《荣辱篇》云:'越人安越,楚人安楚,君子安雅,非知能材性然也,是注错习俗之节异也。'又《儒效篇》云:'居楚而楚,居越而越,居夏而夏,是非天性也,积靡使然也。'然则雅、夏古字通。"

之诗。")……吴札闻《魏》之歌，曰："美哉沨沨乎！以德辅此，则明主也。"

（郑国）土狭而险，山居谷汲，男女亟聚会，故其俗淫。……吴札闻《郑》之歌，曰："美哉！其细已甚，民弗堪也，是其先亡乎？"

（陈国）其俗巫鬼……吴札闻《陈》之歌，曰："国亡主，其能久乎？"

齐地……《诗·风》齐国是也。临甾名营丘，故《齐诗》曰："子之营兮，遭我呼猇之间兮。"（颜师古曰："《齐国风·营》诗之辞也。《毛诗》作还，《齐诗》作营。"）又曰："猇我于著乎而。"（案：此《著》诗）此亦其舒缓之体也。吴札闻《齐》之歌，曰："泱泱乎，大风也哉！其太公乎？国未可量也。"

宋地……《诗·风》曹国也……其民犹有先王遗风，重厚多君子，好稼穑，恶衣食，以致畜藏。

卫地有桑间濮上之阻，男女亦亟聚会，声色生焉，故俗称郑卫之音。

这里所指陈的仅仅是黄河流域的东部和西部各国之间的差异，其地大致相当于现在的陕西、山西、河南、山东境内，其中有自然地理的原因，也有人文地理的原因（即所谓"俗"）。不同的自然环境有不同的风俗习惯，也就形成了不同的文学风貌。但若是就差异较大者言之，地域上的东西之别实远不及南北之异来得显著。下逮战国，政治上和经济上的客观要求，使得许多中小诸侯之国兼并为七个大国，使地域趋于统一。文学上的地域特征也随之而变，逐渐集中到南北两大派别[①]。所以后世人们常常将《诗经》作为北方文学的代表，以《楚辞》作为南方文学的代表，这虽然是一种极为粗略的划分[②]，但也显示了人们对中国文学地域性演变

[①] 有关战国文学的地域特征，参见饶宗颐《论战国文学》，其中分作周、燕、秦、楚、齐、赵等五大地域，文收《文辙——文学史论集》。

[②] 刘师培《南北文学不同论》曰："《诗》篇三百，则区判北南。《雅》《颂》之诗，起于岐、丰；而《国风》十五，太师所采，亦得之河、济之间。……惟周、召之地，在南阳、南郡之间，故二《南》之诗……与二《雅》迥殊。"王国维《屈子文学之精神》论屈原之作曰："大诗歌之出，必须俟北方人之感情与南方人之想象合而为一，即必通南北之驿骑而后可，斯即屈子其人也。"

特征的一种认识。大要而言，南方文学富于浪漫情思，风格旖旎靡丽；北方文学则重在实际生活的描写，风格质朴。至南北朝之世，政治上的南北对峙，也使得文学的地域特征表现鲜明，至少也是史家有意这样来强调。所谓"江左宫商发越，贵于清绮；河朔词义贞刚，重乎气质"（《隋书·文学传序》）。唐代禅宗兴起以后，人们又往往借用"南北宗"来论文谈艺①。中国文学的地域性特色，一直延续至清代，不仅有南北之别，且有众多以地域成派者②。而这种地域性特征，在春秋战国时期的文化中已经奠定。当然，南北文学一方面有差异，另一方面也有交融。尤其在大一统帝国的情况下，文学的地域性特征也只是整个文学发展中的某种时段性呈现。

第二节　"《诗经》学"上诸概念的诠释

在中国诗歌史上，就其对后世影响的广度和深度而言，恐怕没有任何一部书能与《诗经》相比。在三百零五篇作品中③，除《大雅》和《周颂》外，绝大多数作品都远离宗教的迷恋和神话的虚幻，即使在某些表现祭祀的作品中，对道德培育的因素的强调也往往胜过对信仰依赖的因素，这也就奠定了中国诗学以人间生活为主要内容，并奠定了以人文为核心的基础。西周王朝对贵族子弟的教育，主要在于人文精神的培养，内容即为《诗》《书》《礼》《乐》。孔子将文化普及于民间，在精神上又上承西周的官学传统，所以"诗三百"也是重要的教材之一。到了汉代，它作为"五经"之一而立于学官，《诗经》也就成为历代文人的基本读物，

---

① 饶宗颐《中国古代文学之比较研究》一文曾举出唐代以降以"南北宗"论文、论诗、论词、论画的文献，文收《文辙——文学史论集》。此外尚有以"南北宗"论书者，如钱泳《履园丛话》。这种方式还影响到朝鲜诗论，如申钦《晴窗软笔》即以"南北宗"比论唐、宋诗的区别。

② 如沈德潜《国朝诗别裁集·凡例》论及清人诗选时说："黄昆圃侍郎，多藏北方学者诗；王遴汝上舍，多藏南方学者诗。"另外可参见顾炎武《日知录》卷十三"南北风化之失""南北学者之病""士大夫晚年之学"诸条，及汪辟疆《近代诗派与地域》，文收《汪辟疆文集》，上海古籍出版社 1988 年版，第 275—324 页。直到 20 世纪的文学和学术，也还有所谓"京派"与"海派"之别。

③ 《诗经》的作品共有三百一十一篇，其中六篇仅存篇名，实际为三百零五篇，后人又往往取其整数称作"三百篇"或"诗三百"。

从而进一步增添了此书的权威性。同时，也使它兼经学与文学于一身。因此，传统文学思想也特别强调从文学中考见政治得失、风俗盛衰、人情厚薄。《诗经》有"六义"，尤以比、兴二义最为重要，诗人采用这些手法，以抒情短章的形式表达自己瞬间的感受。《诗经》以降，《楚辞》、汉乐府，乃至唐诗、宋词、元曲，凡是中国文学史上的上乘之作，几乎无一不是善用比兴的。兹就环绕《诗经》的诸问题略述如次。

一、编纂

《诗经》来源于不同的地域，产生于不同的时间，出自不同的作者。以时间而言，最早的作品在西周初年，最晚下及春秋中叶，大约自公元前 11 世纪至公元前 6 世纪[①]。最晚的作品，据郑玄《诗谱序》"讫于陈灵公淫乱之事"，当为《陈风·株林》，事见《左传》宣公九年、十年（前600、前599）；若据马瑞辰《毛诗传笺通释》引何楷之说，则为《曹风·下泉》，乃美晋荀跞纳敬王于成周而作，事在曹襄公五年、鲁昭公三十二年（前510）前后[②]。起讫五百多年时间。至于诗歌的作者，见于《诗经》者有五篇[③]，见于他书者有十四篇，加上《诗序》言及作诗者二十五篇[④]，共四十四篇，其中不免未必全属可信。《诗经》既然包含跨度五百多年的诗歌，其写作和编纂必定是有阶段性的。从《国语》《左传》等书的记载来看，西周时为人传诵者为《雅》《颂》，春秋前期，三百篇中的作品，有尚未作者，有作而未经王朝纂录颁布者。[⑤]所以钱穆将诗三百之完成划分为三个时期，即以西周初年至成王之末为第一期，其诗大体创

[①] 《诗经》中最早的作品可能是《豳风·破斧》，乃周公东征平叛、班师回朝时所作。周公东征大约在公元前 1024—前 1022 三年之间，参见洪业《破斧》，载《洪业论学集》，中华书局 1981 年版，第 350—375 页。

[②] 此为《齐诗》之说，见《易林》蛊之归妹文，王先谦采入《诗三家义集疏》。

[③] 此据段玉裁《经韵楼集》卷一《奚斯所作解》的统计，篇名分别为《小雅·节南山》："家父作诵，以究王讻。"《小雅·巷伯》："寺人孟子，作为此诗。"《大雅·崧高》："吉甫作诵，其诗孔硕。"《大雅·烝民》："吉甫作诵，穆如清风。"《鲁颂·閟宫》："新庙奕奕，奚斯所作。"今人李辰冬以《诗经》出于吉甫一人之手，见所著《诗经通释》《诗经研究方法论》，其说甚新异而不可据。

[④] 此据黄振民《诗经研究》统计，台北：正中书局 1982 年版。

[⑤] 参见缪钺《〈诗〉三百篇纂辑考》，原载《浙江大学文学院集刊》第三集（1942 年），后收入《诗词散论》，上海古籍出版社 1982 年版。

自周公旦，为诗的雅颂时期；以厉王、幽王、宣王之世为第二期，乃变雅时期；第三期起自平王东迁，列国各有诗，为国风时期。① 这种划分就具体而言，未必人人赞同。但指出诗三百的完成可分若干阶段，则属可信。至于古人关于诗三百编纂所提出的陈诗、献诗、采诗等说②，多出于汉人悬拟，其可信性是有疑问的③。西周之初，其诗多出于周公或周室大夫；下逮春秋，列国皆有诗，而诗合于乐，太师乐官为掌诗之人。各地新造的诗，先后献于周朝太师，予以统一地加工、整理，然后再颁布到全国。《国语·鲁语下》载："正考父校商之名颂十二篇于周太师，以《那》为首。"所以周太师是各国诗歌的保存者，也是整理、编纂者。其工作主要有二：一是音调上的整齐音律，故统称为"周乐"，如《左传·襄公二十九年》载吴公子季札到鲁国观乐，各国风诗便称作"周乐"；二是语言上的统一正音，即以"雅言"歌诵，如《论语·述而》载："子所雅言，《诗》《书》执礼，皆雅言也。"可知其平时讲话乃用鲁国方言。

包括《诗》在内的六艺都是古代的王官之学，诗的出现，不仅意味着从口头创作到文字表现的转变，而且与西周初年的政治密切相关，尤其与周公立国大计有关。所以《诗经》中的作品，其音节、声调或者出于民间，而文辞、内容必然经由王朝诸臣的润饰改作。④ 周公自己所作之诗，据古书记载，如作《七月》以陈王业之艰难，作《鸱鸮》以救乱，作《时迈》《棠棣》以明教戒，在在表现出一种深远的"忧患"意识。正是从这种忧患中，闪耀出中国早期人文精神的火花。《诗经》学中向来有"四始"之说，以《史记·孔子世家》的记载为可信："《关雎》之乱，以为《风》始，《鹿鸣》为《小雅》始，《文王》为《大雅》始，《清庙》为颂始。"此四诗皆与周公有关。周人以武力得天下，而要想消除四方诸

---

① 钱穆《读诗经》，收入其《中国学术思想史论丛》（一），台北：东大图书公司，1976年版，第122页。
② 《礼记·王制》："天子五年一巡守……命太师陈诗以观民风。"《国语·周语》："为民者宣之使言，故天子听政，使公卿至于列士献诗。"《汉书·食货志》："孟春之月，群居者将散，行人振木铎徇于路以采诗，献之大师，比其音律，以闻于天子。"
③ 参见崔述《读风偶识》卷二《通论十二国风》。
④ 自宋人以下，或以《诗经》（尤其是《国风》）出于民间，今人多从之，实不可据信。参见朱东润《国风出于民间论质疑》，收入《诗三百篇探故》，上海古籍出版社1981年版。

侯的心理隔阂,为周室长治久安奠定基础,就不能不治礼作乐,使上下一心。这就是"四始"的真实意蕴。①而中国诗学所体现的与政治、现实人生的密切关系,是早在诗的初创阶段就已经决定了的。

二、六义

"六义"之说见于《毛诗序》:"故诗有六义焉:一曰风,二曰赋,三曰比,四曰兴,五曰雅,六曰颂。"在《周礼·春官·大师》中称作"六诗",次序是一致的。六义可分两类,即诗歌体裁和诗歌作法②。孔颖达《毛诗正义》卷一云:

> 然则风、雅、颂者,诗篇之异体;赋、比、兴者,诗文之异辞耳。大小不同而得并为六义者,赋、比、兴是诗之所用,风、雅、颂是诗之成形。用彼三事,成此三事,是故同称为"义",非别有篇卷也。

既然是两类,何以次序杂乱?孔氏又曰:

> 六诗次第如此者……风之所用,以赋、比、兴为之辞,故于风之下即次赋、比、兴,然后次以雅、颂,雅、颂亦以赋、比、兴为之。

这种解释,大致反映了汉代以来诸儒的通说,也是在中国诗歌史上起到实际作用和影响的解释。

(一)风、雅、颂

诗歌创作在前,体制划分在后。从今本《诗经》来看,风包括十五

---

① 钱穆《读诗经》指出:"盖《清庙》《文王》,所以明天人之际,定君臣之分也。《小雅·鹿鸣》,所以通上下之情。而《风》之《关雎》,则所以正闺房之内,立人道之大伦也。周公之所以治天下,其道可谓毕具于是矣。"《中国学术思想史论丛》(一),第109页。

② 章炳麟《六诗说》主张"六诗"("六义")皆为诗体,赋、比、兴为"不被管弦"之诗,亦即不入乐之诗。后世所以不传者,是因为孔子删除的缘故。朱自清《诗言志辨·比兴》、郭绍虞《"六义"说考辨》承其说,后者收入《照隅室古典文学论集》下编,上海古籍出版社1983年版。但孔子删诗之说不可信,前人辨之已多。另外"三体三用"也是汉代以来的通说,故本书不采"六义"皆为诗体之说。

国风,共有诗一百六十篇;雅包括大雅和小雅,共一百零五篇;颂包括周颂、鲁颂和商颂,共四十篇。据《左传·襄公二十九年》的记载,季札到鲁国观乐,鲁国乐队的演奏就是以《风》《雅》《颂》为序的,可见三体的划分由来已久。那么,其划分的依据为何?前人所论,大体有三:

1. 从内容上区分。按照《毛诗序》的说法,"风"主讽刺,所以其内容和表现便是"主文而谲谏"。"雅"为正言,内容是"言王政之所由废兴"。政事大者为"大雅",小者为"小雅"。"颂"是"容",内容是歌颂形容统治者的"盛德",并将其功业告于神明。而按照朱熹的说法,则"凡诗之所谓'风'者,多出于里巷歌谣之作,所谓男女相与咏歌,各言其情者也……若夫'雅'、'颂'之篇,则皆成周之世,朝廷郊庙乐歌之词"(《诗集传·序》)。但按诸现存的诗篇,实有未必然者。如《大雅·文王》,则是美文王之德而为之形容,所以朱熹将"雅、颂"连称;而《召南·甘棠》则显然是称颂召伯的,"风"亦可为"颂"。又如《大雅·嵩高》:"吉甫作诵,其诗孔硕,其风肆好,以赠申伯。"则"雅"亦可谓"风",亦可谓"诵"("诵"即为"颂")。以此可见,从内容上区分风、雅、颂三者,是不符合《诗经》之面目的。

2. 从音乐上区分。王国维《说周颂》指出:"风、雅、颂之别,当于声求之。"① "风"为声调,泛指各地的音乐;"雅"是正,特指周人西土之音;"颂"的音乐则较风、雅为缓。但《秦风》亦为西土之音,吴公子季札评为"此之谓夏声"(《左传·襄公二十九年》),"夏"即"雅",则《秦风》未始不可称之为雅。"颂"的音乐之所以较缓,原因在于它是用于宗庙祭祀。前二者是从音乐的来源分,后者是就音乐风格分,标准难以统一。

3. 从作用上区分。《诗》在西周时为王官之学,风、雅、颂各有其用。用途不同,则诗亦有别。较早就此着眼区别的是郑樵,其《通志总序》云:"乐以诗为本,诗以声为用。风土之音曰风,朝廷之音曰雅,宗庙之音曰颂。"钱穆更明确指出,风雅颂分体,"当分于其诗之用……颂者,用之宗庙。雅则用之朝廷。二南则乡人用之为乡乐,后夫人用之,

---

① 《观堂集林》卷二,中华书局1959年版,第111页。

谓之房中之乐，王之燕居用之，谓之燕乐，名异实同。政府、乡人、上下皆得用之，以此与雅颂异。"①古人说诗三百篇有所谓"四始"，正在于此四诗各有其不同的作用，中国诗学与政治的关系，也就在此奠定了基础。从文化发展来看，明天人之际，定君臣之分，通上下之情，立人道之伦，正是西周人文精神对殷商宗教精神的改变，标志着文化由"殷人尊神，率民以事神，先鬼而后礼"向"周人尊礼尚施，事鬼敬神而远之，近人而忠焉"（《礼记·表记》）的转变。

（二）赋、比、兴

历来影响最大的解说是郑玄和朱熹两家。《周礼·春官·大师》郑玄注：

> 赋之言铺，直铺陈今之政教善恶。
> 比，见今之失，不敢斥言，取比类以言之。
> 兴，见今之美，嫌于媚谀，取善事以喻劝之。

郑玄的解释带有浓厚的汉代色彩，偏重发挥美刺、劝诫之意，并不完全符合赋、比、兴的原意。清人焦循便指出："《雄雉》刺卫宣公，《芃兰》刺惠公，毛《传》皆云'兴'也，则比兴不得以美刺分。《正义》言'美刺俱有比兴'是也。"②而当他后来经过党锢之祸而笺注《毛诗》的时候③，便脱去了这种色彩，而专从写作手法上解释，这是值得注意的④。尽管前后有一些差别，但赋为铺陈性的"直写"，比兴为比喻性的"曲写"，还是能体现郑玄的一贯看法的。但以"喻"释兴，和比的区别就不明显。刘勰说"比显而兴隐"（《文心雕龙·比兴》），孔颖达也只能就"《毛传》特言'兴也'，为其理隐故也"（《毛诗正义》卷一）而作解释。但隐、显往往取决于读者的理解力，并非客观标准，所以到了朱熹的《诗

---

① 钱穆：《读诗经》，《中国学术思想史论丛》（一），第103—104页。
② 焦循《毛诗补疏》，见《清人诗说四种》，华中师范大学出版社1986年版，第242页。
③ 郑玄《自序》："党锢事解，注《古文尚书》《毛诗》《论语》。"严可均编《全后汉文》卷八十四，《全上古三代秦汉三国六朝文》，中华书局1958年影印版，第928页。
④ 如《毛诗·葛覃》："葛之覃兮，施于中谷，维叶萋萋。"《毛传》指出此乃"兴也"，郑玄笺曰："兴者，葛延蔓于谷中，喻女在父母之家，形体浸浸日长大也。叶萋萋然，喻其容色美盛。"即为一例。

集传》，就重新对赋、比、兴作了如下解释：

> 赋者，敷陈其事而直言之者也。（《周南·葛覃》注）
> 比者，以彼物比此物也。（《周南·螽斯》注）
> 兴者，先言他物以引起所咏之辞也。（《周南·关雎》注）

此说后来为一般人所接受。赋的手法是用白描或直说来叙述。如《周南·卷耳》：

> 采采卷耳，不盈顷筐。嗟我怀人，置彼周行。
> 陟彼崔嵬，我马虺隤。我姑酌彼金罍，维以不永怀。
> 陟彼高冈，我马玄黄。我姑酌彼兕觥，维以不永伤。
> 陟彼砠矣，我马瘏矣，我仆痡矣，云何吁矣。

这首诗写出了思妇对远行在外的劳人的思念和忧伤的心情，采用的是直叙法，所以是赋。比的特点是"以彼比此"，在作比和被比的两者之间有理路可循。如《周南·螽斯》：

> 螽斯羽，诜诜兮，宜尔子孙振振兮。
> 螽斯羽，薨薨兮，宜尔子孙绳绳兮。
> 螽斯羽，揖揖兮，宜尔子孙蛰蛰兮。

按照朱熹的说法，这首诗是用螽斯的多子，比喻后妃的子孙昌盛。还有一种"比"是将被比的一面隐而不说，如《魏风·硕鼠》：

> 硕鼠硕鼠，无食我黍。三岁贯女，莫我肯顾。逝将去女，适彼乐土。乐土乐土[①]，爰得我所。（第一章）

这是以"硕鼠"比贪残的统治者，朱熹说："民困于贪残之政，故托言大鼠害己而去之也。"所谓"托言"，就是在字面上对被比者无所显示，因

---

① 俞樾《古书疑义举例》卷五《重文作二画而致误例》曰："古人遇重文，止于字下加＝画以识之，传写乃有致误者。如《诗·硕鼠篇》：'逝将去女，适彼乐土；乐土乐土，爰得我所。'《韩诗外传》两引此文，并作'逝将去女，适彼乐土；适彼乐土，爰得我所。'又引次章亦云：'逝将去女，适彼乐国；适彼乐国，爰得我直。'此当以《韩诗》为正。《诗》中叠句成文者甚多……因叠句从省不书，止作'适＝彼＝乐＝土＝'，传写误作'乐土乐土'耳。"

此，这种"比"就接近于象征。《豳风·鸱鸮》也属于这一类作品。上面说的"比",不论其为哪一种情况,用以作比的形象(螽斯或硕鼠)和诗的主题之间,都有较为明确的理路,所以能够感觉到作者的意匠经营。至于"兴",其作用是触发或引起。兴词与其引起之词的关系,并不一定有意义上的联系,而主要是情绪上或者是气氛上的联系①。如《周南·关雎》:

关关雎鸠,在河之洲。窈窕淑女,君子好逑。(第一章)

一位贵族公子在河边听到雎鸠鸟的关关鸣叫之声,于是引起了他的联想,那位文静美貌的女子,正是他的意中人。雎鸠鸟的雌雄相应的和声,对于下文来说,起到了气氛上的烘托和情绪上的触发作用,所以是"兴"。宋人李仲蒙曾说:"叙物以言情谓之赋,情物尽也;索物以托情谓之比,情附物者也;触物以起情谓之兴,物动情者也。"②诗的本质是抒情,赋、比、兴也只是三种不同的抒情方式,李氏从情物关系的角度加以区分,也是较为合理的。

不过,赋、比、兴三者尽管可以作上述区分,实际上也只是后人分析的结果,作诗者并无此概念;即使后来的诗人接受了这些概念,当他们实际创作的时候,也决不受这些既定概念的拘束。所以,赋、比、兴的概念,在中国诗歌史上是一个变动不居的历史的概念,尤其是比、兴二义,当然这并不意味着前后说法没有联系。如比、兴"皆托物寓情而为之者也"(李东阳《怀麓堂诗话》),由于是"托物寓情",不像赋法铺陈直说,所以注重形象,注意通过外形显示内涵。到了唐代,如皎然《诗议》指出:"比者,全取外象以兴之;兴者,立象于前,后以人事谕之。"③

---

① 毛《传》郑《笺》是以"喻"来说明"兴"的作用,则兴词与下文的关系是有意义可寻的。朱熹以"引起"说明兴词的作用,则兴词与下文不一定有意义上的联系。至于郑樵《六经奥论》卷首《读诗易法》说:"凡兴者,所见在此,所得在彼,不可以事类推,不可以义理求也。"认为兴词与下文毫无关系。顾颉刚承其意撰《起兴》一文,认为兴词作用只是"协韵",如同民间歌谣,文载《古史辨》第三册下编,上海古籍出版社 1982 版,第 672—677 页。这些说法过于斩绝,并不合乎实际,所以本书予不采用。

② 胡寅《致李叔易》引,《斐然集》卷十八,《崇正辩 斐然集》,中华书局 1993 年版,第 386 页。

③ 张伯伟《全唐五代诗格校考》,陕西人民教育出版社 1996 年版,第 195 页。

这样就出现了"兴象"一词，见殷璠的《河岳英灵集》①；由于是"托物寓情"，所以感情的表达就有一定的深度和内涵，而不只是"嘲风雪、弄花草"的"彩丽竞繁"之作，所以又演化出"兴寄"一词，见陈子昂《与东方左史虬修竹篇序》；还是由于"托物寓情"，所以诗歌的意蕴丰富，言近旨远，自钟嵘提出"文已尽而意有馀，兴也"（《诗品序》）的命题之后，严羽拈出"兴趣"一词，指陈的便是"如空中之音，相中之色，水中之月，镜中之象，言有尽而意无穷"（《沧浪诗话·诗辨》）的境界。所以，把比兴（尤其是兴）看作中国诗学中最重要的命题之一，无论如何都是不过分的。

三、词章

诗在西周和春秋的政治及诸侯外交上起了很大作用，这与诗的词章之美是分不开的。而中国诗歌在技巧上以及体式上的若干特点和基型，也是在《诗经》中就已奠定了的。其体式之完整、音调之谐美、状物之真切、情感之婉曲，历来被奉为千古诗歌之祖，甚至是千古文章之祖。

（一）遣词

中国古代诗歌以抒情为主，抒情诗是富于音乐性的。音乐性的特色体现在词汇上，就是重言、双声和叠韵。这些词汇的运用，能表达细微曲折的感情和刻画自然界的美丽形象，也使得诗歌的音律更为宛转铿锵。

1. 重言，又称叠字或复字。清人王筠《毛诗重言》指出："诗以长言咏叹为体，故重言视他经为多。"诗人或用以谐声，或用以写貌，正如《文心雕龙·物色》所说："'灼灼'状桃花之鲜，'依依'尽杨柳之貌，'杲杲'为出日之容，'瀌瀌'拟雨雪之状，'喈喈'逐黄鸟之声，'喓喓'学草虫之韵。"所举诗例，就分别出于《周南·桃夭》《小雅·采薇》《卫风·伯兮》《小雅·角弓》《周南·葛覃》及《召南·草虫》。据统计，《诗经》中的重言词多达 359 个②，所以同样是水，可以分别用"淲淲""浼浼""洋洋""汤汤""活活""濊濊"来形容水的盛大、满涨以及流动的

---

① 如《叙》曰："都无兴象，但贵轻艳。"卷上评陶翰"既多兴象，复备风骨"。见李珍华、傅璇琮《河岳英灵集研究》，中华书局 1992 年版，第 117、166 页。

② 此据向熹《诗经语言研究》的统计数字，四川人民出版社 1987 年版，第 209 页。

急速或缓慢等各种状态；同样是鸟声，则可以用"关关""喈喈""雝雝"分别形容雎鸠、黄鸟和大雁。至于在一首诗中连用叠字，则以《卫风·硕人》最为典型。顾炎武《日知录》卷二十一"诗用叠字"条曰：

> 诗用叠字最难。《卫诗》："河水洋洋，北流活活。施罛濊濊，鳣鲔发发。葭菼揭揭，庶姜孽孽。"连用六叠字，可谓复而不厌，赜而不乱矣。《古诗》："青青河畔草，郁郁园中柳。盈盈楼上女，皎皎当窗牖。娥娥红粉妆，纤纤出素手。"连用六叠字，亦极自然。下此即无人可继。

其实这种手法后世诗人也常常使用，直至近代俞樾①，其中也不乏佳作。词中则以李清照《声声慢》之"寻寻觅觅，冷冷清清，凄凄惨惨切切"最为著名，至曲中乃有通篇为之者，如乔吉《天净沙》〔即事〕等，遂开出元曲一体②。就叠字的词性而言，也由形容词、拟声词扩展为名词或动词③。但这种手法发展到超过作品艺术整体的要求时，就不免流于文字游戏。顾炎武说"无人可继"，大概主要是针对此而言。

2. 双声。两字声母相同，重叠使用即为双声，如"参差""黾勉""唐棣""肃霜""涤场"等，虽有两字之音，实为一字之意，所以又可称为联绵词④。又有双声而兼叠韵者，如"辗转""间关""燕婉""缱绻"等。

3. 叠韵。两字韵母相同，重叠使用即为叠韵，如"窈窕""栖迟""差池""绸缪"等。这些词汇的运用，无疑都加强了《诗经》的音乐美。

（二）造句

1. 句式。诗三百中的句子，大多是四言句。《诗》共有7284句，四

---

① 俞氏《春在堂随笔》卷六载其游西湖九溪十八涧诗曰："重重叠叠山，曲曲环环路，丁丁东东泉，高高下下树。"江苏人民出版社1984年版，第90页。

② 沈雄《古今词话·词品上卷》"复字"条引卓人月语："诗中一句连三字者，'夜夜夜深闻子规'，'日日日斜空醉归'，此非叠字也。如《醉春风》、《钗头凤》、《摘红英》、《惜分钗》等曲，方有复字。尤更难于落句者，以全在气足韵足耳。"（唐圭璋编《词话丛编》，中华书局1986年版，第841页）另可参见罗忼烈《元曲杂体》，收入其《两小山斋论文集》，中华书局1982年版。

③ 《诗经》359个重言词中，形容词占了352个，名词和叹词各仅有1个，动词有5个（其中有的还有争议），而像乔吉《天净沙》中的"莺莺燕燕春春，花花柳柳真真"，则是以名词为主。

④ 王国维《肃霜涤场说》曰："'肃霜''涤场'，皆互为双声，乃古之联绵字，不容分别释之。'肃霜'，犹言肃爽；'涤场'，犹言涤荡也。"载《观堂集林》卷一，第71页。

言就达 6584 句之多①。可见至周代中国上古诗歌句式已基本固定。正如孔颖达指出："(《诗》)句字之数，四言为多。唯以二、三、七、八者，将由言以申情，唯变所适，播之乐器，俱得成文故也。"②所以，四言是基本格式，同时又掺杂了其他句式。挚虞《文章流别论》说："古之诗有三言、四言、五言、六言、七言、九言。古诗率以四言为体，而时有一句两句杂在四言之间，后世演之，遂以为篇。"③兹略述如下：

（1）一字句。如《郑风·缁衣》："缁衣之宜兮，敝，予又改为兮。适子之馆兮，还，予授子之粲兮。"顾炎武《日知录》卷二十一"一言"条曰："《缁衣》三章章四句，非也。'敝'字一句，'还'字一句。若曰'敝予'、'还予'，则言之不顺矣。且何必一言之不可为诗也？"④

（2）二字句。如《豳风·九罭》中的"鳟鲂"、《小雅·祈父》中的"祈父"和《周颂·维清》中的"肇禋"等。

（3）三字句。如《召南·江有汜》："江有汜，之子归，不我以。"《鲁颂·有駜》："振振鹭，鹭于下。鼓咽咽，醉言舞。"三言可以独立成句，挚虞《文章流别论》指出"汉《郊庙歌》多用之"，如《练时日》《天马》《华烨烨》《五神》《朝陇首》《象载瑜》《赤蛟》诸章，通篇皆以三言成诗。

（4）五字句。如《召南·行露》："谁谓雀无角，何以穿我屋？谁谓女无家，何以速我狱？"这是以上二下三为节奏。《豳风·七月》："一之日觱发，二之日栗烈……三之日于耜，四之日举趾。"这是以上三下二为节奏。再如《小雅·北山》："或燕燕居息，或尽瘁事国。或息偃在床，或不已于行。"这是以上一下四为节奏。诗三百中的句式，除四言之外，便以五言为最多，达 399 句。古典诗歌在句式上由四言发展为五言，在《诗经》中已经具备了一种潜能。

---

① 此据糜文开《诗经的基本形式及其变化》一文所列"《诗经》字句统计表"，文载糜文开、裴普贤《诗经欣赏与研究》，台北：三民书局 1977 年版，第 478—479 页。
② 《毛诗正义》卷一《周南·关雎》，《十三经注疏》，中华书局 1980 年影印版，第 274 页。
③ 《艺文类聚》卷五十六引，上海古籍出版社 1982 年版，第 1018 页。
④ 一言不能成句为诗的观点，是孔颖达提出。《毛诗正义》卷一《周南·关雎》曰："句者联字以为言，则一字不制也。以诗者申志，一字则言塞而不会。"此说多不为今人所取，但一字句在诗中很少出现也是事实。

（5）六字句。如《齐风·著》："俟我于著乎而，充耳以素乎而。"《小雅·雨无正》："谓尔迁于王都，曰予未有室家。"

（6）七字句。如《鄘风·桑中》："送我乎淇之上矣。"《魏风·伐檀》："胡取禾三百廛兮。"这是以上三下四为节奏；《小雅·小旻》："如彼筑室于道谋。"《周颂·敬之》："学有缉熙于光明。"这是以上二下五为节奏。后来的七言诗，则大多以二二三为节奏。

（7）八字句。如《魏风·伐檀》："胡瞻尔庭有悬貆兮。"《豳风·七月》："十月蟋蟀入我床下。"《小雅·十月之交》："我不敢效我友自逸。"

至于是否有九字句，古人意见不一。挚虞《文章流别论》认为《大雅·泂酌》"泂酌彼行潦挹彼注兹"即是，但孔颖达《毛诗正义》卷一《周南·关雎》下曰："遍检诸本，皆云《泂酌》三章章五句，则以为二句也。颜延之云：诗体本无九言者，将由声度阐缓，不协金石。仲洽之言，未可据也。"所引颜氏语，出于《庭诰》。从后世诗歌中绝少九言的情况来看，孔颖达的意见更为可取。

2. 对偶。对偶是汉字单音节而孤立之特征在文学上的表现，一字一音、词性不定、同义字多的汉字，尤其易于形成对偶句法。《文心雕龙·丽辞》曾将对偶总结为言对、事对、正对、反对四种，日僧空海之《文镜秘府论》总结初、盛唐人的议论，在东卷中罗列了二十九种对。这些对偶方式，在《诗经》中已具备了很多，兹略举如下：

（1）的名对。"忘我大德，思我小怨。"（《小雅·谷风》）

（2）隔句对。"昔我往矣，杨柳依依；今我来思，雨雪霏霏。"（《小雅·采薇》）

（3）联绵对。"冬日烈烈，飘风发发。"（《小雅·四月》）

（4）异类对。"溱与洧，浏其清矣；士与女，殷其盈矣。"（《郑风·溱洧》）

（5）叠韵对。"燕婉之求，籧篨不鲜。"（《邶风·新台》）

（6）当句对。"是刈是濩，为絺为绤。"（《周南·葛覃》）

至于《小雅·北山》中"或燕燕居息，或尽瘁事国。或息偃在床，或不已于行。或不知叫号，或惨惨劬劳。或栖迟偃仰，或王事鞅掌。或湛乐饮酒，或惨惨畏咎。或出入风议，或靡事不为。"整章重叠为对，几乎可视为后世排律的滥觞。不过，《诗经》中的对偶，还不像后代诗歌对偶的刻意求之①。但也由此可以看出，后世的种种对偶方式，殆即胎息于《诗经》。

3. 重复。在《诗经》中有两类情况：一是在同一首诗中的重复，这可能是出于歌唱的需要，从效果上看，重复加强了诗的音乐美和节奏感，在一唱三叹中，使感情得到进一步抒发。如《周南·汉广》：

> 南有乔木，不可休思。汉有游女，不可求思。汉之广矣，不可泳思。江之永矣，不可方思。
> 翘翘错薪，言刈其楚。之子于归，言秣其马。汉之广矣，不可泳思。江之永矣，不可方思。
> 翘翘错薪，言刈其蒌。之子于归，言秣其驹。汉之广矣，不可泳思。江之永矣，不可方思。

每章的后四句都是叠咏，表现出对于企慕对象求之不得的惆怅之情，嗟叹式的重复，将诗情一步步推向高潮。牛运震《诗志》卷一评为"三叠三唱，不易一字，妙有千回万转之致"，也揭示了此诗重复手法的效果。

另一类是在不同诗篇中出现相同或相近的诗句。据统计，这类重复在《国风》中有694句，《小雅》532句，《大雅》209句，《颂》96句。②这些相同句的出现，是由于在流传的歌谣中存在着"现成词组"，亦即"套语"，在围绕主题时，这些套语就可以用来渲染并强化一种特定的气氛。尤其是作为"兴"词的运用，诗人往往会选取一个易于唤起听众的某种熟悉情绪的套语。例如"习习谷风"，既出现在《邶风》中，又出现在《小雅》中，而作为"兴"词，它们都引起了弃妇对于婚姻破裂的哀怨。③这一类的相同句在《诗经》中的作用就不限于音律或节奏了。

---

① 谢榛《四溟诗话》卷一指出："'觏闵既多，受侮不少。'初无意于对也。《十九首》云：'胡马依北风，越鸟巢南枝。'属对虽切，亦自古老。"所举诗例出于《邶风·柏舟》。

② 此据王靖献（C.H.Wang）的统计，见其著 The Bell and the Drum, University of Callifornia Press, 1974. p.46.

③ 套语使用的前提是共同的联想习惯，而联想习惯的形成更可以向历史中去寻求原始的传统意念。赵沛霖《兴的源起》（中国社会科学出版社1987年版）对此问题作了探索，可参看。

（三）用韵

关于《诗经》的用韵问题，讲得最早且最扼要的当推顾炎武，其《日知录》卷二十一"古诗用韵之法"条首发其例。其后江永著《古韵标例》，孔广森撰《诗声分例》，丁以此作《毛诗正韵》，其子丁惟汾继作《毛诗韵聿》，可谓愈分愈细。兹据顾氏之说，略举诗例如下：

1. 三句用韵。即"首句、次句连用韵，隔第三句，而于第四句用韵者，《关雎》之首章是也"，如"关关雎鸠（韵），在河之洲（韵）。窈窕淑女，君子好逑（韵）"。顾氏接着指出："凡汉以下诗及唐人律诗之首句用韵者源于此。"

2. 隔句用韵。如《周南·桃夭》："桃之夭夭，灼灼其华（韵）。之子于归，宜其室家（韵）。"顾氏指出："凡汉以下诗及唐人律诗之首句不用韵者源于此。"

3. 句句用韵。如《周南·卷耳》："陟彼崔嵬（韵），我马虺隤（韵）。我姑酌彼金罍（韵），维以不永怀（韵）。"顾氏指出："凡汉以下诗，若魏文帝《燕歌行》之类源于此。"

4. 转韵。这是由以上三种用韵法变化而来。如《小雅·采薇》："采薇采薇，薇亦作止。曰归曰归，岁亦莫止。靡室靡家（转韵），猃狁之故。不遑启居，猃狁之故。"这是一章上下各自为韵。又如《大雅·有瞽》："有瞽有瞽，在周之庭。设业设虡（以下与鼓韵叶），崇牙树羽，应田县鼓，鞉磬柷圉，既备乃奏，箫管备举。喤喤厥声（以下与庭韵叶），肃雝和鸣，先祖是听。我客戾止，永观厥成。"这是两韵分叶。此外，还有交互转韵者，如《邶风·柏舟》："我心匪石（隔韵），不可转（韵）也。我心匪席（与石韵叶），不可卷（韵）也。威仪棣棣，不可选（韵）也。"虽然《诗经》中的用韵法颇多，但亦如顾炎武所说的："莫非出于自然，非有意为之也。"

前人每以《诗经》为后世文章之渊薮，从上文在遣词、造句和用韵等方面的分析中，也是不难发现这一点的。至于在其他方面（比如描写、结构、意境等）启发后世诗人的还可以举出许多，清人的《诗经》注释有不少具体揭示，如牛运震《诗志》、陈继揆《读风臆补》、方玉润《诗经原始》等，都是这方面的代表性著作。

四、诗教

以《诗》为教,始于周代王官之学。在中国古代历史发展中,西周已是一个人文精神颇浓的时代。而人文精神的培养,则集中在贵族的教育上,其主要内容是《礼》《乐》《诗》《书》。《左传·僖公二十七年》载郤縠语云:"说《礼》《乐》而敦《诗》《书》。《诗》《书》,义之府也;《礼》《乐》,德之则也;德、义,利之本也。"《礼记·王制》:"乐正崇四术,立四教,顺先王《诗》《书》《礼》《乐》以造士。春秋教以《礼》《乐》,冬夏教以《诗》《书》。"从《左传》《国语》中不难发现,当时的贵族对这四种典籍是极为熟悉的。①孔子说:"不学《诗》,无以言。""不学《礼》,无以立。"(《论语·季氏》)可以看作对春秋时代贵族教育的代表性看法。②

春秋战国之际,天下大乱,官学失坠。学在官府一变而学在民间。因此,学术的领地遂由贵族而转到民间,由史官而转到诸子,由官学而转到私学。孔门的教材就是《诗》《书》《礼》《乐》,所以《史记·孔子世家》上说:"孔子以《诗》《书》《礼》《乐》教。"这当然可以认为孔子继承了西周的官学传统,但官学以贵族为对象,而孔门则"有教无类"(《论语·卫灵公》),扩展及各类人。诗和乐对于个人的修养来说,一个是开端("兴于诗"),一个是完成("成于乐"),孔子尤为重视。这就是"诗教"的由来。

"诗教"的核心是"温柔敦厚",《礼记·经解》载:

> 孔子曰:"入其国,其教可知也。其为人也,温柔敦厚,《诗》教也……《诗》之失,愚……其为人也,温柔敦厚而不愚,则深于诗者也。"

《经解》是对"六经"宗旨及其得失的陈述,成篇于汉初,未必皆为孔子

---

① 春秋时,公卿大夫宴享之际,各诸侯国使臣在外交场合,都需要"赋诗言志",或引诗为据。这种情况甚为普遍,详见劳孝舆《春秋诗话》。又杨向时《左传赋诗引诗考》(台北中华丛书编审委员会1972年版)也有较为仔细的排比,可参看。

② 也有少数不学之徒,只能甘受嘲弄。见《左传》襄公二十七、二十八年叔孙、穆子嘲庆封事。庆封皆以"不敬"(即不合礼)而受嘲,但他懵然无动于衷,原因是"不知",乃更见其不学。

之言①，但其内容均有所承。特别是其中以"温柔敦厚"概括《诗》的性格，影响及后世，遂成为中国诗学的极诣。

所谓"温柔敦厚"，原指诗人的性情而言，而非指性情的表达②。温的感情是相对于热烈和冰冷而言，所以具有柔的性格。诗虽然是以情为主，但情仍然需要理智的反省和控制。控制是使情不至于流荡，反省是使情不陷于浮薄，其结果便是富有融合性、凝聚性的既深且厚的"敦厚"的感情。以抒情为主的诗，最容易失于肆情任意，也就是《经解》篇说的"愚"，愚即不智，不智是不学不思的结果，也就是未经理智的反省和控制。所以真正"深于诗者"，必然是"温柔敦厚而不愚"。至于这种"温柔敦厚"的性情发而为诗，可以是委婉曲折、一唱三叹，也可以指切事情、一针见血，尤其是关涉国计民生的大是非、大利害时，诗人出之以感愤之心的真歌哭，正是其"温柔敦厚"性情的自然流露。而假借"温柔敦厚"之名，面对人民的血河泪海故作无关痛痒之"依违讽谏"的，乃后世俗儒、小儒之作为，只能败坏诗道。

王褒《四子讲德论》引《传》曰："诗人感而后思，思而后积，积而后满，满而后作。"（《文选》卷五十一）这不妨看作孔门诗教的另一番确切的表达。

第三节 《楚辞》的兴起

《诗经》奠定了中国诗歌的抒情基础，然而将这一传统作了有力的推动，并使之放射出灿烂之光的，则是战国时代以屈原为代表创作的《楚辞》。《诗经》中的大部分作品，其作者的姓名是无考的，《楚辞》则具有更为强烈的个人色彩。在《离骚》等作品中，屈原展示了自己丰富变幻的心路历程，第一次在诗歌中响亮地提出了个人与社会的矛盾问题，诸

---

① 孔颖达《礼记正义》卷五十以其篇首有"孔子曰"三字，遂谓"《经解》一篇，总是孔子之言"。这显然是不妥的。
② 孔颖达《礼记正义》曰："温谓颜色温润，柔谓性情和柔。《诗》依违讽谏，不指切事情，故云'温柔敦厚，诗教也'。"将其落实在表现手法上，未得其原意。参见徐复观《释诗的温柔敦厚》，收入其《中国文学论集》，台北：台湾学生书局1982年版，第445—448页。

如对祖国的眷恋、对命运的抗争、对世俗的哀悯等等复杂的感情，也都被融进了他动人心魄的自我倾诉之中，体现出比《诗经》更为强烈和深刻的抒情性。与之相适应的，在若干篇章中，句式上也突破了以四字为基调的《诗经》模式，而代之以字句多少不十分固定的骚体。此外，对"比兴"手法的继承和发展，是《楚辞》的又一特色。中国诗歌史上"香草美人"的比兴寄托传统，就是由屈原导其先河的。魏晋的曹植、阮籍，唐代的陈子昂、李白都是这一传统的优秀传人。而阐释者咏男女之词，作美刺之笺，也成为传统诗学批评的一大特色。

一、《楚辞》释名

"楚辞"是战国时代以屈原为代表的楚国人的创作，就文体而言，是介于诗和赋之间的体裁。作为文体，屈原在其作品中提到的有诗、歌、颂（诵）。如《九歌·东君》："展诗兮会舞。"《招魂》："造新歌些。"《九章·抽思》："追思作颂。"① 但当时似未自称其作品为"辞"。屈原作品中用到的"辞"，均作言辞或辞令解，非文体之名②。"楚辞"之名起于西汉前期：

> 庄助使人言买臣，买臣以"楚辞"与助俱幸。(《史记·酷吏列传·张汤传》)

> 严助（避明帝刘庄讳易"庄"为"严"）、朱买臣贵显汉朝，文辞并发，故世传"楚辞"。(《汉书·地理志》)

> 宣帝时修武帝故事，讲论六艺群书，博尽奇异之好，征能为"楚辞"九江被公，召见诵读。(《汉书·王褒传》)

"楚辞"原指楚地特有的一种文体，秦汉之际，起兵者多为楚人，故汉初楚文化曾风靡一时。以音乐言，有所谓"楚声"（《汉书·礼乐志》）；

---

① 原作"道思作颂"，兹据刘永济《屈赋通笺》叙论"正名定义第一"及卷五"九章正名第二"说改。又《九章·悲回风》中有"窃赋诗之所明"，但严格地说，这里的"赋"是个动词，但稍后的荀子已以"赋"名篇，可知其时赋也已成为文体之名。

② 《九章·抽思》有"结微情以陈词兮，矫以遗夫美人"之句，王逸注曰："结续妙思，作辞赋也。"似乎透露出汉人有以此处的"陈词"之"词"（辞）为辞赋之辞的想法。

以舞蹈言，有所谓"楚舞"（《史记·留侯世家》）；以曲调言，有所谓"楚歌"（《汉书·韩延寿传》）；而在文学方面，遂有"楚辞"之称。①将屈原、宋玉等人的作品整理为总集，并定名为《楚辞》，其中经历了一个过程。王逸在《离骚后叙》中说："楚人高其行义，玮其文采，以相教传。"又在《天问后叙》中说："昔屈原所作，凡二十五篇，世相教传。"可见屈原的作品是经过民间流传阶段，而逐渐形成现在的面貌的。根据古本《楚辞释文》的篇次，《离骚经》之后是《九辩》，《渔父》之后是淮南小山（《文选》则题作刘安）的《招隐士》，最后是王逸的《九思》，由此推断《楚辞》的纂辑，可能是经由刘安、刘向等人之手，最后为王逸，遂编成流传至今的《楚辞章句》十七卷。所以，《楚辞》的名称未必始于刘向，很可能在汉武帝时期刘安纂辑屈原作品时就已有此名。②

将屈原等人的作品概名之曰《楚辞》，一方面有地理原因，即将这些作品冠之以"楚"，如宋人黄伯思所谓"屈、宋诸骚，皆书楚语，作楚声，纪楚地，名楚物，故可谓之'楚词'"（《东观馀论》卷下《校订楚词序》）；另一方面也有文化原因，即将这些作品统称为"辞"。从文化上来讲，周人对殷商文化进行了因革损益，特别强调了礼、乐等人文精神，而楚文化则与殷商文化一脉相传③，所以楚国的巫风也特别浓厚。《吕氏春秋·侈乐》云："楚之衰也，作为巫音。"《汉书·地理志》亦云："楚人信巫鬼而重淫祀。"楚地出土的帛书、漆画等物，亦可以证明战国以来楚地巫祝之风的盛行。当然，这并不意味着说北方中原各国就不存在巫风，就是到汉代，如《汉书·郊祀志》所记载的，北方也还有"梁巫""晋巫""秦巫""河巫"等。但是从整体上讲，中原文化较南方具有更为强烈的人文气息也是事实。在先秦时期，"辞"主要与宗教和政治有关，如占卜的"卜辞""断辞"，祭祀时的"祝辞"，均与宗教相关。从宗教文学的角度看，

---

① 此处参考汤炳正《关于"楚辞"的"辞"》，收入《楚辞类稿》，巴蜀书社1988年版，第59—62页。

② 《四库全书总目》卷一百四十八"《楚辞》"类总叙谓"哀屈、宋诸赋，定名《楚辞》，自刘向始也。"其结论未必可据。参见汤炳正《〈楚辞〉成书之探索》，收入《屈赋新探》，齐鲁书社1984年版，第85—109页。

③ 参见陈旭《商、楚文化关系的探讨》，载河南省考古学会编《楚文化研究论文集》，中州书画社1983年版，第107—123页。

《楚辞》中最为明显的是《九歌》《招魂》《大招》等篇，形式上显然具有祭祀文学的特征；另外如《天问》《卜居》等篇连续发问的形式，也与占卜有源流关系。王充《论衡·卜筮篇》曰："俗信卜筮，谓卜者问天，筮者问地。"所以有的学者将《楚辞》归入"巫系文学"①。而屈原反复将自己歌吟咏叹的内容称作"陈辞（词）"②，也透露了其作品与"辞"的关系。后人将楚人的创作称为"辞"，不是没有原因的。

除《楚辞》一名以外，后人也有以别名代总名，称《楚辞》为《离骚》的，如郭璞注《山海经》，往往举"《离骚》曰"为证，实际则或出于《天问》《远游》《招魂》等篇；《文选》专立"骚"目，包括《离骚》《九歌》（六首）、《九章》（一首）、《卜居》《渔父》《九辩》《招魂》；《文心雕龙·辨骚》在"《离骚》之文，依经立义"句下，同时举到《天问》《涉江》《招魂》诸篇。此外，刘向集《楚辞》，称《离骚》为"经"；《汉书·艺文志》又称《楚辞》中所载诸家之作为"赋"。这些都是《楚辞》的别名异称。③

二、《楚辞》的特点及其形成

和《诗经》中的作品相比，《楚辞》首先在篇幅上显示了差别。《诗经》中最长的是《鲁颂·闷宫》，有8章120句492字，而《离骚》则有374句2490字。因为《诗经》是配乐歌唱，而《楚辞》是诵读的，因此能够不受音乐的限制。

从句式来看，《楚辞》大致可以分为两类：一类以四言为主，如《天问》《九章·橘颂》《招魂》等；一类则以六言为主，如《离骚》和《九章》

---

① 藤野岩友《巫系文学论》（东京：大学书房1969年增补版）将《楚辞》分为五大类别：一、卜问系文学（设问文学），如《天问》；二、占卜系文学（问答文学），如《卜居》《渔父》；三、祝辞系文学（自叙文学），如《离骚》；四、神舞剧文学，如《九歌》；五、招魂文学，如《招魂》《大招》。以此证明《楚辞》是从宗教祭祀中兴起的文学。这也许可以说明《楚辞》的一个来源，但并不能由此得出结论，将《楚辞》等同于宗教文学。

② 例如，《离骚》："济沅、湘以南征兮，就重华而敶词（洪兴祖《楚辞考异》：'一作陈辞'）"；"跪敷衽以陈辞兮"（《考异》："辞一作词"），耿吾既得此中正。"《九章·抽思》："结微情以陈词兮，矫以遗夫美人。""兹历情以陈辞兮，荪详聋而不闻。"

③ 胡小石先生《楚辞辨名》指出："名'楚辞'，以声言；名'骚'，以情言；名'赋'、名'经'，以地位言。"载《胡小石论文集》，上海古籍出版社1982年版，第24页。

中的大部分篇目。后者是典型的骚体。四言体主要受到《诗经》的影响，骚体则是在南北方民歌的基础上发展而来的。

楚文化受到中原文化的影响，在史籍记载及近年的考古发现中都能证实这一点。①《国语·楚语》上记载申叔时对太子箴的师傅士亹说："教之《春秋》而为之耸善而抑恶焉，以戒劝其心……教之《诗》而为之导广显德，以耀明其志。"可知《诗》在楚国贵族生活中已有流传。春秋时诸侯国使臣的赋诗引诗，其中也包括楚国，仅《左传》记载就有七例②。屈原为三闾大夫，掌管楚国昭、景、屈三姓王族子弟的教育。又曾两度出使齐国，"娴于辞令"（《史记·屈原列传》），而自春秋以降，是"不学诗，无以言"（《论语·季氏》）的。由此可以推测，屈原对于《诗》应该是相当熟悉的。这里将《橘颂》与《郑风·野有蔓草》稍作对比如下：

橘颂	野有蔓草
后皇嘉树，橘徕服兮。	野有蔓草，零露漙兮。
受命不迁，生南国兮。	有美一人，清扬婉兮。
深固难徙，更壹志兮。	邂逅相遇，适我愿兮。
绿叶素荣，纷其可喜兮。	

这可以证明《诗经》是《楚辞》的一个来源。但最能代表《楚辞》的，应该是以六言句为主的骚体。这固然与南方楚歌有渊源关系，但也不能排除与楚接壤的中原地区民歌的影响。就形式而言，骚体的特色一是"兮"字用在句中，二是字数以六言为主。当时南北方歌谣中已有此类句式，且有与《楚辞》极为类似者。例如：

《麦秀歌》："麦秀渐渐兮，禾黍油油，彼狡童兮，不与我好兮。"（《史记·宋世家》）③

---

① 参看姜亮夫《楚文化与文明点滴钩沉》，收入其《楚辞学论文集》，上海古籍出版社1984年版，第121—157页。马世之《楚文化探源》、陈旭《商、楚文化关系的探讨》，均载《楚文化研究论文集》。

② 详见《左传》文公十年无畏引诗；宣公十二年孙叔敖引诗；成公十二年楚子引诗；襄公二十七年罢赋诗；昭公三年楚子赋诗，七年无宇引诗，二十四年沈尹戌引诗。

③ 《尚书大传》卷二引作："麦秀薪兮，黍禾蝇蝇。彼狡童兮，不我好仇。"

《采薇歌》:"登彼西山兮,采其薇矣。以暴易暴兮,不知其非矣。"(《史记·伯夷列传》)①

　　《徐人歌》:"延陵季子兮不忘故,脱千金之剑兮带丘墓。"(《新序·节士》)

　　《易水歌》:"风萧萧兮易水寒,壮士一去兮不复还。"(《战国策·燕策三》)

有些歌谣的句子还能与《楚辞》相证:

　　《越人歌》:"今夕何夕兮,搴舟(此字据《玉台新咏》改)中流。今日何日兮,得与王子同舟。蒙羞被好兮,不訾诟耻。心几顽而不绝兮,得知王子。山有木兮木有枝,心说君兮君不知。"(《说苑·善说》)

沈德潜《古诗源》卷一评此歌曰:"与'思公子兮未敢言'同一婉至。"即指《九歌·湘夫人》"沅有芷兮醴有兰,思公子兮未敢言"。

　　《琴歌》:"乐莫乐兮新相知,悲莫悲兮生别离。"(《列女传》)
　　《九歌·少司命》:"悲莫悲兮生别离,乐莫乐兮新相知。"
　　《孺子歌》:"沧浪之水清兮,可以濯我缨。沧浪之水浊兮,可以濯我足。"
　　《楚辞·渔父》:"沧浪之水清兮,可以濯我缨。沧浪之水浊兮,可以濯我足。"

屈原创造的骚体形式,就是在这些民间歌诗的基础上发展起来,而更加富于变化。如《天问》虽以四言为主,但也加入了三言、五言、六言、七言、八言等,参差交错;《九章》各篇的正文与"乱"辞,分别使用了不同的句式;"兮"字(包括"只""些"等语气词)的用法则或在句中,或在句尾,和句子的短长相配,产生了和谐而繁富的节奏与韵律。

　　此外,浓厚的地方色彩也是《楚辞》的特色之一。黄伯思已经指出:

---

① 《乐府诗集》卷五十七无"兮""矣"字,一句作"登彼高山",二句作"言采其薇",三句作"以暴易乱",则为四言诗。

若些、只、羌、谇、蹇、纷、侘傺者，楚语也；悲壮顿挫、或韵或否者，楚声也；沅、湘、江、澧、修门、夏首者，楚地也；兰、茝、荃、药、蕙、若、蘋、蘅者，楚物也。（《东观馀论》卷下《校定楚词序》）

由于运用了极富地方色彩的方言和景物，就使《楚辞》有一种奇幻的风格，给人造成强烈的印象。这些特殊的词汇，极富炫耀性，因而也特别引起了人们的注意。所以从屈原以下，就引发出重"辞"的倾向[1]，刘勰评为"奇文""自铸伟辞"（《文心雕龙·辨骚》）。这和《诗经》的重"教"传统是有区别的。

三、屈原的人格与诗学

"帝高阳之苗裔兮，朕皇考曰伯庸。摄提贞于孟陬兮，惟庚寅吾以降。"《离骚》开章明义的几句诗，写出了自己伟大的祖先和不平凡的出生年月。屈原是"楚之同姓"（《史记·屈原列传》），是颛顼帝的后裔。他出生于寅岁寅月寅日，更是与众不同[2]。《离骚》中又写道："纷吾既有此内美兮，又重之以修能。""内美"指其品质和德性的美好；"修能"则指其才干之卓越。《史记·屈原列传》记载：

　　（原）为楚怀王左徒，博闻强识，明于治乱，娴于辞令。入则与王图议国事，以出号令；出则接遇宾客，应对诸侯，王甚任之。

"左徒"与大夫同列，政治地位颇高[3]。人类的困境既然不依赖于神灵来解决，那就只能依靠人自身的力量。"皇天无私阿兮，览民德焉错辅。夫

---

[1] 《史记·屈原列传》："屈原既死之后，楚有宋玉、唐勒、景差之徒者，皆好辞而以赋见称，然皆祖屈原之从容辞令。"《汉书·艺文志》："其后宋玉、唐勒，汉兴枚乘、司马相如，下及扬子云，竞为侈丽闳衍之词，没其风谕之义。"至杜甫尚有"清词丽句必为邻，窃攀屈、宋宜方驾"（《戏为六绝句》）之句。

[2] 关于屈原的出生年月，历来都是根据《离骚》中的这两句诗，但由于推算方式不一，所以得出的结论也不尽相同，大约在公元前340年。前人有关屈原生年的异说，游国恩主编《离骚纂义》罗列较为详备，中华书局1980年版，第11—18页，可参看。

[3] 汤炳正《"左徒"与"登徒"》根据随县曾侯乙墓出土的文字资料得此结论，收入其《屈赋新探》，第4—57页，可参看。

维圣哲以茂行兮，苟得用此下土。"(《离骚》)这已经成为战国时代较为普遍的观念。如《左传·僖公五年》引《周书》云："皇天无亲，惟德是辅。"《老子》第七十九章也说："天道无亲，常与善人。"于是，对于"美政"的追求也就成为所有怀抱理想、富有责任感的士人的共同信念。屈原当然不在例外，而且还是其中的杰出代表。即使在人世间邪恶势力要吞没正义，特别是当楚怀王、顷襄王听信谗言而对他疏远、将他放逐以后，屈原为了楚国的安危，仍然坚持正义，依然守道不阿，决不放弃理想而与世浮沉。"固时俗之工巧兮，偭规矩而改错；背绳墨以追曲兮，竞周容以为度……宁溘死以流亡兮，余不忍为此态也。"(《离骚》)屈原在无法实施美政又无人能够理解的人生困境中，行吟泽畔，以自沉汨罗江的悲壮之举对命运作了最后的抗争——

> 已矣哉，国无人莫我知兮，又何怀乎故都。既莫足与为美政兮，吾将从彭咸之所居。(《离骚》)

《离骚》中充分体现了屈原的人格美，"不有屈原，岂见《离骚》"(《文心雕龙·辨骚》)，他的人格也引起了后人的赞颂。以汉代而论，如董仲舒称他"无所后顾"(《士不遇赋》)，淮南王刘安谓其志"虽与日月争光可也"(《史记·屈原列传》引)，刘向称之为"节士"(《新序·节士》)，扬雄表彰为"智者"(《法言·吾子》)，班固誉之为"仁人"(《汉书·古今人表》)①。而王逸也采用了经生离经析句的方式，将《离骚》冠以"经"名，并认为其作品是"依托五经以立义"(《楚辞章句序》)，为作"章句"；汉宣帝吟咏嗟叹，"以为皆合经术"(《文心雕龙·辨骚》)。所以屈原之辞也最能反映其人格的光辉。

诗言志，骚亦言志。从《离骚》第一段来看，屈原有"三恐"：

> 汨余若将不及兮，恐年岁之不吾与。
> 惟草木之零落兮，恐美人之迟暮。

---

① 学术界谈及班固对屈原的评价，往往较多注意到他批评屈原的"露才扬己"。实际上，真正代表班固对屈原的整体评价的，应该是《汉书·古今人表》，其中列屈原为上中，与蘧伯玉、颜渊、孟子等并列为"仁人"。

> 岂余身之殚殃兮，恐皇舆之败绩。

第一恐光阴易逝，美政难施（此同于下文"老冉冉其将至兮，恐修名之未立"）；第二恐迟暮不得用其所学，如草木零落；第三恐君国倾危，非为一己之休戚。这"三恐"，反映了早期中国士人的忧患意识。从今存文献看，忧患意识起于周朝初期的统治阶层，《周易·系辞下》曰："作《易》者，其有忧患乎？"又曰："《易》之兴也，其当殷之末世、周之盛德邪？当文王与纣之事邪？是故其辞危，危者使平，易者使倾，其道甚大，百物不废，惧以终始，其要无咎。此之谓《易》之道也。"忧患意识往往是和责任感结合在一起的一种心理，是"人类精神开始直接对事物发生责任感的表现"①。战国诸子的兴起，皆出于救时之弊的责任感，儒、墨两家典型地代表了士阶层忧患意识的觉醒。②即便是道家，也同样"蒿目而忧世之患"（《庄子·骈拇》），想要从深刻的忧患中超脱出来，以获得人生的安顿。屈原对于《周易》等代表儒家文化的典籍相当熟悉③，他是用诗句将其忧患之情强烈地表达出来的第一人，开启了中国忧患文学的先河。作为一个士大夫，屈原对自己所属包括王室在内的统治者有引导的责任（"乘骐骥以驰骋兮，来，吾导夫先路"），对人民怀有深厚的同情（"长太息以掩涕兮，哀民生之多艰"），对自己则怀有无限的期待（"路曼曼其修远兮，吾将上下而求索"），对理想具有百折不挠的信念（"亦余心之所善兮，虽九死其犹未悔"；"虽体解吾犹未变兮，岂余心之可惩"）。尤其是在战国之际，朝秦暮楚的游士比比皆是，楚国的隐者亦不少见④，屈原的可贵就在于他始终不愿也不能忘情于国危民困（《九章·思美人》："宁隐闵而寿考兮，何变易之可为"），成为中国文

---

① 徐复观《中国人性论史·先秦篇》，台北：台湾商务印书馆1984年版，第21页。
② 如《论语·卫灵公》"人无远虑，必有近忧。"又曰："君子忧道不忧贫。"《孟子·梁惠王下》"乐以天下，忧以天下。"又《离娄下》："君子有终身之忧，无一朝之患也。"又《告子下》："然后知生于忧患而死于安乐也。"
③ 参见饶宗颐《屈原与经术》，收入其《文辙——文学史论集》，第147—153页。
④ 如楚狂接舆，《论语·微子》和《庄子·人间世》中记载他过孔子之门而歌，据《韩诗外传》和《史记·邹阳列传》记载，接舆为隐者，皇甫谧采其事入《高士传》，《九章·涉江》亦有"接舆髡首，桑扈裸行"之句，王逸注曰："桑扈，隐士也。"又如《楚辞》中的《渔父》，朱熹《楚辞集注》卷五曰："渔父盖亦当时隐遁之士。"皆为楚人。

学史上富有责任感和使命感的诗人的最高典型。

屈原的作品见于《史记》的，有《离骚》《天问》《招魂》《哀郢》及《怀沙》五篇，《汉书·艺文志》则著录为二十五篇，应该是根据刘向校定的篇数，即《离骚》《九歌》(十一首)、《天问》《九章》(九首)、《远游》《卜居》《渔父》，王逸的《楚辞章句》也同此。《渔父》非屈原所作，王逸说是"楚人思念屈原，因叙其辞以相传焉"。另外一些作品，如《远游》《卜居》以及《九章》中的《惜往日》《悲回风》，历来也有人怀疑非屈原作，但文献不足征，未必能成为定论。

屈原作品的基调是哀怨。司马迁《史记·屈原列传》说："信而见疑，忠而被谤，能无怨乎？屈平之作《离骚》，盖自怨生也。"又曰："余读《离骚》《天问》《招魂》《哀郢》，悲其志。"李白也说："正声何微茫，哀怨起骚人。"① 哀怨来自他的孤独，孤独来自他在举世皆浊中的清醒，来自他的忧患意识和责任感②。他在作品中反复致意，以《九章》为例：

> 文质疏内兮，众不知余之异采。
> 世溷浊莫吾知，人心不可谓兮。(《怀沙》)
> 心郁郁之忧思兮，独永叹乎增伤。(《抽思》)
> 世溷浊而莫余知兮，吾方高驰而不顾。
> 吾不能变心以从俗兮，固将愁苦而终穷。(《涉江》)
> 退静默而莫余知兮，进号乎又莫吾闻。(《惜诵》)
> 车既覆而马颠兮，蹇独怀此异路。(《思美人》)
> 苏世独立，横而不流兮。(《橘颂》)

尽管孔子已经说过"诗可以怨"，但《诗经》和《楚辞》的"怨"并不完全相同。大致说来，《风》诗中的"怨"多朴素而简单，产生于日常生活中的不幸，以荡子思妇之"怨"占较大比重，因此视野较为狭窄。《小雅》中的"怨"则多为悯时伤乱之词，据《毛诗序》的记载，其作者的身份

---

① 《李太白全集》卷二《古风五十九首》之一，中华书局 1977 年版，第 87 页。
② 日本学者斯波六郎《中国文学における孤独感》(东京：岩波书店 1990 年版) 一书中对此有精到分析，可参看。

多为"大夫"或"君子"。但由于作者的生平多不可考,诗中的个性也并不鲜明。刘安说:"《国风》好色而不淫,《小雅》怨诽而不乱。若《离骚》者,可谓兼之矣。"① 所以《楚辞》中的"怨",不仅来自他的切身遭遇,而且视野远较其前的诗人为开阔。不仅出自他的忧患感伤之心,而且也充分展现了个人与社会的矛盾,个人的政治社会观点与现实政治社会的矛盾。从这个意义上说,只有到了《楚辞》,才真正开启了中国文学史上士大夫哀怨文学的传统。

作为其哀怨的表现,屈原的托物言志,以"香草美人"象征自己的志洁行芳,又奠定了中国诗学的另一传统。王逸《楚辞章句序》指出:

> 《离骚》之文,依《诗》取兴,引类譬谕。故善鸟香草,以配忠贞;恶禽臭物,以比谗佞;灵修美人,以媲于君;宓妃佚女,以譬贤臣;虬龙鸾凤,以托君子;飘风云霓,以为小人。

这一"香草美人"的传统,就与《诗经》的温柔敦厚传统一起,成为中国诗学最具有代表性的"风""骚"传统。

和《诗经》相比,《楚辞》的"香草美人"在语言上的表现,具有"朗丽""绮靡""瑰诡""耀艳"(《文心雕龙·辨骚》)的特色,是经过精心选择和刻意雕琢的词汇,所以获得"惊采绝艳"之评(同上)。屈原本来就"娴于辞令",他又曾出使齐国,对于喜欢谈天的驺衍等人的议论或许有所了解,对于流行于燕、齐等地的蓬莱系统的神话也有所吸收,再加上楚国本地的浪漫气氛和流行的昆仑系统的神话②,使得屈原作品的想象幅度极为广阔,天上地下,出幽入冥,其使用的词汇也极尽变化之能事。宋玉以下的楚国文人,越来越在文辞上下功夫,遂引发了后世士大夫贵游文学的先河。下逮汉代,赋"拓宇于《楚辞》"(《文心雕龙·诠赋》),虽然"辞人九变,而大抵所归,祖述《楚辞》"(《文心雕龙·时序》)。西汉时代将受《楚辞》影响的文人称作"辞人",并且有"辞人

---

① 《史记·屈原列传》,据《文心雕龙·辨骚》所述,可知此乃淮南王刘安语。
② 参见顾颉刚《〈庄子〉和〈楚辞〉中昆仑和蓬莱两个神话系统的融合》,载《中华文史论丛》1979年第2辑,上海古籍出版社1979年版。由于对《楚辞》中屈原作品的认识有分歧,所以顾氏认为屈原以后的楚人作品中才采用了蓬莱系统的神话,这一点和这里的论述有所不同。

之赋丽以淫"①之说。至南朝,贵游文学发展到登峰造极,乃至"为文而造情",甚至是"淫丽而烦滥"(《文心雕龙·情采》)。钟嵘《诗品》对汉代以来五言诗的评价,认为出于《楚辞》系统的低于《诗经》系统②,这可能也是原因之一。

---

① 扬雄《法言·吾子》,汪荣宝《法言义疏》,中华书局1987年版,第49页。
② 钟嵘评论了自汉代以来的一百二十多家作品,认为其中有源可寻者共三十六家,名列上品的多出于《诗经》,中品诗人除颜延年以外,都出于《楚辞》。

第三章　秦汉大一统制度下的诗歌

第一节　秦汉文化政策及其对诗歌的影响

一、秦朝的文化政策

秦朝（前221—前206）是中国历史上第一个统一的专制帝国，为期仅短短的十五年。为了适应客观需要，秦王朝在文化上也有许多措施，其中之一是统一了文字，用比较简便的小篆和隶书代替了复杂而又不很统一的战国古文字，即所谓"书同文"。这对后世的文化学术的发展提供了有利的条件。

但是，秦朝的立国之本是法家思想，从秦孝公任用商鞅变法，到秦始皇欣赏韩非并以李斯为相，都体现了法家思想在秦国的历史和现实基础。①法家思想的特征之一是反知识和反文化，据《韩非子·和氏》载，商君"燔《诗》《书》而明法令"，可知秦人"焚书"并不始于秦始皇。对于文化学术的体现者儒生，法家也同样怀有敌视的态度。商鞅将儒家的典籍、思想比作"六虱"（《商君书·靳令》），韩非又将儒生视作"以文乱法"的"五蠹"之一（《韩非子·五蠹》），《战国策·秦策一》记苏秦对秦惠王的话说："文士并饰，诸侯乱惑……繁称文辞，天下不治。"至秦始皇则既焚书又坑儒。与此相联系的，法家推行的是愚民政策。《商君书·垦令》云："民不贵学则愚，愚则无外交，无外交，则国勉农而不

---

① 秦国的地域原是岐周旧疆，所以对周文化有相当的吸收。《尚书》中有《秦誓》，为秦穆公所作；《诗经》中有《秦风》；秦国早有史官，见《史记·秦本纪》和《封禅书》，史书有《秦纪》，《史记·六国年表》采之。然而其民风强悍，"乐于战斗"，又存"戎翟之俗"，以人殉葬，乃至"杀人不忌"（朱熹《诗集传》卷六《秦风·黄鸟》《无衣》注），则是法家思想流行的社会基础。关于秦朝的文化，可参看章太炎《秦献记》，载《太炎文录初编·文录卷·》，《章太炎全集》（四），上海人民出版社1985年版，第69—71页。

偷。"秦始皇统一中国，成立了大一统的专制帝国，终于实现了这一理想。秦朝"以吏为师"①，"焚书坑儒"，铲除一切异端和"私说"，将文学作为政治宣传的工具。《史记·秦始皇本纪》载："天下敢有藏《诗》《书》、百家语者，悉诣守、尉杂烧之。有敢偶语《诗》《书》者弃市，以古非今者族。"《史记·六国年表》上又载："秦既得意，烧天下《诗》《书》，诸侯史记尤甚，为其有所刺讥也。"这是中国历史上文化专制主义在立国政策上的最初体现。所以前人有"秦世不文"（《文心雕龙·诠赋》）之评。秦朝文学最富有代表性的是刻石②，主要有泰山和琅琊台的刻石，《文心雕龙·封禅》评曰："秦皇铭岱，文自李斯，法家辞气，体乏弘润。然疏而能壮，亦彼时之绝采也。"这些刻石文字，浑朴典重，为后世碑刻文所祖。姚鼐《古文辞类纂·碑志类》、李兆洛《骈体文钞·铭刻类》皆以其文冠首，从文学史角度看，亦有其一定的地位。但就内容而言，大抵歌功颂德，开后来阿谀奉承文学的风气。

二、汉朝的文化政策

汉朝初年在文化上对战国时代的几个重要的思想流派都曾有所继承，如黄老之学、刑名之学和儒学。而汉承秦制，在制度上又有法家思想的影子。

汉初"改秦之败，大收篇籍，广开献书之路"（《汉书·艺文志》），又除"诽谤妖言之罪"，促进了学术文化的发展，也迎来了汉朝盛世。为了建立封建秩序和制度的需要，汉初统治者还注重制礼作乐，武帝时设立了专门机构——乐府，其所收集创作的歌词被后人称作乐府诗。

汉初的作家大多同时又是政治家，由于思想钳制不像先朝那么严密，他们可以就政治问题发表自己的意见，重点探讨秦王朝何以迅速灭亡的原因，以为汉代统治者提供借鉴，从而萌发和建立新的思想。所以当时以"新"命名的著作特多，如《新语》《新书》《新序》《新论》

---

① "以吏为师"的政策出于李斯提议，见《史记·秦始皇本纪》。具体事例如《史记·蒙恬列传》载："恬尝书狱典文学。"

② 秦朝的刻石文学素有传统，现在所知战国刻石，也以秦地最为盛行。参见饶宗颐《战国文学论》五"金、石刻辞二者的消长"，载《文辙——文学史论集》，第215—219页。

等①。同时，作为在大一统专制帝国下的汉初士人，对于战国游士时代有着深切的缅怀，常常将两个时代加以对比，并借模拟《楚辞》以抒发自己的见解和感慨。

从汉武帝刘彻到汉宣帝刘询，是西汉经济大发展和国势最强盛的时期。在文化方面，汉武帝罢黜百家，独尊儒术，立"五经"博士。这一方面开辟了由通经步入仕途的道路，使原始儒家思想还能有限度地发挥某些作用；但另一方面，以官方力量推行一种学说，势必束缚文化学术的自由发展，而将通经与利禄相结合，也就势必导致经书意义的湮没。郑樵说"九流设教，至末皆弊；然他教之弊，微有典刑，惟儒家一家，去本太远"，其根本原因就是"禄利之路然也"（《通志总序》）。至西汉末年，古文经学势力开始起来与今文经学相抗衡，使经学自身发生变化。汉哀帝刘欣以后，谶纬学起，使经学逐步蒙上神秘的色彩。当时的文人，如刘向、扬雄、班固等，把重视家法、师法的经学传统引入文学创作，重视模拟，使文学的创新精神受到抑制②。

在大一统一人专制社会中，文人的作用在统治者眼中，也只是歌颂功德、粉饰太平以供奉娱乐而已。司马迁《报任少卿书》曰："文史星历，近乎卜祝之间，固主上所戏弄，倡优所畜，流俗之所轻也。"（《文选》卷四十一）《汉书·枚乘传》载："（枚）皋不通经术，诙笑类俳倡。"又《严助传》载："（东方）朔、（枚）皋不根持论，上颇俳优畜之。"而汉宣帝的表达则更为明确：

> 辞赋大者与古诗同义，小者辩丽可喜。辟如女工有绮縠，音乐有郑卫。今世俗犹皆以此虞说耳目，辞赋比之，尚有仁义风谕、鸟兽草木多闻之观，贤于倡优博弈远矣。（《汉书·王襃传》）

文人不甘于这种"见视如倡"的地位，也就必然要将文学上比于经术，

---

① 桓谭《新论》卷上《本造》："余为《新论》，术辨古今，亦欲兴治也，何异《春秋》褒贬耶……谭见刘向《新序》、陆贾《新语》，乃为《新论》。"上海人民出版社1977年版，第1页。

② 胡小石先生《中国文学史讲稿》第五章"汉代文学"曾列"两汉模仿文学一览表"，收入《胡小石论文集续编》，上海古籍出版社1991年版，第55—56页。周勋初先生《王充与两汉文风》又重加增订，成"两汉摹拟作品一览表"，收入其《文史探微》，上海古籍出版社1987年版，第7—8页。均可参看。

强调文学的讽谕美刺功能。《诗经》是五经之一,《楚辞》也是"依托五经以立意"(王逸《离骚经后叙》)。司马相如写作大赋,"其要归引之节俭","与《诗》之风谏何异"(《史记·司马相如列传》)。但在大一统社会中,这样的文学理想也只是不可能实现的空想,实际作用则正如他们自己所说的"劝百以讽一"。扬雄深怀怨讟之情将赋比作"壮夫不为"的"童子雕虫篆刻"(《法言·吾子》),正从反面表达了汉代士人对专制政治的压迫感和无可奈何之心①。

　　汉代以来,文学独立自觉的意识也在悄悄地渐进。这从以下三方面表现出来:其一,"文章"的新含义。先秦时代"文章"一词的典型用例,见于《论语·公冶长》:"子贡曰:夫子之文章,可得而闻也;夫子之言性与天道,不可得而闻也已矣。"朱熹《论语集注》释之云:"文章,德之见乎外者,威仪文辞皆是也。"即文章一词不仅指借语言表现出的孔子的德性,而且也包括由其体貌、人格所显示出的圣人气象。②到了汉代,特别是东汉以来,"文章"一词便被赋予仅指文辞的意义,如《汉书·公孙弘卜式倪宽传赞》:"汉之得人,于兹为盛。儒雅则公孙弘、董仲舒、倪宽……文章则司马迁、相如。"这一观念在此后就普遍使用起来。其二,《汉书·艺文志》中"诗赋略"的确立。《艺文志》承刘歆《七略》而来,除"辑略"以外,刘向、歆父子将当时书籍按类分作六略,即"六艺略""诸子略""诗赋略""兵书略""数术略"和"方技略"。这说明在时人的观念中,作图书分类时,诗赋应该成为独立的一类,这与作品的众多也是有关系的。从"诗赋略"的著录来看,赋分作四类,屈原赋之属二十家,三百六十一篇;陆贾赋之属二十一家,二百七十五篇③;荀卿赋之属二十五家,百三十六篇;杂赋之属十二家,二百三十三篇;总计赋家七十八家,赋作一千零五篇。歌诗二十八家,三百一十六篇④。如果

---

① 《汉书·扬雄传》载:"雄以为赋者,将以风之。必推类而言,极靡丽之辞,闳侈巨衍,竞于使人不能加也。既乃归之于正,然览者已过矣。往时武帝好神仙,相如上《大人赋》欲以风,帝反缥缥有陵云之志。繇是言之,赋劝而不止,明矣。又颇似俳优淳于髡、优孟之徒,非法度所存、贤人君子诗赋之正也,于是辍不复为。"
② 参看章太炎《国故论衡》卷中《文学总略》。
③ 《汉书·艺文志》作"二十一家,二百七十四篇",比实际数字少一篇。
④ 《汉书·艺文志》作"二十八家,三百一十四篇",比实际数字少两篇。

再加上姚振宗《汉书艺文志拾补》中的四十家四十部,以及诸家的《补后汉书艺文志》,数字将更多①。除少数为秦人或先秦人所作,绝大多数出于汉人之手。从以上的数字中也可以发现,汉代的文学主流是赋。作品的众多刺激了时人文学观念的觉醒,所以在目录学上也就如实反映出来。其三,为文人立传。《史记》《汉书》都只有《儒林传》,这反映了西汉经学昌盛的历史现象,但《后汉书》中除了《儒林传》外,又另立了《文苑传》,专门为文人立传。这一方面说明东汉以来文人众多,但更重要的是反映了这样一种观念,即以文章(不只是一般意义上的"立言")传世本身就有不朽的价值。尽管范晔此书作于刘宋时代,但也的确是东汉历史的真实反映②。东汉后期,经学的束缚逐步减弱,汉灵帝在太学以外,另立鸿都门学,提倡辞赋、小说、绘画、书法等,这种趋势的进一步发展,就引起了魏晋文学的大兴盛。

在书写工具上,由于蔡伦发明了"蔡侯纸",降低了造纸的成本,在汉和帝元兴元年(105)奏上,此后就用这类纸代替了过去的缣帛。物质文明的进步,也从一个方面促进了文化学术的传播和发展。

第二节 乐府诗的消长

一、"乐府"之名始见于秦

音乐在古代中国人的生活中占有很高的位置,所以殷商设有瞽宗,周代设有大司乐,秦朝设有太乐令、太乐丞等官职以掌管音乐。"乐府"本来也是官署之名,始见于秦。《汉书·百官公卿表上》载:"秦兼天下,建皇帝之号,立百官之职,汉因循而不革。"其中"少府"即为秦官,属官中就有"乐府"。1976年在临潼始皇陵附近出土的错金甬钟,上面有小

---

① 参见钱大昭《补续汉书艺文志》、侯康《补后汉书艺文志》、顾櫰三《补后汉书艺文志》、姚振宗《后汉艺文志》、曾朴《补后汉书艺文志并考》,均收于《二十五史补编》第二册。

② 今人多从鲁迅说,将文学独立的时代定于魏晋,甚至将汉代文学史实、观念及其出现的意义完全抹杀,恐不尽符合事实。

篆"乐府"二字的铭文①，二字可能表示此甬钟为乐府官署之物。汉承秦制，也以乐府为官署之名。如《史记·乐书》："孝惠、孝文、孝景无所增更，于乐府习常肄旧而已。"《汉书·礼乐志》："孝惠二年，使乐府令夏侯宽备其箫管。"《汉书·霍光传》载："大行在前殿，发乐府乐器，引内昌邑乐人击鼓歌唱作俳倡。"秦人也有入乐的歌诗作品。据《史记·秦始皇本纪》的记载："（始皇）使博士为《仙真人诗》，及行所游天下，传令乐人歌弦之。"故《文心雕龙·明诗》说："秦皇灭典，亦造仙侍。"《汉书·艺文志》"诸子略"载："《黄公》四篇。名疵，为秦博士，作歌诗，在秦时歌诗中。"其文或即在"诗赋略"所载之"《左冯翊秦歌诗》三篇。《京兆尹秦歌诗》五篇"之内。汉人所谓"歌诗"，实指配乐歌唱之诗，亦即后人所说的"乐府诗"。汉初的乐府，大抵皆是因秦及先秦旧典，用于宗庙祭祀。

二、汉武帝"立乐府"的意义

班固曾经三次讲到汉武帝"立乐府"一事。

> 至武帝定郊祀之礼，祠太一于甘泉，就乾位也。祭后土于汾阴，泽中方丘也。乃立乐府，采诗夜诵，有赵、代、秦、楚之讴。以李延年为协律都尉，多举司马相如等数十人造为诗赋，略论律吕，以合八音之调，作十九章之歌。（《汉书·礼乐志》）

> 自孝武立乐府而采歌谣，于是有代、赵之讴，秦、楚之风。皆感于哀乐，缘事而发，亦可以观风俗、知薄厚云。（《汉书·艺文志》）

> 大汉初定，日不暇给。至于武、宣之世，乃崇礼官、考文章。内设金马石渠之署，外兴乐府协律之事。（《两都赋序》，《文选》卷一）

前人或以为班固的叙述自相矛盾，乃至否定汉武帝立乐府的意义②。班固再三强调汉武帝立乐府，说明此时乐府的作用已不限于"备箫管""发乐

---

① 参见袁仲一《秦代金文、陶文杂考三则》，载《考古与文物》1982年第4期。郭茂倩《乐府诗集》卷九十指出："乐府之名，起于汉、魏。自孝惠帝时，夏侯宽为乐府令，始以名官。"这一说法尽管非常流行，但现在看来是需要更正的。

② 例如，王应麟《汉书艺文志考证》卷八云："《礼乐志》孝惠二年有乐府令夏侯宽，似非始于武帝。"顾炎武《日知录》卷二十六"汉"条云："《礼乐志》上云：孝惠二年，使乐府夏侯宽备其箫管。下云：武帝定郊祀之礼，乃立乐府……此两收而未贯通者也。"

器",或者"习常肆旧",而是经过发展,有着更为重要的内涵,因而也是具有全新意义的创举。其大要有二:一是定郊祀礼乐;二是采各地歌谣。

《礼记·乐记》上说:"王者功成作乐,治定制礼。"制礼作乐,从儒家的传统观念来看,是实施礼乐教化的重要手段。从统治者的立场看,也是其"功成""治定"的标志之一。先秦雅乐曾盛极一时,但是到了六国时代,好之者已寡①。下逮汉世,则更为衰落。汉代世掌雅乐大乐官的制氏,对于雅乐也"但能纪其铿锵鼓舞,而不能言其义"(《汉书·礼乐志》)。所以汉高祖时,叔孙通也是"因秦乐人,制宗庙乐"(同上)。而汉武帝立乐府,就是要制作代表大汉帝国的郊庙音乐。这是以新乐(即俗乐)为基础制作,而不是古乐(即雅乐)的翻版②。《汉书·李延年传》载:

  延年善歌,为新变声。是时上方兴天地诸祠,欲造乐,令司马相如等作诗颂。延年辄承意弦歌所造诗,为之新声曲。

王先谦说:"是司马相如前造诗,延年后为新声。"(《汉书·礼乐志》补注)指的就是汉代《郊祀歌》十九章,称作"新声曲"。这个"新",从歌词方面看,"以骚体制歌""丽而不经""靡而非典";从曲调方面看,则"以曼声协律"(《文心雕龙·乐府》)。《天地》篇中还明确写道:"发梁扬羽申以商,造兹新音永久长。"③ 在此之前,汉高祖时已有《安世房中歌》,为祭神曲④,但那还是"楚声"⑤的延续,与武帝乐府的"新声"

---

① 《汉书·礼乐志》载:"至于六国,魏文侯最为好古,而谓子夏曰:'寡人听古乐则欲寐,及闻郑、卫,余不知倦焉。'子夏辞而辨之,终不见纳。自此礼乐丧矣。"
② 《汉书·礼乐志》载:"是时(指武帝时)河间献王有雅材,亦以为治道非礼乐不成,因献所集雅乐。天子下大乐官,常存肄之,岁时以备数。然不常御,常御及郊庙,皆非雅声。"
③ 《乐府诗集》卷一,中华书局1979年版,第5页。
④ 《宋书·乐志》一引三国魏缪袭奏章曰:"《安世哥》本汉时哥名……案《周礼注》云:《安世》,犹周《房中之乐》也。是以往昔议者,以《房中》哥与妃之德,所以风天下,正夫妇,宜改《安世》之名曰《正始之乐》也……今思惟往者谓《房中》为后妃之歌者,恐失其意。方祭祀娱神,登堂哥先祖功德,下堂哥咏燕享,无事哥后妃之化也。自宜依其事以名其乐哥,改《安世哥》曰《享神哥》。"从《安世房中歌》的内容来看,缪袭的说法是可据的。
⑤ 《汉书·礼乐志》云:"房中祠乐,高祖唐山夫人所作也。……高祖乐楚声,故《房中乐》,楚声也。"

是判然有别的,当然这并不排斥新声中可能仍有楚声的成分。

其次是采集各地歌谣。据《汉书·艺文志》的著录(当然是不完全的),当时采诗的范围遍及黄河、长江流域,甚至远至边陲,如《燕代讴雁门云中陇西歌诗》九篇。这些民间俗乐,以及当时传自域外的音乐,都为"新声曲"的成立提供了基础。《汉书·艺文志》著录的《河南周歌声曲折》七篇及《周谣歌诗声曲折》七十五篇,就是乐谱之类。同时,就乐器而言,演奏雅乐所用的编钟、编磬,在汉代也渐趋衰落[①],丝竹乐器开始流行[②],另外如箫、笛、琵琶等从西域北狄传入的乐器,新奇悦耳,也先后进入宫廷。汉武帝"立乐府",实质上就是以"新乐"取代"古乐",是音乐史上的重大转折。于是新声竞起,雅乐式微。《汉书·礼乐志》指出:

> 今汉郊庙诗歌,未有祖宗之事,八音调均,又不协于钟律,而内有掖庭材人,外有上林乐府,皆以郑声施于朝廷。

《风俗通义》卷六"声音"条亦云:

> 武帝始定郊祀,巡省告封。乐官多所增饰,然非雅正。

汉武帝"立乐府而采歌谣",一方面是出于大汉帝国制礼作乐的润色鸿业的要求,另一方面,以民间俗乐为基础作"新声乐",则又能满足其感官享受的需求。当时的轻歌曼舞、繁音妙乐,可谓盛极一时[③]。至于"观风俗,知厚薄",只是一句装饰性的门面语。而将分散各地的歌诗集中保存,从而造成汉魏六朝诗歌的进一步繁荣,也不是"立乐府"的目的所在。

武帝时乐府的另一个功能是培训乐员,并扩大乐队的规模。此前乐

---

① 从现在出土的汉代遗物中,编钟、编磬的数量相对较少,考古学家也曾得出这样的结论:"像曾侯乙墓中的那类钟、磬,大约在汉代已经很少见了。"孙机《汉代物质文化资料图说》,文物出版社1991年版,第376页。

② 《汉书·张禹传》载:"身居大第,后堂理丝竹管弦。"

③ 司马相如《上林赋》中这样写道:"千人唱,万人和,山陵为之震动,川谷为之荡波。巴渝宋蔡,淮南干遮,文成颠歌,族居递奏,金鼓迭起。铿锵铛鞳,洞心骇耳。荆吴郑卫之声,韶濩武象之乐,阴淫案衍之音。鄢郢缤纷,激楚结风,俳优侏儒,狄鞮之倡,所以娱耳目、乐心意者,丽靡烂漫于前。"尽管属赋家夸大之辞,但多少也呈现了当时的盛况。

员的数量仅一百二十人，武帝以来，到哀帝罢乐府为止，人数逐渐增至八百二十九人（据《汉书·礼乐志》）。其后，宣帝"颇作歌诗""兴协律之事"（《汉书·王褒传》）。元帝则"多材艺，善史书。鼓琴瑟，吹洞箫。自度曲，被歌声"（《汉书·元帝纪赞》）。在成帝时，乐府员工曾达千人之多①，而民间的郑声俗乐，也达到极盛，甚至发生豪门外戚之家与皇帝争女乐之事②。一般的士大夫，也往往好俗乐而弃雅声③。所以到哀帝即位，一方面他不好音乐，一方面又认为郑卫之音的弥漫造成民风奢泰，是贫国背本的根源，所以下令罢乐府，裁撤乐员。然而民间俗乐流行已久，所以"豪富吏民，湛沔自若"（《汉书·礼乐志》）。但由于政府不加以采集，歌词遂残缺不全，乐府之衰即始于此。下逮东汉，史书虽未明言，但从乐官建置来推论，应该有所恢复。现存的乐府歌诗中，东汉多民间作品，同时，文人的仿效之作也逐渐增多。

三、汉乐府诗的若干特点

乐府原是官署之名，后人乃以乐府所采之诗以及文人模拟之作名为乐府。宋人郭茂倩编《乐府诗集》一百卷，将从陶唐氏直到五代的乐府诗分作十二类，成为较有代表性的分类，即郊庙歌辞（古辞存）、燕射歌辞（古辞亡）、舞曲歌辞（古辞存）、鼓吹曲辞（古辞存）、横吹曲辞（古辞亡）、相和歌辞（古辞存）、清商曲辞（古辞亡）、琴曲歌辞（古辞亡）、杂曲歌辞（古辞存）、近代曲辞、杂谣歌辞、新乐府辞。最后三类中，杂谣歌辞所采的谚语、歌谣，往往与诗的距离较远；另外两类都是唐以来的新辞。根据现存文献，汉乐府辞可以分为三大系统，即郊祀乐系统、外来乐系统和民间乐系统。

（一）郊祀乐系统

这以《郊祀歌》十九章为代表，作者是司马相如等人。其歌辞的特

---

① 桓谭《新论》卷下《离事》载："昔余在孝成帝时为乐府令，凡所典领倡优、伎乐，盖有千人之多也。"

② 参见《汉书·礼乐志》。

③ 《新论》卷下《离事》载："扬子云大才，而不晓音。余颇离雅操，而更为新弄。子云曰：'事浅易善，深者难识，卿不好雅颂而悦郑声，宜也。'"

色是古雅,"通一经之士不能独知其辞,皆集会五经家,相与共讲习读之,乃能通知其意,多尔雅之文"(《史记·乐书》)。郊祀乐虽然上承"颂"诗的传统,但在内容上又有所区别。《宋书·乐志》已指出了这一事实:"汉武帝虽颇造新哥,然不以光扬祖考、崇述正德为先,但多咏祭祀见事及其祥瑞而已。"如《帝临》之"海内安宁,兴文偃武";《朱明》之"神若宥之,传世无疆";《西颢》之"隅辟越远,四貊咸服。既畏兹威,惟慕纯德";《玄冥》之"易乱除邪,革正异俗";《天马》之"涉流沙,九夷服";《赤蛟》之"延寿命,永未央";等等,皆为宣扬威德、祈求神佑之作。至于《景星》《齐房》《朝陇首》《象载瑜》等篇,也都是缘于得宝鼎、生芝草、获白麟、见赤雁而作,即所谓歌咏"祥瑞"。在大一统的一人专制社会中,音乐在政治上的意义,已经成为满足帝王一己奢靡骄妄之心的工具,完全失去了中和情感、与民同乐的先秦儒家的音乐理想。《史记·乐书》中言之再三的话,如"成王作颂,推己惩艾","沐浴膏泽而歌咏勤苦","凡作乐者,所以节乐(音洛)。君子以谦退为礼,以损减为乐,乐其如此也",都是针对武帝的有为之言。《乐书》中还记载了武帝为得神马而两次兴师伐大宛,以五万大军、三万匹军马、十万头牛以及数以万计的驴骡橐驼等沉重代价,换来数十匹善马,并得意而作《天马歌》。这怎能不令富于正义感的太史公,悲愤而至于"流"下抗议之"涕"呢!① 郊祀乐系统的歌诗,正从一个侧面反映了专制帝王骄泰淫佚之心。

(二)外来乐系统

这指的是横吹曲和鼓吹曲。《晋书·乐志下》云:"鼓角横吹曲……胡乐也。张博望(骞)入西域,传其法于西京,惟得《摩诃兜勒》一曲。李延年因胡曲更造《新声二十八解》,乘舆以为武乐。后汉以给边将,和帝时万人将军得用之。"又云:"《出塞》《入塞》曲,李延年造。"这些乐曲的音律非中国所固有,所用乐器如箫、笳等亦自域外传入,但歌辞则非外来。汉乐府中现存鼓吹曲辞《铙歌十八曲》②,本来是军乐,但由

---

① 《史记·乐书》:"太史公曰:余每读《虞书》,至于君臣相敕,维是几安,而股肱不良,万事堕坏,未尝不流涕也。"

② 原有二十二曲,其《务成行》《玄云行》《黄爵行》《钓竿行》四篇辞已亡佚,故后世习称《铙歌十八曲》。

于是新兴的胡曲，所以在当时特别流行，使用范围也很广。现存十八曲中有颂诗、情诗、杂诗等，亦可见其内容之繁富。

《铙歌十八曲》素以难解著称。《宋书·乐志》之末有附记语曰："汉鼓吹铙歌十八篇，按《古今乐录》，皆声、辞、艳相杂，不复可分。"这指的是表意字（辞）和乐曲中曲的表声字（声）以及音乐前奏部分的表声字（艳）三者混合书写，难以区别，这是其难以索解的原因之一。《乐府诗集》卷十六引《古今乐录》又提到"字多讹误"，这是《铙歌十八曲》难解的另一项原因。如最后一首《石留》，从庄述祖、陈沆到闻一多、陈直，都承认无法予以解释。① 正如沈约评论今鼓吹铙歌所说："乐人以音声相传，训诂不可复解。"（《宋书·乐志》）

鼓吹曲源于北方，其音变化曲折，悲凉感人。陆机《鼓吹赋》描写道："悲唱流音，彷徨依违。合欢嚼异，乍数乍稀。音踯躅于唇吻，舌将舒而复回。鼓砰砰以轻投，箫嘈嘈而微音（一作吟）。"② 传说桓玄也曾依赖鼓吹乐激烈动人的旋律，而写出"鸣鹄响长皋"这样凄楚激越的诗句。③ 所以，与鼓吹乐相配合的歌辞，也就显示出情感炽烈的特色。尽管从先秦始，中国诗歌的抒情特色已十分鲜明，但将情感表达至于坦率炽热的程度，则是《铙歌十八曲》的特色之一④。如《有所思》和《上邪》：

有所思，乃在大海南。何用问遗君，双珠玳瑁簪，用玉绍缭之。闻君有他心，拉杂摧烧之！摧烧之，当风扬其灰。从今以往，勿复相思！相思与君绝。鸡鸣狗吠，兄嫂当知之。妃呼豨！秋风肃肃晨风飔，东方须臾高知之。

上邪！我欲与君相知，长命无绝衰。山无陵，江水为竭，冬雷震震夏雨雪，天地合，乃敢与君绝。⑤

---

① 见庄述祖《汉铙歌句解》、陈沆《诗比兴笺》、闻一多《乐府诗笺》、陈直《汉铙歌十八曲新解》。

② 《陆机集》卷四，中华书局1982年版，第31页。

③ 《北堂书钞》卷一百三十载："俗说云：桓玄作诗，思不来辄作鼓吹，既而思得，云：'鸣鹤响长皋。'叹曰：鼓吹固自来人思。"《艺文类聚》卷六十八记载略同。

④ 吉川幸次郎在《中国诗史》中已经指出这一事实，并认为这"在中国诗歌史上，划出了一个新的时期"。章培恒等译，安徽文艺出版社1986年版，第110页。

⑤ 《乐府诗集》卷十六，第230—231页。

诗是抒发感情的，"有情天地内，多感是诗人"（顾非熊《落第后赠同居友人》）。《诗经》以来的作品，在表情方面以"乐而不淫，哀而不伤"为最高原则，这固然是一种含蓄蕴藉的美。但另有一种以直率之言、刻露之语构成的诗篇，是"奔迸的表情法"①，用一泻无馀的手法，写出内心燃烧的感情，也同样是天地间不可少的奇文。《有所思》写女子失恋的心态，珠簪不足而绍以玉，是用情之深；摧烧不足而扬为灰，是绝情之甚，即所谓"乐府淋漓法"（陈祚明《采菽堂古诗选》卷一）。《上邪》是女子向男子表其深情，连用五喻，"奇情奇笔"（顾茂伦《乐府英华》卷三），"两就地维说，两就天时说，直说到天地混合，一气起落，不见堆垛，局奇笔横"（张玉穀《古诗赏析》卷五）。"局奇"指其构思奇特，"笔横"指其笔力矫健。此外如《战城南》《巫山高》《君马黄》《雉子班》等篇，所表现出来的也都是炽烈燃烧的感情，这是对《诗经》《楚辞》的一大发展。乐府诗中有不少作品都具有感情浓烈奔放的特色，而在《铙歌十八曲》中表现得尤为充分。

以句法而言，《铙歌十八曲》往往长短错落，奇偶相生，是杂言诗的最早代表。胡应麟《诗薮》内编卷一"杂言"指出："《铙歌》陈事述情，句格峥嵘。"便道出了其句法上的特征。这与感情表达上急剧的起伏变化是配合在一起的。

（三）民间乐系统

汉乐府中的民间乐以相和歌辞为主（清商曲辞虽来自民间，但现存的作品均为南朝的吴声歌和西曲）。《宋书·乐志》曰："《相和》，汉旧歌也。丝竹更相和，执节者歌。"此为其名称之来源。《乐府诗集》卷二十六引《古今乐录》："凡相和，其器有笙、笛、节歌、琴、瑟、琵琶、筝七种。"相和歌曲中包括相和曲、吟叹曲、平调曲、清调曲、瑟调曲、楚调曲和大曲，在汉代甚为流行，数量亦夥。另外如杂曲歌辞，虽然内容颇复杂②，

---

① 梁启超《中国韵文里头所表现的情感》语，《饮冰室文集》三十七，《饮冰室合集》，中华书局1989年版，第3583页。

② 《乐府诗集》卷六十一曰："杂曲者，历代有之。或心志之所存，或情思之所感，或宴游欢乐之所发，或忧愁愤怨之所兴，或叙离别悲伤之怀，或言征战行役之苦，或缘于佛老，或出自夷虏。兼收备载，故总谓之杂曲。"

但以汉代所存者论之，与相和歌辞较为接近，均为汉代俗曲。《宋书·乐志》指出："凡乐章古词，今之存者，并汉世街陌谣讴。"其中少量文人模拟之作，也有浓厚的民谣风。

民间乐府辞有两大特色：

1. 叙事性。《汉书·艺文志》已指出乐府所采之歌谣"皆感于哀乐，缘事而发"的特色，这个"事"，都是与现实生活密不可分的，所谓"男女有所怨恨，相从而歌。饥者歌其食，劳者歌其事"（《公羊传》宣公十五年何休《解诂》）。乐府诗所叙述的，涉及当时社会的各侧面、各阶层，农民与士兵，流浪者与城市平民，孤儿与弃妇，他们的啼哭呻吟都在乐府声中回荡，这些诗是理解汉代人民生活的一面镜子。如《陌上桑》《妇病行》《孤儿行》《东门行》《上山采蘼芜》等，其情节之完整、叙事之生动、人物心理刻划之准确，在中国诗歌史上都具有开创性的贡献。《诗经》《楚辞》所奠定的中国诗歌传统是一抒情性的传统，尽管在抒情中也有叙事，但往往是撷取事件的某一片段，重心还在情感的抒发。而乐府诗中的叙事则是有情节、有冲突、有人物、有对话，故事性和戏剧性大大加强。《诗经·国风》的篇幅大多较短，故多用比兴。汉乐府篇幅扩大，写作手法上便少不了赋即铺陈。《采菽堂古诗选》卷二曰："乐府体总以铺陈艳异为工，与古诗确分二种。"《古诗源》卷三评《陌上桑》也发表了类似的意见："铺陈秾至，与辛延年《羽林郎》一副笔墨。此乐府体，别于古诗者在此。"乐府在叙事中的铺写状物，以及用对话方式穿插成篇，这或许也受到在汉代高度发达的辞赋的影响。最能代表汉乐府诗叙事成就的，是杂曲歌辞中的《焦仲卿妻诗》（即《孔雀东南飞》）。这篇作品写于"汉末建安中"[①]，是古代诗歌史上最伟大的叙事长诗之一。不仅故事情节曲折，而且刻划出各个不同的人物性格、神情，极为生动而又准确。正如沈德潜所说："共一千七百八十五字，古今第一首长诗也。淋淋漓漓，反反复复，杂述十数人口中语，而各肖其声音面目，

---

① 此诗最早收于《玉台新咏》，诗序谓此事发生在"汉末建安中"，又称"时人伤之"。梁启超认为产生于六朝，且受到《佛本行赞》的影响（见《印度与中国文化之亲属关系》）。学术界一般认为此诗乃汉末写成，在民间流传，并有所加工、润色。

岂非化工之笔?"(《古诗源》卷四)① 叙事性是汉乐府歌诗在中国诗歌史上推陈出新的最大贡献。

2. 五言体。乐府诗在形式上,主要有四言、五言和杂言。四言沿袭的是《诗经》的传统,五言和杂言,则是新的创造,也具有更强的表现力。魏晋以后,诗体以五言压倒四言,这与汉乐府的贡献是分不开的。

乐府五言诗中,最值得注意的是邯郸一地的歌诗。《汉书·礼乐志》记载武帝时乐府设邯郸鼓员二人,《汉书·艺文志》也著录《邯郸河间歌诗》四篇。汉乐府中纯粹的五言诗作,多属邯郸歌诗系统②。例如《陌上桑》,据崔豹《古今注》曰:

> 《陌上桑》者,出秦氏女子。秦氏,邯郸人有女名罗敷,为邑人千乘王仁妻。王仁后为赵王家令。罗敷出采桑于陌上,赵王登台见而悦之,因置酒欲夺焉。罗敷巧弹筝,乃作《陌上桑》之歌以自明,赵王乃止。③

沈钦韩《汉书疏证》根据这段记载,怀疑此即《汉书·艺文志》中著录的《邯郸河间歌诗》中的一篇。又如《鸡鸣》有"上有双樽酒,作使邯郸倡"(《乐府诗集》卷二十八)句,乃为五言④。文意与《鸡鸣》略同的《相逢行》:"堂上置樽酒,作使邯郸倡。"(《乐府诗集》卷三十四)又一首句意与《相逢行》相类的《长安有狭斜行》,诗体也是纯五言。后来荀昶和梁武帝的拟作也分别有"朝发邯郸邑""我宅邯郸右"等句(《乐府诗集》卷三十五),皆能反映邯郸乐系统歌诗体式的特色。

邯郸属赵地,据《汉书·地理志》,赵俗"倡优女子,弹弦跕躧,游媚富贵,遍诸侯之后宫",其地女子以能歌善舞著称。左思《魏都赋》称

---

① 陈祚明《采菽堂古诗选》卷二评此诗曰:"长篇淋漓古致,华采纵横,所不俟言。佳处在历述十许人口中语,各各肖其声情,神化之笔也。"案:陈氏身为布衣,故其书名声不彰,沈德潜《古诗源》评语多袭用祖述之,此亦一例。

② 白川静《中国の古代文学》(二)第三章"乐府と古诗"中已经注意到此一问题,他指出:"邯郸倡本来的歌谣形式,想必是五言。"东京中央公论社1981年版,第157页。

③ 《乐府诗集》卷二十八引,第410页。

④ 此诗中有"璧玉为轩闿堂"一句为六言,但据《诗纪》则无"闿"字。而另一句意相近的《相逢行》,此句作"白玉为君堂",亦为五言。以此推测,原句当为五言。

"邯郸蹑步"（《文选》卷四），鲍照《舞鹤赋》亦取以为比——"虽邯郸其敢伦"（《文选》卷十四）。女乐发达，必然导致歌诗的繁荣。文人进一步加以模拟和改造，终于使五言诗成为中国古代诗歌中最具有代表性的体式。

第三节　文人五言诗的形成与成熟

一、五言诗的形成与发展

《诗经》以四言为主，但正如前文统计所显示，五言句式在《诗经》中已具备潜在的趋势。四言诗就其句法结构和节奏顿挫诸方面言而，是最简单而完整的一种形式，它能够"成声为节"（挚虞《文章流别论》），"一句成意"①，但典重有馀，变化不足。汉代以来，它在某些文体，如箴、铭、颂、赞以及后来的骈文中仍然大量运用，但在抒情诗歌中，则因表现能力有所不足，人们遂逐渐摆脱此一典重甚至凝滞的形式而另辟新途。于是，五言诗体代之而起。

五言诗产生于民间。杨泉《物理论》引秦时民歌："生男慎勿举，生女哺用脯。不见长城下，尸骸相支拄。"（《水经·河水注》三引）若此说可信，则秦世已有纯粹的五言。楚汉之际，虞姬有《和项王歌》，亦为五言②。汉代乐府所采民间歌谣，其中虽然有四言、骚体和杂言，但最引人注目的还是五言。故挚虞《文章流别论》说五言"俳谐倡乐多用之"。武帝时李延年《佳人歌》，除"宁不知"三字为新变声的衬字，就是纯粹的五言作品。卓文君的《白头吟》、辛延年的《羽林郎》以及班姬的《怨歌行》，尽管在时代上还有争议，但一概斥为后人伪作似嫌证据不足。③最早出现同时也最为可靠的文人五言诗，是班固的《咏史》。钟嵘《诗品

---

① 王昌龄《诗格》卷上，见张伯伟《全唐五代诗格校考》，第138页。
② 见陆贾《楚汉春秋》，《史记·项羽本纪》张守节《正义》引。案：王应麟《困学纪闻》卷十二《考史》引用此诗，并说"是时已为五言矣"。刘知幾《史通》内篇《采撰》谓"马迁《史记》，采《世本》《国语》《战国策》《楚汉春秋》"。可知即使此诗不出于虞姬之手，也是汉初人所作无疑。
③ 参看方祖燊《汉诗研究》第一章"汉五言诗作者与时代问题的辨析与新证"，台北正中书局1967年版。

序》中在考察文人五言诗的形成过程时说：

> 自王（褒）、扬（雄）、枚（乘）、马（司马相如）之徒，辞赋竞爽，而吟咏靡闻。从李都尉（陵）到班婕妤（姬），将百年间，有妇人焉，一人而已。诗人之风，顿已缺丧。东京二百载中，惟有班固《咏史》，质木无文。

可见班固《咏史》的历史地位，故钟嵘特表出之，尽管是"质木无文"。《咏史》是五言诗发展到一定阶段的产物，这就是由一个擅长辞赋的历史学家所作的五言组诗。据现代学者的辑佚考订，班固《咏史》是一组不少于四首的诗，今日可知者，其中有咏缇萦、霍光、延陵季子及秋胡妻四人之作。① 由五言组诗的出现，就可以推测西汉的文人五言诗，必然已经发展到相当的阶段。虽然由于文献不足，后人难以作具体考察，但将班固《咏史》作为一个观察点，却不妨作出上述判断。五言组诗的形式，到魏晋便广泛为人使用，如应璩《百一》、阮籍《咏怀》、左思《咏史》、郭璞《游仙》等。

作为五言诗流行的一项旁证，便是以往多采用四言的铭体也有用五言者。如东汉初冯衍的《车铭》(见《艺文类聚》卷七十一)，稍后崔瑗的《座右铭》(见《文选》卷五十六)，均为五言体；再如熹平六年（177）所立之费凤别碑的碑铭，自"宰司委职位"以下六十句，连用五言，类似纪事之五言诗②。这些文献都足以说明，东汉时代的五言体已极为盛行。而作为文人五言诗成熟的代表，当推《古诗十九首》。

二、《古诗十九首》的意义

在南朝齐、梁间，许多人把当时流传下来的两汉间无名氏的五言诗概称作"古诗"。从钟嵘《诗品》对"古诗"的评论来看，当时的数量有

---

① 参见逯钦立辑《先秦汉魏晋南北朝诗·汉诗卷五》、吉川幸次郎《论班固的〈咏史诗〉》（陈鸿森译，载《中外文学月刊》1984年13卷6期）。

② 此碑铭见收于《隶释》卷九，参见陈直《汉诗之新发现》，载其著《文史考古论丛》，天津古籍出版社1988年版。关于此一碑铭在五言诗发展史上的地位，小池一郎《费凤别碑と五言律の成立》（载《同志社外国文学研究》33、34合并号，1982年2月）有专文讨论。

五六十首之多。萧统编《文选》的时候，选取了其中的十九首，这些作品就赖《文选》得以保存并流传至今，《古诗十九首》也就成为这一组诗的专门名称。

《古诗十九首》产生的年代问题，在中国诗歌史上久悬未决。从五言诗歌艺术的发展以及诗中所透露的情绪看，多数作品应该产生于东汉后期，但也不排除某些诗是作于西汉的[1]。《蔡宽夫诗话》以为"盖非一人之辞"（《苕溪渔隐丛话》前集卷一引），《古诗源·例言》指出"非一人一时作"，皆堪称有识之言。而近人多定为东汉末年所作[2]，未免过于绝对从而结论片面。

《古诗十九首》是文人之作，五言诗如何从民间转到文人，并且如何在技巧上更趋完美，这组诗提供了一个很好的例证。前人已指出十九首诗中"生年不满百"一篇，是檃栝乐府《西门行》而成[3]，不妨将它们稍作对比：

> 出西门，步念之，今日不作乐，当待何时？逮为乐，逮为乐，当及时。何能愁怫郁，当复待来兹。酿美酒，炙肥牛，请呼心所欢，可用解忧愁。人生不满百，常怀千岁忧。昼短苦夜长，何不秉烛游。游行去去如云除，弊车羸马为自储。（《西门行》本辞，《乐府诗集》卷三十七）

> 生年（《太平御览》卷八百七十引作"人生"）不满百，常怀千岁忧。昼短苦夜长，何不秉烛游。为乐当及时，何能待来兹？愚者爱惜费，但为后世嗤。仙人王子乔，难可与等期。（《古诗十九首》之十五，《文选》卷二十九）

> 出西门，步念之。今日不作乐，当待何时？夫为乐，为乐当及

---

[1] 从较早提及古诗的文献看，《文选》《诗品》《玉台新咏》都以时代先后排列或评论作品，他们都将古诗置于最早。

[2] 游国恩等主编的《中国文学史》、马茂元《古诗十九首初探》皆主东汉末年说。对此问题作重新探讨的有方祖燊《汉诗研究》、桀溺（J.P.Dieny）《论古诗十九首》，译文载钱林森编《牧女与蚕娘——法国汉学家论中国古诗》，上海古籍出版社1990年版。

[3] 朱彝尊《玉台新咏跋》已经指出，但却由此而得出这首古诗是编《文选》的诸学士所为的结论，钱大昕为朱筠作《古诗十九首说序》中予以驳斥。但乐府《西门行》有本辞和晋乐所奏之辞两种，前人多误以晋乐所奏之辞为古诗所出，未免源流倒置。

时。何能坐愁怫郁,当复待来兹。饮醇酒,炙肥牛,请呼心所欢,可用解忧愁。人生不满百,常怀千岁忧。昼短而夜长,何不秉烛游?自非仙人王子乔,计会寿命难与期。自非仙人王子乔,计会寿命难与期。人寿非金石,年命安可期。贪财爱惜费,但为后世嗤。

(《西门行》晋乐所奏辞,《乐府诗集》卷三十七)

从句式来看,乐府是杂言,而古诗是统一的五言;从主题的表现来看,乐府的处理显得有些漫不经心,而古诗则凝练而集中。至于晋乐所奏之辞,则是在古诗的基础上改易敷衍①。

乐府诗的特色之一是其叙事性,而古诗却是对抒情传统的复归。文人抒情诗不是对具体事件的描述,而是对内心感受的表现,所以这十九首诗"大率逐臣弃妻、朋友阔绝、游子他乡、死生新故之感"(沈德潜《说诗晬语》卷上)。尽管它具有"一诗止于一时一事"(王夫之《薑斋诗话》卷二《夕堂永日绪论内编》)的特色,但并不把重心放在"事"上,而是透过对外在景物的敏锐而深邃地观察和描写,以抒发内心的强烈感受。所以在结构上,它既不像《诗经》那样简单,又不像《楚辞》那样复杂,也不像乐府那样怪异,具有统一、单纯而明晰的特征,即所谓"婉转附物,怊怅切情",因而不愧"五言之冠冕"(《文心雕龙·明诗》)的美称。

后人将《古诗十九首》视为一组诗,是有其原因的。这十九首诗,虽然各自成篇,但合起来看,却可以当作一个整体。反映的主题,大多是对于时光飘忽的感叹,以及对于同心离居的忧伤。前人云"《十九首》唯此二意,而低回反复,人人读之,皆若伤我心者"(《采菽堂古诗选》卷三),它的基调忧郁而深沉,和以往的作品相比,具有撼人心魄的动情力。

> 人生天地间,忽如远行客。(其三)
> 人生寄一世,奄忽若飙尘。(其四)
> 人生非金石,岂能长寿考。(其十一)

---

① 类似的情况还有,如《楚辞·山鬼》被改成《今有人》、曹植《七哀》被改成《明月篇》等。

人生忽如寄，寿无金石固。（其十三）

生命的问题，虽然在《楚辞》中也有所表现，但古诗的表达显然更为深刻。它不是如《楚辞》那样的大声呼号，而是反复表现一种欲言又止的内心隐痛，一种在无可奈何之境中的万不得已之情，为后来的阮籍直到南唐二主作品中深邃的抒情意境开辟了道路，所以也更令人回味不已。虽然自秦、汉以来，神仙方术、服食求仙之风在社会上也有所流行，东汉时尤为盛行，现在能见到的东汉镜铭中的"尚方"铭，常见的格式之一是："尚方作镜真大好，上有仙人不知老。渴饮玉泉饥食枣，浮游天下敖四海，寿如金石为国保。"① 但在诗人看来，这些追求都是虚妄不实的。"服食求神仙，多为药所误。"（其十三）"仙人王子乔，难可与等期。"（其十五）于是，有的要追求现实的荣华富贵，有的则主张及时行乐。这也只能是一种无可奈何的解脱。

　　人生的感叹，除了在生命修短问题上以外，就是男女情爱。由于从《诗经》《楚辞》以来，就有借男女之词寓君臣之感的传统，也使得这些诗的含义更为丰富、更为感人：

行行重行行，与君生别离。相去万馀里，各在天一涯。（其一）
还顾望旧乡，长路漫浩浩。同心而离居，忧伤以终老。（其六）
河汉清且浅，相去复几许？盈盈一水间，脉脉不得语。（其十）
出户独彷徨，愁思当告谁？引领还入房，泪下沾裳衣。（其十九）

从男女睽隔的相思之词中，很容易令人联想起遭到贬谪逐弃的士人的哀怨。东汉时代，一方面是外戚、宦官的专权跋扈，另一方面是士人的品核人物、议论政治。于是，从王莽时代开始，士人就不断遭到杀害、流放，或者不得不离乡背井，亡命四方。然而这些诗中所表达的感情，可以说是失望，但并没有绝望。古代评论家往往用诗人的忠厚之意、风人

---

① 孔祥星、刘一曼《中国古代铜镜》，文物出版社1984年版，第75页。近年出土的铜镜中，此类铭文亦不少见，参见《济宁市博物馆近年拣选的古代铜镜》《广西出上古代铜镜选介》（均载《文物》1990年第1期）、《山东沂水县征集的古代铜镜》（载《文物》1991年第7期）。

之旨来解释①，从另一个角度看，在大一统专制社会中，士人即使有"以直谏主，不避死亡之诛"（贾山《至言》）的道德勇气，但现实所展示的却是人主的威势重于雷霆万钧。没有到"踢高天，蹐厚地，犹恐有镇压之祸"（仲长统《昌言·理乱》）的时候，士人仍然希望能竭诚尽忠。从这个意义上看，《古诗十九首》的产生年代也不会晚至东汉末年的政权崩溃之际。然而也正因为这样，诗中所流露的忧郁隐痛之情才更加动人，所谓"惊心动魄，一字千金"（钟嵘《诗品》评古诗语）。

　　《古诗十九首》代表了五言诗的成熟，在诗歌上占有重要地位，对后世的影响也很大。以六朝诗人而论，摹仿者就达二十一家之多（不包括亡佚者），陆机一人就拟了十四首（今存十二首）。《诗品》评论梁代以前的五言诗时，认为受古诗风格影响较大的有刘桢、左思等颇有地位的诗人。它为"慷慨以任气，磊落以使才"（《文心雕龙·明诗》）的建安诗歌的到来，作了有力的铺垫。

---

① 如"行行重行行"一诗，董讷夫曰："正喻夹写，一气旋转，怨而不怒，有诗人忠厚之意焉。其放臣弃友之所作与？盖不徒伤别之感也。"方廷珪曰："此为忠人放逐，贤妇被弃。作不忘欲返之词。顿挫绵邈，真得风人之旨。"隋树森《古诗十九首集释》卷二引，中华书局香港分局1958年版。

第四章 士人之诗与贵游之诗

五言诗体在民间形成以后，逐渐发展为文人抒情言志的重要文体①，尽管人们在观念上有时还沿袭着汉代以来重赋的传统②，但在创作实际和理论批评上，诗不仅可以与赋并比（建安以后往往"诗赋"并称），而且就其发展和普遍程度而言，诗甚至超过了赋。当然，从文体的交融来看，诗与赋也有互相吸取的一面，不时出现以赋为诗或以诗为赋的现象。

自建安以迄唐初，文人创作大体上可以划分为士人之诗和贵游之诗两大派别。所谓士人之诗，不仅指作者的身份属于士阶层，而且其写作的动机是言志，在内容上延续了"风""骚"的传统，多咏怀、咏史、游仙、隐逸之作。"贵游"一词，始见于《周礼·地官·师氏》，意为王公子弟。贵游之诗，亦即王公子弟之诗。其写作的动机是娱情，内容则以玄言、山水、宫闺、物色为主，同时在技巧上更其注重辞采、声律、对偶、隶事。唐诗继起，一方面力追建安、正始之音，一方面又由永明新体进而形成近体，绾合了士人之诗与贵游之诗，取其长而去其弊，从而出现了文人诗的新貌。

第一节 "五言腾踊"的建安诗坛

建安（196—220）是汉献帝刘协的年号，在中国古代诗歌发展史上，建安诗是辉煌灿烂的一页，也是划时代的一页。汉代以来以铺张扬

---

① 例如，汉人以赋言志，班固《幽通赋》、张衡《思玄赋》《归田赋》，《文选》列入"志"类；又崔篆有《慰志赋》，冯衍有《显志赋》。而以五言诗言志，则至汉末才出现，如郦炎《见志诗》、侯瑾《述志诗》、曹植《言志诗》等。

② 如《文选》列赋为第一，诗为第二，魏收也以为"会须能作赋，始成大才士"（《北史·魏收传》）。

厉为特色的大赋的主导地位，已被乐府和五言诗所取代。在体制上，变过去繁缛的铺张而为抒情的短章；在题材方面，也将日常生活之事及喜怒哀乐之情作为文学表现的重要内容。所以在文学史上，这一时期被称作"建安时期"，称这时所产生的诗歌为"建安体"（严羽《沧浪诗话·诗体》）。

作为当时政治领袖的曹操（155—220），同时也是文学的倡导者。他凭借政治和军事的力量，网罗了一批当时各地第一流的才士。曹植（192—232）《与杨德祖书》曰：

> 昔仲宣（王粲，177—217）独步于汉南，孔璋（陈琳，?—217）鹰扬于河朔，伟长（徐幹，171—218）擅名于青土，公幹（刘桢，?—217）振藻于海隅，德琏（应玚，?—217）发迹于此魏，足下（杨修，175—219）高视于上京。当此之时，人人自谓握灵蛇之珠，家家自谓抱荆山之玉。吾王（曹操）于是设天网以该之，顿八纮以掩之，今悉集兹国矣。（《文选》卷四十二）

以曹氏父子为中心，以建安七子（孔融［153—208］；陈琳、王粲、徐幹、阮瑀［165?—212］、应玚、刘桢）为主干的邺下文人集团，便形成了"五言腾踊"的创作局面。这些人的创作，就成为建安乃至三国时期文化的核心力量。

沈约对以曹氏父子为代表的建安文学的整体评价是"以情纬文，以文被质"，又说"以气质为体"（《宋书·谢灵运传论》）。这里的"气"指个性，其表现是鲜明的；"情"是情感，其表现是奔放的；"文"为文采，其表现是华丽的。建安诗风与古诗颇为接近，所以梁代以前就有人怀疑古诗是"建安中曹、王所制"（《诗品》卷上古诗条），钟嵘也评刘桢诗"源出于古诗"。将上述三方面与《古诗十九首》比较，就更容易看清楚建安诗的新变。古诗作者非一时一地，其个性不明显，具有类型化的倾向，写出了很多人的同情共感，而建安诗坛个性分明。建安时期"诗章大盛"[①]，曹丕评刘桢"五言诗之善者，妙绝时人"（《与吴质书》，《文选》

[①] 《世说新语·文学》刘孝标注引《续晋阳秋》。

卷四十一），正是在众多作品的比较中得出的结论。古诗情感内敛，建安诗慷慨悲歌。试比较"同心而离居，忧伤以终老"和"慨当以慷，忧思难忘"（曹操《短歌行》）；"盈盈一水间，脉脉不得语"和"念我平生亲，气结不能言"（曹植《送应氏》）；"出户独彷徨，愁思当告谁。引领还入房，泪下沾裳衣"和"秋日多悲怀，感慨以长叹"（刘桢《赠五官中郎将》）。即便古诗如"荡涤放情志，何为自结束"的表述，也正是因为感情的自我约束才会如此表达，所以下文的"驰情整巾带，沉吟聊踯躅"，呈现的还是一种内敛的深情。古诗也有"丽"的特色，刘勰评为"古诗佳丽"。但这种"丽"是出于自然、不加雕琢的，所以又是"直而不野"（《文心雕龙·明诗》）。因为其"丽"，故而"不野"；未着意锻炼，所以是"直"。这也就是古诗与建安诗的分野所在。胡应麟说："汉诗如炉冶铸成，浑融无迹。魏诗虽极步骤，不免巧匠雕镌耳。"（《诗薮》内编卷一）但魏也有一个变化过程，钟嵘《诗品》评曹操为下品，曹丕中品，曹植上品，似乎可以作为三个段落的象征："曹公（操）古直，甚有悲凉之句。"接续的主要还是此前的语言特色；至曹丕，则虽然有"鄙直如偶语"之作，但已有"美赡可玩，始见其工"的特色；到曹植就完全呈现出"建安体"的特色："骨气奇高，词彩华茂，情兼雅怨，体被文质。粲溢今古，卓尔不群。"

从诗歌史的角度考察，建安诗歌的特色和成就有以下三点值得注意：

一、收束汉音，振发魏响

五言诗起于民间乐府，东汉以来五言诗渐盛，亦多与乐府为邻[①]。建安诗人继承了乐府的传统，将其改造成文人诗。以曹氏父子的乐府诗而言，曹操是第一个全力作乐府的诗人，他现存的三十多首诗，毫无例外都是乐府体。从"被之管弦，皆成乐章"[②]的角度看，曹操的乐府还保持

[①] 冯班《钝吟杂录·古今乐府论》指出："班婕妤《团扇》，乐府也；《青青河畔草》，乐府也。《文选》注引《古诗》多云枚乘乐府，则《十九首》亦乐府也。"（《清诗话》本）

[②] 《三国志·魏书·武帝纪》裴松之注引《魏书》：谓操"登高必赋，及造新诗，被之管弦，皆成乐章"。

着汉乐府的传统。但表现的内容上，却突破了乐府旧题的规定。如《蒿里》《薤露》，本来都是汉代的挽歌，而曹操则用以写时事。《古诗源》卷五评论道："借古乐府写时事，始于曹公。"这种以旧题写时事的方式，到唐代为杜甫等人所继承发扬，并有"即事名篇，无复倚旁"（《乐府诗集》卷九十）之作。至白居易、元稹的新乐府运动，便是在此基础上用新题写时事。而元的古题乐府、白的新乐府实际上就是不入乐之诗。① 推溯其源，实始于曹氏父子。王士禛《古诗选·五言诗·凡例》指出："曹氏父子兄弟往往以乐府题叙汉末事，虽谓之古诗亦可。"至曹植乐府，"并无诏伶人，故事谢丝管"（《文心雕龙·乐府》）②。发展至陆机，其乐府皆不入乐。这就使乐府从音乐中独立出来成为诗之一体。

必须指出的是，尽管建安诗歌"句颇尚工，语多致饰"（《诗薮》内编卷二），但大体上仍然还保持着自然本色。"'思君如流水'，既是即目；'高台多悲风'，亦惟所见。"（《诗品序》语）为后人所标举的这两句"胜语"，便分别出于徐幹《室思》和曹植《杂诗》。更有甚者，他们的作品中还往往使用民间俗语或歌谣，如曹操《短歌行》中的"越陌度阡"出自俚语③，陈琳《饮马长城窟行》中"生男慎莫举"四句，亦出于秦朝民歌。曹丕则"虽酷是本色，时有俚语"（《诗薮》内编卷二）。而应璩之诗，则亦"善为古语"（《诗品》卷中）。黄侃评建安诗"文采缤纷，而不能离间里歌谣之质"④，即指其与汉乐府和古诗之间的密切联系。

建安诗歌的兴盛，还表现为作者对于各类诗体的探索。四言诗，自《诗经》以下，最有成就的当推曹操；五言诗在建安诗人手中得到高度发展，成为六朝时期最有影响的诗体；六言诗虽然作者不多，但孔融有《六言诗》三首⑤；七言诗起源于民间歌谣，文人之作早见于汉代的柏梁体，

---

① 元稹《酬孝甫见赠》之二云："杜甫天材颇绝伦，每寻诗卷似情亲。"很清晰地说明了元和新乐府诗与杜甫诗的传承关系，同时也说明它们与汉乐府的关系。

② 范文澜注曰："子建诗用入乐府者，惟《置酒》（《大曲》《野田黄雀行》）、《明月》（《楚调》《怨诗》）及《鼙舞歌》五首而已，其馀皆无诏伶人。"《文心雕龙注》，人民文学出版社1958年版，第115页。

③ 李善《文选注》引应劭《风俗通》曰："里语云：越陌度阡，更为客主。"

④ 《诗品讲疏》语，范文澜《文心雕龙注》第87页引。

⑤ 《四库全书总目》怀疑此非孔融所作，似证据不足。

以后张衡等人又由续作，东汉的镜铭中亦多七言韵语，司马相如的《凡将篇》、东方朔的滑稽语以及社会上流传的评语、谶纬，甚至注释（如王逸之注《楚辞》）等，也都有以七言为之者①。虽然颇为流行，但汉人不名之曰诗，而称之为"七言"。即使到了傅玄（217—278），他仍然保持着这样的看法，代表了当时人对七言的轻视态度。②从这个意义上说，曹丕的《燕歌行》用完全规整的七言体为之，不仅是如朱嘉征所说的"魏诗七言，创体也"（黄节《魏文帝诗注》引），而且也表现出建安诗歌与闾里歌谣之间的关系。此外如杂言诗，经过建安诗人的创作，到后来演变为一种歌行诗体；而如孔融的《离合诗》，也是汉代的娱乐性诗歌到齐、梁杂体诗"以诗为戏"的过渡③。总之，建安诗人的这些努力，使得他们的作品在诗歌史上起到了"收束汉音，振发魏响"，"兼笼前美，作范后来"④的历史作用。

二、慷慨任气，磊落使才

曹丕在《典论·论文》中指出："文以气为主。"（《文选》卷五十二）这是建安诗歌创作特色在理论上的反映。如曹操诗"如幽燕老将，气韵沉雄"（敖陶孙《诗评》语），曹植诗"骨气奇高"（钟嵘《诗品》语），刘桢诗"仗气爱奇，动多振绝"（同上），所以后人也往往用"风力""气骨""风骨"之类的术语来评论建安诗。《文心雕龙·明诗》谓建安诗"慷慨以任气，磊落以使才"，《诗品》谓晋永嘉诸人诗"皆平典似《道德论》，

---

① 关于七言诗的起源，参看余冠英《七言诗起源新论》，收入所著《古代文学杂论》，中华书局1987年版。《柏梁台》是目前可见的第一首七言诗，对此诗的真伪问题，自从顾炎武《日知录》卷二十一提出怀疑后，颇有争议。但据逯钦立的考证，此诗最早见于《东方朔别传》，《汉书·东方朔传》即本之而成。所以，我们仍然不妨将此诗看作最早的七言诗。参见逯钦立《汉诗别录》，收入其《汉魏六朝文学论集》，陕西人民出版社1984年版。

② 傅玄《拟四愁诗序》中说："张平子作《四愁诗》，体小而俗，七言类也。"《后汉书》中提到当时人的作品，也是将七言与诗分列。《诗品》专论五言诗，也涉及四言诗，但对七言诗只字不提。这些都反映了当时人们对七言诗的轻视。

③ 胡应麟《诗薮》外编卷二指出："孔融《离合》、鲍照《建除》、温峤回文、傅咸集句，亡补于诗，而反为诗病。自兹以降，摹仿实繁。字谜、人名、鸟兽、花木，六朝才士集中，不可胜数。"

④ 黄侃《诗品讲疏》语，范文澜《文心雕龙注》第87页引。

建安风力尽矣"。陈子昂《与东方左史虬〈修竹篇〉序》也慨叹"汉、魏风骨，晋、宋莫传"（《陈伯玉文集》卷一）。李白更有诗曰："蓬莱文章建安骨。"（《宣州谢朓楼饯别校书叔云》，《李太白全集》卷十八）在古代医学和哲学术语中，"气"一般指人的活跃的生命力，表现在文学作品中就形成"风骨"，建安风骨便是指作品中所表现出的刚健有力的气势和豪迈俊爽的风格。

建安诗人，无论是表现建功立业的理想，还是抒发壮志难酬的苦闷，都具有"雅好慷慨""梗概而多气"（《文心雕龙·时序》）的特征：

老骥伏枥，志在千里。烈士暮年，壮心不已。（曹操《步出夏门行》）
弦急悲声发，聆我慷慨言。（曹植《杂诗》之六）
慷慨有悲心，兴文自成篇。（曹植《赠徐幹》）
慷慨对嘉宾，悽怆内伤悲。（曹植《情诗》）

"慷慨任气，磊落使才"在表现手法上，就是"造怀指事，不求纤密之巧；驱辞逐貌，唯取昭晰之能"（《文心雕龙·明诗》），直抒胸怀，无所顾忌，这便影响到对题材的处理方式。例如《咏史》，班固最早使用，他除了铺写史实以外，亦"有感叹之词"（《诗品》卷下）。建安诗人多用此题材，《文选》卷二十一载录了王粲《咏史》、曹植《咏三良》各一首。其他如阮瑀有《咏史诗》二首，王粲失题之"荆轲为燕使"亦为咏史之作。这些诗，不只是对历史人物的咏叹，主要的还在于往往借以寄寓自己的心情或对时政的讽谕。① 这种处理历史题材的方式，后来为左思《咏史》、陶渊明《咏三良》《咏荆轲》所继承，从而形成咏史即咏怀的传统。

三、词采华茂，以文被质

曹植《前录自序》云："故君子之作也，俨乎若高山，勃乎若浮云，质素也如秋蓬，摛藻也如春葩。"这可以看作曹植的自我评价，其中"摛藻也如春葩"就是自命文采斐然。左思说"才若东阿（曹植曾封东阿

---

① 《文选》吕向注王粲《咏史》曰："曹公好以己事诛杀贤良，粲故托言秦穆公杀三良自殉以讽之。"何焯《义门读书记》卷四十六亦评论道："借题发挥，气味深厚。"

王)……摛翰则华纵春葩"(《魏都赋》,《文选》卷六),即由其中化出。钟嵘则总结为"骨气奇高,词采华茂,情兼雅怨,体被文质"(《诗品》卷上)。应该说,这一点也是建安诗人共有的特色。如果以曹植为代表,那么建安诗歌在艺术技巧上与汉代古诗相比,大致有以下特色:

(一)起调。古诗不假思索,无意谋篇,曹诗则起调必工,有意为之。如《鰕䱇篇》之"鰕䱇游潢潦,不知江海流",《泰山梁甫行》之"八方各异气,千里殊风雨",《杂诗》之"高台多悲风,朝日照北林",《七哀》之"明月照高楼,流光正徘徊",皆喷薄而出,笼罩全篇。后来作者,如谢朓以"工于发端"(钟嵘《诗品》评语)见称,其实建安诗人,特别是曹植已经注意此点。

(二)琢句。古诗无意雕琢,曹诗则造句必佳,对语工整。如《公宴诗》之"秋兰被长坂,朱华冒绿池。潜鱼跃清波,好鸟鸣高枝";《赠丁仪》之"凝霜依玉除,清风飘飞阁。朝云不归山,霖雨成川泽"。陈琳《答东阿王笺》中特别提到其"清辞妙句"(《文选》卷四十),建安以来的诗歌开始有佳句可摘,也正反映了诗歌创作中的新动向[①]。太康、元嘉诗人继此而起,进一步追求诗歌的声律辞采之美。

(三)炼字。古诗不假烹炼,曹诗则用字精审。如《公宴诗》之"朱华冒绿池",《赠徐幹》之"文昌郁云兴",《赠丁仪》之"凝霜依玉除",《箜篌引》之"惊风飘白日,光景驰西流"。用字新颖,均推敲而定,百炼而出。

(四)揣声。古诗不假沉吟,双声叠韵,出于自然,曹诗则平仄妥帖,如《情诗》之"游鱼潜绿水,翔鸟薄天飞","始出严霜结,今来白露晞",皆音节谐协,可以咏歌[②]。

综上所述,建安诗歌是中国诗歌史上之一大变,突出地表现为"慷慨任气"和"词采华茂"。当时的代表诗人,正如钟嵘所说:"陈思为建

[①] 严羽《沧浪诗话·诗评》指出:"汉、魏古诗,气象混沌,难以句摘。晋以还方有佳句。"胡应麟《诗薮》内编卷二曾为之下一转语曰:"此但可论汉古诗,若'高台多悲风'、'明月照高楼'、'思君如流水',皆建安语也……严氏往往汉、魏并称,非笃论也。"

[②] 此处参考萧涤非《读诗三札记·读曹子建诗札记》。《札记》系萧氏据黄节平日所讲整理而成,收入其《乐府诗词论薮》"附录",齐鲁书社 1985 年版。

安之杰,公幹、仲宣为辅。"(《诗品序》)刘桢和王粲的作品,前者偏于"慷慨任气",《诗品》所谓"气过其文,雕润恨少";后者偏于"词采华茂",《诗品》所谓"发愀怆之词,文秀而质赢"。曹植则兼有其长而无其短①,笔力雄健而又词藻华丽。此下的诗歌,或偏于词藻,或偏于气骨。《诗薮》内编卷二指出:"魏氏而下,文逐运移,格以人变。若子桓、仲宣、士衡(陆机)、安仁(潘岳)、景阳(张协)、灵运,以词胜者也;公幹、太冲(左思)、越石(刘琨)、明远(鲍照),以气胜者也。兼备二者,惟独陈思。"而"以气胜"与"以词胜"之两派,也约略可以概括士人之诗与贵游之诗的总体趋向。

第二节 士人之诗的系列及特征

汉魏以来的文学,若是就其渊源而言,都可以上溯至《诗经》和《楚辞》。《宋书·谢灵运传论》所谓"自汉至魏,四百馀年,辞人才子,文体三变……原其飙流所始,莫不同祖《风》《骚》"。《诗品》评论了汉代至梁朝的一百二十多家作品,从中遴选出有代表性者三十馀家,分别归于《国风》《小雅》和《楚辞》,也不外乎《诗》《骚》。然而士人之诗与贵游之诗的区别,从渊源上说,并非《诗经》和《楚辞》的区别。他们分别撷取了前代文学的某一侧面,加以继承和发展,从而形成了自身的风格。从《诗经》来看,其中最能代表士大夫精神的作品无疑是《小雅》。根据《毛诗序》的记载,《小雅》作者绝大多数的身份是"大夫"或"君子"。刘安说"《小雅》怨诽而不乱"(《文心雕龙·辨骚》引),这是因为尽管《小雅》中每每流露出"怨诽"之情,但若求其基本用心,乃涌自士大夫诗人忧患中的感伤之心,故而"不乱"。如《苕之华》,诗小序曰:

> 大夫闵时也。幽王之时,西戎、东夷交侵中国,师旅并起,因之以饥馑。君子闵周室之将亡,伤己逢之,故作是诗也。

---

① 许学夷《诗源辩体》卷四曰:"公幹诗声咏常劲,仲宣诗声韵常缓,子建正得其中。"刘熙载《艺概》卷二《诗概》亦云:"公幹气胜,仲宣情胜,皆有陈思之一体。后世诗率不越此两宗。"

又如《何草不黄》，序云：

> 下国刺幽王也。四夷交侵，中国背叛，用兵不息，视民如禽兽，君子忧之，故作是诗也。

因此，用一句话来概括《小雅》诗人之志，就是悯时伤乱。所以《小雅·六月》序说："《小雅》尽废，则四夷交侵，中国微矣。"作为士大夫文学代表的《楚辞》，尤其是在《离骚》中，屈原反复申明了自己的"内美"和"修能"，表达自己"忠而被谤，信而见疑"（《史记·屈原贾生列传》）的怨情，特别是描写了自己在举世溷浊的环境中孤独寂寞的内心世界。这些文学精神，给后来者以很大的启示。士人之诗所吸取的，是《风》《骚》传统中士大夫基于对国家人民命运的关怀而产生的忧患意识，对于黑暗政治的或隐或显地讽谕，并且往往能由对个人的不幸哀叹上升到"哀民生之多艰"（《离骚》）。士人之诗在创作技巧上以达意为主，不事雕琢，往往偏于以"风力"胜。这里试就其代表作家略作论述。

一、阮籍（210—263）

阮籍的五言《咏怀》诗八十二首（另有四言《咏怀》十三首），也许可以称作中国诗歌史上表现士人对黑暗政治的忧愤、苦闷、恐惧、悲悯之情的最灿烂、最奇幻的结晶。前人论及阮诗渊源，也大都推溯至《小雅》或《楚辞》。如《诗品》评曰：

> 其源出于《小雅》。无雕虫之巧，而《咏怀》之作，可以陶性灵，发幽思。言在耳目之内，情寄八荒之表，洋洋乎会于风雅。使人忘其鄙近，自致远大。颇多感慨之词。厥旨渊放，归趣难求。颜延年注解，怯言其志。

何焯《义门读书记》卷四十六评曰：

> 其源本诸《离骚》。

五言诗就其源而言，原本出于民间，在内容上往往是"男女有所怨恨，相从而歌。饥者歌其食，劳者歌其事"（何休《公羊传·宣公十五年》解诘），是一己之穷通哀乐。古诗虽多荡子思妇之词，其中亦往往含有人生感叹，但其视野依然是有限的。建安诗歌虽然有很大发展，是文人五言诗创作的一个高峰，然而还是继承了古代歌谣的传统。至于阮籍的作品，则代表了士人之诗的高峰。他把人生问题上升到哲学的高度思考，因而诗歌的视野极为广阔，诗歌的境界也极为高远。他的忧时伤世，并不限于个人的哀乐，所以在在流露出一种伟大的孤独。他有着《小雅》《离骚》诗人一般的忧患和感伤之心，其《咏怀》诗的感情基调也是如《小雅》《离骚》一样的忧时伤乱，孤独悲哀：

  徘徊将何见，忧思独伤心。（其一）
  徘徊空堂上，忉怛莫我知。（其七）
  感物怀殷忧，悄悄令心悲。（其十四）
  终身履薄冰，谁知我心焦。（其三十三）
  挥涕怀哀伤，辛酸谁语哉。（其三十七）
  多虑令志散，寂寞使心忧。（其六十三）

这就是阮籍诗的感情基调。他的作品，不是个人的"幽居""贫贱"之叹，而是"仁人志士之发愤"（陈沆《诗比兴笺》卷二语），也就是《诗品》所说的"颇多感慨之词"。

  建安诗作"文采缤纷"，太康（280—289）诗歌更趋于繁缛。作为正始（240—249）诗歌的代表，阮籍的作品"无雕虫之巧"，即不对文字作精心雕刻或形容。就其所写景物而言，是"言在耳目之内"，但由于诗人内心世界的宽广，视野开阔，其感情的幅度却又是"情寄八荒之表"。这样的作品，当然可以"净化""诗化"人们的心灵（即"陶性灵"），并进一步启发读者对人生的思考和理解（即"发幽思"）。所以，这样的诗就能"使人忘其鄙近，自致远大"，升华至高远开阔的诗境之中。

  阮籍生活在黑暗的乱世之中，一方面能够坚持自己的人格底线，另一方面又能善保其身，其间的矛盾、冲突和挣扎化为其《咏怀》诸篇。嵇康（224—263，一作223—262）则选择了另外一条道路，他在《卜疑集》中归纳了二十八种生活态度，几乎含括了士人出处去就所可能的各种方式，最后的结论是："内不愧心，外不负俗。交不为利，仕不谋禄。鉴乎古今，涤情荡欲……方将观大鹏于南溟，又何忧于人间之委曲。"完全是一种自由脱俗、如诗如画的生活理想。阮籍说话越隐晦越好，嵇康则唯恐"言不尽意"，"无万石之慎，而有好尽之累"。"好尽"就是不留馀地，故强调"尽言""显情"，反对"不言""匿情"（《释私论》）。最终以言论招罪，惨遭杀害。阮籍和嵇康的行为是乱世之中文人生存方式的两种典型。阮籍以组诗的形式表达自己在特定政治背景下的内心感受，这一点，并没有为太康、元嘉时代的诗歌主潮所接受。一直到唐代陈子昂出，提倡"正始之音"，明确继承阮籍《咏怀》的忧患传统，以组诗写下《感遇》三十八首，才开辟了唐代直面人生乃至干预现实的诗歌道路。这当然也是由大唐盛世的开明、自信故而少忌讳的政治和文化环境决定的[①]。

二、左思（250？—305？）

东汉以来，士族阶层发生了两种分化：一是地域分化；二是上下层分化[②]。这两种分化，至魏晋以后，便形成华素悬隔之门第社会。同时，从东汉末年开始，选官授职就出现不以才能优劣，而以门第高低为标准的倾向。仲长统《昌言》指出："天下士有三俗，选士而论族姓阀阅，一俗。"[③]王符《潜夫论》卷八《交际篇》亦批评道："虚谈则知以德义为贤，贡荐则必以[④]阀阅为前。"这种现象衍至魏晋，在社会上已具有普遍性，而左思是第一个用诗歌形式对门阀制度提出强烈抗议的诗人[⑤]。

左思虽然"有文才"[⑥]，但出身寒微，"生蓬户之侧"（左棻《离思

---

① 南宋洪迈《容斋续笔》卷三"唐诗无讳避"条云："唐人歌诗，其于先世及当时事，直辞咏寄，略无避隐。至宫禁嬖昵，非外间所应知者，皆反复极言，而上之人亦不以为罪……今之诗人不敢尔也。"

② 参看余英时《士与中国文化》六"汉晋之际士之新自觉与新思潮"，上海人民出版社1987年版。

③ 《全后汉文》卷八十九。

④ 此字原脱，据汪继培《潜夫论笺》补。

⑤ 当时以上疏的形式对此现象加以指责的，据《晋书》记载，著名者有刘毅和段灼。刘毅指出当时的社会是"上品无寒门，下品无势族"（《刘毅传》）。段灼也激烈地指出："据上品者，非公侯之子孙，则当涂之昆弟也……荜门蓬户之俊，安得不有陆沈者哉?"（《段灼传》）

⑥ 《世说新语·文学》刘孝标注引《左思别传》。

赋》），其父左熹①以胥吏起家，这就决定了他不可能依据自己的才华在仕途上有大发展。他虽然因其妹为武帝修仪而跻身于外戚，也曾经投身贾谧，以期进入上流社会，但先天的缺陷——"貌寝口讷"，在重视容貌举止和言谈风度的社会中，是注定要受到冷落的。他只有寄情柔翰，以抒发寒士内心的苦闷。《文心雕龙·才略》评左思云："尽锐于《三都》，拔萃于《咏史》。"②《咏史》的题材在建安诗人的手中，已经开始改变就事论事的写法，在对历史人物、事件歌咏的同时，寄寓自己的感叹。左思的《咏史》，"题云《咏史》，其实乃咏怀也"（何焯《义门读书记》卷四十六）。和建安诗人相比，与其说是他从历史题材中"引起"感叹，不如说是现实生活中的刺激驱使他"选择"了相应的历史题材。这种既不重在叙述事件，又不重在描摹物色，同时在表现手法上不刻意于文字的雕琢，而是重在抒情咏怀，正是左思《咏史》的特色，也是士人之诗的共同特色。

　　左思的《咏史》表现了一个出身寒微而又文才卓越的寒士，在以门第取人，以容貌、言谈动人的社会中，所混杂着的自卑、自矜和自傲的心理状态。他的诗中有对自身才华的自负："弱冠弄柔翰，卓荦观群书。著论准《过秦》，作赋拟《子虚》。"（其一）有对理想人生的自期："功成不受赏，长揖归田庐。"（其一）"当世贵不羁，遭难能解纷。功成不受赏，高节卓不群。"（其三）在无功可建的悲哀中大谈功成却赏的高节，不难从中体会出由自卑而生出的自矜。他在诗中也就直接对门阀制度下英才受屈的现象表示了不满与无奈："世胄蹑高位，英俊沉下僚。地势使之然，由来非一朝。"（其二）"英雄有迍邅，由来自古昔。何世无奇才，遗之在草泽。"（其七）有时则又对门第中人表示了轻蔑："高眄邈四海，豪右何足陈。"（其六）而他最为亲近爱慕并引以自慰的历史人物，就是"口吃不能

---

① 《晋书》本传作"左雍"，误。据《左棻墓志》的记载，其父名熹，字彦雍。参见赵超编《汉魏南北朝墓志汇编》，天津古籍出版社1992年版，第11页。

② 《文选》卷二十一收录左思《咏史》八首，通常也将这八首诗视为一组。不过，《北堂书钞》卷一百一十九还引录了左思另外一首题为《咏史》的四句诗，这样看来，原作可能是超出八首的组诗。

剧谈……容貌不能动人"(《汉书·扬雄传》)的扬雄①:"寂寂扬子宅,门无卿相舆。寥寥空宇中,所讲在玄虚。言论准宣尼,辞赋拟相如。悠悠百世后,英名擅八区。"(其四)门阀制度是当时社会的重大弊端,左思第一个用诗歌形式予以揭露和讽刺,继承了《诗经》的传统,较好地体现了士人之诗的个性与社会性的结合。

左思的诗,《诗品》评为"其源出于公幹,文典以怨,颇为精切,得讽谕之致。虽野于陆机,而深于潘岳"。刘桢的诗以气胜,左思继续发展这一特色,他的豪迈高亢的声音,在太康诗坛上是与主旋律相对的别调。所谓"野于陆机","野"即"质胜文"之意。陆机、潘岳的诗,讲究丽藻排偶,而左思则"不雕琢"(《艺苑卮言》卷三)、"语多讦直"(《诗源辩体》卷五),造句遒劲,笔力刚健。他特别爱用隔句对②,也增强了诗句的活力与能量。钟嵘评论的"左思风力",与"建安风骨"是一脉相承的。

左思作品中所抒发的寒士的苦闷,作为士人之诗系列中的一环,对后来的郭璞、陶渊明、鲍照乃至李白都深具影响。《诗品》评陶诗"又协左思风力",陈祚明在指出其步武者时也提到"明远(鲍照)近师,太白远效"(《采菽堂古诗选》卷十一)。其《娇女诗》在题材使用上也具有开创性,影响了陶渊明的《责子诗》、杜甫《北征》中"痴女"节、李商隐的《骄儿诗》,一直到现代诗人沈祖棻的《早早诗》。这些作品,在对小儿女天真烂漫、淘气顽皮的刻划中,寄托着自己的感叹,也留下了时代的印记。

三、郭璞(276—324)

在诗歌史上,郭璞是以其《游仙诗》而负盛名的。尤其是永嘉(307—313)以来的诗坛上,弥漫着"恬淡"的玄言诗风。他的作品,正是对这

---

① 兴膳宏《左思与咏史诗》一文对此有细致分析,收入其《六朝文学论稿》,彭恩华译,岳麓书社 1986 年版,第 48—53 页。可参看。

② 例如:"吾希段干木,偃息藩魏君。吾慕鲁仲连,谈笑却秦军。""贵者虽自贵,视之若尘埃。贱者虽自贱,重之若千钧。""习习笼中鸟,举翮触四隅。落落穷巷士,抱影守空庐。"其他的对句,也同样具有幅员阔大的特征,如:"郁郁涧底松,离离山上苗。以彼径寸茎,荫此百尺条。""振衣千仞冈,濯足万里流。"这些都是造成"左思风力"的因素。

一诗风的反拨。《南齐书·文学传论》说"郭璞举其灵变",《文心雕龙·明诗》亦认为"江左篇制,溺乎玄风……所以景纯仙篇,挺拔而为俊矣"。《诗品》中也言之再三:"郭景纯用俊上之才,变创其体。""始变永嘉平淡之体,故称中兴第一。"而其"变创"之体的代表作,就是《游仙》组诗①。

古代游仙诗可分两大系列:或描写"列仙之趣";或借以"坎壈咏怀"。《文选》卷二十一收录的何劭与郭璞的《游仙诗》,正分别代表了这两种不同的旨趣。《义门读书记》卷四十六称前者为"游仙正体",而称后者为"弘农(郭璞)其变"。所谓"变",当指其名为游仙,实即咏怀。李善《文选注》指出:

> 凡游仙之篇,皆所以滓秽尘网,锱铢缨绂,餐霞倒景,饵玉玄都。而(郭)璞之制,文多自叙,虽志狭中区,而辞兼②俗累。

《诗品》也指出,郭璞"《游仙》之作,词多慷慨,乖远玄宗……乃是坎壈咏怀,非列仙之趣也"。两类游仙诗,如果推溯其渊源,也是各有所宗的。

贝琼《陶菊庄游仙诗序》说:"游仙诗何所始乎?始于《离骚》《远游》之作也。"(《清江贝先生集》卷七)屈原的游仙是出于现实的苦闷,在老之将至而修名未立的情况下,他只有通过游仙的幻想,以摆脱时间的折磨。"眇观宇宙,陋世俗之卑狭,悼年寿之不长,于是作为此篇。"(朱熹《楚辞集注》卷五《远游》解题)但即使在神仙世界中,他也依然得不到解脱。"欲少留此灵琐兮,日忽忽其将暮。"(《离骚》)郭璞的《游仙诗》正是继承了屈原的传统。所以《诗品》将他列在《楚辞》系列,《义门读书记》卷四十六也直接指出:"景纯之《游仙》,即屈子之《远游》也。"

神仙不死的思想大致在战国初期已经产生③,东海三神山(瀛洲、方

---

① 郭璞的《游仙诗》,《文选》录七首,据逯钦立辑《晋诗》,包括残句共得十九首,而《诗品》所举两例尚不包含在内。

② 此字原本作"无",与上下文意不合,兹据胡克家《文选考异》改。

③ 在《楚辞·天问》《韩非子》以及《左传》中"不死药""不死道""延年不死"等术语,可见这种思想(无论态度是肯定还是否定)在当时的南方和北方都相当流行。有关这一问题,可参看福井康顺等监修的《道教》第一卷《神仙道》,上海古籍出版社1990年版。

丈、蓬莱）和昆仑山的不死传说，更是风靡一时。秦皇、汉武追求长生，信用方术之士，于是在文学上也有所表现，如乐府中的《仙真人诗》①《铙歌十八曲·上陵》《长歌行》等，都表现了对神仙世界的向往。汉代镜铭中出现的祈求长生、梦幻神仙的内容相当多②，也是某种思想在一个时代流行的标志。魏晋以来描写"列仙之趣"的游仙诗，便是这样形成的。

郭璞是一个博学多知的学者和诗人，他注释过《尔雅》《方言》《穆天子传》《子虚赋》《上林赋》等。这样的知识背景，使他作品的语言瑰丽艳逸。《诗品》评为"彪炳可翫……故称中兴第一"，《文心雕龙·才略》亦称"景纯艳逸，足冠中兴"。史书上曾记载他向江淹托梦索还五色笔，致使"江郎才尽"的异闻③，这与士人之诗系列中的其他诗人稍有不同。但就内容而言，他的"坎壈咏怀"，抒发的是忧生愤世之情，而以游仙为咏怀，正是继承了阮籍和左思的传统。

郭璞"博学有高才，而讷于言论"，又出身寒门，所以与左思颇为类似。"自以才高位卑，乃著《客傲》。"（《晋书·郭璞传》）他的《游仙诗》也同样表达了寒士的高傲：

> 朱门何足荣，未若托蓬莱。（其一）
> 圭璋虽特达，明月难暗投。（其五）
> 兰生蓬芭间，荣曜常幽翳。（其十三）

写游仙是为了逃避黑暗现实，解脱苦闷，所以要极力渲染仙界的快乐。但他并不能真正地忘怀人间的苦难："临川哀年迈，抚心独悲吒。""悲来恻丹心，零泪缘缨流。"无一不是慷慨陈词。特别是"采药游名山"一诗，在他"手顿羲和辔，足蹈阊阖开"，即将进入天门前的反顾一视，心中顿

---

① 《史记·秦始皇本纪》："使博士为《仙真人诗》，及行所游天下，传令乐人歌弦之。"《文心雕龙·明诗》亦曰："秦皇灭典，亦造仙诗。"

② 这一类内容，以"尚方"铭系统最为典型，如："尚方作镜真大好，上有仙人不知老，渴饮玉泉饥食枣，浮游天下敖四海，寿如金石为国保。"以这些内容为主的铜镜，出土范围包括北方、中原和南方。参看孔祥星、刘一曼《中国古代铜镜》，第56—105页。

③ 《诗品》卷中江淹条载："淹罢宣城郡，遂宿冶亭，梦一美丈夫，自称郭璞，谓淹曰：'吾有笔，在卿处多年矣，可以见还。'淹探怀中，得五色笔以授之。尔后为诗，不复成语。故世传江淹才尽。"李善《文选注》引刘璠《梁典》及《南史·江淹传》有类似记载。

生的却是"遐邈冥茫中,俯视令人哀"的无限悲悯之情。这是宗教的体悟、诗人的悲悯、士人的良知在刹那间的融合,使人联想起李白的游仙之词:"恍恍与之去,驾鸿凌紫冥。俯视洛阳川,茫茫走胡兵。流血涂野草,豺狼尽冠缨。"(《古风》之十九,《李太白全集》卷二)想起王国维凝聚着出世之向往与入世之深情的悲悯之词:"试上高峰窥皓月,偶开天眼觑红尘,可怜身是眼中人。"(《浣溪沙》)

从诗歌史的角度看,游仙诗也是山水田园诗的先驱之一。因为郭璞笔下的仙界,实际是人间的折射,是山林隐遁之所。例如:

> 璇台冠昆岭,西海滨招摇。琼林笼藻映,碧树疏英翘。丹泉漂朱沫,黑水鼓玄涛。

这是以人间的山林描写仙界的景色。继魏晋游仙诗之后,山水诗和田园诗也就进一步发展起来。

四、陶渊明(365 或 372 或 376—427)

在六朝诗歌史上,陶渊明是隐逸诗人的代表。而在当时人看来,他的身份毋宁说更偏重在隐士一面[①]。陶渊明的作品在他的时代是别开生面的,在强烈的贵族作风和金粉气息的衬托下,他的作品显得平淡质直,甚至被人们视作"田家语"[②]。然而也正是陶渊明作品的出现,中国诗歌史上开始了对田园生活的描绘,唐代乃出现王维、储光羲等人的田园诗派,至宋代而有范成大的《四时田园杂兴》,形成了古代田园诗的系列。陶诗在宋代也获得了前所未有的殊荣,苏轼评为"自曹(植)、刘(桢)、鲍(照)、谢(灵运)、李(白)、杜(甫)诸人,皆莫及也"(《与苏辙书》,《东坡续集》卷三)。陶渊明的作品所展示的,是一个不甘束缚的自由的灵魂,如何从"举世少复真"(《饮酒》之二十)的黑暗、虚伪的官场中

[①] 陶渊明一人而入三传,但《宋书》《晋书》和《南史》都将其名列《隐逸传》中。颜延之的《陶征士诔》和萧统的《陶渊明传》,也是极力写出了一位隐士的形象。《文心雕龙》无一语涉及陶渊明,《文选》收录的是反映其隐士生活的作品九篇,《诗品》列之于中品,评为"古今隐逸诗人之宗"。

[②] 《诗品》曾以陶诗的"欢言醉春酒"和"日暮天无云"的"风华清靡",驳斥时人谓陶诗"质直"的看法曰:"岂直为田家语耶?"而江淹《杂拟三十首》,选取模拟对象的特色,陶诗便是"田居",反映的大概是当时人的一般认识。

挣脱出来，走上归隐躬耕之路，而发出"复得返自然"（《归园田居》之一）的愉悦之叹。这种为人和作诗的风格，符合宋代人的审美心理。陶渊明之在宋代获得普遍欢迎，不是没有原因的。

陶诗就其内容而言，大致可以分为三类：

（一）田园诗

这是最能反映陶诗面目的作品。在这些诗中，充满了陶渊明在乡村中的个人生活体验，在对自然景物的描写中透露出他的品格。特别是作为一个隐士，他以孤高的态度对待世俗的价值观念，表现出洁身自好的情操。《诗品》说"每观其文，想其人德"，大概也是指此而言的。

> 少无适俗韵，性本爱丘山。误落尘网中，一去三十年①。羁鸟恋旧林，池鱼思故渊。开荒南野际，守拙归园田。方宅十馀亩，草屋八九间。榆柳荫后檐，桃李罗堂前。暧暧远人村，依依墟里烟。狗吠深巷中，鸡鸣桑树巅。户庭无杂尘，虚室有馀闲。久在樊笼里，复得返自然。（《归园田居》之一）

> 种豆南山下，草盛豆苗稀。晨兴理荒秽，带月荷锄归。道狭草木长，夕露沾我衣。衣沾不足惜，但使愿无违。（同上之三）

田园生活是可爱的，也是辛劳的，有时甚至是贫困的（《怨诗楚调示庞主簿邓治中》诗有"夏日抱长饥，寒夜无被眠"之句）。但这种自然的生活，正是符合陶渊明的禀性和愿望的生活。他为了获得这种真实的生活，其他物质上的艰辛是在所不惜的。他无意做一个诗人，只是用诗歌真实而自然地展现了自己的内心世界，所以，他不屑于在文字上雕琢修饰。在"俪采百字之偶，争价一句之奇"（《文心雕龙·明诗》）的晋、宋诗坛上，陶诗的独特风格，展示了他真实的个性与情愫。元好问有这样一句论诗诗："豪华落尽见真淳。"（《论诗三十首》之四）堪称对陶诗

---

① "三十年"或疑作"十三年"，或改为"已十年"，可与陶渊明的行履相合。见陶澍《靖节先生集》卷二。其实"三十年"即为十年之夸张，古有其例。参见逯钦立校注《陶渊明集》，中华书局1979年版，第41页。

之的评①。"真"在陶诗中,也是一个经常出现的词,他追求的就是"任真"(《连雨独饮》)的生活。但"真"不存在于虚伪的官场,只蕴含于自然的山林——"此中有真意"(《饮酒》之五)。同时,"真"并非"单纯"的同义词,黄庭坚《次韵杨明叔见饯》诗云:"皮毛剥落尽,惟有真实在。"(《豫章黄先生文集》卷六)戴昺《移古梅植于贮清之侧……》诗亦云:"剥尽皮毛真实在。"(《石屏诗集》卷九)这是指摆脱了一切的矫揉造作、绚烂秾丽之后,屹立于天壤之间的真实的赤裸裸的人格世界的展示。虽然黄、戴、元三诗或取意于禅宗②,而陶渊明的思想则是统合儒、道,但有一点是相通的,即这个"真实"并不单一。正如苏轼评论的:"渊明作诗不多,然其诗质而实绮,癯而实腴。"(《与苏辙书》,《东坡续集》卷三)指出在其平淡质朴的表象之下,蕴含着丰富的意味。这一点,恰恰被崇尚豪华贵胄的齐、梁文人所忽略了。

(二)讽刺诗

陶渊明的一生中,在其隐居前后,东晋政权有过两次改变,为首者分别是桓玄和刘裕。作为晋大司马陶侃的曾孙,陶渊明不仅以这样的先祖为荣,而且对东晋政权也是有依恋之情的。针对当时的政局,他写下若干讽刺性的作品,如《读山海经》《述酒》等,萧统说陶诗"语时事则指而可想"(《陶渊明集序》),当指这一类诗而言。《诗品》评论陶诗,以为"其源出于应璩",颇遭后人非议。其实,应璩的作品是以"讥切时事"为特征的,尽管其《百一诗》现存的完整之作不过五首,与原来的一百三十篇相比,所存极为有限,但以当时人的评论与仅存的作品观之,其作品的内容与建安诗人的"怜风月、狎池苑、述恩荣、叙酣宴"以及正始年间"诗杂仙心"(《文心雕龙·明诗》)的何晏等人,甚至嵇康的幽愤、阮籍的深郁都是明显不同的。《诗品》评应诗"指事殷勤,雅

---

① 萧统《陶渊明集序》称陶诗"论怀抱则旷而且真",王维《偶然作》称"陶潜任天真",元好问之意与之接近。
② 《四家语录·马祖道一章》:"(药山)侍奉三年,一日祖问之曰:'子近日见处怎么生?'山曰:'皮肤脱落尽,唯有一真实。'"寒山诗亦曰:"咸笑外凋零,不怜内文彩。皮肤脱落尽,唯有真实在。"当本于《大般涅槃经》卷三十九《憍陈如品》第十三之一:"其树陈朽,皮肤枝叶,悉皆脱落,唯真实在。如来亦尔,所有陈故,悉已除尽,唯有一切真实法在。"

意深笃，得诗人激刺之旨"，美刺褒贬虽然是汉代文学的重要主题，但建安以来却颇为少见。陶渊明对于当时政治的讽刺，从内容的继承性来看，不能说与应璩没有关系①。也正因为这样，尽管陶渊明是陶侃的后代，他的作品还应该归入士人之诗的行列。

（三）咏怀诗

陶集中如《杂诗》十二首、《咏贫士》七首、《咏二疏》《咏三良》《咏荆轲》等，通过对历史人物的咏叹，表现了他对人生、社会、历史的看法。这类诗歌所延续的，是自左思以来的咏史的传统。清人陶澍在比较了曹植的《咏三良》后指出："古人咏史，皆是咏怀，未有泛作史论者……况《二疏》明进退之节，《荆轲》寓报仇之志，皆是咏怀，无关论古。"（《靖节先生集》卷四）《诗品》评论陶诗"又协左思风力"，便是针对这些作品而言。在风格上，他的讽刺诗和咏怀诗所表现出的，往往是陶渊明的另一面。如《杂诗》之五的"忆我少壮时，无乐自欣豫。猛志逸四海，骞翮思远翥"；《咏荆轲》的"其人虽已没，千载有馀情"；《读山海经》之十的"精卫衔微木，将以填沧海。形天舞干戚，猛志固常在"。所以龚自珍这样咏叹道："莫信诗人竟平淡，二分《梁甫》一分《骚》。"（《杂诗》之二，《定庵文集补》）

总之，陶诗三类中，真正代表其在诗歌史上别开生面的作品，就是他的田园诗。而其他两类，则是沿续了魏晋以来士人之诗的传统。

魏晋南北朝是一个门第社会，高门贵族为了保持门风不坠，每每教导子孙以文才自见，具有经籍文史的修养，所以诫子书、诫子诗数量颇多②。而陶渊明的《责子诗》，却用幽默风趣的笔触，写出五个儿子的"不好学"：

> 虽有五男儿，总不好纸笔。阿舒已二八，懒惰故无匹；阿宣行志学，而不爱文术；雍、端年十三，不识六与七；通子垂九龄，但

---

① 《魏书·李雄传》载："（李）寿，字武考……其尚书左仆射蔡兴直言切谏，寿以为谤讪，诛之。其臣龚壮（《资治通鉴》作'杜袭'）作诗七首，托言应璩以讽寿。"此条《晋书·李寿载记》《资治通鉴·晋纪十八》也作同样记载，可见应璩的讽刺诗在两晋时是十分有名的。

② 关于魏晋南北朝时期门第与文化的关系，钱穆《略论魏晋南北朝学术文化与当时门第之关系》一文有精辟论述，可参看。载《中国学术思想史论丛》（三），台北：东大图书公司1981年版。

觅梨与栗。

如果将这首诗与王筠《与诸儿书论家世集》加以比较，则"非有七叶之中，名德重光，爵位相继，人人有集，如吾门世者也"的自傲，以及"汝等仰观堂构，思各努力"（《梁书·王筠传》）的训诫，透露出的是一般门第中人所羡慕之境。而陶诗所表达的，与门第中人所企盼者，可谓大相径庭。尽管陶渊明也是高门之后，对后代子孙当然也有期待（见其《命子》），但他的思想已不同于当时门第中人。这也从一个侧面反映了陶渊明对当时社会和时代主流的反抗。

五、鲍照（414？—466）

鲍照出身微寒，虞炎《鲍照集序》中称他"家世贫贱，少有文思"，他也自称"孤门贱生"（《解褐谢侍郎表》）、"荜门士"（《答客》），可见是出于寒门的[①]。鲍照写过一篇《瓜步山楬文》，借景抒情，在一百五十年之后，对左思"地势使之然，由来非一朝"（《咏史》）的愤懑作了响亮的呼应：

信哉！古人有数寸之篇，持千钧之关，非有其才施，处势要也。瓜步山者，亦江中眇小山也，徒以因迥为高，据绝作雄，而凌清瞰远，擅奇含秀，是亦居势使之然也。故才之多少，不如势之多少远矣。

文中隐然寓有对当时门阀制度的讽刺。胡应麟《诗薮》内编卷二谓"明远（鲍照）之步，驰骤太冲"，何焯《义门读书记》卷四十七亦谓鲍诗"具太冲之瑰奇"。他的《咏史诗》乃明显继承了左思的传统，以"君平独寂寞，身世两相弃"作结。方回《文选颜鲍谢诗评》卷一评论道：

此诗八韵，以七韵言繁华之如彼，以一韵言寂寞之如此。左太冲《咏史》第四首亦八韵，前四韵言京城之豪侈，后四韵言子云之

[①] 有的学者认为鲍照出身于世族，如张志岳《鲍照及其诗新探》（载《文学评论》1979年第1期）即持此说，似乎证据不足。

贫乐，盖一意也。明远多为不得志之辞，而恶夫逐物奔利者之苟贱无耻，每篇必致意于斯……"君平独寂寞，身世两相弃"，明远以自叹也。《文选》谓"身弃世而不仕，世弃身而不任"，此语至佳。

而最强烈地表达他不满之情的，无疑是《拟行路难》十八首。例如：

泻水置平地，各自东西南北流。人生亦有命，安能行叹复坐愁。酌酒以自宽，举杯断绝歌《路难》。心非木石岂无感，吞声踯躅不敢言。（其四）

对案不能食，拔剑击柱长叹息。丈夫生时会几时，安能蹀躞垂羽翼？弃置罢官去，还家自休息。朝出与亲辞，暮还在亲侧。弄儿床前戏，看妇机中织。自古圣贤尽贫贱，何况我辈孤且直！（其六）

诗中两用"安能"，是如何能、怎么能的意思。尽管人生有命，他也曾有"功名竹帛非我事，存亡贵贱付皇天"（其五）之叹，但他并不安于命定的道路。而"孤且直"的性格，又使他不屑于逐物奔利之举。在看重门第的社会中，也就注定了他"才秀人微"（《诗品》卷中评语）的必然命运。他的才华非但得不到应有的施展，有时甚至要作扭曲的表现①，这种苦闷和压抑便导致了鲍照诗风的声调迫促、笔力凌厉，敖陶孙《诗评》喻为"如饥鹰独出，奇矫无前"（《诗人玉屑》卷二引），给人以倜傥恢奇、惊心动魄之感。所以，尽管他的诗歌也具有词藻华丽的特色，但风格并不纤弱，也不使人感到在刻意求工，而是其才华在遭到压抑后的不容自已的喷泻。②贵游诗人在遣词造句上追求的是典雅工丽，而鲍诗则用词危仄。虞炎《鲍照集序》评为"虽乏精典，而有超丽"；《诗品》评为"不避危仄，颇伤清雅之调"；《南齐书·文学传论》则用"发唱惊挺，操调险急，雕藻淫艳，倾炫心魄"对鲍照诗风加以形容，这些评语或多或少都带有六朝的贵族气息和眼光。所以到了唐代，杜甫用"俊逸"

---

① 《宋书·鲍照传》载："上（孝武帝）好为文章，自谓物莫能及。照悟其旨，为文多鄙言累句。当时咸谓照才尽，实不然也。"

② 这当然是就鲍诗大体而言，至于他奉陪王公贵族的游览之作，也不免有雕琢研炼之迹，如《从登香炉峰》。也有个别的游戏之作，如《数诗》《字谜》等。

二字对鲍照诗作了的评①。

《宋书·鲍照传》上称他"尝为古乐府，文甚遒丽"，他努力学习汉魏乐府及当时的吴声和西曲，成为他诗歌创作中最引人注目的部分。特别是七言乐府的写作，把七言诗的发展推进到一个新阶段。到唐代，七言歌行成为创作的主要形式之一，特别是李白，他的七言诗更是受到了鲍照的影响。所以《义门读书记》卷四十七指出："太白、退之（韩愈）学鲍处多。"

第三节　贵游之诗的系列及特征

贵游文学可以上溯至楚国的宋玉、唐勒、景差之徒，他们继承的是屈原艳逸的文采，"竞为侈丽闳衍之词，没其风谕之义"（《汉书·艺文志》）。汉代的宫廷和藩国文学，亦多为"暇豫之末造"（《文心雕龙·杂文》），以文学为消闲娱乐之用。从文体来说，都是辞赋。建安时代，五言诗进一步成熟，邺下文人集团形成以后，以曹丕为中心，常常"行则连舆，止则接席，何尝须臾相失。每至觞酌流行，丝竹并奏，酒酣耳热，仰而赋诗"（曹丕《与吴质书》，《文选》卷四十二）。《文选》中"公宴"和"赠答"两类诗中，建安之作颇为不少。这些雅集游宴在此后文人的心目中，往往成为欣羡向往的对象。②在写作上，魏晋以下的贵游诗人，往往吸收屈、宋之美辞，所谓"才高者菀其鸿裁，中巧者猎其艳辞，吟讽者衔其山川，童蒙者拾其香草"（《文心雕龙·辨骚》）。或是在清谈玄理之馀，"因谈馀气，流成文体"（《文心雕龙·时序》）；或是将目光转向山水和女性，而无视时代的痛苦。这样的诗歌，乃为当时创作上的主流。

---

① 清人舒位《向读〈文选〉，爱此数家，不知人人可乎？因论其世，凡作者十人，诗九首》："俊逸真堪定品评，杜陵老眼胜钟嵘。"（《瓶水斋诗集》卷八）

② 《宋书·谢灵运传论》评西晋元康时代的文学："缀平台之逸响，采南皮之高韵。"前句指汉梁孝王在大梁城高筑平台，招待四方才士，邹阳、枚乘、司马相如等人皆在那里游宴写作；后句指曹丕与建安文人共游南皮，是用来比喻贾谧招二十四友之事。谢惠连《雪赋》则假托梁孝王与邹阳等人的赏雪赋雪结构成篇；谢灵运《拟魏太子邺中集序》中称："建安末，余时在邺宫，朝游夕燕，究欢愉之极。天下良辰、美景、赏心、乐事，四者难并。今昆弟友朋，二三诸彦，共尽之矣。"（《文选》卷三十）

一、太康体

太康（280—289）是晋武帝的年号，但"太康体"诗人的活动则延伸到晋惠帝元康（291—299）年间。《诗品序》中称："太康中，三张（载、协、亢）、二陆（机、云）、两潘（岳、尼）、一左（思），勃尔复兴，踵武前王，风流未沫，亦文章之中兴也。"所以严羽《沧浪诗话·诗体》中就提出了"太康体"，自注云："左思、潘岳、二[①]张、二陆诸公之诗。"太康体在创作上的特色，以刘勰的概括较为准确："晋世群才，稍入轻绮。张、潘、左、陆，比肩诗衢。采缛于正始，力柔于建安，或析文以为妙，或流靡以自妍。"（《文心雕龙·明诗》）严格地说，左思的诗风不能划入太康体的范围，尽管他一度也曾与这群人周旋。太康体的整体特征是清绮和繁缛，其代表诗人是潘岳（247—300）和陆机（261—303）。他们大多以赋为诗，注重铺叙。这批贵游子弟在权臣贾谧的周围，形成号为"二十四友"的创作集团。《晋书·贾谧传》载：

> （谧）开阁延宾，海内辐凑，贵游豪戚及浮竞之徒，莫不尽礼事之。或著文章称美谧，以方贾谊。渤海石崇、欧阳建，荥阳潘岳，吴国陆机、陆云，兰陵缪徵，京兆杜斌、挚虞，琅邪诸葛诠，弘农王粹，襄城杜育，南阳邹捷，齐国左思，清河崔基，沛国刘瓌，汝南和郁、周恢，安平牵秀，颍川陈眕，太原郭彰，高阳许猛，彭城刘讷，中山刘舆、刘琨皆傅会于谧，号曰二十四友，其馀不得预焉。

由此可见，二十四友创作集团大致可以归入贵游之诗的系列。

（一）潘岳

潘岳是二十四友之首[②]，他的诗歌也最能体现出太康体的特色。刘勰评论当时的创作"稍入轻绮"，与人们对潘岳的评论正可相应。如《晋阳秋》云："岳夙以才颖发名，善属文，清绮绝世。"（《世说新语·文学》刘孝标注引）《续文章志》云："岳为文选言简章，清绮绝伦。"（同上）"清"或"轻"是指表现上的浅易，"绮"则指文字的绮靡。唯其"清"（"轻"）

---

① 何文焕《历代诗话》本作"三"。
② 《晋书·潘岳传》："（贾）谧二十四友，岳为其首。"

故"力柔于建安";唯其"绮"故"采缛于正始"。例如《河阳县作诗》之一:"谁谓晋京远?室迩身实辽。谁谓宰邑轻?令名患不劭。"(《文选》卷二十六)《内顾诗》之二:"不见山上松,隆冬不易故。不见陵涧柏,岁寒守一度。"(《玉台新咏》卷二)《悼亡诗》之一:"如彼翰林鸟,双栖一朝只。如彼游川鱼,比目中路析。"(《文选》卷二十三)句法直致,下字浅近,此即所谓"清"。又如《金谷集作诗》中的"绿池泛淡淡,青柳何依依。滥泉龙鳞澜,激波连珠挥"(《文选》卷二十),《河阳县作诗》之一的"幽谷茂纤葛,峻岩敷荣条。落英陨林趾,飞茎秀陵乔",之二的"川气冒山岭,惊湍激岩阿。归雁映兰畤,游鱼动圆波"(同上卷二十六),《在怀县作》之二的"白水过庭激,绿槐夹门植"(同上),注重文字的刻划锻炼,注重句子的偶对相称,最后一例还注意到文字的色彩对应,此即所谓"绮"。这种"清绮"特色的形成,从文学渊源的角度探索,与王粲的影响有关。《诗品》卷中评论潘岳诗"其源出于仲宣",又评论王粲"发愀怆之词,文秀而质羸"。王粲《从军诗》有"凄怆令吾悲"之句,"凄怆"就是"愀怆"。潘岳《笙赋》曰"愀怆恻淢"(《文选》卷十八),李善注曰:"愀怆恻淢,悲伤貌。"而潘岳"巧于序悲"(《文心雕龙·诔碑》),表现于文字,有《悼亡诗》《哀永逝文》,《怀旧赋》和《寡妇赋》收入《文选》,也是列于"哀伤"类。所以刘熙载将二人相提并论曰:"王仲宣、潘安仁,悲而不壮。"(《艺概·诗概》)而且,在诗歌的章法和结构上,潘诗也同样受到王粲的影响。加上太康以来的诗人多以赋法为诗,长于铺叙,所以王粲的赋也同时影响了潘岳的诗[①]。如果说,建安诗人中,刘桢是以"气"胜,那么,王粲恰恰是以"情"胜的。谢灵运评论王粲"遭乱流寓,自伤情多"(《拟魏太子邺中集》,《文选》卷三十),而潘岳也同样长于写情。陈祚明《采菽堂古诗选》卷十一谓"安仁情深之子,每一涉笔,淋漓倾注",又说"安仁过情"。"情深""过情"的外在表现易趋"文秀",潘岳正是如此,所以其诗"烂若舒锦","翩翩然如翔禽之有羽毛,衣服之有绡縠"(《诗品》卷中引谢混、李充《翰林论》

[①] 如王粲的《登楼赋》开篇云:"登兹楼以四望兮,聊暇日以销忧。"潘诗也多以登城起兴,继而写景。参见邓仕梁《两晋诗论》,香港中文大学出版社1972年版,第92—93页。

语），但也正因为"文秀"的原因是"情多"而非"才高"，因此，陆机"才高词赡"，遂形成繁缛的风格，而潘岳诗的"烂若舒锦"仍然是一种"清绮"。孙绰评潘诗"浅而净"，正是与陆机的"深而芜"相对（《世说新语·文学》刘孝标注引）。然而潘岳尽管得到"情深"乃至"过情"的评价，但他与王粲还是不能完全相提并论。作为一个贵游诗人，他的"情"往往局限于个人生活的小圈子。正是在这个意义上，潘岳只能作为贵游诗人的代表，而无法进入士人之诗的行列。

（二）陆机

陆机是与潘岳齐名的诗人。《宋书·谢灵运传论》称"降及元康，潘、陆特秀"，《世说新语·文学》引孙绰评语，也是将潘、陆对比而言的。《南齐书·文学传论》称"潘、陆齐名，机、岳之文永异"，钟嵘从诗歌史的角度言之，提出"陆机为太康之英，安仁、景阳为辅"（《诗品序》）的意见，并认为"陆才如海，潘才如江"（《诗品》卷上），将陆机的地位提得更高。

陆机的父、祖陆抗、陆逊分别是吴国的大司马和丞相，世为高门，但他二十多岁便遭亡国之恸，在退居十年之后最终改事新主，乃出于不甘于生命的徒然摇落[①]。一朝入洛为晋臣，想要有所作为，便不得不奔走于诸王权贵之门。《晋书·陆机传》上说他"好游权门，与贾谧亲善，以进趣获讥"。但晋王朝诸王间猜忌重重，陆机每怀惴惴不安之情，发而为诗，则颇多感恨之辞。如其《君子行》曰："天道夷且简，人道险而难。休咎相乘蹑，翻覆若波澜。去疾苦不远，疑似实生患。"这较之乐府原作《君子行》，其忧患感和危机感要强烈得多。前人或以为陆机诗"不能流露性情"（黄子云《野鸿诗的》），显然是不合实际的。

太康以下诗人之重视文辞的繁缛、语句的对偶等，这在陆机的作品中表现得极为明显。陆机诗歌的语言，力求奥折而避免浅近。如古诗的"上山采芙蓉，兰泽多芳草"二句，陆机拟作乃为"上山采琼蕊，穷谷饶

[①] 以陆机诗歌为例，如《长歌行》："年往迅劲矢，时来亮急弦。""俯仰逝将过，倏忽几何间。""但恨功名薄，竹帛无所宣。"《折杨柳行》："人生固已短，出处鲜为谐。"《猛虎行》："渴不饮盗泉水，热不息恶木阴。恶木岂无枝？志士多苦心。""人生诚未易，曷云开此衿？眷我耿介怀，俯仰愧古今。"

芳兰"。他又往往借古人成语而变化其意,以增加语言的曲折性,如《君子行》中"天损未易辞,人益犹可欢"二句,李善注曰:"言祸福之有端兆。故天损之至,非己所招,故安之而未辞;人益之来,非己所求,故受之可为欢也。《庄子》:'孔子谓颜回曰:无受天损易,无受人益难。'……然文虽出彼而意微殊。彼以荣辱同途,故安之甚易;此以吉凶异辙,故辞之实难。"在句式上,陆机又注意偶丽,既追求整饬对仗,又往往两句一意。如《猛虎行》之"日归功未建,时往岁载阴";《赴洛道中行》之"永叹遵北渚,遗思结南津";《悲哉行》之"翩翩鸣鸠羽,喈喈仓庚音";等等,在整体上显得力缓气柔。① 较之刘桢《赠从弟》之二的"风声一何盛,松枝一何劲",虽然重复"一何"二字,但一句一意,上下衬托,便显得劲逸有力;而陆机《悲哉行》之"女萝亦有托,蔓葛亦有寻",重复"亦有"二字,两句一意,就显得板滞繁冗。《蔡宽夫诗话》说:"晋、宋间诗人,造语虽秀拔,然大抵上下句多出一意……非不工矣,终不免此病。"(《苕溪渔隐丛话》前集卷一引)陆机的作品就是开此风气者,所以他在当时文名甚高,《文选》录他的诗也特别多。与此相联系的,他的诗歌也存在着繁缛的特征。张华谓陆机为文,才学"乃患太多"(《世说新语·文学》刘孝标注引《文章传》),孙绰也指出"陆文如排沙简金,往往见宝"(《世说新语·文学》),葛洪则用"弘丽妍赡"② 评论其创作,《文心雕龙·镕裁》曰"士衡才优,而缀辞尤繁",都指出陆机创作中繁缛的一面。繁缛特征的形成,是由于其"才高"。和潘岳相比,则潘诗以"情多"胜,故为"清绮";而陆诗以"才高"胜,乃不免繁缛,所以钟嵘评论道:"才高辞赡,举体华美。"(《诗品》卷上)尽管繁缛,并不艰深。这是因为太康诗人不重在选词造句的生僻,而是重视对语言的锻炼陶铸。这与汉代文人多兼为小学家,精通古音古义,所以为文下字僻奥的情况是不同的。《文心雕龙·练字》指出:"自晋来用字,率从简易,时并习易,人谁取难?"所以从主导倾向来看,文学语言也是在逐渐地趋

---

① 沈德潜《古诗源》卷七云:"士衡诗亦推大家,然意欲逞博,而胸少慧珠,笔又不足以举之,遂开出排偶一家,西京以来空灵矫健之气不复存矣。降自梁、陈,专工队仗,边幅复狭,令阅者白日欲卧,未必非士衡为之滥觞也。"

② 此《抱朴子》佚文,见《晋书·陆机传》引。

于平易，即使在讲究琢句炼字的六朝文学中，时人在对典雅华美风格追求的同时，也在扬弃汉代"阻奥"的"玮字"。后来沈约提出"文章当从三易"，把"易识字"列于其中（《颜氏家训·文章》引），《文心雕龙·练字》提出的"避诡异"，从正反两方面对文学语言的平易问题作了理论上的总结。

二、玄言诗

魏晋以来，门第中人往往以清谈作为一种身份的标志①。清谈是以老、庄书中所含玄学为主要内容，故又可称为"虚谈"。从诗歌史上考察，以道家思想入诗并不始于魏晋，如汉末仲长统《见志诗》二首云："至人能变，达士拔俗。"又云："叛散五经，灭弃风雅。"但其诗的主旨是对一切束缚自己生命的外在规范的超越，还不是在诗中表现老、庄义理。正始年间，"诗杂仙心"（《文心雕龙·明诗》），诗歌中出现了一些游仙的内容。但魏晋的游仙诗，主要还是表现诗人对痛苦现实的挣脱腾越之志与对长生不老的追求和向往之情。因此，尽管诗中出现了一些有关玄言的典实，但仍然不是玄言诗。至晋怀帝永嘉（307—313）以后，诗歌也受到清谈的影响，形成以表现老、庄为主要内容的玄言诗。《诗品序》指出：

> 永嘉时，贵黄、老，稍尚虚谈。于时篇什，理过其辞，淡乎寡味。爰及江表，微波尚传。孙绰（314—371）、许询、桓（温，312—373）、庾（亮）诸公诗，皆平典似《道德论》。

又下品评王济、杜预、孙绰、许询条云：

> 永嘉以来，清虚在俗，王武子（济）辈诗，贵道家之言。爰泊

---

① 《南齐书·王僧虔传》载其诫子书曰："汝开《老子》卷头五尺许，未知辅嗣（王弼）何所道，平叔（何晏）何所说，马（融）、郑（玄）何所异，《指》《例》何所明，而便盛于麈尾，自呼谈士，此最险事。设令袁令命汝言《易》，谢中书挑汝言《庄》，张吴兴叩汝言《老》，端可复言未尝看邪？谈故如射，前人得破，后人应解，不解即输赌矣。且论注百氏，荆州八袠。又才性四本、声无哀乐，皆言家口实，如客至之有设也。"可见当时名士清谈之主要论题及其风气。参见唐翼明《魏晋清谈》，台北：东大图书公司1992年版。

江表，玄风尚备。真长（刘惔）、仲祖（王濛）、桓、庾诸公犹相袭。世称孙、许，弥善恬淡之词。

玄言诗流传至今的已不甚多①，兹以孙绰《答许询诗》之八为例稍作说明：

> 愠在有身，乐在忘生。余则异矣，无往不平。理苟皆是，何累于情。（逯钦立辑《晋诗》卷十三）

"愠在有身，乐在忘生"本来是《老子》和《庄子》中的命题。《老子》第十三章云："吾所以有大患者，为吾有身。及吾无身，吾又何患。"《庄子·人间世》云："行事之情而忘其身，何暇至于悦生而恶死。"又《山木》："吾守形而忘身。"但最后两句却导入了玄学命题，即"圣人有情"说。圣人有情还是无情，这是魏晋玄学论题之一。如何晏以为圣人无喜怒哀乐之情，而王弼则认为圣人并非无情，"圣人之情，应物而无累于物者也"（《三国志·魏书·钟会传》裴松之注引何劭《王弼传》）。"圣人有情"说对魏晋以后玄学影响很大，孙绰云"理苟皆是，何累于情"，也就是王弼所说的"以情从理"（何劭《王弼传》）之意。由此可见，玄言诗中所涉及的，不是一般的道家思想或学说，而是经过魏晋人发展了的玄学义理，这正是玄言诗的特征所在。

玄言诗在艺术上的特征是"淡乎寡味"。从表面上看，这与玄言似乎有关，如王弼在《老子道德经注》二十三章"希言自然"下云："无味不足听之言，乃是自然之至言也。"又三十五章下云："道之出言淡然无味。视之不足见，则不足以悦其目；听之不足闻，则不足以娱其耳。若无所中然，乃用之不可穷极也。"由此可见，玄学中所描述的道的性格，虽然可用"淡然无味"形容之，但实际所指是"不可穷极"的"至味"。而玄学发展至西晋元康时代，已经开始在门第的小天地中变得越来越浮薄，蜕变为对手执麈尾、发言玄远等仪态语言的追求。玄学的修养既不能内化为自己的生命，于是玄言诗也只是摭拾若干玄言的辞句构造成篇，这

---

① 以许询而论，《世说新语·文学》载："简文（司马昱）称许掾云：'玄度五言诗，可谓妙绝时人。'"檀道鸾《续晋阳秋》云："询有才藻，善属文。"（《世说新语》刘孝标注引）但现在所能见到的只有三首不完整的诗。

也就必然是"无味"的。它与玄学兴起时人们标举的"无味"的道,虽然不妨都用"无味"一词加以表述,但前者是一无所有的"无味",而后者是无可规范、不偏于一隅的"无味"。同样是受到玄学的影响,陶渊明的诗则在平淡中蕴含着"至味",即"以恬淡为味"(王弼《老子道德经注》六十三章);而玄言诗则远离了作者的生命,粉饰了时代的痛苦,"世极迍邅,而辞意夷泰"(《文心雕龙·时序》)。这也是士人之诗与贵游之诗的另一区别所在。

三、元嘉体

元嘉(424—453)是宋文帝的年号,当时诗坛以谢灵运(385—433)、颜延之(384—456)为代表,所以二人齐名,或称"颜、谢腾声"(《宋书·谢灵运传论》),或称"颜、谢并起"(《南齐书·文学传论》)。《诗品序》中更明确指出:"谢客为元嘉之雄,颜延年为辅。"后人就将这一时代的诗歌称为"元嘉体"(《沧浪诗话·诗体》)。刘宋时代,是中国诗歌史上由古体转变为今体的一个关键。陆时雍《诗镜总论》指出:"诗至于宋,古之终而律之始也。体制一变,便觉声色俱开。"其后,沈德潜继续指出:"诗至于宋,性情渐隐,声色大开,诗运一转关也。"(《说诗晬语》卷上)这一转变的特色大致表现在两个方面:一是词彩之华丽。《宋书·颜延之传》称颜、谢"俱以词彩齐名",《文心雕龙·时序》称"颜、谢重叶以凤采",又《明诗》指出刘宋诗坛的一般状况是:"俪采百字之偶,争价一句之奇。情必极貌以写物,辞必穷力而追新。"不仅贵游诗人如此,士人之诗系列中,如鲍照的作品,也同样"文辞赡逸"(《宋书·鲍照传》),显示出前所未有的新貌。然而极貌写物、穷力追新,皆有赖于深思和博学,这就形成了宋初诗歌的另一特色,即用典之繁密。《诗品序》中曾批评"大明、泰始中,文章殆同书钞"。大明(457—464)是宋孝武帝的年号,泰始(465—471)是宋明帝的年号,这两代皇帝的作风,影响了此后的文学风气[①]。而大开隶事之风的,就是明帝之婿王俭(452—

[①] 《南史·王昙首传》载:"宋孝武好文章,天下悉以文采相尚。"又《明帝纪》载:"帝好读书,爱文义。在藩时撰《江左以来文章志》。"

489）。他在宋、齐两代的地位极高，在永明（483—493）年间曾任国子祭酒，自比"风流宰相"，"士流选用，奏无不可"（《南史·王昙首传》）。《南史·王谌传》载：

> 尚书令王俭，尝集才学之士，总校虚实，类物隶之，谓之"隶事"，自此始也。俭尝使宾客隶事，多者赏之。

又《陆澄传》载：

> （王）俭在尚书省，出巾箱、几案、杂服饰，令学士隶事，多者与之。

至萧梁时代，王俭的侄子王融（字元长，467—493），也是"词不贵奇，竞须新事"（《诗品序》）。而推溯其源，乃起于刘宋时代。作为这两方面特征之代表的，正是谢灵运和颜延之。

（一）谢灵运

谢灵运诗的"声色大开"，首先是在其诗歌的题材上，将山水作为正面表现的重要内容。《文心雕龙·明诗》指出："宋初文咏，体有因革，庄、老告退，而山水方滋。"这里的"庄、老告退"，应该理解为以老、庄哲学的抽象概念为表现内容的诗——玄言诗的告退，宋初山水诗就其内容和风格上的嬗变而言，与东晋玄言诗是"体有因革"的关系。这并不是说山水诗中就没有老、庄思想的成分，谢灵运把玄理融化于模山范水之中，对老、庄的体会更深微，表达也更精致。所以《诗品》评其诗"丽典新声，络绎奔会"。"丽"和"新"是"声色大开"的又一表现。《诗镜总论》这样指出：

> "池塘生春草"，虽属佳韵，然亦因梦得传。"林壑敛暝色，云霞收夕霏"，语饶霁色，稍以椎炼得之。"白云抱幽石，绿筱媚清涟"，不琢而工。"皇心美阳泽，万象咸光昭"，不淘而净。"杪秋寻远山，山远行不近"，不修而妩。"猿鸣诚知曙，谷幽光未显"，"岩下云方合，花上露犹泫"，不绘而工。此皆有神行乎其间矣。

五言诗产生之初，由于出自民间，所以多为直抒胸臆的作品。建安诗人,"其称景物则不尚雕镂,叙胸情则唯求诚恳"①。正始时期,政治黑暗,阮籍《咏怀》之作,"反复零乱,兴寄无端"(《说诗晬语》卷上),所以婉转附物,寄托遥深。太康诗人,多以赋为诗。但注重文辞华美,"巧构形似之言"(《诗品》卷上评张协语)。到元嘉时期,则变本加厉,踵事增华。《诗品》评谢灵运"杂有景阳(张协字)之体,故尚巧似"。王闿运则以为颜延之诗"大抵仿陆士衡、潘安仁"(《湘绮楼说诗》卷六)。《义门读书记》卷四十七又指出:"诗家炼字琢句始于景阳,而极于鲍明远。"所以宋初诗歌是"窥情风景之上,钻貌草木之中。"(《文心雕龙·物色》)诗人的感情不是直接表现于文字,而往往是隐藏于文字的背后,即沈德潜说的"性情渐隐"。谢灵运要求"览者"应该"废张、左之艳辞,寻台、皓之深意,去饰取素"(《山居赋序》),也看到了其作品之"深意"受到了"艳词"的干扰,所以特别希望读者能"去饰取素"。也正是因为他的作品文辞过于繁富,《南齐书·文学传论》甚至认为"典正可采,酷不入情"的诗是"源出灵运而成"的。

在中国文化精神中,人与自然的关系是融洽和谐的,但自然(特别是山水)进入诗歌,也是经过了一个由附庸而蔚为大国的过程。在《诗经》和《楚辞》中,当然不乏山川树木、花草虫鱼的描写,但这些景物都是作为诗人表露感情的纽带和象征,即与"六义"中的比兴有关。在人与自然的关系中,人是主体,自然是旁衬。汉赋中有不少"模山范水"(《文心雕龙·物色》)的段落,但其内容则不外乎"陈其形势产品"或"喻诸心性德行"。②这些都与儒家自然观的"比德"说有关。③至魏晋玄学兴起之后,道家思想得到进一步发扬。老、庄(尤其是庄子)反对人文社会的一切礼俗,对于文明社会给人心带来的桎梏深感悲哀,便只有寄情于"广莫之野"(《庄子·逍遥游》)。庄子以自己化作蝴蝶来揭示"物化"

---

① 黄侃《诗品讲疏》,见范文澜《文心雕龙注·明诗》第 87 页引。
② 钱锺书《管锥编》指出:"诗文之及山水者,始则陈其形势产品,如《京》《都》之赋,或喻诸心性德行,如《山》《川》之颂,未尝玩物审美。继乃山水依傍田园,若茑萝之施松柏,其趣明而未融……终则附庸蔚为大国,殆在东晋乎。"中华书局 1979 年版,第 1037 页。
③ 《论语·雍也》记孔子语曰:"知者乐水,仁者乐山。"刘宝楠《论语正义》指出:"言仁者愿比德于山,故乐山也。"《说苑·杂言》引孔子语:"夫水者,君子比德焉。"《荀子·法行》记孔子语曰:"夫玉者,君子比德焉。"所以儒家对自然美的欣赏,偏重品德方面的意义。

之境（《齐物论》），与惠子"游于濠梁之上"而感知"鱼之乐"（《秋水》），都说明他是通过与自然的融合来体验其"道"、实践其"道"的。既然自然是"道"的化身，那么，对于自然也就应该采取与之合一的态度。宗炳（375—443）《画山水叙》云："夫圣人以神法道，而贤者通；山水以形媚道，而仁者乐。"（《历代名画记》卷六引）所谓"以形媚道"，指的就是山水以其形质之美与"道"更为亲近，从而使山水能够成为贤者"澄怀味像"的对象。玄言诗中偶有山水描写，但那是站在山水之外的"观"。谢灵运则是进入山水之中的"观"，是采用"体道"的方式观察、理解和欣赏自然。"遗情舍尘物，贞观丘壑美"（《述祖德》）；"极目睐左阔，回顾眺右狭"（《登上戍石鼓山》）；"倾耳聆波澜，举目眺岖嵚"（《登池上楼》）。谢灵运诗中也常常使用"媚"字形容山水，如"白云抱幽石，绿筱媚清涟"（《过始宁墅》）；"江山共开旷，云日相照媚"（《初往新安至桐庐口》）；"潜虬媚幽姿，飞鸿响远音"（《登池上楼》）；"乱流趋正绝，孤屿媚中川"（《登江中孤屿》）。这些"媚"字均作亲近解，用以形容从自然景物中探索其所包含的"道""理"。孙绰（314—371）《庾亮碑》写道："方寸湛然，固以玄对山水。"又说"此子神情都不关山水，而能作文？"（《世说新语·赏誉》）总之，在庄学精神的启示下，随着魏晋玄学的兴起，使人们一变而认识自然之美；由于自然中包含了玄远之趣，使人们再变而追寻自然之美；又由于山水与玄学的二位一体，使人们三变而以诗画摹写自然之美。欧洲人对于自然美的发现，主要是通过旅行，从而成为"自然美的亲身感受者"①。中国山水文学的产生，当然也离不开旅行，所以《文选》收录的早期山水诗也大多归入"行旅"类。但更为主要的，则是得自某种思想的启示。这里，道家思想是最为重要的，但也同时受到儒家和佛教思想的影响②。所以，早期山水诗在结构上往往由记游→写景→兴情→悟理四部分构成，也是在道家和佛教的自然观的作用下形成的③。作为

---

① 雅各布·布克哈特《意大利文艺复兴时期的文化》，何新译，商务印书馆1979年版，第328页。

② 参见张伯伟《山水诗与佛教》，收入《禅与诗学》，浙江人民出版社1992年版。

③ 林文月通过对谢灵运、鲍照、谢朓三家诗集的统计、排比，从而得出这样的结论。见《中国山水诗的特质》，收入《中国古典文学论丛·诗歌之部》，台北：中外文学月刊社1980年版。

贵游之诗的代表之一，谢灵运的纵情山水原本是他在烦乱寂寞之中，力图寻求慰解的一种努力。然而山水既不足以娱其情，名理复不足以解其忧。他以自然作为体道、悟道的对象，以自然作为主观沉思的依据，以自然作为传达思悟的意象来源，所以，他的感情也是为理性所包裹的。以谢灵运为代表的早期山水诗的上述结构，在宋、齐间可以说是某种"定格"。不过，从发展趋势来看，这种"定格"到了谢朓已开始有所突破，在山水景物的描写之后，不再是理念的思悟，而代之以人生哀乐的咏叹。

（二）颜延之

用典繁密是颜延之诗歌的特色之一。钟嵘说"颜延、谢庄尤为繁密，于时化之"（《诗品序》），又说他的诗"喜用古事"（《诗品》卷中）。张戒也指出："诗以用事为博，始于颜光禄而极于杜子美。"（《岁寒堂诗话》卷上）从诗歌史上看，陆机的作品虽好排偶，但并不句句用典。用典与排偶相结合，便导致颜诗"铺锦列绣""错采镂金"的独特风格，如《文选》卷二十六载其《赠王太常》诗：

> 玉水记方流，璇源载圆折。蓄宝每希声，虽秘犹彰彻。聆龙眺九泉，闻凤窥丹穴。历听岂多工，唯然觐世哲。舒文广国华，敷言远朝列。德辉灼邦懋，芳风被乡耋。侧同幽人居，郊扉常昼闭；林间时晏开，亟回长者辙。庭昏见野阴，山明望松雪。静惟浃群化，徂生入穷节。豫往诚欢歇，悲来非乐阕。属美谢繁翰，遥怀具短札。

此诗共十二韵，对句占八韵。其中"侧同幽人居"四句，"错综互对，古未见之"（方回《文选颜鲍谢诗评》卷二），指的是一四、二三为对。至于用典，据李善《文选注》，分别出于《尸子》《老子》《左传》《庄子》《山海经》《国语》《礼记》《尚书》《周易》《汉书》《淮南子》等书，可见用事之繁。这位诗人在用典时，还将古语旧事改头换面，加以收缩或扩展，造成新奇的效果。如《秋胡诗》的"嗟余怨行役，三陟穷晨昏"（《文选》卷二十一），下句"三陟"一词，便是由《诗经·卷耳》中"陟彼崔嵬""陟彼高冈""陟彼砠矣"三句浓缩而成。钟嵘批评任昉、王融等人"词不贵奇，竞须新事"（《诗品序》），所谓"新事"就是前人没有用过的典实，这实际上在颜延之的诗中已经形成。不过，到了齐、梁时代，这种风气变本加厉而已。《南史·任昉传》称："晚节转好著诗，欲以倾沈，用事过多，属辞不得流便。自尔都下士子慕之，转为穿凿。"又《王僧孺传》称："其文丽逸，多用新事，人所未见者。"当时的数典用事之风，在文章中表现得也许更为突出。如《文选》卷四十六所录任昉《王文宪集序》，用事之博，就连号称"书麓"的李善，也难免茫然不知所出[①]。在这种风气的带动下，类书的编纂也流行一时，如《寿光书苑》《类苑》《华林遍略》等著名类书，也有《皇览抄》《杂事钞》《杂书钞》《子抄》《书钞》等，见录于《隋书·经籍志》；还有专门汇辑对偶句的著作，如《对林》《语对》《语丽》《对要》等[②]。这样的作风一直延续到初唐，如《北堂书钞》《艺文类聚》《初学记》等，特别是《初学记》，分作"叙事""事对""诗文"三大类，将用典、对偶和创作合而为一[③]，在文坛上形成了并不值得提倡的风气。

四、永明体

《梁书·武帝纪上》载："竟陵王子良（460—494）开西邸，招文学，高祖（萧衍，464—549）与沈约（441—513）、谢朓（464—499）、王融、萧琛、范云（451—503）、任昉（460—508）、陆倕等并游焉，号为'八友'。"据《南齐书·竟陵王子良传》，此事乃在永明五六年间。史书记载，永明之世，"都邑之盛，士女富逸，歌声舞节，袨服华妆，桃花绿水之间，秋月春风之下，盖以百数"（《南齐书·良政传》）。而诗歌创作风气更达到前所未有的高潮，所谓"膏腴子弟，耻文不逮，终朝点缀，分夜呻吟"（《诗品序》）。"竟陵八友"正是这批贵游子弟的杰出代表[④]，他们所形成的诗歌新潮便是"永明体"。《南史·陆厥传》载：

（永明）时盛为文章，吴兴沈约、陈郡谢朓、琅琊王融以气类相

[①] 如"挂服捐驹，前良取则；卧辙弃子，后予胥怨"数句，李善注也不得不说"挂服未详"。
[②] 陈振孙《直斋书录解题》卷十四"类书类"《语丽》："梁湘东王功曹参军朱澹远撰，采摭书语之丽者为四十门。"可知此书宋代犹存。
[③] 有关类书与诗的问题，可参看闻一多《类书与诗》（收入《闻一多全集》三），方师铎《传统文学与类书之关系》"论隶事""论类事"章，台中私立东海大学1971年版。
[④] 钟嵘《诗品序》称梁武帝"昔在贵游，已为称首"。

推毂。汝南周颙善识声韵。约等为文皆用宫商,将平上去入四声,以此制韵,有平头、上尾、蜂腰、鹤膝。五字之中,音韵悉异;两句之内,角徵不同,不可增减,世呼为"永明体"。

永明体是由古体诗到今体诗的过渡,由自然音律变为人工音律。这是中国诗歌史上的一次新变。所以《梁书·庾肩吾传》又载:"齐永明中,文士王融、谢朓、沈约文章始用四声,以为新变,至是转拘声韵,弥尚丽靡,复逾于往时。"后人据此,每称介于古今体之间的作品为新变体,而王闿运在他的《八代诗选》中则直接称之为"新体诗"。

永明体的特色表现在以下几个方面:

(一)用四声

中国诗歌一开始就与声律有着密切关系。《尚书·尧典》上说"诗言志,歌永言,声依永,律和声",就已经将诗与声的关系揭示了出来。所以《诗经》《楚辞》、汉乐府诗,都离不开音乐。汉字具有独立和单音的特征,独立则宜于对偶,单音则易求声律。随着音韵学的发展,人们对于声韵、反切等问题愈来愈重视。四声之说,也就起于东晋而定于并盛于齐梁。① 如周颙撰《四声切韵》(《南史·周颙传》)、沈约撰《四声谱》(《南史·沈约传》)、王斌撰《四声论》(《南史·陆厥传》,刘善经《四声指归》引作《五格四声论》)。不过,永明体的四声与魏晋以来的四声有着诗律学上和音韵学上的区别。正如陈澧指出:"沈约《四声谱》乃论诗文平仄之法,非韵书也。若韵书则李登(案:魏人,撰有《声类》)、吕静(案:晋人,撰有《韵集》)早有之,不得云'千载未悟'。况韵书岂能使五字音韵悉异,两句角徵不同,十字颠倒相配乎?"(《切韵考》卷六)沈约等人的贡献,就是将四声运用到诗文创作上,并以此而制定出一系列必须遵守的规范,以造成高低相间和抑扬相对的效果,用沈约的话说,就

---

① 赵翼《陔馀丛考》卷十九"四声不始于沈约"条指出:"今案《隋·经籍志》,晋有张谅撰《四声韵林》二十八卷,则四声实起于晋人。"陈寅恪《四声三问》以为四声起于佛经转读之影响,其说始于齐永明七年(收入其《金明馆丛稿初编》,上海古籍出版社 1980 年版,第 328—341 页);饶宗颐《印度波你尼仙之围陀三声论略——四声外来说平议》《文心雕龙声律篇与鸠摩罗什通韵——论四声说与悉昙之关系兼谈王斌、刘善经、沈约有关诸问题》则反驳陈说(收入其《梵学集》,上海古籍出版社 1993 年版,第 79—120 页)。

是"若前有浮声,则后须切响。一简之内,音韵尽殊;两句之中,轻重悉异"(《宋书·谢灵运传论》)。"浮声"与"切响","轻"与"重",这些和唐人说的平仄的概念非常类似,不妨说,这里已经初步显示出将四声二元化为平仄的端倪。① 永明体在声律上的要求,总的来说,也就是讲究诗句的平起仄应,使声调抑扬起伏,构成变化。从创作方面看,即使以唐人律句为标准,在永明诗人的作品中,入律的诗句也是相当可观的。②

(二)讲病犯

后人常说"四声八病",并以此作为永明体的代称。"八病"之说,相信是出于沈约。刘善经曾引用沈约"六病"说(见《文镜秘府论》西卷《文二十八种病》),沈约《答甄公论》说:"作五言诗者,善用四声,则讽咏而流靡;能达八体,则陆离而华洁。"(《文镜秘府论》天卷《四声论》引)"八体"与"四声"相对,亦即"八病"。③ 所谓"八病",具体指的是平头、上尾、蜂腰、鹤膝、大韵、小韵、旁纽、正纽。其中前四病是有关四声的规定,后四病是有关双声、叠韵的规律。八病的程度也是有轻重差异的,前四病尤其为人注重,所以当时一般人也总是提到前四病,不能因此说齐、梁时代只有"四病"④。兹据《文镜秘府论》西

---

① 参看郭绍虞《再论永明声病说》,收入《照隅室古典文学论集》(下编),上海古籍出版社1983年版,第188—217页。

② 刘跃进曾根据《文选》《玉台新咏》及《八代诗选》所选沈约、谢朓、王融诗统计,沈约入律句占47%,谢朓48%,王融41%。见《若无新变 不可代雄——永明诗体辨释》,载《中国诗学》第二辑,南京大学出版社1992年版。

③ 空海《文镜秘府论》西卷《论病》将"八体、十病、六犯、三疾"并称,可知"八体"即"八病"。又《日本国见在书目》"小学家"类,也著录了《四声八体》一卷,可见当时将"八病"又称"八体"是颇为流行的。参见逯钦立《四声考》,收入其《汉魏六朝文学论集》,陕西人民出版社1984年版,第513—554页。

④ 如《诗品序》《南史·陆厥传》等所引皆无后四病之名,所以纪昀《沈氏四声考》卷下说:"按齐、梁诸史,休文但言四声五音,不言'八病'。言'八病'自唐人始。"其实,元兢《诗髓脑·文病》已经指出:"此病(案:指'蜂腰')轻于上尾、鹤膝,均于平头,重于四病。清都师皆避之。以下四病(案:指'大韵''小韵''傍纽''正纽'),但须知之,不必须避。"所以人们多以前四病为代表,是不足为怪的。纪氏未及见《文镜秘府论》,他有这样的错误认识是可以理解的,而现代学者有仍坚持此说者,如启功先生《诗文声律论稿》说:"到了唐代,出现了'八病'之说。"(中华书局1977年版,第117页)并且认为《文镜秘府论》提及的"沈氏"有不同称谓,因此不是指沈约(第119页)。其实《文镜秘府论》一书乃纂集各类材料而成,称呼不一,乃直录旧文所致,不足以证明其非沈约,更不足以否定齐、梁时代已有"八病"说。

卷《文二十八种病》，将前四病略述如下：

1. 平头。"平头诗者，五言诗第一字不得与第六字同声，第二字不得与第七字同声。同声者，不得同平上去入四声，犯者名为犯平头。平头诗曰：'芳时淑气清，提壶台上倾。'如此之类，是其病也。"元兢《诗髓脑·诗病》指出："上句第一字与下句第一字，同平声不为病；同上去入声一字即病。"这可能也是出于对沈约理论的继承和修正。

2. 上尾。"上尾诗者，五言诗中，第五字不得与第十字同声，名为上尾。诗曰：'西北有高楼，上与浮云齐。'如此之类，是其病也。"沈约指出："上尾者，文章之尤疾。自开辟迄今，多慎不免，悲夫。"（刘善经《四声指归》引）

3. 蜂腰。"蜂腰诗者，五言诗一句之中，第二字不得与第五字同声。言两头粗，中央细，似蜂腰也。……又曰：'闻君爱我甘，窃独自雕饰'。"《诗髓脑·诗病》指出："如第二字与第五字同上去入皆是病，平声非为病也。"

4. 鹤膝。"鹤膝诗者，五言诗第五字不得与第十五字同声，言两头细，中央粗，似鹤膝也，以其诗中央有病。诗曰：'拨棹金陵渚，遵流背城阙，浪蹙飞船影，山挂垂轮月。'"

从创作情况分析，上尾病"齐梁以前，时有犯者；齐梁以来，无有犯者"（元兢《诗髓脑·诗病》），沈约诗中，仅有三则犯例①。鹤膝病犯者随着时代的推移而渐次减少②。蜂腰病，如果以同平声不为病的标准看，沈约诗中的犯例不过十首十三例。至于平头病，也以同平声不为病的标准看，沈诗中只有十二首犯例③。所以大致看来，永明诗人的理论和创作也还是相呼应的。

---

① 此据清水凯夫的统计，沈约103首五言诗中犯上尾病者仅三例，可能是早年的作品。参见《六朝文学论文集》附表三"沈约五言诗犯则表"，韩基国译，重庆出版社1989年版。以下有关沈约诗病例的统计皆本于此。

② 据高木正一《六朝律诗の形成》（载《日本中国学会报》第四号，1952年）的统计，谢灵运诗中犯鹤膝病占70%，谢朓占50%，沈约占21%，庾肩吾占9%，庾信占11%，江总占9%，张正见占7%。

③ 如果把平声和其馀三声合在一起考察，则沈约诗中的病例也会大大增加。不过，如前所述，"平头"和"蜂腰"二病本来也比"上尾"和"鹤膝"要轻一些。

和唐代今体诗比较起来，永明体有两点不同：一是强调诗句的二、五不同声（如蜂腰病所示），而今体诗则强调二、四不同声。不过，在沈约以后，也有人已经提出了这一问题。《四声指归》引刘滔语曰："第二字与第四字同声，亦不能善。此虽世无的目，而甚于蜂腰。"（《文镜秘府论》西卷）显示出永明体向今体的过渡。二是四声分用，平上去入各为一类而与其他三类相对，今体诗则是平仄相对。从刘滔的话中也隐然可以看出由四声向二元的转化："平声赊缓，有用处最多，参彼三声，殆为大半。"（同上）显然是以平声和其馀三声（上去入）相对而言的。

（三）作短句

齐、梁以来，由于受到江南乐府的影响，诗歌的篇幅渐趋短小，四句、八句、十句成篇的作品越来越多。《南齐书·高帝十二王传》载，萧晔"与诸王共作短句"。萧纲《与湘东王书》也说"性既好文，时复短咏"（《梁书·庾肩吾传》），指的都是五言四句或八句诗，亦即短句，这就为今体诗的诞生作了铺垫。它同样是永明体的特色之一。例如，谢朓、王融都有《永明乐》十章，沈约也存有《永明乐》一章，当为同时所赋。《南齐书·乐志》载："《永平（案：此当作'明'）乐歌》者，竟陵王子良与诸文士造奏之，人为十曲。"以此推之，写作时间当在永明五年（487）以后的数年中。而这些作品的句式都是五言四句。陈祚明评论齐、梁时代"首杰"谢朓，其短句或"微开唐响"，或"法同唐绝"，或"竟是唐绝"（《采菽堂古诗选》卷二十）。所以在对永明体的体式加以研究的时候，特别需要注意到竟陵八友同在西邸时的唱和、咏物之作。这种唱和、咏物之作，并非出于感情的不得已，而是为了供奉或游乐，所以只能在形式上用力。在竟陵八友的创作中，这一类诗中的短句所占比重最高，绝不是偶然的。如他们的《同咏乐器》《同咏坐上器玩》《同咏坐上所见一物》，以及谢朓的《奉和随王殿下》（十六首）、《咏风》《咏竹》《咏蔷薇》《咏蒲》《咏兔丝》《咏落梅》《游东堂咏桐》《咏墙北栀子》《咏镜台》《咏灯》《咏烛》等，大多是五言八句或十句的诗。这样的句式以如此高的频率出现，也就形成了永明体的一个特色。

永明体产生以后，在齐、梁诗坛上风靡一时，造成极大影响。《诗品序》指出："王元长创其首，谢朓、沈约扬其波。三贤咸贵公子孙，幼有文辩,于是士流景慕,务为精密,襞积细微,专相陵架,故使文多拘忌,伤其真美。"不过,钟嵘的意见也只是反对机械地制定写作规范,他的目的是"但令清浊通流,口吻调利"。从他所标举的例证来看,如"置酒高堂上"为"仄仄平平仄","明月照高楼"为"平仄仄平平",皆为律句。因此,从陆机《文赋》开始讲"暨音声之迭代,若五色之相宣"以来,诗歌创作中对声律问题的重视日益增强,至永明年间而达到极盛。即便有些分歧,也只是在声律规则的宽严上有所区别。所以从诗歌史上看,永明体是由古体到今体的转折。古代有些论者也往往将律诗的起源推溯至永明体,如杨慎集六朝诗为《五言律祖》。梁、陈以来,作品更趋于合律,《诗薮》内编卷四指出:"五言律体,兆自梁、陈。"并举出阴铿等人的作品为证。到了初唐沈佺期、宋之问等人,"又加靡丽,回忌声病,约句准篇,如锦绣成文。学者宗之,号为沈、宋"(《新唐书·文艺传》),终于形成了律诗[1],并由五言拓展及七言。

五、宫体诗

所谓"宫体诗",指的是梁简文帝萧纲(503—551)为太子时,在宫中提倡起来的一种诗风,其描写对象以女性为主,基本特色是轻艳靡丽。关于"宫体诗"之得名,主要见诸《梁书》和《隋书》。《梁书·简文帝纪》载:

> 雅好题诗,其序云:"余七岁有诗癖,长而不倦。"然伤于轻艳,当时号曰"宫体"。

又《徐摛传》载:

> 摛(472—549)幼而好学,属文好为新变,不拘旧体……摛文体既别,春坊尽学之,"宫体"之号,自斯而起。

---

[1] 顾学颉《徐陵为"律诗"首创人说》认为律诗乃创于徐陵,反对成于唐代沈佺期、宋之问的传统旧说(收入《顾学颉文学论集》,中国社会科学出版社1987年版)。不过,从对当时的影响来看,徐陵主要在骈文方面和庾信并称,号为"徐庾体",诗歌则偏重在对宫体诗的形成具有推波助澜的作用。因此,传统旧说似未能轻易否定。

《隋书·经籍志·集部序》云：

> 梁简文之在东宫，亦好篇什，清辞巧制，止乎衽席之间；雕琢蔓藻，思极闺闱之内。后生好事，递相放习，朝野纷纷，号为"宫体"，流宕不已，迄于丧亡。

尽管《梁书》和《隋书》的作者对"宫体诗"的评价不同[①]，但陈述的事实是基本一致的。

宫体诗是对于永明体的继承，萧纲立为太子以后，提出其诗歌革新纲领——《与湘东王书》，对"京师文体（案：此指效仿谢灵运和裴子野的文体），懦钝殊常，竞学浮疏，争为阐缓"予以猛烈抨击，并以"谢朓、沈约之诗，任昉、陆倕之笔"为"文章之冠冕，述作之楷模"，认为应当继承。他所要继承的主要在两个方面：一是在诗歌的音律上更趋流利，一是在艳情描写上更为细腻。艳情描写是宫体诗的重要特征之一，不过侧艳之词，在晋、宋乐府中已不鲜见，如《桃叶歌》《碧玉歌》《白铜鞮歌》等。五、七言诗中的艳情描写也曾出现，在汤惠休、帛道遒、释宝月等佛徒的作品中，即多绮语[②]。而沈约的《少年新婚为之咏》《梦见美人》《十咏》（今存《领边绣》《脚下履》二首）、《六忆诗》（今存四首）等，都具有宫体诗的风格[③]。永明体诗人将诗歌变化为一种更广泛的社交手段，一方面极多奉和与应诏之作，另一方面又有很多的游戏诗，特别表现在杂体诗的兴盛，如县名诗、州名诗、药名诗、星名诗、数名诗、百姓名诗、建除诗、回文诗等，而联句的繁荣，也可以看出作诗已经成为文人间交往的必要条件了。将文学视作娱乐手段，这种观念到了梁代也更为突出。萧统《文选序》将各类文章比作"陶匏异器，并为入耳之娱；黼黻不同，俱为悦目之玩"。萧纲《诫当阳公书》曰："立身先须谨重，文章且须放荡。"（《艺文类聚》卷二十三）萧绎以为能称得上是"文"的，"惟

[①] 这种分歧不仅是个人审美旨趣的不同，也代表了南北学人的差异。参看牟润孙《唐初南北学人论学之异趣及其影响》，收入《注史斋丛稿》，中华书局1987年版。

[②] 毛先舒《诗辨坻》卷二已指出："六朝释子多赋艳词。"宫体诗的形成与佛教也有一定的关系。参看张伯伟《宫体诗与佛教》，收入《禅与诗学》。

[③] 王闿运《湘绮楼说诗》卷一指出："沈休文旧有《六忆诗》，亦宫体也。"兹举其一首如下："忆眠时，人眠强未眠。解罗不待劝，就枕更须牵。复恐旁人见，娇羞在烛前。"

须绮縠纷披，宫徵靡曼，唇吻适会，情灵摇荡"（《金楼子·立言篇》）。所以从梁代大同年间（535—546）以后，宫体诗风靡曼朝野。简文帝有庾肩吾等高斋学士十人（见《南史·庾肩吾传》），陈后主有江总等"狎客"十馀人（见《陈书·江总传》），竞为浮艳之词，世俗讽味相传，贵游文学也达到极盛，一直延续到初唐。①

宫体诗的特色，一方面是描写对象的女性化，另一方面是写作手法的细腻化，用绮靡的文字对女性作细微的刻划。宫体诗人对于女性姿容的描写，不只是以美、丽、妖、艳等形容词作概括，而往往仔细描写人体的各部分，如鬓发、眉眼、唇齿、肌肤、手指、足趾、腰肢等。宫体诗人在写作上，常常以《陌上桑》（即《日出东南隅行》）等乐府作品为"蓝本"②，但在刻划的重心上，乐府对于女性的容貌往往是"虚处着笔"（《采菽堂古诗选》卷二），而梁、陈宫体诗则是"舍意问辞，因辞觅态"（同上书卷二十一）。由于生活范围的狭小，他们的作品除了艳情，便是应奉和咏物。"竞一韵之奇，争一字之巧。连篇累牍，不出月露之形；积案盈箱，唯是风云之状。"（李谔《上隋文帝书》，载《隋书·李谔传》）这种诗风之有待变革是理所当然的。同时，他们在诗歌警句的锻炼、音调的和谐、对仗的工稳上所作的努力，也为唐诗的繁荣作了艺术经验上的积累。

---

① 《隋书·文学传序》指出："梁自大同以后，雅道沦缺，渐乖典则，争驰新巧。简文、湘东启其淫放；徐陵、庾信分路扬镳。其意浅而繁，其文匿而彩。词尚轻险，情多哀思。格以延陵之听，盖亦亡国之音乎！"《新唐书·虞世南传》载："帝尝作宫体诗，使赓和。世南曰：'圣作诚工，然体非雅正。上之所好，下必有甚者，臣恐此诗一传，天下风靡，不敢奉诏。'"可见一直到唐初，宫廷中所盛行的也还是宫体诗。

② 参看兴膳宏《艳诗的形成与沈约》，收入其《六朝文学论稿》，第 123—154 页。

第五章 唐诗的发展

唐朝是中国诗歌史上的黄金时代。习惯上，人们总是将唐诗与汉文、宋词、元曲并称，以诗作为唐的"一代之胜"。尽管以某一种文体作为一代文学的代表，无论在理论上还是在史实上都难免扦格不通，但自明清以来，这无疑是一种影响最广的概括。[①]诗歌发展至唐代，不仅数量庞大，作者众多，而且各体皆备，流派纵横。《诗薮》外编卷三指出：

> 甚矣，诗之盛于唐也！其体，则三、四、五言，六、七、杂言、乐府、歌行、近体、绝句，靡弗备矣。其格，则高卑、远近、浓淡、浅深、巨细、精粗、巧拙、强弱，靡弗具矣。其调，则飘逸、浑雄、沉深、博大、绮丽、幽闲、新奇、猥琐，靡弗诣矣。其人，则帝王、将相、朝士、布衣、童子、妇人、缁流、羽客，靡弗预矣。

即以流传至今的唐诗而言，其数量在五万五千首以上[②]，仍然是相当可观的。作为中国传统文化的一部分，唐诗也是世界文化的重要遗产，被翻译成许多种文字[③]，受到各国学者的研究和各国人民的喜爱。

按照惯例，史家总是将唐诗的发展分成若干阶段来加以探讨和叙述。不同的阶段自然有不同的特色，不过其间的区别并非用历史上的某一个点可以判然划分，前后的分界往往也互相渗透。这里采用的是历来

---

① 参见焦循《易馀籥录》和王国维《宋元戏曲考·自序》。

② 《全唐诗》收诗四万八千九百馀首，其后补遗者不一，而以陈尚君《全唐诗补编》收罗最富，后出转精。

③ 唐诗译成的语种可知者有英、法、德、意、西、葡、瑞典、荷、俄、罗马尼亚、匈、捷、波、阿尔巴尼亚、日、朝、越、马来西亚、泰等，参见王丽娜《唐诗在国外》，载《唐代文学研究年鉴》(1992)，广西师范大学出版社1993年版。

较为通行的"四唐说"①，它是由严羽率先提出的。《沧浪诗话·诗体》曰：

> 以时而论，则有……唐初体（唐初犹袭陈、隋之体），盛唐体（景云以后，开元、天宝诸公之诗），大历体（大历十才子之诗），元和体（元、白诸公），晚唐体。

这里的"大历""元和"即指中唐。高棅《唐诗品汇·五言古诗叙目·正变》承其说而稍变曰：

> 唐诗之变渐矣。隋氏以还，一变而为初唐，贞观（627—649）、垂拱（685—688）之诗是也；再变而为盛唐，开元（713—741）、天宝（742—756）之诗是也；三变而为中唐，大历（766—779）、贞元（785—805）之诗是也；四变而为晚唐，元和（806—820）以后之诗是也。

兹以此为基本线索略述如下。

第一节 南北文风的交融和唐诗面貌的形成

一、先唐时期南北文风的交融

文学、学术南北之别，由来已久，在政治上南北对立的形势下，显得尤为突出。不过，南北之间的使臣往来，以及南北之间的和战，在客观上也造成了南北文风的交融。②庾信（531—581）是由南入北的最著名

---

① 前人也有反对将唐诗分作初、盛、中、晚者，而以清人为最。如钱谦益《唐诗英华序》（《有学集》卷十五）、吴乔《围炉诗话》卷三等。明人徐师曾《文体明辨序说·近体律诗》指出："盛唐人诗亦有一二滥觞晚唐者，晚唐人诗亦有一二可入盛唐者，要当论其大概耳。"此说较为通达。
② 《北史·李谐传》指出："既南北通好，务以俊乂相矜。衔命接客，必尽一时之选，无才地者不得与焉。梁使每入，邺下为之倾动。贵胜子弟，盛饰聚观，礼赠优渥，馆门成市。宴日，齐文襄使左右觇之，宾司一言胜出，文襄为之拊掌。魏使至梁，亦如梁使至魏，梁武亲与谈说，甚相爱重。"《周书·王褒庾信传论》指出："既而革车电迈，渚宫云撤，尔其荆衡杞梓，东南竹箭，备器用于庙堂者众矣。唯王褒、庾信奇才秀出，牢笼于一代……由是朝廷之人，闾阎之士，莫不忘味于遗韵，眩精于末光，犹丘陵之仰嵩、岱，川流之宗溟、渤也。"

的诗人。当他在梁朝之时，是萧纲宫体文学集团的成员之一①，其诗歌内容不外风花雪月、醇酒美人，风格则绮靡轻艳，音韵谐协，在声律上越来越接近于今体诗。正如刘熙载所指出："庾子山《燕歌行》，开唐初七古；《乌夜啼》开唐七律，其他体为唐五绝、五律、五排所本者，尤不可胜举。"而在他流亡北方的晚年作品中，固然不排除部分的"轻艳"之作②，但绝大多数的诗赋，却是将南方文学的"清绮"和北方文学的"气质"结合在一起③。尤其是他的《咏怀诗》二十七首，标志着贵游之诗与士人之诗的融合，即一方面讲求俪句用典，一方面着重言志抒情。至隋文帝开皇九年（589）灭陈，遂结束了晋永嘉以来近三百年的南北分裂局面，南北学术文化也获得了空前的交流与结合，由此而奠定了唐代经济文化大发展的基础。南北统一，从政治上说，是南归并于北；而从学术文化来说，则是北归并于南。经学、文学乃至书法，无一不是如此。④作为唐宋韵书之蓝本的《切韵》，也是颜之推、陆法言等人"参校方俗，考核古今，为之折衷"（《颜氏家训·音辞》），"论南北是非，古今通塞"（《切韵序》）审订而成，这为唐代诗文创作的用韵提供了依据。隋朝文人如卢思道（535—586）、薛道衡（540—609）、杨素（544—606）及隋炀帝杨广（589—618）等人的作品，都对唐诗的形成起到了先导作用。前人曾这样评价道：

> 卢子行（思道）一气清折，音节直逼初唐。（黄子云《野鸿诗的》）
> 六朝歌行可入初唐者，卢思道《从军行》、薛道衡《豫章行》，音响格调，咸自停匀。体气风神，尤为焕发。（胡应麟《诗薮》内编卷三）

---

① 《梁书·庾肩吾传》载："初，太宗在藩，雅好文章士。时肩吾与东海徐摛、吴郡陆杲、彭城刘遵、刘孝仪、仪弟孝威，同被赏接。及居东宫，又开文德省，置学士。肩吾子信、摛子陵、吴郡张长公、北地傅弘、东海鲍至等充其选。"庾信现存诗歌中的奉和之作多为在梁时所作。

② 如庾信的许多奉和赵王的作品，《周书·文闵明武宣诸子》特别记载赵王招"好属文，学庾信体，词多轻艳"。

③ 杜甫曾这样评价庾信的晚年诗文："庾信文章老更成，凌云健笔意纵横。"（《戏为六绝句》）"庾信生平最萧瑟，暮年诗赋动江关。"（《咏怀古迹》五首之一）《四库全书总目》卷一四八《庾开府集笺注》提要指出："信北迁以后，阅历既久，学问弥深，所作皆华实相扶，情文兼至。抽黄对白之中，灏气舒卷，变化自如。"

④ 参见皮锡瑞《经学历史》七"经学统一时代"，中华书局1959年版。

> 隋混一南北，炀帝之才，实高群下，《长城》《白马》二篇，殊不类陈、隋间人。杨处道（素）沉雄华赡，风骨甚道，已辟唐人陈（子昂）、杜（审言）、沈（佺期）、宋（之问）之轨，馀子莫及。（王士禛《古诗选·凡例》）

> 炀帝艳情篇什，同符（陈）后主，而边塞诸作，铿然独异，剥极将复之候也。杨素幽思健笔，词气清苍，后此射洪（陈子昂）、曲江（张九龄）起衰中立，此为（陈）胜、（吴）广云。（沈德潜《说诗晬语》卷上）

卢思道和薛道衡的贡献，主要体现在七言歌行，既具有南朝诗歌声韵优美，对仗工整，词藻华丽，而又能贯以北人雄直之气，直接影响了初唐四杰的创作。至于杨广的诗，大多仍为宫体，词意卑下。边塞之作，仅寥寥数篇，夸述武功，言过其实。《春江花月夜》，则从反面刺激了张若虚。

二、贞观、永徽时代的诗坛与律诗的形成

贞观、永徽（650—655）是唐太宗和高宗的年号，这里用以概括初唐前期的诗坛。从作者身份来看，台阁重臣占有绝对的比重，所以宫廷诗歌成为这一时期的主流。这些诗歌与齐、梁宫体相较，既有联系，也有区别。从艺术上来说，他们努力要完成由永明体向律诗的过渡。另一条支流，延续着陶渊明以来士人之诗的传统，其代表人物是王绩，他的作品也成为唐诗的前旌。

在唐太宗的时代，宫廷诗人的代表人物主要有太宗李世民（599—649）、重臣魏徵（580—643）、长孙无忌（？—659）、陈叔达（？—635）、褚亮（560—647）、虞世南（558—638）、李百药（565—648）等。他们的理论主张和创作实际之间还存在着一定的距离。魏徵《隋书·文学传序》指出：

> 江左宫商发越，贵于清绮；河朔词义贞刚，重乎气质。气质则理胜其词，清绮则文过其意。理深者便于时用，文华者宜于咏歌。

> 此其南北词人得失之大较也。若能掇彼清音，简兹累句，各去所短，合其两长，则文质斌斌，尽善尽美矣。

他们所向往的，是融合南北文风。但他们心目中的"南"，并不是齐、梁以来的诗歌，而是以陆机、潘岳为首的太康体①。上文指出的"气质"与"清绮"，就分别代表了建安体和太康体的特色。初唐文人也正希望通过综合两者之长，从而形成代表大唐帝国的新诗风。然而在创作实际上，"贞观之诗，未脱齐、梁"（吴乔《围炉诗话》卷三）。这样就陷入了一种难堪的局面，即一方面在理论上排斥齐、梁，视为"浮艳之词""迂诞之说"（魏徵《群书治要·序》）；一方面在实践上"承陈、隋风流，浮靡相矜"（《旧唐书·文艺传》）。这种局面，到上官仪（608？—664）而开始转变。

《旧唐书·上官仪传》载："（仪）本以词彩自达，工于五言诗，好以绮错婉媚为本。仪既显贵，故当时多有效其体者，时人谓为'上官体'。"上官体的特色是"绮错婉媚"，如果说，"绮错"的特色多是继承陆机的对偶与华丽而来的话，那么，"婉媚"则主要是吸收了宋、齐以来刻划景物的工于形似和音韵婉转的艺术经验。②上官仪所作的《笔札华梁》一书，中心内容是对偶和声病，而这两方面的内容，都是与齐、梁以来的创作密切相关的。③至此，吸收齐、梁文学的艺术经验，探讨诗歌的声律问题，并在创作实践中加以验证，便形成了一种新风尚。如上官仪与许敬宗（592—672）等摘取古今作品中的英词丽句，于龙朔元年（661）编成《瑶山玉彩》五百卷。许敬宗、顾胤、许圉师（？—679）、上官仪、杨思俭、孟利贞、姚涛、窦德林、郭瑜、董思恭、元思敬等人于龙朔二年编成《芳林要览》三百卷。元兢（字思敬）又进而从中选出《古今诗人秀句》两卷。在理论上，则有元兢的《诗髓脑》、崔融（653—706）的《唐朝新定诗

---

① 唐太宗亲自写了《晋书·陆机传论》，赞之曰："文藻宏丽，独步当时；言论慷慨，冠乎终古……其词深而雅，其义博而显，故足远超枚、马，高蹑王、刘。百代文宗，一人而已。"这与魏徵的意见可相阐发。

② 钟嵘《诗品》评陆机："尚规矩，贵（案：此上原有'不'字，据韩国车柱环《钟嵘诗品校证》删）绮错。"即指其诗之重排偶而好华美。上官体之"绮错"亦含此意。卢藏用《右拾遗陈子昂文集序》中也将上官仪视为南朝诗风的继承者。

③ 《笔札华梁》原书久佚，佚文散见于《文镜秘府论》等书中。张伯伟《全唐五代诗格校考》辑考其文，可参看。

格》等,都是有意识地注重齐、梁文学中的积极因素。在律诗的形成过程中,宫廷诗人的努力具有不可磨灭的贡献。上官仪的孙女上官婉儿,中宗、武后时操持选柄,沈佺期(656?—713)、宋之问(656?—713)对她甚为服膺①,其自作则"采丽益新"(《唐诗纪事》卷三),显然继承了上官体的作风。沈佺期、宋之问则是使律诗定型的关键人物。其中,沈氏长于七律,《龙池篇》《独不见》等篇颇能以秀丽之词运流宕之气,而其贬谪途中的作品,如《遥同杜员外审言过岭》等篇,凄婉沉挚,已能摆脱初唐格调。宋氏偏擅五律,集中如《题大庾岭北驿》《度大庾岭》等诗,语近旨远,排律则赡丽典重,《奉和晦日幸昆明池应制》即被上官婉儿评为众作之冠。时人称为"沈、宋",《三唐诗品》评其源出于谢朓、沈约,正说明他们的作品是上承上官仪以来的诗风,并追溯到齐、梁②,从一个重要的侧面塑造了唐诗的面貌。《新唐书·宋之问传》载:

> 魏建安后迄江左,诗律屡变。至沈约、庾信,以音韵相婉附,属对精密。及之问、沈佺期,又加靡丽,回忌声病,约句准篇,如锦绣成文。学者宗之,号为"沈、宋"。

元稹《唐故工部员外郎杜君墓系铭并序》写道:

> 沈、宋之流,研练精切,稳顺声势,谓之为律诗。③

从中也不难看出上官体的影子。而律诗,尤其是五言律诗,应该被视为唐诗最具代表性的体式。

三、从"初唐四杰"到陈子昂

上官体所代表的宫廷诗风,在唐高宗显庆(656—661)、龙朔(661—

---

① 《唐诗纪事》卷三载:"中宗正月晦日幸昆明池赋诗,群臣应制百馀篇。帐殿前结彩楼,命昭容(上官婉儿)选一首为新翻御制曲。从臣悉集其下,须臾纸落如飞,各认其名而怀之。既进,唯沈、宋二诗不下。又移时,一纸飞坠,竞取而观,乃沈诗也。及闻其评……沈乃伏,不敢复争。"

② 元兢《古今诗人秀句序》曰:"时历十代,人将四百,自古诗为始,至上官仪为终。"其选择标准则是以谢朓诗为例加以阐述的。

③ 《元稹集》卷五十六,中华书局1982年版,第601页。

663）年间达到鼎盛，而初唐诗歌中另一支潜流，是以王绩（585—644）为代表的在野诗人，却努力追寻着"正始之音"。他身在隋唐，心向魏晋，最为推崇的是陶渊明、阮籍和嵇康①。他的诗歌多为五言，除古体外，也有完全符合格律的律诗和绝句，如《野望》《九月九日》《过酒家》等。特别是他用五律诗体写田园景色，在内容上继承了陶渊明，而在形式上改古体为今体，又下开盛唐王维、孟浩然的田园诗。不过，作为一个隐者，他无意于改革诗风。自觉以革除诗坛浮靡之习的，是他的侄孙王勃等"四杰"。他们活动于贞观初至武后朝前期，以对上官体批判的姿态迎接着盛唐诗的到来。《旧唐书·杨炯传》载：

> 炯（650—693?）与王勃（650—676）、卢照邻（634—686，一说635—689）、骆宾王（622—684）以文词齐名，海内称为王、杨、卢、骆，亦号为"四杰"。

"四杰"是初唐诗坛上第一批改革者。王勃《山亭思友人序》云：

> 至若开辟翰苑，扫荡文场，得宫商之正律，受山川之杰气。虽陆平原、曹子建，足可以车载斗量；谢灵运、潘安仁，足可以膝行肘步。思飞情逸，风云坐宅于笔端；兴洽神清，日月自安于调下云尔。（《王子安集》卷四）

杨炯《王勃集序》指出：

> 尝以龙朔初载，文场变体，争构纤微，竞为雕刻。糅之金玉龙凤，乱之朱紫青黄，影带以徇其功，假对以称其美。骨气都尽，刚健不闻。思革其弊，用光志业……知音与之矣，知己从之矣。于是鼓舞其心，发泄其用。八纮驰骋于思绪，万代出没于毫端……壮而不虚，刚而能润，雕而不碎，按而弥坚……积年绮碎，一朝清廓；翰苑豁如，词林增峻。（《杨炯集》卷三）

---

① 王绩作品中提及陶渊明十一次，阮籍九次，嵇康五次。又其诗歌题材，亦多咏怀、饮酒、田园、游仙之作，都是魏晋诗人所习用者。参见叶庆炳《王绩研究》，收入其《唐诗散论》，台北：洪范书店1981年版。

他们的诗歌,有着刚健的精神和壮阔的景象,内容则或泄愤懑,或抒别情;或记边塞情事,或写都城生活,即便他们对于初唐诗坛的改革还不尽彻底,但盛唐的主旋律在这里已经具备了基本音符。

需要指出的是,"四杰"的年少才高、官小志大的精神面貌,并不是完全由他们自身的天才决定的。隋文帝以考试选拔官吏,借以缓和南北士族的矛盾。初唐科举之法,沿袭隋代之旧,其内容以经术为主,到高宗后期则转变为试诗赋①。考试制度的确立,打击了门阀贵族的力量,给穷阎白屋之士带来了希望,从而缓和与平衡了统治阶级内部矛盾,使唐帝国社会及政治局势趋于安定。而考试之前,往往有公卷之预拔,故行卷、干谒以自炫自媒者比比皆是,士人的精神也为之一变。与王勃、骆宾王均有交往的员半千(628—721)在高宗咸亨(670—674)中曾作《陈情表》曰:

> 若使臣七步成文,一定无改,臣不愧子建;若使臣飞书走檄,援笔立成,臣不愧枚皋;陛下何惜玉阶前方寸地,不使臣披露肝胆,抑扬词翰?请陛下召天下才子三五千人,与臣同试诗策判笺表论,勒字数定,一人在臣先者,陛下斩臣头、粉臣骨,悬于都市,以谢天下才子。望陛下收臣才,与臣官。如用臣刍荛之言,一辞一句,敢陈于玉阶之前。如弃臣微见,即烧诗书,焚笔砚,独坐幽岩,看陛下召得何人?举得何士?(《文苑英华》卷六〇一)

这种恢奇乃至狂妄的语气,正是在新的历史条件下,一代士人精神风貌的侧写。《唐文粹》专辟《自荐书》两卷,正可见出唐人干谒风气的兴盛②。"四杰"的崛起,岂是偶然?

从艺术上来看,"四杰"最擅长的是两类诗体:一是七言古诗,尤其是歌行体在他们的手中,铺张扬厉,流转宕逸。《诗薮》内编卷三指出:

---

① 《唐会要》卷七十六《贡举中·进士》指出:"调露二年(680)四月,刘思立除考功员外郎。先是进士但试策而已,思立以其庸浅,奏请帖经及试杂文,自后因以为常式。"所谓"杂文",即指诗赋。

② 参见钱穆《记唐文人干谒之风》,载《中国文学讲演集》,巴蜀书社1987年版,第111—119页。

"王、杨诸子歌行,韵则平仄互换,句则三五错综,而又加以开合,传以神情,宏以风藻,七言之体,至是大备。"如骆宾王的《帝京篇》、卢照邻的《长安古意》等。二是五言律绝,在他们的手中更加完善。胡应麟说"四杰"的诗"近体铿锵,下开百世,其功力匪邈小也"①。不过,他们的作品仍然难免"当时体",同时并存着新追求和旧影响。初唐诗风的彻底转变还有待于陈子昂的登高一呼。

陈子昂(661—702)在诗歌创作上明确提出了"风骨"和"兴寄"的主张,并且付诸实践。他的理论和创作,看似复古,实为开新。《与东方左史虬修竹篇序》曰:

> 文章道弊五百年矣。汉、魏风骨,晋、宋莫传,然而文献有可征者。仆尝暇时观齐、梁间诗,采丽竞繁,而兴寄都绝,每以永叹。思古人,常恐逶迤颓靡,风雅不作,以耿耿也。一昨于解三处见明公《咏孤桐篇》,骨气端翔,音情顿挫,光英朗练,有金石声。遂用洗心饰视,发挥幽郁。不图正始之音,复睹于兹,可使建安作者相视而笑。(《陈伯玉文集》卷一)

从理论上来看,"四杰"对于上官体的批判,也曾经提出类似的意见。不过,在创作实绩上,"四杰"的作品中尚缺乏对于社会现实的正视,而陈子昂的诗则继承了建安、正始文学的传统,揭露时弊,抒发感慨,彻底改变了贵游文学的作风。他在《登幽州台歌》中放开歌喉唱道:"前不见古人,后不见来者。念天地之悠悠,独怆然而涕下。"(《全唐诗》卷八十三)这样深广的历史感和空间感,一洗六朝的金粉气息,为盛唐之音谱写了序曲。"兴寄"一词,兴指感兴,寄为寄托,就是有感而作,作而有所寄托的意思。他的《感遇》三十八首,便是感而有所寄托之作。《新唐书·陈子昂传》载,王适见其《感遇》诗曰:"是必为海内文宗。"又谓"子昂所论著,当世以为法"。卢藏用称"道丧五百岁而得陈君"(《右拾遗陈子昂文集序》,《全唐文》卷二百三十八),说明他的诗歌体现了"道"。杜甫《陈拾遗故宅》云:"终古立忠义,《感遇》有遗篇。"(仇兆鳌《杜

---

① 《与顾叔时论宋元二代诗十六通》之五,《少室山房类稿》卷一百一十八。

诗详注》卷五)《感遇》诗值得重视,在于其有兴寄;兴寄之所以可贵,在于其植根于忠义。文本于道,文道一贯,这是中国诗歌的传统,自贵游文学兴起而"道丧",自陈子昂出现才逐步恢复。所以唐人高度评价陈子昂的贡献,李华《扬州功曹萧颖士文集序》称"近日陈拾遗文体最正"(《唐文粹》卷九十三),独孤及《赵郡李华中集序》称"陈子昂以雅易郑,学者浸而向方"(《毗陵集》卷十三),韩愈《荐士》称"国朝盛文章,子昂始高蹈"(《韩昌黎诗系年集释》卷五),白居易《与元九书》称唐兴二百年来可举的诗人,则首推陈子昂。唐代文运之开新,实肇始于陈子昂之复古。复古便是恢复古代的文道合一的传统。他影响了张九龄、李白和杜甫,呼唤了盛唐诗的到来;他影响了韩愈,导致了古文运动的兴起[①]。所以方回这样评论道:"陈拾遗子昂,唐之诗祖也。不但《感遇诗》三十八首为古体之祖,其律诗亦近体之祖也。"(《瀛奎律髓》卷一)他就像罗马神话中的伊阿诺斯神(Janus)一样有着"两张脸":一张面对过去,向着建安、正始的文学传统皈依;一张朝向未来,为盛唐文学的到来做开路先锋。

第二节 盛唐气象

就唐诗初、盛、中晚期的划分来看,盛唐从景云(710)到永泰(765)的五十馀年时间,为期最短而成就最高,是古典诗歌的顶峰。天宝(742—756)后期,殷璠编辑了一部当代诗选《河岳英灵集》,在书的"序"和"论"中,他回顾了唐诗的历程,指出盛唐诗的特色所在:

> 自萧氏以还,尤增矫饰。武德(618—626)初,微波尚在。贞观末,标格渐高。景云(710—711)中,颇通远调。开元十五年(727)后,声律、风骨始备矣。
>
> 璠今所集,颇异诸家。既闲新声,复晓古体,文质半取,风骚

[①] 员兴宗《陈子昂韩退之策》曰:"(子昂)文传太原卢藏用,藏用传苏源明,源明则退之之所师友也。不知者以退之倡古文于唐,知者以为无陈无以为之也……故卢藏用曰:'道丧百五岁而起子昂',其此之谓与?虽然,君子独行则无徒也,独唱则无和也,其后善继,则退之之力也。故杜牧曰:'唐三百岁而有退之',其此之谓与?"(《九华集》卷九)

两挟。言气骨则建安为传，论宫商则太康不逮。①

盛唐诗建立在融合南北文风的基础上（"声律、风骨始备""文质半取"）又超越了前朝文学（"既闲新声，复晓古体""言气骨则建安为传，论宫商则太康不逮"）。"气骨"是从陈子昂以来的兴寄风骨，这是传承了建安、正始文学，"宫商"则是南齐永明以来的声律对偶，这是发展了太康文学。将两者完美结合，就构成了雄壮浑厚、神韵天然的盛唐气象。

思想解放导致资源的繁富是盛唐诗的一大背景。从太宗时代开文学馆以讨论经义；立周公、孔子庙，并以左丘明以下二十二人配享（《唐会要》卷三十五《学校》）；又命孔颖达作《五经正义》。儒学的发达，导致了当时士人济世拯民的热望和建功立业的理想。杜甫乃有"法自儒家有"（《偶题》）、"穷年忧黎元"（《自京赴奉先县咏怀五百字》）之句。唐代帝王为了提高其族里，托为老子后裔。唐玄宗有御注《道德经》，道教思想也风靡一时，这在李白的诗歌中便有明显的反映。佛教发展至唐代，不仅有玄奘（596—664）、义净（635—713）等译经大师，更有六祖惠能（638—713）开创禅宗，对此后的中国思想和文学产生深远的影响。由于文治武功的卓绝，开元年间的经济也繁荣富庶，长安、洛阳均为国际性大都市，中外文化交流频繁，诗歌中以蕃胡的乐器、歌唱、舞蹈及多种生活情态为题材者比比皆是。②大唐文化也享誉四方，新罗、百济、高丽、吐蕃、高昌、日本也都纷纷派遣子弟僧徒来华学习。这一切，都使得唐代文人富有一种浪漫高扬的精神气质。而安史之乱给国家、人民带来的苦难，尤其是与大唐盛世的鲜明对照，也在诗人的心灵上造成极大的挫伤，从而发出沉郁深重的哀歌。

从景云到开元十五年前后是初唐到盛唐的过渡，其中以张说（667—730）、张九龄（678—740）的贡献最大，他们以时相、文宗之尊，"引文儒之士以佐王化"（《大唐新语》卷一）。张说曾举荐孟浩然、房琯

---

① 引文据李珍华、傅璇琮《河岳英灵集研究》附"河岳英灵集（校点）"，中华书局1992年版，第117、119页。

② 参见向达《唐代长安与西域文明》，生活·读书·新知三联书店1957年版，第1—116页。谢海平《唐代留华外国人生活考述》，台北：台湾商务印书馆1978年版，第401—418页。

（697—763），引韦述（？—757）为集贤院直学士；又赏王湾诗句，手题政事堂，示能文者令为楷式；谪居岭南时，一见张九龄，便称其为后起词人之冠。其后张九龄为相，汲引文士亦如张说，如卢象、皇甫冉（717？—770？）、包融、李泌（722—789）等，都受到他的器重。而据《登科记考》等著作，开元十五年前后，一大批诗人及第，活跃在长安诗坛上的诗人，可考者有三十人左右①。当时还有"吴中四士"，即贺知章（659—744）、张旭、包融、张若虚（660？—720？），其中像张若虚的《春江花月夜》，尽管用的是宫体旧题，但却一扫浮靡华丽。"春江潮水连海平，海上明月共潮生。滟滟随波千万里，何处春江无月明……江天一色无纤尘，皎皎空中孤月轮。江畔何人初见月？江月何年初照人？人生代代无穷已，江月年年只相似。不知江月照何人，但见长江送流水。白云一片去悠悠，青枫浦上不胜愁，谁家今夜扁舟子，何处相思明月楼。"（《全唐诗》卷一百十七）诗人在神奇的永恒面前，所展现的是满含着青春美丽的惆怅与哀伤。这种淡淡的忧伤，正符合由初唐到盛唐时代充满青春气息的清新歌唱的特征。所以到了开元、天宝之世，诗人无论是描写边塞风光，还是刻划田园景致，风格上虽然有壮丽和优美之异，但都具备了爽朗自然的特征。所以前人论盛唐诗，也总是以这一时期为最具代表性②。

除了李白和杜甫，盛唐时期的其他诗人，根据他们所偏爱的题材和主要风格特征，大致可分作边塞和田园两大诗派。

一、边塞诗派

边塞诗是以描写边塞战争、风光及生活为题材的诗，是历代汉族与

---

① 顾况《监察御史储公集序》指出："开元十四年，严黄门（挺之）知考功，以鲁国储公（光羲）进士高第，与崔国辅员外、綦毋潜著作同时。其明年擢第，常建少府、王龙标昌龄，此数人皆当时之秀。"（《全唐文》卷五百二十八）参见赵昌平《开元十五年前后——论盛唐诗的形成与分期》，载《中国文化》第二期，1990年6月。

② 例如，杜确《岑嘉州集序》曰："开元之际，王纲复举，浅薄之风，兹焉渐革。其时作者，凡十数辈，颇能以雅参丽，以古杂今。"（《全唐文》卷四百五十九）权德舆《左武卫胄曹许君集序》曰："开元、天宝以来，稍革颓靡，存乎风兴。"（同上书，卷四百九十）《蔡宽夫诗话》曰："开元后，格律一变，遂超然越度前古。当时虽李、杜独据关键，然一时辈流，亦非大和、元和间诸人可跂望。"（《苕溪渔隐丛话》前集卷十引）《唐诗品汇·凡例》："开元、天宝间，神秀、声律粲然大备，故学者当以是楷式。"

各族人民长期冲突与融合的一个历史侧面。从某种意义上说,《诗经》中以征戍为主题的作品,如《小雅》中的《采薇》《何草不黄》,《大雅》中的《常武》,《豳风》中的《东山》《破斧》是其写作上的远源;汉代以降,乐府中的《上之回》《战城南》以及魏晋以来的《从军行》《度关山》《关山月》《出塞》《入塞》等题目,也都是唐代边塞诗中所常见者;隋唐君臣也颇多边塞之作,如杨素的《出塞》和薛道衡、虞世基的和诗,唐太宗、魏徵等人的作品,都为盛唐边塞诗的出现奠定了基础[①]。不同的是,前者多沿用乐府旧题,也未必有亲身从军的经历,而盛唐边塞诗派的作者,多怀着建功立业的壮志,有着较长时间入幕从军的生活体验,对边疆的奇异风光和军旅的艰苦环境有深切的观察,所以表现于文字,便真实、深刻、自然。同时,在体裁上他们多采用七言歌行和绝句,风格上则以悲壮奇异为主。《沧浪诗话·诗评》指出:"唐人好诗,多是征戍、迁谪、行旅、离别之作,往往能感动激发人意。"征戍即指边塞诗,其中最具代表性的诗人是高适(700？—765)、岑参(717—770,一说715—769)、王昌龄(？—756？)、李颀(690？—754？)。

高适与岑参都擅长描写边塞诗,故高、岑并称,杜甫已有"高、岑殊缓步,沈、鲍得同行"(《寄彭州高三十五使君适虢州岑二十七长史参三十韵》,《杜诗详注》卷八)之句,《沧浪诗话·诗评》曰:"高、岑之诗悲壮,读之使人感慨。"就进一步指出两人的风格特征。然而同是悲壮,高诗悲壮中带有浑朴,所谓"多胸臆语,兼有气骨"(《河岳英灵集》卷上)。如《燕歌行》云:

> 摐金伐鼓下榆关,旌旆逶迤碣石间。校尉羽书飞瀚海,单于猎火照狼山。山川萧条极边土,胡骑凭陵杂风雨。战士军前半死生,美人帐下犹歌舞。大漠穷秋塞草腓,孤城落日斗兵稀。身当恩遇恒

[①] 如陶翰《燕歌行》的"雪中凌天山,冰上渡交河",本于虞世基《出塞》的"雪暗天山道,冰塞交河川";岑参《白雪歌》的"风掣红旗冻不翻",本于虞世基《出塞》的"霜旗冻不翻";王昌龄《出塞》的"但使龙城飞将在,不教胡马度阴山",本于崔湜《大漠行》的"但使将军能百战,不须天子筑长城"。参见邱俊鹏《唐代边塞诗与传统征戍诗》,载西北师范学院学报编辑部、西北师范学院中文系编《唐代边塞诗研究论文选粹》,甘肃教育出版社1988年版,第53—62页。

轻敌，力尽关山未解围。①

岑参则悲壮中带有奇丽，所谓"语奇体峻，意亦造奇"（《河岳英灵集》卷上）。他用奇崛的句子描写边疆夏日的飞雪，如《白雪歌送武判官归京》："北风卷地白草折，胡天八月即飞雪。忽如一夜春风来，千树万树梨花开。"他又用跳宕的三句一转韵的方式描写飞沙走石，《走马川行奉送出师西征》云："君不见：走马川②，雪海边，平沙茫茫黄入天。轮台九月风夜吼，一川碎石大如斗，随风满地石乱走。"而火山、热海等戈壁风光，更是前人未曾入诗的材料，如《火山云歌送别》："火山突兀赤亭口，火山五月火云厚。火山满山凝未开，飞鸟千里不敢来。"又如《热海行送崔侍御还京》："侧闻阴山胡儿语，西头热海水如煮。海上众鸟不敢飞，中有鲤鱼长且肥。岸旁青草常不歇，空中白雪遥旋灭。蒸沙烁石然虏云，沸浪炎波煎汉月。"③所以，"奇"也就成为岑参诗的重大特征。

如果说，高、岑的边塞诗多用古体的话，那么，王昌龄便是以七绝见长④。他在当时被称作"诗天子"（《琉璃堂墨客图》）⑤或是"诗家夫子"（《唐才子传》卷二），其享有的盛誉似乎超出后人的想象。他的边塞诗，将英雄气概和儿女情怀并写，既壮怀激烈，又优柔婉丽。如《从军行》：

烽火城西百尺楼，黄昏独坐海风秋。更吹羌笛关山月，无那金闺万里愁。（其一）

琵琶起舞换新声，总是关山离别情。撩乱边愁听不尽，高高秋月照长城。（其二）

青海长云暗雪山，孤城遥望玉门关。黄沙百战穿金甲，不破楼

---

① 刘开扬《高适诗集编年笺注》，中华书局1981年版，第97页。
② "川"下原有"行"字，乃涉诗题而衍，兹据程师千帆说改。参见《读岑参〈走马川行奉送出师西征〉记疑》，收入其《古诗考索》，上海古籍出版社1984年版，第162—168页。
③ 陈铁民、候忠义《岑参集校注》卷二，上海古籍出版社1981年版，第169页。
④ 宋育仁《三唐诗品》卷二评曰："其源出于鲍明远，缩作短篇，自成幽峭。七绝擅名，亦由关塞之词，江山所助。"不过，《河岳英灵集》收他十六首诗，为全集之冠，占绝大多数的却是五古，七绝仅三首，似乎反映了当时人的一种看法。
⑤ 参见卞孝萱《〈琉璃堂墨客图〉残本考释》，收入其《唐代文史论丛》，山西人民出版社1986年版，第187—192页。

兰终不还。(其四)

　　大漠风尘日色昏，红旗半卷出辕门。前军夜战洮河北，已报生擒吐谷浑。(其五)

在一组诗中将两种不同的情感同时并写，诗情悲凉而爽朗，这种情感上的张力造成了其诗的动人力量。

　　至于李颀的边塞诗，则喜用乐府古题。如《古从军行》《塞下曲》《古意》等。《河岳英灵集》卷上选他十四首诗，五古和七言歌行便占了十二首，并评论他的诗"发调既清，修辞亦秀，杂歌咸善，玄理最长"。

　　需要指出的是，边塞诗派的诗人并非只写边塞，亦犹田园诗派的诗人不专写田园一样，如王昌龄写宫怨和李颀写音乐的诗便都是不容忽视的。

二、田园诗派

　　魏晋以来，以描写田园山水著名的是陶渊明和谢灵运。田园与山水诗的区别主要在于，田园诗描写的对象是固定的，单一的，而山水则是变动的，多样的。故田园诗重在写景中之情，山水诗则在写情中之景。盛唐的田园诗派，便是在其基础上的进一步发展。他们将田园风光和山水景色结合起来，特别是将自己的情感融入描写对象之中。这一诗派的代表诗人是孟浩然（689—740）、王维（701—761）、储光羲（706—763）等。

　　以山水、田园为题材的诗歌，原来是属于南方文学传统的。孟浩然一生中除了在洛阳和长安的短暂几年，大多数时间是在吴、越、巴蜀的漫游和在江汉的隐居中度过的，所以，他就很自然地将行旅和田园融会到笔端。并且，他是一个努力写作五言诗，特别是五言律诗的诗人[①]，因而能上接陶、谢及齐、梁的山水之作，用今体加以表现。他自己说："尝读《高士传》，最嘉陶征君。日耽田园趣，自谓羲皇人。"（《仲夏归南园寄京邑旧游》，《孟浩然诗集》卷一）这当然不仅在于嘉慕陶渊明的为人，

[①] 今本《孟浩然集》中共收诗二百六十三首，其中五言诗二百四十八首，五律有一百二十九首，五言排律三十七首，从这比例中也可略窥一斑。王世贞《艺苑卮言》卷四评孟诗"句不能出五字外，篇不能出四十字外，此其所短也"，也从另一侧面指出他擅作五律的特色。

也包括其作品。陈绎曾《诗谱》评孟浩然诗"祖建安,宗渊明,冲澹中有壮逸之气"。皮日休《郢州孟亭记》也曾举出若干句子:

> 北齐美萧悫有"芙蓉露下落,杨柳月中疏",先生(指孟浩然)则有"微云淡河汉,疏雨滴梧桐";乐府美王融"日霁沙屿明,风动甘泉浊",先生则有"气蒸云梦泽,波撼岳阳城";谢朓之诗句精者有"露湿寒塘草,月映清淮流",先生则有"荷风送香气,竹露滴清声"。此与古人争胜于毫厘也。(《皮子文薮》卷七)

当时杜甫曾说"高人王右丞"(《解闷十二首》之八),"吾怜孟浩然"(《遣兴五首》之五),被后人看成是推崇王、孟的"公论"(《彦周诗话》)。田雯《古欢堂杂著》卷二也说"王维、孟浩然清淑散朗,窈窕悠闲,取神于陶、谢之间",则指出两人并称的原因是同出一源。不过,相较而言,孟浩然的诗更加闲淡疏远,而才力未免不足。好之者谓其诗"一味妙悟"①,清旷神韵不可企及;诋之者则谓其诗"韵高而才短,如造内法酒手而无材料尔"(《后山诗话》引苏轼语)。他是第一个在唐代大量写作田园山水诗的诗人,继陶、谢之后,开王维先声。他在"仕"与"隐"的矛盾中以归隐终其生,"欲徇五斗禄,其如七不堪"(《京还赠张维》,《孟浩然集》卷三),这是寒士与布衣的传统。所以他的作品也能彻底打破初唐咏物、应制的题材限制,表现出盛世隐士的欢乐与忧愁。而他诗歌中缺乏气象宏伟的巨制这一现象,也可以视作由初唐到盛唐转折期的象征。

王维代表了唐代山水田园诗派的最高成就。从六朝到唐代,由于贵族门第的衰替,人们对"田园"的看法也有所转变,不再有藐视或轻蔑的意味。所以在王、孟的诗集中,常常明确写出"田家"或"田园"。孟浩然诗中这样的词出现了十三次,王维更喜欢在标题上使用,如《丁寓田家有赠》《渭川田家》《春中田园作》《淇上即事田园》《田家》《田园乐七首》等。当然,诗中的主人多半不是农民,而是拥有或多或少土地的隐士,这也是这类诗人的生活基础。王维是诗人,也是画家和音乐

---

① 严羽《沧浪诗话·诗辨》曰:"孟襄阳学力下韩退之远甚,而其诗独出退之之上者,一味妙悟而已。"

家。他在《偶然作》之六中写道:"宿世谬词客,前身应画师。"(《王右丞集笺注》卷五)苏轼评曰:"味摩诘之诗,诗中有画;观摩诘之画,画中有诗。"①他既是田园诗的代表,又是南宗画派的祖师,自他以后,诗与画的关系也进一步密切起来。后人如杨公远自编诗集,题为《野趣有声画》;姜绍书撰明代画史,则题曰《无声诗史》。据说他还以一曲琵琶《郁轮袍》得到公主的赏识,并由此而一举登第②。正因为他的艺术才能的多样,其诗歌中对色彩和声音的捕捉也就特别灵敏。例如:

> 泉声咽危石,日色冷青松。(《过香积寺》)
> 日落江湖白,潮来天地青。(《送邢桂州》)
> 大漠孤烟直,长河落日圆。(《使至塞上》)
> 声喧乱石中,色静深松里。(《青溪》)
> 荆溪白石出,天寒红叶稀。山路元无雨,空翠湿人衣。(《山中》)

以上诸句,一方面可以反映出王维五言诗中"清远""雄浑"(《唐诗别裁集》卷十一)的两类,另一方面,尽管写景有精微与阔大、细致与粗犷之别,但都具有绘画美和音乐美。《河岳英灵集》卷上评他的诗"词秀调雅,意新理惬。在泉为珠,着壁成绘。一句一字,皆出常境"。"为珠""成绘"即指其诗的音乐美和绘画美;"词秀"而调不失雅,"意新"而于理为惬,就在于他的诗在语言表达上的自然朴素,故能出于"常境"而又超出"常境"。

王维在后世被称为"诗佛",与"诗圣""诗仙"并列,代表了中国文学中的儒、道、释。在同时,其友人苑咸便称之为"当代诗匠,又精禅理"(《酬王维诗序》,《全唐诗》卷一百二十九)。王维出身于一个宗教气氛浓厚的家庭,他的母亲博陵崔氏,"师事大照禅师三十馀岁"(《请施庄为寺表》,《王右丞集笺注》卷十七),他自己也与佛教各宗各派的僧人多有交往③,其诗歌也颇受禅宗影响。如王夫之指出:"'长河落日圆',

---

① 《苏轼文集》卷七十,中华书局1986年版,第2209页。
② 《唐诗纪事》卷十六引《集异记》,上海古籍出版社1987年版,第236页。
③ 参见陈允吉《王维与华严宗诗僧道光》《王维与南北宗禅僧关系考略》,载《唐音佛教辨思录》,上海古籍出版社1988年版,第39—66页。

初无定景；'隔水问樵夫'，初非想得。则禅家所谓'现量'也。"（《薑斋诗话笺注》卷二）现量便是如其本来面目，不劳苦思冥想之意。① 如其《秋夜独坐》中的"雨中山果落，灯下草虫鸣"；《终南别业》中的"行到水穷处，坐看云起时"等句，都是以"现量"方式表达的瞬间感受。王维还经常在诗中以有写无，如"山静泉逾响"（《赠东岳焦炼师》）；"谷静泉逾响"（《奉和圣制幸玉真公主山庄……》）；"空山不见人，但闻人语响"（《鹿柴》）；"人闲桂花落，夜静春山空。月出惊山鸟，时鸣深涧中"（《鸟鸣涧》）；这与其佛教修养是分不开的。②

储光羲是盛唐诗人中最爱写田园，因而也最像陶渊明的作者。《三唐诗品》卷二评"其源出于陶公"，正是有见于此。王、孟的田园山水之作多用五律为之，在形式上便有唐人特色，而储光羲则多以五古为之，贺贻孙《诗筏》就曾评论他"独以五言古胜场"，这也使其诗中的古风更为浓厚。他的《同王十三维偶然作》十首及《田园杂兴》八首，都是直接描写农村田园生活的代表作。虽然他与王维同时，后人也常常将两人相提并论，但王维能够兼擅众体，而储光羲则仅擅长一体，所谓"王兼长，储独诣也"（《载酒园诗话又编》）。

三、李白和杜甫

盛唐诗的顶峰无疑是由李白（701—762）和杜甫（712—770）所代表的，后人总是将李、杜并称，他们是一对双峰并峙的诗人，尽管在生前他们只见过一面。在中国诗歌史上，只有杜甫获得了"诗圣"的美名，这无疑是诗国的桂冠。孟子曾称儒家宗师孔子为"圣"，而杜甫的诗也正是儒家精神的集中体现。他的诗中闪耀着人伦的光辉，流露出广博的爱心。他的一生，是以仁者的怀抱，践履了儒家的操守，并且使儒家的精神，在文学中得到具体生动地显现。与"诗圣"联系在一起的，杜甫还

---

① 戴鸿森《薑斋诗话笺注》引《相宗络索》："现量，现者有现在义，有现成义，有显现真实义。现在不缘过去作影；现成一触即觉，不假思量计较；显现真实，乃彼之体性本自如此，显现无疑，不参虚妄。"人民文学出版社1981年版，第53页。

② 《肇论·物不迁论》指出："寻夫不动之作，岂释动以求静，必求静于诸动。必求静于诸动，故虽动而常静。不释动以求静，故虽静而不离动。"王维当受此影响。

有"集大成"的称号，这一原出于孟子赞颂孔子的话，用在杜甫的身上，更多的是就其在文学史上承先启后的地位而言①。杜甫广泛吸取了汉魏以来直至盛唐诗人的艺术经验，"别裁伪体""转益多师"（《戏为六绝句》），从而达到了"尽得古今之体势，而兼人人之所独专"（《唐检校工部员外郎杜君墓系铭序》，《元氏长庆集》卷五十六）的诗学高峰。而他的"读书破万卷"（《奉赠韦左丞丈二十二韵》），也使其诗在对偶、用典、造句、炼字等方面获得很高的成就，并对宋人产生极大的影响（如江西诗派的"夺胎换骨"说）。杜甫对于文学传统，是在选择中传承，由传承而走向创造。由于这种创造的方式根基于儒家文化的精神，因而它也成为唐以后中国诗人从事创作的理想的必由之路。和"诗圣"相对的，李白当时被人称作"谪仙人"，后代又称之为"诗仙"②，其实他并不如人们想象的那么飘逸和超脱。如果说，杜甫对于人生的痛苦是一意负荷的话，李白诗中所展示的，则是一个不断在痛苦中试图挣脱腾越而又始终无法扬弃痛苦的不安的、躁动的灵魂。李白所处的正是对道教尊崇至极的时代，他也自述"五岁诵六甲"（《上安州裴长史书》），"十五游神仙"（《感兴》八首之五），"云卧三十年，好闲复好仙"（《安陆白兆山桃花岩寄刘侍御》），但即使在他的游仙诗中，也找不到任何哲学的思辨或宗教的沉思，有的只是对生命无常的咏叹：或以紧张热烈的情绪哀叹它的逝去，或以恣纵侗傥的笔调幻想它的永恒。在中国诗歌中，对于人生哀乐的抒发，恐怕没有一个诗人能像李白那样，用最直率、最真诚、最热烈的声音歌唱了。他是一个真正的浪漫主义诗人，他能够将其主观的东西由个人扩展到社会，用他的心灵去包围整个世界，并且对未来充满了渴望之情。这些都使他的作品在众多的唐诗中焕发出异彩，并闪耀着永恒的魅力。李白、杜甫的个性、思想和行为有异，他们的文学主张、创作成就以及对后世的影响也是各不相同的。

---

① 参见程师千帆、莫砺锋《杜诗集大成说》，载《被开拓的诗世界》，上海古籍出版社 1990 年版，第 1—24 页。

② 李白《对酒忆贺监二首序》曰："太子宾客贺公（知章），于长安紫极宫一见余，呼余为谪仙人。"严羽《沧浪诗话·诗评》曰："人言太白仙才，长吉鬼才，不然。太白天仙之词，长吉鬼仙之词耳。"

李白比杜甫年长十馀岁，他在文学主张上继承其乡先辈陈子昂的看法，以复古为革新。所以《本事诗·高逸》将两人并称曰：

> 李白才逸气高，与陈拾遗齐名，先后合德。其论诗曰："梁、陈以来，艳薄斯极，沈休文又尚以声律。将复古道，非我而谁与？"故陈、李二集，律诗殊少。

杜甫则强调"转益多师"和"不薄今人爱古人"（《戏为六绝句》）。他们的作品也显示出复古与创新的不同趋向。兹略分古诗和今体比较如下：

（一）古诗

古诗可分五古和七古，唐人乐府不必入乐，故可归入古诗[①]。李白的诗歌中古诗甚多，《瓯北诗话》卷一已指出"青莲集中古诗多，律诗少"。他的五言古诗如《古风》五十九首，与陈子昂、张九龄的《感遇》一样，延续的是阮籍、郭璞以来正始文学的传统[②]。与李白不同的是，杜甫的五古多有新变，他往往运用律诗句法入于古诗，是纯粹的唐音[③]。这种方式，影响到中唐的元、白，乃至清初的吴伟业。李白的七言歌行出于鲍照，而气势更胜之，所以杜甫有"俊逸鲍参军"（《春日忆李白》）之评。《唐宋诗醇》卷六也指出，李白的七古"往往风雨争飞，鱼龙百变；又如大江无风，波浪自涌。白云从空，随风变灭。诚可谓怪伟奇绝者矣"。而杜甫的七古和他的五古一样，也往往杂用律诗句法。至于乐府，李白多用汉魏六朝旧题，所谓"古题无一弗拟"（《唐音癸签》卷九）；而杜甫则自出新意以命题谋篇，正如元稹指出的："诗人杜甫《悲陈陶》《哀江头》《兵车》《丽人》等，凡所歌行，率皆即事名篇，无复倚傍。予少时与友

[①] 曾国藩编《十八家诗钞》，即将唐人乐府划入古诗，不予专列一门。

[②] 王士禛《古诗选·凡例》云："唐五言古诗凡数变，约而举之：夺魏、晋之风骨，变梁、陈之俳优，陈伯玉之力最大，曲江公继之，太白又继之，《感寓》《古风》诸篇，可追嗣宗《咏怀》、景阳《杂诗》。"不过，李白诗中也有以唐调为之者，故王氏又指出："李诗有古调，有唐调，要须分别观之。"（《带经堂诗话》卷一）

[③] 任源祥《与侯朝宗论诗书》曰："杜甫诗雄压千古，而五言古诗则去古远甚。甫非不自辟门户，而磋砑怒张，无复风流蕴藉，故谓之唐音。"（《鸣鹤堂文集》卷三）但任氏对此取否定的态度，则是不足为凭的。

人乐天、李公垂辈,谓是为当,遂不复拟赋古题。"(《乐府古题序》,《元稹集》卷二十三)这一直影响到元、白的新乐府运动。

（二）今体

今体诗可分律诗和绝句。就律诗而言,它属于唐代最新的诗体,所以焦循将律诗视为唐代的"一代之胜"(《易馀籥录》卷十五)。诗之所以称"律",集中表现在格律和对偶。李白的思想恣纵豪迈,不受束缚,其诗歌也"不屑束缚于格律对偶",所以从数量来看,"五律尚有七十馀首,七律只十首而已"(《瓯北诗话》卷一)。至于平仄完全合乎格律的七律,仅有寥寥三四首。他的律诗往往一气呵成,类似乐府歌行。如其《夜泊牛渚怀古》《登金陵凤凰台》等名作,格律、对偶均不十分讲究。《石洲诗话》卷一指出："太白五律之妙,总是一气不断,自然入化,所以为难能。"《古欢堂杂著》卷二也指出："青莲作近体如作古风,一气呵成,无对待之迹,有流行之乐,境地高绝。"杜甫则是全力写作律诗的盛唐第一诗人。[①] 他自称"为人性僻耽佳句,语不惊人死不休"(《江上值水如海势聊短述》),又说"晚节渐于诗律细"(《遣闷戏呈路十九曹长》)。所谓"细",也正表现在格律声调方面。《杜诗详注》卷一引李天生语曰："少陵七律百六十首,惟四首叠用仄字。"但考其异文,实不相叠,"可见'晚节渐于诗律细',凡上尾仄声,原不相犯也"。当然,这不仅仅是表现技巧的问题,杜甫丰富的阅历、深重的感慨和艺术的敏锐,使七律在他的手中达到无与伦比的程度[②]。在其晚年的作品中,为了更完美地表达其内心的怫郁愁苦之情,他又往往打破律诗格律,写作拗体。如其《愁》诗题下注曰："强戏为吴体。"实即"拗体"[③]。这类诗,平仄既多不合格律,

---

[①] 杜甫约一千五百首现存的诗中,五七言律诗和排律的数量有九百多首。如果将他与盛唐的其他诗人比较的话,以七律为例,李白八首,王维二十二首,孟浩然四首,高适七首,岑参十一首,李颀七首,王昌龄二首,杜甫乃有一百五十首。即使考虑到各诗集版本所收作品略有多寡,但不会影响到这一结论。况且在杜甫之前,七律完全符合规范者少,即使王维亦每有不合者。

[②] 管世铭《读雪山房唐诗钞凡例》这样指出："七言律诗至杜工部而曲尽其变……其气盛,其言昌,格法、句法、字法、章法无美不备,无奇不臻。横绝古今,莫能两大。"

[③] 方回《瀛奎律髓》卷二十五指出："拗字诗在老杜集七言律诗中谓之'吴体'。老杜七言律一百五十九首,而此体凡十九出。不止句中拗一字,往往神出鬼没。虽拗字甚多,而骨格愈峻峭。"

结构、句法也往往轶出常轨,以古诗甚至古文的笔法为之。宋代黄庭坚最欣赏杜甫晚年在夔州以后所作诗,也就是注意到这种拗折艰涩而又无雕琢之迹的艺术手段。

绝句体裁短小,其源出于汉魏六朝的乐府小曲,特别是南朝的吴歌西曲,贵在"缩万里于咫尺"①,因此向来以情韵婉转、风神绵邈为上。到了唐人,加以律化,其格律恰为律诗之半,故又称为小律诗。李白的绝句便有此妙,所以沈德潜这样说:"七言绝句以语近情遥、含吐不露为贵。只眼前景、口头语而有弦外音,使人神远,太白有焉。"(《唐诗别裁集》卷二十)胡应麟甚至评为"太白五七言绝,字字神境,篇篇神物"(《诗薮》内编卷六)。杜甫有意创新,其绝句也是别为一体。②李重华《贞一斋诗说》指出:"杜老七绝,欲与诸家分道扬镳,故尔别开异径。"田雯甚至认为他是"避太白而别寻蹊径"(《古欢堂杂著》卷二)。这种"别体"主要就是以对偶和议论为之。仇兆鳌指出:"少陵绝句,多纵横跌宕,能以议论摅其胸臆。气格才情,迥异常调,不徒以风韵姿致见长矣。"(《杜诗详注》卷十一)从诗歌史上来看,他的以议论入绝句以及押仄韵、对起对结等手法,在晚唐有李商隐等人仿效,宋代一些大家也加以继承和发扬。尤其是他开创了论诗绝句体,对后世影响甚大。③

李白和杜甫作为中国诗歌史上的两颗巨星,一直受到后人的尊崇。尽管到了中唐,在受到尊崇的同时也出现了李、杜优劣论,直到现代学术史上,还不免对二人有所褒贬,其原因不仅是审美的,有时也是被政治干预的。但正如韩愈在《调张籍》中所说:

---

① 《蕫斋诗话》卷二指出:"论画者曰:'咫尺有万里之势',一'势'字宜着眼。若不论势,则缩万里于咫尺,直是《广舆记》前一天下图耳。五言绝句,以此为落想时第一义。唯盛唐人能得其妙。"

② 前人往往因此批评他不工此体,如《诗薮》内编卷六:"少陵不甚工绝句。"《艺苑卮言》卷四:"太白之七言律,少陵之七言绝,皆变体。间为之可耳,不足多法也。"《读雪山房唐诗钞凡例》:"少陵绝句《逢李龟年》一首而外,皆不能工,正不必曲为之说。"

③ 钱大昕《十驾斋养新录》卷十六指出:"元遗山论诗绝句,效少陵'庾信文章老更成'诸篇而作也。王贻上仿其体,一时争效之。厥后宋牧仲、朱锡鬯之论画,厉太鸿之论词、论印,递相祖述,而七绝中又别启一户牖矣。"这种论诗绝句的方式还影响到日本和朝鲜。参见张伯伟《论诗诗的历史发展》,载《文学遗产》1991年第4期。

> 李杜文章在，光焰万丈长。不知群儿愚，那用故谤伤。蚍蜉撼大树，可笑不自量。（《韩昌黎诗系年集释》卷九）

第三节　唐诗的新变局

近代诗人陈衍在审视二千多年中国诗歌的发展后，提出了著名的诗歌史上"三元"说——"余谓诗莫盛于三元：上元开元，中元元和，下元元祐也"（《石遗室诗话》卷一）[①]。唐诗的变局就集中在元和（806—820）时期。在此之前的大历（766—779）年代，诗歌创作具有过渡的特征；元和以降，则沿着新变的途径继续流衍，直到宋诗的出现，才再次有了新的面貌，而宋诗的新貌与元和诗人的实践也是分不开的。

对元和时代的文坛作出高度概括的，是李肇《国史补》卷下的一段话：

> 元和以后，为文笔则学奇诡于韩愈（768—824），学苦涩于樊宗师（766?—824）；歌行则学流荡于张籍（766?—830?）；诗章则学矫激于孟郊（751—814），学浅切于白居易（772—846），学淫靡于元稹（779—831）。俱名为"元和体"。大抵天宝之风尚党，大历之风尚浮，贞元之风尚荡，元和之风尚怪也。[②]

在这一段话中，"奇诡""苦涩""矫激""浅切"似指语言风格，而"流荡"和"淫靡"则又与使用的题材有关。不过，从诗歌史的角度考察中唐诗歌的新变，我们还有必要作更为仔细的分析。

一、诗体

中国古典诗歌的诗体到唐代而定型。大要而言，可分古体和今（近）

[①] 沈曾植《与金潜庐太守论诗书》则云："吾尝谓诗有元祐、元和、元嘉三关。"虽然将上元推到刘宋元嘉时代，但另二"元"还是相同的。

[②] 白居易《馀思未尽加为六韵重寄微之》则曰："制从长庆辞高古（微之长庆初知制诰，文格高古，始变俗体，继者效之也），诗到元和体变新（众称元、白为千字律诗，或号元和格）。"元稹在《上令狐相公诗启》中也指出当时人对元和体的不同理解。这里不取狭义的"元和体"之说。

体两类。古体诗中又可分古诗和乐府,从字数上看,则有五言、七言和杂言;今体诗则分律诗和绝句,字数也以五言和七言为主,六言绝句只占少数。中唐诗歌的新变,首先就表现在诗体上。这是一个文体大变的时代,传奇、散文、诗歌,无一不是如此。

(一)乐府

盛唐乐府有两种倾向:一是以李白为代表的拟古体,据《乐府诗集》统计,李白的拟古乐府在一百篇以上①;二是以杜甫为代表的新创体,他热衷于新题乐府的创作,其内容则是讽谕的,如《悲陈陶》《哀江头》《兵车行》《丽人行》等。而大历时期的元结(715—772)和顾况(727?—816?)的乐府正是将这两者绾合为一,即在形式上的偏于古题和内容上的偏于讽谕,如元结的《系乐府》十二首和《补乐歌》十首等,顾况的《上古之什补亡训传》十三章以及其他乐府之作,都标志着从杜甫到白居易的过渡。尤其是顾况用诗句的第一、二字为题,题下注明主题,如"囝,哀闽也","采蜡,怨奢也",直接开启了白居易新乐府"首句标其目"(《新乐府序》,《白居易集笺校》卷三)的写作方法。自觉地以"新"和"旧"相区别从事创作的是李绅(772—846),他写作了二十首新题乐府,并带动了元稹。元氏在《和李校书新题乐府二十首序》中说:"世理则词直,世忌则词隐。予遭理世而君盛圣,故直其词以示后。"(《元稹集》卷二十四)透露了新乐府产生的时代背景。至白居易,便明确将自己的作品称为"新乐府"。所谓新乐府,就是以新题所写的讽谕性的乐府诗。其特点一是用新题,二是讽谕,三是不必入乐。其中讽谕是必要条件,而题目的沿旧或创新和是否入乐则不是绝对的②。白居易曾将自己五十一岁前所写的一千三百多首诗分为四类:一讽谕,二闲适,三感伤,四杂律,新乐府均在讽谕类中。所以吴融在为贯休《禅月集》所作的序中,

---

① 如果与盛唐的其他诗人作一对比,可以看得更清楚一些,如杜甫三篇,王维七篇,高适七篇,岑参一篇,王昌龄九篇。

② 如白居易《读张籍古乐府》云:"张君何为者?业文三十春。尤工乐府诗,举代少其伦。为诗意如何?六义互铺陈。风雅比兴外,未尝著空文。读君《学仙》诗,可讽放佚君;读君《董公》诗,可诲贪暴臣;读君《商女》诗,可感悍妇仁;读君《勤齐》诗,可劝薄夫敦。"(《白居易集笺校》卷一)可见当时人是可以将用古题所写的讽谕性乐府视同新乐府的。

就把《新乐府》五十首直接称为"讽谏五十篇"。

本来,美刺褒贬是中国诗学的传统之一,诗人首先是士人,因而也就担负着"任重而道远"的使命。但是安史之乱以后,诗人的精神状态由盛唐的豪迈进取转变为忧郁感伤,由向外的扩张转为向内的收敛。所以大历诗人的创作,诗歌境界也从盛唐的雄浑壮阔转变为局促衰飒,诗歌主题也特别钟情于衰老、孤独、友谊、乡愁和隐逸等。① 诗人既已不复有拯世济民的雄心,诗歌也就失去了扬善惩恶的功能。白居易等人掀起的新乐府运动,和韩愈等人掀起的古文运动一样,是在不同的文体上追求共同的文学效用。其新乐府,便是"一部唐代《诗经》"②。白居易在《新乐府序》中指出:

> 篇无定句,句无定字,系于意不系于文。首句标其目,卒章显其志,《诗三百》之义也。其辞质而径,欲见之者易谕也。其言直而切,欲闻之者深诫也。其事核而实,使采之者传信也。其体顺而肆,可以播于乐章歌曲也。总而言之,为君、为臣、为民、为物、为事而作,不为文而作也。(《白居易集笺校》卷三)

在《与元九书》中,他更概括为这样两句话:"文章合为时而作,歌诗合为事而作"(《白居易集笺校》卷四十五)其理论核心是讽谕,基本方法或手段是美刺。他强调诗歌要为时、为事,不为文而作,其新乐府也作于身为谏官时,表现了一个儒者的良知和勇气。据其自述,"凡闻仆《贺雨》诗,而众口籍籍,已谓非宜矣;闻仆《哭孔戡》诗,众面脉脉,尽不悦矣;闻《秦中吟》,则权豪贵近者相目而变色矣;闻《乐游园》寄足下诗,则执政柄者扼腕矣;闻《宿紫阁村》诗,则握军要者切齿矣"(《与元九书》)。文学的力量在于真实,在于直面惨淡的人生,所以白居易也特别强调诗歌的真实性原则并努力实践。前人或评白诗"如山东父老课农桑,言言皆实"(《臞翁诗评》,《诗人玉屑》卷二引),即指此而言。元、白新乐府一直影响到晚唐皮日休的《正乐府》以及聂夷中的古题和新题乐府。

---

① 参看蒋寅《大历诗风》第四章,上海古籍出版社 1992 年版,第 39—114 页。
② 陈寅恪《元白诗笺证稿》,上海古籍出版社 1978 年版,第 120 页。

（二）古诗

盛唐的五古大致可分三派：一派以陈子昂、张九龄、李白为代表，原本于正始之音；一派以王维、孟浩然、韦应物（737—792?）、柳宗元（773—819）为代表，效法乎陶渊明；还有一派以杜甫为代表，在传统之外，以"篇幅恢张，从横挥霍"的"变调"（沈德潜《唐诗别裁集·凡例》），开创了"沉着痛快"的一派。中唐五古之变，也是对杜甫的进一步发展。[①]其中最具代表性的是韩愈。杜甫的五古从篇幅上看，明显体制阔大，具有汉赋格局，是文体上的隔代遗传。韩愈也继承了这一特色，如《病中赠张十八》《南山》《送文畅师北游》等作，皆用古文章法安排篇章结构。白居易、张籍的长篇五古也是如此。在表达的内容方面，韩愈则是"资谈笑，助谐谑，叙人情，状物态，一寓于诗，而曲尽其妙"（《六一诗话》）。杜甫的五古，除了描写比较重大的题材和反映较为广阔的社会生活之外，也常常将家庭琐事、身边景物写入诗中，表现出对人情物理的观察，韩愈正是对杜甫的进一步发展。

盛唐的七古大多还限制于乐府和歌行的范围中。从用韵方面看可分两类：一是四句一转韵，平仄韵相间为用，接近于初唐诗人（这一布局方式来源于六朝骈赋）；另一类是一韵到底，但写的人不多。从写作七古的数量统计中可以得出这样的结论：元和时代的七古较之于盛唐已更受重视[②]。韩愈的七古，从表现内容上看，范围比较宽阔。他的"以文为诗"，也突出地表现在七古诗的创作上，如《琴操》《山石》《石鼓歌》等作品，前人已有许多评论，指出其中的古文章法。[③]从用韵来看，韩愈往往一韵到底，如《游青龙寺赠崔大补阙》《赠崔立之评事》《送区弘南归》等作，并且常常是押险韵。欧阳修说"予独爱其工于用韵"，"得韵窄则不复旁出，而因难见巧，愈险愈奇"（《六一诗话》）。虽然这是针对其

[①] 这里有意忽略了韦应物和柳宗元，他们的五古是沿着陶渊明、谢灵运的路子向前走的，是盛唐王、孟一派的馀波。

[②] 据吕正惠《元和时代诗体之演进》的统计，韩愈的七古有七十八首，白居易有一百一十四首。至于张籍、王建、李贺的七古，无论是质量还是数量，都要超过五古，反映了七古渐受重视的趋向。文载《文学评论》第八集，台北：黎明文化事业公司1984年版。

[③] 参见程师千帆《韩愈以文为诗说》，载张伯伟编《程千帆诗论选集》，山西人民出版社1990年版，第205—230页。

五古而言，移之以论其七古，也是适用的。白居易的七古也有新变，如"长庆体"的代表作《长恨歌》《琵琶行》，不仅是当时流传最广的作品①，而且在文体上也有新创，如《长恨歌》与《长恨歌传》的相辅相成。从七古本身而言，他以律句入歌行，转韵平仄相间，接近初唐的宫体风格（他自己也说"一篇长恨有风情"）。此外，他的新乐府中多采用三三七或三七的句法，也是吸取了当时民间歌谣的句式。至于元稹的《连昌宫词》，也是吸收了新乐府的写法而创作的新作品。②

（三）律诗

律诗是唐人的创造，在盛唐以前，五律占有绝对的优势，只有杜甫是在重视五律的同时，也全力写作七律的诗人。从大历时代开始，五律和七律的比例开始变化，但他们写得最多也最擅长的诗体也仍然是五律③。到了元和时代，这种情形便发生了根本的转变。以下的统计或许能说明问题④：

姓名	五律	七律
韩愈	38	14
柳宗元	8	12
刘禹锡	177	184
白居易	372	568
元稹	149	98
张籍	133	81
王建	53	81
贾岛	225	21

① 《唐摭言》卷十五《杂记》载："白乐天去世，大中皇帝以诗吊之曰：'缀玉联珠六十年，谁教冥路作诗仙。浮云不系名居易，造化无为字乐天。童子解吟长恨曲，胡儿能唱琵琶篇。文章已满行人耳，一度思卿一怆然。'"虽然此诗不能肯定为宣宗所作，但《长恨歌》《琵琶行》流传人口的情形，则在此诗中得到清楚地反映。

② 参看陈寅恪《元白诗笺证稿》第一章、第三章和第五章。

③ 姚鼐《今体诗钞序目》指出："中唐大历诸贤，尤刻意于五律。"另可参看蒋寅《大历诗风》第八章"体式与语言"，第207—236页。

④ 这是根据吕正惠《元和时代诗体之演进》的统计结果。

从上表可见，七律的比例已逐步提高，所以《瓯北诗话》卷四指出："中唐以后，诗人皆求工于七律，而古体不甚精诣。"下逮北宋，七律更能取代五律地位，越到后来，越是如此。①继续努力写作五律的诗人是张籍和贾岛（779—843）。自从明人杨慎指出"晚唐之诗分为二派：一派学张籍，则朱庆馀、陈标、任蕃、章孝标、司空图（837—908）、项斯（802？—847？）其人也；一派学贾岛，则李洞、姚合（775？—855？）、方干（？—885？）、喻凫、周贺、九僧其人也……其诗不过五言律，更无古体"（《升庵诗话》卷十一"晚唐两诗派"条）以后，清人李怀民在《重订中晚唐诗主客图》中，以张籍为"清真雅正主"，贾岛为"清真僻苦主"②，而张、贾皆渊源于杜甫。张籍沉着而平浅，贾岛奇险而平实，他们都能"搜眼前景而深刻思之，所谓'吟成五个字，捻断数茎须'也"（《升庵诗话》卷十一）。所以一方面发展了杜甫写家庭琐事、日常生活的题材传统，另一方面又继承了杜甫"语不惊人死不休"的炼字之诀。这不仅影响了晚唐诗人，也成为南宋江湖诗派学习的榜样。

（四）绝句

杜甫的绝句虽然未必得到诗评家的一致首肯，但其影响甚远却是诗歌史上的事实。绝句之称最早出现于南朝徐陵所编《玉台新咏》，其中收录四首五言四句诗，题曰《古绝句》。但将七言四句的诗也赋予绝句之称，则是从杜甫开始较为普遍使用的。中唐诗人在绝句方面接受杜甫的影响，一是将日常生活、眼前景物随意写入，二是采用议论的方式写作绝句。杜甫的绝句有随意性的特征，如《绝句漫兴九首》《戏为三绝句》《江畔独步寻花七绝句》等，白居易承之而变本加厉。《唐人万首绝句选评》指出："三唐绝句，莫多于白傅，皆率意之作。而其妙处，往往以口头语、眼前景，使人流连不尽。"《古欢堂杂著》也指出："香山山峙云行，

---

① 李怀民《重订中晚唐诗主客图说》指出："今之选唐诗者，大概古今并收……且矜尚七言诗，利其句长调高，便于讽咏。不知七言律诗，唐人不轻作……元、白、刘梦得沿及北宋，其风少炽，然未有如后世之甚者也。今则匝街遍市，无非七律填满。"

② 由于李怀民自谓与其书构想不谋而合之前人为龚贤（半千）《中晚唐诗纪》和杨慎《升庵诗话》，所以一般讨论中晚唐诗分张籍、贾岛二派之说始于杨慎。实则方回《瀛奎律髓》卷二十朱庆馀《早梅》诗下评曰："韩门诸人，诗派分异，此张籍之派也。姚合、李洞、方干而下，贾岛之派也。"故此说实始发于方回。

水流花开，似以作绝句为乐事者。"都是就其绝句的率意特征而言。既然是随意而作，则可入于游戏，可入于议论，可快心自得，也就在这个意义上，白居易的绝句"亦开宋人之门户耳"（《诗源辩体》卷二十八）。刘禹锡（772—842）是白居易晚年的诗友，他继承了杜甫以议论为绝句的方式，"下开杜紫微一派"（《读雪山房唐诗钞凡例》）。而其《竹枝词》从沅、湘民歌中吸收养分，也给诗坛增加了新鲜的活力。

总之，如果从较为广泛的意义上来理解"诗到元和体变新"，则不难发现，这是中国古代诗歌史上诗体变化最大的一个时期。

二、语言

诗歌语言的变迁是诗歌发展的重大标志。从日常生活的语言中提炼出书面语言，是语言的散文化；从日常语言和书面语言中再凝练而成诗歌语言，是语言的诗化。诗歌语言的不断变化，实际上是生活语言和文学语言之间不断往复的过程，并且或接近或遥远。从《诗经》的四言体，到《楚辞》的六言体，古诗的五七言体，以及在诗体的成熟阶段出现词体，在词体的成熟阶段出现散曲，最终出现白话新诗。从诗歌的节奏来看，这一发展趋势标志着文学语言向自然语言的不断靠近。唐代正是诗歌语言高度成熟的阶段，因而也就出现了诗歌的高峰，而杜甫乃是当之无愧的代表。他的语言一方面是高度诗化的，另一方面又是非常生活化的。[①]他的诗歌，出之于"颇学阴、何苦用心"（《解闷五首》之四）的努力，和"语不惊人死不休"（《江上值水如海势聊短述》）的锤炼，同时又不避散文语言，不避俚俗之语。于是到了元和时代，诗歌语言就从两个方面发生了变化：一是以韩愈、孟郊为代表的追求怪异，一是以元稹、白居易为代表的追求通俗。前者是从散文语言中吸取养分，后者是从生活语言中采撷精华。

（一）怪异

李肇有"元和之风尚怪"的结论，这应该是针对韩愈、孟郊、卢仝

---

① 这一点其实也可说是唐诗的共性，和南朝诗歌的充满贵族气息的语言相比，唐诗的语言无疑是健康、爽朗、凝练而又充满生活气息的。参见林庚《唐诗的语言》，载其《唐诗综论》，人民文学出版社1987年版，第80—99页。

（775？—835）、李贺（790—816）等人而言的。前人评韩愈的诗"怪怪奇奇，独辟门户"（归庄《严祺先文集序》，《归庄集》卷三），孟郊诗"刿目钵心""钩章棘句"（韩愈《贞曜先生墓志铭》），卢仝则自号"僻王"，其诗"尚奇僻，古诗尤怪"（丁仪《诗学渊源》卷八），李贺"语奇而入怪"（周紫芝《古今诸家乐府序》）。最具代表性的，当数韩、孟等人所作的《会合》《纳凉》《同宿》《秋雨》《城南》《斗鸡》《征蜀》等联句，险韵、奇字、古句、方言，各极其能。如《城南联句》长达一百五十韵，竟有好多字为后来韵书所不载者①。韩、孟语言的尚怪，和他们对于文学创作应务去陈言的看法是一致的。顾嗣立《寒厅诗话》指出：

> 韩昌黎诗句句有来历，而能务去陈言者，全在于反用。如《醉赠张秘书》诗，本用嵇绍鹤立鸡群语，偏云"张籍学古淡，轩鹤避鸡群"；《县斋有怀》诗，本用向平婚嫁毕事，偏云"如今便可尔，何用毕婚嫁"；《送文畅》诗，本用老杜"每愁夜中自足蝎"句，偏云"照壁喜见蝎"；《荐士》诗，本用《汉书》"强弩之末不能入鲁缟"语，偏云"强箭射鲁缟"；《岳庙》诗，本用谢灵运"猿鸣诚知曙"句，偏云"猿鸣钟动不知曙"。此等不可枚举。

除了怪异的特点，韩愈等人在诗歌语言上的变革是"以文为诗"。《后山诗话》指出："退之以文为诗，子瞻以诗为词，如教坊雷大使之舞，虽极天下之工，要非本色。"又引黄庭坚语曰："诗文各有体，韩以文为诗，杜以诗为文，故不工尔。"这种意见未必正确。诗文各有其体是文学上的事实，但优秀的诗人在"得体"之后，往往不拘一格，创造性地"破体"，从而形成一种"新体"，也是文学史上常有的现象。②韩愈的"以文为诗"，除了以古文章法剪裁结构以及以议论为诗之外，在语言上便是吸取了散文的句法和虚字入诗。例如七言诗的句脉多是上四下三，韩愈乃变为上三下四，如《送区弘南归》的"落以斧引以纆徽""嗟我道不能自肥""子

---

① 严虞惇曰："诗中用狞、趍、绷、澄、娭、硐、妵、绁、鬖、枨、颲、蛛、蠍、睸凡十四韵，今韵不载。"（《韩昌黎诗系年集释》卷五《城南联句》下引）

② 关于韩愈"以文为诗"的评价，参看程师千帆《韩愈以文为诗说》，收入《程千帆诗论选集》。

去矣时若发机"等句式，接近于民谣。①又如《南山》诗状写南山之貌，连用五十一个"或"字——"或连若相从，或蹙若相斗，或妥若弭伏，或竦若惊雊，或散若瓦解，或赴若辐辏"，可能是受到《佛所行赞》的影响②；又如卢仝的《月蚀诗》，采用古文句法，打破诗句的整饬与对称："玉川子又涕泗下，心祷再拜额榻砂土中。地上饥虿臣全，告诉帝天皇，臣心有铁一寸，可刳妖蟆痴肠。上天不为臣立梯磴，臣血肉身，无由飞上天，扬天光。"(《全唐诗》卷三百八十七)句法和节奏都接近于散文。再如韩愈《古风》中的"无曰既蹙矣"，《嘲鲁连子》中的"顾未知之耳"，《符读书城南》中的"学与不学欤"等句，皆以虚字结尾。这种以文为诗的写法，在语言上便是一种散文化，而散文化与诗化的语言相较，有时也会更接近于自然语言。从这个意义上说，韩愈等人和白居易等人的努力并不完全是对立的，也有殊途同归之处。

(二) 通俗

"元轻白俗"是苏轼在《祭柳子玉文》中的一句评语，不无贬义。但吸取鲜活的民间语言，为达到高度发展的诗歌语言注入生机，是白居易继杜甫之后所作的努力，所以王安石有"世间俗言语，已被乐天道尽"(《苕溪渔隐丛话》前集卷十四引《陈辅之诗话》)之说。《诗人玉屑》卷六"善用俗字"条曰：

> 数物以"个"，谓食为"吃"，甚近鄙俚，独杜子美善用之。云"峡口惊猿闻一个"，"两个黄鹂鸣翠柳"，"却绕井桐添个个"，"临歧意颇切，对酒不能吃"，"楼头吃酒楼下卧"，"梅熟许同朱老吃"。盖篇中大概奇特，可以映带之也。

可见杜甫是较早以俗字入诗的诗人。中唐时期的诗歌语言发生了剧变，白居易是从另一个方面做出贡献的诗人。大要而论，约有两端：

第一是句式。盛唐时民间就流行三七或三三七的句式，如敦煌曲中的《十二时》等，大历时期的张志和、颜真卿等人也有《渔父词》唱和

---

① 何焯《义门读书记》卷三十指出："汉《铙歌·上邪》篇云：'山无陵江水为竭。'又汝南童谣云：'饭我豆食羹芋魁。'其句脉皆上三字略断，韩子必有本也。"

② 参见饶宗颐《韩愈〈南山诗〉与昙无谶译马鸣〈佛所行赞〉》，载《文辙——文学史论集》。

之作二十余首（今存原唱五首，和作十五首）。然而据现存可考之作言，白居易所作的数量较多，影响较大。他的《山鹧鸪》《醉歌》《就花枝》《劝我酒》《泛小轮》《忆江南》《长相思》《花非花》《十二时》等，都采用了三三七的句式。而他的《忆江南》三首，也曾经引起刘禹锡的和作[①]。如白居易之作曰：

>江南好，风景旧曾谙。日出江花红胜火，春来江水绿如蓝。能不忆江南？

刘禹锡和作曰：

>春去也，多谢洛城人。弱柳从风疑举袂，丛兰浥露似沾巾。独坐亦含嚬。

再如白居易的《长相思》：

>汴水流，泗水流，流到瓜洲古渡头。吴山点点愁。　思悠悠，恨悠悠，恨到归时方始休。月明人倚楼。

这种来源于民间的诗歌节奏，为白居易等人所吸收，成为文人填词的先例。这些作品，多收入郭茂倩的《乐府诗集》中。到了宋代，词体终于蔚为大国。

第二是词汇。杜甫以后，用口语入诗的有顾况，如"心相许，为白阿孃从嫁与"（《梁广画花歌》），"八十老婆拍手笑"（《杜秀才画立走水牛歌》），"羞杀百舌黄莺儿"（《郑女弹筝歌》）等。[②] 至于白居易诗的口语表现便更为突出，"'亲家翁'、'开素'、'鹊填河'，皆俗语"（朱翌《猗觉寮杂记》卷二）。传说他写诗努力使老妪能懂，这就必然会平白浅易[③]。也正因为如此，他的诗在当时流行甚广。"二十年间，禁省、观

[①] 任半塘、王昆吾《隋唐五代燕乐杂言歌辞集》（巴蜀书社1990年版）所收最全，编者还引用了刘禹锡句"才子声名白侍郎"，梅圣俞句"村里黄幡绰，家中白侍郎"以及黄庭坚"家里乐天，村里谢安石"等句，证明白居易的通俗作品流行于民间。

[②] 赵昌平校编《顾况诗集》卷二，江西人民出版社1983年版。

[③] 入矢义高《白居易的口语表现》对白诗中口语词汇的运用有细致的分析，可参看。曹虹译，载《古典文学知识》1994年第4、5期。

寺、邮候、墙壁之上无不书，王公妾妇、牛童马走之口无不道……自篇章以来，未有如是流传之广者。"（元稹《白氏长庆集序》，《元稹集》卷五十一）日本、鸡林（古朝鲜名）对白诗也推崇备至[①]。而以浅俗的语言改变盛唐以来高度成熟的诗歌语言，也从另一个方面显示了新变，也就在一定程度上表现了"元和之风尚怪"。

三、题材

唐代水陆交通的发达，使城市经济逐步繁荣。尤其是在安史之乱以后，江南的海运、漕运繁忙，因此，除了北方的长安、洛阳等城市以外，南方的扬州、益州、广州也发达起来，市民阶层也随着城市的兴盛而出现。这一新兴阶层要求有表现他们生活的文学艺术，大历以后市民文学的发展，就与这样的背景有关。市民文学的特征，一是通俗。唐代的变文和俗讲，由通俗化的佛经故事转变为表现世俗的题材。傀儡戏和参军戏、民间小说、文人传奇都在此时繁荣发展。二是故事性。上述种种形式即属于叙事文学，诗歌受其影响，一方面通俗化，另一方面也故事化。如《莺莺传》之于《会真诗》，《长恨歌》之于《长恨歌传》等。三是女性题材的涌现。如传奇中的李娃、霍小玉成为正面歌颂的主角。诗词中的爱情题材更比比皆是。加上唐代的进士，大多尚才华而不守礼法，自贞元、元和以来，尤多放诞。《国史补》卷下载："长安风俗，自贞元侈于游宴。"杜牧（803—852）《感怀诗》亦云："至于贞元末，风流恣绮靡。"（《樊川诗集》卷一）[②]这几个方面的因素导致了中唐诗歌在题材的选择上，女性成为关注的重心之一，尽管作家的态度并不完全一致。

元和时代的艳情诗以元稹为代表，《国史补》卷下所谓"学淫靡于元稹"。他自编诗集，其中一类便是"艳诗"[③]。《才调集》卷五收其

[①] 日本林鹅峰《本朝一人一首》卷十指出："嵯峨帝（809—823年在位）御宇，《白氏文集》全部始传来本朝，诗人无不效《文选》、白氏者。"元稹《白氏长庆集序》指出："鸡林贾人求市颇切，自云：本国宰相每以百金换一篇。其甚伪者，宰相辄能辨别之。"白诗的研究，至今在日本汉学界仍是热门。

[②] 参见陈寅恪《元白诗笺证稿》第四章"艳诗及悼亡诗"的有关论述。

[③] 元稹《叙诗寄乐天书》曰："近世妇人晕淡眉目，绾约头鬟，衣服修广之度，及匹配色泽，尤剧怪艳，因为艳诗数百馀首。"虽然他自称此类诗是"以干教化"者，实际上还是男女悲欢之情。

五十七首，均属此类。艳情诗在句式上多吸收南方民间歌谣体，即多用叠字格，如"裙裾旋旋手迢迢，不趁音声自趁娇"（《舞腰》）；"半欲天明半未明，醉闻花气睡闻莺"（《春晓》）；"相逢相失还如梦，为雨为云今不知"（《所思》），故便于流传。在语言上则有宫体诗的唯美风格，如"低鬟蝉影动，回步玉尘蒙。转面流花雪，登床抱绮丛。鸳鸯交颈舞，翡翠合欢笼。眉黛羞偏聚，朱唇暖更融。气清兰蕊馥，肤润玉肌丰。无力慵移腕，多娇爱敛躬。汗光珠点点，发乱绿葱葱"（《会真诗三十韵》）。这类诗在当时影响颇大，"凡言之浮靡艳丽者谓之元、白体"（《唐诗纪事》卷五十二）。杜牧还曾假借李戡之名，斥元、白之作为"纤艳不逞""淫言媟语"，以至于"流于民间，疏于屏壁，子父女母，交口教授"（《李府君墓志铭》，《樊川文集》卷九）。作为时代特色之一，诗人在题材的选择上偏于女性，还见于当时的乐府创作中。这就是以李贺为代表的宫体乐府①。他的乐府，从题目上看，就不难发现与六朝乐府的渊源，如《美人梳头歌》《夜来乐》《莫愁曲》等。他倾慕庾肩吾的《宫体谣引》，特地到会稽寻访其遗文（见《还自会稽歌序》）。这些作品，对晚唐的杜牧、温庭筠、李商隐都有很大影响。与此同时，宫词创作也盛极一时。《六一诗话》指出："王建《宫词》一百首，多言唐宫禁中事。"张籍、刘禹锡、元稹、白居易等人都写了不少宫词。而王涯（763？—835）、令狐楚（766—837）、张仲素（769—819）的《元和三舍人集》②，其内容也多是宫词、闺怨之类。这与当时市民阶层兴盛的背景是分不开的。

《诗源辩体》卷二十六指出："李贺乐府七言声调婉媚，亦诗馀之渐（上源于韩偓七言古，下流至李商隐、温庭筠七古）。"这只是就声调而言，其实，词体在晚唐五代兴起，是和长短句更适合于言情有关。史传上说李贺做过协律郎的官，其诗又"多怨郁凄艳之巧"，所以能够促进词体的兴起。从诗的方面说，则引发出写作爱情诗的巨子——李商隐。

---

① 沈亚之《序诗送李膠秀才》曰："余故友李贺善择南北朝乐府故词，其所赋不多，怨郁凄艳之功，诚以盖古排今，使为词者莫得偶矣。"（《沈下贤文集》卷九）朱自清《李贺年谱》也指出："贺乐府歌诗盖上承梁代'宫体'，下为温庭筠、李商隐、李群玉开路。详宫体之势，初唐以太宗之好尚，一时甚盛；之盛唐而浸衰，至贺而复振焉。"

② 据陈尚君《唐人编选诗歌总集叙录》，此书原名当作《翰林歌辞》。载《中国诗学》第二辑，南京大学出版社 1992 年版。

李商隐（812—858）作为晚唐的大诗家和骈文作家，与杜牧并称"小李杜"，与温庭筠（812—870）并称"温李"，其诗体又与段成式（803？—863）、温庭筠合称"三十六体"①。但在诗歌史上最值得重视的，是李商隐的爱情诗。以男女恋情为表现对象的诗，在中国古代并不少见。《诗经》第一篇《关雎》，唱出的便是"窈窕淑女，君子好逑"的恋慕少艾，和"求之不得，辗转反侧"的相思之苦。但是在传统的《诗经》学中，这首诗被涂上了严肃郑重的色彩，将它与政治上的美刺讽谏结合起来。《楚辞》更是奠定了中国诗学中香草美人的传统，男女之情成为政治讽喻或君臣遇合的象征。纯粹的爱情题材变成了里巷男女的专利，文人作品中的此类描写，总是寓意于或被解读为"托志帷房，睠怀身世"（《白雨斋词话》卷五）。直到李商隐，中国诗歌才有了真正意义上的爱情诗，尽管其中的一部分仍然是有托之作②。例如：

> 巧啭岂能无本意，良辰未必有佳期。（《流莺》）
> 春心莫共花争发，一寸相思一寸灰。（《无题》）
> 身无彩凤双飞翼，心有灵犀一点通。（《无题》）
> 春蚕到死丝方尽，蜡炬成灰泪始干。（《无题》）
> 刘郎已恨蓬山远，更隔蓬山一万重。（《无题》）

当然，由于李商隐的诗歌往往寄意深远、构思密致、措辞婉约、氛围迷朦，所以夙称难解，对于其以男女爱情为题材的作品，究竟是否有更深的寄寓也难免见仁见智。但从他的全部作品看，李商隐是个以"情"胜的诗人。不仅如此，他托之于诗的许多感情，往往是他自己所百思不得其解的。徐铉说："人之所以灵者，情也；情之所以通者，言也。其或情之深、思之远，郁积乎中，不可以言尽者，则发为诗。"（《萧庶子诗序》，《徐文公集》卷十八）李商隐正是一位情深意远的诗人，他以不尽意之言写其不可以言尽之情，用迷离惝恍的诗风将中国古代的爱情诗推向了一个高峰。

---

① 见《旧唐书·文苑·李商隐传》。王应麟《小学绀珠》卷四指出："三人皆行第十六。"故称"三十六体"。

② 如何焯评曰："《叩弹集》云：义山《无题》，杨孟载谓皆寓言君臣遇合；朱长孺亦言不得俱以艳语目之；吴修龄又专指令狐绹说，似为近之。"（朱鹤龄笺注，沈厚塽辑评《李义山诗集》卷上）。将他的爱情诗一律看成"美人香草之遗"，这是不全面因而也是不正确的。

第六章　宋诗的特征及其形成

将宋诗与唐诗的关系和唐诗与六朝诗的关系作一对比是饶有趣味的。从形式上看，六朝以五言古诗为主，而唐代则是律诗成熟的时期。从某种意义上说，古、律也可以作为唐诗和六朝诗相区别的一个外在标志；而诗歌发展至唐代，无论是古诗、律诗还是绝句，在形式上都已确定，宋诗只是其延续。从内在的实质而言，唐诗是在融合南北文学的基础上形成的一代新诗，尽管初唐诗人总是号称反对齐、梁文风；宋代诗人则几乎无一不是学习唐诗的，然而两者却又有着实质性的差别。宋人能够在唐诗高度繁荣之后，继续有所变创，所以诗歌史上唯有宋诗可与唐诗并称。这一点，是为古今学者所共认的。[①] 宋代以后的诗人，或是学唐，或是学宋。从整体上来看，五七言古今体诗在唐宋以后，不可能出现高度的和整体的自我跨越乃是不可逆转的趋势。所以叶燮在《原诗》内篇下指出："自宋以后之诗，不过花开而谢，花谢而复开。"

第一节　宋诗产生的文化背景

宋诗与唐诗的差别根本上是属于风格，造成这种歧异的原因并不简单。如果说，唐代的开国君臣都比较一致地认识到梁、陈的文章误国的话，宋代所面临的却是唐代节度使拥兵自重所酿成的恶果。因而从历史上看，宋代是一个重文轻武的时代。《宋史·文苑传序》指出："艺祖（宋太祖）革命，首用文吏而夺武臣之权。宋之尚文，端本乎此。"王栐《燕

[①] 清人吴之振《宋诗钞序》指出："宋人之诗，变化于唐，而出其所自得。皮毛落尽，精神独存。"钱锺书《谈艺录》"诗分唐宋"条指出："唐诗、宋诗，亦非仅朝代之别，乃体格性分之殊……唐诗多以丰神情韵见长，宋诗多以筋骨思理见胜。"中华书局1984年版。缪钺《论宋诗》有更为详赡的分析，收入其《诗词散论》，上海古籍出版社1982年版，可参看。

翼诒谋录》卷五云："国朝待遇士大夫甚厚，皆前代所无。"叶梦得《石林燕语》卷六亦云："国初天下始定，更崇文士。"这大致反映在以下三个方面：其一，俸禄厚。虽然宋初州县小官俸入微薄[1]，但一方面当时"物价甚廉"（《燕翼诒谋录》卷二），另一方面，至元丰（1078—1085）改制以后，即使主簿、尉的收入也颇有改观。《廿二史札记》卷二十五"宋制禄之厚"条，在列举当时俸禄之制及其变迁后指出："此宋一代制禄之大略也，其待士大夫可谓厚矣。惟其给赐优裕，故入仕者不复以身家为虑。"其二，休假多。宋代士大夫的休假，除丧假、旬假、病假外，休假日还很多。庞元英《文昌杂录》卷一载："祠部休假，岁凡七十有六日。"即使到了南宋，这种优游之风仍未稍减。罗愿淳熙六年（1179）《拟进札子二》云："一月之中，休假多者殆居其半，少者亦十馀日。"（《鄂州小集》卷五）其三，退休待遇高。退休古称"致仕"，《公羊传》宣公元年何休解诂云："致仕，还禄位于君。"在宋代则并不如此，正如赵升《朝野类要》卷五所指出的："古之大夫七十而致仕之，例也。古则皆还其官爵于君，今则不然，故谓之守本官致仕，惟不任职也。"在宋人的著述中，常常可以看到某人以某某官致仕的字样，也就是"守本官致仕"的意思。致仕后俸料照给，"盖以示优贤养老之意"（《石林燕语》卷五），这在宋代成为通例。[2]

欧阳修《借观五老诗次韵为谢》云："闻说优游多唱和，新篇何惜尽传看。"（《居士集》卷十二）可见，优厚的生活待遇正是当时士大夫游乐的物质基础，所以宋人的文艺生活亦颇为丰富。在宋人的诗集中，也常常能够看到对这类生活的描写。这里不妨稍引欧阳修的诗以作说明：

更吟君句胜啖炙，杏花妍媚春酣酣（原注：君诗有"春风酣酣杏正妍"之句）。吾交豪俊天下选，谁得众美如君兼。诗工镵刻露天骨，将论纵横轻玉钤。（《圣俞会饮》，《居士集》卷一）

缅怀京师友，文酒邀高会。其间苏与梅，二子可畏爱。（《水谷

---

[1] 参看王栐《燕翼诒谋录》卷二"增百官俸"条、洪迈《容斋四笔》卷七"小官受奉"条。
[2] 至于"引年致仕"，即不到七十岁而提前退休者，还另有优惠待遇。《宋史·职官志》载："引年辞疾者，多增秩，从其请，或加恩其子孙。"

夜行寄子美圣俞》,《居士集》卷二)

从中不难想象当时的盛况。"宋人别集,特多游宴之作,此其最大原因也。"①而士大夫退休之后,每每结为会社,赋诗作文,北宋时期就有著名的"同甲会""五老会""耆英会""真率会"等。②此外,自中唐韩愈以来,以帝王或藩王为中心形成的文学集团,逐渐被友朋之间的彼此唱和或者以门弟子为骨干所形成的文人集团所取代。这种类型的集团到了宋代也变得更为突出,如北宋洛阳的西都文人集团和苏门"四学士"或"六君子"等。这些文人集团的大量出现,对于宋诗特色的形成和发展都起到了积极的推动作用。③

作为一个重文的时代,宋人的文艺生活不限于文人士大夫。上之而帝王君主,下之而平民百姓,朝野上下,普遍尚文,并互为影响。北宋的太宗、真宗、仁宗、徽宗都爱好读书赋诗。④朝廷既屡有赓歌,民间亦颇结诗社。吴可《藏海诗话》载:

> 幼年闻北方有诗社,一切人皆预焉。屠儿为《蜘蛛》诗,流传海内。……
>
> 元祐间,荣天和先生客金陵,僦居清化市,为学馆。质库王四十郎、酒肆王念四郎、货角梳陈二叔皆在席下,馀人不复能记。诸公多为平仄之学,似乎北方诗社。

民间诗社的成员,或为"屠儿",或"货角梳",或业"质库",或营"酒肆",均为普通百姓。南宋的民间诗人就更多,如宋末的江湖诗人,大多数是平民身份。结社集会,在宋代(特别是在南宋)极为普遍。据《东京梦华录》《梦粱录》及《武林旧事》等书记载,当时的杂剧有"绯绿社",蹴球有"齐云社",唱赚有"遏云社",耍词有"同文社",清乐有"清音

---

① 庞石帚《养晴室笔记》卷一"宋代官吏休假"条,四川文艺出版社 1985 年版,第 4 页。
② 参看沈括《梦溪笔谈》卷十五、王闢之《渑水燕谈录》卷四、邵博《邵氏闻见录》卷十等。
③ 王水照《北宋洛阳文人集团与宋诗新貌的孕育》对此问题有所论述,载《中华文史论丛》第四十八辑,上海古籍出版社 1991 年版,可参看。
④ 参看《渑水燕谈录》卷六、《庚溪诗话》卷上、《铁围山丛谈》卷一、《画继》卷一、《避暑录话》卷下等。

社"，小说有"雄辩社"，影戏有"绘革社"，吟叫有"律华社"，等等，举凡各种文艺活动，都可以结为"社会"。这样浓厚的文艺气息，就促进了宋人的创作和评论热情的高涨。即使以厉鹗的《宋诗纪事》为范围，已收录诗人三千八百多家，数量远远超过《全唐诗》的二千二百多家。而像陆游、杨万里这样的大家，创作量均多达万首。

宋代文化彻底荡涤了唐代的富贵气，具有更为突出的平民风貌。如果说，唐代还多少保存了一些六朝以来贵族的华赡与浪漫，那么宋代士人所具有的是平民的朴素平淡气质。要是用对花卉的欣赏来看，唐人甚爱牡丹，"京城贵游尚牡丹三十餘年矣，每春暮，车马若狂，以不耽玩为耻"（李肇《国史补》卷中）。而牡丹乃"花之富贵者也"（周敦颐《爱莲说》）；宋人则转而偏爱梅花，欣赏其高洁淡雅的精神气质。经过五代的丧乱流离，门阀贵族的彻底衰落是必然的。王明清《挥麈录》前录卷二指出："唐朝崔、卢、李、郑及城南韦、杜二家，蝉联珪组，世为显著。至本朝绝无闻人。"前四姓是潼关以东的大族，后二姓是关中的大族，而到了宋代已完全式微。所以从历史上看，唐代是中古的结束，而宋代则是近世的开始。① 宋诗推进了晚唐五代以来诗歌语言上的通俗化倾向，也是平民气质所凝成的时代精神在文学中的反映。在政治上，通过科举制度以扩大平民的参政机会，到宋代也突出了起来，曾巩对唐宋两代科举取士数量多寡的对比是能够说明问题的。② 由于士大夫数量的增加，就有了政治上和学术上的意见不一，也由于有较多的发言权，遂演变为朋党之争。唐代虽然也有党争，却是以贵族为主的彼此相争，或是新兴进士集团与高门旧族的权力之争；而宋代则是士大夫的意见意气之争，所以往往互目对方为朋党。欧阳修、苏轼等人的《朋党

---

① 参看内藤湖南《概括的唐宋时代观》，载刘俊文主编《日本学者研究中国史论著选译》第1卷，黄约瑟译，中华书局1992年版，第10—18页。

② 《本朝政要策·贡举》指出："自隋大业（605—618）中，始设进士科，至唐以来尤盛，岁取不过三十人。咸亨（670—674）、上元（760—761）中，增至七八十，寻亦复故。开成中，连岁取四十人，又复旧制。进士外以经中科者，亦不过百人。至太宗即位，兴国二年（977），以郡县阙官，旬浃之间，拔士几五百，以补阙员而振滞淹……八年，进士万二千六十人。淳化二年（991），万七千三百人。"《曾巩集》卷四十九，中华书局1984年版，第658—659页。当然，冗官冗费也给人民增加了无穷的负担。参见赵翼《廿二史札记》卷二十五"宋冗官冗费"条。

论》和《续朋党论》,就是在这样的背景下产生的。党争问题,在宋代几经反复,牵涉面也甚广,所以全祖望在《宋元学案》中将党争问题称为"两宋治乱存亡之所关"(《元祐党案序录》)。从文学角度看,这不仅影响到当时的诗文评论①,对于宋诗议论化之特色的形成,也同样是有影响的。

经过五代的乱离,宋人努力从文化上加以反省,希望重新建立人生的价值观。因此,理性色彩便成为宋代文化的特色之一。所以在传统的儒林之外,又有了一批道学(或理学)家,也就是现代人所称的"新儒家"。而一般的文人受其影响,于是较之于唐代文人的浪漫浮华,他们的生活态度更为理性也更为严肃。理性需要沉思和反省,因而宋代文化相对于唐代文化的外骛倾向来说,是趋向于内敛的。这种文化精神发而为诗,也就必然带上了理性的色彩。以意为主,多议论化。特别是"文以载道"观念的提出②,对于宋代文学的影响极大。同时,宋代文化也是融合了儒道释的一代新文化。特别是禅宗自晚唐五代以来,在社会上流传甚广,遂进一步影响到诗歌创作和评论。③苏轼指出:"近岁学者,各宗其师,务从简便,得一句一偈,自谓了证。至使妇人孺子,抵掌嬉笑,争谈禅悦……馀波末流,无所不至。"(《楞伽阿跋多罗宝经序》)④但是需要特别指出的是,正如苏轼提到的"各宗其师",宋代诗人将禅学融合于诗学的时候,他们所接受的往往是某一宗、某一派的禅学,而对于另一宗、另一派的禅学也往往会自觉不自觉地加以排斥,这一点,与唐代诗人是不一样的⑤。宋代诗学中所强调的诗眼、悟门、活法、翻案等,都与禅宗有着密不可分的关系。

此外,印刷业的进步也推动了文学的发展。至少在唐代,诗歌主要

---

① 参见张伯伟《中国古代诗话的文化考察》—"宋代诗话与党争",载《文献》1991年第1期。
② 周敦颐《通书·文辞》:"文所以载道也……文辞,艺也;道德,实也……不知务道德,而第以文辞为能者,艺焉而已。"《周敦颐集》卷二,中华书局1990年版,第35—36页。
③ 禅宗对诗歌创作和批评的影响,应该推溯至盛唐时代,从中唐以降,这种影响的程度越来越显得强烈。在宋代,则凡是较有成就的诗人,几乎无一不与禅宗发生关系。
④ 《大藏经》第十六册,第479页。
⑤ 参看张伯伟《对立与融合:宋代禅宗史上一个问题的考察》,载《中国历史上的佛教问题》。高雄佛光出版社1994年版。《禅学与诗话》,收入《禅与诗学》。

还是通过传抄的形式流传的①。但是到宋代,特别是自北宋熙宁(1068—1077)以后,擅刻之禁松弛,除官刻外,民间的坊刻、私刻也大大发展起来,盛况空前。古人的或同时代人的诗集,都可以迅速地印刷出来,广泛地为人所阅读。而作为江湖诗派组织者的陈起,他本身就是一个书商。如果说,我们从唐代诗格的流行中,可以看到民间学习诗歌写作的背景,那么,从宋代刻书业的繁荣和兴盛中,我们也可以推知读者的众多。在这样的文化空气中,诗歌也理所当然地会得到更大的发展。

第二节 宋诗的发展及其特征的形成

既然唐宋诗的区别不仅是朝代之别,更是风格上的差异,唐人作品中有开宋调者,宋人作品中也有承续唐音者,也就是必然的现象了。较早对宋诗发展作概括性论述的,是宋末元初的方回。他在《送罗寿可诗序》中指出:

> 宋划五代旧习,诗有白体、昆体、晚唐体。白体如李文正(昉,925—996)、徐常侍昆仲(铉,917—992;锴)、王元之(禹偁,954—1001)、王汉谋(奇);昆体则有杨(亿,974—1020)、刘(筠,970—1030)《西昆集》传世,二宋(庠,996—1066;祁,998—1061)、张乖崖(咏)、钱僖公(惟演,977—1034)、丁崖州(谓)皆是。晚唐体则九僧②最逼真。寇莱公(准,961—1023)、鲁三江(交)、林和靖(逋,967—1028)、魏仲先父子(野,960—1019;闲)、潘逍遥(阆)、赵清献(抃)之父③,凡数十家,深涵茂育,气极势盛。

---

① 窦群(760或765—814)《初入谏司喜家室至》中的"不知笔砚缘封事,犹问佣书日几行"(《全唐诗》卷二百七十一)也许正透露了唐代清贫的诗人以钞书为生的消息。而姚合《寄杨巨源祭酒》中"日日新诗出,城中写不尽"(《全唐诗》卷四百九十七)两句,说明直至9世纪中叶,诗歌的流传方式还是手抄。参见小川环树《书店和笔耕——唐代诗人的生计》,收入其《论中国诗》,谭汝谦编,香港中文大学出版社1986年版。

② 九僧指希昼、保暹、文兆、行肇、简长、惟凤、惠崇、宇昭、怀古。见《宋诗纪事》卷九十一。

③ 《四库全书总目》卷一百五十二《南阳集》提要引作"祖"。赵清献祖父赵湘为太宗淳化二年(991)进士,与魏野、潘阆为同时代人。当据以改正。

欧阳公（修，1007—1072）出焉，一变为李太白、韩昌黎之诗，苏子美（舜钦，1008—1048）二难（兄舜元）相为颉颃，梅圣俞（尧臣，1002—1060）则唐体之出类者也。晚唐于是退舍。苏长公（轼，1037—1101）踵欧阳公而起，王半山（安石，1021—1086）备众体，精绝句，古五言或三谢。独黄双井（庭坚，1045—1105）专尚少陵，秦（观，1049—1100）、晁（冲之、补之，1053—1110）莫窥其藩，张文潜（耒，1054—1114）自然有唐风，别成一宗，唯吕居仁（本中，1084—1145）克肖。陈后山（师道，1053—1102）弃所学，学双井。黄致广大，陈极精微，天下诗人北面矣。立为江西派之说者，铨取或不尽然，胡致堂诋之。乃后陈简斋（与义，1090—1139）、曾文清（几，1084—1166）为渡江之巨擘。乾（道，1165—1173）、淳（熙，1174—1189）以来，尤（袤，1127—1194）、范（成大，1126—1193）、杨（万里，1127—1206）、陆（游，1125—1210）、萧（德藻）其尤也。道学宗师，于书无所不通，于文无所不能，诗其馀事。而高古清劲，尽扫馀子，又有一朱文公（熹，1130—1200）。嘉定（1208—1224）而降，稍厌江西，永嘉四灵，复为九僧旧。晚唐体非始于此四人也。（《桐江续集》卷三十二）

这一段话将宋诗的发展作了较为扼要的概括。从中不难看出，唐诗对于宋诗来说，不在于是否学习，而在于如何学习。所以，宋诗是出于唐而又异于唐的。将唐宋诗加以对比，以说明两者之异的，始于严羽的《沧浪诗话·诗辨》：

> 盛唐诸人，惟在兴趣，羚羊挂角，无迹可求……近代诸公，乃作奇特解会，遂以文字为诗，以才学为诗，以议论为诗。夫岂不工，终非古人之诗也。

所谓"以文字为诗，以才学为诗，以议论为诗"，总的说来，就是"以文为诗"，这是宋诗最基本的特色。严羽又回顾了宋诗的发展，以为"国初之诗，尚沿袭唐人……至东坡、山谷，始自出己意以为诗，唐人之风变矣"。这说明宋诗特色的形成也非一蹴而就，而是有一个过程的。

一、梅尧臣"平淡"之体与宋诗面貌的形成

从时间上来看,宋初诗歌是上承晚唐五代的,其体有三:一是白居易体。五代诗的重要特色之一是通俗①,这一点对宋初诗风有较大影响②。通俗诗风的形成,如果要寻求其与唐人的关系,则可以白居易为代表。田锡《览韩偓、郑谷诗因呈太素》云:"顺熟合依元白体,清新堪拟郑韩吟。"(《咸平集》卷十五)可见宋初诗坛上,白体是重要的流派之一。林逋《读王黄州诗集》云:"放达有唐惟白傅,纵横吾宋是黄州。"(《林和靖诗集》卷三)便是以宋初白体代表王禹偁与白居易相提并论的。《蔡宽夫诗话》也指出:"国初因袭五代之馀,士大夫皆宗白乐天诗,故王黄州主盟一时。"(《苕溪渔隐丛话》前集卷二十二引)这一诗体流行于太祖(960—976)、太宗朝(976—997)。二是晚唐体。这一派盛行于太宗、真宗朝(997—1022)。从渊源上说,他们继承了晚唐五代诗僧的作风,以贾岛为模拟对象。崇尚五律,专意于中二联的锻炼。③观潘阆《叙吟》之"发任茎茎白,诗须字字清。搜疑沧海竭,得恐鬼神惊"(《逍遥集》)等句,不难看出他们与晚唐五代苦吟诗人的关系。三是西昆体。西昆体得名于这一诗派的代表作《西昆酬唱集》,据杨亿的序文,景德(1004—1007)年间他与钱惟演、刘筠等同在馆阁,互相酬唱,"凡五七言律诗二百四十七章,其属而和者,又十有五人"。他们以李商隐为效仿对象,以华丽之词,作近体之诗。所以《瀛奎律髓》卷四十七指出:"宋诗之有唐味者,皆在真庙以前三朝。"指的就是太祖时的白体、太宗时的晚唐体和真宗时的西昆体。

宋诗面貌的初步形成,实以梅尧臣为代表。其《寄滁州欧阳永叔》诗云:"不书儿女书,不作风月诗,唯存先王法,好丑无使疑。安求一时

---

① 如宋人评论道:"唐人诗句中用俗语者,惟杜荀鹤、罗隐为多。"王楙《野客丛书》卷十四。王士禛《五代诗话》卷二辑录了不少材料,可参看。

② 如郑谷的诗,由于浅显易懂,"士大夫家暨委巷间,教儿童咸以公(指谷)诗"(祖无择《郑都官墓表》),欧阳修自己也说"余为儿时犹诵之"(《六一诗话》)。参看赵昌平《郑谷诗集笺注·前言》,严寿澂、黄明、赵昌平笺注:《郑谷诗集笺注》,上海古籍出版社1991年版。

③ 贺裳《载酒园诗话》指出:"宋初全学晚唐,故气格不高,中联特多秀色。"又云:"宋初九僧诗,称贾司仓入室之裔。"郭绍虞编选:《清诗话续编》,上海古籍出版社1983年版,第402、406页。

誉，当期千载知。"①如果说，"儿女书"和"风月诗"可以分别代表西昆体和晚唐派的话，那么，他说的"安求一时誉，当期千载知"，就显然是要与流行诗风背道而驰了。无论是西昆体还是晚唐派，他们都是重律诗而轻古体的，梅尧臣则是以古体诗作为其代表。他诗集中的《希深惠书与师鲁、永叔、子聪、几道游嵩，因诵而韵之》，长达五百言，是"宛陵体"形成的标志。谢绛在《又答梅圣俞书》中说："忽得五百言诗……语重韵险，亡有一字近浮靡而涉缪异。"(《欧阳修全集》附录卷五)陆游《剑南诗稿》中八处自称"学宛陵先生体"或"效宛陵先生体"，也都是指其古体诗而言的。②而从他开始，宋诗也走上了一条不同于唐诗的道路。刘克庄《后山诗话》前集卷二指出："本朝诗，惟宛陵为开山祖师。宛陵出，然后桑濮之哇淫稍息，风雅之气脉复续，其功不在欧（阳修）、尹（洙）下。"对于宋代文学来说，欧、尹之功勋在文，而梅尧臣的贡献在诗。作为有意形成宋代文学新貌的人来说，他们是想在元和文学"体变新"的基础上，继续有所新变。所以当时人的心目中多以元和文学为榜样，并进而想加以突破。如范仲淹《尹师鲁河南集序》云：

> 唐贞元、元和之间，韩退之主盟于文，而古道最盛。懿、僖以降，寝及五代，其体薄弱……师鲁（洙）深于《春秋》，故其文谨严，辞约而理精。章奏疏议，大见风采，士林方耸慕焉。遽得欧阳永叔，从而大振之，由是天下之文一变，而其深有功于道欤！（《范文正公集》卷六）

梅尧臣《依韵和王平甫见寄》云：

> 文章革浮浇，近世无如韩。健笔走霹雳，龙蛇奋潜蟠……其后渐衰微，馀袭犹未弹。我朝三四公，合力兴愤叹……谢公（绛）唱西都，予预欧（阳修）、尹（洙）观。乃复元和盛，一变将为难。（《梅尧臣集编年校注》卷二十六）

---

① 朱东润《梅尧臣集编年校注》卷十六，上海古籍出版社1980年版，第330页。
② 参见朱东润《梅尧臣诗的评价》，《梅尧臣集编年校注》"叙论一"，第1—30页。

石介在《赠张绩禹功》诗中指出:

> 李唐元和间,文人如蜂起……卒能霸斯文,昌黎韩夫子。吾宋兴国来,文人如梽比。……卒能霸斯文,河东柳开氏……粤从景祐后,大儒复唱始。文人如麻立,枞枞攒战骑。(《徂徕集》卷二)

陆游认为梅尧臣之能够成为一代宗师,也就在于他"突过元和作,巍然独主盟"(《剑南诗稿》卷五十四)。梅尧臣是和欧阳修、尹洙一起发动诗文革新运动的,北宋诗人中如欧阳修、王安石、刘敞、苏轼等人,都在不同程度上受到他的影响。作为宋诗的"开山祖师",梅诗最重要的特征之一,就是创造了以"平淡"为主的宛陵体。

梅尧臣在《读邵不疑学士诗卷……》中指出:"作诗无古今,唯造平淡难。"他评论林和靖的诗,则曰"平淡邃美"(《林和靖先生诗集序》),说自己的诗"因吟适情性,稍欲到古淡"(《依韵和晏相公》)。欧阳修评论梅尧臣的诗"以闲远古淡为意"(《六一诗话》),又说"子言古淡有真味,太羹岂须调以齑"(《再和圣俞见答》,《居士集》卷五),这些皆足以说明"平淡"是梅尧臣的审美理想和创作追求。从这一审美追求的渊源来说,最早是在魏晋玄学中表现出来的。①但玄言家之说在审美思想上得到落实,则是从晚唐五代开始,至北宋方成为主流。这里不妨从《宋诗钞》的评论中窥其一斑:

> (张咏)诗雄健古淡,有气骨,称其为人。(《乖崖诗钞序》)
> (韩)维同时唱和者为圣俞、永叔……古淡疏畅,故足为两家之鼓吹也。(《南阳集钞序》)
> 安石遣情世外,其悲壮即寓闲澹之中。(《临川诗钞序》)
> 其集不多,而密栗以幽,意味老淡,直欲别作一家。(《陵阳诗钞序》)
> 芒焰在简淡之中,神韵寄声律之外。(《眉山诗钞序》)
> 五言幽淡卓炼,及陶谢之胜,而无康乐繁缛细涩之态。(《屏山

---

① 如王弼《老子道德经注》第三十五章下云:"道之出言淡然无味。视之不足见,则不足以悦其目;听之不足闻,则不足以娱其耳,若无所中然,乃用之不可穷极也。"

集钞序》）

取途韦、柳以窥陶、谢，萧散古澹，有忘言自足之趣。（《北山小集钞序》）

诗格澹雅，由白傅而溯源浣花者也。（《省斋集钞序》）

宋诗平淡风格最早的开拓者就是梅尧臣，元人龚啸云：“去浮靡之习于昆体极弊之际，存古淡之道于诸大家未起之先，此所以为梅都官诗也。”（《宋诗钞·宛陵诗钞序》引）平淡是宋诗的特色之一，它是出于锻炼、组丽而又与雕琢、华靡相反的。但没有锻炼的平淡往往流于轻率平易，未经组丽的平淡往往枯槁杳冥。梅诗不是这样，他自己说"我于诗言岂徒尔，因事激风成小篇。辞虽浅陋颇剋苦，未到《二雅》未忍捐"（《答裴送序意》）。方回评曰："宋人当以梅圣俞为第一，平淡而丰腴。"（《瀛奎律髓》卷一）所以朱自清指出："韩诗云'艰宕怪变得，往往造平淡'，梅平淡是此种。"（《宋五家诗钞》）这一点，也是宋人的通识。如葛立方《韵语阳秋》卷一指出："大抵欲造平澹，当自组丽中来。落其华芬，然后可造平澹之境……今之人多作拙易诗而自以为平澹，识者未尝不绝倒也。"周紫芝《竹坡诗话》亦云："作诗到平淡处，要似非力所能。东坡尝有书与其侄云：'大凡为文，当使气象峥嵘，五色绚烂，渐老渐熟，乃造平淡。'余以谓不但为文，作诗者尤当取法于此。"苏轼评论韦应物、柳宗元的诗"发纤秾于简古，寄至味于淡泊，非馀子所及也"（《书黄子思诗后》），也正是在这种审美思想的作用下，使他重新发现了陶渊明诗的意义——"质而实绮，癯而实腴"（《与苏辙书》）。而黄庭坚推崇杜甫夔州以后的诗，也是因为这些诗具有"不烦绳削而自合"，"简易而大巧出焉，平淡而山高水深"（《与王观复书》，《豫章黄先生文集》卷十九）的特色。用方回的话说是"愈老愈剥落"（《瀛奎律髓》卷十），将皮毛声色剥落尽净之后，独存的是精神和意义。所以诗的风格是平淡的，重意的。这是宋诗不同于唐诗的重要方面之一。

二、王安石、苏轼和黄庭坚与宋诗新典范的建立

陶渊明和杜甫是宋代诗家着意树立的新典范，他们的人格与诗风

受到宋人的敬仰，而侧重的方面却是不同的。新典范的建立，经过宋人的几经选择之后最终完成。尽管这一选择反映的是宋代诗坛的共同意愿，但仍然有必要指出，王安石、苏轼和黄庭坚所起的作用是至关重要的。

（一）杜甫

宋人对杜诗作了大量的收集和整理工作，特别是王洙，他编的《杜工部集》不仅数量接近于今日流传诸本，而且以"岁时为先后"（《杜工部集记》）作了编年，这与吕大防作《杜少陵年谱》一样，"次第其出处之岁月，而略见其为文之时，则其歌时伤世、幽忧切叹之意，粲然可观"（《杜少陵年谱后记》）[①]，其所遵循的是孟子"知人论世"的方法。宋人对杜诗的编辑，除了编年体之外，还有按照内容或诗体加以分类的版本[②]，这显然是为了便于从体裁和题材方面学习。这些都从整体上说明宋人对杜诗的迷恋。不过，对杜诗作出高度而准确评价的，在宋代应该首推王安石。王安石不仅编有《杜工部后集》，而且在他所编的《四家诗》中，也以杜甫居其首，次以欧阳修、韩愈和李白。如果说，自从韩愈将李白和杜甫并举以来，李、杜就成为诗坛上的双璧[③]，那么，关于李、杜的优劣也就成为人们关注的话题之一。在王安石以前，扬李抑杜的论调较占上风，如杨亿曾讥杜甫为"村夫子"，欧阳修"亦不甚喜杜诗……于李白而甚赏爱"（刘攽《中山诗话》），他还专门写过一篇《李白杜甫诗优劣说》，认为"杜甫于（李）白得其一节而精强过之，至于天才自放，非甫可到也"（《欧阳文忠公文集》卷一百二十九）。所以，王安石将杜诗置于卷首，而将李诗置于卷末，是具有特殊意义的。王安石曾这样解释道：其一，就内容而言，"白诗近俗，人易悦故也。白识见污下，十首九说妇人与酒"（《苕溪渔隐丛话》前集卷六引《锺山语

[①] 宋人为杜甫作年谱的很多，如仇兆鳌《杜诗详注·杜工部年谱》指出："宋人作少陵年谱，其传世者有吕大防、蔡兴宗、鲁訔、赵子栎、黄鹤数家。"

[②] 如徐居仁《门类杜诗》、陈浩然《杜工部诗》和《集千家注分类杜诗》等。

[③] 如李商隐《漫成》五章之二："李、杜操持事略齐，三才万象共端倪。"皮日休《郢州孟亭记》曰："明皇世，章句之风，大得建安体，论者推李翰林、杜工部为尤。"贯休《读杜工部集》之二："命薄相如命，名齐李白名。"均为其例。

录》载）；其二，就风格而言，"白之歌诗，豪放飘逸，人固莫及，然其格止于此而已，不知变也。至于甫，则悲欢穷泰，发敛抑扬，疾徐纵横，无施不可。故其诗有平淡简易者，有绮丽精确者，有严重威武若三军之帅者，有奋迅驰骤若泛驾之马者，有淡泊闲静若山谷隐士者，有风流蕴藉若贵介公子者。盖其诗绪密而思深，观者苟不能臻其阃奥，未易识其妙处，夫岂浅近者所能窥哉"（同上引《遯斋闲览》）。所谓"绪密而思清"，原来是前人评价"诗家天子"王昌龄的用语（见《新唐书·文艺传》），王安石易"清"为"深"，用以揭示杜诗构思精密、用意深刻的特色，也暗示了新的"诗家天子"的诞生。因此，后人乃有"善评杜诗，无出半山"（《后村诗话》新集卷一）之评。而从艺术上对杜诗作进一步阐发，并由此而形成一个新的创作追求的，是黄庭坚及其江西诗派。

　　黄庭坚是江西诗派的首领，吕居仁《江西诗社宗派图》便是"取近世以诗知名者二十五人，谓皆本于山谷，图为江西诗派"（吴曾《能改斋漫录》卷十）。自从方回在《瀛奎律髓》卷二十六中标举出"一祖三宗"[①]之后，江西诗派瓣香杜甫便成为人所共知的事实。不过，黄庭坚之推崇杜诗，也有其家学及师友渊源诸因素，如其父黄庶（字亚夫，1018—1058）、岳父孙觉（字莘老，1028—1090）、谢景初（字师厚，1019—1084）等人，都对他产生过或大或小的影响。[②]特别是他学习杜甫以句法为中心，更是直接继承了王安石的作风。

　　古典诗歌发展至晋、宋时代，开始逐步重视"佳句""秀句"等，并且在诗学批评中衍生出一种"摘句褒贬"的方法，这表明诗歌创作与批

[①]　方回在评论陈与义的《清明》下指出："呜呼！古今诗人当以老杜、山谷、后山、简斋四家为一祖三宗，馀可预配飨者有数焉。"在他以前，如赵蕃《书紫微集》已指出："诗家初祖杜少陵，涪翁再续江西灯。"（《章泉稿》卷一）这对于方回可能是有启示的。

[②]　黄庶、谢景初诗学杜甫，见载于《后山诗话》。而谢氏"倒著衣裳迎户外，尽呼儿女拜灯前"句，也被黄庭坚评为"绝类老杜""编之杜集无愧也"（《王直方诗话》引，载《苕溪渔隐丛话》前集卷二十八）。黄诗句法也得之于谢公，故有诗曰："自往见谢公，论诗得濠梁。"（同上）又范温《诗眼》载："山谷常言：'少时曾诵薛能诗云：青春背我堂堂去，白发欺人故故生。孙莘老问云：此何人诗？对曰：老杜。莘老曰：杜诗不如此。'后山谷语传师云：'庭坚因莘老之言，遂晓老杜高雅大体。'"（《苕溪渔隐丛话》前集卷十四）

评由《诗经》中的重视一章转变为重视章中警句。"句法"最早出现在杜诗中，其《赠高三十五书记》云："美名人不及，佳句法如何？"王安石对杜诗句法深有会心，《唐子西文录》指出："王荆公五字诗，得子美句法。其诗云：'地蟠三楚大，天入五湖低。'"《苕溪渔隐丛话》前集卷三十六也指出："半山老人《题双庙诗》云：'北风吹树急，西日照窗凉。'细详味之，其托意深远，非只咏庙中景物而已……此深得老杜句法。"黄庭坚也从谢师厚、王安石得句法①，从他以后，句法就成为宋代诗学的中心观念之一。《彦周诗话》将"辨句法"作为诗话定义的首要内容，正是这一观念的反映。黄庭坚曾反复使用"句法"一词：

> 无人知句法，秋月自澄江。二子学迈俗，窥杜见牖窗。（《奉答谢公定与荣子邕论狄元规孙少述诗》）
> 句法提一律，坚城受我降。（《次韵子瞻诗》）
> 句法俊逸清新，词源广大精神。（《再用前韵赠高子勉》）
> 传得黄州新句法，老夫端欲把降幡。（《次韵文潜立春日三绝句》之二）
> 其作诗渊源，得老杜句法。（《答王子非书》）
> 但熟观杜子美到夔州后古律诗便得，句法简易而大巧出焉。（《与王观复书》）

所谓"句法"，往往是包含内容与形式两方面而言。因此，透过语言的表现，句法还关系着作者的内在涵养，所以综合地看，句法能够表现出作者整全的人格与修养。不过这种表现是通过语言文字的，所以人们更多的是偏于上下诗句在构造上的互补、相反或对立来讨论。《诗人玉屑》卷三、卷四所列的"句法""唐人句法""宋朝警句""风骚句法"等就是很好的说明。② 由于句法关涉诗人的修养（人格的与艺术的），所以宋人以句法为中心学习杜甫，也总是兼顾其人格上的"忠义"和艺术上的"陶冶万物"，如黄庭坚《次韵伯氏寄赠盖郎中喜学老杜诗》："千古是非存史笔，百年忠义寄江花。"又《老杜浣花溪图引》："平生忠义今寂寞。"

---

① 黄庭坚曾说："余从半山老人得古诗句法。"见吴聿《观林诗话》。
② 如"错综句法""影略句法"等偏于表现形式，而"清新""奇伟"等则偏于风格。

这是杜诗句法的基础。而就艺术上言，根柢乃在学问。黄庭坚在《答洪驹父书》中指出：

> 自作语最难，老杜作诗，退之作文，无一字无来处。盖后人读书少，故谓韩、杜自作此语耳。古之能为文章者，真能陶冶万物，虽取古人之陈言入于翰墨，如灵丹一粒，点铁成金也。（《豫章黄先生文集》卷十九）

后来范温（？—1125）在其《诗眼》中秉承师意①，作了进一步发挥：

> 句法以一字为工，自然颖异不凡，如灵丹一粒，点铁成金也。（《宋诗话辑佚》本）

"点铁成金"之说本于禅家②，这里用来指取古人之陈言而加以熔铸锻炼，所以又可称之为"夺胎换骨"。《冷斋夜话》卷一引黄氏语曰：

> 诗意无穷，而人之才有限，以有限之才追无穷之意，虽渊明、少陵不得工也。然不易其意而造其语，谓之换骨法；窥入其意而形容之，谓之夺胎法。

可见，用古人之意而变化其辞（即韩愈《答刘正夫书》所谓"师其意不师其辞"）谓之"换骨法"，沿袭古人之辞而用意更为深刻则谓之"夺胎法"。在诗歌创作中，通过词汇的选择和意思的提炼，使得字句出新、用意出奇，这是宋人常用的手法之一，宋诗中大量的翻案诗就是这样产生的。所以，黄氏此论所涉及的实际上是创新与传统的关系，决非剽窃剿袭的同义语。③ 句法中的重要内容之一是有关"句眼"的。僧保暹《处囊诀》"诗有眼"条已举出杜甫"江动月移石，溪虚云傍花"之句，并认为

---

① 晁公武《郡斋读书记》卷十三《诗眼》下云："温，范祖禹之子，学诗于黄庭坚。"吕本中《紫薇诗话》亦云："表叔范元实（温）既从山谷学诗，要字字有来处。"可见其诗学渊源。

② 如《祖堂集》卷十三"招庆和尚章"载："环丹一颗，点铁成金；妙语一言，点凡成圣，请师点。"《景德传灯录》卷十八"灵照禅师章"载："还丹一粒，点铁成金；至理一言，点凡成圣。请师一点。"指的是禅师点化学人开悟的手段。

③ 王若虚《诗话》指出："鲁直论诗，有'夺胎换骨'、'点铁成金'之喻，世以为名言。以予观之，特剽窃之黠者耳。"这种指责是不合实际的。《韵语阳秋》卷二曾举出若干例证，可参看。

"'移'字乃是眼也"。黄庭坚也指出:"拾遗句中有眼,彭泽意在无弦。"(《赠高子勉》)任渊注曰:"谓老杜之诗,眼在句中,如彭泽之琴,意在弦外。"(《山谷诗集注》卷十六)而据《石林诗话》卷中之说,高荷(子勉)也是"学杜子美作五言,颇得句法"。黄庭坚以"句眼"说评论诗歌"造语之工",并以此评论书法。^①他人也以此评论黄诗,如陈师道《答魏衍黄预勉余作诗》云:"句中有眼黄别驾,洗涤烦热生清凉。"(《后山居士集》卷四)范温在其影响下,还著有《诗眼》一书。这一理论也成为江西诗派的主张之一。^②最能代表杜诗成就的,从诗体角度考察,当推七言律诗。而句法方面的突破,则反映了杜甫七律的特色。^③从杜诗的律句来看,他是将古诗中近于散文的句法转为精练浓缩甚至颠倒错乱,如《秋兴八首》中的"鹦鹉啄馀香稻粒,凤凰栖老碧梧枝"。然而正如徐增《与同学论诗》所说:"子美诗……其不成句处,正是其极得意之处也。"(《说唐诗》卷首)黄庭坚继承了韩愈"以文为诗"的手法,在律句中贯注单行之气。如《登快阁》诗曰:

> 痴儿了却公家事,快阁东西倚晚晴。落木千山天远大,澄江一道月分明。朱弦已为佳人绝,青眼聊因美酒横。万里归船弄长笛,此心吾与白鸥盟。

方东树《昭昧詹言》卷二十评曰:"起四句且叙且写,一往浩然。五六句

---

① 《冷斋夜话》卷五载:"造语之工,至于荆公、东坡、山谷,尽古今之变。荆公曰:'江月转空为白昼,岭云分暝与黄昏。'又曰:'一水护田将绿绕,两山排闼送青来。'东坡《海棠》诗曰:'只恐夜深花睡去,高烧银烛照红妆。'又曰:'我携此石归,袖中有东海。'山谷曰:'此皆谓之句中眼,学者不知此妙语,韵终不胜。'"又黄庭坚《跋法帖》云:"余尝评书云:字中有笔,如禅家句中有眼。"《题绛本法帖》云:"余尝评书,字中有笔,如禅家句中有眼。"(《豫章黄先生文集》卷二十八)

② "诗眼"实指一句之中最为精警动人处。《吕氏童蒙诗训》指出:"潘邠老(大临)言:'七言诗第五字要响,如"返照入江翻石壁,归云拥树失山村"。翻字、失字是响字也。五言诗第三字要响,如"圆荷浮小叶,细麦落轻花"。浮字、落字是响字也。所谓响者,致力处也。'予窃以为字字当活,活则字字自响。"(《苕溪渔隐丛话》前集卷十三)是综合形式和内容两者而言,以动词的表现为主。

③ 参见叶嘉莹《论杜甫七律之演进及其承先启后之成就》,载《迦陵谈诗》(一),台北:三民书局1980年三版。

对意流行，收尤豪放。此所谓寓单行之气于排偶之中者。"前人评论宋诗，往往说宋诗主气，如王士禛《师友传诗录》说："唐诗主情，故多蕴藉；宋诗主气，故多径露。"曾国藩《大潜山房诗题语》曰："山谷学杜公，七律专以单行之气，运于偶句之中。东坡学太白，则以长古之气，运律句之中。"（《曾文正公文集》卷二）由于主气，所以对句之间往往并非匀称对偶，而是直遂通贯。《韵语阳秋》卷一指出：

> 律诗中间对联两句，意甚远而中实潜贯者，最为高作。如介甫《示平甫》诗云："家势到今宜有后，士才如此岂无时。"《答陈正叔》云："此道未行身有待，古人不见首空回。"鲁直《答彦和》诗云："天于万物定贫我，智效一官全为亲。"《上叔父夷仲》诗云："万里书来儿女瘦，十月山行冰雪深。"欧阳永叔《送王平甫下第》诗云："朝廷失士有司耻，贫贱不忧君子难。"《送张道州》诗云："身行南雁不到处，山与北人相对闲。"如此之类，与规规然在于媲青对白者相去万里矣。鲁直如此句甚多，不能概举也。

这样讲求句法是为了使诗句更为矫健有力。这种律句的在流动中的对称和在直遂中的贯通，是宋诗的特征所在。黄庭坚所谓"宁律不谐，而不使句弱；用字不工，而不使语俗"（《题意可诗后》，《豫章黄先生文集》卷二十六）。所以江西派诗人往往学习杜甫的拗体，努力在律诗的对偶、平仄等方面摆脱格律的限制，在黄庭坚的三百十一首七律中，拗体就有一百五十三首，这个数字是颇能说明问题的。① 这一点也成为江西诗派的共同特色，所以《瀛奎律髓》卷二十五专列"拗字类"，收录的主要是杜甫和江西诗派的作品。杜甫最终成为宋诗典范之一，与黄庭坚的努力是分不开的。

（二）陶渊明

宋人在诗歌典范的选择上，是综合人品与诗风两者的。这当然与宋代文学思想着重"文以载道"有关。这一观念的加强，标志着道德与文

---

① 参见莫砺锋《江西诗派研究》，齐鲁书社1986年版，第36—40页。

艺的进一步合流。①如果说，对于杜甫，宋人强调的是他的"忠君爱国""一饭不忘君"的人格②，和艺术上"语不惊人死不休""无一字无来历"的锤炼工夫，那么，对于陶渊明来说，宋人所推崇的就是其人格上的脱俗和艺术上的平淡。

雅俗观念起于先秦，文学、艺术无一不辨别之。音乐之区分阳春白雪和下里巴人，亦即为一种雅俗之分。雅能通于大化，通于古今，俗则限于一时和一地。然而在当世言之，俗可以迎合多数，违俗趋雅则须鄙薄荣名，忍耐寂寞。世无繁华热闹之雅，无"腰金重""枕玉凉"之雅。③在中国历史上，士人群起而趋雅弃俗，正是在宋代。所以，陶渊明也获得了空前的推重。陶诗云："少无适俗韵，性本爱丘山。"（《归园田居》）又云："诗书敦宿好，林园无俗情。"（《辛丑岁七月赴假还江陵夜行途中》）杜甫也这样评价道："陶潜避俗翁。"（《遣兴五首》之三）白居易《效陶潜体诗》说："人间荣与利，摆落如泥尘。"宋人对于"俗学"的鄙弃更为普遍，苏轼《於潜僧绿筠轩》诗云："可使食无肉，不可使居无竹。无肉令人瘦，无竹令人俗。人瘦尚可肥，俗士不可医。"（《苏轼诗集》卷九）陈与义少时向崔鹏问作诗之要，崔氏答曰："凡作诗，工拙所未论，大要忌俗而已。"（《却扫编》卷中引）然则何谓俗？何谓雅？从表面上看，无论是陶渊明还是杜甫，他们都是写俗事、用俗语的诗人，可偏偏宋人不以之为俗，反以之为雅。这里，关键是人品胸次的高低。人品高，而又能作真切地表达，则无论写什么、怎样写，都是雅的。黄庭坚《题意

---

① 黄庭坚在《濂溪诗序》中评价周敦颐"人品甚高，胸中洒落如光风霁月，好读书，雅意林壑"。而他人评论黄庭坚则云："鲁直于怡心养气，能为人所不为，故用于读书、为文字，致思高远，亦似其为人。陶渊明泊然物外，故其语言多物外意。"（晁补之《书鲁直题高求父扬清亭诗后》，《鸡肋集》卷三十三）又如谢赫《古画品》以"气韵生动"为绘画"六法"之首以后，唐人莫不奉为金科玉律，至宋代乃复以"人品"凌于其上，如郭若虚《图画见闻志·论气韵非师》指出："人品既已高矣，气韵不得不高；气韵既高矣，生动不得不至；所谓神之又神而能精焉。"中国绘画史上梅、兰、竹、菊"四君子"画，文人雅士往往以为品格高尚之象征，亦至宋代而始备。究其原因，乃出于道德与艺术合流，而道德以统艺术之观念。

② 宋人此类议论甚多，仅举一例。曾噩《九家集注杜诗序》曰："况其遭时多难，瘦妻饥子，短褐不全，流离困苦，崎岖埋厄，一饭一啜，犹不忘君，忠肝义胆，发为词章，嫉恶愤世，比兴深远。"

③ 参见钱穆《晚学盲言》中篇四五"雅与俗"，台北：东大图书公司1987年版。

可诗后》云:"若以法眼观,无俗不真;若以世眼观,无真不俗。渊明之诗,要当与一丘一壑者共之耳。"苏轼指出:

> 陶渊明欲仕则仕,不以求之为嫌;欲隐则隐,不以去之为高。饥则扣门而乞食,饱则鸡黍以迎客。古今贤之,贵其真也。(《苕溪渔隐丛话》前集卷三)

由这样的品格自然流露出的诗,一定是雅而不俗的,所谓"陶渊明意不在诗,诗以寄其意耳"(同上),"渊明直寄焉耳"(《山谷题跋》卷七),"渊明不为诗,写其胸中之妙尔"(《后山诗话》)。苏轼说:"吾于渊明,岂独好其诗哉?如其为人,实有感焉。"(《与苏辙书》)这也是符合宋人"以故为新,以俗为雅"①的宗旨的。

"不俗"在艺术上的表现之一就是"平淡"。②宋诗平淡风格的建立,当然可以推至梅尧臣,梅诗当然也有模拟陶诗之作,如《拟陶体三首》《拟陶潜止酒》等,但他以及同时代人对于陶诗艺术上的认识,也还是停留在过去的水平上,其《和晏相公》云:"尝记论诗语,辞卑名亦沦。宁从陶令野(公曰:'彭泽多野逸田舍之语'),不取孟郊新。"这和齐、梁人称陶诗为"田家语",杜甫"颇亦恨枯槁"(《遣兴五首》)并无本质的区别。陶诗地位的真正提高,是与苏轼的大力推崇分不开的。他在《与苏辙书》中说:

> 吾于诗人无所甚好,独好渊明之诗。渊明作诗不多,然其诗质而实绮,癯而实腴。自曹(植)、刘(桢)、鲍(照)、谢(灵运)、李(白)、杜(甫)诸人,皆莫及也。

这一看法得到了其后几乎所有宋人的认同。如李之仪《与孙肖之》指出:"读渊明诗有味,乃是才业稍进尔,兼长者正宜深读陶诗也。"(《姑溪文

---

① 《后山诗话》载梅尧臣书曰:"子诗诚工,但未能以故为新,以俗为雅尔。"苏轼《题柳子厚诗》曰:"用事当以故为新,以俗为雅。"黄庭坚《再次杨明叔韵引》:"试举一纲而张万目:盖以俗为雅,以故为新。"

② 与此相联系的,在对偶方面不求切对,也是为了避俗。《韵语阳秋》卷一指出:"近时论诗者,皆谓偶对不切则失之粗,太切则失之俗。如江西诗社所作,虑失之俗也,则往往不甚对。"

集》卷二十九）曾纮评曰："余尝评陶公诗语造平淡而寓意深远，外若枯槁，中实敷腴，真诗人之冠冕也。"（李公焕《笺注陶渊明集》卷四引）陈知柔《休斋诗话》指出："人之为诗，要有野意。盖诗非文不腴，非质不枯。能始腴而终枯，无中边之殊，意味自长。风人以来得野意者，惟渊明耳。"（《诗人玉屑》卷六引）杨万里《诚斋诗话》云："五言古诗句雅淡而味深长者，陶渊明、柳子厚也。"（《诚斋集》卷一百一十四）姜夔《白石道人诗说》也评论陶诗"散而庄，澹而腴"。苏轼还以遍和陶诗的方式，表明了他对陶渊明的热爱。"枯槁"是就陶诗的字句浑朴而言，"敷腴"则是指其内涵的丰富。从绚烂中生发出平淡，是符合苏轼的审美观念的。① 这样的"平淡"便是有意蕴的，也就是宋人所说的"韵"。陈善《扪虱新话》上集卷一"文章以气韵为主"条指出：

> 文章以气韵为主，气韵不足，虽有辞藻，要非佳作也。乍读渊明诗，颇似枯淡，久久有味。东坡晚年酷好之，谓李、杜不及也。此无他，韵胜而已。

宋人重视艺术上的"韵"，追求意在言外的美学效果，是一个带有普遍意义的倾向。② 陶诗艺术上"平淡"的特点，恰恰与宋人审美观念相合，他的诗能够和杜甫一样成为宋诗的新典范，绝不是偶然的。张戒说："陶渊明、柳子厚之诗，得东坡而后发明；子美之诗，得山谷而后发明。"（《岁寒堂诗话》卷上）也正确指出了苏、黄在建立宋诗以陶、杜为新典范过程中的功绩。

---

① 苏轼《与二郎侄》曰："凡文字，少小时须令气象峥嵘，采色绚烂，渐老渐熟，乃造平淡。其实不是平淡，绚烂之极也。"

② 范温《潜溪诗眼》指出："王偁定观好论书画，尝诵山谷之言曰：'书画以韵为主。'予谓之曰：'夫书画文章，盖一理也。'"又云："唐人言韵者，亦不多见，惟论书者颇及之。至近代先达，始推尊之以为极致。"周煇《清波杂志》卷六载："宣和间，衣着曰'韵缬'，果实曰'韵梅'，词曲曰'韵令'。"又章渊《槁简赘笔》载王黻撰《明节和仁贵妃墓志》曰："妃齿莹洁，尝珥绛，有标致，俗目之为'韵'。"所以钱锺书指出："北宋末俗语称人之姿色，物之格制，每曰'韵'，以示其美好。此与范温以'韵'品目诗文书画，时近意合，消息相通。"《管锥编增订》，中华书局1982年版，第104页。

三、活法和宋诗理论与创作的新变

北宋苏轼和黄庭坚的创作代表了宋诗的基本风貌，但他们的创作态度并不完全一致，如《后村诗话》前集卷二指出："元祐后诗人迭起，一种则波澜富而句律疏，一种则锻炼精而性情远，要之不出苏、黄二体而已。"概略地说，黄庭坚及其后学以"句法"为中心，而苏轼则强调自然为文，所谓"如行云流水，初无定质，但常行于所当行，常止于不可不止，文理自然，姿态横生"（《答谢民师书》）。以"句法"为中心的理论和创作，往往容易僵化为"定法"或"死法"①，所以到了南宋初年，就有人对日趋僵化固定的江西诗学提出批判。《岁寒堂诗话》卷上指出："诗人之工，特在一时情味，固不可预设法式也。"针对这样的创作现实，吕本中就绾合苏、黄，提出了"活法"理论。他在绍兴三年（1133）所写的《夏均父集序》中指出：

> 学诗当识活法。所谓活法者，规矩备具，而能出于规矩之外；变化不测，而亦不背于规矩也。是道也，盖有定法而无定法，无定法而有定法。知是者，则可以与语活法矣。（《后村先生大全集》卷九十五，《江西诗派》引）

"活法"之"法"，还是指句法，能做到不滞于法亦不背于法，"出新意于法度之中，寄妙理于豪放之外"（苏轼《书吴道子画后》），即堪称"活法"。此本论画，亦通于诗。本来，"新意"与"法度"，"妙理"与"豪放"，看似一组对立的概念，而实质上消息相通，亦如《虚堂和尚语录》卷二所载："僧云：'作么生是活法？'师云：'逆风张帆。'""活法"的概念是得之于禅宗的。下文又引用了谢朓的话"好诗流转圆美如弹丸"，认为"此真活法也"，这说明吕本中的"活法"论主要指的是诗句的活泼透脱。所以"活法"又是与"活句"联系在一起的。"活句"的概念也来源于禅宗，《大慧普觉禅师语录》卷十四指出："夫参学者，须参活句，莫参死句。"什

---

① 如江西诗派"夺胎换骨""点铁成金"以及"句眼""拗律"等主张，极易使后学"规行矩步，必踵其迹"（陈岩肖《庚溪诗话》）。至于像潘大临"七言诗第五字要响""五言诗第三字要响"的主张，就更显出束缚性。参见张毅《论"活法"》，载《中国诗学》第二辑。

么是活句呢？洞山守初禅师云："语中有语，名为死句；语中无语，名为活句。"（《林间录》卷上）指的是不合逻辑乃至是非理性的句子。于是在诗歌中常常采用跳跃、间断、旁入他意等手法，产生出人意表的艺术效果。所以，"活法"实际上含有两方面的意义：一是纵横自在，不预设作意，所谓"忽有好诗生眼底，安排句法已难寻"（陈与义《春日二首》）；二是言语道断，妙脱蹊径。于是正言反说，戏语近庄。用禅宗之语说，前者是顺风使帆，后者是逆风张帆。

自从吕本中提出"活法"理论之后，很快在诗坛上得到积极的呼应。张孝祥（1132—1170）《题杨梦锡客亭类稿后》曰："为文有活法。"（《于湖居士文集》卷二十八）辛弃疾《水调歌头·赋松菊堂》中也有"诗句得活法，日月有新功"之句。在创作中，则是"浅意深一层说，直意曲一层说，正意反一层、侧一层说"（陈衍《石遗室诗话》卷十六）。而最为杰出的代表就是杨万里，其友人张镃评论道："目前言句知多少，罕有先生活法诗。"（《携杨秘监诗一编登舟因成二绝》，《南湖集》卷七）周必大也评论道："诚斋万事悟活法。"（《次韵杨廷秀待制寄题朱氏涣然书院》，《周益国文忠公集·平园续稿》卷一）刘克庄《江西诗派总序》曰："诚斋出，真得秀所谓活泼、所谓流转完美如弹丸者，恨紫微公（吕本中）不及见耳。"（《后村先生大全集》卷九十五）李纯甫甚爱其诗，曰："活泼剌底，人难及也。"（刘祁《归潜志》卷八）杨万里的"活法"诗，一方面是迅疾飞动、跳腾踔厉，另一方面又层次曲折、变化无穷。①诗歌到此，又开辟了一个新境。钱锺书曾这样比较杨万里和陆游诗歌的异同：

> 人所曾言，我善言之，放翁之与古为新也；人所未言，我能言之，诚斋之化生为熟也。放翁善写景，而诚斋善写生。放翁如画图之工笔，诚斋则如摄影之快镜，兔起鹘落，鸢飞鱼跃，稍纵即逝而及其未逝，转瞬即改而当其未改，眼明手捷，踪矢蹑风，此诚斋之

---

① 陈衍《陈石遗先生谈艺录》指出："宋诗中如杨诚斋，非仅笔透纸背也。言时折其衣襟，既向里折，又反而向表折，因指示曰：他人诗，只一折，不过一曲折而已，诚斋则至少两曲折。他人一折向左，再折又向左，诚斋则一折向左，再折向左，三折总而向右矣。"这是对杨万里诗的生动比喻。

所独也。(《谈艺录》三三"放翁诗"条)

杨万里自己这样说："传派传宗我替羞，作家各自一风流。黄（庭坚）、陈（师道）篱下休安脚，陶（潜）、谢（灵运）行前更出头。"(《跋徐恭仲省干近诗》之三)他的友人也说他"自作诗中祖"(张镃《杨伯子见访惠示两诗因次韵并呈诚斋》,《南湖集》卷四)。他的诗给当时诗坛以很大冲击，姜特立《谢杨诚斋惠长句》曰："今日诗坛谁是主？诚斋诗律正施行。"(《梅山续稿》卷一)又《和诗》曰："仆旗我合坚诗壁，授钺君当坐将坛。"(同上书卷八)陆游《谢王子林判院惠诗编》曰："文章有定价，议论有至公。我不如诚斋，此评天下同。"(《剑南诗稿》卷五十三)刘克庄《题诚斋像》也评为"海外咸推独步，江西横出一枝"(《后村先生大全集》卷三十六)。严羽以人而论诗体者，"杨诚斋体"为宋代殿军。他是冲破江西诗派的牢笼"横出一枝"者，在杨万里之后，永嘉四灵以及江湖派诗人又重新走上了效仿晚唐的道路。

第七章　少数民族诗人的崛起

中华民族是一个多民族的共同体，在汉族与兄弟民族的关系史中，若从文化的角度看，则从魏晋时期开始，就显示出这样一种倾向，即胡族①与胡族间的融合，逐步让位于胡汉间的融合；以地域区分民族，逐步让位于以文化区分民族②。在民族文化的融合中，华夏文化对于其他民族的同化力较强，异族崇慕汉学、竞习汉语、改易姓氏，在史书上有大量记载。例如五胡各族只有语言，而无文字，所以各种设施议论，也皆以汉文为之。不过，从民族关系的角度看，在辽朝以前是以汉族居于民族统治地位，在中原建立政权的主要是汉族，少数民族及其所建立的政权多处于附属地位，至多也只能是南北对峙。但是从辽朝开始，契丹、女真③、蒙古、满族相继在中原居于统治地位，开始了一个新的历史时期。但是他们都或先或后地悦慕中华文明，所以不仅在政治上取得统治地位，而且在文化上也努力使自己成为中华民族大家庭中的成员。在文学上的表现之一，便是以汉语作为创作手段的少数民族诗人的崛起。

中国文学史上以汉语写作的少数民族诗人，从其发展来看，大致可以分为三个阶段：从汉代到北宋是第一期，这是少数民族诗人的形成和发展期，主要是匈奴和鲜卑族的诗人。元好问《论诗三十首》之七云："慷慨歌谣绝不传，穹庐一曲本天然。中州万古英雄气，也到阴山敕勒川。"元氏将金源中州一代之诗，推溯到《敕勒歌》，作为"北音"的最早代表。

---

① 汉魏以来，西北的游牧民族统名曰"胡"，其中以匈奴、鲜卑、羯、氐、羌为最盛，世称"五胡"。
② 陈寅恪说，参见万绳楠整理《陈寅恪魏晋南北朝史讲演录》，黄山书社1987年版，第100页。
③ "女真"在辽、金史料中一般作"女直"，在宋朝和高丽史料中始出现"女真"。这里统一使用后者，引文则照旧。

不过,《敕勒歌》本来并非以汉语为之,据《乐府诗集》卷八十六说:"其歌本鲜卑语,易为齐言,故其句长短不齐。"①而见于史书记载的五胡君长,大多精通汉文化,擅长作文吟咏。如《晋书·刘聪载记》称他"善属文,著《述怀诗》百馀篇,赋颂五十馀篇";《慕容宝传》称他"工谈论,善属文";《苻融传》称"时人拟之王粲,尝著《浮屠赋》,壮丽清赡,世咸珍之";《姚泓载记》称他"博学善谈论,尤好诗咏",可以略见匈奴、鲜卑、氐、羌的最高统治集团汉化程度之高。北朝民歌《折杨柳歌辞》中有"我是虏家儿,不解汉儿歌"(《乐府诗集》卷二十五)之句,可知失传的"胡歌"是为数不少的。北方以外,在南方的少数民族也有相同的例子,如汉代南方的白狼王歌,见载于《后汉书·西南夷传》,是三首四言诗②。辽、金、元以来是第二期。这一时期的少数民族诗人中,当然也有用本民族文字写作的诗人,也有译为汉语的少数民族诗歌,如耶律楚材汉译的契丹语长诗《醉义歌》③,但最值得注意的是大批运用汉语写作的诗人的崛起,其中也不乏优秀的诗人和出色的作品,能够与中原诗人相颉颃。而从唐代的南诏到元朝的大理,在西南地区也有少数民族的诗人值得注意,尽管从整体上看,他们的成就比不上北方的少数民族诗人。第三期是清代。这是以满族为代表的诗歌创作队伍,与中国文学史的发展相同步,这也是传统社会中少数民族诗歌的总结期。

---

① "齐言"即汉语,这类似北朝翻译佛经常出现的"秦言",也是指汉语。关于原作的鲜卑语问题,据近人的研究,是接近于土耳其语的,小川环树更据此考察了《敕勒歌》与突厥语民歌形式的关系。参见其《〈敕勒歌〉——中国少数民族诗歌论略》,载《论中国诗》,香港中文大学出版社1986年版。

② 《后汉书》中只载录了汉译,李贤注据《东观汉记》附载了音译全文。这也是夷歌汉译的先例。

③ 《湛然居士文集》卷八《醉义歌序》云:"辽朝寺公大师者,一时豪俊也。贤而能文,尤长于歌诗。其旨趣高远,不类世间语,可与苏、黄并驱争先耳。有《醉义歌》,乃寺公之绝唱也……不揆狂斐,乃译是歌,庶几形容其万一云。"从译诗中"渊明笑问斥逐事,谪仙遥指华胥宫"句中,可见辽人对汉族文学作品的熟悉,而"梦里蝴蝶匆匆假,庄周觉亦非真者。以指喻指指成虚,马喻马兮马非马。天地犹一马,万物一指同。胡为一指分彼此,胡为一马奔西东"等句,又反映出译者对于先秦道家、名家著作以及《庄子》齐物论思想的理解。

第一节 辽 朝

赵翼《廿二史札记》卷二十七"辽族多好文学"条，据《辽史》等书对辽族文学总说如下：

> 辽太祖起朔漠，而长子人皇王倍（耶律倍，899—936）已工诗善画……其所作《田园乐诗》，为世传诵……其让位于弟德光，反见疑而浮海适唐也，刻诗海上曰："小山压大山，大山全无力。羞见故乡人，从此投外国。"情词悽惋，言短意长，已深有合于风人之旨矣。平王隆先亦博学能诗，有《阆苑集》行世。其他宗室内亦多以文学著称，如耶律国留善属文，坐罪在狱，赋《瘖痳歌》，世竞称之。其弟资忠亦能诗，使高丽被留，有所著号《西亭集》。耶律庶成善辽、汉文，尤工诗。耶律蒲鲁为牌印郎君，应诏赋诗，立成以进。其父庶箴尝寄《戒谕诗》，蒲鲁答以赋，时称典雅。耶律韩留工诗，重熙（1032—1055）中，诏进《述怀诗》，帝嘉叹。耶律陈家奴遇太后生辰进诗，太后嘉奖。皇太子射鹿，陈家奴又应诏进诗，帝嘉之，解衣以赐。耶律良，重熙中从猎秋山，进《秋猎赋》。清宁（1055—1064）中，上幸鸭子河，良作《捕鱼赋》。尝请编御制诗文曰《清宁集》，上亦命良诗为《庆会集》，亲制序赐之。耶律孟简六岁能赋《晓天星月诗》，后以太子濬无辜被害，以诗伤之，无意仕进，作《放怀诗》二十首。耶律谷欲工文章，兴宗命为诗友。此皆宗室之能文者。①

辽朝自太祖耶律阿保机（907—926年在位）立国，至天祚帝耶律延禧（1101—1125年在位），历时二百馀年。由于君王宗室对汉文化的倾慕，往往好诗能文，所以也造就了一代之盛。如果我们将上一段概述与后人补修的《辽史·艺文志》以及今人整理的《全辽诗话》结合起来看，有

---

① 赵翼著，王树民校证：《廿二史札记校证》，中华书局1984年版，第591页。

姓名可考的辽诗人近百家，有集名者四十馀种①，那么对于辽诗的总貌将有一个大致的了解。

辽国自太祖神册五年（920）制契丹大字，乃"以隶书之半增损之"（《新五代史·四夷附录》）。陶宗仪《书史会要》卷八存其字形。其后耶律迭剌制契丹小字，应该就有使用本族文字写作的诗歌。但流传至今的辽诗，除了少数藏于苏联的西夏文诗集之外，绝大多数是汉语作品。从这一点也可略见华夏文化影响之一斑。据《契丹国志》和《辽史》的记载，自景宗（969—982年在位）开科取士以来，诗文就占有重要位置；至圣宗（982—1031年在位）时，"止以词赋、法律取士，词赋为正科，法律为杂科"（《契丹国志》卷二十三）。以诗歌而言，辽人非常注意对唐宋诗歌的收集、翻印和译写，从而推动了汉诗在社会上的流传。如圣宗"亲以契丹字译白居易《讽谏集》，诏臣下读之"（《重订契丹国志》卷七）。与"乐天"相对，耶律倍还自号"乐地"（《尧山堂外纪》卷六十四）。辽人还有诗云"乐天诗集是吾师"②。宋诗中则尤为推崇苏轼之作，《渑水燕谈录》卷七《歌咏》载：

> 张芸叟奉使大辽，宿幽州馆中，有题子瞻《老人行》于壁者。闻范阳书肆亦刻子瞻诗数十篇，谓《大苏小集》。子瞻才名重当代，外至夷貊，亦爱服如此。芸叟题其后曰："谁题佳句到幽州，逢着胡儿问大苏。"③

此外，民间对唐宋诗歌也有较为普遍的热爱和流传，如《夷坚志》载契

---

① 《二十五史补编》中收录了缪荃孙《辽艺文志》，王仁俊《辽史艺文志补证》，黄任恒《补辽史艺文志》，倪灿、卢文弨《补辽金元艺文志》，金门诏《补三史艺文志》等五种，其中以黄氏所撰最为审慎。《全辽诗话》为蒋祖怡、张涤云在清人周春《辽诗话》的基础上整理而成，分《增订辽诗话》上下卷和《新补辽诗话》上下卷，颇为详赡，岳麓书社1992年版。

② 《古今诗话》作"房中好乐天诗，闻房有诗云"（《诗话总龟》前集卷十七引），《辽诗话》径引为圣宗所作，未知其据。

③ 此诗为苏辙作，乃《奉使契丹二十八首》中《神水馆寄子瞻兄四绝》之三，诗曰："谁将家集过幽都，逢见胡人问大苏。莫把文章动蛮貊，恐妨谈笑卧江湖。"见《栾城集》卷十六。

丹诵贾岛诗①,《玉壶清话》载契丹使求魏野诗②,所以辽诗诸体皆备,如古诗、律诗、绝句、骚体甚至咒语、回文等。

辽诗中特别值得注意的是女性文学。辽人以鞍马为家,女性往往长于射御,而且还不乏才情,善于吟咏。所以前人有"辽邦闺阁多才"(吴梅《辽金元文学史》)之叹。其中以道宗宣懿皇后萧观音(1040—1075)的成就最为突出,在当时就被道宗誉为"女中才子",后因谏猎秋山而被疏。她的代表作《回心院》十首便"寓望幸之意"(《增订辽诗话》卷上引《焚椒录》):

扫深殿,闭久金铺暗。游丝络网尘作堆,积岁青苔厚阶面。扫深殿,待君宴。(其一)

剔银灯,须知一样明。偏是君来生彩晕,对妾故作青荧荧。剔银灯,待君行。(其八)

张鸣筝,恰恰语娇莺。一从弹作房中曲,常和窗前风雨声。张鸣筝,待君听。(其十)

徐釚《词苑丛谈》卷八评论道:"怨而不怒,深得词家含蓄之意。斯时柳七(永)之调尚未行于北国,故萧词大有唐人遗意也。"又如天祚文妃萧瑟瑟(?—1121)有感于金兵侵迫,天祚帝疏斥忠良,乃作歌以讽(《辽史》)。《契丹国志》又载其《咏史诗》云:

丞相朝来剑佩鸣,千官侧目寂无声。养成外患嗟何及,祸尽忠臣罚不明。亲戚并居藩翰位,私门潜蓄爪牙兵。可怜昔代秦天子,犹向宫中望太平。

---

① 《夷坚志》丙卷"契丹诵诗"条载:"契丹小儿,初读书,先以俗语颠倒其文句而习之,至有一字用两三字者……如'鸟宿池边树,僧敲月下门'两句,其读时则曰:'月明里和尚门子打,水底里树上老鸦坐'。大率如此。"

② 《玉壶清话》卷七载:"祥符中,契丹使至,因言本国喜诵魏野诗,但得上帙,愿求全部……魏野字仲先,其诗固无飘逸俊迈之气,但平朴而常,不事虚语尔。如《赠寇莱公》云:'有官居鼎鼐,无地起楼台。'及《谢莱公见访》云:'惊回一觉游仙梦,村巷传呼宰相来。'中的易晓,故虏俗爱之。"《古今诗话》记契丹使至,宋仁宗赐宴,"北使历视坐中,问译者曰:'孰是"无宅起楼台"相公?'"(《诗话总龟》前集卷十七引)便是用魏野句以问寇准,可证魏诗流传之广。

其文辞激烈，以赵高比当时的权贵，以短命皇帝秦二世讽天祚帝，终于为萧奉先所诬赐死。辽朝女性诗歌中比较突出的一点，就是有很强的讽谏意识和用世之心。如秦晋国妃萧氏（1001—1069）"每商榷古今，谈论兴亡，坐者耸听……读书至萧（何）、房（玄龄）、杜（如晦）传，则慨然兴叹。自为有匡国致君之术，恨非其人也"（陈觉《秦晋国妃墓志铭》，《全辽文》卷八）；耶律常哥"能诗文，不苟作。读《通历》，见前人得失，历能品藻"。史传又载其文曰："淫佟可以为戒，勤俭可以为师……满当思溢，安必虑危。"（《辽史·列女传》）这可能与白居易诗的影响有关。辽朝女性的作为，也为对后来的清代女性树立了一个样板。①

少数民族诗人的崛起，他们受到华化固然是一项事实，但是民族间的文化交流中，"华化"与"化华"是同时存在的，尽管两者间极不均衡，但总不会是单向的。值得注意的是中原文人也受到辽族文化的影响，因而能作"北语诗"。《中山诗话》载：

余靖两使契丹，虏情亦亲，能胡语，作胡语诗。虏主曰："卿能道，吾为卿饮。"靖举曰："夜宴设逻（厚盛也）臣拜洗（受赐），两朝厥荷（通好）情感勤（厚重）。微臣雅鲁（拜舞）祝若统（福佑），圣寿铁摆（嵩高）俱可忒（无极）。"主大笑，遂为酾觞。

这种汉辽语夹杂的诗歌是民族文化交流史上有趣的例证。②

第二节　金　源

《金史·文艺传序》指出："金用武得国，无以异于辽，而一代制作能自树立于唐、宋之间，有非辽世所及，以文而不以武也。"张金吾《金文最序》更指出："惟金崛起东方，奄有中原，幅员则广于辽，国势则强于宋，风会所开，一洗卑陋浮靡之习。"考之遗籍，这一评价并不过分。

---

① 如蔡之定《完颜母恽太夫人墓表铭》载，恽珠"颖慧过人……幼读《辽史》，慕太师适鲁之妹耶律常哥之为人，思读书论道以终其身"（《碑传集》卷一百四十九）。即为一例。

② 不过，这种"习外国语""为番语诗"的做法，在当时一些人看来，是"失使者体"，有时甚至遭到贬谪，见《续资治通鉴长编》卷一百五十五，庆历五年（1045）五月。

金代自熙宗（1135—1149）推崇儒家以后，不仅文赋、诗词、戏剧之作洋洋大观，而且对义理、心性、历数之学的研究，也有"足破宋人之拘挛"（《四库全书总目》卷一百六十六《滹南遗老集》提要语）者。在金代一百二十年中，仅《全金诗》所录，能诗者就达三百五十八人之多，而王庭筠（1151—1202）、党怀英（1134—1211）、元好问（1190—1257）等，更"自足知名异代"（《金史·文艺传赞》语）。金国是女真族的政权，但他们并没有排斥对中原汉族文明的吸收，如科举制度方面，"国初，因辽、宋之旧，以词赋、经义取士，预此选者，选曹以为贵科"（元好问《闲闲公墓铭》，《遗山先生文集》卷十七），"其试词赋、经义、策论中选者，谓之进士"（《金史·选举一》）。至熙宗天眷三年（1140），"罢经义、策试两科，专以词赋取士"（同上）。虽然从整体上看，这一阶段的文坛特点还是"楚材而晋用之"（《金史·文艺传赞》语），但已经奠定了后来金源文风大盛的基础和诗歌创作的基调。金初的诗人，几乎没有不学苏轼的，如蔡珪（？—1174）有《雪拟坡公韵》，高士谈有《次韵东坡定州立春日诗》和集苏诗二首，朱之才有《后薄薄酒》《次韵东坡跋周昉画欠申美人》，施宜生"从赵德麟游，颇得苏门沾丐"（《中州集》卷二）。所以，金源诗人学苏轼者最多，其次便是学陶渊明，而学陶也是间接受到学苏的影响。①

金源诗歌大致可以分为四个阶段：第一阶段是从金熙宗到海陵王（1135—1161）。这一时期的文坛特点是楚材晋用，当时的著名文人"皆宋儒，难以国朝文派论之"（《中州集》卷一）。第二阶段是金源文派的初创时期，时在金世宗大定年间（1161—1189）。正如元好问指出："维金朝大定以还，文治既洽，教育亦至……一变五代辽季衰陋之俗。"（《内相文献杨公神道碑铭》，《遗山先生文集》卷十八）第三阶段从金章宗明昌年间到金宣宗贞祐南渡以前（1190—1213），这是金源文风大盛的时期。章宗在金朝皇帝中不仅汉文化水平最高，而且对汉诗的倡导也不遗余力。这一时期的诗人都在努力探寻自己的创作特色，如王寂的《拙轩

---

① 张伯伟《金代诗风与王若虚诗论》一文，据《中州集》和《归潜志》中见于明文记载的三十一位诗人的材料列表统计，可参看。文载《古代文学理论研究》第十二辑，上海古籍出版社1987年版。

集》就对各体诗歌形式进行尝试，《四库全书总目》卷一百六十六评为"诗境清刻镂露，有戛戛独造之风"。第四阶段是南渡以后至金亡（1213—1234），这是金源诗学的极盛期。元好问指出："南渡以来，诗学为盛。"（《中州集》卷十）当时相继主持文坛的有赵秉文（1159—1232）、杨云翼（1170—1228）、李纯甫（1177—1223）①、王若虚（1174—1243），而终之以元好问。而女真族的诗人也在这一时期兴起，刘祁《归潜志》卷六指出："南渡后，诸女直世袭猛安、谋克往往好文学，喜与士大夫游。如完颜斜烈兄弟、移剌廷玉温甫总领、夹谷德固、术虎士、乌林答肃孺辈，作诗多有可称。德固勇悍，在军中有声，尝送舍弟以诗，亦可喜。"

金源少数民族诗人的崛起，与女真帝王宗亲对汉文化的热爱、提倡有密切关系。《廿二史札记》卷二十八"金代文物远胜辽元"条指出：

> 熙宗谒孔子庙，追悔少年游佚，自是读《尚书》《论语》《五代史》及《辽史》，或夜以继日。海陵尝使画工密图杭州湖山，亲题诗其上，有"立马吴山第一峰"之句（皆本纪）。其中秋待月赋《鹊桥仙》词，尤奇横可喜（见《桯史》）。又尝令郑子聃、杨伯仁、张汝霖等与进士杂试，亲阅卷，子聃第一（子聃传），是并能较文艺之工拙。计熙宗登极时，年仅二十馀，海陵当宗弼行省时，已在其军前，则其习为诗文，尚在用兵开国时也（辽王宗干延张用直教子，海陵与其兄充皆从之学，事在天眷之前）。世宗尝自撰本曲，道祖宗创业之艰难，幸上京时，为宗室父老歌之。其在燕京，亦尝修赏牡丹故事，晋王允猷赋诗，和者十五人。显宗在储位，尤好文学，与诸儒讲论，乙夜忘倦。今所传《赐右相石琚生日诗》，可略见一斑。迨章宗以诗文著称，密国公璹以书画传世，则濡染已深，固无足异矣。惟帝王宗亲，性皆与文事相浃，是以朝野习尚，遂成风会。金源一代文物，上掩辽而下轶元，非偶然也。

帝王对于汉文化的大力提倡，导致了文化中心的北移，所以刘祁《归潜志》卷十指出："金朝名士大夫多出北方……余戏曰：'自古名人出东、西、

---

① 参见周惠泉《金代文学家李纯甫生卒年考辨》，载《社会科学战线》1984年第3期。

南三方，今日合到北方也。'"北方名士中，有些便是少数民族诗人的代表，如女真人完颜璹（1172—1232），酷爱《资治通鉴》，阅读三十馀过，且能书善诗，当时名公赵秉文、杨云翼、雷渊（1186—1231）等人皆推重之，著有《如庵小稿》，为"宗室中第一流人也"（《中州集》卷五）。完颜承晖淹贯经史，常置司马光、苏轼像于书室，曰："吾师司马，吾友苏公。"（《金史·承晖传》）渤海人王庭筠，擅长书画。契丹人耶律履（1132—1192）、耶律浩然亦工于丹青。石抹世勣（？—1234）长于词赋。此外，还有兀惹文人如李靖父子、张澄、张子厚等。元好问系出拓拔魏，所以严格地说，他也属于胡人。

元好问对金源诗学的重要贡献之一，就是编纂了以保存中州文献为目的的《中州集》①，该书收录了金代百年间约二百名诗人的近二千首诗。书名"中州"，便隐然有与南中国相抗衡的意味。其《自题中州集后》写道：

> 邺下曹、刘气尽豪，江东诸谢韵尤高。若从华实评诗品，未便吴侬得锦袍。

> 陶、谢风流到《百家》，半山老眼净无花。北人不拾江西唾，未要曾郎借齿牙。②

南宋遗民家铉翁《题中州诗集后》指出："壤地有南北，而人物无南北，道统文脉无南北。虽在万里外，皆中州也。"《四库全书总目》卷一百九十《全金诗》提要说："宋自南渡后，议论多而事功少，道学盛而文章衰，中原文献实并入于金。"清朝为女真之后，四库馆臣此语或有谀上之嫌，但金源文化的兴盛，也是历史事实，其特色之一，就是以中原文化为核心的多民族文化的发展。女真获得政权以后，吸取汉文化，在契丹字和汉字的基础上，采用加笔、减笔、变形、照搬等方式制成女真

---

① 元氏的这一做法对后世颇有影响，顾嗣立《元诗选·凡例》指出："元遗山先生《中州集》之选，寓史于诗，而犁然具一代之文献。钱牧斋（谦益）先生《列朝诗集》，盖仿《中州》之例而变通之者也。独有元之诗阙焉未备，故窃取前人之意，编成十集。非敢效颦遗山，亦以一代文献所关，不可泯灭云尔。"

② "《百家》"指王安石（半山）的《唐百家诗选》，"曾郎"指曾端伯，编有《宋百家诗选》。其云"北人不拾江西唾"，实有与宋诗一较上下之意。

文字。同时，用汉字记音的女真语言，也大大丰富了汉语词汇，影响了汉语的语音。这是文化融合促进文化发展的重要标志。① 所以，女真的文化，既大大受到中原文化的影响，同时也由来自不同民族的文人，在中原文化的基础上，丰富并光大了中华民族的文化，从而成为进一步发展的新基础。从各民族共同发展中原文化来看，"元、清不过是将金代文化扩大到全中国"②。

从诗学上来说，元好问对元代的影响甚大。③ 沈钧德《元诗百一钞序》指出："遗山未尝仕元，而巨手开先，冠绝于时。"顾嗣立《寒厅诗话》也指出："元诗承宋、金之季，西北倡自元遗山，而郝陵川（经，1223—1275）、刘静修（因，1249—1293）之徒续之，至中统（1260—1263）、至元（1264—1294）而大盛。"元初诗人出自元氏门下及受其影响的远不止郝、刘二人，李俊民、段克己（1196—1254）、段成己（1199—1279）、刘鹗、杨奂（1186—1255）、耶律楚材（1190—1243）、刘秉忠（1217—1274）、许衡（1209—1281）、姚枢（1219—1280）、姚燧（1238—1313）、王恽（1227—1304）等人均是。元人诗歌的体裁以七律为盛④，也与元好问有关。在古代诗人中，元好问就是最以七律体而擅长的，曾国藩编《十八家诗钞》，于元氏乃独取其七律，并以之为十八家之结穴，也是有鉴于此。元氏又编《唐诗鼓吹》十卷，专选唐人七律。以七律作为唐诗的代表，这恐怕是第一部，也显示了元好问的一种批评眼光⑤。郝天挺曾为此书作注，更扩大了此书在元代的影响。

元好问还效仿杜甫的《戏为六绝句》，写了《论诗三十首》，体制上较杜甫更为扩大。从此以后，论诗绝句才成为一种普遍的体式，在中国

---

① 参见金启孮《女真的文字和语言》，载《社会科学战线》1986 年第 1 期。
② 张博泉《论金代文化发展的特点》，载《社会科学战线》1986 年第 1 期。
③ 顾嗣立编《元诗选》，以《遗山集》冠首，并指出："先生蔚为一代宗工，以文章独步者几三十年。由是学者知所指归，作为诗文，皆有法度。百年以还，名家辈出，别裁伪体，溯流穷源，论者以先生为标准，不亦宜乎！"翁方纲《石洲诗话》卷五虽不同意顾氏将遗山诗归入元人之作，但也承认元好问"开启百年后文士之脉，则以有元一代之文，自先生倡导，未为不可"。
④ 张景星等编《元诗百一钞》为分体选本，其中以七律为最多，正是一个很好的说明。
⑤ 可以稍资对比的是，清代李怀民《重订中晚唐诗主客图说》认为，唐人专攻五律，不轻作七言律诗，因此五律才是唐诗的代表。"今略五言而学其七言，是弃其长而用其短也。吾之订唐诗而不及七言，诚欲力矫此弊。"这又代表了另一种批评眼光。

诗学史上具有深远的影响。①

第三节 元 代

忽必烈统一中国，建立元朝，是汉族在历史上第一个完全被异族统治的时期。蒙古原属于北亚诸游牧民族之一，在文化上远远落后于中原。自元太祖六年（1211）成吉思汗率师出征华北，到其子窝阔台汗灭金（1234），二十多年的战争使北中国成为一片废墟。而当时多数的蒙古、西域重臣对于以农业文明为基础的华夏文化尚毫无了解，甚至于提出"汉人亦无所用，不若尽去之，使草木畅茂，以为牧地"（宋子贞《中书令耶律公神道碑》，《国朝文类》卷五十七）的建议。真正为保存先进的汉文化作出努力并收到效果的是契丹人耶律楚材。他向元太宗（1229—1241）"时时进说周、孔之教，且谓：'天下虽得之马上，不可以马上治。'上深以为然"。元朝之用文臣，就是从他开始的。而太宗十年（1238）的戊戌选试，也是汉文化的复兴和对蒙古族新统治者的文化启蒙的标志。②正如马克思所高度概括的那样："野蛮的征服者总是被那些他们所征服的民族的较高文明所征服，这是一条永恒的历史规律。"③从此以后，元朝少数民族的华化意识日益浓厚，陈垣《元西域人华化考》分别从儒学、佛老、文学、美术、礼俗、女学等角度，考察了元朝深受华夏文明浸染的西域人计一百三十二人。所以，元朝虽为少数民族统治的历史时期，但仅从书院制度之普及、理学之兴盛以及刻书业之发达等方面视之，中国文化仍然是处于一发展阶段。而在汉人参政机会往往受到限制的环境下，最容易引发起来的就是归隐山林的思想。文人士大夫隐于民间，就自然成为民间诗人的指导者。这些都成为元诗发展的重要背景。④

---

① 以清人而论，就有不少明确表示仿效元氏之作，如王士禛《戏仿元遗山论诗绝句》四十首（今存三十五首），谢启昆《读全宋诗仿元遗山论诗绝句》二百首，袁枚《仿元遗山论诗》三十八首等。

② 参见安部健夫《元代的知识分子和科举》，载刘俊文编《日本学者研究中国史论著选译》第5卷，中华书局1993年版。

③ 《马克思恩格斯选集》第2卷，人民出版社1972年版，第70页。

④ 参见吉川幸次郎《元明诗概说》"序章"，东京：岩波书店1963年版。包根弟《元诗研究》第一章，台北：幼狮文化事业公司1978年版。

元诗总集，在元代已有人编纂，罗振玉曾辑《元人选元诗》五种，即《河汾诸老诗集》《国朝风雅》《大雅集》《敦交集》《伟观集》，另外流传至今者，还有《国朝文类》（收诗人八十七家）、《谷音》《皇元风雅》《荆南唱和集》《元音遗响》《玉山名胜集》等。清代顾嗣立编《元诗选》，采择元人诗集近四百家，另外根据各类选本以及山经、地志、稗官、野史所传者汇编的癸集，所收多达两千三百馀人。关于元诗的发展流变，顾嗣立《寒厅诗话》也有一个较为概括的说明。据其说，可以将元诗嬗变大致分作三期：从太宗窝阔台灭金（1234）至成宗大德元年（1297）为第一期，这一时期以宋金遗民的诗作为主。自大德元年至顺帝至元元年（1335）是第二期，这是元代诗学的极盛期。如果说，元初诗学由元好问所倡，故其中心在北方，那么，到了这时，诗学中心也就开始南移，元代四大家虞（集，1272—1348）、杨（载，1271—1323）、范（梈，1272—1330）、揭（傒斯，1274—1344）都是南方诗人。元诗所特有的开阔之境界和浑灏之气势的特色，也在这一时期充分体现出来。戴良《皇元风雅序》指出："唐诗主性情，故于风雅为犹近；宋诗主议论，则其去风雅为远。然能得夫风雅之正声，以一扫宋人之积弊，其惟我朝乎？我朝舆地之广，旷古所未有，学士大夫承其雄浑之气以为诗者，固未易一二数。"（《九灵山房集》卷二十九）从顺帝至元年间至元亡（1367）是元诗发展的第三期。此时诗坛中心已完全转移到南方，特别是在乱世之中，诗人遁迹山林，遂导致市民诗的兴起，其中杨维桢（1296—1370）是最重要的领袖人物。王世贞《艺苑卮言》卷六指出："吾昆山顾瑛（1310—1369），无锡倪元镇（1301—1374），俱以猗卓之资，更挟才藻，风流豪赏，为东南之冠，而杨廉夫实主斯盟。"宋濂《元故奉训大夫江西等处儒学提举杨君墓志铭》也说他"声光殷殷，摩戛霄汉，吴越诸生多归之，殆犹山之宗岱，河之走海，如是者四十馀年"（《宋文宪公全集》卷十二）。明清南方市民诗也是以这一地带为中心展开的。① 而诗人兼书画家群体的出

---

① 参见吉川幸次郎《元明诗概说》第三章第二节。

现，也使得这一时期题画诗大量涌现，形成了新的特色。①

然而，我们设若从文化史的角度来看，那么，元代诗学中最值得注意的应该是少数民族诗人群体的涌现。戴良《丁鹤年诗集序》曰：

> 我元受命，亦由西北而兴，西北诸国若回回、吐蕃、康里、畏吾儿、也里可温、唐兀之属，往往率先臣顺，奉职称藩。其沐浴休光，沾被宠泽，与京国内臣无少异。积之既久，文轨日同，而子若孙，遂皆舍弓马而事诗书。至其以诗名世，则贯公云石（1286—1324）、马公伯庸（1279—1338）、萨公天锡（1282？—1340？）、余公廷心（？—1358）其人也。论者以马公之诗似商隐，贯公、萨公之诗似长吉，而余公之诗，则与阴铿、何逊齐驱而并驾。他如高公彦敬（1248—1310）、夔夔公子山（1295—1345）、达公兼善（1304—1352）、雅公正卿、聂公古柏、斡公克庄、鲁公至道、三公廷圭辈，亦皆清新俊拔，成一家之言。②

以上所举诗人，如贯云石、三宝柱（廷圭）为畏吾儿人，马祖常（伯庸）、雅琥（正卿）为也里可温教（即基督教）世家③，萨都剌、高克恭（彦敬）、鲁至道以及丁鹤年（1335—1424）为回回人④，余阙（廷心）、斡玉伦图（克庄）乃唐兀氏。又王士禛《池北偶谈》卷七"元人"条曰：

> 元名臣文士如移剌楚才，东丹王突欲孙也。廉希宪、贯云石，畏吾人也。赵世延（1260—1336）、马祖常，雍古部人也。孛术鲁翀（1279—1338），女直人也。迺贤（1310—？），葛逻禄人也。萨都剌，色目人也。郝天挺（1247—1313），朵鲁别族也。余阙，唐兀氏

---

① 胡应麟《诗薮》外编卷六指出："宋以前诗文书画人各自名，即有兼长，不过一二。胜国则文士鲜不能诗，诗流靡不工书，且时旁及绘事，亦前代所无也。"翁方纲《石洲诗话》卷五指出："元人自柯敬仲、王元章、倪元镇、黄子久、吴仲珪，每用小诗自题其画，极多佳制。"已经述及此一事实。

② 《丁鹤年诗集》卷首。戴良《九灵山房集》卷二十一《鹤年吟稿序》，内容与此文稍有出入，所举西域诗人仅马、萨、余三人。陈垣《元西域人华化考》认为前者系初稿，后者乃定稿。

③ 参见陈垣《元也里可温教考》，载《陈垣学术论文集》第一集，中华书局1980年版。

④ 关于萨都剌的族别，或谓蒙古人，或谓汉人而冒充回回，或谓回回人。兹据陈垣《元西域人华化考》之说定为回回人。

人也。颜宗道,哈剌鲁氏也。赡思,大食国人也。辛文房,西域人也。事功、节义、文章,彬彬极盛,虽齐、鲁、吴、越衣冠士胄,何以过之。

葛逻禄今属俄罗斯,而迺贤深被中原文化,他的作品实可谓"开后来俄国文学之先路"(陈垣《元西域人华化考》卷四)。王士禛认为元代的这些少数民族名臣文士之作,已经不让于中原的衣冠士胄。又顾嗣立《寒厅诗话》曰:

> 元时蒙古、色目子弟,尽为横经,涵养既深,异材辈出。贯酸斋、马石田(祖常)开绮丽清新之派,而萨经历(都剌)大畅其风,清而不佻,丽而不缛,于虞、杨、范、揭之外,别开生面。于是雅正卿(琥)、马易之(葛逻禄迺贤)、达兼善(泰不华)、余廷心(阙)诸公,并逞词华,新声艳体,竞传才子,异代所无也。

从少数民族诗人的族类之多、作者之盛、成就之高而言,元朝的这一盛况的确堪称"异代所无"。

蒙古、西域人的华化,也有数世相传者。如元初的耶律楚材,三岁丧父,其母夫人杨氏熟悉汉文诗律,教子有方。耶律楚材《思亲》诗中记其句云:"挑灯教子哦新句,冷淡生涯乐有馀。"其子耶律铸(1221—1285)有《双溪醉隐集》,诗歌则"具有父风"(《四库全书总目》卷一百六十六)。《湛然居士文集》卷四也有《爱子金柱索诗》之篇,可证其诗学渊源。季子耶律季夫,有句云"梦蝶岂知真是蝶,骑牛何必更寻牛"(《元诗纪事》卷三),上句出自《庄子·齐物论》,下句出于《景德传灯录》卷九福州大安章。其孙耶律柳溪亦能诗,见《元诗纪事》卷四。又如马祖常,其家族之接受汉学,可上溯至其曾祖。《饮酒六首》之五云:"昔我七世上,养马洮河西。六世徙天山,日月闻鼓鼙。金室狩河表,我祖先群黎。诗书百年泽,濡翼岂梁鹈。"(《石田文集》卷一)又其《故礼部尚书马公神道碑》云:"我曾祖尚书……世非出于中国,而学问文献过于邹鲁之士……俾其子孙百年之间,革其旧俗。"(《石田集》卷十三)而他自己则"古诗似汉、魏,而律句入盛唐,散语得西汉之体"(《元诗选》初集《石田集》小传引陈旅语）。这种文化的世代相传，也是元朝人汉化加深加速的一条途径。

元朝少数民族诗人，以北方之裔而入中原，受华夏文明的浸染，往往工于诗文，诸体皆备。他们不仅能够在创作上自成一家，而且在整个中国文学发展史上也有不可忽视的价值。

就题材而言，元诗使用最多的是归隐山林田园、题画和塞外风光。① 这些题材中，塞外风光的描写便以少数民族诗人最为突出。如耶律楚材大量的西域诗，采用组诗的形式，展示了西域风光的多彩长卷，《壬午西域河中游春十首》《西域河中十咏》《西域和王君玉诗二十首》等多有对西域人情世态的描绘。而《过阴山和人韵》也是描写异地风光的名作：

> 八月阴山雪满沙，清光凝目眩生花。插天绝壁喷晴月，擎海层峦吸翠霞。松桧丛中疏畎亩，藤萝深处有人家。横空千里雄西域，江左名山不足夸。（《湛然居士文集》卷二）

这里的"阴山"指的是西域阴山，即今新疆天山山脉，这是和丘处机《阴山途中》诗韵。这样的内容，从题材上进一步丰富了中国古典诗歌的宝库。对于民生疾苦的同情和关怀，本来是中国传统诗学的重心之一，在少数民族诗人的作品中也有着突出的表现，而在当时汉族诗人的诗文集中，这样的内容却相对薄弱②。但如萨都剌的《早发黄河即事》《百禽歌》《征妇谣》《鬻女谣》等诗，却都深刻地揭露了元朝社会的尖锐矛盾。同是题画诗，他的《织女图》也从画面想到"又不闻田家妇，日扫春蚕宵织布。催租县吏夜打门，荆钗布裙夫短裤"，从而"排云便欲叫阊阖，为我献上豳风图"（《雁门集》卷十）。而迺贤的《新乡媪》《新堤谣》《卖盐妇》等作，也都反映了诗人对中国传统诗教的继承。当时人称赞云："其词质而婉，丰而不浮，其旨盖将归于讽谏云尔。昔唐白居易为乐府百馀篇以规讽时政……易之他诗若《西曹郎》《颍川老翁》等篇，其关于政治，

---

① 参看包根弟《元诗研究》第二章"元诗之特色"。
② 即以当时最负盛名的诗人虞集而言，他被翁方纲推许为欧、苏以后第一人（《石洲诗话》卷五），但其《道园学古录》中特多题画、次韵和酬赠之作，直接反映民瘼的极少，不能不说是一个遗憾。

视居易可以无愧。而藻绘之工,殆过之矣。"(《元诗选》初集《金台集》)所以他们也自豪地认为自己真正接续了中国诗歌的正源,干文博《雁门集跋》曰:

> 诗原于西北,周人以《生民》《瓜瓞》等什,备述姜嫄、后稷首生力穑之详。於焉颂之清庙,以为受釐获福之典。所谓美盛德之形容,以其成功告之于神明者,皆由邠、镐西北之境也。厥后流而为《汉广》《行露》等作,则有以及乎列国,至于天下……我元之有天下,拓基启祚皆始于西北,其去周之邠、镐益远。然而大山崇林、长河旷壤钟于两间,而为风气所凝结。况祖宗深仁厚泽浸灌陶煦,有加而无已……其所以为诗者,往往宏伟春容,卓然凌于万物之表,而性情不自失,可以轶汉、唐而闯诸风雅,有周忠厚之气象为之一新……国家元气肇自西北,以及于天下,有源而有委,读是诗者尚有以见之。

戴良《鹤年吟稿序》曰:

> 昔者成周之兴,肇自西北。而西北之诗,见之于《国风》者,仅见豳、秦而止。豳、秦而外,王化之所不及,民俗之所不通……我元受命,亦由西北而兴……此三公(指马祖常、萨都剌、余阙)者,皆居西北之远国,其去豳、秦盖不知其几万里,而其为诗,乃有中国古作者之遗风,亦足以见我朝王化之大行,民俗之丕变,虽成周之盛莫及也。(《九灵山房集》卷二十一)

元朝西北少数民族诗人能上继风雅正统,已经成为当时人较为普遍接受的一种观念。尽管这种观念的历史依据和理论逻辑都不无问题,但这种观念本身的形成,却是耐人寻味的。从他们的创作倾向来看,元人多鄙弃宋诗而瓣香唐人[①],少数民族诗人也不例外。这样的风气延续到明代,

---

[①] 杨载《诗法家数》曰:"倘有志于诗,则须先将汉魏和盛唐诸诗,日夕沉潜讽咏,熟其词,究其旨。"揭傒斯《诗宗正法眼藏》亦指出:"欲学诗,且须宗唐诸名家,诸名家又当以杜为正宗。"这是理论上的倡导。创作上也是如此,欧阳玄《罗舜美诗序》指出:"我元延祐以来,弥文日盛,京师诸名公咸宗魏晋唐,一去金、宋季世之弊,而趋于雅正。"(《圭峰文集》卷八)

就出现了极端化的"诗必盛唐"(《明史·文苑传》)的主张。

西域人辛文房的《唐才子传》是唐诗学史上的重要文献,从这部书中也不难看出,作者是一个卓越的文学批评家。辛文房字良史,他的名字分别取自"唐才子"刘长卿的字和于良史的名,可见他对于唐诗和唐代诗人的倾慕程度。书前有其自撰小引,能洞悉诗体流变。书中收集了丰富的资料,成为现代人研究唐诗的必读之书①。《四库全书总目》卷五十八该书提要论此书"较计有功《唐诗纪事》叙述差有条理,文笔亦秀润可观。传后间缀以论,多掎摭诗家利病,亦足以津逮艺林",是恰当中肯的评价。

总之,元人入主中华,为华夏文明所浸润,各少数民族的华化意识也日益浓厚,从而在学术文化和诗歌创作上均有反映且取得成就。以蒙古、西域人而言,他们往往自同于中国,如诗歌中使用登临怀古题材时,抒发的往往是和中原文人类似的历史兴亡之感;另一方面,中原文人心目中夷夏之辨的观念也逐渐为君臣之义的意识所取代。以至于元末明初的诗人往往依恋于蒙元故主,而不愿出仕汉人建立的明王朝②。这也从另一侧面说明了元朝的华化之深。

第四节 清 代

兴起于满洲的清朝,是继元朝以后又一个少数民族入主中原、建立统一政权的朝代。"清有天下,文治迈隆前古"③。一个尚武的部落同盟,能够从中原之外一跃而为华夏之主,在文治方面作出较本土出生的前朝也更有发展的统治业绩,这与清王朝统治者有心弥平满汉间歧异的努力是分不开的。诚然,清朝统治者对于汉人是持有异己之情结的,清朝的文字狱中有相当的案例就归因于此。不过,其入主中原既然是以继承明

---

① 鲁迅《开给许世瑛的书单》所举十二种书,此书列为第二种。许寿裳谓此书"实在是初学文学者所必需翻阅之书"(《亡友鲁迅印象记》)。

② 参见钱穆《读明初开国诸臣诗文集》及《读明初开国诸臣诗文集续篇》,收入《中国学术思想史论丛》(六),台北:东大图书公司1978年版。

③ 马其昶《清史文苑传序》,《抱润轩文集》卷五。

朝大统自居，因而在制度设施上也就表现出对汉文化的高度认同。如果说元人对文化融合的反应还较为被动和迟缓，那么，满人的反应显然积极而快捷得多。皇太极时，就下令"译《通鉴》《六韬》《孟子》《三国志》《大乘经》"（魏源《圣武记》卷十三）。定都北京后，专设翻译房，"凡《资治通鉴》《性理精义》《古文渊鉴》诸书，皆翻译清文以行。其深文奥义，无须注释，自能明晰，以为一时之盛"（昭梿《啸亭杂录》续录卷一"翻书房"条）。最大的标志也许莫过于语言文字了。《东华录》卷三康熙十年（1671）正月丁丑条载：

> 谕兵部："各部院及各省将军衙门通事，原因满兵不晓汉语，欲令传达而设。今各满州官员既谙汉语，嗣后内而部院、外而各省将军衙门通事，悉罢之。"

所谓"通事"，即相当于翻译，原为政府机构中满人不通汉语而设。然而时至康熙十年，距清朝定鼎北京不过二十多年，"通事"之职已无存在的意义，因为"今各满州官员既谙汉语"。由此可见，满人对于学习汉语甚具热情。更为令人惊异的是，与满人对汉语的日益熟谙相对照，满人对本族语言却趋于淡忘。①这一趋向实际上也就构成了清朝满族作家专力以汉语创作汉诗汉文的语言文化背景。

在中国少数民族诗人崛起的历史中，清代满族诗人的成就具有某种总结性的地位。这首先表现在，基于对汉语的熟谙与对汉文化的渴求，满族诗人的人数远佚于以往任何一朝的少数民族诗人。乾隆年间的袁枚（1716—1798）即指出："近日满州风雅，远胜汉人。虽司军旅，无不能诗。"（《随园诗话补遗》卷七）可见满族人对于汉文学的普遍的热忱。上至宗室乃至皇帝，下至士兵，都爱慕风雅，耽玩吟咏，这样的盛况实为罕见。以有治世之誉的清初四帝而言，顺治帝"兼通清汉文字"，能书善画，"诗不多作，未编御集"（徐世昌《晚晴簃诗汇》卷一）；其后三帝都编有御制文集。康熙帝的诗篇被评为"气魄博大，出语精深"，其描

---

① 参见宫崎市定《清朝における国语问题の一面》，《宫崎市定全集》第14卷，东京：岩波书店1991年版。

写征战诸诗，被后人评为"可与唐贞观、开元御制诸篇辉曜千古"（徐珂《清稗类钞》文学类"圣祖御制诗"条），饶有盛唐之音。康熙二十一年除夕前一天，帝于乾清宫宴群臣，发起君臣联句，这就是《升平嘉宴同群臣赋诗用柏梁体》一诗的由来。柏梁体相传是汉武帝时代君臣联句的样式，康熙帝有意加以仿效，也隐然表示对汉唐帝王文采风流的钦慕。康熙帝与满汉大臣的联句形式，也被后代帝王作为惯例沿袭下来，"乾、嘉间每于初春曲宴，命题联句，盖始于此"（《晚晴簃诗汇》卷一）。清帝的附庸风雅，莫过于乾隆帝，"其《御制诗》五集，至十馀万首，虽自古诗人词客，未有如是之多者"（昭梿《啸亭杂录》卷一"纯庙博雅"条）①。非汉族出身的帝王，却也创下了汉诗史上的一个奇迹。据《啸亭杂录》卷一"繙译"条载，高宗乾隆帝"夙善国语，于繙译深所讲习"。这里的"国语"指满语，又称清语。得益于其满汉语言的造诣，乾隆帝在其诗中能适当点缀满语，这通常也是少数民族语汇进入汉诗的自然渠道。如其《再题赫图阿拉》曰："阿拉即云甸，赫图乃训横，曩时似邺地，其北接兴京。"像这样以满语地名入诗，通过满汉语义对释，突出所咏风土的特征，增加了诗的意趣，而在语言风格上也不同于早期华胡语接触时的病于夹杂。其变夹杂为圆融的语言造诣，在清代满族作者中仍是有普遍代表性的。

与前代其他少数民族诗人相比，由于满族诗人的大量涌现，他们对本族的文学成就较有意识地加以总结，如康熙年间玛尔浑"选诸宗室王公诗为《宸萼集》行世"（《啸亭杂录》卷六"安王好文学"条）。嘉庆年间，铁保（1752—1824）"选八旗诸耆旧诗数十卷，颇为繁富，任齐抚时进呈，上御制序以宠之，赐名曰《熙朝雅颂集》，颁行天下"（《啸亭杂录》续录卷三"铁冶亭尚书"条）。旗籍文人中不仅有从事于创作的，而且也有从事于理论批评的，如乾隆朝法式善（1753—1813）的《梧门诗话》

---

① 当然，这里也包含一些他人的代笔，如沈德潜曾将其代笔之作收入自己的集子中，乾隆甚为恼怒，以至于找借口"夺德潜赠官，罢祠削谥，仆其墓碑"（《清史稿·沈德潜传》）。但这也从一个方面体现出乾隆帝欲以能文自饰的用心。乾隆在《怀旧诗·故礼部尚书衔原侍郎沈德潜》中特别写道："其子非己出，纨绔甘废弃。孙至十四人，而皆无书味。天纲有明报，地下应深愧。可惜徒工诗，行阙信何济。"更可见出其内心深处难以掩抑的报复感。

及晚清杨钟羲（1865—1940）的《雪桥诗话》等，便是研究清代诗学所不能忽视的文献。

其次，在满族人才辈出的过程中，出现了独放异彩的文坛巨星，尤其以康熙朝纳兰性德（1654—1685）及乾隆朝曹雪芹（？—1763或1764）为极高典型，这也许是更为可贵的。作为天潢贵胄，纳兰性德可谓生自"乌衣门弟"①。由于入关后的满洲贵族"日尚儒雅"②，又有政治与经济实力，因而他们在全面接触乃至吸取汉族文化营养方面，往往显出优越性。以纳兰性德而言，他捐赀刊行卷帙浩繁的《通志堂经解》，从中不难理解他博学的条件。纳兰颇与汉族文人交往，这也代表了清初以来满族诗人的风尚。例如，在"康熙间宗室文风以安邸为最盛"（《啸亭杂录》卷六"红兰主人"条）的安亲王府邸，玛尔浑、岳端（？—1704）兄弟都喜结交汉族文人，毛奇龄、尤侗等人"皆游宴其邸"（同上书"安王好文学"条）。岳端还编辑了贾岛、孟郊的诗集曰《瘦寒集》（书名出于苏轼的评语"郊寒岛瘦"）。又如乾隆朝的舒瞻，据袁枚《随园诗话》卷七所载，其人"作宰平湖，招吾乡诗人施竹田、厉樊榭诸君，流连倡和，极一时之盛"。而纳兰与无锡人严绳孙、顾贞观、秦松龄，宜兴人陈维崧，慈溪人姜宸英等的"相感相亲"③，特别是应顾贞观之请营救江南诗人吴兆骞，更是文坛佳话。这种对贤才与学问的慕悦，是他能登上满汉共同的艺术高峰的重要条件所在。不可否认，博学的条件极易敏感地引出摹古与创新乃至学与才的关系问题，这其实也是清代诗论界普遍关心的课题，因为清代既处于历代诗歌巨大积累之后，又是一个博学之风弥盛的时代，纳兰形象地比喻道："诗之学古如孩提不能无乳姆也，必自立而后成诗，犹之能自立而后成人也。明之学老杜、盛唐者，皆一生在乳姆胸前过日。"（《渌水亭杂识》卷四，《通志堂集》卷十八）具有深厚学养的纳兰性德，却能够如此重视诗艺的"自有之面目"（《原诗》，《通志

---

① 纳兰性德《金缕曲·赠梁汾》曰："德也狂生耳，偶然间缁尘京国，乌衣门第。"冯统编校《饮水词》，广东人民出版社1984年版，第72页。

② 《啸亭杂录》卷十"三王绝技"条曰："国朝自入关后，日尚儒雅，天潢世胄无不操觚从事。"

③ 纳兰性德《又赠马云翎》诗曰："物本相感生，相感乃相亲。"可见其笃于友情，并无彼我种族隔阂。《通志堂集》卷三，上海古籍出版社1979年影印版。

堂集》卷十四），自觉摆脱强大的因袭势力，强调性情的作用。这种既不蹈空又勇于创新的艺术思想，在清代早期诗坛上乃是十分难能可贵的，不啻预示了清诗健康发展的方向。他本人在词体创作上获得"国初第一词人"（况周颐《蕙风词话》卷五），"北宋以来，一人而已"（王国维《人间词话》）①之誉，也是这种创作思想的硕果所在。

最后，在与汉族诗人合流的大趋势下，满族诗人以其独特的生活感受，参与对题材的拓展，这主要表现为歌咏尚武精神与吟赏帝京景物。由于生活环境的关系，满族人的天性"弯强善射"，一代帝业奠基于"以弧矢定天下"（《啸亭杂录》卷一"不忘本"条）。随着帝国统一大业的需要，尚武精神在清朝前期仍相当活跃，反映在诗篇中，或效力军营，或缅怀先驱，构成了朔方健儿的慷慨之歌。康熙朝佛伦的《从军行》一诗，写壮士点兵出征时与家人独特的告别方式："行色方匆匆，妻孥无琐琐，送复送何为？别不别亦可。"以朴野的笔致凸现出壮士一往无前的豪情。这样的诗情诗境，诚为前代同题乐府诗所罕见。正如纳兰性德所留意总结的那样，唐宋诗人对于朔方景物的"题咏"不多，因为当时人"游宦于兹土者寡"（《渌水亭杂识》卷四），缺乏真切的生活体验，而满族诗人对于北国风物本来就具有乡土之情，加上康熙至乾隆历时百余年的征讨准噶尔部叛乱，不少满洲将士留下了情真意切的塞外诗篇。由于他们从军的经历不同于一般的"游宦"，因而笔下对北国风情的描绘颇多警策。如文明的"一缕流泉寒浦雪，半竿落日远天云"（《雪霁后得发细泉》），"白草霜明狼叫月，青磷碛冷鬼吹灯"（《题郁情诗寄内》），和明的"山山积雪归云少，树树惊风落叶多"（《喇庆达班防卡》），国柱的"雪崿千重森剑戟，河声一片吼鲸鲵"（《迈玛拉克道中》）等，不胜枚举。

所谓吟赏帝京景物，意指北京街市即景诗。应该说，随着满族人代

---

① 不过，王国维把纳兰创作成就的原因归于"由初入中原，未染汉人风气，故能真切如此"的结论是片面的。从《通志堂集》中可以发现，他写过不少模拟之作，如《效江醴陵杂拟古体诗二十首》《效齐梁乐府十首》《拟古四十首》等。《渌水亭杂识》卷四也指出："三教中皆有义理，皆有实用，皆有人物。能尽知之，犹恐所见未当古人心事，不能伏人。若不读其书，不知其道，唯恃一家之说，冲口乱骂，只自见其孤陋耳。"他的创作成就的获得，非但不是"未染汉人风气"，恰恰是与其对汉文化、汉文学的博采众长、转益多师分不开的。

代定居,清代的北京已成为满汉风俗民情融汇之地,帝都特具的"京味"是由满汉民族共同的创造所带来的,所以满汉诗人都热衷于描绘北京街头风情。就满族诗人而言,尤以文昭(1680—1732)的组诗《京师竹枝词》《踏镫竹枝词》及得硕亭的组诗《草珠一串》为代表。竹枝词本来是巴渝一带民歌,经过中唐刘禹锡等诗人改作新词,其后作者颇多,大都用以描写风土人情,富于民间色彩。文昭用竹枝词为题,得硕亭的《草珠一串》也采取了竹枝词四言七句的风调,其所呈现的京师风俗图景,可谓琳琅多彩,其中既有北国习俗,也不乏南方风物。① 清代的满族诗人对京城民情风俗往往能够体察入微,以他们的特殊视角和感受而写出的诗,丰富了传统汉诗的宝库。同时,也大大促进了民族间的文化交融。此外,对于异域山川风物、土俗民情的歌咏,在清代也甚为突出。如尤侗(1618—1704)的《外国竹枝词》,涉及亚洲和非洲的许多国家和地区。满族诗人中亦不乏此类作品。如福庆的《异域竹枝词》、柏葰的《朝鲜竹枝词上下平三十首》等。② 这些诗,往往附有详细的自注。虽然其内容往往本之故籍,或者不免道听途说,但仍然是文化史、文学史上的重要材料,值得重视。鸦片战争以后,西方文化随着坚船利炮闯进中国的大门,中国文化也受到强烈的冲击,使当时人改变了过去对"蛮夷之邦"的鄙视和盲目自大的心理。黄遵宪(1848—1905)的《日本杂事诗》两卷,用竹枝词的形式吟咏了日本的国情、历史、山川和风土,"而新旧同异之见,时露于诗中……颇悉穷变通久之理,乃信其改从西法,革故取新,卓然能自树立"(《日本杂事诗自序》),表现出适应于新时代的开放与革新的意识。然而从这一表现形式的发展来看,包括满族诗人在内的异域竹枝词,也正是黄遵宪等人踵事增华的基础。③

---

① 路工编选《清代北京竹枝词》,北京古籍出版社1982年版。
② 王慎之、王子今辑《清代海外竹枝词》,北京大学出版社1994年版。
③ 《日本杂事诗》卷二最后一首的自注中,也提到宋濂的《日东曲》、沙起云的《日本杂咏》和尤侗的《外国竹枝词》,即为一证。

第八章　域外汉诗总说

域内、域外本是一个行政、疆域上的概念，中国幅员辽阔，其疆域也随历朝势力的大小而有所变迁。文化的范围则往往会越过疆域。在历史上，汉文化就曾给周边少数民族以及邻邦以很大影响。从汉代开始，以中国文明为中心发生并发展出了一个"汉文化圈"，包括周边的国家和地区，比如朝鲜、日本、琉球、越南等区域，学术界有的称之为"东亚文明"或"东亚世界"。据日本学者西嶋定生的意见，东亚世界的构成要素"大略可归纳为一、汉字文化，二、儒教，三、律令制，四、佛教等四项……是与中国文明相关联而呈现出的现象。因而共通性并非抹杀民族特质，相反是民族性的特质以中国文明为媒体从而具备了共通性"①。在这样一个汉文化圈中，文学艺术的表现是最为突出的一个方面。"域外汉诗"是"域外汉文化"的一部分，指的是域外文人用汉字书写的诗歌作品。

汉文化圈中拥有悠久而深厚的汉文学传统，并且在各国各地区的文学史上都曾经享有辉煌的地位和崇高的荣耀。在朝鲜历史上，汉诗文曾被认为是正统文学，国文诗歌则被称作"俚语"（沈守庆《遣闲杂录》）、"俗讴"（许筠《惺叟诗话》，《惺所覆瓿稿》卷二十五）或"方言"（洪万宗《旬五志》）。日本也是如此，从平安时代到江户末期，汉文学始终保持独尊的地位，而和歌、物语等日语文学则地位较低，假名被男性贵族轻视为"女文字"，物语也被视为女性的文学。②至于越南，除了在胡朝（1400—1470）和西山朝（1786—1802）两个短暂王朝曾试图以其本国文字"喃文"来取代汉字（而且事实上并未成功）外，一直到20世纪初，也都是以汉字作为全国通用的书面语言，产生了大量的文学作品。这些作品是外国

---

① 参见《东亚世界的形成》，刘俊文主编《日本学者研究中国史论著选译》第2卷，高明士、邱添生、夏日新等译，中华书局1993年版。

② 参见西乡信纲等《日本文学の古典》第四章"女の文学"，东京：岩波书店1971年版。

的汉字文学，因而具有双重的性格。这里，我们偏重中国诗歌对域外汉诗的影响方面的叙述。

第一节　朝鲜半岛汉诗

中国与朝鲜半岛相接壤，中国文化亦早已传入朝鲜。我国史籍如《史记》《汉书》《后汉书》中都记载箕子至朝鲜，教民以礼义的传说；朝鲜史籍如《东国史略》《高丽史》《东国通鉴》等书亦有类似记载。虽然在20世纪的现代韩国史学家看来，箕子教化朝鲜是一个靠不住的传说，但在两千多年的传统社会中，朝鲜半岛的读书人都是确信这一点的。而无论是文字资料，还是出土文物，都能证明早在春秋时代，中国文化已经传播到朝鲜。

从中国的初唐时代开始，朝鲜半岛更是进一步深受中国文化的影响。据《三国史记》卷三十三《杂志》第二记载，新罗朝真德在位二年（唐太宗贞观二十二年，648），"金春秋入唐，请袭唐仪"，"自此以后，衣冠同于中国"。不仅衣冠文物如此，诸生读书，也本于中国经典。同书卷三十八《杂志》第七载：

> 国学，属礼部。神文王二年（682）置，景德王（742—764年在位）改为大学监，惠恭王（765—779年在位）复故……教授之法，以《周易》《尚书》《毛诗》《礼记》《春秋左氏传》《文选》，分而为之业，博士若助教一人。或以《礼记》《周易》《论语》《孝经》，或以《春秋左传》《毛诗》《论语》《孝经》，或以《尚书》《论语》《孝经》《文选》教授之。诸生读书，以三品出身，读《春秋左氏传》，若《礼记》，若《文选》，而能通其义，兼明《论语》《孝经》者为上；读《曲礼》《论语》《孝经》者为中；读《曲礼》《孝经》者为下；若能兼通五经、三史、诸子百家书者，超擢用之。

新罗如此，高句丽亦然，《旧唐书·高丽传》载：

> 俗爱书籍，至于衡门厮养之家，各于街衢造大屋，谓之扃堂，子弟未婚之前，昼夜于此读书习射。其书有五经及《史记》《汉书》

> 范晔《后汉书》《三国志》、孙盛《晋春秋》《玉篇》《字统》《字林》，
> 又有《文选》，尤重爱之。

由此可知，初唐以后，中国文化在朝鲜半岛的传播已是相当深入了。《文选》作为中国著名的文学选本，不仅受到民间的广泛重视，而且还立为国学教材，与仕途紧密结合起来，显然是重文的标志之一。

古代东国之人素好读书，其汉诗创作也有相当长的历史。用朝鲜时代洪万宗（1643—1725）的话说："我东以文献闻于中国，中国谓之小中华。盖由崔文昌致远唱之于前，朴参政寅亮和之于后。"又说："盖东方诗学，始于三国，盛于高丽，而极于我朝。"（均见其《小华诗评》卷上）这虽然是一个相当笼统的说法，但我们可以据此而将朝鲜半岛的诗学分作三大阶段论述。

一、三国时代

所谓三国时代，指的是从新罗、高句丽、百济鼎峙到统一新罗时代，其中新罗朝五十六王九百九十二年（前57—公元935），高句丽二十八王七百五年（前37—公元668），百济三十一王六百七十八年（前18—公元663），相当于中国的从汉宣帝到晚唐五代时期。朝鲜人所作最早的汉诗，现在可考的是《箜篌引》（"公无渡河"），据崔豹《古今注》卷中的记载，此诗为朝鲜津卒霍里子高妻丽玉所作。另有《黄鸟歌》，据《三国史记》卷十三《高句丽本纪》第一的记载，此诗为琉璃王（前19—公元17年在位）所作。此外，《三国遗事》卷二《驾洛国记》中还记载了《龟旨歌》，诸篇皆为四言诗。五言诗最早可考的，是高句丽大臣乙支文德遗隋将于仲文的诗，见载于《隋书·于仲文传》：

> 神策究天文，妙算穷地理。战胜功既高，知足愿云止。

《白云小说》谓此诗"句法奇古，无绮丽雕饰之习"[①]。此后，又有新罗真德女王（647—653年在位）在唐高宗永徽元年（650）制五言古诗《太平颂》，织锦以献，词气庄严，风格典重，《白云小说》评为"高古雄浑，

[①] 洪万宗《诗话丛林》卷一，汉城：亚细亚文化社1991年版。

比始唐诸作不相上下",见录于《三国史记》。骚体之作则有郭元振妾薛氏(？—693），其人为高句丽国王之胤，作品收录在《全唐诗》中。根据上述文献记载，我们可以说朝鲜半岛的汉文学始于女性。而唐诗之传入新罗，据《三国史记》卷九《新罗本纪》第九"景德王"的记载，"十五年（756）春二月……王闻玄宗在蜀，遣使入唐。溯江至成都，朝贡，玄宗御书五言十韵诗赐王"，可能是现在可考的最早的记录。唐代兴科举、立国学，许多外邦子弟也纷纷来华学习，其中尤以新罗为盛。① 据严耕望《新罗留唐学生与僧徒》的考证，从金云卿至金垂训，有姓名可考者共得二十六人。② 而当时入唐以宾贡进士登第者，实际人数达五十八人之多，崔瀣（1287—1340）《送奉使李中父还朝序》云："进士取人，本盛于唐。长庆初，有金云卿者，始以新罗宾贡题名杜师礼榜。由此以至天祐终，凡登宾贡科者，五十有八人。"（《东文选》卷八十四）从诗歌来看，则以崔致远（857—928年以后）入唐登第，名动四海，最具代表性。顾云赠诗云："十二乘船渡海来，文章感动中华国。十八横行战词苑，一箭射破金门策。"载《三国史记·崔致远传》。③ 崔氏《桂苑笔耕集》二十卷，见录于《新唐书·艺文志》。又有五七言今体诗一百首一卷，杂诗赋三十首一卷，《中山覆篑集》五卷。④ 其后有朴仁范、朴寅亮（？—1096），皆以诗名。《白云小说》指出：

  三韩自夏时始通中国，而文献蔑蔑无闻。隋唐以来，方有作者，如乙支之贻诗隋将，罗王之献颂唐帝，虽在简册，未免寂寥。至崔致远入唐登第，以文章名动海内。有诗一联曰："昆仑东走五山碧，星宿北流一水黄。"……其《题润州慈和寺》诗一句云："画角声中朝暮浪，青山影里古今人。"学士朴仁范《题泾州龙朔寺》诗云：

---

① 杜佑《通典》卷五十三"大学"条载："贞观五年（631），太宗数幸国学……无何高丽、百济、新罗、高昌、吐蕃诸国酋长，亦遣子弟请入国学。"又《唐会要》卷三十六"附学读书"条载："开成二年（837）三月……新罗差入朝宿卫王子，并准旧例，割留习业学生，并及先住学生等，共二百十六人，请时服粮料。"

② 文载台北"中研院"《历史语言研究所集刊》外编第四种。另参见谢海平《唐代留华外国人生活考述》第二编第一章，台北：台湾商务印书馆1978年版。

③ 据《白云小说》，顾云赠诗题为《赠儒仙歌》。

④ 见崔致远《桂苑笔耕集》卷首"序"，《四部丛刊》初编本。

"灯撼萤光明鸟道，梯回虹影落岩扃。"参政朴寅亮《题泗州龟山寺》诗云："门前客棹洪波急，竹下僧棋白日闲。"我东之以诗鸣于中国，自三子始。

尽管从整体而言，崔致远的诗成就不能算高①，但他以众多的作品开一代文风，"有破天荒之大功"（同上）。他的诗歌对高丽朝的诗人也颇有影响。如《春晓偶书》中"含情朝雨细复细，弄艳好花开未开"一联，徐居正（1420—1488）《东人诗话》卷上就举出高丽朝诗人的四联效仿之作。他还有一些诗句，流传中国，为人传诵，足以使东国人为之骄傲。②总之，三国时代特别是新罗朝的诗风，是以唐诗为学习榜样。唐代诗人每每与新罗诗人赠答、联句，遂亦影响了新罗诗人。③

二、高丽时代

崔致远生当罗末，虽然文名甚高，在仕途上却颇不得意。但高丽朝兴起以后，他的弟子多仕至达官，显宗时追赠崔致远内史令，从祀文庙，又追封为文昌侯④。高丽初期的诗风，也是以唐诗为主的。崔滋（1188—1260）《补闲集序》历数高丽朝光宗（950—975年在位）至文宗（1047—1082年在位）时贤俊"济济比肩""星月交辉"，以为"汉文唐诗，于斯为盛"。又引其前辈俞升旦语曰：

> 凡为国朝制作，引用古事，于文则六经三史，诗则《文选》、

---

① 《白云小说》指出："其诗不甚高，岂其入中国在于晚唐后故欤？"成俔《慵斋丛话》卷一指出："我国文章，始发挥于崔致远……今以所著观之，虽能诗句而意不精。"（《大东野乘》本）许筠《惺叟诗话》指出："崔孤云学士之诗，在唐末亦郑谷、韩偓之流，率俊浅不厚。"（《惺所覆瓿稿》卷二十五）

② 徐居正《东人诗话》卷上载："崔文昌侯致远，入唐登第，以文章知名。《题润州慈和寺》诗，有'画角声中朝暮浪，青山影里古今人'之句。后鸡林贾客入唐购诗，有以此句书示者。"

③ 参见谢海平《唐代诗人与在华外国人之文字交》第三章，台北：文史哲出版社1981年版。又韩国柳晟俊《罗唐诗人交游之诗目与其诗》，收入《唐诗论考》，中国文学出版社1994年版。

④ 《三国史记》卷四十六《崔致远传》载："初，我太祖（王建）作兴，致远知非常人，必受命开国，因致书问，有'鸡林黄叶，鹄岭青松'之句。其门人等到国初（高丽初）来朝，仕至达官者非一。显宗在位，为致远密赞祖业，功不可忘，下教赠内史令，至十四岁太平二年壬戌五月，赠谥文昌侯。"

李、杜、韩、柳，此外诸家文集，不宜据引为用。(《补闲集》卷中)

高丽诗风，大致经过了初以唐诗为主，其后兼学唐宋，最后崇尚宋诗的过程。和新罗时代相比，高丽朝的文风更盛。特别是光宗九年（958）置科举，以诗赋颂策取士，文风大兴。据李圣仪、金约瑟编纂的《罗丽艺文志》记载，新罗朝的文集仅五人七种，而高丽朝则有一百八十种以上。这一数字对比是能够从一个侧面说明问题的。

《十抄诗》是高丽时期的一个唐诗选本，且有高丽末僧人的注释。① 据僧子山《夹注名贤十抄诗序》云：

　　本朝前辈巨儒据唐室群贤全集，各选名诗十首，凡三百篇，命题为《十抄诗》，传于海东，其来尚矣。

可见这部选集都是从唐代诗人的"全集"中选出，这也就意味着像刘禹锡、白居易等二十六位诗人的全集，在此前已传入高丽。其版本与中国传世诸集也有差异，因此，其中不仅有唐人佚诗约百首，即便非佚诗，与中国传世文献相较，也不乏异文。大量唐人作品的传入为高丽诗人的创作提供了切实可依的样板。

　　徐居正《东文选》采录了从新罗到朝鲜初期的作品，其中大多数是高丽文人之作。有些作品在标题上就可以看出其渊源，兹辑录如下：

　　　　李仁老《赠四友仿乐天》
　　　　　　　《用东坡语寄贞之上人》
　　　　　　　《早起梳头效东坡》
　　　　　　　《白乐天真呈崔太尉》
　　　　　　　《饮中八仙歌》
　　　　　　　《雪用东坡韵》
　　　　陈澕《追和欧梅感兴》
　　　　　　《桃源歌》

---

① 关于《十抄诗》的编者和注者，金烋《海东文献总录》云："丽末诗人选集唐名贤诗及新罗崔致远、朴仁范、崔承祐、崔匡裕等诗各十首，名曰《名贤十抄诗》，有夹注。"其实，所谓"丽末"当指夹注的时代，编选的时期当更早。这里笼统看作高丽时期。

李谷《妾薄命用太白韵》
　　郑枢《污吏同朴献纳用陈简斋集中韵》
　　李仁复《己酉五月十二日入试院作用东坡韵》
　　韩休《夜坐次杜工部诗韵》
　　李奎报《辛酉五月端居无事和子美成都草堂诗韵》
　　　　　《绝句杜韵》
　　李穑《读杜诗》
　　郑以吾《新都雪夜效欧阳体》

如果我们同时考察一下集句诗，就可以看出，高丽诗人对唐宋诗人的学习是相当广泛的。林惟正的集句，《东文选》中收录其五律十一首，七律二十六首，七绝八首。虽然成就不高①，但可以从中略窥高丽时代唐宋诗歌的流传，也是不无意义的。从以上标题中可以发现，唐宋诗人中最受注意的是杜甫、白居易和苏轼。其中高丽初期以杜、白为主，中叶以后尤尚苏诗。如高宗朝（1214—1259）诸儒所作的《翰林别曲》中，就提到"韩、柳文集、李、杜集、《兰台集》、白乐天集"（《高丽史》卷七十一引）等书，乃当时人"历览"亦即流传较广的书。苏诗之开始流行，也正在高宗时。《补闲集》卷中指出："近世尚东坡，盖爱其气韵豪迈，意深言富，用事恢博。"其后则愈来愈推崇。徐居正《东人诗话》卷上载：

　　高丽文士专尚东坡，每及第榜出，则人曰："三十三东坡出矣。"高、元间，宋使求诗，学士权适赠诗曰："苏子文章海外闻，宋朝天子火其文。文章可使为灰烬，千古芳名不可焚。"宋使叹服。其尚东坡可知也矣。

这里记载的应该是高丽中叶以后的事。据李暨《松窝杂说》卷下载：

　　东方科举取人之制，其在三国，则不必问也。丽朝五百年之

---

① 《芝峰类说》卷九指出："集句诗者，摘古人诗句而凑成者也。自王荆公始倡之……文天祥及前朝林惟正多效此体，然不足法也。"

久，其始未及详知，而中叶之后，只有三年一取三十三人，之外更无别科。

可知"三十三东坡"之说，也是流传于丽朝中叶以后的。

朝鲜半岛文学史上的四大诗人，除了新罗朝的崔致远和朝鲜朝的申纬，高丽朝占有其二，即李奎报（1168—1241）与李齐贤（1287—1367）。他们不仅有诗歌创作，而且有诗歌评论。从总体倾向上来看，他们都是崇尚苏诗的。林椿《与眉叟论东坡文书》云："仆观近世东坡之文大行于世，学者谁不服膺呻吟。"（《西河集》卷四）①李奎报《全州牧新雕东坡文跋尾》云："夫文集之行乎世，亦各一时所尚而已。然今古以来，未若东坡之盛行，尤为人所嗜者也……自士大夫至于新进后学，未尝斯须离其手，咀嚼馀芳者皆是。"（《东国李相国集》卷二十一）又《答全履之论文书》云："世之学者……方学为诗，则尤嗜东坡诗。故每岁榜出之后，人人以为今年又三十东坡出矣。"（同上书，卷二十六）李齐贤有《益斋乱稿》十卷、《栎翁稗说》四卷。其《眉州》诗并序云：

> 吾大人三昆季，俱以文笔显于东方。伯父、季父相次仙去，唯公无恙，年今七十有奇。若使北来，得与中原贤士大夫进退词林间，虽不敢自比于苏家父子，亦可以名动一时。
>
> 眉山僻在天一方，满城草木秋荒凉。过客停骖必相问，道傍为有三苏堂。三苏郁郁应时出，一门秀气森开张。渥洼独步老骐骥，丹穴双飞雏凤凰。联翩共入金门下，四海不敢言文章。迩来悠悠二百载，名与日月争辉光。君不见鸡林三李亦人杰，翰墨坛中皆授钺。韩泊神枢笑无用，王家珠树誉成癖。机、云不入洛中来，皎皎沧洲委明月。两雄已矣不须论，家有吾师今白发。（自注：坡云"《易》可忘忧家有师"。）②

虽自谦"不敢自比于苏家父子"，字里行间实在是以"鸡林三李"比"眉山三苏"的。金泽荣（1850—1927）《杂言》指出："李益斋之诗，以

---

① 眉叟即李仁老（1152—1220），有《破闲集》传世。
② 《益斋乱稿》卷一，"朝鲜群书大系"本。参校"粤雅堂丛书"本。

工妙清俊，万象具备，为朝鲜三千年之第一大家，是以正宗而雄者也。"（《韶濩堂文集》卷八）而他之所以能够成为朝鲜诗家正宗，原因之一就是他曾"游学中原，师友渊源必有所得者"（《东人诗话》卷上）。这在填词方面尤为显得突出。朝鲜人自古不擅制词，《东人诗话》卷上说："吾东方语音，与中国不同，李相国、李大谏、猊山、牧隐，皆以雄文大手，未尝措手。"李睟光（1563—1628）《芝峰类说》卷十四指出："我国歌词，杂以方言，故不能与中朝乐府比并。"《小华诗评》卷上亦指出："我东人不解音律，自古不能作乐府歌词。"所以徐居正编《东文选》，网罗了各类文体，唯独没有词。但如李齐贤的长短句，则颇为当时中华文人姚燧等欣赏，亦可称朝鲜词人之巨擘，其《益斋长短句》被收入"粤雅堂丛书"，又收入"彊村丛书"。

三、朝鲜时代

朝鲜朝历时五百多年（1392—1910），有关其诗学演变，金万重（1637—1692）《西浦漫笔》卷下言之最详：

> 本朝诗体，不啻四五变。国初承胜国之绪，纯学东坡，以迄于宣靖，惟容斋（李荇）称大成焉。中间参以豫章，则翠轩（朴誾）之才，实三百年一人。又变而专攻黄、陈，则湖（阴郑士龙）、苏（斋卢守慎）、芝（川黄廷彧）鼎足雄峙。又变而反正于唐，则崔（庆昌）、白（光勋）、李（达）其粹然者也。夫学眉山而失之，往往冗陈不满人意。江西之弊，尤拗拙可厌。崔、白之于唐，五律、七绝仅窥晚季藩篱，沾沾一脔不足以果腹，其可及人乎？权汝章（韠）以布衣之雄起而矫之，采拾唐、宋，融冶雅俗，磨礲刷冶，号称尽美。东岳（李安讷）和之，加以富有；泽堂（李植）嗣兴，理致尤密，遂使残膏剩馥，沾丐至今，可谓盛矣。而末流之弊，全废古学，空疏鄙俗，比前三季尤有甚焉。唐宋遗风馀响，至此扫地，而诗道百六之穷，未有甚于此时也。若学明一派，滥觞于月汀（尹根寿）、玄轩诸公，近代李子时（敏求）其成家者，盖东诗横出之枝也。

大要而言，可将朝鲜朝的诗分作三期。第一期学习宋诗，主要是苏轼、黄庭坚、陈师道；第二期转而学唐，宗尚明人之说；第三期兼采唐宋，又受到清人影响。①

中宗（1506—1544）朝至宣祖朝（1568—1608）前为第一期。如许筠（1569—1618）《鹤山樵谈》云："本朝诗学，以苏、黄为主……盛唐之音，泯泯无闻。"又《芝峰类说》卷九指出："我东诗人多尚苏、黄，二百年间皆袭一套。"又云："本朝诗人，不脱宋元习者无几。"都是就朝鲜初期的诗坛状况而言。由于时尚宋诗，所以成宗朝（1470—1494）敕命刻印诸文集中，便以宋人为主。成倪（1439—1494）《慵斋丛话》卷二载：

> 成庙学问渊博……命校书馆无书不印，如《史记》《左传》、四传《春秋》、前后《汉书》《晋书》《唐书》《宋史》《元史》《纲目》《通鉴》《东国通鉴》《大学衍义》《古文选》《文翰类选》《事文类聚》、欧、苏文集、《书经讲义》《天元发微》《朱子成书》《自警编》、杜诗、王荆公集、陈简斋集。②

其时的诗歌理论，也大多捃拾宋人馀绪，强调"夺胎换骨""无一字无来处"等。可知此期的诗风，完全笼罩在宋人的影响范围中。

从宣祖朝开始，诗风有所转变。《鹤山樵谈》指出："隆庆、万历间（1567—1615），崔嘉运（庆昌）、白彰卿（光勋）、李益之（达）辈，始攻开元之学。黾勉精华，欲逮古人。"正是指宣祖时。又云："近日中朝人，文学西京，诗祖老杜，故虽不能臻其阃阈，所谓刻鹄类鹜者也。本朝人，文则三苏，诗学苏、黄，故卑野无取。"由此可见，朝鲜诗学的变化是深受中国影响的。体现这一诗风转变的，不妨以朝鲜朝的村学册子为例分析。《百联抄》是一部教授童蒙作诗的教材，是从唐宋诗歌中选取一百联名句，以供儿童揣摩效仿。《百联抄》中的诗句，从可考的诗句来看，唐诗中有白居易、杜荀鹤、朱长文、赵嘏、刘沧、杜甫、杜牧、许浑等人之作，宋诗中仅有苏轼、王安石、胡宿三人。③ 这也许正表明了诗

---

① 此处参考韩国许世旭《韩中诗话渊源考》第一章，台北：黎明文化事业公司 1979 年版。但本书立论与之稍有不同。
② 《大东野乘》本，东京：明治四十二年（1909）版。
③ 此据日本山岸德平校注《五山文学集·江户汉诗集》附录本，东京：岩波书店 1966 年版。

坛风气由宋诗向唐诗的转变。李朝后期所编之《野乘》，其中"国朝诗家"一目，多指出其诗学渊源。兹辑录有关内容如下：

> 金宗直　学苏、黄。
> 郑士龙　金昌协曰：织组锻炼，颇似西昆。
> 卢守真　金昌协曰：沈郁老健，奔宕悲壮，深得老杜格力。
> 黄廷彧　金昌协曰：矫健奇崛，出自黄、陈。
> 崔庆昌　学唐。
> 白光勋　学唐。
> 权　铧　(许)筠曰：婉亮，学唐杜。
> 沈宗直　诗逼唐，世称换骨唐笔。
> 李晬光　诗学盛唐。①

这里很容易看出诗坛上从学宋到学唐的转变。此后也就出现了鄙薄宋诗的议论，如《芝峰类说》卷九指出：

> 唐人作诗，专主意兴，故用事不多。宋人作诗，专尚用事，而意兴则少。至于苏、黄，又多用佛语，务为新奇，未知于诗格如何。近世此弊益甚，一篇之中，用事过半，与剽窃古人句语者，相去无几矣。

当时诗坛的评价标准也一以唐人为正鹄，如果用到"格堕宋"或"格堕江西"等词语，都表示一种否定的态度。

第三期始于英祖（1725—1776）、正祖朝（1777—1800），约略相当于我国的清乾隆时期。对于唐音宋调，立论渐趋持平。特别是朱子之学自丽末传入朝鲜之后，被东人奉为不刊之论。而朱熹的文学思想对于朝鲜中、后期的文坛也有深远的影响。②如正祖一方面编辑了朱子诗文《雅诵》八卷，又亲自主持了杜甫和陆游诗的编选工作，编成《杜律分韵》八卷、

---

① 钞本，今藏日本京都大学附属图书馆"河合文库"。
② 如宋时烈为李植写的《杜诗点注跋》中指出："泽堂公议论，无论细大深浅，一依于朱夫子，观乎杜诗点抹之序可见矣，其视今之扬眉瞬目，訾议夫子，而其言行施措乃反悖理灭伦者何如哉？"

《陆律分韵》三十九卷和《杜陆千选》八卷。《题手编杜陆千选卷首》云：

> 历选《三百篇》以后，能得《三百篇》之大旨者，惟杜、陆其庶几乎？（《弘斋全书》卷五十六）

所以此后的诗风，从整体而言，是唐宋兼宗，直至朝鲜末期。金泽荣云："泽荣于文，好韩、苏、归太仆（有光），而学之未能；于诗好李、杜、韩、苏，下至王贻上……今先生以泽荣之诗，谓兼宗唐宋，固实论也。"（《答俞曲园先生书》，《韶濩堂文集》卷一）代表了唐宋兼宗的流风馀韵。

这一时期最为重要的诗人是申纬（1769—1845），他曾经从学于翁方纲（1733—1818），并和翁氏弟子吴嵩梁（1766—1834）相交。从诗学渊源上说，翁氏近于宋诗，而吴氏近于唐诗，所以申纬乃能博采众长，"其诗以苏子瞻为师，旁出入于徐陵、王摩诘、陆务观之间"（金泽荣《紫霞诗集序》，《韶濩堂文集》卷二），"神悟驰骋，万象具备，为吾韩五百年之第一大家"（《杂言六》，《韶濩堂文集》卷八）。申氏在《论诗为锦舲荷裳二子作》中写道：

> 学诗有本领，非可貌袭致。诗中须有人（昆山吴修龄乔论诗语），诗外尚有事（东坡论老杜语）。二言是极则，学者须猛记。诗人贵知学，尤贵知道义。坡公论少陵，是其推之至。青袍最困者，自许稷契比。是以尚其事，关系诗不翅。因诗知其人，亦知时与地。所以须有我，不然皆属伪。今人子忘我，区执唐宋异。是古而非今，妄欲高立帜。不能自作家，一生廊庑寄。故自风人始，博究作者秘。不必立门户，会心三是视。辅以学与道，役言而主意。主强而役弱，有令无不遂。随吾性情感，融化一炉锤。力量之所及，鲸鱼或翡翠。锻炼到极致，自泯今古二……金针岂在多，二言拈以示。①

这首诗最能反映申纬的论诗宗旨。所举二言，一出于吴乔，论诗宗唐；

---

① 《警修堂集》十三《北辕集》卷一，日本京都大学附属图书馆"河合文库"藏本。

一出于苏轼,乃宋诗代表;其"役言而主意"云云,又出于周昂,为金源诗人①。但申氏决不此疆彼界,画地为牢。他强调的是,既有真实的感受,又有崇高的胸怀,再辅以广博的学识,这也正是中国诗学的精华所在,而能为申纬所体悟领会,无怪乎他能够成为朝鲜时代诗人中的最高代表。此外,申纬还写了《东人论诗绝句三十五首》,系统评论了朝鲜的汉诗史。翁方纲曾经就元好问和王士祯的论诗绝句有所笺说,申纬当是受其启发而作。②

纵览朝鲜汉诗,从三国时代到朝鲜时期,深受中国诗学的影响。其中对他们影响最深的是杜甫。从高丽朝到朝鲜朝,杜甫诗集被多次刊行,并且多由官方组织对杜诗的翻译、注释和编纂,而民间也出现了对杜诗的评点注释之作。③即使到了今天,杜诗也仍然是韩国民众必读的作品。④中国文化之影响深远,于此可窥一斑。

第二节　日本汉诗

日本民族在汉字传入之前,本身没有文字,所以当时的文学是以神话、传说和歌谣为主的口头作品。汉籍传入日本的时间,据撰成于和铜五年(712)的《古事纪》及养老四年(720)的《日本书纪》的记载,大约在应神天皇之世(270—310)。到了推古朝(592—628)的《道后温汤碑》及圣德太子(574—622)的《十七条宪法》等,已经用纯粹的汉文书写了。此后,有用汉字书写的史书和地理书,如《日本书纪》和《风土记》。不过,这些都属于实用性文体。到天智帝时(661—671),学校

---

①　王若虚《滹南诗话》卷上引周昂论诗语云:"文章以意为主,字语为之役。主强而役弱,则无使不从。"

②　《东人论诗绝句》之三十五云:"淡云微雨小姑祠,菊秀兰衰八月时。心折渔洋谈艺日,而今华国属之谁?"首二句原为朝鲜使臣金尚宪诗,王渔洋引入其《论诗绝句》云:"记得朝鲜使臣语,果然东国解声诗。"申纬之语即本于此。

③　参见沈庆昊《李氏朝鲜における杜甫诗集の刊行について》,载《中国文学报》第37册,1986年10月。

④　参见韩国李丙畴《韩国之杜诗》,载《杜诗의비较文学의研究》,汉城:亚细亚文化社1976年版。

兴起，奖励诗文，诗人诗作的出现当在此时。只是由于兵燹战乱，这一时期的作品未能流传下来。①现存的日本汉诗，最早的总集是《怀风藻》，所谓"古昔诗可征于今者，莫先乎《怀风藻》"（江村绶《日本诗史·凡例》）。

日本汉诗的发展，大致可以分作四期，即王朝时期、五山时期、江户时期、明治时期②。兹分期概述如下：

一、王朝时期

这里所说的"王朝时期"，包括了近江、奈良和平安时代五百多年的时间。

（一）奈良朝（710—784）及其以前

作为这一时期诗歌代表的，就是撰成于天平胜宝三年（751）的《怀风藻》，收录了六十五位作者（其中之一为无名氏）的一百二十首（现存一百十七首）作品，"远自淡海，云暨平都"，八十馀年。此书之名或受到石上乙麻吕之《衔悲藻》的启发。③这些作品，从诗风上看，完全沿袭了齐梁、初唐的作风。所以题材上以侍宴、应诏、宴集、游览等为主，这些也正是《文选》中的诗歌使用得较多的。《文选》早已传入日本，圣德太子的《汤冈遗文》（作于596年）和《十七条宪法》（作于604年）中已经借用了张衡《四愁诗》、任昉《齐竟陵文宣王行状》、李康《运命论》、王俭《褚渊碑文》中的用语，皆见于《文选》。所以，此后的作品多受其影响也是不足为奇的。《怀风藻》中的作品具有五点特征：一是五言诗多，有一百一十首；二是八句诗多，共七十三首；三是多用偶句，仅两首诗中没有对句；四是声律未谐，不是纯粹的近体诗；五是押韵有

---

① 《怀风藻序》指出："及至淡海先帝之受命也……建庠序，征茂才，定五礼，兴百度……旋招文学之士，时开置醴之游。当此之际，宸翰垂文，贤臣献颂，雕章丽笔，非唯百篇。但时经乱离，悉从煨烬。言念湮灭，辄怀悼伤。"杉本行夫注释本，东京：弘文堂1943年再版。

② 关于日本汉诗的分期，中外学者都有过尝试，虽然名称不一，但实际上大同小异。参见肖瑞峰《日本汉诗发展史》第一卷第一编第三章，吉林大学出版社1992年版。

③ 《怀风藻·石上乙麻吕小传》称："尝有朝谴，飘寓南荒，临渊吟泽，写心文藻，遂有《衔悲藻》两卷。"另参看冈田正之著，山岸德平、长泽规矩也补《日本汉文学史》（增订版），东京：吉川弘文馆1954年版。

惯例，如多用平韵，平韵中又多用真韵等。① 最早的汉诗作者，或称大津（663—686），或称大友（648—672）。《日本书纪》卷三十朱鸟元年（686）十月庚午条载："（皇子大津）及长，辨有才学，尤爱文笔，诗赋之兴，自大津始也。"此后，纪淑望的《古今和歌集》真名序、《古今著闻集》等皆承其说。林鹅峰《本朝一人一首》卷一则指出：

> 《日本纪》曰：诗赋之兴，自大津始也。纪淑望《古今倭歌集序》曰：大津皇子始作诗赋。何不言大友乎？想夫壬申之乱，大友天命不遂，而太弟得志，即是天武帝也。舍人亲王者，天武子也，故撰《日本纪》时，讳而不言之乎？抑亦大友子孙惮而不传之乎？大友久蒙叛逆之冤，故其诗不传于世，是以淑望亦未见乎？微《怀风藻》，则大友之才寥寥乎？

这里也牵涉《怀风藻》的编者问题。从来关于此一问题就有许多异说，而以淡海三船撰之说最早，也较为可信。② 淡海之父为池边王，池边父为葛野王，亦即大友太子之子。所以此书之撰，也含有对大有太子的深悯之意。江村绶（1713—1788）作了这样的辨正："其实大友王子为始，河岛王、大津王次之。"（《日本诗史》卷一）时代约在中国唐高宗时。从他们的作品中，可以窥知《诗经》《文选》《陶渊明集》等书在日本已广泛流传。如大友《述怀》中"羞无监抚术，安能临四海"等句，《日本诗史》卷一评为"典重浑朴"，而"监抚"一词，当用《文选序》的"余监抚馀，闲居多暇日"。大津《春苑言宴》中"群公倒载归，彭泽宴谁论"，又用了山简③和陶渊明的故事。其《临终》诗，显然也是受到魏晋以来人

---

① 参见冈田正之《日本汉文学史》、杉本行夫《怀风藻概说》（《怀风藻》注释本附）。

② 杉本行夫《怀风藻概说》列举了淡海三船、无名氏、葛井广成、石上宅嗣、藤原刷雄诸说，可参看。案：林鹅峰《本朝一人一首》卷一指出："汝不知三船系谱乎？其父曰池边王，池边父曰葛野王，王即大友太子之子也。此书首载大友诗，题曰淡海朝皇子作……舍人亲王同时，不知大友作诗，于此书始著于世；况又大友及葛野王传所言，共是国史所不记也，非其子孙，则谁能知之？"《本朝高僧传要文钞》引《延历寺日录》曰："淡海居士，淡海真人三船也。曰元开……天平年，伏膺唐僧道璿大德……胜宝年中有敕还俗，赐姓真人。"可知三船是以诸王的身份出家为僧的。而《怀风藻》中收录之诗人，凡九人有传，其身份或为王室，或为僧人，这与三船亦颇相合。

③ 《世说新语·任诞篇》刘孝标注引《襄阳记》载高阳小儿歌曰："山公时一醉，径造高阳池。日暮倒载归，茗艼无所知。"

们临终作诗的影响。① 此外，文武天皇（683—707 年在位）的《咏月》《咏雪》诗，如"台上澄流耀，酒中沉去轮""林中若柳絮，梁上似歌尘"等句，江村绶评为"齐梁佳句"（《日本诗史》卷一）。又如释辨正《在唐忆本乡》云："日边瞻日本，云里望云端。远游劳远国，长恨苦长安。"这种句法，就是流行于齐梁、初唐时代的"双拟对"，如何逊《咏风》的"可闻不可见，能重复能轻"之类。初唐四杰中如卢照邻、王勃的诗中也有类似的句法。正如林鹅峰指出："《怀风藻》中，才子唯慕《文选》古诗，而未见唐诗格律之正。"（《本朝一人一首》卷一）其书中所收诸诗人，多受《文选》影响，是一个较为普遍的现象。②

（二）平安朝（794—1192）

至平安朝，日本汉诗迎来了兴盛期，出现了大量的汉诗文总集和别集，足以使后来的日本人发出"本朝之上代，不让中华之人，不可耻也，可尚焉"（林道春《怀风藻跋》引藤原惺窝语）的赞叹。据大江匡房（1041—1111）《诗境记》所说："我朝起于弘仁、承和（810—847），盛于贞观、延喜（859—919），中兴于承平、天历（934—957），再昌于长保、宽弘（999—1011）。"（《朝野群载》卷三）据此可知，平安朝的汉诗也经过了兴起、隆盛和衰落三个阶段。

1. 弘仁、承和为初期。这以嵯峨朝（809—823）为中心，其标志是敕撰三诗集的成立，即《凌云集》（814）、《文华秀丽集》（818）和《经国集》（827，其中也包括赋及其他文体）。这三部诗集中都收有天皇的御制诗文，说明平安时期诗风大盛与帝王提倡有关。从诗体上看，七言诗的比重有明显提高。如《凌云集》共九十一首诗，七言占四十六首；《文华秀丽集》共一百四十三首诗，七言占七十九首。这和《怀风藻》中仅有七首七言诗比较起来，数量的增多是很显然的。《本朝一人一首》卷一说："《怀风藻》中，才子唯慕《文选》、古诗，而未见唐诗格律之正。"而敕撰三诗集的诗风，则主要是受初唐诗的影响，所以，其作品也以五、七言近体诗为主。但在编排方式上，还是受《文选》的影响为大。

---

① 如欧阳建、苻朗、谢灵运、范晔、吴迈远、顾欢、元子攸、释智恺、释智命、释灵裕等，皆有《临终诗》，欧阳建的作品还收入《文选》卷二十三。

② 参见吉田幸一《怀风藻と文选》，载《国语と国文学》第 9 卷第 12 号，1932 年 12 月。

这一点，在编者的序文中已表现出来。如《凌云集序》云：

> 魏文帝有曰：文章者，经国之大业，不朽之盛事。年寿有时而尽，荣乐止乎其身。信哉。

这出于曹丕的《典论·论文》，见《文选》卷五十二。又如：

> 辱因编载，卷轴生光，犹川含珠而水清，渊流玉而岸润。

这又是模仿了陆机《文赋》中"石韫玉而山晖，水怀珠而川媚"的句式，见《文选》卷十七。《文华秀丽集序》云：

> 或气骨弥高，谐风骚于声律，或轻清渐长，映绮靡于艳流。可谓辂变椎而增华，冰生水以加励。

这出于《文选序》中"若夫椎轮为大辂之始，大辂宁有椎轮之质？增冰为积水所成，积水曾微增冰之凛。何哉？盖踵其事而增华，变其本而加厉"。在分类方面，其模仿的痕迹也十分明显。兹以《文华秀丽集》为例，与《文选》的诗歌分类略作对比，列表如下：

《文华秀丽集》	《文选》
游览	游览
宴集	公宴
饯别	祖饯
赠答	赠答
咏史	咏史
述怀	咏怀
艳情	
乐府	乐府
梵门	
哀伤	哀伤
杂咏	杂诗

从以上的对比中可以看出，其分类方式基本上是延续《文选》之旧。和《文选》略有不同的是，日本的选集在内容上并不排斥艳丽，所以在

分类上,《文华秀丽集》专立"艳情"一目。又因受到佛教影响,所以专立"梵门"类。《经国集》二十卷,现存六卷,诗四卷,其门类分别是"乐府""梵门"和"杂咏",与《文华秀丽集》一脉相承,其书名则取意于《典论·论文》。

这一时期诗坛上的大事是白居易诗的传入。白居易在会昌五年(845)所写的《白氏长庆集后序》中,已经提到日本、新罗诸国传写之本。而据《文德天皇实录》卷三仁寿元年条载,承和五年(838)"因检校大唐人货物,适得元白诗笔",这是见于正史的最早记载。但是,根据《江谈抄》卷四的记载,嵯峨帝时已有"白氏文集一本诗渡来,在御所尤被秘藏"。所以,白诗传入的时间以弘仁六年(815)前后的可能性最大。① 此后,白居易的诗便成为平安时代诗人效仿的典范。后中书王具平(964—1009)《和高礼部再梦唐故白太保之作》云:

  古今词客得名多,白氏拔群足咏歌……中华变雅人相惯,季叶颓风体未讹(自注:我朝词人才子,以白氏文集为规摹,故承和以来,言诗者皆不失体裁矣)。

藤为时同题之作云:

  两地闻名追慕多,遗文何日不讴歌……露胆虽随天晓隔,风姿未与影图讹(自注:我朝口[追?]慕居易风迹者多图屏风,故云)。②

藤原公任(966—1041)所撰之《和汉朗咏集》,选录的汉家诗文共一百九十五首,白居易就占了一百三十五首,元稹以下二十六家总共才六十首,足见时人对白氏的倾倒。③

还有一点值得注意的,就是长短句的创作,《经国集》卷十四所录嵯峨天皇的《渔歌》五首以及三品有智子内亲王和滋野贞主的奉和之作七

---

① 参看津田洁《承和期前后と白氏文集》,载《白居易研究讲座》第 3 卷"日本における受容"(韵文篇),东京:勉诚社 1993 年版。
② 以上二诗俱见《本朝丽藻》卷下,《群书类从》第八辑卷一百二十七,《续群书类从》完成会 1932 年版。
③ 参见川口久雄校注《和汉朗咏集·解说》,"日本古典文学大系"本,东京:岩波书店 1965 年版。

首,实际上是对张志和《渔歌子》五阕的模拟之作,其时代在大同四年至弘仁十四年(809—823)之间,上距张志和的创作还不到五十年。而这,就是日本最早的词。① 录嵯峨帝两首如下:

> 江水渡头柳乱丝,渔翁上船烟景迟。乘春兴,无厌时。求鱼不得带风吹。

> 渔人不记岁时流,淹泊沿洄老棹舟。心自放,常狎鸥。桃花春水带浪游。

这样,也就迎来了平安朝汉诗创作的兴盛期。

2. 自贞观到宽弘可统归入隆盛期。这一时期,一方面诗人仍然大力效法白居易诗,另一方面,也较为广泛地吸取唐人的长处。《本朝一人一首》附录指出:

> 《文选》行于本朝久矣。嵯峨帝御宇,《白氏文集》全部始传来本朝,诗人无不效《文选》、白氏者。然桓武朝空海熟览《王昌龄集》,且其所著《秘府论》,粗引六朝之诗及钱起、崔曙等唐诗为例。嵯峨隐君子读《元稹集》。菅丞相曰:温庭筠诗优美也。公任、基俊所采用宋之问、王维、李颀、卢纶、李端、李嘉祐、刘禹锡、贾岛、章孝标、许浑、鲍溶、方干、杜荀鹤、杨巨源、公乘亿、谢观、皇甫冉、皇甫曾等诸家犹多,加之李峤、萧颖士、张文成等作,久闻于本朝。然则当时文人,涉汉魏六朝唐诸家必矣。藤实赖见《卢照邻集》,江匡房求王勃、杜少陵集,且谈及李谪仙事,则何必白香山而已哉?

当时的诗人,仍然以上层社会的贵族为主,如都良香(834—879)、岛田忠臣(828—892?)、菅原道真(842—903)、纪长谷雄(845—912)、源顺(911—983)、兼明亲王(914—987)、大江匡衡(953—1012)等。流传下来的总集有《扶桑集》《千载佳句》等,别集有《都氏文集》《田氏家集》《菅家文草》《菅家后集》《纪家集》《江吏部集》《法性寺关白御集》等,

---

① 参见神田喜一郎《日本における中国文学——日本填词史话》二"填词の滥觞",东京:二玄社1965年版。

可见一时之盛。而最为突出的表现，乃是当时各种唱和、诗会的繁多，见于史书记载的有如《日本纪略》：

> 延长四年（926）二月十八日，召文人于清凉殿前，玩樱花献诗，又伶人奏歌管。（卷一）
>
> 延长四年九月卅日，于清凉殿前玩菊，有诗宴，题云"篱菊有残花"。（卷一）
>
> 贞元元年（976）三月廿九日丙申，公宴，召文人令赋三月尽诗，召伶人奏音乐。（卷六）
>
> 宽弘二年（1005）三月三日辛亥，今日于御所有诗会，题云"花貌年年同"，序者匡衡。（卷十一）
>
> 宽弘四年四月廿五日辛卯，于一条院皇居命诗宴，题云"所贵是贤才"，公卿以下属文之辈多献诗。题者权中纳言忠辅卿，序者文章博士大江以言，讲师东官学士大江匡衡，又有音乐。（卷十一）

可见正规的诗会有命题者，有作序者，还有讲评者。现在收集在《群书类从》文笔部中的《杂言奉和》《粟田左府尚齿会诗》《天德三年八月十六日斗诗行事略记》《善秀才宅诗合》《殿上诗合》等集，就生动而具体地记录了当时的诗会活动。君唱臣和的方式在唐代颇盛，自唐太宗、中宗、玄宗、德宗到文宗，与臣下唱和不绝，尤其是中宗于景龙二年（708）"置大学士四员，学士八员，直学士十二员……帝有所感即赋诗，学士皆属和，当时人所钦慕"（《唐诗纪事》卷九）。不过，平安时代的诗会主要还是受白居易的影响。白氏参与的唱和集有《三州唱和集》《元白唱和因继集》《刘白唱和集》《洛下游赏宴集》等。如《粟田左府尚齿会诗》便是明显仿照白居易的，如贺茂保胤诗云："移自白家今到此，少年初过第三年（自注：此会始自唐家，传于吾朝，总三个度，故献此句）。"藤原忠贤诗云："白、胡去后百馀年，今日再开尚齿筵。"① 值得注意的是，

---

① 《群书类从》第九辑文笔部卷一百三十四。案：《唐诗纪事》卷四十九载："乐天退居洛中，作尚齿九老之会，其序曰：胡、吉、刘、郑、卢、张等六贤，皆多寿，余亦次焉。于东都敝居履道坊，合尚齿之会，七老相顾，既醉且欢。静而思之，此会希有，因各赋七言六韵诗一章以记之，或传诸好事者。时会昌五年三月二十四日。"

尽管刘禹锡在《送王司马之陕州》中有"两京大道多游客,每遇词人战一场"之句,但是"诗战"的具体情形却没有记录。而《天德三年八月十六日斗诗行事略记》就有详细记载,使后人能够从中推想出唐人"诗战"的大概。①

3. 从宽弘后期开始到平安朝结束,汉诗创作开始衰颓。这一时期值得注意的有几种总集的编集,如《本朝丽藻》(1008?)、《本朝文粹》(1037—1045?)、《朝野群载》(1116)、《本朝无题诗》(1162?)等。此外,由于和歌的兴盛,逐渐引起和歌与诗的接近,如藤原公任的《和汉朗咏集》(1018以后),就将汉诗文句五百八十八首,和歌二百一十六首汇集一册。到崇德帝长承三年(1134)又推行了"相扑立诗歌和",两人相对,以诗为左,以歌为右,诗歌相合,以决胜负。这对于汉诗与和歌的渗透交流应当起到一定的作用。所以到了五山时期,就有人把汉诗、和歌统视为一体,如梦岩祖应所谓"风气之殊,而方言相异,然其寓性情之理矣则一也"(《送通知侍者归乡诗轴序》,《旱霖集》)。希世灵彦也说:"唐诗与和歌,但造文字有异,而用意则同矣。"(《奉和典厩所咏相君席上倭歌二首并序》,《翰林五凤集》卷二十七)

写作汉诗文的参考书,此前已有空海的《文镜秘府论》,在这一时期又有了发展,如《作文大体》《童蒙颂韵》《笔海要津》《江谈抄》等,内容上继承了唐人的诗文赋格。

对于平安朝的诗歌,江村北海曾有这样的总结:

> 我邦与汉土相距万里,划以大海,是以气运每衰于彼而后盛于此者,亦势所不免。其后于彼,大抵二百年。胡知其然?《怀风》

---

① 《略记》载:"左方诗人念人,列坐玉阶北砌。右方诗人念人,列坐玉阶南砌。同四尅许。左右出座,指筹小舍人。顷之,左右方人取纳诗匣升殿,膝行置御前。次召左右四位各二人……各称唯起,升殿候御前。即仰国光保光朝臣为左讲读师,仰文范延光朝臣为右讲读师。次召左右脂烛。次召参议大江维时朝臣,称唯起座,进候御椅子南边,奉敕为判者。次左右读师各舒第一诗,置匣盖上。"此后左右各依题"与月有秋期"作诗一首。"左诗讲毕,次右诗讲毕。时尅之间,判者以右为胜。爰右念人劝杯于左,相分巡行渐毕。"依次往下,最后加以总结。尽管文中说"远稽唐家,近访我朝,初自彼会昌好文之时,至于元和抽藻之世,虽驰淫放之思,未有斗诗之游",但相信这和唐代文人的"诗战"是类似的。《群书类从》第九辑卷一百三十四。

《凌云》二集，所收五言四韵，世以为律诗，非也。其诗对偶虽备，声律未谐，是古诗渐变为近体，齐、梁、陈、隋渐多其作，我邦承其气运者。稽其年代，文武天皇大宝元年，为唐中宗嗣圣十四年（当为"十八年"）。上距梁武帝天监元年，凡二百年。弘仁、天长，仿佛初唐。天历、应和，崇尚元、白，并黾勉乎百年之后。
（《日本诗史》卷四）

无论是从诗歌创作还是评论来看，以上的总结大致符合事实。

二、五山时期

五山时期包括镰仓（1192—1333）、室町（1334—1602）两个时代，约四百年时间，大致相当于我国南宋中期到明代末期。从整体上而言，这一时期的日本文学趋于衰颓。镰仓时代战争频仍，时人重武轻文，导致文苑荒芜。作者多为僧人，特别是五山僧对于文化起到了保存、发展和传承的作用。如果说，王朝时期的诗歌是以朝绅阶层为主的话，那么，五山文学就是以僧侣阶层为主了。

五山十刹是仿照南宋制定的，在日本，其具体所指有一个沿革变迁的过程。① 作为五山文学的创作主体，是由临济宗的禅僧构成的。日本禅宗开创者荣西禅师（1141—1215）在南宋孝宗淳熙十四年（1187）入中国求法，接受的正是临济宗黄龙派第八代嫡孙虚庵怀敞的禅学，属于临济正宗。② 五山汉文学是上承平安时代、下开江户时代的重要环节，在日本文学史上有着重要地位。由于这一时期的作者以僧侣为主，其创作就带有浓厚的禅宗色彩。以集名而论，如《禅居集》《空华集》《蕉坚稿》《了幻集》等，均含佛教义理。而最为突出的是受到了临济宗的影响，所以

---

① 参看上村观光《五山文学小史》之三"五山の起源并に沿革"，《五山文学全集》别卷，京都：思文阁1973年版。

② 释宗泐《日本国建长寺明禅师语录叙》云："至宋南度千光禅师荣西者，参天童虚庵敞公，得禅学以归。日本之有禅宗，则自西公始。"（《大藏经》第八十册，第94页）荣西《兴禅护国论》卷中"宗派血脉论"记载虚庵禅师临别之语曰："此宗自六祖以降，渐分宗派。法周四海，世洎二十，脉流五家：谓一法眼宗，二临济宗，三沩仰宗，四云门宗，五曹洞宗也。今最盛是临济也。"

《临济录》也在他们的作品中随意使用。① 例如，清拙正澄（1274—1339）《贤侍者参径山虚谷和尚》：

> 君不见，临济当年参黄檗，痛棒三回飞霹雳……河南河北建宗旨，禅板拈来安火里。（《禅居集》卷一）

此见于《临济录·行录》。又《厚禅人回闽》：

> 有一无位真人，常在面门出入。

此句为临济禅师的名言。虎关师炼（1277—1346）《答藤侍郎》：

> 逢剑客呈剑，向诗人说诗。（《济北集》卷九）

此出于《临济录·行录》所载之"路逢剑客须呈剑，不是诗人莫献诗"之句。竺仙梵仙（1292—1348）《临禅人》：

> 临济德山久不作，宗门千载成寥寞。茫茫宇宙岂无人，正法瞎驴边灭却。如今尽是天马驹，临济德山皆不如……阴凉大树覆天下，要见末世千人英。（《天柱集》）

此杂采《临济录·行录》语。化用《临济录》最多的可能要推一休宗纯（1394—1481），其《狂云集》中的不少作品，仅仅从标题上便可一望而知，如《"如何是临济下事?"五祖演曰："五逆闻雷"》《临济四料简》《临济烧机案禅板》《赞临济和尚》《赞普化》《黄檗三顿棒》《赞临济和尚》。②五山文学的宗教性特征，于此可见。

王朝文学的崇拜对象是《文选》和白居易诗，五山文学则追求一种新的诗学范式，效仿对象是杜甫、中晚唐诗和宋诗（特别是苏轼和黄庭坚），而取代《文选》地位的就是《三体诗》和《古文真宝》。《三体诗》是南宋周弼编，约成书于淳祐十年（1250），这是随着江湖诗人、市民诗

---

① 日本圆慈《五家参禅要路门》卷一评价《临济录》曰："临济慧照禅师，最初入处痛快，悟后参禅瞥脱。虽有五家各立宗旨，初中后事，头正尾正，中兴如来正法眼藏，明了祖师西来密旨者，则此临济一宗，最为至当而已。是以古来以本录称'录中之王'。"

② 《续群书类从》第十二集下，《续群书类从》完成会 1927 年版。

人群的兴起而出现的有关诗学方面的教科书。当时先后出现的如魏庆之《诗人玉屑》(成于1244年)、方回《瀛奎律髓》(成于1283年)、蔡正孙《唐宋千家联珠诗格》(成于1300年)等，这些书在五山时期都大受欢迎，其中以《三体诗》为最。《绝句钞》卷一有"日域《三体诗》讲说传授之次第"图，录之如下①：

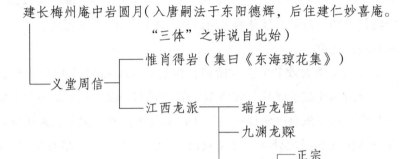

《三体诗》等书的风行，还可以在时人的其他记载中得到印证②，最为明显的，则是各种翻版和注释本的出现。元朝末年，许多中国从事木版雕印的刻工，为了躲避战乱，纷纷东渡日本，在京都的五山寺院得到庇护，同时也就促进了日本印刷业的发展。特别是五山版的书籍，其精美程度与宋元版几乎没有差别。其中除了和佛教相关的书之外，也有文学类的书，数量多达二百馀种。关于杜甫的，有《心华臆断》《杜诗抄》《杜诗续抄》，关于苏轼的，有《天马玉津沫》《四河入海》(《天下白》《蕉

---

① 此据《古事类苑》"文学部"第二册卷十九引，东京：吉川弘文馆1983年版，第485—486页。
② 在义堂周信的《空华日用工夫集》中，就有他某日为二三子讲"三体"诗法，或者与门人有关《三体诗》问答的记录。

雨馀滴》《翰苑遗芳》《胜说》)、《东坡诗抄》，关于黄庭坚的，有《山谷诗抄》《帐中香》《山谷幻云抄》，而关于《三体诗》的，乃有《三体诗抄》（义堂周信）、《三体诗抄》（村庵灵彦）、《三体诗抄》（雪心素隐）、《三体诗绝句抄》《晓风集》[①]，足见当时的诗学趋向。林道春《三体诗古文真宝辩》就指出："本朝之泥于文字者，学诗则专以《三体唐诗》，学文则专以《古文真宝》。"（《罗山文集》卷二十六）这种情况，一直延续到江户时代中期，题名李攀龙的《唐诗选》大行于世，《三体诗》才失去其绝对权威的地位。

五山文学大致分为两大阶段，应永（1394—1428）以前为诗文的时代，此后为注疏的时代。和曹洞宗的道元不一样，五山临济僧人并不排斥外典，对于朱熹的学说也同样予以必要的注意，宋学、朱子学和禅学是有着内在相通之处的。义堂周信（1325—1388）《空华日用工夫略集》永德元年（1381）九月廿二日条云：

> 近世儒书有新旧二义，程、朱等新义也。宋朝以来儒学者皆参吾禅宗，一分发明心地，故注书与章句学迥然别矣。《四书》尽于朱晦庵，晦庵及第以大惠书一卷为理性学本。

又九月廿五日条：

> 汉以来及唐儒者，皆拘章句者也。宋儒乃理性达，故释义太高。其故何？则皆以参吾禅也。

而在许多日僧的交往或师承中，往往能够看到与朱子的千丝万缕的联系。荣西入宋，与窦从周、锺唐杰相交，而窦、周皆为从朱子学的儒者；俊芿（1166—1227）入宋，与楼昉、楼钥相交，二楼则为继承二程学统的儒者，与朱子亦关系密切；一山一宁（1247—1317）师事顽极行弥，而顽极又嗣法于深通朱子学的儒僧痴绝道冲。一山本人的学问倾向就是"博"，其门徒虎关师炼撰《一山国师行状》云："教乘诸部，儒道

[①] 参看上村观光《五山诗僧传》总叙，《五山文学全集》别卷。山岸德平校注《五山文学集、江户汉诗集》解说，"日本古典文学大系"本，东京：岩波书店1978年版。

百家，稗官小说，乡谈俚语，出入泛滥，辄累数幅。是以学者推博古。"（《济北集》卷十）成为朱子学在日本盛行的关键人物。日本僧人所认识到的朱子学的特点，便是以细密集成为标志。中岩圆月（1300—1375）《辨朱文公易传重刚之说》云：

> 朱之为儒，补罅苴漏，钩玄阐微，可以继周绍孔者也。（《东海一沤集》卷二）

万里集九（1428—？）《晓风集》卷首云：

> 文公之诗，虽云一字片言，含蓄六经百家之秀，收拾四海九洲之芳。内则仁义道德，外则比兴雅颂，非易穷者也。

桂林德昌（？—1499）《桂林录·除夜小参》云：

> 譬诸儒宗，则文、武传之周公，周公传之孔子，孔子传之孟轲。孟轲之后，不得其传。迨赵宋中间，濂溪浚其源，伊洛导其流，横渠助其澜，龟山扬其波，到朱紫阳集而大成。

所以，日本禅林的著述，也就具有朱子学的某些特征，如桃源瑞仙的《史记抄》、月舟寿桂的《汉水余波》、笑云清三的《四河入海》、万里集九的《帐中香》等，就是对《史记》《汉书》、苏轼诗和黄庭坚诗的注释，皆详赡细密，类似集注。而他们的"儒释一致论"的观念与实践[①]，也下开江户时代的儒学兴盛。

三、江户时期

江户时期从17世纪初叶到19世纪中后期（1603—1868），约二百六十年，相当于我国的明末到清代同治年间。广濑建（号淡窗，1782—1856）在《论诗赠小关长卿中岛子玉》中回顾了室町到江户时代的诗风演变，指出：

[①] 参见芳贺幸四郎《中世禅林の学问および文学に关する研究》，东京：日本学术振兴会1956年版。久须本文雄《日本中世禅林の儒学》，东京：山喜房佛书林1992年版。

> 昔当室町氏，礼乐属禅僧。江都开昭运，数公建堂基。气初除蔬笋，舌渐涤侏僛。犹是螺蛤味，难比宗庙牺。正、享多大家，森森列鼓旗。优游两汉域，出入三唐篱。格调务摹仿，性灵却蔽亏。里睟自谓美，本非倾国姿。天明又一变，赵宋奉为师。风尘拂陈语，花草抽新思。虽裁敖辟志，转习淫哇辞。楚齐交失矣，谁识乌雄雌。（《远思楼诗钞》卷上）

其后，俞樾（1821—1907）的《东瀛诗选序》正式概括为"二变三期"说，应该也是在其基础上提出的。《序》曰：

> 其国文运，肇于天、贞，盛于元、保。而天、贞间之诗，不可得而见。所见者，自元和、宽永始，在中国则前明万历、天启时也。自是至于今，垂三百年，人材辈出，诗学日盛。其始犹沿袭宋季之派，其后物徂徕出，提唱古学，慨然以复古为教，遂使家有沧溟之集，人抱弇州之书。词藻高翔，风骨严重，几与有明七子并辔齐驱。传之既久，而梁星岩、大窪、天民诸君出，则又变而抒写性灵，流连景物，不屑以模拟为工。而清新俊逸，各擅所长，殊使人读之有愈唱愈高之叹。

由此可知，正德（1711—1716）、享保（1716—1736）以前为第一期，此后为第二期，天明（1781—1789）以后为第三期。这与广濑建的说法是接近的。

第一期的诗风延续着五山文学的馀习，故"犹沿袭宋季之派"。从当时整个文化背景来看，藤原斋（号惺窝，1561—1619）从以佛教为主的"儒佛一致"论中挣脱出来，使儒教独立，成为江户时代的程朱学兴盛的祖师。其门下的林忠（号罗山，1583—1657）、松永遐年（号尺五，1592—1657）、堀正意（号杏庵，1585—1642）、那波觚（号活所，1595—1648）号称四大天王，他们的努力更使宋学在江户初期风靡一时。《东瀛诗选》以林忠之作开卷，也是为了突出其"筚路蓝缕，以启山林"的地位。

第二期的诗风由沿袭宋调转为崇尚唐音。这与荻生双松（号徂徕，

1666—1728）的倡导有着密切关系。他的儒学观是以"六经"为中国圣人之学，而朱子的《四书》孕育着心学，实质上是老庄之学。所以他主张掌握古文辞，从而理解"六经"中记载的圣人之道。①以他为代表的学派，也就称作"蘐园学派"或"古文辞学派"。这种复古的要求，也促使他极力推崇李攀龙（字于鳞，号沧溟，1514—1570）。作为明代后七子领袖之一的李攀龙，"高自夸许，诗自天宝以下，文自西京以下，誓不污我毫素也……操海内文章之柄垂二十年"（《列朝诗集小传》丁集上）。于是，托名李攀龙编的《唐诗选》，在江户时代就兴盛一时。其重印的次数多达二十次，印数近十万部。②与之相关的，还有《唐诗选画本》《唐诗选国字解》等书的问世，尤其值得注意的是，这类书上还往往印有"不许翻刻，千里必究"或"至于沧海，不许翻刻"的字样，这种版权意识与此类书的有利可图是结合在一起的。这也从一个侧面说明当时的诗风，以及汉诗创作民间化的趋向。当然，对于《唐诗选》的称扬，在物徂徕以前已有，但未成风气。③李攀龙的诗歌诸体中以七律为最，但格调辞意，也颇多重复④，江户第二期汉诗亦有此弊。俞樾指出：

> 东国自物徂徕提唱古学，一时言诗悉以沧溟为宗。高华典重，乍读之亦殊可喜。然其弊也，连篇累牍，无非天地、江湖、浮云、白日，又未始不取厌于人。（《东瀛诗选》卷十）

---

① 参见阿部吉雄等著，许政雄译《日本儒学史概论》第三章"江户时代的儒教"，台北：文津出版社 1993 年版。

② 李攀龙曾编过《古今诗删》，所谓《唐诗选》乃是书贾以其中的唐诗部分为基础纂成，《四库全书总目》卷一百八十九《古今诗删》提要指出："流俗所行，别有攀龙《唐诗选》。攀龙实无是书，乃明末坊贾割取《诗删》中唐诗，加以评注，别立斯名。"当然，此书反映的观点仍然是李攀龙的诗论，这也是其大受欢迎的原因所在。参见村上哲见《〈唐诗选〉の话》，收入其《汉诗と日本人》，东京：讲谈社 1994 年版。

③ 《日本诗史》卷四指出："有先于徂徕已称扬七子者，《活所备忘录》曰：'李沧溟著《唐诗选》，甚契余意，学诗者舍之何适？'……永田善斋《赠徐杂录》亦论及七子。而尔时气运未熟，故唱之而无和者。迄徂徕时，其机已熟……而其诗虽曰宗唐，亦唯明诗体格。"

④ 《列朝诗集小传》丁集上载王承甫《与屠青浦书》评论李诗云："七言律最称高华杰起。拔其选，即数篇可当千古；收其凡，则格调辞意，不胜重复矣。海陵生尝借其语，为《漫兴》戏之曰：'万里江湖迥，浮云处处新。论诗悲落日，把酒叹风尘。秋色眼前满，中原望里频。乾坤吾辈在，白雪误斯人。'云云，大堪绝倒。"

所以此下诗风，又不得不变。

天明以后属第三期，人们集中于对李攀龙及其《唐诗选》的批评，这种批评的论调其实在物徂徕殁后就已开始。如太宰纯（号春台，1682—1747）《诗论附录》已指出："于鳞诗用套语者多，所以不及唐人也。"①天明朝以后，痛斥"伪唐诗"，提倡宋诗的议论更多。《五山堂诗话》卷一曰：

> 山本北山先生昌言排击世之伪唐诗，云雾一扫，荡涤殆尽。都鄙才子，翕然知向宋诗，其功伟矣。

山本北山（1752—1812）之语，主要见于《作诗志彀》和《孝经楼诗话》中，如后者卷上指出：

> 《唐诗选》，伪书也；《唐诗正声》《唐诗品汇》，妄书也；《唐诗鼓吹》《唐三体诗》，谬书也；《唐音》，庸书也；《唐诗贯珠》，拙书也；《唐诗归》，疏书也；其他《唐诗解》《唐诗训解》等俗书，不足论也。特有宋义士蔡正孙编选之《联珠诗格》，正书也。

所以此下的诗风，又转而学宋。特别是当时的作者层，已经完全突破儒士的圈子，扩大到民间，所以在宋诗中，晚宋江湖、四灵派精巧清新的诗风大受欢迎。天明七年（1787）成立了江湖诗社，以市河宽斋（1749—1820）为盟主，提倡清新的性灵诗。菊池五山（1769—1849）在《五山堂诗话》卷一写道：

> 人生聚散亦复难常，二十年间江湖社一离一合，吟席殆无暖日。乙巳②余归江户，如亭见赠云："叶水心初出宦途，四灵复聚旧江湖。"盖以余当水心也。

诗中的"四灵"原指南宋江湖诗人，即活跃于永嘉的徐玑（号灵渊，1162—1214）、徐照（字灵晖，？—1211）、赵师秀（字灵秀，1170—

---

① 《续续日本儒林丛书》第二册，文化二年（1805）版。
② 据揖斐高校注，"乙巳"当为"乙卯"（宽政七年）或"丁巳"（宽政九年）之误，"新日本古典文学大系"本。

1219）、翁卷（字灵舒），这里用来借指江户江湖诗社中的柏木如亭（1763—1819）、大窪诗佛、菊池五山和小岛梅外（1772—1840），这种借喻和他们诗风的类似是有关的。江湖诗社在当时影响很大，"一时才俊靡然从之"①，"四方之士，来参于社者，前后千馀人"②。

书商刻印书籍也是诗风转变的方向标。比如文化（1804—1818）初年青藜阁、宫商阁、庆元堂含有广告性质的出版书目云：

国家文明之化大敷，诗文一变，伪诗废而真诗兴。宋诗者，真诗也，故应时运，新刻宋诗以行于世，镌书目开列于左方：
《苏东坡诗钞》《黄山谷诗钞》《陆放翁诗钞》《范石湖诗钞》《巾箱本联珠诗格》《真本联珠诗格评注》《宋诗钞》《元诗钞》《宋诗础》《增订宋诗础》《秦淮诗钞》《三大家绝句》《宋诗诗学自在》。

《联珠诗格》是以宋人绝句为主的选本，"三大家"则指杨万里、范成大、陆游，皆为宋人。宋诗选本的大量刊印，正透露出当时诗坛风气的转变。

这一期诗歌中还有一点值得注意的，就是闺秀诗的兴起。本来，日本的汉诗写作似乎是须眉的专利，女性使用的体裁往往局限于和歌与物语。即使写作汉诗，也是偶一为之。③但是到了这一时代，女性写作汉诗也渐成风气。《五山堂诗话》卷二称："余每逢闺秀诗，必抄存以广流传。"水上珍亮辑有《闺媛吟藻》，俞樾《东瀛诗选》卷四十也专收闺秀之作。冼玉清在《广东女子艺文考·自序》中，曾经指出"名父之女""才士之妻"和"令子之母"为女性文学成立的三要素。从日本的闺秀诗看来，也不能例外。如张景婉为梁川公图（1789—1858）之妻，有《红兰小集》二卷；江马细香（1787—1861）为江马兰斋之女，又从学于赖襄（号山阳，1780—1832），有《湘梦遗稿》二卷；津田桂（号兰蝶），横山致堂

---

① 斋藤谦《玉池吟筑记》，《星岩集》丁集卷一。
② 湘云橘颂《玉池吟社诗凡言》，《古事类苑》"文学部"第二册，卷二十。
③ 如《经国集》卷十四所录公主有智子内亲王的《杂言奉和渔家二首》，就是仿照张志和的《渔歌子》而作，所以《本朝一人一首》评之为"本朝女中，无双秀才"。虽然如此，在江户时代以前，写作汉诗的女性及其作品寥寥可数。

之室，俞樾云："兰蝶为横山元配，横山继配兰畹亦能诗，其长女琼翘自幼即娴诗画，一门风雅，望之如神仙中人。"鲈泽（号采兰）为鲈松塘女，俞樾云："名父之女，宜能诗矣。"鲈澧（字兰畹），据俞氏推测，"当为采兰之妹，盖亦松塘之女也"。此外，如三田文、铃木与素、岩田滨、三田载、三上邑、鹈饲金等，皆为鲈松堂女弟子。所以俞樾云："松塘门下女弟子甚多，有随园之风矣。"尽管从整体上看，闺秀诗还远不能与男子相比，但这一创作群体的出现，正从一个角度折射出江户汉诗坛的兴盛局面。

（四）明治以后

从1868年开始，日本历史进入明治时代。尽管维新以后，欧美文学大量涌入文坛，但汉诗的写作却并未因此而凋零，反而出现了前所未有的兴盛。报纸上所开辟的栏目中，有短歌、俳句和汉诗，欢迎一般的读者踊跃投稿。而且，讲到诗，大家所联想到的就是汉诗，用日语写的诗，则称之为"新体诗"。当时创作成绩突出，仅明治三十年（1897）之前出版的汉诗总集就有十多种：

《明治三十八家集》	明治三年
《东京才人绝句》	明治八年
《明治好问集》	同上
《旧雨诗钞》	明治十年
《明治诗文》	明治十年至十二年共三十集
《新撰名家诗文》	同上
《明治十家绝句》	明治十一年
《今世名家诗钞》	明治十二年
《明治回天诗》	明治十三年
《明治名家诗选》	同上
《明治百二十家绝句》	明治十五年
《明治俊杰诗选》	明治二十七年

黄遵宪在《明治名家诗选序》中特别指出："维新以来，文网疏脱，捐弃忌讳，于是人人始得奋其意以为诗，所以臻此极盛也……专集总集

之编，相继出于世，是可以觇国运矣。"而在诸体之中，尤以绝句为多且工，黄遵宪《日本杂事诗》卷一自注亦称"七绝最所擅场"。同时，明治时期也是日本词坛的兴盛期，神田喜一郎《日本填词史话》上下册，其中约六百页的篇幅是讨论明治时期的词作与词论的。

诗歌创作兴盛的标志之一是诗社的林立，即《日本杂事诗》卷一中所说的"文酒之会，援笔长吟，高唱往往逼唐、宋"。仅明治初期的诗社就有旧雨社、回澜社、茉莉诗社、下谷吟社、七曲吟社、晚翠吟社、麴坊吟社、丽泽社等。①

从诗风来看，明治初期的诗人多受袁枚（1716—1798）的影响，黄遵宪指出，当时日本诗人对"白香山、袁随园尤剧思慕，学之者十八九。《小仓山房随笔》亦言鸡林贾人争市其稿，盖贩之日本，知不诬耳"（《日本杂事诗》卷一）。袁枚主张诗歌要写出"性灵"，所以推崇杨万里的诗，讲究"风趣"。② 于是，起源于江户时代的"狂诗"，到此时也发展极盛。所谓"狂诗"，原是一种内容滑稽、写法风趣的作品，最早可追溯至五山时期一休宗纯的《狂云集》。琴台老人《江户名物狂诗选序》称："我土所谓狂诗者，遇物抒情，能写性灵，与风人旨无以异焉。"此外，以大沼厚（1818—1891）为首的"下谷吟社"，则崇尚宋诗，以陆游为宗；森鲁直（1819—1889）为首的"茉莉吟社"，又推尊清诗，以吴伟业（1609—1672）、王士禛（1634—1711）为圭臬。此后以森槐南（1863—1911）为首的"星社"，也还是以清诗为宗。黄遵宪说日本汉诗"逮乎我朝，王（士禛）、袁（枚）、赵（翼，1727—1814）、张（船山，名问陶，1764—1814）四家最著名，大抵皆随我风气以转移也"（《日本杂事诗》卷一）。明治后期，欧美文学的势力进一步加深，时人"变而购美人诗稿，译英士文集"（同上），汉诗创作也就日趋式微。但考察日本汉诗的

---

① 参看王晓平《近代中日文学交流史稿》第七章"明治汉诗与中国文学"，湖南文艺出版社1987年版。

② 《随园诗话》卷一云："杨诚斋曰：'从来天分低拙之人，好谈格调，而不解风趣。何也？格调是空架子，有腔口易描；风趣专写性灵，非天才不办。'余深爱其言。"

形成、发展、兴盛、衰落，都或迟或早地与中国诗歌有着此起彼伏、桴鼓相应的关系。作为汉文化圈中的一个部分，域外汉诗也从一个侧面展示了历史上的中国文化，对于周边国家和地区的文化所起到的核心与种子的作用。

下编

词曲史略

第九章　词体的形成

第一节　词体的起源——音乐与文学

在中国诗歌史上，音乐与文学的关系是非常紧密的。"诗三百"是文学、音乐、舞蹈三位一体，下及乐府、唐诗、宋词、元曲，都与音乐有着不解之缘。就可考者大致说来，其分合要经历三个阶段：起初是诗乐相配，先诗后曲，谓之"协律"；继而是依曲配诗，而内容不一定受曲名限制，有时甚至"哀声而歌乐词，乐声而歌怨词"(《梦溪笔谈》卷五《乐律一》)；最后是诗脱离音乐而独立。"词"是一种音乐文学，是随着隋唐燕乐而兴起的新的格律诗。这和乐府所隶的清商之乐、《诗经》所隶的雅乐是不同的。从历史上来看，燕乐之名早已有之，如《周礼》中已多次记载，指的是君臣下及四方之宾燕饮所用之乐，其音乐中杂有夷乐，其歌词为周南和召南（亦即"二南"）[①]。《隋书·经籍志》曾著录《晋燕乐歌辞》，其内容不详。而隋唐燕乐是当时的新乐，正如沈括《梦溪笔谈》卷五《乐律一》指出：

> 外国之声，前世自别为四夷乐。自唐天宝十三载（754），始诏法曲与胡部合奏，自此乐奏全失古法。以先王之乐为"雅乐"，前世新声为"清乐"，合胡部者为"宴（燕）乐"。

所以，燕乐代表了四均（即宫、商、角、羽）二十八调系统的所有俗乐，其主要来源是俗乐与胡乐的交融，即所谓"合胡部者"，这从一个侧面反映了唐代民族文化的大融合，所以日本、高丽都将燕乐称作"唐乐"。尽管燕乐的内涵与世更替，但其基本特征还是宴飨之乐，其音乐来源还

[①] 孙诒让《周礼正义》云："乡人用之，谓之乡乐；后夫人用之，谓之房中之乐；王之燕居用之，谓之燕乐。名异而实同。"

是胡俗交融。作为歌词的部分,则有齐言、杂言之分,齐言者即为"声诗",而杂言歌辞也并非出于齐言,乃是同时并存的。①

词既然是配乐演唱的,那么,乐曲也就是词调的来源。隋唐以来乐曲丰富,但并非都能转为词调。最早的词调,大致可以追溯至隋曲。王灼《碧鸡漫志》卷一指出:"盖隋以来,今之所谓曲子者渐兴,至唐稍胜。"如隋炀帝杨广的《纪辽东》二首,王胄和作二首,皆采用七、五相间的句式,每首八句,是最早的燕乐杂言歌辞:

> 辽东海北翦长鲸,风云万里清。方当销锋散马牛,旋师宴镐京。
> 前歌后舞振军威,饮至解戎衣。判不徒行万里去,空道五原归。

此调入唐后仍然流行,如敦煌曲中的《求因果》四十五首,格调句式皆同。②但词调的主要来源,还是盛唐和中唐之曲。唐曲中最值得注意的是太常曲和教坊曲。《乐府诗集》卷七十九《近代曲辞》云:

> 凡燕乐诸曲,始于武德、贞观,盛乎开元、天宝,其著录者十四调二百二十二曲。

当时还将这十四调刊石立碑,颁示中外。③从中也可知道,燕乐二十八调系统至此尚未完全形成,但十四调实为重要关键。④太常乐中转为词调的寥寥可数,仅有《泛龙舟》《苏幕遮》《十二时》《倾杯乐》《感皇恩》数曲而已。对词调的形成影响较大的是教坊曲。教坊本指教习音乐歌舞之所,故集中了来自域外和民间的乐曲。崔令钦《教坊记》备载开元、天宝间的教坊曲名,据今人的考订,这些曲中演变为唐五代词调的有七十九曲,以五七言声诗为曲辞的有三十曲,入宋后转为词调的又有

---

① 任半塘《唐声诗》(上编)指出:"齐言、杂言并下,二者是同辈弟兄关系,并非两代父子关系。"上海古籍出版社1982年版,"弁言"第6页。另可参见任半塘、王昆吾编著《隋唐五代燕乐杂言歌辞集》,巴蜀书社1990年版。
② 辞已收入《隋唐五代燕乐杂言歌辞集》卷十一。
③ 参看《唐会要》卷三十三所记"太常十四调碑"。
④ 关也维《从新疆的古老音乐探索燕乐及其调式音阶理论》分析了十四调名称,认为是"清商乐、胡乐与雅乐等多种调音阶汇集而成,尚未形成完整的燕乐调式音阶体系",载《音乐研究》1984年第2期。

四十餘曲。① 可见，教坊曲与唐五代词调的关系是非常密切的。安、史之乱对于教坊和梨园造成很大的破坏，于是教坊乐曲也就随着乐人的流落四方而传播到各地。② 同时，随着城市经济的发达，妓女（当时称饮妓、酒妓或酒令歌妓）也走上了商业化的道路。她们在饮宴之上侑酒助觞，娱宾遣兴，造成一时之盛。③ 刘禹锡《路傍曲》云："处处闻弦管，无非送酒声。"白居易《长安道》云："花枝缺处青楼开，艳歌一曲酒一杯。美人劝我急行乐，自古红颜不再来。"李群玉《索曲送酒》云："帘外春风正《落梅》，须求狂药《结愁》回。烦君玉指轻拢捻，慢拨《鸳鸯》送一杯。"至欧阳炯《花间集序》更是形容为"家家之香径春风，宁寻越艳；处处之红楼夜月，自锁嫦娥"。于是歌舞也就渐渐变成酒筵上的主要节目，文人也为之撰写酒令著辞。"著辞"是唐人创造的词语，源于依调作词的观念。在唐代可分为三种情况，即依乐作辞，依调唱辞和依酒令设辞。唐代曲子词中的相当部分，其性质就是酒令著辞，由此而造成了曲子词的兴盛。④

第二节　词体的形成——从《云谣集》到《花间集》

晚唐五代，成都作为当时最繁荣的城市之一，当然也是歌舞兴盛之地。《花间集序》中称：

> 绮筵公子，绣幌佳人。递叶叶之花笺，文抽丽锦；举纤纤之玉指，拍按香檀。不无清绝之辞，用助娇娆之态。

文人曲辞总集始于《花间集》，也不是偶然的。欧阳炯在说到《花间集》

---

① 参见任二北《教坊记笺订》、吴熊和《唐宋词通论》。
② 杜甫《秋日夔府咏怀奉寄郑监审李宾客之芳一百韵》云："南内开元曲，当时弟子传。法歌声变转，满座涕潺湲。"王建《温泉行》云："梨园弟子偷曲谱，头白人间教歌舞。"杨巨源《送宫人入道》云："弟子抄将歌遍叠，宫人分散教衣裳。"都是对当时情形的真实刻画。
③ 曲子词初起之时，演唱者为伶工歌女，场合在歌筵酒席，皆有特定背景，非随时随地随人可为。所以《义山杂纂》"恶模样"条有"对丈人丈母唱艳曲"，又"养女训诲"条有"艳词不唱"（或作"不唱俚曲"）。这也反映出当时社会的一般观念。
④ 参见夏承焘《令词出于酒令考》，载《词学季刊》1936 年第 3 卷第 2 号；王小盾《唐代酒令艺术》，台北：文津出版社 1993 年版。

的性质时，赋予了一个"诗客曲子词"的名称。那么，与此相对的名词便应该是民间曲子词，敦煌石室中所藏之唐人写本曲子词《云谣集》的重现，不仅使人从中看到倚声之"椎轮大辂"（朱祖谋《云谣集跋》），而且也更清晰地展示出曲子词从民间到文人的发展历程。①

《云谣集》杂曲子共三十首，所使用的词调，有《凤归云》《天仙子》《竹枝子》《洞仙歌》《破阵子》《浣沙溪》②《柳青娘》《倾杯乐》《内家娇》《拜新月》《抛球乐》《渔歌子》《喜秋天》等十三曲。其中除《内家娇》以外，其馀十二调均见于《教坊记》③，可知皆为当时的流行曲调，从而逐渐演变为词调的。

《云谣集》作为民间曲子词，在形式上是长短杂言，而风格乃鄙俚朴质。从词调上来看，则既有小令，又有慢词。就内容而言，也颇为丰富。任二北《敦煌曲初探》根据其校录的五百四十五首曲子，按内容区分为二十类。王重民《敦煌曲子词叙录》曰："今兹所获，有边客游子之呻吟，忠臣义士之壮语，隐君子之怡情悦志，少年学子之热望和失望，以及佛子之赞颂，医生之歌诀，莫不入调。"现代学者往往根据《云谣集》中的内容及技巧，推测其中的部分作品产生于盛唐开元、天宝之世。④所以，文人创作之前，民间已有此类词体的雏形。不过，这毕竟是"倚声椎轮大辂"，如其中有衬字，一调中字数不定、平仄不拘、叶韵不定诸特征，都表明这是属于草创时期的作品。而由于敦煌曲子词同样是被之管弦，为刺激感官，所以下语往往"极怒极伤极淫而后已"（《敦煌曲初探》）。如《内家娇》云：

> 两眼如刀，浑身似玉，风流第一佳人。及时衣着，梳头京样，素质艳丽情春。善别宫商，能调丝竹，歌令尖新。任从说洛浦阳

---

① 冒鹤亭《新斠云谣集杂曲子·发凡》认为此集为北宋写本，时代乃在柳永之后，其说未为学术界所采。收入《冒鹤亭词曲论文集》，上海古籍出版社1992年版。有关《云谣集》的诸校本，自《彊村丛书》本以下，有十馀种之多，以潘重规《敦煌云谣集新书》为晚出且可靠。

② 潘重规校曰："伯三五〇一《舞谱》，有《凤归云》《浣溪沙》等调名，此似当作《浣溪沙》。"《敦煌云谣集新书》，台北石门图书公司1977年据作者手写本影印，第119页。

③ 参看任二北《敦煌曲初探》第二章"曲调考证"，上海文艺联合出版社1954年版。

④ 参看龙沐勋《中国韵文史》下编及任二北《敦煌曲初探》。

台,谩将比并无因。　半含娇态,逶迤缓步出闺门。搔头重慵憽不插,只把同心,千遍撚弄,来往中庭。应长降王母仙宫,凡间略现容真。

又如《渔歌子》:

　　洞房深,空悄悄,虚把身心生寂寞。待来时,须祈祷,休恋狂花年少。　淡匀妆,周旋妙,只为五陵正渺渺。胸上雪,从君咬,恐犯千金买笑。

中唐以降,文人才士将曲子词带到"尊前"与"花间",也就必然对民间词进行了一番"雅化"的工作,如韦应物等人的《宫中调笑》、张志和的《渔父歌》、刘禹锡的《潇湘神》等。特别是刘禹锡仿照民间《竹枝词》的格调,明确表示是为了改变原唱的"词多鄙陋"。而颜真卿、张志和等人的《渔父歌》,不仅笔之于文,而且图之于像,造成很大影响。① 白居易《长相思》乃酒筵间著词,为双调形式,其词亦甚雅:

　　汴水流,泗水流。流到瓜洲古渡头,吴山点点愁。　思悠悠,恨悠悠。恨到归时方始休,月明人倚楼。

而此时曲词最大的特征,还在于写作方法上明确表示是"依声制词"。如白居易有《忆江南》三首,为"三五七七五"的句法,刘禹锡亦有二首,并自称"和乐天春词,依《忆江南》曲拍为句"(《乐府诗集》卷八十二)。这是确立词体的开端在文献上的最早记载,从此以后,就进入了依谱填词的阶段。有了不同于诗律的词律,词体也就走上独立发展的道路,不仅与诗歌划界,而且与声诗也有了区别。《梦溪笔谈》卷五指出:"唐人乃以词填入曲中……贞元、元和之间,为之者已多。"但中唐文人,对于曲子词还只是偶一染指,所以文人词真正的兴盛,还要到晚

---

① 朱景玄《唐朝名画录》"逸品"张志和条载:"颜鲁公典吴兴,知其高节,以《渔歌》五首赠之。张乃为卷轴,随句赋象。"这也扩大了此体的影响。道诚《释氏要览》卷下"法曲子"条载:"今南方禅人,作《渔父拨棹子》唱道之词,皆此遗风也。"当指元和、会昌年间的德诚所作《渔父拨棹子》三十六首等。不过,僧人所写的"渔父"词,往往寄寓了将芸芸众生度出苦海的宗教意味,涂上了佛教色彩。

唐五代，代表作品就是当时文人词总集——《花间集》。

温庭筠（812？—866）是《花间集》中的代表。《花间集序》中称："自南朝之宫体，扇北里之倡风。"将花间词风追溯至齐梁宫体。《人间词话》所谓"读《花间》《尊前集》，令人回想徐陵《玉台新咏》"，也是这个意思。这以温庭筠为最，其词集名为《金荃集》，就是取其香而软的意思，《旧唐书》本传上说他"能逐弦吹之音，为侧艳之词"。"香软""侧艳"正是花间词风的典型，如列于《花间集》卷首的《菩萨蛮》，便是其代表：

> 小山重叠金明灭，鬓云欲度香腮雪。懒起画蛾眉，弄妆梳洗迟。
> 照花前后镜，花面交相映。新贴绣罗襦，双双金鹧鸪。

张惠言《词选》中曾以此篇意旨为"感士不遇……'照花'四句，《离骚》初服之意"。这被王国维讥讽为"深文罗织"（《人间词话》）。从词体兴起于歌筵酒席的事实来看，温词未必有这样的托寓。但"诗客曲子词"所使用的意象，往往合于古典诗歌比兴寄托的传统意象（如"懒起""蛾眉""弄妆""梳洗"等），提供了"过度阐释"的基础。这也是文人词区别于民间词的特色之一。

《花间集》是文人词作的第一部总集，因此在词史上有着崇高的地位，陈振孙称之为"近世倚声填词之祖"（《直斋书录解题》卷二十一）。其特色可从内容与形式两方面言之。就前者而言，由于词是应歌而作，所谓"倚丝竹而歌之，所以娱宾而遣兴"（陈世修《阳春集序》），因此其内容也以艳情为主①。但毕竟是文人之作，所以在风格上"深美闳约"（张惠言《词选》）。如温庭筠《菩萨蛮》的"画罗金翡翠，香烛销成泪。花落子规啼，绿窗残梦迷"（《花间集》卷一）。《更漏子》的"梧桐树，三更雨，不道离情正苦。一叶叶，一声声，空阶滴到明"（同上）。

---

① 这里可以温庭筠为例说明，如其诗集中的内容便相当丰富，有的同情民生疾苦，如《烧歌》；有的咏史以寄慨，如《过陈琳墓》；有的讽刺当世，如《华清宫二十二韵》；有的抒发感愤，如《寓怀》。但其词的内容却颇为单一，这和词在当时的作用是有关的。参看缪钺《〈花间〉词平议》，载缪钺、叶嘉莹《灵谿词说》，上海古籍出版社1987年版。

虽然有些作品不免于淫艳①，但从整体上看，花间词人的遣词造句堪称珠圆玉润。从形式上看，《花间集》中的作品在格律上趋于规范化。温庭筠是一个精通音律的人，他"善鼓琴吹笛，亦云有弦即弹，有孔即吹"（《北梦琐言》卷二十）。以他为代表的花间词人，就能一方面使格律规范化，改变了《云谣集》中同一词调长短不均的现象；另一方面，使每一词调的平仄趋于严整，对词律有推进之功②。因此，在词史上，特别是在北宋词人看来，《花间集》不啻为一填词范本，是倚声家的标准和正宗。陈振孙说晏几道的词"独可追逼《花间》"（《直斋书录解题》卷二十一），就是一个相当高的评价。

《花间集》中与温庭筠齐名的词人是韦庄（836—910），但两人的词风却并不一致。韦词最值得注意的是用简淡的笔调抒写真情，这对完全应歌而作、"空里传恨"的曲词而言是一个重要的改变。文人以词为抒情工具，使之脱离音乐，最早就可以追溯至韦庄。他的有个性、有独特情事的词下开了李煜、苏轼和辛弃疾词③。

文人词在晚唐五代兴盛，就地域而言乃在南方，主要是西蜀和南唐。由于词在音律上的要求较诗更为细密，不仅分平仄，而且在仄声中更分上去入，所以词体兴盛于南方，词人的籍贯多为南人④。这除了与当时南方城市经济的发达以及富艳旖旎的商业社会风情有关之外，可能还包含有方言的因素，因为南方人对字音上、去、入的区分要比北方人容易得多。而南方山水人物的柔媚，也因此而使花间词风带上了浓厚的婉丽色彩。

---

① 如欧阳炯《浣溪沙》："相见休言有泪珠，酒阑重得叙欢娱，凤屏鸳枕宿金铺。　兰麝细香闻喘息，绮罗纤缕见肌肤，此时还恨薄情无？"（《花间集》卷五）况周颐《蕙风词话》卷二指出："自有艳词以来，殆莫艳于此矣。"

② 夏承焘《唐宋词字声之演变》指出："飞卿以侧艳之体，逐管弦之音，始多为拗句，严于依声。往往有同调数首，字字从同；凡在诗句中可不拘平仄者，温词皆一律谨守不渝。"收入其《唐宋词论丛》，上海古典文学出版社1956年版，第54页。

③ 参见夏承焘《论韦庄词（代序）》，刘金城《韦庄词校注》，中国社会科学出版社1981年版。

④ 据唐圭璋《两宋词人占籍考》，宋词中作者籍贯可考者共八百七十一人，其中绝大多数是南方人，特别以浙江、江西、福建、江苏为多。收入其《词学论丛》，上海古籍出版社1986年版。

第三节　诗词异同——兼论词体的特征

诗词异同的问题，在北宋已有人提出。如《后山诗话》说"子瞻以诗为词"，又载时人语云："苏子瞻词如诗，秦少游诗如词。"词作为继诗而起的一种新的抒情文体，两者间的联系和区别特别易于引起人们的注意。从严文体之别的角度出发，"以诗为词"或"以词为诗"，即使写得再好，也会受到"要非本色"的讽刺。所以就有人自觉意识到词体有其本身的特征，尽管评价不一。苏轼在《上陈季常》中写道："又惠新词，字字警拔，诗人之雄，非小词也。"（《苏轼文集》卷五十三）李之仪（1038—1117）在《跋吴思道小词》中认为："长短句于遣辞中最为难工，自有一种风格，稍不如格，便觉龃龉。"（《姑溪居士文集》卷四十）而以李清照（1084—约1155）《词论》中提出的词"别是一家"（《苕溪渔隐丛话》后集卷三十三）的意见，最为直截痛快。而从抒情状物的角度言之，二者又有类似，所以王若虚（1174—1243）说"诗词只是一理，不容异观"（《滹南诗话》卷二）。清代谢章铤《赌棋山庄词话》卷十二也指出："夫词之于诗，不过体制稍殊，宗旨亦复何异？"便是就其同者而言之。诗词以及词曲的不同特征，只有在比较中才能得到较为清晰的说明。

一、"词"的字义及其演变

"词"字意义最早在《说文解字》司部有所说明：

> 䛐，意内而言外也。

清人段玉裁《说文解字注》又作了进一步的解释：

> 䛐与辛部之辞，其意迥别……辞谓篇章也，䛐者意内而言外，从司言，此谓描绘物状，及发声助语之文字也。积文字而为篇章，积䛐而为辞。

显然，这里所说的"词"是词汇之"词"，这一意义向文学的转变，应该在《楚辞》中。"辞"在先秦主要有三方面的意义：一是宗教的意义，如卜辞、蜡辞、祝辞等；一是政治的意义，特别是指外交辞令，如屈原之"娴于辞令"(《史记·屈原列传》)；三是文学的意义，即指文辞。"词"正在这一意义上可与"辞"通用，如《离骚》中有"就重华而陈词""跪敷衽以陈辞"，《九章·抽思》中有"结微情以陈词""兹历情以陈辞"等。所以到了汉代，与"诗人"相对，便有了"辞人"之称①，专指《楚辞》系统的辞赋家。而到了齐梁时代，便进一步用以代指一般意义上的文学家②，有时也用"词人"来指代，如萧统《文选序》所谓"词人才子"。至于"词"与歌词的意义发生联系，则始于乐府。如《宋书·乐志》中所记载的"对酒,《短歌行》,武帝词；秋风,《燕歌行》,文帝词"等。总之，到了六朝时代，已有了将"词"的意义偏于歌辞的趋势。③唐代以来，作为一种文体，"词"由于具有配乐而歌的特征，于是被冠以特定的曲词名，如"浣溪沙词""菩萨蛮词"等，或者径以"曲子词"统称之。由于"词"是产生于歌筵、服务于侑酒的文体，和"言志"的诗、"载道"的文比较起来，词不仅不是士大夫必须的修养，而且早期在某种意义上说，写词甚至是有损于名望的。④到宋代，词体独立，但称名不一，除"词"以外，还有"乐府""长短句""乐章""歌曲""诗馀"等近二十种名称。⑤

词起源于歌筵酒席之上，其作用无非是"娱宾遣兴"(陈世修《阳春集序》)、"聊佐清欢"(欧阳修《采桑子》小引)，所以表达的未必是作者的真情实感，正如田同之《西圃词说》指出的："诗人之词真多而假少，词人之词假多而真少。"把词当作诗来创作，始于苏轼，即所谓"以诗为词"，这多少改变了人们视词为"小道"的观念。词中也渐渐分出"侧艳"

---

① 扬雄《法言·吾子》："诗人之赋丽以则，辞人之赋丽以淫。"
② 沈约《宋书·谢灵运传论》指出："自汉至魏，四百馀年，辞人才子，文体三变。"
③ 参见村上哲见《对于"词"的认识及其名称的变迁》，收入王水照、保苅佳昭编选《日本学者中国词学论文集》，邵毅平、沈维藩等译，上海古籍出版社1991年版。
④ 孙光宪《北梦琐言》卷六载："晋相和凝，少年时好为曲子词，布于汴、洛。洎入相，专托人收拾焚毁不暇。然相国厚重有德，终为艳词玷之。契丹入夷门，号为'曲子相公'。所谓好事不出门，恶事行千里，士君子得不戒之乎！"
⑤ 参看饶宗颐《词集考》，中华书局1992年版。

和"雅词"两类①。南宋以下,词渐渐与音乐脱离,而成为抒情文体之一。因而在理论上,也就主张诗词一理,乃至诗词与文章一理,刘将孙《胡以实诗词序》就说"诗词与文同一机轴"(《养吾斋集》卷十一)。但词体之尊,还是要等到清代常州词派出现以后,观念才发生根本转变。张惠言在《词选序》中揭示其编选的目的是:"无使风雅之士,惩于鄙俗之音,不敢与诗赋之流同类而风诵之也。"所以,他重新举出《说文解字》对"词"字的定义,以作为词体的定义:

> 词者,盖出于唐之诗人,采乐府之音,以制新律,因系其词,故曰词。传曰:意内而言外谓之词。其缘情造端,兴于微言,以相感动。极命风谣里巷、男女哀乐,以道贤人君子幽约怨悱不能自言之情,低徊要眇,以喻其致。盖诗之比兴,变风之义,骚人之歌,则近之矣。然以其文小,其声哀,放者为之,或跌荡靡丽,杂以昌狂俳优。然要其致者,罔不恻隐盱愉,感物而发,触类条鬯,各有所归,非苟为雕琢曼辞而已。

尽管在宋代,陆文圭《山中白云词序》中已引"意内言外"之语,来说明词体之"词",但并未引起人们的注意。所以,张惠言推尊词体,影响天下,才值得大书特书。张惠言治虞氏《易》,这也影响到他的以"意内言外"说词。据许慎《说文解字序》:"其称《易》孟氏,《书》孔氏,《诗》毛氏。"而虞翻"自其高祖光至翻,五世皆治孟《易》,故仲翔孟学为尤邃。孟《易》者,许君《易》学之宗也"(段玉裁《说文解字注》卷十五上)。张惠言上文所称"传曰",与其说出于《说文》,不如说出于孟氏《易》②。

---

① 万俟雅言《大声集》最早明确作此区分,"曰雅词,曰侧艳。"(《碧鸡漫志》卷二)曾慥编有《乐府雅词》,朱彝尊《乐府雅词跋》指出:"作长短句必曰'雅词',盖词以雅为尚。得是编,《草堂诗馀》可废矣。"(《曝书亭集》卷四十三)《草堂诗馀》依春、夏、秋、冬分类,以便酒楼应歌之用,和《乐府雅词》显然是不同品格。

② 张德瀛《词徵》卷一指出:"《周易》孟氏章句曰:'意内而言外也。'《释文》沿之。小徐《说文系传》曰:'音内而言外也。'《韵会》沿之。言发于意,意为之主,故曰'意内';言宣于音,音为之倡,故曰'音内',其旨同矣(自注:《周易章句》,汉孟喜撰。喜字长卿,东海兰陵人,事迹具《汉书·儒林传》。喜与施雠、梁丘贺同受业于田王孙,传田何之《易》。世以'意内言外'为许慎语,非其始也)。"

到了这时，词不仅是一种抒情文体，而且是能够"与诗赋之流同类"的正大之体。尽管其说在今人看来，不免牵强附会，但词体之尊，实有赖于这种依经立说的方式，这与诗学上的"宗经"、辨《骚》的"依托五经以立义"，是一脉相承的。

二、从诗词异同看词体之特征

诗词的异同，有形式、内容和风格等诸方面，兹分述之。

（一）形式

大体而言，诗在外形上可分作齐言、杂言、骚体三类，齐言中主要有四言、五言、六言和七言，自魏晋以还，尤以五、七言为普遍。词因为要配乐演唱，所以在格式上分外复杂。以词调而言，少则十四字如《竹枝词》，多则两百四十字如《莺啼序》，包括八百多个词调。由于一调之中还往往包含几种不同的词体，如《竹枝词》有十四字和二十八字之分，后者又有平韵和仄韵之别，所以一调中就含有三种词体。据《御制词谱》统计，词有八百二十六调，二千三百六体[①]，可见其复杂多变。与词调相关的有"令""引""近""慢"等名，宋翔凤《乐府馀论》指出："诗之馀先有小令，其后以小令微引而长之，于是有《阳关引》《千秋岁引》《江城梅花引》之类；又谓之近，如《诉衷情近》《祝英台近》之类，以音调相近，从而引之也；引而愈长者则为慢，慢与曼通，曼之训引也，长也，如《木兰花慢》《长亭怨慢》《拜星月慢》之类。其始皆令也。"当然，这些名称的来源和演变未必如宋氏所说，主要还是由音乐决定的。词乐失传以后，渐渐演变为词调之名。

另外，词体的结构也有单调、双调、双拽头等。单调又称单遍（片），这是由一个乐段构成。《碧鸡漫志》卷五指出："近世曲子无单遍者。"可知单调皆起于词的初期。所谓双调，就是由两段乐曲构成，前段称上片或前阕，后段称下片或后阕，上下片相同的是对称格，称作"重头曲"，多为令曲；前后段不同的则多为慢曲，前段较短，后段较长，前

---

① 谢元淮《填词浅说》云："《钦定词谱》者，共八百二十六调，分二千三百二十六体。"据梁荣基统计，则当作二千三百零六体，参见其《词学理论综考》，北京大学出版社1991年，第5页。

段如同后段的"头",故又称"大头曲"。由三段乐曲构成的词调,可分两类:一类是前面两段相同,故称"叠头曲",又称"双拽头"。①另一类为三段不重复者,如《兰陵王》,《碧鸡漫志》卷四云:"今越调《兰陵王》,凡三段,二十四拍。"此外,也还有四段乐曲构成一调的,如《莺啼序》。但三调、四调的篇幅较长,不便于樽俎间的演唱,故数量也远远没有双调词多。

诗虽然有杂言体,但字句的多寡、句式的长短,并无一定。词开始是"依曲拍为句",一拍即一句。后来依调而填,有一定的格式,其句式也同样奇偶参差。有一字句,二字句,三字句,四字句,五字句,六字句,七字句,八字句,九字句,十字句等,这些句子配合在一起,可以生出无穷变化。由于"依曲拍为句",所以句法上也富于变化。《词谱·凡例》指出:

> 词中句读,不可不辨。有四字句而上一下一,中两字相连者;有五字句而上一下四者;有六字句而上三下三者;有七字句而上三下四者;有八字句而上一下七或上五下三、上三下五者;有九字句而上四下五或上六下三、上三下六者。此等句法,不可枚举。②

这和诗的句法是不完全一样的。另外,律诗要求中二联对偶,而词却没有严格要求,虽然词并不排斥采用对偶的手段以达成一定的艺术效果。

至于四声和平仄的运用,词较之于诗有更为严格的规定。当然,这也经过了嬗变演进的过程。晚唐五代词已重视句中平仄的位置,北宋初如晏殊、柳永渐辨去声,周邦彦在警句和结拍处严分四声,到了北宋后期,李清照更在理论上明确指出:

> 盖诗文分平、侧,而歌辞分五音,又分五声,又分六律,又分清、浊、轻、重。(《苕溪渔隐丛话》后集卷三十三引)

---

① 张炎《词源》卷下"拍眼"条:"慢曲有大头曲、叠头曲。"《唐宋诸贤绝妙词选》卷七周邦彦《瑞龙吟》注:"今按此词自'章台路'至'归来旧处'是第一段,自'黯凝伫'至'盈盈笑语'是第二段,此谓之'双拽头'。"

② 马兴荣《词学综论》上编"三、词的平仄、句式、对仗"曾举例说明,可参看。齐鲁书社1989年版。

这里，五音指唇、齿、喉、舌、鼻五种发声部位①；五声指宫、商、角、徵、羽；古代乐律分十二律吕，阳六为律，阴六为吕，此处以六律代指十二律吕；清、轻字为阴声，浊、重字为阳声。这些要求都与音乐有关，所以较之近体诗的声律更为严密。李清照说词"别是一家"，主要也是就音律而言的。不过，就通常的词调来说，所注意的还多是平仄而非四声，严守四声的只是词调中的部分情况，或者只是在词中的某些地方加以强调。《词律·发凡》指出：

> 平仄固有定律矣。然平止一途，仄兼上、去、入三种，不可遇仄而以三声概填。盖一调之中，可概者十之六七，不可概者十之三四。
>
> 去声激厉劲远，其腔高……更有一要诀曰：名词转折跌荡处多用去声，何也……非去则激不起。

音律说到底，还是要为内容服务，所以即使像张炎那么注重音律，还是要说"音律所当参究，词章尤宜精思"（《词源》卷下"杂论"条）。

（二）内容

按照传统的看法，诗以言志，词以抒情，而且所抒之情主要是儿女私情。前人说"凡情与事，委折抑塞，于五七言诗不得尽见者，词能短长以陈之，抑扬以究之"②。沈祥龙《论词随笔》也指出："作词须择题。题有不宜于词者，如陈腐也，庄重也，事繁而词不能叙也，意奥而词不能达也。几见论学问、述功德而可施诸词乎？几见如少陵之赋《北征》、昌黎之咏《石鼓》而可以词行之乎？"一般说来，词兴起于歌筵，适合于歌女演唱，以"娱宾遣兴"为目的，故其内容也多为"侧艳之词"。从温庭筠以诗词表现不同的内容来看，就可以知道这两种体裁所承担的使命是有区别的。像杜甫的"三吏""三别"，白居易的《新乐府》固然在词中难以表现，就是像《长恨歌》《琵琶行》的内容，也是词体无能为役的。所以文学史上的许多作家，如果仅仅根据其词来考察其思想，往往是片

---

① 《词源》卷下"音谱"条云："盖五音有唇、齿、喉、舌、鼻，所以有轻、清、重、浊之分。"
② 宋翔凤《浮溪精舍词自序》引汪小竹语，见陈乃乾辑《清名家词》，上海书店1982年影印本。

面的。如柳永的词中有那么多的男女恋情之作，仿佛他就是一个到处寻欢作乐的浪子。但他却用诗体写过《煮海歌》，把盐民的艰难生活表现得极为痛切。即使像苏轼、辛弃疾这样的大词人，以凌云健笔开拓词境，但他们可以在诗中写农村的困苦，如《吴中田妇叹》，但词中表达起来则是"村南村北响缫车，牛衣古柳卖黄瓜"（苏轼《浣溪沙》），"醉里吴音相媚好，白发谁家翁媪"（辛弃疾《清平乐》），是一幅幅生动的农村风俗画。这正如王国维所概括的："词之为体，要眇宜修。能言诗之所不能言，而不能尽言诗之所能言。"（《人间词话删稿》）

（三）风格

"要眇宜修"四字，实际上已揭示了词体的风格特征，这可以说是词体更为内在的特征①。词产生在诗后，所以熔铸诗句以入词，是一种常见的现象。《直斋书录解题》卷二十一说《清真词》"多用唐人诗语，檃括入律，浑然天成"，这其实也代表了宋词的普遍倾向，或是套用，或稍加改变。前者如晏几道《临江仙》中的名句"落花人独立，微雨燕双飞"，即取于唐人翁宏；后者如朱熹《水调歌头·檃括杜牧之齐山诗》："江水浸云影，鸿雁欲南飞。携壶结客，何处空翠渺烟霏。"便是从杜牧《九日齐山登高》的"江涵秋影雁初飞，与客携壶上翠微"改变而来。但是往往诗句一经词人化用，立刻产生出一种新的意境和情趣。王世贞《艺苑卮言》指出：

> "寒鸦千万点，流水绕孤村"，隋炀诗也。"寒鸦数点，流水绕孤村"，少游词也。语虽蹈袭，然入词尤是当家。②

据《笔麈》记载，隋炀帝此诗原作"寒鸦飞数点，流水绕孤村。斜阳欲落处，一望黯消魂"，所以秦观《满庭芳》词檃括部分当包括"斜阳外，寒鸦数点，流水绕孤村"，以及下半阕开始的"消魂，当此际"。从诗词的内容来看，并无太大区别，但从审美效果出发，则有诗意和词境之别。诗中所摄取的是三个不同的画面，而词中却是将三个画面融而为一

---

① 参见缪钺《论词》，收入其《诗词散论》，上海古籍出版社1982年版。
② 唐圭璋编《词话丛编》本，中华书局1986年版，第387页。

幅长卷。其中的区别也正如王国维所谓"诗之境阔，词之言长"(《人间词话删稿》)，体现了词体风格的"要眇宜修"。

李东琪说："诗庄词媚，其体元别。"(王又华《古今词论》引)正因为崇尚"媚"，词中选择的景物多是细微狭小者，少取雄壮阔大者。铸词炼意，注重言近旨远，也就是张惠言说的"其文小，其声哀"(《词选序》)之意。例如：

> 泪眼问花花不语，乱红飞过秋千去。(冯延巳《鹊踏枝》)
> 自在飞花轻似梦，无边丝雨细如愁。(秦观《浣溪沙》)
> 人如风后入江云，情似雨馀黏地絮。(周邦彦《玉楼春》)

这样的句子在词中为当行本色，若在诗中则不免于"女郎诗"之讥[①]。

词由长短句错综而成，所以婉媚深切，尤长于表情。即使在苏、辛一派的词人，他们在抒发君臣聚散、友朋离合以及时事感慨之情时，也都是微言托意，借美人香草之辞寄缠绵悱恻之思。在这一点上，词的特色也是从诗学传统中引发而来，而变得更为突出和强调。沈祥龙认为："屈、宋之作亦曰词，香草美人，惊采绝艳，后世倚声家所由祖也。故词不得楚《骚》之意，非淫靡即粗浅。"(《论词随笔》)清人推尊词体，也说词"假闺房儿女子之言，通之于《离骚》、变《雅》之义"(朱彝尊《红盐词序》)。所以，委婉含蓄是词体言情的特色所在。"情有文不能达、诗不能道者，而独于长短句中，可以委婉形容之。"(查礼《铜鼓书堂词话》)词体虽可有豪放、婉约之分[②]，但究其实质，皆不离"要眇宜修"的风格。

[①] 《中州集》卷九《拟栩先生王中立》："予尝从先生学，问作诗究竟当如何？先生举秦少游《春雨》诗云：'有情芍药含春泪，无力蔷薇卧晚枝。'此诗非不工，若以退之'芭蕉叶大栀子肥'之句校之，则《春雨》为妇人语矣。破却工夫，何至学妇人？"其后元好问在《论诗三十首》中秉承其师说道："'有情芍药含春泪，无力蔷薇卧晚枝。'拈出退之《山石》句，始知渠是女郎诗。"

[②] 王士禛《花草蒙拾》指出："张南湖(綖)论词派有二：一曰婉约，一曰豪放(案：此说见于其《诗馀图谱》)。仆谓婉约以易安为宗，豪放惟幼安称首。"

第十章　两宋词的发展

第一节　从伶工之词到士大夫之词

王国维《人间词话》曾这样评价温庭筠、韦庄和冯延巳的词：

> "画屏金鹧鸪"，飞卿语也，其词品似之；"弦上黄莺语"，端己语也，其词品亦似之；正中词品，若欲于其词句中求之，则"和泪试严妆"，殆近之欤？

这三句词分别出于温庭筠《更漏子》、韦庄《菩萨蛮》和冯延巳《菩萨蛮》，原句都是用来状写女子的各种情感及姿态，但却各有不同："画屏"上所绘的"金鹧鸪"，虽然精美，然而缺乏深厚的内容和感人的生命力，恰如温词之"精艳绝人"，徒有词藻之华美；"弦上黄莺语"较之"画屏金鹧鸪"虽然更为动人，但这与枝头树上的"黄莺语"不可相提并论，即使清丽婉转，毕竟生命的感动不足，以此状写韦词的风格；至于"和泪试严妆"则不仅有生命，而且有情感、有深度，王国维用以形容冯词的"深美闳约"。词兴起于歌筵酒席，"诗客曲子词"本来也是为歌女的演唱而写作的，所以表现的往往是一般的而不是具有个性的情感。从上述三家词的对比中，反映的趋势是个人情感的成分越来越浓，个性化的特征越来越强烈，正透露出从伶工之词到士大夫之词的转变的消息。南唐词人的历史功绩，就在于完成了此一转变中承先启后的使命。

南唐词人的代表是冯延巳（903—960）、中主李璟（916—961）和后主李煜（937—978）。

冯氏著有《阳春集》，其中最为脍炙人口的是《鹊踏枝》十四阕。清人冯煦《阳春集序》指出："俯仰身世，所怀万端，缪悠其词，若显若晦……《蝶恋花》（即《鹊踏枝》）诸作，其旨隐，其词微，类劳人思妇、羁臣屏子郁伊怆恍之所为。"王鹏运亦指出:"冯正中《鹊踏枝》十四阕,郁伊惝恍,义兼比兴。"① 虽然这些清人的意见不免受到常州词派推尊词体的影响,难免求之过甚,但冯词在《花间集》之后,的确是开拓了一个新的词境。其《鹊踏枝》云:

> 谁道闲情抛掷久?每到春来,惆怅还依旧。日日花前常病酒,不辞镜里朱颜瘦。 河畔青芜堤上柳,为问新愁,何事年年有?独立小楼风满袖,平林新月人归后。(其二)

> 几日行云何处去?忘却归来,不道春将暮。百草千花寒食路,香车系在谁家树? 泪眼倚楼频独语,双燕飞来,陌上相逢否?撩乱春愁如柳絮,悠悠梦里无寻处。(其十一)

以上两词皆善用问句,一方面表现了感情的缠绵婉转,另一方面也将词意不断深化扩展。前人论冯词皆以为有所寄托,如谭献评论说"行云、百草千花、香车、双燕,必有寄托。"(《词辨》卷一)但究竟寄托者为何,又不易指名坐实。但他表现的是自己的胸襟怀抱,创造的是一种感情的境界,即使用"郁伊惝恍"来评论,也正可见出其忧思之深②。陈秋帆在《阳春集笺》中曾这样比较道:

> 后主之"一寸相思千万缕,人间没个安排处",与之同慨。身世之悲,先后一辙。永叔之"双燕归来细雨中""梦断知何处""江天雪意云撩乱",元献之"垂杨只解惹春风,何曾系得行人住"等句,均由此脱出。北宋词人,得《阳春》神髓。如此之类,不胜枚举。

在从伶工之词到士大夫之词的转变过程中,冯延巳起到了重要的作用。冯氏罢相后出为昭武军抚州节度使,即在江西临川附近。晏殊(991—1055)正是抚州临川人,欧阳修(1007—1072)也是江西人。刘攽《中山诗话》云:"晏元献尤喜江南冯延巳歌词,其所自作,亦不减延巳。"从

---

① 引自张璋、黄畬编《全唐五代词》卷四,上海古籍出版社1986年版,第362页。
② 《人间词话》指出:"'终日驰车走,不见所问津。'诗人之忧世也。'百草千花寒食路,香车系在谁家树'似之。"

地域角度言之，北宋初期晏、欧词都不免受到冯氏的影响①。冯词往往混入晏殊《珠玉词》和欧阳修《六一词》中，也从一个侧面说明三家风格的相似。刘熙载评论说："冯延巳词，晏同叔得其俊，欧阳永叔得其深。"（《艺概·词曲概》）冯煦论其词"上翼二主，下启欧、晏，实正变之枢纽，短长之流别"（《唐五代词选序》）。王国维也指出："正中词虽不失五代风格，而堂庑特大，开北宋一代风气。"（《人间词话》）这些意见都确切地指明了冯延巳在词史上的地位。

中主李璟的词虽仅存五首，但也同样显示了深重的感发力，不同于一般的歌女侑酒之词。如其《摊破浣溪沙》两首云：

> 手卷真珠上玉钩，依前春恨锁重楼。风里落花谁是主，思悠悠。　青鸟不传云外信，丁香空结雨中愁。回首绿波三楚暮，接天流。

> 菡萏香销翠叶残，西风愁起绿波间。还与韶光共憔悴，不堪看。　细雨梦回鸡塞远，小楼吹彻玉笙寒。多少泪珠无限恨，倚阑干。

士大夫文学最重要的特征，在于其写作动机为言志抒情，不同于贵游文学的无病呻吟；在于其志其情的幅度可以"寄八荒之表"，而不同于民间文学的"歌食""歌事"②。从诗学上看，《小雅》中的悯时伤乱之诗和《楚辞》中灵修美人之辞，都是士大夫文学的最早代表。上两阕一为伤春，一为悲秋，所以王国维评为"大有众芳芜秽，美人迟暮之感"（《人间词话》）。

对词体格调的提高作出重大贡献的，是南唐后主李煜。词到了他的手中，足以成为表达人生感慨、家国兴亡的抒情文学：

> 林花谢了春红，太匆匆，无奈朝来寒雨晚来风。　胭脂泪，留人醉，几时重？自是人生长恨水长东。（《相见欢》）

> 帘外雨潺潺，春意阑珊。罗衾不耐五更寒。梦里不知身是客，一晌贪欢。　独自莫凭栏，无限江山，别时容易见时难。流水落

---

① 参看叶嘉莹《论冯延巳词》，见缪钺、叶嘉莹《灵谿词说》，第71—72页。
② 《乐府诗集》卷四十四载南朝《子夜歌》："谁能思不歌？谁能饥不食？日冥当户倚，惆怅底不忆？"传达出民歌的一般特色。

花春去也,天上人间。(《浪淘沙》)

春花秋月何时了,往事知多少。小楼昨夜又东风,故国不堪回首月明中。　雕栏玉砌应犹在,只是朱颜改。问君能有几多愁,恰似一江春水向东流。(《虞美人》)

尽管李煜词中的"愁""恨"有其特定的内涵,但词中的客观意义却是对人生苦难的负荷,"俨有释迦、基督担荷人类罪恶之意"(《人间词话》),具有强烈的诗意动情力。这对于突破"花间词风"的藩篱,让词承担起咏叹人生的使命,进一步拓展词境,起到了重要作用。此后词与诗殊途而同归,苏轼、辛弃疾的出现才成为可能。正如王国维指出:

词至李后主而眼界始大,感慨遂深,遂变伶工之词而为士大夫之词。(《人间词话》)

李煜词在北宋影响甚大,毛晋《小山词跋》称"晏氏父子,具足追配李氏父子"。夏敬观《评小山词跋尾》亦称"晏氏父子,嗣响南唐二主"。《雪浪斋日记》中也曾记载王安石问黄庭坚的一句话:"作小词曾看李后主词否?"又问:"何处最好?"黄答以"一江春水向东流"(《苕溪渔隐丛话》前集卷五十九引)。可见他的词是北宋人学词的样板。从这里开始,写词不再是需要隐瞒的"恶事",而且北宋有些作者,仅仅是以"词人"的身份而在文学史上留下其名,如晏殊、张先、柳永等。当然,这些词必须是雅词,这对于仕途的进展是没有妨碍的。① 所以,北宋写作"小词"的,如范仲淹(989—1052)、欧阳修、王安石等人,都是名公巨卿。词中的佳句、警策得到人们广泛的欣赏,甚至由此而获得一别名雅号,如"张三影"② "贺梅子"③ "'云破月来花弄影'郎中""'红杏枝头春

---

① 张舜民《画墁录》卷一载:"柳三变(永)既以词忤仁庙,吏部不放改官。三变不能堪,诣政府。晏公曰:'贤俊作曲子么?'三变曰:'只如相公,亦作曲子。'公曰:'殊虽作曲子,不曾道"彩线慵拈伴伊坐"(此句见柳永《定风波》)。'柳遂退。"这一记载说明词体中雅俗观念的区别。

② 《后山诗话》载:"尚书郎张先善著词,有云'云破月来花弄影''帘幕卷花影''堕轻絮无影',世称诵之,号'张三影'。"

③ 周紫芝《竹坡诗话》载:"贺方回尝作《青玉案》词,有'梅子黄时雨'之句,人皆服其工,士大夫谓之'贺梅子'。"

意闹'尚书"①"'山抹微云'女婿"②等。而苏轼及其门下士也常以词互相和韵酬唱,造成一时风气。所以在北宋神宗朝以降,填词虽然不须是士大夫必要的修养,但士大夫绝不排斥填词,而且还能够欣赏小词。先是在诗话中讨论词,其后便出现了词话专以论词,诗话总集也往往附载词话③。这多少反映出宋人在实际的文学活动中,诗尊词卑的观念已不如先前严重。事实上,也正由于士大夫阶层的加入,词体创作才能在宋代达到高峰。

第二节 慢词的创新与词境的升华

北宋仁宗(1022—1063)、神宗(1067—1101)朝是宋词辉煌灿烂的时期。《四库全书总目》卷一百九十六《东坡词》提要云:"词自晚唐五代以来,以清切婉丽为宗。至柳永而一变,如诗家之有白居易。至(苏)轼而又一变,如诗家之有韩愈,遂开南宋辛弃疾等一派。"这一辉煌时期与词史上的重大转折是联系在一起的。它包含两方面的意义:一是词体上慢词长调的发展,二是内容上的"以诗为词"。代表人物就是柳永(987?—1053?)和苏轼(1037—1101)。

一、柳永与慢词长调的发展

在敦煌《云谣集》中,已经包含了令曲和慢词。不过,晚唐五代以来流行于士大夫之间的,主要是篇幅较短的小令。本来,令、引、近、慢是随着音乐体段、节奏以及演唱上的特点而形成的区别,与词的字数

---

① 《遯斋闲览》载:"张子野(先)郎中以乐章擅名一时,宋子京(祁)尚书奇其才,先往见之。遣将命者,谓曰:'尚书欲见"云破月来花弄影"郎中乎?'子野屏后呼曰:'得非"红杏枝头春意闹"尚书邪?'遂出,置酒尽欢。盖二人所举,皆其警策也。"(《苕溪渔隐丛话》前集卷三十七引)

② 秦观《满庭芳》"山抹微云"为时传诵,范温为其婿,尝自称"'山抹微云'女婿。"见蔡絛《铁围山丛谈》卷四。

③ 《直斋书录解题》卷十一云:"(朱弁)《曲洧旧闻》者,以续晁无咎《词话》。"沈曾植《海日楼札丛》卷三乃云:"词话始晁无咎。"现在所能看到的宋人最早的词话,是后人所辑的杨绘《时贤本事曲子集》及《古今词话》。

并无必然的关联①。不过，一般说来，小令的字数较少，而慢词的字数较多，所以从明代顾从敬刻《类编草堂诗馀》时，就按小令、中调、长调分类编排，虽然不免于拘泥偏执②。后来词家也多沿用这种分类，如宋翔凤《乐府馀论》指出："令者，乐家所谓小令也；曰引、曰近者，乐家所谓中调也；曰慢者，乐家所谓长调也。不曰令、曰引、曰近、曰慢，而曰小令、中调、长调者，取流俗易解，又能包括众题也。"所以，这里也将慢词长调联系在一起讨论。

据王灼的说法："唐中叶渐有今体慢曲子。"（《碧鸡漫志》卷五）但是慢曲的流行主要是在民间，柳永以前，文人中较多写作慢词的是张先。他与柳永齐名③，为慢词的兴盛起到铺垫的作用。《安陆词》共一百六十五首，其中慢词就有三十八首④。陈廷焯《白雨斋词话》卷一的评论，将张先承前启后的地位作了扼要的说明：

> 张子野词，古今一大转移也。前此则为晏、欧，为温、韦，体段虽具，声色未开。后此则为秦、柳，为苏、辛，为美成、白石，发扬蹈厉，气局一新，而古意渐失。子野适得其中，有含蓄处，亦有发越处，但含蓄不似温、韦，发越亦不似豪苏、腻柳，规模虽隘，气格却近古。

到了柳永，就专以慢词擅长了。宋翔凤《乐府馀论》指出：

---

① 郑麟趾《高丽史》卷七十一《乐志二》记载的唐乐中，标明为"慢"的共二十三曲，其中就有《瑞鹧鸪慢》和《太平年慢》等名，以字数而论都是小令，以曲拍而言则为慢曲。而《水龙吟》则一为"令"，一为"慢"。可见"慢词"不等于长调，令词也不等于短章。

② 《四库全书总目》卷一百九十九《类编草堂诗馀》提要指出："词家小令、中调、长调之分，自此书始。后来词谱依其字数以为定式，未免稍拘，故为万树《词律》所讥。"毛先舒《填词名解》即依顾氏分类法，说"五十八字以内为小令，五十九至九十字为中调，九十一字以外为长调，古人定例也。"《词律·发凡》驳斥道："所谓定例，有何所据？若以少一字为短，多一字为长，必无是理。如《七娘子》有五十八字者，有六十字者，将名之曰小令乎？抑中调乎？如《雪狮儿》有八十九字者，有九十二字者，将名之曰中调乎，抑长调乎？"

③ 晁补之云："张子野与耆卿齐名，而时以子野不及耆卿。然子野韵高，是耆卿所乏处。"（《能改斋漫录》卷十六引）

④ 据统计，同时的其他词人如晏殊一百三十六阕中，慢词三首；欧阳修二百三十二阕中，慢词十二首。参见刘文注《宋初词人创作表一览》，载《张先及其安陆词研究》，北京大学出版社1990年版。

> 词自南唐以后，但有小令，其慢词盖起宋仁宗朝。中原息兵，汴京繁庶，歌台舞席，竞赌新声。耆卿失意无俚，流连坊曲，遂尽收俚俗语言，编入词中，以便伎人传习。一时动听，散播四方。其后东坡、少游、山谷辈相继有作，慢词遂盛。

这段话中除了说慢词起于宋为不确外，对于慢词兴盛的背景、柳永的贡献及其特色都作了简明扼要的论述。北宋汴梁的繁荣景象，在孟元老的《东京梦华录》中有详细记载①，酒楼妓馆、勾栏瓦子等娱乐声色场所相当发达，柳永混迹其中，成为当时最受欢迎的流行歌曲作者，以至于"凡有井水饮处，即能歌柳词"（《避暑录话》卷下）。柳永作品具有两方面的特色：在内容上，他的词虽然也有描写都市风光或羁旅之愁的作品，但人们多注意到他的倚红偎翠之作，讥为"词语尘下"（李清照《词论》），"好为淫冶讴歌之曲"，甚至因此影响了他的仕途②。在形式上，他的词又音律谐婉并善于铺叙，这和他对于俗曲慢词的熟悉是有关的。当时流传民间的市井之词，是与风行于士大夫间的小令短章不同的慢词长调，与敦煌曲一脉相承。柳永既精通音律，在采用市井新声的同时，又作了进一步的加工。他在词史上的最大贡献是发展了慢词。在二百余首《乐章集》中，有一百多首慢词。除了新创者外，其余在教坊曲和敦煌曲中为小令者，也往往被他衍为长调③。长调和小令由于在字句多寡上的区别，也造成了写作手法上的差异。大要而言，小令重在凝练蕴藉，而长调则重在铺叙开展。前者多用比兴，后者多用赋法。张先作长调，还往往"纯用小令作法"，"慢词亦多用小令作法"④，至于柳永则铺叙委婉，如《望海潮》便是以赋为词，对杭州的都城之盛极尽铺叙，历历如在眼前。相

---

① 《东京梦华序》载："举目则青楼画阁，绣户珠帘。雕车竞驻于天街，宝马争驰于御路。金翠耀目，罗绮飘香。新声巧笑于柳陌花衢，按管调弦于茶坊酒肆。"

② 《能改斋漫录》卷十六"柳三变词"条载："进士柳三变，好为淫冶讴歌之曲，传播四方。尝有《鹤冲天》词云：'忍把浮名，换了浅斟低唱。'及临轩放榜，特落之，曰：'且去浅斟低唱，何要浮名！'"而柳永索性"日与儇子纵游倡馆酒楼间，无复检约。自称云：'奉圣旨填词柳三变。'"（《苕溪渔隐丛话》后集卷三十九引《艺苑雌黄》）

③ 如《长相思》本为三十六字，柳永度为一百零三字；《浪淘沙》本为五十四字，也度为一百四十四字。

④ 夏敬观《映庵词评》，载《词学》第五辑，华东师范大学出版社1986年版。

传此词流播之金源,"金主亮闻歌,欣然有慕于'三秋桂子,十里荷花',遂起投鞭渡江之志"(罗大经《鹤林玉露》卷十三)。又如其《雨霖铃》曰:

> 寒蝉凄切,对长亭晚,骤雨初歇。都门帐饮无绪,方留恋处、兰舟催发。执手相看泪眼,竟无语凝噎。念去去千里烟波,暮霭沉沉楚天阔。　　多情自古伤离别,更那堪、冷落清秋节。今宵酒醒何处,杨柳岸、晓风残月。此去经年,应是良辰好景虚设。便纵有千种风情,更与何人说。

对于离情别绪也极尽铺陈之能事。从温、韦、晏、欧的小词来看,他们所努力从事的是使词不断诗化,含蓄典雅,虽然也多写离情别绪,但决不作铺衍之词。所以李之仪《跋吴思道小词》指出,唐末以来"大抵以《花间集》中所载为宗,然多小阕。至柳耆卿始铺叙展衍,备足无馀,形容盛明,千载如逢当日"(《姑溪文集》卷四十)。由于柳永接受了民间曲调,并以自己卓越的才情加以发挥创造,一般的文人学士对慢词长调才不敢心存鄙视,从而接受了这种形式。长调能更充分地展现作者的内心世界,更自由地抒发奔放的感情,尤其为苏轼、辛弃疾等人提供了纵横驰骋的新天地。当苏轼读到柳永《八声甘州》中的"渐霜风凄紧,关河冷落,残照当楼"等句时,也不禁由衷赞叹曰:"此语于诗句不减唐人高处。"(《侯鲭录》卷七)事实上像柳永《雪梅香》的"景萧索,危楼独立面晴空。动悲秋情绪,当时宋玉应同",《戚氏》的"当时宋玉悲感,向此临水与登山",《玉蝴蝶》的"望处雨收云断,凭栏悄悄,目送秋光。晚景萧疏,堪动宋玉悲凉",等等,都以大开大阖的笔力、参差变化的结构和恢阔宏壮的格局,为宋词的进一步发展开拓了道路。如果注意到宋词到元曲的演变,那么,柳永正起到了上承敦煌曲、下开金元曲的桥梁作用。①

---

① 况周颐《蕙风词话》卷三指出:"柳屯田《乐章集》为词家正体之一,又为金元已还乐语所自出。金董解元《西厢记》……体格于《乐章》为近……董为北曲初祖,而其所为词,于屯田有沉瀣之合。曲由词出,渊源斯在。"贯云石越调《斗鹌鹑》第三曲《调笑令》云:"柳七,《乐章集》,把臂双歌真先昧。"李渔《多丽》"春风吊柳七"云:"柳七词多,堪称曲祖,精魂不肯葬蒿莱。"参看吴熊和《唐宋词通论》,浙江古籍出版社1985年版,第200页。

二、苏轼的"以诗为词"

北宋仁宗、神宗朝的词坛上,晏、欧与柳永代表了两种不同的倾向:前者多作小令,走的是雅化之路,后者多作长调,走的是俗化之路;前者延续着五代以来的词风,后者则取民间曲调而有所创新。所以结果是,柳永赢得了更多人的喜爱,其词的雅俗杂陈在某种程度上也造成了雅俗共赏。但是,不可否认的是,柳永词中的确有一些鄙词俗语。苏轼继起,一方面接受了柳永开阖动荡的笔法,另一方面又开拓词境,在新的意义上将词诗化了。

柳永词在当时"天下咏之"(《后山诗话》),苏轼生当柳词盛行的年代,当然会予以充分注意,他的开拓词境,就是以柳永为革新目标的。在《与鲜于子骏三首之二》中,他说道:"近却颇作小词,虽无柳七郎风味,亦自是一家。"俞文豹《吹剑续录》载:"东坡在玉堂,有幕士善讴,因问:'我词比柳词何如?'对曰:'柳郎中词,只好十七八女孩儿,执红牙拍板唱"杨柳岸晓风残月"。学士词,须关西大汉,执铁板唱"大江东去"。'公为之绝倒。"可见,苏轼是很有与柳永一较高低的意识的。南宋初年有人认为苏词"十有八九不学柳耆卿则学曹元宠"(《碧鸡漫志》卷二),后人推尊苏词,又往往贬抑柳词,这些都不是偶然的。①

"以诗为词"是当时人对苏轼的一般看法:

> 退之以文为诗,子瞻以诗为词,如教坊雷大使之舞,虽极天下之工,要非本色。(《后山诗话》)

> 东坡尝以所作小词示无咎(晁补之)、文潜(张耒)曰:"何如少游?"二人皆对云:"少游诗似小词,先生小词似诗。"(《苕溪渔隐丛话》前集卷四十二引《王直方诗话》)

问题在于,自花间词人兴起之日,就标榜自己的创作是"诗客曲子词",从温、韦、晏、欧的创作倾向看,也是在将词作不断诗化的努力,那

---

① 如《碧鸡漫志》卷二指出:"东坡先生以文章馀事作诗,溢而作词曲,高处出神入天,平处尚临镜笑春,不顾侪辈。或曰长短句中诗也。为此论者,乃是遭柳永野狐涎之毒。"

么，为什么人们将苏轼看成是"以诗为词"的代表呢？这是因为"诗客曲子词"是相对于民间曲子词而言的，所以，前者在努力将词"诗化"的时候，是与将词"雅化"的过程相伴随的。而温、韦、晏、欧等人的"诗化"，也是将当时流行民间的词化入于晚唐以来柔媚细腻的诗风，这种诗风从本质上看，其情致的纤丽精致、缠绵靡弱与词体"要眇宜修"的特征是贯通的。所以，这种"诗化"的反面是"俗化"，如柳永之所为。但苏轼的"以诗为词"，则是以诗的雄浑、飘逸的风格和盛唐以来将日常生活、眼前景物入诗的方法移入词中，这与晏、欧或柳永的词比较起来，乃"自是一家"，是全新的风格。苏轼不满于柳永的卑俗，所以要将"俗化"的词重新"诗化"；但他同样不屑于重复温、韦、晏、欧那种"诗化"的方式，于是别转一路，"以诗为词"。其结果不仅彻底打破了"词为艳科"的观念，而且"指出向上一路，新天下耳目，弄笔者始知自振"（《碧鸡漫志》卷二）。元好问《新轩乐府引》说：

> 唐歌词多宫体，又皆极力为之。自东坡一出，情性之外，不知有文字，真有"一洗万古凡马空"气象。虽时作宫体，亦岂可以宫体概之。（《遗山先生文集》卷三十六）

反映在观念上，"东坡以词曲为诗之苗裔"（朱弁《风月堂诗话》卷上）；反映在创作实践上，"东坡词颇似老杜诗，以其无意不可入，无事不可言也"（刘熙载《艺概·词曲概》）。如《定风波》：

> 三月七日沙湖道中遇雨，雨具先去，同行皆狼狈，余独不觉。已而遂晴，故作此。
>
> 莫听穿林打叶声，何妨吟啸且徐行。竹杖芒鞋轻胜马，谁怕？一蓑烟雨任平生。　料峭春风吹酒醒，微冷，山头斜照却相迎。回首向来萧瑟处，归去，也无风雨也无晴。

郑文焯评曰："此足征是翁坦荡之怀，任天而动。琢句亦瘦逸。能道眼前景，以曲笔直写胸臆。倚声能事尽之矣。"（《大鹤山人词话》）在冷静的描写中寄寓了人生的感慨。又如《念奴娇·赤壁怀古》：

> 大江东去,浪淘尽、千古风流人物。故垒西边,人道是、三国周郎赤壁。乱石崩云,惊涛裂岸,卷起千堆雪。江山如画,一时多少豪杰。　　遥想公瑾当年,小乔初嫁了,雄姿英发。羽扇纶巾,谈笑间、樯橹灰飞烟灭。故国神游,多情应笑我,早生华发。人间如梦,一尊还酹江月。

这种豪迈超旷的气概,把江山、历史、人物融于一篇的格局,在词史上是崭新的和空前的。"语意高妙,真古今绝唱。"(《苕溪渔隐丛话》前集卷五十九)这些内容,都使唐五代以来属于"艳科"的词境得到了升华。

苏轼不仅将过去很少在词中表现而较多在诗歌中出现的题材纳入词中[①],而且在语言上,他也将宋诗的语言带到词中。如《哨遍》"为米折腰",《满庭芳》"归去来兮",《无愁可解》"光景百年"等篇,多为散文化和议论化的句式。至于《如梦令》"水垢何曾相受",《南歌子》"师唱谁家曲"等阕,又杂以禅语。这些都和宋诗的"以文字为诗,以才学为诗,以议论为诗"(《沧浪诗话·诗辨》)之特色有关。另外,苏词还长于制题,这显然也是从诗题诗序中演化而来的。[②] 其成功与否不能一概而论,但呈现的却是一个作者不断探索的努力。对于苏轼在词史上的地位,胡寅《酒边词序》作了这样的评价:

> 词曲者,古乐府之末造也……柳耆卿后出,掩众制而尽其妙,好之者以为不可复加。及眉山苏氏一洗绮罗香泽之态,摆脱绸缪宛转之度,使人登高望远,举首高歌,而逸怀浩气,超然乎尘垢之外。于是《花间》为皂隶,而柳氏为舆台矣。

词史的发展,由此而推进到一个崭新的阶段。

[①] 沈祖棻《关于苏词评价的几个问题》指出,苏词采用的题材,"诸如人生的感慨、仕途的升沉、交游的聚散、州邑的去留、自然景物的欣赏、农村生活的写照,甚至打猎、参禅等等,都是前人词中反映较少或完全没有涉及的"。见其《宋词赏析》"附录",上海古籍出版社1980年版,第194—195页。

[②] 夏承焘《〈东坡乐府笺〉序》指出:"荆公、子野,始稍稍具词题。然寂寥短语,引意而止。(东)坡之《西江月》《满江红》《定风波》,皆系详序。《水龙吟》一章,尤斐然长言,自成体制……诗人制题之风,浸淫及词。撑其朔亦必及坡。"收入其《月轮山词论集》,中华书局1979年版,第132—133页。

第三节　格律词和豪放词的发展

从明代张綖开始，将宋词分为婉约与豪放两派。如果从词史的发展来看，这两派的特色到柳永和苏轼已基本形成。从风格的角度言之，豪放是相对于婉约而言。但是苏轼的豪放，实际上是相对于格律而言的。苏门学士之一的晁补之说："苏东坡词，人谓多不谐音律，自然。居士词横放杰出，自是曲子中缚不住者。"（《能改斋漫录》卷十六引）沈义父《乐府指迷》也专列"豪放与协律"一目，指出："近世作词者不晓音律，乃故为豪放不羁之语。"所以，较为合理的区分应该是格律词和豪放词的相对：前者注重音律，后者注重气格；前者是词人之词，后者是诗人之词。[①]这当然只是一种大概的区分，实际上在两者之间也是既有相对又有重合的。

一、从秦观到周邦彦

词发展到苏轼，也就进入了极盛期。苏门四学士中，除张耒（1052—1112）词作较少以外，晁补之（1053—1110）词风接近苏轼[②]，黄庭坚（1045—1105）和秦观（1049—1100）皆善于填词，以至于《后山诗话》说"今代词手，惟秦七、黄九耳"。尽管黄庭坚的词也自有其不可磨灭的价值，但走的是苏轼"以诗为词"的旧路[③]，从词史贡献的角度而言，秦观的成就更值得注意。《蕙风词话》卷二指出：

> 有宋熙、丰间，词学称极盛。苏长公提倡风雅，为一代山斗。黄山谷、秦少游、晁无咎皆长公之客也。山谷、无咎皆工倚声，体

---

① 沈祥龙《论词随笔》指出："唐人词，风气初开，已分两派：太白一派，传为东坡诸家，以气格胜，于诗近西江；飞卿一派，传为屯田诸家，以才华胜，于诗近西昆。后虽迭变，总不越此二者。"

② 刘熙载《艺概》卷四云："东坡词，在当时鲜与同调……晁无咎坦易之怀，磊落之气，差堪骖靳。"又张尔田《忍寒词序》指出："学东坡者，必自无咎始，再降则为叶石林，此北宋正轨也。"（龙榆生《唐宋名家词选》引）

③ 当时晁补之曾评论道："黄鲁直间为小词，固高妙，然不是当行家语，乃著腔子唱好诗也。"（《侯鲭录》卷八）《四库全书总目》卷一百九十八《山谷词》提要指出："顾其佳者，则妙脱蹊径，迥出慧心。"

格于长公为近。惟少游自辟蹊径,卓然名家。

《白雨斋词话》卷一也指出:

> 秦少游自是作手,近开美成,导其先路;远祖温、韦,取其神不袭其貌。词至是乃一变焉,然变而不失其正。

秦观之"变",是相对于苏轼而言;"变而不失其正",就是变得并不过分。他没有沿着"横放杰出"的道路发展,却保留了部分与柳永相近的词风①,这是对词体"要眇宜修"之特征的重新肯定。所以他的词清丽婉约,辞情相称,而且合乎音律。他自己说:"夫作曲,虽文章卓越,而不协于律,其声不和。"(李廌《师友谈记》)叶梦得也说他"善为乐府语,工而入律,知乐者谓之'作家歌'"(《避暑录话》卷下)。但其词品远高于柳永,所谓"虽有艳语,终有品格"(《人间词话》),这又与他接受了苏轼的词风有关②。从内容方面考察,自温庭筠以来,小词多艳情之作,至柳永而变本加厉。秦观虽作艳语,但却能"将身世之感打并入艳情",所以被后世词学家称为"又是一法"(周济《宋四家词选》评语)。如《满庭芳》:

> 山抹微云,天粘衰草,画角声断谯门。暂停征棹,聊共引离樽。多少蓬莱旧事,空回首、烟霭纷纷。斜阳外,寒鸦数点,流水绕孤村。　销魂,当此际,香囊暗解,罗带轻分。谩赢得青楼,薄倖名存。此去何时见也,襟袖上、空惹啼痕。伤情处,高城望断,灯火已黄昏。

虽然词中直接所写的可能只是与一歌妓的恋情,但同时又寄寓了自己的身世之感。在遣词造句上,扫除一切鄙亵俚俗之词,点化前人诗句,这

---

① 这一点苏轼在当时已经指出,如《高斋诗话》载:"少游自会稽入都,见东坡。东坡曰:'不意别后,公却学柳七作词。'少游曰:'某虽无学,亦不如是。'东坡曰:'销魂当此际,非柳七语乎?'少游惭服。"又《避暑录话》卷三载东坡诗曰:"山抹微云秦学士,露花倒影柳屯田。"也是将二人相提并论。

② 夏敬观《映庵手校淮海词跋》指出:"盖山谷是东坡一派,少游则纯乎词人之词也……少游学柳,岂用讳言?稍加以坡,便成为少游之词。"此说极为有见。

些都是对于柳永词风的扬弃。

与秦观同时的贺铸（1052—1125）也是善于点化前人诗句的高手。张炎评论他为"善于炼字面者，多于李长吉、温庭筠诗中来"（《词源》卷下）。他自己也说"吾笔端驱使李商隐、温庭筠，常奔走不暇"（《浩然斋雅谈》卷下）。王铚《默记》卷下记载："贺方回遍读唐人遗集，取其意以为诗词。"夏敬观《映庵词评》也说他："小令喜用前人成句，其造句亦恒类晚唐人诗。慢词命辞遣意多自唐贤诗篇得来。"①这一点只有周邦彦可与之媲美，《碧鸡漫志》卷二说："贺、周语意精新，用心甚苦。"《浩然斋雅谈》卷下专有一条为"周、贺词用唐诗"，也将二人相提并论。贺铸还精于音律，"尤长于度曲"（叶梦得《贺铸传》，《建康集》卷八）。所以他的《东山词》中，属于自度腔调的有《兀令》《玉京秋》《蕙清风》《海月谣》等十馀调。最负声名的词是他的《青玉案·凌波不过横塘路》：

凌波不过横塘路，但目送，芳尘去。锦瑟华年谁与度？月桥花院，琐窗朱户，只有春知处。　飞云冉冉蘅皋暮，彩笔新题断肠句。若问闲愁都几许？一川烟草，满城风絮，梅子黄时雨。

罗大经欣赏此词最末数句"以三者比愁之多也，尤为新奇；兼兴中有比，意味更长"（《鹤林玉露》卷七）。黄庭坚则"常手写所作《青玉案》者，置之几研间，时自玩味"②。这阕词以香草美人之辞寄寓人生遇合之难，"全得力于楚《骚》"（《白雨斋词话》卷一）。

在词史上，周邦彦（1056—1121）曾被推许为"词中老杜"（王国维《清真先生遗事》），具有崇高的地位。周济说他是"集大成者也"（《宋四家词选目录序论》）。陈廷焯也指出："词至美成，乃有大宗，前收苏、秦之终，后开姜、史之始。自有词人以来，不得不推为巨擘。后之为词者，亦难出其范围。"（《白雨斋词话》卷一）"集大成"和"词中老杜"

---

① 载《词学》第五辑，华东师范大学出版社 1986 年版，第 206 页。
② 《冷斋夜话》，魏庆之《诗人玉屑》卷二十一引。案：此则不见于十卷本《冷斋夜话》。

是联系在一起的，不过，和杜甫"集大成"所具有的丰富内涵不同①，《清真词》的"集大成"主要是就其承先启后的历史作用而言的。

据楼钥《清真先生文集序》称，周邦彦"性好音律，如古之妙解。'顾曲'名堂②，不能自已"（《攻媿集》卷五十一）。他晚年提举大晟乐府，主持"讨论古音，审定古调"的工作，并且"复增演慢曲引、近，或移宫换羽，为三犯、四犯之曲，按月律为之，其曲遂繁"（《词源》卷下）。可见他还创制新调，据康熙《钦定词谱》所载，首见于周词的共有十七种词调。而他所创的词调往往是在旧调的基础上加工改造，变为繁难新声，所以王国维评价他"创调之才多"（《人间词话》）。这和柳永根据市井新声所创的词调当然有雅俗之别。此外，他还是注重以四声入词的人，其词严分平、上、去、入，字字不苟。③《乐府指迷》说"清真最为知音"，也是看到他对音律精心讲求的特色而言的。南宋词人纷纷追和周邦彦词，正反映了其影响之大。④毛晋在跋方千里《和清真词》中指出：

> 美成当徽庙时，提举大晟乐府，每制一调，名流辄依律赓和。独东楚方千里、乐安杨泽民有《和清真全词》各一卷，或合为《三英集》。

此外，他的词当时就有多种注本流行于世⑤。在此基础上，也就发展出了南宋重视词律的一派。

北宋末年的词家，不满于"侧艳"词风，而崇尚"雅词"。万俟咏

---

① "集大成"首先是孟子用来赞颂孔子的话，见《孟子·万章下》。秦观又借用来形容杜甫、韩愈在诗文上的地位，指的是杜甫作品中体现的时代精神以及承先启后的作用。参见程师千帆、莫砺锋《杜诗集大成说》，载《被开拓的诗世界》，第1—26页。

② 《三国志·吴书·周瑜传》载："瑜少精意于音乐，虽三爵之后，其有阙误，瑜必知之，知之必顾。故时人谣曰：'曲有误，周郎顾。'"周邦彦以"顾曲"名堂，说明他对这方面的才能也是相当自负的。后来刘克庄《最高楼》"题周登乐府"中也写道："周郎后，直数到清真。"

③ 夏承焘《唐宋词字声之演变》指出："《乐章集》中严分上去者，犹不过十之二三；清真则除《南乡子》《浣溪沙》《望江南》诸小令外，其工拗句、严上去者，十居七八。"其结论是，"四声入词，至清真而极变化"。收入其《唐宋词论丛》，第66、76页。

④ 杨易霖《周词订律》不仅对周词四声一一考订，而且在每首词后列举了南宋人的追和之词，并对比其格律的使用，可参看。

⑤ 现在流传下来的仅陈元龙集注本《片玉词》一种，但根据《直斋书录解题》《乐府指迷》及《词源》等书的记载，南宋时流行的还有《注清真词》《周词集解》和《圈法美成词》。

把词集分作"侧艳"和"雅词"两体，便是突出雅俗之分，也就是再一次强调民间之词与士大夫之词的区别。在他看来，"侧艳"已不是词的正体。崇尚雅词，所以遣词造句往往从唐人诗中化出。秦观、贺铸词中，点化前人诗句入词已渐成风气，但点化入词，又能与词境浑然一体，还是要数周邦彦为最。《直斋书录解题》卷二十一指出，《清真词》"多用唐人诗语，檃括入律，浑然天成"。《词源》卷下评论道："美成负一代词名，所作之词，浑厚和雅，善于融化诗句。""采唐诗，融化如自己者，乃其所长。"《乐府指迷》也指出："凡作词当以清真为主……无一点市井气，下字运意，皆有法度，往往自唐宋诸贤诗句中来，而不用经史中生硬字面，此所以为冠绝也。"从陈元龙注本中即可看出，周邦彦点化前人诗句，以唐人为多，如《西河》"金陵怀古"用刘禹锡诗句，《琐窗寒》"寒食"用李商隐诗句，都是有名的例证。

周邦彦在元丰（1078—1085）初游京师，献《汴都赋》万馀言，极铺张扬厉之盛，所以由诸生一命为太学正。赋之为体，要求有极丰富的材料和详赡的铺叙，周邦彦显然是充分具备这种能力的。他的词很善于铺叙，很注重词的结构布局，这需要很强的思力和博大的熔铸力，才能使词境不至于支离、软弱，而达到浑成深厚。张炎指出："美成词只当看他浑成处，于软媚处有气魄。"（《词源》卷下）戈载也说："清真之词，其意澹远，其气浑厚。"（《宋七家词选序》）周济指示人们学词的方法，是"问途碧山（王沂孙），历梦窗（吴文英）、稼轩（辛弃疾），以还清真之浑化"（《宋四家词选目录序论》）。之所以要"问途碧山"，除了王沂孙词中多忠爱之怀，因而可以推尊词体以外，恐怕与周济对碧山词艺术特征的认识有关，即"浑化无痕，碧山胜场也"以及"词以思笔为入门阶陛，碧山思笔，可谓双绝"（同上）有关，因为"美成思力，独绝千古"（《介存斋论词杂著》），其境界不易一蹴而成，需要一个阶梯。如《瑞龙吟》：

  章台路。还见褪粉梅梢，试花桃树。愔愔坊陌人家，定巢燕子，归来旧处。　　黯凝伫。因念个人痴小，乍窥门户。侵晨浅约宫黄，障风映袖，盈盈笑语。　　前度刘郎重到，访邻寻里，同时歌舞。唯有旧家秋娘，声价如故。吟笺赋笔，犹记《燕台》句。知谁伴、名园露饮，东城闲步。事与孤鸿去。探春尽是，伤离意绪。官柳低金缕。归骑晚、纤纤池塘飞雨。断肠院落，一帘风絮。

根据《草堂诗馀》的笺注，其中化用前人诗句有十四处。至于其结构上分三片，第一片记地，第二片记人，第三片写今昔之感，写的虽然只是"伤离意绪"，但在表达上却能"层层脱换，笔笔往复"（《宋四家词选》评语），极沉郁顿挫之致①。

此外，善于状物、工于炼字也是清真词的突出成就所在。这些对于南宋词人都有深远影响。如姜夔和吴文英，虽然在词风上一疏一密，一清空一质实，但都取法于周邦彦。其馀如史达祖、周密、张炎等人，也是瓣香清真。清代常州词派兴起，甚至将周邦彦推尊到极点。

二、李清照的词及其词论

在南北宋之交的词坛上，李清照（1084—?）是最重要的词人。她虽然是女子，但所作绝不仅仅是一种"闺阁词"②。王士禛《花草蒙拾》中就认为"婉约以易安为宗"，是历来婉约词中最优秀的代表。然而仔细体会李清照的词，却不难感受到其中蕴含着的强烈的"丈夫气"。她的词中常常流露出雄心壮志，如《渔家傲》的"我报路长嗟日暮，学诗漫有惊人句。九万里风鹏正举"；《临江仙》的"感月吟风多少事，如今老去无成"。如果再结合她诗中的"南渡衣冠少王导，北来消息欠刘琨"；"南来尚怯吴江冷，北狩应悲易水寒"以及"生当作人杰，死亦为鬼雄。至今思项羽，不肯过江东"③来看，我们就应该同意沈曾植的这一评价："易安佣傺有丈夫气，乃闺阁中之苏、辛，非秦、柳也。"（《菌阁琐谈》）

李清照的艺术风格是独特的，她是宋代极少数能够"独辟门径"，"别于周、秦、姜、史、苏、辛外独树一帜，而亦无害其为佳"（《白雨斋词话》

---

① 详见吴梅《词学通论》对这阕词的阐发。
② 《碧鸡漫志》卷二这样评价李清照："若本朝妇人，当推文采第一。"朱彧《萍洲可谈》卷中云："本朝女妇之有文者，李易安为首称。"都是将她局限在女流文学的范围中论述的。
③ 以上诗句据王学初《李清照集校注》卷二，人民文学出版社 1979 年版。

卷六）的词人。东晋时陶渊明的诗几乎篇篇有酒，在词中可与之媲美的，恐怕就要数到李清照，她的词也几乎是篇篇有酒，而且往往沉醉于酒。"常记西亭日暮，沉醉不知归路"（《如梦令》）；"夜来沉醉卸妆迟，梅萼插残枝"（《诉衷情》）；"共赏金尊沉绿蚁，莫辞醉"（《渔家傲》），这显示出其丈夫气的一面。这样的句子出自女性之手，显得既豪爽又婉转、既洒脱又敏感。《如梦令》云：

> 昨夜雨疏风骤，浓睡不消残酒。试问卷帘人，却道海棠依旧。知否？知否？应是绿肥红瘦。

用"绿肥红瘦"来形容海棠花的由盛开而凋零，不仅构词新颖，而且一问一答，在委婉中更显得灵动。

李清照的词被后人称作"易安体"，如侯寘和辛弃疾都有"效易安体"之作。而易安体最重要的特色是在语言上。宋词的语言，如果以柳永和周邦彦为代表的话，他们分别是从民间和书本上吸取语源。但柳永不免"词语尘下"（李清照《词论》）之弊，而周邦彦也不免"颇偷古句"之讥。周邦彦善于炼字，但主要是从书面语言中加以提炼。李清照的语言则是从日常生活的口语中加以提炼，从而形成其特色。张端义《贵耳集》卷上评曰："皆以寻常语度入音律，炼句精巧则易，平淡入调者难。"如其《声声慢》：

> 寻寻觅觅，冷冷清清，凄凄惨惨戚戚。乍暖还寒时候，最难将息。三杯两盏淡酒，怎敌他、晚来风急。雁过也，最伤心，却是旧时相识。　满地黄花堆积，憔悴损、如今有谁堪摘。守着窗儿，独自怎生得黑。梧桐更兼细雨，到黄昏、点点滴滴。这次第，怎一个愁字了得。

这里的双声叠韵字都是寻常浅俗之语，但"凄凄惨惨戚戚"六字中，"三叠韵、六双声，是锻炼出来，非偶然拈得也"（《宋四家词选序论》），而又"俱无斧凿痕。更有一奇字云：'守着窗儿独自怎生得黑'，'黑'字不许第二人押"（《贵耳集》卷上）。这些断断续续的重言片语，和作者内心深处连又断、断又连，不可名又数不尽的哀愁恰相适合，并且对全篇的气氛起到笼罩和贯彻的作用。这既是寻常的语言，又是富于表现力的语言，所以她才被推许为"此道本色当行第一人也"（刘体仁《七颂堂词绎》）。

《苕溪渔隐丛话》后集卷三十三记录了李清照的一篇《词论》，代表了北宋末年词体理论的初建。她最早明确提出了词"别是一家"的主张，从她对北宋名家的具体批评中，可以看出其主张的理论内涵：

> 逮至本朝，礼乐文武大备。又涵养百馀年，始有柳屯田永者，变旧声作新声，出《乐章集》，大得声称于世。虽协音律，而词语尘下。又有张子野、宋子京兄弟（祁，998—1061；庠，996—1066）、沈唐、元绛（1008—1083）、晁次膺（端礼，1046—1113）辈继出，虽时时有妙语，而破碎何足名家。至晏元献、欧阳永叔、苏子瞻，学际天人，作为小歌词，直如酌蠡水于大海，然皆句读不葺之诗耳，又往往不协音律者何耶？盖诗文分平侧，而歌词分五音，又分五声，又分六律，又分清浊轻重……王介甫（安石，1021—1086）、曾子固（巩，1019—1083）文章似西汉，若作一小歌词，则人必绝倒，不可读也。乃知别是一家，知之者少。后晏叔原、贺方回、秦少游、黄鲁直出，始能知之。又晏苦无铺叙；贺苦少典重；秦即专主情致，而少故实，譬如贫家美女，虽极妍丽丰逸，而终乏富贵态；黄即尚故实，而多疵病，譬如良玉有瑕，价自减半矣。

这篇文献明确了词不同于诗的音律和风格特点。词不仅要"协音律"，而且分五音六律、四声阴阳。从创作实践来看，这也是到了周邦彦才完善起来的。而李清照是以完善的形式去衡量一切，所以迹近乎苛①。但是她强调词的音乐特征，毕竟是把握了词体的关键。其次，她强调词体风格的典雅和情致，这是对中国古代文体风格论的继承。从"合体"的角度言之，每一文体皆有其独特的理想风格。而一旦成为定体，有创造性的作家又往往要在一定程度上"破体"。但"合体"是其常，"破体"是其变。两者之间，前者是基本的。所以李清照对于词"别是一家"的强调，在词史上是有其积极意义的。南宋诸词家，无论其词风是主格律抑或主

---

① 胡仔在案语中说："易安历评诸公歌词，皆摘其短，无一免者，'此论未公吾不凭'也。"（《苕溪渔隐丛话》后集卷三十三）

豪放，像辛弃疾、姜夔、吴文英、张炎等，都是注重音律的。这不妨看成是李清照的理论在创作实践上的回响。

李清照经过南北宋之交的沧桑巨变，这在她的词中留下了深深的印记。如其晚年所写的《永遇乐》"元宵"，通过怀想京、洛旧事的描写，寄寓了自己的家国变故之恸，所以引起南宋许多词人的赏爱和共鸣。如辛弃疾《西江月》"江行采石岸，戏作渔父词"中"一川落日镕金"，即出于李清照的"落日镕金"。刘过（1154—1206）《柳梢青》"送卢梅坡"中"泛菊杯深，吹梅角远"，也出于李词的"染柳烟浓，吹梅笛怨"。[①] 刘辰翁（1232—1297）《永遇乐》序云："余自辛亥上元诵李易安《永遇乐》，为之涕下。今三年矣，每闻此词，辄不自堪。遂依其声，又托之易安自喻。虽辞情不及，而悲苦过之。"（《须溪词》卷二）将时代巨变这样的重大气息摄入词中，这是李清照对宋词发展作出的重大贡献。她对南宋张孝祥、陆游、辛弃疾、刘过等词人的出现，在创作实践上作了坚实的铺垫。

三、从南渡词人到辛弃疾——豪放词的新发展

苏轼"以诗为词"，对词境的提高作出了重要贡献，但并未能随后得到有力的继承和推进。南渡以后，内忧外患迫使词人面对现实（自然也有逃避现实的），出现了一批"壮怀激烈"之作，词风也就由重视格律转移到重视气格，苏轼的豪放词风，也就在词坛上引起回响。王鹏运《四印斋所刻词》中收录的《南宋四名臣词集》，即赵鼎（1085—1147）《得全居士词》、李光（1078—1159）《庄简词》、李纲（1083—1140）《梁溪词》和胡铨《澹庵长短句》，他们这些抗金领袖，词风和为人一样慷慨凛然。王鹏运在跋语中说他们的词"使人读焉而悲，绎焉而慨忼，真洞然大人也，故其词深微雄浑而情独多"。另外像名将岳飞（1103—1142）、老词人张元幹（1091—1161），也都唱出了苍凉悲愤的歌声，使词体担负起反映时代脉搏跳动的任务。其中张孝祥（1132—1169）就是第一个自觉继承苏轼传统的词人，据载他"慕东坡，每作诗文，必问门人：'比东坡何

[①] 《词品》卷二云："辛稼轩词'泛菊杯深，吹梅角暖'，盖用易安'染柳烟浓，吹梅笛怨'也。然稼轩改数字更工，不妨袭用。"今传辛词中实无此句，或为杨慎误记刘为辛。

如?'门人以过东坡称之"(叶绍翁《四朝闻见录》乙集),可见他是有意与苏轼争胜的①。而其胸次高旷,笔力超拔,"骏发踔厉,寓以诗人句法"(汤衡《张紫微雅词序》),也的确能够在词境上有所开拓和创新。如《念奴娇》"过洞庭":

> 洞庭青草,近中秋、更无一点风色。玉鉴琼田三万顷,著我扁舟一叶。素月分辉,明河共影,表里俱澄澈。悠然心会,妙处难与君说。　　应念岭表经年,孤光自照,肝胆皆冰雪。短发萧骚襟袖冷,稳泛沧浪空阔。尽吸西江,细斟北斗,万象为宾客。扣舷独笑,不知今夕何夕。

如果注意到他写作此词的背景,是因谗言落职后由广西北归,途经湖南洞庭湖所作的话,那么,他的豪迈和放旷也是对人生挫折的超越。其门人汤衡在其词序中指出:"自仇池(即苏轼)仙去,能继其轨者,非公其谁与哉!"又说:"元祐诸公嬉弄乐府,寓以诗人句法,无一毫浮靡之气,实自东坡发之也。于湖紫微张公之词,同一关键。"而到了辛弃疾(1140—1207),他的词就不仅是"寓以诗人句法",并且是寓以古文句法了。

辛弃疾的词,流传下来的达六百二十九首②,是两宋词人中词作最多的一家。陈模《怀古录》卷中记载道:"蔡光工于词,靖康间陷于虏中,辛幼安常以诗词参请之。蔡曰:'子之诗则未也,他日当以词名家。'故稼轩归本朝,晚年词笔尤高。"从本质上说,辛弃疾不是一个传统意义上的文人,僧义端说他如"青兕",陈亮说他如"真虎",姜夔说他是"前身诸葛"。③如果说,豪放词并非不合音律之词的代称的话④,那么,以

---

① 谢尧仁《张于湖先生集序》说:"先生诗文与东坡相先后者十之六七,而乐府之作,虽但得一时燕笑咳唾之顷,而先生之胸次笔力皆在焉。今人皆以为胜东坡,但先生当时意尚未能自肯。"
② 此据邓广铭《稼轩词编年笺注》(增订本)中"增订三版题记"说,上海古籍出版社1993年版。
③ 吴熊和《唐宋词通论》引用了以下材料作说明:《宋史·辛弃疾传》:"义端曰:我识君真相,乃青兕也。"陈亮《辛稼轩画像赞》:"真鼠枉用,真虎可以不用。"姜夔《永遇乐》"北固楼次稼轩韵":"前身诸葛,来游此地,数语便酬三顾。"见该书第238、278页。
④ 以辛弃疾为例,周煇《清波别志》卷下云:"《稼轩乐府》,辛幼安酒边游戏之作也。词与音叶,好事者争传之。"虞集《中原音韵序》也指出:"宋代作者,如苏子瞻变化不测之才,犹不免'制词如诗'之诮;若周邦彦、姜尧章辈,自制谱曲,稍称通律,而词气又不无早晚之憾。辛幼安自北而南,元裕之在金末、国初,虽词多慷慨,而音节则为中州之正,学者取之。"

才气驱使词笔，以致有时无暇顾及格律，正是豪放词区别于格律词的所在。辛弃疾词最重要的特征也正在此。范开《稼轩词序》说："公一世之豪，以气节自负，以功业自许……意不在于作词，而其气之所充，蓄之所发，词自不能不尔也。"张炎说辛词是"豪气词"（《词源》卷下），黄梨庄谓其"悲歌慷慨抑郁无聊之气，一寄之于词"（《词苑丛谈》卷四引），谢章铤则曰："稼轩是极有性情人，学稼轩者，胸中须先具一段真气、奇气。"（《赌棋山庄词话》卷一）这些论述都指出了稼轩词以气为主的特色。"气"是中国传统文学批评的术语之一，实际上指的是作者之生命力在作品中的总体表现。辛弃疾能写出"英雄之词"（王士禛《倚声集序》），是因为他本身"有英雄之才，忠义之心，刚大之气"（谢枋得《祭辛稼轩先生墓记》）。在文、诗、词三种文体之中，"气"的作用在文（这里指的是散文）中最为显著，因而也最为重要。曹丕说"文以气为主"（《典论·论文》），韩愈说"气盛则言之短长与声之高下者皆宜"（《答李翊书》）。惟气盛之人，才敢于并且善于驱使其才学，不仅用之于诗，如韩愈，而且用之于词，如辛弃疾。前者是"以文为诗"，后者是"以文为词"，也就是陈模指出的"把古文手段寓之于词"（《怀古录》卷中），这较于苏轼的"以诗为词"是更进一步的。如《永遇乐·京口北固亭怀古》：

> 千古江山，英雄无觅，孙仲谋处。舞榭歌台，风流总被，雨打风吹去。斜阳草树，寻常巷陌，人道寄奴曾住。想当年金戈铁马，气吞万里如虎。　元嘉草草，封狼居胥，赢得仓皇北顾。四十三年，望中犹记，烽火扬州路。可堪回首，佛狸祠下，一片神鸦社鼓。凭谁问，廉颇老矣，尚能饭否？

杨慎以这阕词为"稼轩词中第一"，先著评论曰："发端便欲涕落，后段一气奔注，笔不得遏。廉颇自拟，慷慨壮怀，如闻其声。"（《词洁辑评》卷五）又如《贺新郎》（序略）：

> 甚矣吾衰矣！怅平生、交游零落，只今馀几？白发空垂三千丈，一笑人间万事，问何物能令公喜？我见青山多妩媚，料青山见我应如是。情与貌，略相似。　一尊搔首东窗里，想渊明、《停云》

诗就，此时风味。江左沉酣求名者，岂识浊醪妙理？回首叫云飞风起。不恨古人吾不见，恨古人不见吾狂耳！知我者，二三子。

据岳珂《桯史》卷三"稼轩论词"条载，辛弃疾特好此词，每对客自诵警句"我见青山多妩媚，料青山见我应如是"及"不恨古人吾不见，恨古人不见吾狂耳"，所以王国维说辛弃疾是"词中之狂"(《人间词话》)。王士禛《花草蒙拾》也说："豪放惟幼安称首。""狂放"正是辛弃疾的精神特征。《论语·子路》云："狂者进取，狷者有所不为。"包咸注曰："狂者，进取于善道。"(何晏《论语集解》卷十三)而当这种"进取于善道"的精神受到挫折、压抑乃至摧残，狂放之气也就在内心深处百转千回、沉郁顿挫，化"百炼钢"为"绕指柔"。《摸鱼儿》(序略)云：

更能消几番风雨，匆匆春又归去。惜春常怕花开早，何况落红无数。春且住！见说道、天涯芳草无归路。怨春不语。算只有殷勤，画檐蛛网，尽日惹风絮。　　长门事，准拟佳期又误。蛾眉曾有人妒。千金纵买相如赋，脉脉此情谁诉？君莫舞，君不见、玉环飞燕皆尘土。闲愁最苦。休去倚危栏，斜阳正在，烟柳断肠处。

前人或评论此词"姿态飞动，极沉郁顿挫之致"(《白雨斋词话》卷一)；或评曰"权奇倜傥，纯用太白乐府诗法"(《谭评词辨》卷二)；或评曰"回肠荡气，至于此极"(《艺蘅馆词选》丙卷引梁启超语)。而以陈匪石《宋词举》卷上的评论最为中肯："此在稼轩亦摧刚为柔，缠绵悱恻，然时复英英露爽，且凄怨处略逾分寸，则稼轩本色。"所以，即使写得委婉曲折，也与秦观、周邦彦的词风不同，因为他是"敛雄心，抗高调，变温婉，成悲凉"(《宋四家词选》)，在凄婉中透露出刚劲。

"以文为词"，也使辛词的语言来源更为扩大。苏轼"以诗为词"，是词体语言的一次解放，"然犹未至用经用史，牵《雅》《颂》入《郑》《卫》也……及稼轩横竖烂漫，乃如禅宗棒喝，头头皆是"(刘辰翁《辛稼轩词序》，《须溪集》卷六)。吴衡照说："辛稼轩别开天地，横绝古今。《论》《孟》《诗小序》《左氏春秋》《南华》《离骚》《史》《汉》《选》学、李、杜诗，拉杂运用，弥见其笔力之峭。"(《莲子居词话》卷一)用古文的语汇和句法入词，从"词家本色"的角度来看，不啻为一次语言上的革命。辛派后学继加发展，也就离这种"本色"越来越远了。议论过多，乃至不免于掉书袋。潘妨评论说："东坡为词诗，稼轩为词论。"（《怀古录》卷中引）也许将"词论"的称号置于陈亮（1143—1194）、刘过、刘克庄（1187—1269）等人的名上更为合适，他们继承了辛弃疾的生龙活虎之气，运用散文化和议论化的词笔，也就难免由豪放变为粗豪了。

四、骚雅清空与七宝楼台

朱孝臧评《清真词》指出："两宋词人，约可分为疏、密两派，清真介在疏、密之间，与东坡、梦窗，分鼎三足。"① 如果将南宋词人也以疏密分的话，那么，姜夔（1155？—1221？）属于"疏"，而吴文英（1200？—1260？）则属于"密"，他们又都是从周邦彦发展而来的。②《词源》卷下有这样一段评论：

> 词要清空，不要质实。清空则古雅峭拔，质实则凝涩晦昧。姜白石词如野云孤飞，去留无迹；吴梦窗词如七宝楼台，眩人眼目，拆碎下来，不成片段。此清空、质实之说……（白石词）不惟清空，又且骚雅，读之使人神观飞越。

易言之，清空接近于"疏"，而质实接近于"密"。

"疏""密"本来是绘画批评中的术语。张彦远《历代名画记》卷二"论顾陆张吴用笔"云："若知画有疏、密二体，方可议乎画。"具体地说，"运思精深，笔迹周密"者为"密"，"离披点画，时见缺落……笔不周而意周"者为"疏"。本来，周邦彦的词笔乃在疏密之间，姜夔用疏去密，和他同时接受了辛弃疾的影响有关。周济指出："白石脱胎稼轩，变雄健为清刚，变驰骤为疏宕。"（《宋四家词选序论》）所以他能够做到以健笔写柔情。另一个值得注意的方面，是姜夔的诗学造诣对其词学的影响。他的诗初学江西诗派，取法黄庭坚，后来从黄诗中摆脱出来，自

---

① 引自唐圭璋《宋词三百首笺注》，上海古籍出版社1979年版，第86页。
② 黄昇云："白石词极精妙，不减清真，其高处有美成所不能及。"（《绝妙好词》卷二）尹焕曰："求词于吾宋者，前有清真，后有梦窗。此非焕之言，四海之公言也。"（《梦窗词序》）

成面目。其诗学宗旨集中体现在《白石道人诗说》中，如"诗有四种高妙：一曰理高妙；二曰意高妙；三曰想高妙；四曰自然高妙。碍而实通，曰理高妙；出于意外，曰意高妙；写出幽微，如清潭见底，曰想高妙；非奇非怪，剥落文采，知其妙而不知其所以妙，曰自然高妙"。到达"自然高妙"之境，是精思之后不见痕迹的结果，亦如绘画之"疏"体，尽管"离披点画，时见缺落"，但却"笔不周而意周"。将这样的手法运用于词，就形成了"清空"。

"清"是屏弃铅华秾丽，"空"则笔力瘦劲超拔。姜夔的词，无论是写情还是咏物，往往摄其神理，而少作具体铺叙。看似用笔不周，其实寥寥数笔，已精神全出，在"不周"处更显其"周"。这既需要"意周"，更需要有"凌云健笔"，所以也有人评论白石词"清劲知音，亦未免有生硬处"（《乐府指迷》），因为他毕竟不同于一味婉媚柔美的词风。其《点绛唇·丁未冬过吴松作》云：

燕雁无心，太湖西畔随云去。数峰清苦，商略黄昏雨。　　第四桥边，拟共天随住。今何许？凭栏怀古，残柳参差舞。

写的虽然是眼前景物，但都用虚笔，只有"第四桥边"两句稍实，结尾"感时伤事，只用'今何许'三字提唱；'凭栏怀古'下，仅以'残柳'五字咏叹了之。无穷哀感，全在虚处，令读者吊古伤今，不能自止"（《白雨斋词话》卷二）。他的咏物词也具有同样特色，无论是咏梅还是咏荷。如《小重山令·赋潭州红梅》的"斜横花树小、浸愁漪。一春幽事有谁知。东风冷、香远茜裙归"；《念奴娇》咏荷的"三十六陂人未到，水佩风裳无数。翠叶吹凉，玉容销酒，更洒孤蒲雨。嫣然摇动，冷香飞上诗句"，都不是具体细致地描摹梅花与荷花的形态，而是"从空际摄取其神理，并将自己的感受融合进去"。[①] 这就形成了白石词"清空"的特征，并对晚宋词人造成很大影响。朱彝尊《黑蝶斋诗馀序》指出："词莫善于姜夔，宗之者张辑、卢祖皋、史达祖、吴文英、蒋捷（1245？—1310？）、王沂孙（1240？—1290？）、张炎（1248—1322？）、周密（1232—1298）、陈允平、

[①] 缪钺《论姜夔词》，载缪钺、叶嘉莹《灵谿词说》，第457页。

张翥（1287—1368）、杨基（1326—1378后），皆具夔之一体。"（《曝书亭集》卷四十）汪森在《词综序》中也发表过类似意见。其中唯吴文英独出机杼，自成一家。姜派词人中，以张炎成就最高。仇远《山中白云序》云："读《山中白云》词意度超玄，律吕协洽……方之古人，当与白石老仙相鼓吹。"邓牧《张叔夏词集序》也说："美成、白石逮今脍炙人口，知者谓丽莫若周，赋情或近俚；骚莫若姜，放意或近率。今玉田张君无二家所短，而兼所长。"（《伯牙琴》）他擅长写咏物词，《南浦》"春水"，"绝唱古今，人以'张春水'目之"（同上）；《解连环》"孤雁"，有"写不成书，只寄得相思一点"句，"人皆称之曰'张孤雁'"（孔齐《至正直记》卷四）。他还写有《词源》一书，在词学理论上有重要地位。其中专列"咏物"一目，反映了当时的创作倾向。张炎、王沂孙、周密等十四人的唱和集《乐府补题》，就是一部暗含亡国之悲的咏物词集。后来清词的复兴，与这部词集也有相当密切的关系。① 清代浙派兴起以后，奉"双白词"（即《白石词》《山中白云词》）为圭臬，"浙西填词者，家白石而户玉田"（朱彝尊《曹溶静惕堂词序》），正可以看出姜夔一派在词史上的影响。

　　和姜夔比较起来，吴文英是更接近于周邦彦的。② 《乐府指迷》指出："梦窗深得清真之妙，其失在用事下语太晦处，人不可晓。"《四库全书总目》卷一百九十七《梦窗稿》提要云："盖其天分不及周邦彦，而研炼之功过之。词家之有吴文英，如诗家之有李商隐也。"这种特色的形成，与吴文英的创作理论是有关的。《乐府指迷》曾叙述其得之于梦窗的"作词之法"：

　　　　癸卯（宋理宗淳祐三年，1243）识梦窗，暇日相与唱酬，率多填词。因讲论作词之法，然后知词之作难于诗。盖音律欲其协，不

---

① 蒋景祁《刻瑶华集述》指出："得《乐府补题》而辇下诸公之词体一变，继此复拟作'后补题'，益见洞筋擢髓之力。"参见严迪昌《〈乐府补题〉与清初词风》，载《词学》第八辑，华东师范大学出版社1990年版。

② 周济在《宋四家词选》中，把姜夔为辛弃疾的附庸，而别立吴文英为一家。他认为："梦窗立意高，取径远，皆非馀子所及……若其虚实并到之作，虽清真不过也。"

协则成长短之诗；下字欲其雅，不雅则近乎缠令①之体；用字不可太露，露则直突而无深长之味；发意不可太高，高则狂怪而失柔婉之意。思此，则知其所以难。

因为强调下字的典雅蕴藉（常常用代字），所以多征典用事（往往是僻典），再加上"运思精深，笔迹周密"，就形成与"疏""清空"相对的"密"的、"质实"的词风。张炎对梦窗词还有一个著名的比喻"七宝楼台"。"七宝"是佛教中常用词，诸经论所说不一，《般若经》以金、银、琉璃、砗磲、玛瑙、琥珀、珊瑚为七种宝②。佛经中极多七宝宫宇、七宝楼阁、七宝楼观等说，当为张炎此喻所本。这显然是就梦窗词的典雅奥博、工于研炼而言的。

从周邦彦开始，就形成了以思力安排为主的词风，吴文英正是在这一点上对周邦彦作了进一步发展，所以"运意深远，用笔幽邃"（戈载《宋七家词选》）。他往往化实为虚，以虚为实，再加上遣词造句"能令无数丽字一一生动飞舞，如万花为春"（况周颐《蕙风词话》卷二），在文字的研炼上登峰造极，所以容易使人产生如李商隐诗的"独恨无人作郑笺"（元好问《论诗三十首》）的感叹。《八声甘州》"灵岩陪庾幕诸公游"云：

> 渺空烟四远，是何年青天坠长星？幻苍崖云树，名娃金屋，残霸宫城。箭径酸风射眼，腻水染花腥。时靸双鸳响，廊叶秋声。　宫里吴王沉醉，倩五湖倦客，独钓醒醒。问苍天无语，华发奈山青。水涵空，阑干高处，送乱鸦斜日落渔汀。连呼酒，上琴台去，秋与云平。

"幻苍崖"以下三句写吴王夫差与西施的遗迹，但用"幻"字领起，便化实为虚。以宫女之履声比廊中叶落之声，则又化实为虚。吴文英擅长写幻境，又往往从幻境中生发联想。如香山径旁的溪水是实境，而"腻水"则是幻想宫人的香腻残水，又由腻水而联想到使花香变腥，故有"腻水

---

① 耐得翁《都城纪盛》云："唱赚在京师，只有缠令、缠达。有引子、尾声为缠令，引子后只以两腔递互循环间用者为缠达。"可知缠令是当时流行的俗曲，其辞不雅驯，故此处乃以为戒。

② 参看丁福保编《佛学大辞典》"七宝"条。

染花腥"之句。又如《浣溪沙》"门隔花深梦旧游",虽是写梦,但"落絮无声春堕泪,行云有影月含羞。东风临夜冷于秋"又写得逼真如见,"亦写虚为实之法也"。①又如《风入松》中"黄蜂频扑秋千索,有当时纤手香凝"句,将黄蜂碰到秋千索幻想成是为美人纤手上当年留下的香气吸引,都是从幻处着笔,所谓"空际翻身"(周济《介存斋论词杂著》)。至于他自创的"花腥""愁鱼"等词汇,也都能体现出词人锐敏的感受与联想。

吴文英有一首难得的"疏快"之作,在其作品中很突出,即《唐多令》:

> 何处合成愁?离人心上秋。纵芭蕉、不雨也飕飕。都道晚凉天气好,有明月,怕登楼。　　年事梦中休,花空烟水流。燕辞归、客尚淹留。垂柳不萦裙带住,漫长是、系行舟。

首二句为拆字体,"心上秋"即为愁,所以王士禛评为"滑稽之隽"(《花草蒙拾》),陈廷焯则认为此篇"几于油腔滑调"(《白雨斋词话》卷二)。事实上,这阕词有两方面值得注意:一是增加了衬字,如"纵芭蕉、不雨也飕飕"句,按其格律当为上三下四的七字句,但这里加上了"也"字。衬字虽然在早期敦煌曲中出现过,但两宋词人不常在词中加衬字,到元曲中才开始盛行。其次,拆字的写法也是俗曲中的一种现象,这在后来的元曲中大行。②张尔田说"梦窗词,殿天水一朝"③,如果从词曲创作风气的升降转移来看的话,则不失为探赜索隐、烛见深微之论。

---

① 刘永济《微睇室说词》,上海古籍出版社 1987 年版,第 107 页。
② 参看叶嘉莹《论吴文英词》,载缪钺、叶嘉莹《《灵谿词说》,第 477—512 页。
③ 《遯堪文存》,转引自龙榆生编选《唐宋名家词选》,上海古籍出版社 1980 年版,第 293 页。

第十一章 清代词学的"中兴"

清词大致可以分为初、中、晚三期。顺治（1644—1661）、康熙（1662—1722）朝为初期，乾隆（1736—1795）、嘉庆（1796—1820）朝为中期，道光（1821—1850）以下为晚期。初期词坛以词人群和流派的出现为标志，代表了清词的中兴；中期为流派纷呈期；晚期则以词学理论的兴盛为特色。

第一节 清初词坛

一、清词的前奏——从金到清初

词发展到南宋后期，在技巧上达到了顶点，同时也就是转衰的开始。说金、元、明词的衰落，并不是一个数量上的问题。如《全金元词》收录词人二百八十二家（金七十家，元二百一十二家），词作七千二百九十三首；《全明词》也辑得作者一千三百馀家，收词一万八千多首，规模与《全宋词》的一千三百多家、一万九千多首基本接近。衰落主要体现在有成就的词人少，缺乏有特色的风格、流派。但作为由宋到清的过渡，金、元、明词也是对两宋词学的延续，并成为清词中兴的摇篮。①

金代的文学主要是北宋的流衍，当时"苏学盛于北"，在主导方面，金代文坛无论是诗文还是词，基本上笼罩在苏轼的影响之下。从金初的"吴蔡体"（吴激，？—1142；蔡松年，1107—1159）到中期"金源一代

---

① 过去论者往往完全否定元、明词的地位，如梁令娴编《艺蘅馆词选》，便以清词直接南宋词。据其书例言，"元、明两代，名家者少，故阙焉"。这一观点大致也反映了其父梁启超和父执麦孺博等人的观点。又陈廷焯《白雨斋词话》卷一亦言："词兴于唐，盛于宋，衰于元，亡于明，而再振于我国初，大畅厥旨于乾、嘉以还也。"

一坡仙"（郝经《题闲闲画像》）的赵秉文（1159—1233），直至金末的元好问（1190—1257）①，都具有"伉爽清疏"（《蕙风词话》卷三）的特点。而在元朝的词坛上，也和当时的诗坛一样，多受元好问的影响，所以苏、辛词风也较为流行。像耶律楚材能"合苏之清、辛之健而一之"（《蕙风词话》卷三）；刘秉忠（1216—1274）则"雄阔而不失之伧楚，蕴藉而不流于侧媚"（王鹏运《藏春乐府跋》）；白朴（1226—1307）词"源出苏、辛，而绝无叫嚣之气"（朱彝尊《天籁集跋》）；仇远词"纵横之妙，直似东坡"（《历代词话》卷九引《词苑》）；刘因（1249—1293）词被评为"元之苏文忠"（《蕙风词话》卷三）。此外，还有张翥（1287—1368）、许有壬（1287—1364）等，或学南宋姜夔，取径于骚雅一路，或效苏、辛一派，以豪放为主。有明二百七十馀年，趋向功名的知识分子镂心刻骨于八股时文，而在另一条道路上，小曲、时调等市民文学又特别兴盛，所以词"无专门名家，一二才人如杨用修（慎，1488—1559）、王元美（世贞，1526—1590）、汤义仍（显祖，1550—1616）辈，皆以传奇手为之，宜乎词之不振也"（吴衡照《莲子居词话》卷三）。值得一提的是，在词谱方面有张綎《诗馀图谱》，在词韵方面有胡文焕《会文堂词韵》，尽管编订不善，且时有舛误，但清代制订词谱、词韵的工作，却是由明人开风气之先的。而明代末期的词坛，已经酝酿着词体的复兴了。《蕙风词话》卷五指出：

    世讥明词纤靡伤格，未为允协之论……洎乎晚季，夏节愍（完淳，1631—1664）、陈忠裕（子龙，1608—1647）、彭茗斋（孙贻）、王薑斋（夫之，1619—1692）诸贤，含婀娜于刚健，有风骚之遗则，庶几纤靡者之药石矣。

总之，清词的振兴，与晚明的词风是有一定的联系的。

  清初词人多为明代旧臣，所以在词风上也沿袭陈子龙"云间词派"的馀习。尤其是陈氏晚年的《湘真阁词》，"寄意更绵渺凄恻"（王士禛语，

---

① 《遗山自题乐府引》借客之口云："乐府以来，东坡为第一，以后便到辛稼轩。"这代表了金源文坛的一般认识。

《明词综》卷六引），成为开有清近三百年词学风气者。朱祖谋《望江南》"杂题我朝诸名家词集后"第一阕即云："湘真老，断代殿朱明。"（《彊村语业》卷三）又于《清词坛点将录》中将陈子龙比作"词坛旧头领一员晁盖"[1]。龙榆生编《近三百年名家词选》，也以陈氏之作冠于篇首，都突出了其历史地位。最能反映陈子龙的词学主张的，是其《幽兰草词序》中的一段话：

> 词者，乐府之衰变，而歌曲之将启也。然就其本制，厥有盛衰：晚唐语多俊巧，而意鲜深至，比之于诗，犹齐梁对偶之开律也。自金陵二主，以至靖康，代有作者，或秾纤婉丽，极哀艳之情；或流畅澹逸，穷盼倩之趣。然皆境由情生，辞随意启，天机偶发，元音自成，繁促之中，尚存高浑，斯为最盛也。（《安雅堂稿》卷五）

可见他所崇尚的词是具有"深至"之意、"哀艳之情""盼倩之趣""高浑"之境的作品。他的创作也能反映这一特色。如《山花子》"春恨"：

> 杨柳迷离晓雾中，杏花零落五更钟。寂寂景阳宫外月，照残红。蝶化采衣金缕尽，虫衔画粉玉楼空。惟有无情双燕子，舞东风。

陈廷焯评曰："凄丽近南唐二主，词意亦哀以思矣。"（《白雨斋词话》卷三）这种黍离之感，也是时代在词中的印记。所以，在明遗民的笔下，词也就上承《楚辞》香草美人的传统，发挥抒情言志的功能。如夏完淳《一剪梅》"咏柳"中的"往事思量一晌空，飞絮无情，依旧烟笼。长条短叶翠濛濛，才过西风，又过东风"。屈大均（1630—1696）《梦江南》中"悲落叶，叶落绝归期。纵使归来花满树，新枝不是旧时枝，且逐水流迟"。王夫之《菩萨蛮》中"苍烟飞不起，花落随流水。石烂海还枯，孤心一点孤"。这些作品都包含着作者的故国之思，沧桑之感，词作为负载词人心志的功能在时代压迫的反弹中大大发挥出来。创作上的实绩，表明词已经完全不是"小道""艳科"，即便"诗庄词媚"的说法也完全不合于实际。词与音乐的脱离，使这一文体不必受到演唱的限制，而词体的

---

[1] 载《同声月刊》1941年第1卷第9号，署名"觉谛山人"。

长短错落以及词律的顿挫之美，却使词在抒情功能上有更自由充分的发挥，也恰好适应了遗民词人欲吐还吞、独木难支的心理状态。正是在这个意义上，词体迎来了新的解放，形成了"中兴"的局面。

二、清初词坛的新貌

根据已出版的《全清词》顺治卷到嘉道卷，已有词作十七万五千首，作者约五千五百人。这一数字本身也应该是词体兴盛的标志之一。[①]顺、康朝的词体兴盛并非没有原因，从时代因素来看，在明清易代之际，由于少数民族入主中原，为了压制知识分子的反抗，所以清初文字狱、科场案迭兴，并且严禁士人的社集活动。从压制的重点来看，江浙东南一带是清廷集中惩治的地区。而清代词学的兴盛，恰恰又以江南、浙江为最。《瑶华集》卷首列有康熙丙寅（二十五年，1686）编的《瑶华集词人》表，正是以地域划分的。在五百零七位词人中，江南二百五十八人，浙江一百四十五人，合为四百零三人，占总数的五分之四。即使考虑到编者为见闻所限的因素，这个数字仍然是说明一定的问题的。而时代背景方面的原因，也许正如李一氓在《康熙本〈瑶华集〉跋》中指出的：

> 清顺康间，词风大盛，就其表达方法而论，极为自由放纵而又委曲隐讳。此一代作家同具有明清易代之感受，唯词足以发抒之。卓尔堪选《明遗民诗》，录五百馀家，其中有大半入《瑶华集》，为诗选作序者即为同一宋荦也。当时统治阶级尚来不及注意此一文体，故作者数量既多，词作亦五花八门，蔚为一时之盛。[②]

清初的文人正是利用了词为"小道"的传统观念，借以抒发内心种种感受，而又不至于为文网所婴，这是词体兴盛的重要背景之一。陈维崧（1625—1682）说自己"诗律三年废，长喑学冻乌。倚声差喜作，老兴未

[①] 据估计，一代清词的总量将在二十万首以上，词人也将逾万。参见严迪昌《清词史》"绪论"，江苏古籍出版社1990年版。又饶宗颐《清词年表》（稿）排列三百年词人的生卒、事迹、词籍，也能大致显示清词的梗概，收入《文辙——文学史论集》（下），台北：台湾学生书局1991年版。

[②] 《一氓题跋》，生活·读书·新知三联书店1984年版，第192页。

全孤"(《和荔裳先生韵亦得十有二首》之六,《湖海楼诗集》卷五)。他由"诗与词并行"到"弃诗不作","磊砢抑塞之意,一发之于词,诸生平所通习经史百家古文奇字,一一于词见之"(蒋景祁《陈检讨词钞序》),正可以从中得到消息。

清初词坛有下列几点是值得注意的:

其一,词风的兴盛。《瑶华集》卷首载《刻瑶华集述》指出:"国家文教蔚兴,词为特盛。"这当然也是与前代相较而言的。李渔的观察是颇能说明问题的:

> 三十年以前,读书力学之士皆殚心制举业……是当日之世界,帖括时文之世界也。此后则诗教大行,家诵三唐,人工四始,凡士有不能诗者辄为通才所鄙。是帖括时文之世界变而为诗赋古文之世界矣……乃今十年以来,因诗人太繁,不觉其贵,好胜之家又不重诗而重诗之馀矣。一唱百和,未几成风,无论一切诗人皆变词客,即闺人稚子、估客村农,凡能读数卷书、识里巷歌谣之体者,尽解作长短句。①

而清初词风的兴盛,与王士禛的提倡有关。特别是他在扬州通判任上,"昼了公事,夜接词人","实为斯道总持"。②他不仅有创作《衍波词》二卷,而且有词论著作《花草蒙拾》,还和邹祗谟合编了《倚声初集》,并且评点了若干词集。这种实践,使他的眼光更为阔大,取径也更为宽泛,客观上为清词摆脱《花间》《草堂》的藩篱奠定了基础。最为重要的是,他凝聚了一批词人,形成了填词风气,以至于尤侗在序《延露词》时说:"维扬佳丽,固诗馀之地也。"所以也为清词流派的形成创造了条件。如陈维崧、邹祗谟(1630?—1670)、董以宁(1630—1669)等,就是在他的影响下填词,并最终形成阳羡派的。③

---

① 《笠翁馀集》自序,《笠翁一家言》。
② 顾贞观《答秋田求词序书》,谢章铤《赌棋山庄词话续编》卷三引。
③ 蒋景祁《陈检讨词钞序》记载:"其年先生幼工诗歌,自济南王阮亭先生官扬州,倡倚声之学,其上有吴梅村、龚芝麓、曹秋岳诸先生主持之。先生内联同郡邹程村、董文友,始朝夕为填词……向者诗与词并行,迨倦游广陵归,遂弃诗弗作。"正可说明这一点。

其二，词风的变化。明末以陈子龙为首的"云间词派"影响甚大，他们规模《花间》词风，崇尚词境的浑涵，从而革除了明词的刻露之弊，重续南唐及北宋的词统。《赌棋山庄词话》续编卷三指出："昔陈大樽以温、李为宗，自吴梅村以逮王阮亭翕然从之，当其时无人不晚唐。"即以王士禛为例，他的《衍波词》中就有不少"次湘真韵"，亦即和陈子龙的作品。明清词风的交接转换，也在这一时期完成。其中最重要的一点，就是在实践上和观念上打通了南北宋以及豪放、婉约的壁垒。如吴伟业（1609—1671）不仅有"本色词人语"①的《浣溪沙》"闺情"，也有如同"坡仙化境"②的《临江仙》"逢旧"，而他的《贺新郎》"病中有感"，更是悲感万端，直逼辛幼安：

万事催华发，论龚生、天年竟夭，高名难没。吾病难将医药治，耿耿胸中热血。待洒向、西风残月。剖却心肝今置地，问华佗解我肠千结。追往恨，倍凄咽。　　故人慷慨所奇节，为当年、沉吟不断，草间偷活。艾炙眉头瓜喷鼻，今日须难决绝。早患苦、重来千叠。脱屣妻孥非易事，竟一钱不值何须说。人世事，几完缺？

虽然这未必是"梅村绝笔"③，但词中所透露出的自怨自艾之情，从词风上看，决非南唐、北宋诸家所能牢笼的。稍后的王士禛，在其《花草蒙拾》中乃明确指出：

云间数公论诗拘格律，崇神韵。然拘于方幅，泥于时代，不免为识者所少。其于词，亦不欲涉南宋一笔，佳处在此，短处亦坐此。……近日云间作者论词有云："五季犹有唐风，入宋便开元曲。"故专意小令，冀复古音，屏去宋调，庶防流失。仆谓此论虽高，殊属孟浪。

邹祗谟《远志斋词衷》也引用王氏批评云间词"长篇不足"的缺陷，这

---

① 谭献《箧中集》卷一评语。
② 《白雨斋词话》卷三评语。
③ 《白雨斋词话》卷三。然而据谈迁《北游录·纪闻上》"崔青蚓"条已记录了这阕《贺新郎》，其成书下限为顺治十二年（1655），所以这阕词不可能是吴伟业的"绝笔"。

也正是取径自狭于《花间》一途所致。又引用其语云:"词至姜、吴、蒋、史,有秦、李所未到者。"同书还引用了彭孙遹(1631—1700)评论《衍波集》的话:"阮亭《衍波》一集,体被唐宋,珍逾琳琅,美非一族,目不给赏……洵乎排黄轶秦,凌周驾柳,尽态穷姿,色飞魂断矣。"虽然不免阿私所好,但在说明其取径较宽这一点上,仍然是正确和可信的。此下清词流派纷出,各有所宗,却都不废南宋,甚至以南宋为宗,其转变契机即在于此。清词的大盛,便是沿着这条道路发展所致。

其三,清初还出现了一些作品甚多甚至全力填词的词人。即以现存作品而论,如陈维崧,他创作的小令、中调、长调共四百一十六调,词一千六百二十九阕,论其数量之富、写作之工,可谓前无古人。朱彝尊也有《眉匠词》一卷、《江湖载酒集》三卷、《静志居琴趣》一卷、《茶烟阁体物集》二卷、《蕃锦集》二卷等,共六百馀阕[①],亦颇为可观。蒋景祁《刻瑶华集述》指出:"词多而工,莫若朱竹垞、陈其年两家。沈大令融谷云:'阳羡(陈)扬镳于北,梅里(朱)抉奥于南,正复工力悉敌。'"事实上,陈维崧是推尊苏、辛的阳羡派宗主,朱彝尊是崇尚姜、张的浙西派领袖,他们在相当长的时间中以全力而不是以馀力填词,对于词坛上填词风气的勃兴也起到了推动作用。所以康熙十八年(1679)同举博学鸿词科的五十人个个能词,其中就包括了陈维崧、朱彝尊、彭孙遹等极负盛名的词人。正如《白雨斋词话》卷一所说:"国初诸老,多究心于倚声。取材宏富,则朱氏(彝尊)《词综》;持法精严,则万氏(树)《词律》;他如彭氏(孙遹)《词藻》《金粟词话》《西河词话》(毛奇龄撰)、《词苑丛谈》(徐釚撰)等类,或讲声律,或极艳雅,或肆辩难,各有可观。"一代清词,就这样拉开了丰富多彩的序幕。

第二节　清词流派

流派众多是清词的特色之一,流派而具有地域性,更具有清代文化的特征。清人的许多文化活动是与地域有关的,学术上有皖派、吴派和

---

① 此据屈兴国、袁李来辑校《朱彝尊词集》统计,浙江古籍出版社1994年版。

扬州学派，文学上则有桐城文派和阳湖文派。同时，以地域为范围编纂的书籍之丰富，地方志之发达以及文人对乡土风物颂扬之热衷，都远远超过以前的任何一代。所以，词坛上出现具有地域性特征的阳羡词派、浙西词派和常州词派，也就容易理解了。

一、陈维崧与阳羡词派

清代词坛上最早形成的是阳羡词派，其活动期大致从顺治十五年（1658）到康熙三十年（1691），有三十多年时间。阳羡就是现在的江苏省宜兴市，词派领袖是陈维崧，词派成员多达百人。① 谭献《箧中词》卷二指出："锡鬯（朱彝尊字）、其年（陈维崧字）出，而本朝词派始成……嘉庆以前，为二家牢笼者十居七八。"充分肯定了陈氏在清初词坛上的领袖地位。

阳羡词派的贡献首先在于从理论上推尊词体，破除《花间词》的藩篱。陈维崧《词选序》集中表达了这一意见：

> 客或见今才士所作文，间类徐、庾俪体，辄曰此齐梁小儿语耳，掷不视。是说也，予大怪之。又见世之作诗者，辄薄词不为，曰为辄致损诗格。或强之，头目尽赤。是说也，则又大怪。夫客又何知？客亦未知开府（庾信）《哀江南》一赋，仆射（徐陵）"在河北"诸书，奴仆《庄》《骚》，出入《左》《国》。即前此史迁、班掾诸史书，未见礼先一饭；而东坡、稼轩诸长调，又骎骎乎如杜甫之歌行与西京之乐府也。盖天之生才不尽，文章之体格亦不尽……要之穴幽出险以厉其思，海涵地负以博其气，穷神知化以观其变，竭才渺虑以会其通。为经为史，曰诗曰词，闭门造车，谅无异辙也。今之不屑为词者固亡论，其学为词者，又复极意《花间》，学步《兰畹》，矜香弱为当家，以清真为本色。神瞽审声，斥为郑卫，甚或爨弄俚词，闺襜冶习，音如湿鼓，色若死灰……然则余与两吴子、潘子仅仅选词云尔乎？选词所以存词，其即所以存经存史也夫。（《迦陵文集》卷二）

---

① 参见严迪昌《阳羡词派研究》，齐鲁书社1993年版。

这里，作者将词的位置提高到和"经""史"并列，无疑是石破天惊之论。而能够站在这一位置上的词，当然也不是"极意《花间》，学步《兰畹》"者所能承担的。陈氏又提出了创作上思、气和变、通两方面的要素，如果说，来自《周易》的通变观在文学理论上并非新鲜命题的话，那么，在词体写作中强调"思"和"气"则是前所未有的。从传统的文体观来看，这两个要素是属于诗文的。也正因为如此，陈维崧所欣赏的词人，也就是"以诗为词"的苏轼和"以文为词"的辛弃疾；不是南唐、北宋的小令，而是以铺叙才力为特征的"长调"。陈维崧写了一百三十馀阕《贺新郎》，正体现了他对长调的偏爱。

由于将词的地位强调到与经史并列的地步，所以阳羡派词人也注重"拈大题目，出大意义"（《赌棋山庄词话》卷八），在题材的运用上奋力开拓。以陈维崧为例，其《南乡子》"江南杂咏"、《贺新郎》"纤夫词"、《金浮图》"夜宿翁村，时方刈稻，苦雨不绝，词纪田家语"等篇，都是直接描写民生疾苦，而这类题材过去只在诗中出现，在词中是罕见的。这一点，在阳羡词人中往往带有普遍性。此外，家国之痛、兴亡之感，也是阳羡词人笔下经常出现的题材，如陈氏《夏初临》"本意，癸丑三月十九日用明杨孟载韵"，这一天正是明崇祯皇帝甲申自缢的忌日，用传统观念看来是"小道"的词抒发亡国之思，这是非常"反"传统的：

> 中酒心情，拆绵时节，酴醾刚送春归。一亩池塘，绿荫浓触帘衣。柳花搅乱晴晖，更画梁，玉剪交飞。贩茶船重，挑笋人忙，山市成围。　蓦然却想，三十年前，铜驼恨积，金谷人稀。划残竹粉，旧愁写向阑西。惆怅移时，镇无聊，掐损蔷薇。许谁知？细柳新蒲，都付鹃啼。

至于阳羡词人互相酬唱的"题《钟山梅花图》"词，"实质上是一次群体性凭吊故国的活动"①。另外，他们还写下许多有关风土民俗、亲情友情题材的词。由于使用题材的广泛和开拓，使得他们的词风往往具有多种面貌。正如蒋景祁所说，陈维崧的词"以为苏、辛可，以为周、秦可，

---

① 严迪昌《阳羡词派研究》，第126页。

以为左、国、史、汉、唐、宋诸家之文亦可。盖既具什伯众人之才，而又笃志好古，取裁非一体，造就非一诣，豪情艳趋，触绪纷起，而要皆含咀酝酿而后出"①。这也能反映出阳羡词人取径较宽的整体特色。随着陈维崧在康熙二十一年（1682）的去世，后继乏人，阳羡词派也就渐渐衰落了。

二、朱彝尊与浙西词派

浙西词派是继阳羡词派而起的、在清朝前中期词坛上影响甚大的一个流派，对于明词的俚俗淫哇、粗率浅陋，浙西词派是从另一方面加以纠正的。吴衡照说："词至南宋，始极其工。秀水（朱彝尊）创此论，为明季人孟浪言词者示救病刀圭。"（《莲子居词话》卷四）这可以看出浙派宗法南宋的原因。从政治背景看，清初文字狱的大兴，江浙地区作为当时经济文化的最高体现处，对清朝统治反抗最激烈，因此，也就是统治者镇压最惨酷的所在。这对浙西词派不能不有所影响。②所以，朱彝尊的推尊词体，也就特别强调词体幽微深远的寄意方式是诗体无法取代者：

> 词虽小技，昔之通儒巨公往往为之。盖有诗所难言者，委曲倚之于声，其辞愈微，而其旨益远。善言词者，假闺房儿女子之言，通之于《离骚》、变《雅》之义，此尤不得志于时者所宜寄情焉耳。
> （《陈纬云〈红盐词〉序》，《曝书亭集》卷四十）

辞微旨远的反面是辞显意近，所以，朱彝尊理想的词风便是由姜夔、张炎为代表的"清空""醇雅"。这也是借对于浅俗、粗率的拨正，表达其对词体的推重，但在途径和方向上则与阳羡词派不同。他编的《词综》一书，更是通过选本的形式推扩其主张。《词综·发凡》指出："世人言词，必称北宋。然词至南宋，始极其工，至宋季而始极其变，姜尧章氏最为

---

① 《陈检讨词钞序》，陈乃乾辑《清名家词》第二卷《湖海楼词》，第7页。
② 朱彝尊在为丁雁水作《紫云词序》中说："昌黎子曰：'欢愉之言难工，愁苦之言易好。'斯亦善言诗矣。至于词或不然，大都欢愉之辞工者十九，而言愁苦者十一焉耳。故诗际兵戈俶扰流离琐尾，而作者愈工，词则宜于宴喜逸乐，以歌咏太平……今则兵戈尽偃，又得君抚循而煦育之，诵其乐章，有歌咏太平之乐，孰谓词之可偏废欤？"（《曝书亭集》卷四十）正是这种时代阴影中的言论。

杰出。"所以此书可以"一洗《草堂》之陋"（汪森《词综序》）。朱彝尊并非没有故国山河之思，但在词中往往通过咏物怀古的方式表达，他在《解佩令·自题词集》中写道：

> 十年磨剑，五陵结客，把平生涕泪都飘尽。老去填词，一半是空中传恨。几曾围、燕钗蝉鬓？ 不师秦七，不师黄九，倚新声、玉田差近。落拓江湖，且分付、歌筵红粉。料封侯、白头无分。

标举"清空"之音，就是追求像姜夔、张炎那样，把词写得"不染尘埃""不着色相"①，于是"浙西填词者，家白石而户玉田，春容大雅"（《静惕堂词序》，《清词别集百三十四种》第一册）。南宋末年是咏物词大盛之时，如姜夔《暗香》《疏影》咏梅，张炎《解连环》咏孤雁，王沂孙《眉妩》咏新月，而《乐府补题》则是宋末咏物词的集中体现。所以《乐府补题》与浙派的兴盛也大有关系，所谓"得《乐府补题》而辇下诸公之词体一变，继此复拟作《后补题》，益见洞筋擢髓之力"（蒋景祁《刻瑶华集述》）。但咏物要有所兴寄，刻划贵不黏不脱，《赌棋山庄词话》卷七云："夫咏物南宋最盛，亦南宋最工。然傥无白石高致，梅溪绮思，第取《乐府补题》而尽和之，是方物略耳，是群芳谱耳。"朱彝尊的咏物佳作，最有代表性的便是《长亭怨慢·雁》：

> 结多少、悲秋俦侣。特地年年，北风吹度。紫塞门孤，金河月冷、恨谁诉？回汀枉渚，也只恋、江南住。随意落平沙，巧排作、参差筝柱。 别浦，惯惊移莫定，应怯败荷疏雨。一绳云杪，看字字、悬针垂露。渐欹斜、无力低飘，正目送、碧罗天暮。写不了相思，又蘸凉波飞去。（《朱彝尊词集·茶烟阁体物集》）

《白雨斋词话》卷三评曰："感慨身世，以凄切之情，发哀婉之调。既悲凉，又忠厚，是竹垞直逼玉田之作。"本来，对于古人的追慕从来就不是无目的地发思古之幽情。浙西词派诸公对于《乐府补题》的和作，以及

---

① 沈祥龙《论词随笔》说："清者，不染尘埃之谓；空者，不着色相之谓。清则丽，空则灵。如月之曙，如气之秋。"

由此而兴起的咏物词风，是与《乐府补题》的性质——作者是宋遗民，主旨是借咏物以寄托亡国之哀痛——有关的。①清初流行郑所南《心史》、谢翱《晞发集》，乃至如吕留良作《拟如此江山图》，都是明遗民通过对过去作品的爱好推重以传达当代人的心志。②不过，以朱彝尊为代表的浙西词人，在表达上强调的是清空骚雅，所以并不是宋代遗民词人的优秀传人。其有寄托的作品集中不多见，至于其纯粹的体物之作，更是给浙派注定了衰颓的趋向。如朱彝尊《茶烟阁体物集》中的咏"金指环"、咏"黄鼠"、咏"西施舌"、咏"龙虱"等作，颇为无聊；《沁园春》十二阕分咏女性的额、鼻、耳、齿、肩、臂、掌、乳、胆、肠、背、膝，完全是俗词、亵词，与他标榜的雅词相去甚远。这对于词体的抒情功能和言志载体而言，无疑是一戕害。此体一开，效者日众。③在其后，最有影响的浙派词人当推厉鹗（1692—1752），他进一步强调了词体的雅正。《群雅词集序》中指出："词源于乐府，乐府源于《诗》……由诗而乐府而词，必企夫雅之一言，而可以卓然自命为作者。故曾端伯选词，名《乐府雅词》；周公谨善言词，题其堂曰'志雅'。词之为体，委曲啴缓，非纬之以雅，鲜有不与波俱靡而失其正者矣。"（《樊榭山房文集》卷四）同时值得注意的是，他对文学流派提出了值得注意的见解。《查莲坡〈蔗塘未定稿〉序》云：

> 诗不可以无体，而不当有派。诗之有体，成于时代，关乎性情，真气之所存，非可以剽拟似，可以陶冶得也。是故去卑而就高，避縟而趋洁，远流俗而向雅正。少陵所云多师为师，荆公所谓博观约取，皆于体是辨……盖合群作者之体，而自有其体，然后诗之体可得而言也。自吕紫微作西江诗派，谢皋羽序睦州诗派，而诗于是乎有派。然犹后人瓣香所在，强为胪列耳。在诸公当日，未尝

---

① 关于《乐府补题》的主旨，参看夏承焘《乐府补题考》，收入其《唐宋词人年谱》"周草窗年谱"附录二，上海古籍出版社1979年版。又黄兆显《乐府补题研究及笺注》，香港学文出版社1975年版。
② 《拟如此江山图诗序》云："《如此江山图》，宋末陈仲美画。按序，南渡后，有'如此江山亭'，在吴山，宋遗民画此图以志意。"（《吕留良诗文集》卷首）
③ 《赌棋山庄词话》卷七云："余尝怪今之学金风亭长（朱彝尊）者，置《静志居琴趣》《江湖载酒集》于不讲，而心摹手追，独在《茶烟阁体物》卷中，则何也？"便指出了这一事实。

斫斫然以派自居也。(《樊榭山房文集》卷三)

从理论上来说,"体"是独特风格的标志,对某一体的共同追求便可形成"派",这原是文学史上的事实。"体"若固定僵化,派亦会随之而消歇,并无"当"或"不当"的问题。细味厉氏之意,反映出的是他能破除门户之见,强调转益多师,博观约取。虽然他实际上的"约取",仍然是沿着朱彝尊的道路,以姜、张为宗①,所以他也一直被人们视为浙派的集大成者,但这不一定符合他自己的理论主张。他的词幽隽冷逸,注重词笔摇曳,甚至堆砌故实。这也就逐渐失去了推尊词体的真正意义,终于,这样的词风导致了词人在小玩意上费精耗神,"局于姜、史,斤斤字句气体之间,不敢拈大题目、出大意义"(《赌棋山庄词话》卷八)。浙西词派也就这样逐渐衰落了。

在常州词派兴起之前,聚集在北京的一批词人形成京华词坛,虽然为时不长,但却不为浙派所牢笼,呈现出特别的词风。其中又以山东的曹贞吉(1634—1698)、江苏的顾贞观(1637—1714)和满洲的纳兰性德(1655—1685)最为杰出,因而有"京华三绝"之称。② 从词史上看,后两者的创造性来得更大。

顾贞观是清初与陈维崧、朱彝尊鼎足而三的词人。杜诏在《弹指词序》中说:"《弹指》与竹垞、迦陵埒名。迦陵之词,横放杰出,大都出自苏、辛,卒非词家本色;竹垞神明乎姜、史,刻削隽永,本朝作者虽多,莫有过焉者。若《弹指》则极情之致。"以情取胜,正是顾贞观词的突出之处。《金缕曲》二首是以情胜的代表作,据词序说,这是"寄吴汉槎宁古塔,以词代书"之作:

季子平安否?便归来,平生万事,那堪回首?行路悠悠谁慰藉?母老家贫子幼。记不起、从前杯酒。魑魅搏人应见惯,总输他覆雨翻云手。冰与雪,周旋久。　　泪痕莫滴牛衣透。数天涯、依

---

① 他在《论词绝句十二首》之五云:"旧时月色最清妍,香影都从授简传。"之七云:"玉田秀笔溯清空,净洗花香意匠中。"其十云:"寂寞湖山尔许时,近来传唱六家词。'偶然燕语人无语',心折小长芦钓师。"都是在推崇姜夔、张炎和朱彝尊。

② 参看严迪昌《清词史》第二编第三章。

然骨肉，几家能够？比似红颜多薄命，更不如今还有。只绝塞、苦寒难受。廿载包胥承一诺，盼乌头马角终相救。置此札，君怀袖。

我亦飘零久。十年来，深恩负尽，死生师友。宿昔齐名非忝窃，试看杜陵消瘦，曾不减、夜郎僝僽。薄命长辞知己别，问人生到此凄凉否？千万恨，为兄剖。　　兄生辛未吾丁丑。共些时、冰霜摧折，早衰蒲柳。辞赋从今须少作，留取心魂相守。但愿得、河清人寿。归日急翻行戍稿，把空名料理传身后。言不尽，观顿首。

"以词代书"是词体形式上的新创，过去仅有"以诗代书"者，如白居易的《以诗代书寄户部杨侍郎劝买东邻王家宅》，所以这是散文体进入诗词体的尝试。但"以文为词"，很容易平铺直叙，或多著议论。顾词佳处乃在于"纯以性情结撰而成……无一字不从肺腑流出"（《白雨斋词话》卷三），借用书信体的如话家常的风格，将自己婉转反复的心情写出。后来仿效者甚多，但缺乏"深情真气"，也就不免沦为文字游戏了。①

和顾贞观对朱彝尊的词学观"不以为然"②一样，纳兰对朱氏的词学观也有异议。他在《填词》一诗中批评了认为词体"往往欢娱工，不如忧患作"的看法，把词的源头上溯至《诗经》——"不见句读参差三百篇，已自换头兼转韵"（《通志堂集》卷三），尽管这不符合文学史实，但却反映了他对"俗眼轻填词"的鄙夷。既然词含比兴，也就不是一味欢愉，这是对朱彝尊以词体"欢愉之辞工者十九"之论调的委婉批评。至于在创作实践上，他更是写出大量的"愁苦之言"。纳兰出身贵胄，既为相门公子，又常常出入扈从，得到康熙的隆遇。但在他现存的三百四十八阕词中，却是以哀感顽艳为特色。他借用道明禅师语"如人饮水，冷暖自知"（语见《坛经》）命名其词集《饮水词》，正是要用词写出心中的哀痛，所以集中写悼亡哀伤的作品占有相当大的比重。他评论李后主的词兼有《花间》词与宋词之美，"更饶烟水迷离之致"（《渌水亭杂识》卷四），

---

① 《赌棋山庄词话》卷七指出："(顾贞观)寄汉槎宁古塔《贺新凉》云云，浓挚交情，艰难身世，苍茫离思，愈转愈深，一字一泪……后来效此体者极多，然平铺直叙，率觉嚼蜡，由无深情真气为之干，而漫云'以词代书'也。"

② 朱彝尊《水存琴趣序》已直接道破："予尝持论，谓小令当法汴京以前，慢词则取诸南渡，锡山顾典籍不以为然也。"（《曝书亭集》卷四十）

不妨看作一种自我评价。其《金缕曲》"亡妇忌日有感"云：

> 此恨何时已？滴空阶、寒更雨歇，葬花天气。三载悠悠魂梦杳，是梦久应醒矣。料也觉、人间无味。不及夜台尘土隔，冷清清、一片埋愁地。钗钿约，竟抛弃！　重泉若有双鱼寄，好知他、年来苦乐，与谁相倚？我自终宵成转侧，忍听湘弦重理？待结个、他生知己。还怕两人俱薄命，再缘悭、剩月零风里。清泪尽，纸灰起。

《饮水词》中悼亡之作多达数十阕，所以他的词给人以"如寡妇夜哭，缠绵幽咽，不能终听"（李慈铭《越缦堂读书记·纳兰词》）的印象。总之，纳兰词纯任性灵，与浙派词人的作品中一些堆积故实的咏物词相较，是更富于"词心"的。

三、张惠言与常州词派

蔡嵩云《柯亭词论》提出了"清词三期"之说：

> 清词派别，可分三期。浙西派与阳羡派同时。浙西派倡自朱竹垞，曹升六、徐电发等继之，崇尚姜、张，以雅正为归。阳羡派倡自陈迦陵，吴薗次、万红友等继之，效法苏、辛，惟才气是尚，此第一期也；常州派倡自张皋文，董晋卿、周介存等继之，振北宋名家之绪，以立意为本，以叶律为末，此第二期也；第三期词派创自王半塘……和之者有郑叔问、况蕙风、朱彊村等，本张皋文"意内言外"之旨，参以凌次仲、戈顺卿审音持律之说，而益发挥光大之。

常州词派的地位，于此可见。一个词派的形成，必然有其独特的理论主张并付诸实践。而在中国文学理论传统中，以选本形式表达自己的批评观念，是屡见不鲜也是最为有效的。如果说，《词综》所体现的是浙西词派的理论倾向的话，那么，代表常州词派理论的便是张惠言兄弟编录的《词选》。据金应珪《词选后序》，此书针对的是当时的词坛"三蔽"，即"淫词""鄙词"和"游词"，前二者较易祛除，而"游词"的"哀乐不衷其性，虑叹无与乎情"，只是堆砌故实，应酬唱和，指的是在词坛上仍有一定势力的浙派，此蔽祛除较难。① 所以，"今欲塞其歧途，必且严其科律，此《词选》之所以止于一百十六首也"（《词选后序》）。因此，虽然此书最初只是用来作家塾课本的②，但是其中体现的词学宗旨却是鲜明而有针对性的。张惠言《词选序》指出：

> 《传》曰：意内而言外谓之词。其缘情造端，兴于微言，以相感动。极命风谣里巷、男女哀乐，以道贤人君子幽约怨悱不能自言之情，低徊要眇，以喻其致。盖诗之比兴，变风之义，骚人之歌，则近之矣。然以其文小，其声哀，放者为之，或跌荡靡丽，杂以昌狂俳优。然要其致者，莫不恻隐盱愉，感物而发，触类条鬯，各有所归，非苟为雕琢曼辞而已。

这里不难看出张惠言对于词中感发力的重视，词的生命是其中所蕴含的"情"与"意"。其创作实践也与其理论一致，宋翔凤《浮溪精舍词自序》评论道："其自为词也，必穷比兴之体类，宅章句于性情。"词中表现的应是"贤人君子幽约怨悱不能自言之情"，这样就能从根本上对词体"塞其下流，导其渊源"，从而可以"无使风雅之士，惩于鄙俗之音，不敢与诗赋之流同类而讽诵之也"（《词选序》）。所以，尽管从清初开始，对于词的"尊体"观念已时有萌发，但真正有深远影响的还是要推张惠言为代表的常州词派。他从尊体的宗旨出发来选词、评词、填词，指出词体写作的向上一路，洞察其源流，示人以正鹄。所以谭献说："倚声之学，由二张而始尊耳。"（《箧中集》卷三）陈廷焯曰："张皋文《词选》一编，扫靡曼之浮音，接风骚之真脉。"（《白雨斋词话》卷五）至于其《茗柯词》中的作品，如《水调歌头》五首，历来被评为绝唱，"胸襟学问，酝酿喷薄而出，赋手文心，开倚声家未有之境"（《箧中词》卷三）。他的推尊词体，不仅口陈标榜，更是身体力行。其《木兰花慢》"杨花"云：

---

① 《白雨斋词话》卷九引用金氏此序，在"游词"之蔽下评论道："此病最深，亦最易犯。盖前两蔽则显忤风骚，常人皆知其非。此一蔽则似是而非，易于乱真。今之假托南宋者，皆游词也。"这里说的"假托南宋者"，指的就是浙西派词人。

② 张琦《重刻本〈词选〉序》载："嘉庆二年，余与先兄皋文先生同馆歙金氏，金氏诸生好填词……（先兄）乃与余校录唐宋词四十四家，凡一百十六首，为二卷，以示金生，金生刊之。"可知此书原来是金榜家子弟学词读本。

> 尽飘零尽了,何人解当花看?正风避重帘,雨回深幕,云护轻幡。寻他一春伴侣,只断红相识夕阳间。未忍无声委地,将低重又飞还。 疏狂情性,算凄凉耐得到春阑。便月地和梅,花天伴雪,合称清寒。收将十分春恨,做一天愁影绕云山。看取青青池畔,泪痕点点凝斑。

咏杨花之作古来甚多,如韩愈说"杨花榆荚无才思"(《晚春》),苏轼说"抛家傍路,思量却是、无情有思"(《水龙吟》"次韵章质夫杨花"),都是以往的名作名句。但张惠言却赋予杨花以"清寒"的品格,在浙派咏物词日趋于藻采涂饰、堆积典故的风气中,他能从常见的杨花中,提炼出"未忍无声委地,将低重又飞还"的"疏狂情性"以及"月地和梅,花天伴雪"的"清寒"品格,这无疑是对于词境的升华。

张惠言以尊体为宗旨选词,但取径也未免有因过严而"太隘"之处①。这种情形,到了周济(1781—1839)就有所修正。周济继承了张惠言重视词的感发力和以意为主的看法,指出"学词先以用心为主……次则讲片段,次则讲离合……次则讲色泽、音节"(《介存斋论词杂著》)。但在感发的内容上,他的看法显然更为宽泛:

> 感慨所寄,不过盛衰:或绸缪未雨,或太息厝薪,或已溺已饥,或独清独醒,随其人之性情学问境地,莫不有由衷之言。见事多,识理透,可为后人论世之资。诗有史,词亦有史,庶乎自树一帜矣。(《介存斋论词杂著》)

从其所举的例证中可知,周氏说的"感慨"都是与时代相关的:"绸缪未雨"是对未来事变的预感;"太息厝薪"是对社会现状的忧患;"已溺已饥"是立志拯救天下;"独清独醒"是无奈独善其身。这样的词,才可能与"诗史"并列而称为"词史"。他甚至认为,"离别怀思,感士不遇"(这本来是《词选序》中的意见)也不过是"陈陈相因,唾沫互拾"的旧模式。与此相关的,在学词的取径上,他也指出了较为宽泛道路。其《宋四家

---

① 《白雨斋词话》卷一云:"张氏惠言《词选》,可称精当,识见之超,有过于竹垞十倍者。古今选本,以此为最。但唐五代两宋词,仅取百十六首,未免太隘。"

词选》从某种意义上说,正是对于张氏昆仲《词选》的修正。谭献说:"《四家词选》为后来定本,陈义甚高,胜于宛邻《词选》,即潘四农亦无可诋諆矣。"(《复堂日记》)潘德舆对《词选》的意见主要在于其去取太严,刊落的佳制太多。虽然后来董毅有《续词选》,意欲有所弥补①,但真正发生重大影响的,还是《宋四家词选》。周济提出"词非寄托不入,专寄托不出"(《宋四家词选目录序论》),这较之张惠言的专求比兴要更为融通深入。他指出"问途碧山,历梦窗、稼轩,以还清真之浑化"(同上)之路,也修正了张惠言忽视南宋的缺陷。他特别举出吴文英词为样板之一,这对晚清词学有很大影响。《宋四家词选目录序论》中又多论词体的作法,往往发古人所未发。如论结构章法云:"笔以行意也,不行须换笔,换笔不行,便须换意……词笔不外顺、逆、反、正,尤妙在复在脱。"论选声则云:"东、真韵宽平,支、先韵细腻,鱼、歌韵缠绵,萧、尤韵感慨,各具声响,莫草草乱用。"都能揭词学之奥秘,示后学以准绳。常州词派在清代后期词坛上,被倚声家奉为圭臬,周济之功尤为巨大。

从词学流派来考察,道光以下,也基本上为常州词派所笼罩。兹就晚清词坛的特出点,附论于后。

首先是词学研究之风的兴盛。"词学"之名,可能起于江顺诒的《词学集成》,其内容一曰源,二曰体,三曰音,四曰韵,五曰派,六曰法,七曰境,八曰品。清道光朝以下,词学研究风气大盛,清代著名的词论家,几乎都在这一时期出现。如刘熙载(1813—1881)的《艺概·词概》,谭献(1832—1901)的《箧中词》以及后人辑录的《复堂词话》,陈廷焯(1853—1892)的《白雨斋词话》、况周颐(1859—1926)的《蕙风词话》,而以王国维(1877—1927)熔铸中西的《人间词话》为殿军。此外,随着常州词派影响的日益深入,词体也日益受到重视。于是就有将汉学家治经治史的方式移以治词者,体现在对词人、词籍的笺疏、表谱、校勘和辑佚上。如王鹏运(1849—1904)积三十载之功精校而成《四印斋所刻词》和《四印斋汇刻宋元三十一家词》,开创了词家校勘之学。其后,朱祖谋

---

① 张琦《续词选序》云:"《词选》之刻,多有病其太严者,拟续选而未果。今夏外孙董毅子远来署,携有录本,适惬我心。爰序而刊之,亦先兄之志也。"

(1857—1931)继之而起,精校唐、宋、金、元的一百六十三家词集为《彊村丛书》。这种风气沿至20世纪初,与西方学术所谓的"科学方法"一拍而合,引导出现代的词学整理和研究成果。

其次要提及的是清代女词人的涌现,这是以清代女学的兴盛为背景的。据胡文楷《历代妇女著作考》,自汉迄明,仅得三百五十馀家,而清代一朝就有三千五百家左右。词本来就起于歌女在酒席舞筵上的演唱,所以多托以闺阁儿女之辞,传达婉转绸缪的情意。宋代词体兴盛,但蔚然成集的女词人仅有李清照和朱淑真,可谓寥若晨星。而清代的女词人,若以徐乃昌辑刊之《小檀栾室汇刻百家闺秀词》为据,清代即有九十六家。若再加上他辑录"丛残不成集者"而成的《闺秀词钞》,所得又有五百二十一家。此后还有《补遗》和《续补遗》,其人数是相当可观的。和清代文化的整体特征相联系的,清代的妇女词也具有家族和地域的特征,往往由姊妹、妯娌、姑嫂、婆媳和母女构成一个个小型群体。①其中最为突出者如徐灿,其词颇涵故国兴亡之感,《踏莎行》下半阕云:"故国茫茫,扁舟何许?夕阳一片江流去。碧云犹叠旧山河,月痕休到深深处。"谭献评曰:"兴亡之感,相国(指其夫陈之遴)愧之。"(《箧中集》卷五)《白雨斋词话》卷五亦将她与李清照相提并论。吴藻(1799—1850后)作为陈文述(1771—1843)碧城仙馆的女弟子之一,在词中前所未有地强烈表现出女性自强的意识,其《金缕曲》云:

> 闷欲呼天说。问苍苍、生人在世,忍偏磨灭?从古难消豪士气,也只书空咄咄。正自检、断肠诗阅。看到伤心翻失笑,笑公然、愁是吾家物。都并入,笔端结。　英雄儿女原无别。叹千秋、收场一例,泪皆成血。待把柔情轻放下,不唱柳边风月。且整顿、铜琶铁拨。读罢《离骚》还酌酒,向大江东去歌残阕。声早遏,碧云裂。

这种欲与须眉争雄之气,是同时代的女词人所少见的。尽管魏谦升在为她的词作序时,认为她是能够继厉鹗、吴锡麒而起的词人,但她的词风

---

① 参见严迪昌《清词史》第五编"清代妇女词史略"。

实际上是不受浙派所牢笼的。顾春（1799—1877）是清代有名的满族女词人。况周颐《蕙风词话续编》卷二载："曩阅某词话云：本朝铁岭人词，男中成容若，女中太清春，直窥北宋堂奥。"她的词长于造境，浑成如晏、欧。《早春怨》"春夜"下半阕云："红楼不闭窗纱，被一缕、春痕暗遮。淡淡轻烟，溶溶院落，月在梨花。"最后三句从晏殊《无题》的"梨花院落溶溶月，柳絮池塘淡淡风"化出，以形容虽淡似"轻烟"而又挥不去、抹不掉的"一缕春恨"，暗示了内心深处万转千回的愁思。清代女性词人的最强音是由清末民族民主革命战士、鉴湖女侠秋瑾（1875—1907）唱出的。其《满江红》云：

> 小住京华，早又是、中秋佳节。为篱下、黄花开遍，秋容如拭。四面歌残终破楚，八年风味徒思浙。苦将侬、强派作蛾眉，殊未屑。　　身不得，男儿列。心却比，男儿烈。算平生肝胆，因人常热。俗子胸襟谁识我？英雄末路当磨折。莽红尘、何处觅知音？青衫湿。

词史发展到晚期，由女儿声唱出的男儿音，以及在词中所表达的救国救民的豪情，堪称辉煌的句号。"肮脏尘寰，问几个、男儿英哲！算只有、蛾眉队里，时闻杰出。"（《满江红》）当那些冬烘头巾气息甚浓的俗儒，在动荡不安的社会中，还抱着风雅温柔的尺度来衡量词体的正变；当那些冷眼看世的遗老，面对日益衰败的腐朽王朝，满含热泪地为之送葬、为之凭吊；我们如何能不说，秋瑾是伟大的女杰，词在她的手中，拈出了前所未有的"大题目"和"大意义"呢？

第十二章　散曲的形成与特色

曲有剧曲和散曲之分，前者指的是某种歌剧中的歌唱部分，后者是中国古典诗歌中继唐诗、宋词而兴，并与之鼎足而立的诗歌体式。散曲是金元以来兴起的新诗体，是继唐诗、宋词以后的又一新发展。

第一节　散曲的渊源与形成

和词体的兴起一样，曲也是一种音乐文学，是伴随着音乐而兴起的新诗体。作为由音乐派生出的诗体，曲有南北之分。考察散曲的渊源，也可以从音乐、文体和语言诸方面入手考察。

一、音乐的影响

从音乐角度来考察，首先要注意的是北曲和南曲的形成。徐渭（1521—1593）《南词叙录》中指出：

> 今之北曲，盖辽、金北鄙杀伐之音，壮伟狠戾，武夫马上之歌，流入中原，遂为民间之日用。宋词既不可被管弦，南人亦遂尚此，上下风靡，浅俗可嗤。然其间九宫二十一调，犹唐、宋之遗也，特其止于三声，而四声亡灭耳。

王骥德（？—1623）《曲律》卷一"论曲源"亦云：

> 曲，乐之支也……入宋而词始大振，署曰"诗馀"，于今曲益近。周侍制、柳屯田其最也。然单词只韵，歌止一阕，又不尽其变。而金章宗时，渐更为北词，如世所传董解元《西厢记》者，其声犹未纯也。入元而益漫衍其制，栉调比声，北曲遂擅盛一代。

以上对北曲的说明主要是，北曲的音乐基础是北方少数民族的"胡乐"，其兴起的原因在于词体与音乐逐渐脱离以后，作为新型的音乐歌词而出现。北曲形成于金，完成于元。

从音乐体系上考察北曲的渊源，可以上溯至唐代[①]。根据现代学者的研究成果，北曲曲牌有五分之二来源于词乐体系，这构成了北曲音乐的一个重要方面。另外一个渊源是胡曲，即北方少数民族音乐。如《胡十八》《六国朝》《阿纳忽》《相公爱》等，分别见载于曾敏行的《独醒杂志》和何良俊《四友斋丛说》中。张琦《衡曲麈谈·作家偶评》指出："自金、元入中国，所用胡乐，嘈杂缓急之间，词不能按，乃更为新声以媚之……昔称宋词、元曲，非虚语也。"元朝少数民族使用的乐器、弹奏的曲调，与汉人都不同，据陶宗仪《南村辍耕录》卷二十八记载，他们所常用的大曲、小曲和回回曲共有三十一种，都是外来音乐，旧有的词无法与之合奏，所以导致了新词的制作，也就是元曲的诞生。最后，还有来源于"俗曲俚歌"者，如北曲中的《大拜门》《小拜门》《村里迓鼓》《叫声》等。由以上三方面的因素，北曲的音乐体系得以构成。总之，从音乐角度考察元曲，则曲并非如一些人所认为的"词馀"，而是伴随着一个新的音乐体系产生出来的新诗体。

散曲亦随音乐分为南、北两类，南曲的形成更早于北曲。朱有燉（1379—1439）《白鹤子·秋景》五首序云：

> 唐末宋初以来，歌曲则全以词体为主，今世则呼为南曲者是也。自金、元以胡俗行中国，乃有女真体之作。又有董解元、关汉卿辈知音之士，体南曲而更以北腔，然后歌曲出自北方，中原盛行之，今呼为北曲者是也。（《诚斋乐府》卷一）

北宋末，金人侵入中原，流传在南方社会上的歌词曲调也就传播到北方，与"胡曲"和北方民间歌曲相结合而逐渐形成北曲。入元以后，"胡

[①] 王国维《宋元戏曲考》已将北曲与唐代的曲子辞、唐宋大曲、宋词、唐宋民间曲艺联系起来，任半塘《教坊记笺订》列有"曲名流变表"，指出了一条基本线索。李昌集《中国古代散曲史》（华东师范大学出版社1991年版）第一卷第一章所列"北曲曲名渊源调查表"详细考察了北曲曲名与唐曲、宋词、诸宫调的关系，可参看。

语""胡曲"流行一时，一般的文士，也都用当时流行的小曲来抒发自己的感情。同时又有一些北方的曲家如贯云石（1286—1324）等人来到杭州，于是把北方的小令带到南方，又接受了南方小曲的影响，到元朝末年乃出现南北合套。到了明代，南方人的势力扩大了，于是南曲又随着帝王的喜爱而复苏。至于南北曲的区分，王世贞《曲藻》、徐渭《南词叙录》都有论述，而以魏际瑞《论文》的形容最为酣畅透彻：

> 南曲如抽丝，北曲如轮枪；南曲如南风，北曲如北风；南曲如酒，北曲如水；南曲如六朝，北曲如汉魏；南曲自然者如美人淡妆素服，文士羽扇纶巾，北曲自然者如老僧世情物价，老农晴雨桑麻；南曲情联，北曲势断；南曲圆滑，北曲劲涩；南曲柳颤花摇，北曲水落石出；南曲如珠落玉盘，北曲如金戈铁马。若贵坚重、贱轻浮，尚精紧、卑流荡，好干净、厌烦碎，爱老成、黜柔弱，取大方、弃鄙小，求蕴藉、忌粗率，则南北所同也。（《魏伯子文集》卷四）

把南北曲的刚柔之别说得淋漓尽致。

二、文体的影响

散曲体的形成是在金元之际，但早期的曲，从外在形态上看，与词并无严格的区别。元末陶宗仪指出："金季国初，乐府犹宋词之流。"（《南村辍耕录》卷二十七"杂剧曲名"条）如赵秉文（1159—1232）的《青杏儿》，后来的曲谱往往视之为北曲《青杏儿》的范式，但同时又见收于《全金元词》中；元好问自创的《小圣乐》"骤雨打新荷"本小石调，后人将此曲入双调，并改调名为《骤雨打新荷》①。吴梅《南北词简谱》指出："此实是诗馀，故从无入套数者。"这也说明从文体角度言之，初期散曲与词体不易区分，但也表明了二者间具有递嬗转变的关系。

从文体角度看词和曲的区别，有一点是显然的，即曲文要更加俚俗，也更加接近自然语言（口语）。所以，其文体方面的渊源，也可以从

---

① 《南村辍耕录》卷九"万柳堂"条载："《小圣乐》乃小石调曲，元遗山先生好问所制，而名姬多歌之，俗以为《骤雨打新荷》者是也。"

宋金以来的俗词中去寻找。俗词起于民间，影响到文人。王灼《碧鸡漫志》卷二载：

> 长短句中作滑稽无赖语，起于至和，嘉祐之前犹未盛也。熙（宁）、（元）丰、元祐间，兖州张山人以诙谐独步京师，时出一两解……元祐间王齐叟彦龄、政和间曹组元宠皆能文，每出长短句，脍炙人口。彦龄以滑稽语噪河朔；组潦倒无成，作《红窗迥》及杂曲数百解，闻者绝倒，滑稽无赖之魁也……同时有张衮臣者，组之流，亦供奉禁中，号"曲子张观察"。其后祖述者益众，嫚戏污贱，古所未有。

前人也有指出宋词中的俚俗俳谐之流为元曲源头者，如阮阅的《洞仙歌》"赵家姊妹"，《宜春遗事》以为"此词已为元曲开山矣"（张宗橚《词林纪事》卷九引）。李渔《多丽·春风吊柳七》也说："柳七词多，堪称曲祖。"这就与柳永的俗词有关。总之，从北宋民间开始流行的俗词，文人也渐渐染指[①]，成为元曲文学渊源的一个方面。所以到了金代，文人词中也渐有接近于曲之作。《归潜志》卷十载赵可在席屋上戏书小词云："赵可可，肚里文章可可。三场捱了两场过，只有这番解火。恰如合眼跳黄河，知他是过也不过。试官道王业艰难，好交你知我。"以俚语入词，追求戏谑风格，也就奠定了由词到曲的文体基础。《四库全书总目》卷二百词曲类存目有《金谷遗音》一卷，为宋人石孝友所撰词集，"长调类多献谀之作，小令亦间近于俚俗"，类似于元人曲子，所以被厕列存目之中。[②]

《太和正音谱》卷上所列之乐府体式，其中有"黄冠体"，意指"神游广漠，寄情太虚，有餐霞服日之思，名曰'道情'"，可见元曲中固有与道教相关的内容。事实上，金代道教兴盛时，这类"道情"词中出现

[①] 有关宋代的俳谐词，参见徐钪撰、唐圭璋校注《词苑丛谈》卷十一《谐谑》所辑录的材料，上海古籍出版社1981年版。

[②] 《四库全书总目·凡例》云："倚声填调之作，如石孝友之《金谷遗音》、张可久之《小山小令》，臣等初以相传旧本，姑为录存，并蒙皇上指示，命从屏斥。"既将两者相提并论，则也反映了编者"自宋至元，词降而为曲"（《张小山小令》提要）的观念。

了许多新生的"词牌",显然出于当时的里巷胡谣,如《五更令》《瓦盆歌》《悟黄粱》等。这些运用北方语言、北方音系的俗词,与后来的北曲属于同一体系,从文体上考察,这也是曲体形成的初始形态。①

三、语言的影响

中国古典诗歌,从语言形式上看,大致可分为齐言与杂言两类。就宋代以前的情况而言,诗赋中的句式,基本上在《笔札华梁》和《文笔式》中得到了概括。《文镜秘府论》东卷的"句例"从一言到十一言,但九言以上已不见诗例。而且诗中的句式,从汉魏以来,毕竟还是以五七言为主。但是到了宋词中,句法就大大丰富了起来。如五言句,除了诗中常有的上二下三,还有上一下四、上三下二以及二二一者;七言句除上四下三,也有上三下四、上二下五乃至有上一下六者。如果再结合平仄,则五言句有二十四种,七言句有四十种之多。② 同时,九字句在词中也是屡见不鲜的。词调中又有偷声、减字以及添声、添字、摊声、摊破等,使句式更富于变化,以更好地传情达意。词中还常常有衬字,虽然仅一二字,却能起到"密按其音节虚实间,正文自在"(沈际飞《古香岑草堂诗馀·凡例》)的作用。张炎《词源》卷下指出:

> 词与诗不同:词之句语有二字三字四字至六字七八字者,若堆叠实字,读且不通,况付之雪儿乎?合用虚字呼唤,单字如"正""但""甚""任"之类,两字如"莫是""还又""那堪"之类,三字如"更能消""最无端""又却是"之类,此等虚字,却要用之得其所。

可见,在诗歌中的语言由整齐而参差,句式由单一而变化,字数可以由七字而九字、十一字乃至更多,是一个发展趋势。所以到了元曲中,衬字成为一个普遍现象,句子也就可以长短不定,参差错落。如关汉卿〔南吕〕

---

① 参见李昌集《中国古代散曲史》下编第一章第一节,赵义山《元散曲通论》第一章第三节,巴蜀书社1993年版。

② 参见《詹安泰词学论稿》上编第四章"论章句",广东人民出版社1984年版。

《一枝花·不伏老》中的名句：

> （我是个蒸不烂煮不熟槌不匾炒不爆）响当（当）一粒铜豌豆，（凭子弟每谁教你钻入他锄不断斫不下解不开顿不脱）慢腾（腾）千层锦套头。

括号中的文字都是衬字，这可以说是自宋词以来到达了登峰造极的地步。衬字的运用，最重要的功能是使表情达意酣畅淋漓，同时也将句子调整得更加通俗化和口语化。所以在追溯曲体的形成时，不能不考虑到唐宋以来诗词中白话的因素日益加重的一面，由诗而词而曲的变迁，也正是缓慢而顽强地体现了这样的趋势。

第二节 散曲的特征

散曲是继诗词之后兴起的一种新诗体，因而具有自身的特征，大略有以下数端：

一、形制

散曲又称清曲，即无搬演作场之意，是和有科白的剧曲相对而言的。散曲中，无论是南曲还是北曲，在形制上可以分为小令和套数两类。①

（一）小令

小令又称"叶儿"，燕南芝庵《唱论》云："时行小令唤'叶儿'。"所以元人杨朝英编《乐府新编阳春白雪》和《朝野新声太平乐府》，乃明确将散曲划分为小令和套数两类。散曲小令和词中的小令，其含义是不同的。词中的小令，源于唐代酒令中的著辞，所以宋词中的令、慢、近、引，"令"即指篇幅短小的歌曲之名。但散曲中的小令，并不是就字数的多寡而言，而是指与成套的散曲相对的单片只曲，尽管曲中的小令一般说来，也具有篇幅较短的特点。小令通常有以下特点：一是单片；

---

① 也有的学者主张将带过曲和集曲从小令中单分出来，如羊春秋《散曲通论》第二章"体制论"，岳麓书社 1992 年版。但这两者只是小令的变体，而非新体，所以没有必要别立一体。

二是调有定句,句有定字;三是句句协韵;四是字有"定声"。不过,这里的要求并非一成不变。散曲中有"定格",如《中原音韵·作词十法》就列有"定格四十首";但也有"变格",即使同样的曲牌,在字数、句数以及押韵方式上,都可以在一定范围内具有"弹性"。

小令的另外一种形式是联章体,又称重头小令,这指的是以同一种曲调,重复填写两遍以上,句法一致,而用韵各别,围绕着一个中心构成的组曲,这在诗歌中相当于连章体组诗。有的描写四季,如张养浩的〔中吕〕《朝天曲·咏四景》;有的歌咏十二月的时景,如马致远《青哥儿·十二月》;还有如"酒、色、财、气""琴、棋、书、画""富、贵、福、禄""礼、乐、射、御、书、数"等,都是联章体散曲常用的题材。有的曲家为了使章与章之间有更为紧密的联系,往往采用各章重复同一句或下章之首与上章之尾蝉联的方式,如同诗歌中的"顶真格",以加强前后之间的联系。

带过曲和集曲也可以归入小令。带过曲是介于小令和套数之间的一种体式,在元人的散曲调牌中,往往标出"带""过""兼"等名目,如《雁儿落带得胜令》《骂玉郎过感皇恩采茶歌》《醉高歌兼摊破喜春来》等。它指的是由两个或三个曲牌的小令组成的一曲,曲牌可以是同一宫调,也可以是不同宫调,还有南北带过者。集曲又称作"犯宫",是南曲小令衍生的主要方式,它由不同曲调中各摘部分合成一曲。从同一宫调中摘句是犯本宫,从不同宫调摘句为犯他宫。与带过曲的区别在于:带过曲是完整曲调的连续,而集曲是不同曲调中摘句的连续。杨恩寿《续词馀丛话》指出:"曲谱无新,曲牌名有新。狡狯文人,好奇斗巧,以二曲、三曲串为一曲,别立新名,以炫耳目。"指的就是这种情况。

(二)套数

文体的发展往往由简到繁,小令由单片而联章、带过曲,再进一步扩而大之,就形成了套数,也称套曲、散套或大令。套数的组成,一般具有三项条件:一是用同一宫调的若干曲牌相联,最少是两支曲,最多可达三十四支曲。二是有尾声以示全套之乐的结束。所以尾声也往往作为套曲的特征,如燕南芝庵《唱论》云:"有尾声名套数。"当然这也不是绝对的。三是无论篇幅长短和曲调多少,都必须一韵到底。套数可分为南套、北套及南北合套三类。南套一般分为引子、过曲和尾声三部分，北套则有较为固定的格式，如作为首曲的曲牌有五十一个，但常用者也只有十多个。南北合套始于元代，钟嗣成《录鬼簿》卷下载："以南北调合腔，自和甫（沈和字）始。"又谓范居中"有乐府及南腔行于世"。其方式往往是一北一南相间，使南北两调的声音相谐。

二、用韵

曲分南北，所以用韵也有南北之别。北曲韵以周德清《中原音韵》为代表，南曲韵则以明代洪武年间乐韶凤、宋濂等奉诏编纂的《洪武正韵》为圭臬。但事实上，南北曲韵仍然以《中原音韵》为基础。明代沈宠绥《度曲须知》指出："凡南北词韵脚，当共押周韵；若句中字面，则南曲以《正韵》为宗……北曲以周韵为宗。"所谓"字面"，当指韵字以外的字。虽然王骥德说自己作过一部《南词正韵》（见《曲律·论韵》），但此书未见流传，而他自己写的传奇如《题红记》，也仍然遵守着《中原音韵》的规则。所以曲韵大致而言，还是以北曲为主的。这和唐宋时代的诗文以《切韵》系统为官韵不同，后者以南方的吴音为基础，所以讲究平、上、去、入的四声。① 至于《中原音韵》，乃将入声字分别派入平、上、去三声；又将平声字中分出阴阳。从用韵的角度言之，这对过去的诗词之韵是重大突破。

其次，在用韵方式上，曲也和诗词不同。诗词的用韵可平可仄，但一般说来，可以有转韵，但不能平仄通押。散曲中却能够平、上、去互叶，因而读来可使音调有抑扬高低的变化，非常符合自然的口吻，能够曲达人情。这和"五四运动"以后的新诗一样，在用韵方面是较为自由的。和诗词不同，散曲中还不避重韵，甚至有同篇只用一韵者，称作"独

---

① 唐李涪《切韵刊误》卷下指出，《切韵》一书"言匪本音，韵非中律"。孙光宪《北梦琐言》卷九载："《切韵》多用吴音，而清、青之字，不必分用。（李）涪改《切韵》，全刊吴音。"至南宋末年，入声韵尾弱化、消失的趋势愈加显著，所以周德清《中原音韵》提出了"入派三声"。参见平田昌司《唐宋科举制度转变的方言背景》，载《吴语和闽语的比较研究》，上海教育出版社1995年版，第134—151页。

木桥体",而诗词中一般要避免重韵①。然而从另一方面看,曲韵有时又是相当严格的,《中原音韵》和《太和正音谱》都有关于散曲的"定格",实际上就是曲律。如果违反了规定,当韵不韵为失韵,不韵而韵为赘韵。和诗词用字讲四声不一样,虽然散曲只有三声,也分为平仄二元,但平分阴阳,仄分上去,在具体的运用中,"宜平不得用仄,宜仄不得用平,宜上不得用去,宜去不得用上。宜上、去不得用去、上,宜去、上不得用上、去"(王骥德《曲律·论平仄》)。李渔也说:"当平者平,用一仄字不得;当阴者阴,换一阳字不能。"(《闲情偶寄·音律》)如冯子振(1257—1314)《鹦鹉曲序》云:

> 白无咎有《鹦鹉曲》……余壬寅岁留上京,有北京伶妇御园秀之属,相从风雪中,恨此曲无续之者。且谓前后多亲炙士大夫,拘于韵度。如第一个"父"字便难下语;又"甚也有安排我处","甚"字必须去声字,"我"字必须上声字,声律始谐,不然不可歌,此一节又难下语。诸公举酒,索余和之。

所以,从某种意义上讲,曲律又是最为严格的。黄周星(1611—1680)《制曲枝语》指出:

> 诗降而词,词降而曲,名为愈趋愈下,实则愈趋愈难。何也?诗律宽而词律严,若曲则倍严矣……尝为之语曰:"三仄更须分上、去,两平还要辨阴阳。"诗与词曾有是乎?

不过,需要附带指出的是,南北曲中的"阴阳"是有差异的。"于北曲中凡揭起字皆曰阳,抑下字皆曰阴,而南曲正尔相反。"(《曲律·论阴阳》)这是由南北的语音差异造成的。

三、用字

黄周星在说到制曲有"三难"(指叶律、合调、字句天然)之后,又

---

① 如杜甫《饮中八仙歌》"船"字、"眠"字、"天"字再押,"前"字三押,《西清诗话》卷上云:"此歌分八篇,人人各异。虽制重韵无害,亦周诗分章意也。"庄绰《鸡肋编》卷上又记一说,谓"天子呼来不上船"之"船",乃取蜀人"以衣襟为船"之意。这些意见反映了诗中的重韵所引起的争议。

说到"三易"："可用衬字衬语，一也；一折之中，韵可重压，二也；方言、俚语，皆可驱使，三也。是三者，皆诗文所无而曲所有也。"(《制曲枝语》)其中有两点是关于曲的语言的。

"衬字"在创作中的表现，当然不始于散曲。有的追溯于乐府，如吴乔指出："唐梨园歌有'啰哩唓'，以五七言整句，须有衬字，乃可歌也。疑古之'妃呼豨'、'伊何那'，亦皆此意。"(《围炉诗话》卷一)有的探源于唐宋曲辞，如姚华《菉猗室曲话》指出："曲中衬字，所以待歌者之损益……然不自曲始也。自五代词人已开其端，两宋诸家，复循其例。"但"衬字"在曲中才广泛地使用，并且变化无穷。所以，历来也有许多人把"衬字"看成是曲中特有的①。"衬字"的使用有一定的规则，大致是小令衬字少，套曲衬字多；散曲衬字少，剧曲衬字多；南曲衬字少，北曲衬字多。衬字的数量虽然不拘，从一字到二十字都有，但一般而言，以三、五字为多。②"衬字"的概念，始见于周德清《中原音韵自序》，但周氏对"衬字"的使用是取否定态度的。他引用萧存存的意见，"每病今之乐府……有增衬字作者"，认为"不遵（音律）而增衬字，名乐府者，自名之也"。他推崇马致远〔双调〕《夜行船·秋思》为"万中无一"的杰作，"无衬字"就是原因之一。衬字多用俗语，在曲文日趋雅化的情况下，必然会反对用"衬字"。如王骥德《曲律·论衬字》指出："世间恶曲，必拖泥带水，难辨正腔，文人自寡此等病也。"这也反映了文人对散曲中"方言俚语"的轻视及对句法的保守观点。

但"方言俚语"正是散曲的又一语言特征。《中原音韵·作词十法》中关于"造语"有"不可作"者八："俗语、蛮语、谑语、嗑语、市语、方语（各处乡谈也）、书生语（书之纸上，详解方晓，歌则莫知所云）、讥诮语（讽刺古有之，不可直述，托一景、托一物可也）。"但这些语言，也正是构成元曲特色的重要部分之一。正如凌濛初（1580—1644）《谭曲杂札》所说："元曲源流古乐府之体，故方言、常语，沓而成章。"杨恩寿（1834—1891）《词馀丛话》卷二《原文》也指出：

---

① 如王骥德《曲律·论衬字》指出："古诗馀无衬字，衬字自南北二曲始。"可为持这一意见者的代表。

② 参见羊春秋《散曲通论》第五章"辞采论"。

> 或问:"曲本中多用'哎哟''哎也''哎呀''咳呀''咳也''咳咽'诸字,同乎?异乎?"曰:"字异,而义略同;字同,而呼之有轻重、疾徐,则义各异。凡重呼之为厌辞、为恶辞、为不然之辞;轻呼之为幸辞、为娇羞之辞;疾呼之为惜辞、为惊讶之辞;徐呼之为怯辞、为悲痛辞、为不能自支之辞。以此类推,神理毕见。"

虽然这里所举的例子,可能主要出现在剧曲中,但散曲中也同样多用口头语,因而形成了"自然"的风格①。虽然从元朝后期开始,文人染指曲文,也就同时开始了对元曲的"雅化",但从语言风格来说,诗、词、曲的不同,本来就是系于各有所宜的"腔调"。如李渔所说:"诗有诗之腔调,曲有曲之腔调。诗之腔调宜古雅,曲之腔调宜近俗,词之腔调则在雅俗相和之间。"(《窥词管见》)这种不同"腔调"的表现,就在于各自的语言。

四、描写

中国文学的一般要求,在描写上都讲究含蓄内在,特别是对于感情世界的描写,应遵循"乐而不淫,哀而不伤"的中庸原则,不作尽情的抒发。散曲则无论是抒情、写景、议论,都能做到透彻淋漓,作赤裸裸的表现,有异于多数的诗词。写情者如贯云石(1286—1324)的〔中吕〕《红绣鞋》:

> 挨着靠着云窗同坐,偎着抱着月枕双歌,听着数着愁着怕着早四更过。四更过情未足,情未足夜如梭。天哪,更闰一更儿妨什么。

状景者如刘秉忠(1216—1274)的〔南吕〕《干荷叶》:

> 干荷叶,色苍苍,老柄风摇荡。减了清香,越添黄,都因昨夜一场霜。寂寞在秋江上。

叙事者如无名氏的〔中吕〕《红绣鞋》:

---

① 王国维《宋元戏曲考》第十二章"元剧之文章"指出:"元曲之佳处何在?一言以蔽之,曰:自然而已矣。古今之大文学,无不以自然胜,而莫著于元曲。"

  手约开红罗帐,款抬身擦下牙床,低欢会共你著银釭。轻轻的鞋底儿放,脚不敢把地皮儿汤,又早被这告舌头门扇儿响。

议论者如张鸣善〔双调〕《水仙子·讥时》:

  铺眉苦眼早三公,裸袖揎拳享万钟,胡言乱语成时用。大纲来都是烘,说英雄谁是英雄?五眼鸡岐山鸣凤,两头蛇南阳卧龙,三脚猫渭水飞熊。

题材虽异,但描写得一概坦率直露,真切可感。"写情则沁人心脾,写景则在人耳目,述事则如其口出。"(《宋元戏曲考·元剧之文章》)这样大胆的描写手法,在诗词中少见,而在散曲中却是屡见不鲜的。

第十三章 散曲的发展

第一节 元散曲

曲在元朝是一种新兴的文体，成就特高。其作者据任讷《散曲概论·作家》的统计，有二百二十七人之多。其作品据隋树森《全元散曲》的收集，共辑小令三千八百五十三首，套数四百五十七套。[①]虽然并不完全，但也能大致反映出当时的彬彬之盛。

散曲在元代就已经和唐诗、宋词并称，所谓"世之共称唐诗、宋词、大元乐府，诚哉"（罗宗信《中原音韵序》）。这里的"乐府"，指的就是散曲。散曲在元朝的兴盛是有着深刻的社会历史原因的。由于元初废科举，至仁宗延祐二年（1315）始重新开科取士，至惠宗至元元年（1335）又罢弃之，至元五年再恢复，推行的时间极为有限。加上蒙古、色目人与南人、汉人分榜考试，考场舞弊，几同儿戏。士人不得志，对于当时这种社会现实的揭露，便往往借散曲表现之，如无名氏的〔中吕〕《朝天子·志感》云：

不读书有权，不识字有钱，不晓事倒有人夸荐。老天只恁忒心偏，贤和愚无分辨。折挫英雄，消磨良善，越聪明越运蹇。志高如鲁连，德过如闵骞，依本分只落得人轻贱。

不读书最高，不识字最好，不晓事倒有人夸俏。老天不肯辨清浊，好和歹没条道。善的人欺，贫的人笑，读书人都累倒。立身则小学，修身则大学，智和能都不及鸦青钞。

[①] 由于曲子在观念上不受文人重视，所以元曲散佚者甚多，现存的数量是不完全的。如元人燕南芝庵《唱论》最后写道："词山曲海，千生万熟。三千小令，四十大曲（案：此句明抄六卷本《阳春白雪》卷首所录为'八百大曲'）。"近年发现的杨朝英编选的明抄六卷本《阳春白雪》，其中就有两位曲家、二十五套散曲是过去所未知的。辽沈书社 1985 年影印本。

"鸦青钞"指的是钱钞,而有权有钱者却是不读书、不识字之流。《南村辍耕录》卷二"刻名印"条载:"今蒙古、色目人之为官者,多不能执笔,花押例以象牙或木刻而印之。"据此可以知道,上面两首曲子是有着强烈的现实针对性的。在这样的时代环境中,有志者往往不屑应举,遂自放于勾栏之中或山林之间。在政治上无出路,又不甘于没世无闻,于是就以新兴的"曲"(包括散曲和杂剧)揭露社会黑暗,抒发愤懑之情。胡侍《珍珠船》指出:

> 盖当时,台省元臣、郡邑正官及雄要之职,中州人多不得为之,每沉抑下僚,志不得伸。如关汉卿为太医院尹[①],马致远江浙行省务官,宫大用钓台山长,郑德辉杭州路吏,张小山首领官,其他屈在簿书、老于布素者,尚多有之。于是以其有用之才,而一寓之乎声歌之末,以抒其拂郁感慨之怀,所谓不得其平而鸣焉者也。[②]

而城市的进一步发展,造成了市民阶层的扩大,散曲和杂剧正是适合于他们文化程度的艺术样式。

元散曲发展,大致可以分为三个阶段[③],即以词为曲的初始期,曲体鼎盛期和曲文雅化期。

一、初始期——以词为曲

宋翔凤(1779—1860)《乐府馀论》"词曲一事"条指出:"宋、元之间,词与曲一也。以文写之则为词,以声度之则为曲。"在燕南芝庵的《唱论》

---

① 此承劣本钟嗣成《录鬼簿》之误。元朝太医院中无"尹"官名,当为"户"字之误。《说集》本、孟称舜本、天一阁本均作"户"。"医户"受太医院管辖,故称"太医院户",其地位是不高的。参见罗忼烈《论关汉卿的年代问题》,收入其《两小山斋论文集》,中华书局1982年版。

② 焦循《剧说》卷一引,《中国古典戏曲论著集成》(八),中国戏剧出版社1959年版,第90页。

③ 关于元散曲的分期,有主张二分法,或以元成宗大德年间(1297—1307)为界分前后两期,如罗锦堂《中国散曲史》;或以元仁宗延祐(1314—1320)为界,如邓绍基《元代文学史》;或以延祐至英宗至治(1321—1323)为界,如李昌集《中国古代散曲史》。又有主张三分法,依据钟嗣成《录鬼簿》对元曲作家所作的"前辈已死""方今已亡"和"方今"的活动阶段而划分,如隋树森《元人散曲概论》,载《中华文史论丛》1982年第2辑。还有主张四分法,即演化期(1234—1260)、始盛期(1260—1294)、大盛期(1295—1333)、衰落期(1333—1368)。本书参考羊春秋《散曲通论》,分作三期论述。

所记载的当时唱曲中，如东平唱《木兰花慢》、大名唱《摸鱼子》、南京唱《生查子》、彰德唱《木斛沙》、陕西唱《阳关三叠》《黑漆弩》，皆为词调。当时的度曲家如元好问（1190—1257）、商道（1194—1253）、杨果（1195—1269）、刘秉忠（1216—1274）、杜仁杰（1197？—1282？）等人的乐府，往往既有词的韵味，又合于曲的面貌。所以他们喜作小令，少作套数，不作杂剧，就是因为小令在体制上更接近于词。像刘秉忠的自度曲《干荷叶》，就被评为"犹是唐词之意"（《词品》卷一）。这一点，在当时是具有代表性的。

词曲无异，还可以从总集中看出来。例如，元好问的乐府，在后来就有既收于《全金元词》，又收于《全元散曲》者[1]。从现存的作品看，元好问的乐府未离词体，但从其实际演唱来推测，应该已是当时盛行的北曲，所谓"以文写之则为词，以声度之则为曲"。《金源言行录》云："（遗山）有《锦机集》，其《三奠子》《小圣乐》《松液凝空》皆自制曲也。"这些曲子应当都是属于北曲。[2] 郝经《遗山先生墓铭》说他"用今题为乐府，揄扬新声者，又数十百篇，皆近古所未有也"（《陵川集》卷三十五）。如其最负盛名的〔双调〕《骤雨打新荷》云：

　　绿叶阴浓，遍池亭水阁，偏趁凉多。海榴初绽，朵朵簇红罗。乳燕雏莺弄语，有高柳鸣蝉相和。骤雨过，珍珠乱撒，打遍新荷。　　人生百年有几，念良辰美景，休放虚过。穷通前定，何用苦张罗。命友邀宾玩赏，对芳尊浅酌低歌。且酩酊，任他两轮日月，来往如梭。

据《南村辍耕录》的记载，这是元好问的自制曲。从形式上看，分上下两片，两句或三句一押韵，还保存着词体的痕迹。但是不避重韵（如两"罗"）、不避俗语（如"张罗"），又显示出向曲体演进的趋势。徐世隆说元好问的乐府能够"用俗为雅，变故作新"（《遗山先生文集序》），也就是指他能够吸收民间的养分，化旧体为新制。所以其曲一出，"名姬

---

[1] 如《人月圆》二首，即同时见收于《全金元词》和《全元散曲》。
[2] 参见王文才《元曲纪事》"元好问"条，人民文学出版社1985年版。

多歌之"(《南村辍耕录》卷九)。

　　元好问的门人也多是以词为曲的,如郝经、王恽(1227—1300)等。贯云石《阳春白雪序》中评论早期元曲家杨果"平熟",实际上也是一般以词为曲的普遍现象。代表着从词到曲的飞跃的是卢挚(1242—1315?),他是早期曲家中现存作品最多的一位,共有一百二十首。不仅题材广阔,咏史、怀古、抒情、写物无一不涉,而且写出了极为妩媚清丽、又极为本色朴实的散曲。前者如〔双调〕《沉醉东风·秋景》:

　　　　挂绝壁枯松倒倚,落残霞孤鹜齐飞。四围不尽山,一望无穷水。散西风满天秋意。夜静云帆月影低,载我在潇湘画里。

这样的曲子在意境上还是接近于词,但体现了"如仙女寻春"的"媚妩"(贯云石《阳春白雪序》)风格,影响了后来清丽派的曲风。另一类作品则用白描手法,语言通俗浅显,〔双调〕《沉醉东风·闲居》云:

　　　　雨过分畦种瓜,旱时引水浇麻。共几个田舍翁,说几句庄家话。瓦盆边浊酒生涯,醉里乾坤大,任他高柳清风睡煞。

又如〔双调〕《折桂令·田家》:

　　　　沙三伴哥来嗏,两腿青泥,只为捞虾。太公庄上,杨柳阴中,磕破西瓜。小二哥昔涎剌塔,碌轴上淴着个琵琶。看荞麦开花,绿豆生芽,无是无非,快活煞庄家。

这已经是非常典型的散曲了。

　　和卢挚同时的姚燧(1238—1313)也作散曲,虽然现存的作品不多,仅小令二十九首,套数一首。但他位至太子太傅,授荣禄大夫翰林学士承旨、知制诰兼修国史,为一代大儒,以这样的身份写曲,也说明在观念上,曲子已逐渐为士大夫所接受,虽然就其创作实绩来看,他的曲子还更像是词。

　　以词为曲的作家,从其所处的地位而言,大多是在朝的官员。真正建立起散曲自身的风格,能够产生"喜则欲歌欲舞,悲则欲泣欲诉,怒则欲杀欲割,生趣勃勃,生气凛凛"(黄周星《制曲枝语》)的艺术效果的，是一些在勾栏、山林的在野的曲家，是他们大胆地将俗事俗语引入曲中。他们的创作，也就标志了散曲的鼎盛期的到来。

二、鼎盛期

元散曲的派别，或分作清丽与豪放两派①，或分为豪放、妍炼、轻俊三端②。无论怎样划分，都显示了独特的风格与流派的形成，也正表明了散曲创作的高度成熟。

关汉卿的成就虽然在杂剧创作方面更高，但王国维对他的"一空倚傍，自铸伟词，而其言曲尽人情，字字本色，故当为元人第一"（《宋元戏曲考》）的评论，也同样适用于其散曲。他的作品或婉丽，或豪辣，总能表现出散曲的本色。如〔双调〕《沉醉东风·送别》：

> 咫尺的天南地北，霎时间月缺花飞。手执着饯行杯，眼阁着别离泪。刚道得声"保重将息"，痛煞煞教人舍不得。"好去者望前程万里"。

虽然离愁别恨是一个常用的题材，但散曲特有的句法、用字，于直白中见真情，也还是使这首作品产生了新意。关汉卿还擅长描写人物心理，如〔仙吕〕《一半儿·题情》：

> 碧纱窗外静无人，跪在床前忙要亲。骂了个负心回转身。虽是我话儿嗔，一半儿推辞一半儿肯。

用白描手法写出女子的娇嗔。〔南吕〕《四块玉·闲适》又写出了自己对现实的不满：

> 意马收，心猿锁，跳出红尘恶风波，槐阴午梦谁惊破？离了名利场，钻入安乐窝，闲快活！
>
> 南亩耕，东山卧，世态人情经历多，闲将往事思量过。贤的是

---

① 罗锦堂《中国散曲史》（台北：中国文化大学出版部1983年版）第二章"元人散曲"，就是依据这两派来叙述的。

② 吴梅《曲学通论》第十二章"家数"指出："尝谓元人之词，约分三端：喜豪放者学关（汉）卿，工妍炼者宗二甫（指白仁甫和王实甫），尚轻俊者效东篱（马致远）。而张小山以小令著称，不入戾家攀弄，斯又词品之高卓者也。"收入《吴梅戏曲论文集》，中国戏剧出版社1983年版，第300页。

他，愚的是我，争甚么！

看似消极颓唐，骨子里是不屑同流合污的傲岸。作为反映一个时代士人心理状态的作品，这是很有代表性的。《太和正音谱》卷上"古今群英乐府格势"章评曰："关汉卿之词，如琼筵醉客。"当即指其散曲称心而发、痛快酣畅的抒情方式而言。

马致远（1250？—1324？）曾被贾仲明评为"战文场曲状元，姓名香贯满梨园"①，是提高散曲意境的重要曲家。他的作品，最有代表性的是套曲〔双调〕《夜行船·秋思》：

〔夜行船〕百岁光阴一梦蝶，重回首往事堪嗟。今日春来，明朝花谢，急罚盏夜阑灯灭。

〔乔木查〕想秦宫汉阙，都做了衰草牛羊野，不恁么渔樵没话说。纵荒坟横断碑，不辨龙蛇。

〔庆宣和〕投至狐踪与兔穴，多少豪杰！鼎足虽坚半腰里折，魏耶？晋耶？

〔落梅风〕天教你富，莫太奢，没多时好天良夜。富家儿更做道你心似铁，争辜负了锦堂风月？

〔风入松〕眼前红日又西斜，疾似下坡车。不争镜里添白雪，上床与鞋履相别。休笑巢鸠计拙，葫芦提一向装呆。

〔拨不断〕利名竭，是非绝。红尘不向门前惹，绿树偏宜屋角遮，青山正补墙头缺。更那堪竹篱茅舍。

〔离亭宴煞〕蛩吟罢一觉才宁贴，鸡鸣时万事无休歇，争名利何年是彻！看密匝匝蚁排兵，乱纷纷蜂酿蜜，急攘攘蝇争血。裴公绿野堂，陶令白莲社。爱秋来是那些：和露摘黄花，带霜烹紫蟹，煮酒烧红叶。想人生有限杯，浑几个重阳节。嘱咐你个顽童记者：便北海探吾来，道东篱醉了也。

这里把当时名利场中的争夺富贵，比作蚂蚁排兵、苍蝇逐血，同时又赞美了乡村的自然环境和隐居世外的逍遥生活。强烈的对比，显示了作者

---

① 《录鬼簿》校记引天一阁本，《中国古典戏曲论著集成》（二），第167页。

的好恶。语言爽朗，一气贯注，而又对仗工整，特别是"和露摘黄花"三句，色彩对比极为鲜明。周德清评曰："此方是乐府，不重韵，无衬字，韵险语俊。谚云'百中无一'，余曰'万中无一'。"（《中原音韵·作词十法》）凌廷堪《论曲绝句》云："大都词客本风流，'百岁光阴'老更遒。文到元和诗到杜，月明孤雁《汉宫秋》。"（《校礼堂诗集》卷二）将马致远比作文中韩愈和诗中老杜，散曲到了他的手中，已是无事不可写，无作不工了。

文人写散曲，必然会有所雅化，即使写男女恋情，也能既保持曲文的特色，又避免庸俗卑弱，做到"文而不文，俗而不俗"（《中原音韵·作词十法》）。如白朴（1226—1307？）的〔中吕〕《阳春曲·题情》：

> 笑将红袖遮银烛，不放才郎夜看书，相偎相抱取欢娱。止不过迭应举，及第待何如。

> 百忙里铰甚鞋儿样，寂寞罗帏冷篆香，向前搂定可憎娘。止不过赶嫁妆，误了又何妨。

贾仲明评论白朴是"拈花摘叶风诗性，得青楼薄幸名"①，但他的诗词中却多有感怀故国的黍离之悲，这多少还是显示了时人视曲体较卑的一般认识。

以散曲形式着意表现重大题材，将儒家诗教精神贯入曲中的，是张养浩（1270—1329）的《云庄休居自适小乐府》。面对官场的险恶，他唱出"黄金带缠着忧患，紫罗襕裹着祸端"（〔双调〕《水仙子》）；面对异族的残暴统治，他唱出"往事惟心知，新恨凭谁说"（〔双调〕《清江引》"咏秋日海棠"）。但最值得注意的是其〔中吕〕《山坡羊》，其中十首为劝世讽俗，另外九首皆为怀古咏史。前者如：

> 如何是良贵，如何是珍味，所行所做依仁义。淡黄齑，也似堂食，必能如此方无愧。万事莫教差半米。天，成就你；人，钦敬你。

> 于人诚信，于官清正，居于乡里宜和顺。莫亏心，莫贪名，人生万事皆前定。行歹暗中天照临。疾，也报应；迟，也报应。

---

① 《录鬼簿》校记引天一阁本，《中国古典戏曲论著集成》（二），第163页。

类似这样的句子，在《山坡羊》十首中俯拾皆是。虽然在艺术上并无多少可取，但从儒家教化精神在散曲中的渗透来看，这仍然是值得重视的。后者如《骊山怀古》：

> 骊山四顾，阿房一炬，当时奢侈今何处？只见草萧疏，水萦纡，至今遗恨迷烟树，列国周齐秦汉楚，赢，都变做了土；输，都变做了土。

《潼关怀古》云：

> 峰峦如聚，波涛如怒，山河表里潼关路。望西都，意踟蹰。伤心秦汉经行处，宫阙万间都做了土。兴，百姓苦；亡，百姓苦。

历史兴亡，百姓痛苦，在在表现出作者对民生的关怀，使散曲的功能在这一方面也得到了发展。另外，在他的散曲中，几乎没有一首是写男女之情的，这在元人中也是非常另类的。后来刘时中的套数〔正宫〕《端正好·上高监司》，写出了江西的旱灾给人民带来的苦难，以及当时钞法的弊端，这是对于张养浩的发展。其中《滚绣球》和《叨叨令》两调，写得尤为沉痛：

> 偷宰了些阔角牛，盗斫了些大叶桑。遭时疫无棺活葬，贱卖了些家业田庄。嫡亲儿共女，等闲参与商。痛分离是何情况！乳哺儿没人要撇入长江。那里取厨中剩饭杯中酒，看了些河里孩儿岸上娘，不由我不哽咽悲伤。

> 有钱的贩米谷置田庄添生放，无钱的少过活分骨肉无承望；有钱的纳宠妾买人口偏兴旺，无钱的受饥馁填沟壑遭灾障。小民好苦也么哥，小民好苦也么哥，便秋收鬻妻卖子家私丧。

曲中展示了一幅幅流离图，而运用散套来描写，比之白居易的《秦中吟》等新乐府，具有更强的表现力和感染力。

三、雅化期

"雅化"的概念包含两个方面：一是字句，一是音律。此前的散曲流行于北方，北人豪放直率的性格，也使得他们的曲子带有质朴的特征，甚至带有浓烈的胡人遗风——"蒜酪"味①。字句的鄙俗有时是和题材的鄙俗联系在一起的。此前曲家如王和卿（1242—1320），其散曲如咏"大鱼""绿毛龟""长毛小狗""胖夫妻""王大姐浴房内吃打""咏秃"等，形成散曲中的俳体②，弊端就是易流于粗野无韵味。到了元仁宗延祐年间，创作的中心由北方转移到南方，散曲写作也渐成文人的专业，于是越来越讲求格律对偶。曲学批评和理论也应运而生，核心内容就是追求雅化。《录鬼簿续编》载：

> 周德清……工乐府，善音律。病世之作乐府，有逢双不对，衬字尤多，失律俱谬者；有韵脚用平上去入不一而唱者；有句中用入声，拗而不能歌者；有歌其字音非其字者，令人无所守。乃自著《中州韵》一帙，以为正语之本，变雅之端……使用韵者随字阴阳，各有所协，则清浊得宜，上下中律，而无凌犯逆物之患矣……又自制为乐府甚多……长篇短章，悉可为人作词之定格。故人皆谓：德清之韵，不但中原，乃天下之正音也。德清之词，不惟江南，实天下之独步也。③

从《中原音韵》的"作词十法"中，也可以强烈地感受到他的雅化意识，特别注重音律。徐再思的《水仙子·夜雨》："一叶梧桐一声秋，一点芭蕉一点愁，三更归梦三更后，落灯花棋未收，叹新丰逆旅淹留。枕上十年事，江南二老忧，都到心头。"写客中旅思、百感交集的情怀，极为动人。但周德清却从音律上加以挑剔："此词语好，但平仄不称也。"可以看出当时的理论动向。

这一时期的曲家首先要举到张可久（1278？—1354？），他的散曲创作在数量上是元朝之冠，《全元散曲》中收其小令八百五十五首，套数九套，而且艺术成就也首屈一指。他生前就有《今乐府》《苏堤渔唱》《吴盐》和《新乐府》等四个散曲集流传于世，当时的大食惟寅在〔双调〕《燕引

---

① 焦循《剧说》卷一节录《蜗亭杂订》云："何元朗畜家僮习唱，一时优伶俱避舍。然所唱俱北词，尚得蒜酪遗风。"

② 如其〔双调〕《拨不断·胖夫妻》："一个胖双郎，就了个胖苏娘，两口儿便似熊模样，成就了风流喘豫章。绣帏中一对儿鸳鸯象，交肚皮厮撞。"可窥一斑。

③ 《中国古典戏曲论著集成》（二），第286页。

雏·奉寄小山先辈》中，将他推崇为"词林谁出先生右？独占鳌头，诗成神鬼愁，笔落龙蛇走，才展山川秀。声传南国，名播中州"。贯云石甚至说他的乐府可以"奴苏隶黄"（《今乐府序》），超过了苏轼和黄庭坚。《太和正音谱》卷上"古今群英乐府格势"章评"其词清而且丽，华而不艳……诚词林之宗匠也"。可知其散曲以"清丽"为特色。他的作品具有三类境界，或近于诗：

> 雨细清明后，能消几日春。（《清江引·春思》）
> 猿啸黄昏后，人行画卷中。（《梧叶儿·湖山夜景》）
> 雪冷谁家店，山深何处钟？（《梧叶儿·山阴道士》）
> 海棠香雨污吟袍，薜荔空墙闲酒瓢。（《一半儿·野桥酬耿子春》）
> 落红小雨苍苔径，飞絮东风细柳营。（《喜春来·金华客舍》）

或近于词：

> 诗眼明，暮山青，倚高寒满身风露冷。（《寨儿令·吴山塔寺》）
> 屏外氤氲兰麝飘，帘底惺忪鹦鹉娇。（《凭栏人·湖上醉馀》）
> 银骢暖玉鞍，彩凤泥金扇。（《清江引·春怀》）
> 长日绣窗闲，人立秋千画板。（《梧叶儿·春日书所见》）
> 雁啼红叶天，人醉黄花地。芭蕉雨声秋梦里。（《清江引·秋怀》）

有纯粹是曲者：

> 见他，问咱，忘了当初话。东风残梦小窗纱，月冷秋千架。自把琵琶，灯前弹罢。春深不到家，五花，骏马，何处垂杨下？（《朝天子·春思》）
>
> 拢钗燕，靸绣鸳，卷珠帘绿阴庭院。奈何天不教人眠，打新荷雨声一片。（《落梅风·睡起》）①

散曲到了张可久，以炼句对偶为工，追求骚雅蕴藉，所谓"俪辞追乐府之工，散句撷宋唐之秀"（许光治《江山风月谱序》）。前期散曲的本色

---

① 参看罗锦堂《中国散曲史》，第87—88页。

美逐渐退去，但由于他的作品符合士大夫的口味，所以从周德清开始，直到明、清时代的宋濂、方孝孺、焦循、谢章铤、刘熙载等人，都对《小山乐府》评价甚高，视为散曲的正音。

乔吉（1280？—1345）是与张可久齐名的曲家，他也在散曲雅化的方面作出了努力，并且在创作理论上提出了有名的"六字法"。《南村辍耕录》卷八"作今乐府法"条载：

> 乔梦符吉博学多能，以乐府称。尝云："作乐府亦有法，曰凤头、猪肚、豹尾六字是也。大概起要美丽，中要浩荡，结要响亮。尤贵在首尾贯穿，意思清新。苟能若是，斯可以言乐府矣。"此所谓乐府，乃今乐府，如《折桂令》《水仙子》之类。

从"六字法"中可以看出，散曲创作发展到这时，已经章法和立意，其创作理论也越来越接近于诗词。乔吉自己的创作也能和其理论相印证，如〔双调〕《折桂令》"赠张氏天香善填曲，时在阳羡莫侯席上"：

> 月明一片缃云。揉作清芬，吹下昆仑。胜浅浅兰烟，霏霏花雾，淡淡梅魂。这气味温柔可人，那风流旖旎生春。声迹相闻。多少馀芳，散在乾坤。

此曲从歌女张天香的名字中生发开去，起三句以"天香"取意；下三句连用三比喻以形容其气味、风流；最后三句既赞美其歌声如馀香散布于天地之间，也和起句相呼应，完全符合其创作理论。所以，他的散曲往往融入诗词的意境。如〔双调〕《水仙子·赠江云》：

> 白蘋吹练洗闲愁，粉絮成衣怯素秋。高情不管青山瘦，伴浔阳一派流。寄相思日暮东洲。有意能收放，无心尽去留。梨花梦湘水悠悠。

将人名景物化，将景物人名化，与上面一首异曲同工。虽然反映了一种游戏化的倾向，不足推崇，但其表现力却是相当工巧的。与张可久相区别处在于，乔吉的遣词造句能够雅俗并举，所谓"种种出奇而不失之怪，多多益善而不失之烦，句句用俗而不失其为文"①。在这个意义上，乔吉

---

① 姚燮《今乐考证》卷二引李开先语，《中国古典戏曲论著集成》（十），第 124 页。

较之张可久更多地保存了散曲的本色。

在元代曲坛上少数民族的许多文人，其创作也值得注意。他们浸染于汉文化中，除了写作诗词、古文之外，也尝试写作新兴的散曲。如伯颜（1237—1295）、不忽木（1255—1300）、奥敦周卿、乃剌忽不花、阿鲁威、阿里耀卿、阿里西瑛、兰楚芳、阿鲁丁、彻彻干等，或为蒙古人，或为回回人，或为女真人，他们流传下来的曲子都辑入了《全元散曲》。其中成就最高的是维吾尔族的两位曲家——贯云石（1286—1324）和薛昂夫（1273？—1345以后）①。

贯云石的时代与张可久接近，他看破政治斗争的险恶，所以抛去高官厚禄，过着隐居的生活。〔双调〕《清江引》表达了他的思想："竞功名有如车下坡，惊险谁参破？昨日玉堂臣，今日遭惨祸。争如我避风波走在安乐窝。"他在延祐初年到了当时散曲创作的中心——杭州，与张可久的交游最为密切，所以《小山乐府》中有不少和他有关的曲子。但他的曲风与张可久却并不相同，《太和正音谱》卷上评论他"如天马脱羁"，当是指其豪放的曲风而言。如其〔双调〕《清江引·惜别》：

> 若还与他相见时，道个真传示。不是不修书，不是无才思，绕清江买不得天样纸。

仍然保持了北曲的质朴爽朗。他还是最早对元曲家予以评论的人，在《阳春白雪序》中说：

> 北来徐子芳（琰）滑雅，杨西庵（果）平熟，已有知者。近代疏斋（卢挚）媚妩，如仙女寻春，自然笑傲；冯海粟（子振）豪辣灏烂，不断古今，心事又与疏翁不可同舌共谈；关汉卿、庾吉甫（天锡）造语妖娆，适如少美临杯，使人不忍对殢。仆幼学词辄知深度，如此年来，吏职稍稍退顿，不能追前数士，愧矣。

---

① 薛昂夫名超吾，号九皋，汉姓马，故又称马昂夫。后人往往将其名字相混，甚至将他一人误作三人。如《太和正音谱》卷上既评"马九皋之词如松阴鸣鹤"，又评"薛昂夫之词如雪窗翠竹"，还评"马昂夫之词如秋兰独茂"，即其一例。有关他生平的研究，可参看陈垣《元西域人华化考》卷四《文学篇》和孙楷第《元曲家考略》"丁稿"。

他对散曲有着"辄知深度"的自信,此评虽然简短,但和辛文房的《唐才子传》一样,都是中国诗学史上值得重视的宝贵文献。

薛昂夫的散曲,从风格上说,介乎豪放与清丽之间。最值得注意的曲子,是二十首〔中吕〕《朝天曲·咏史》,颠覆了以往众多圣君贤相、忠臣孝子的形象。例如:

> 沛公,大风,也得文章用。却教猛士叹良弓,多了游云梦。驾驭英雄,能擒能纵,无人出彀中。后宫,外宗,险把炎刘并。

> 卞和,抱璞,只合荆山坐。三朝不遇待如何,两足先遭祸。传国争符,伤身行货,谁教献与他。切磋,琢磨,何似偷敲破。

> 老莱,戏采,七十年将迈。堂前取水作婴孩,犹欲双亲爱。东倒西歪,佯啼颠拜,虽然称孝哉。上阶,下阶,跌杀休相赖。

> 孟母,丧夫,教子迁离墓。再迁市井厌屠沽,迁傍芹宫住。如此三迁,房钱无数,方称一大儒。问猪,引取,好辩长于喻。

这里有对帝王、权臣的批判,有对圣人、孝子的揶揄。其见解不囿于传统,给人以耳目一新之感。少数民族曲家的创作,为元代曲坛增添了异彩。

对于元代知识分子而言,他们面临的是一种混合着阶级压迫和民族压迫的高压政治,对抗之途无非有三:高调批判、保持沉默或者讽刺调侃(甚至不惜颠覆耍赖),前两者或过于危险或过于消极,所以最普遍的是采用第三条途径。它不仅有"下以风刺上"的悠久的诗教传统,而且适应元曲辛辣活泼的语言风格,把过去正统的、神圣的、庄严的观念、价值和形象,加以戏谑化、脸谱化、笑料化。关汉卿的《不伏老》、白朴的《题情》以及薛昂夫的《咏史》,都是这方面的杰出代表。但随着散曲的日益雅化,这样的作品也就越来越少见了。

第二节 明散曲

明代散曲,数量极为丰富,据《全明散曲》所收,有姓名可考的作者达四百零六人,留下的作品小令逾万,套数也超过两千。①其中像南曲的兴盛和发展、南北合套形式的出现,都是文学史上的新贡献。但从整体上看,明散曲不及元散曲。最重要的原因是散曲的词化和雅化的倾向,在明代更为显著,于是日益丧失了自然和真率的本质。

一、明代散曲的诸派别

明初的皇族之中,能文之士颇多。据载,朱元璋本人也爱好曲子,曾经这样评论高明的《琵琶记》:"五经、四书,布帛、菽粟也,家家皆有;高明《琵琶记》,如山珍、海错,贵富家不可无。"②李开先《张小山乐府序》也说:"洪武初年,亲王之国,必以词曲千七百本赐之。"实际情况虽未必如此,但明初帝王对曲子的喜爱是一个事实。不过,就明初曲坛的创作而言,却是颇为零落的。《太和正音谱》中所举的"国朝十六人"中,都是由元入明的文人。而明代以科举时文取士,士大夫无暇也不屑为小曲。③曲坛寂寞,势在必然。从宪宗成化年间(1465—1487)后期开始,到世宗嘉靖(1522—1566)年间,是明散曲创作的高潮。其标志就是既有专写南曲或北曲者,又有各具特色的创作集团的出现。《曲律》卷四《杂论下》指出:

> 近之为词者,北调则关中康状元对山(海,1475—1540)、王太史渼陂(九思,1468—1551),蜀则杨状元升庵(慎,1488—1559),金陵则陈太史石亭(沂,1469—1538)、胡太史秋宇(汝嘉)、徐山人髯仙(霖,1462—1538),山东则李尚宝伯华(开先,1502—1568)、冯别驾海浮(惟敏,1511—1580?),山西则常延评楼居(伦,1493—1526),维扬则王山人西楼(磐,1470?—1530),济南则王邑佐舜耕(田),吴中则杨仪部南峰(循吉,1456—1544)。康富而芜;王艳而整;杨俊而葩;陈、胡爽而放;徐畅而未汰;李豪而率;冯

---

① 此据谢伯阳编《全明散曲》统计。
② 《南词叙录》,《中国古典戏曲论著集成》(三),第240页。
③ 何良俊《四友斋丛说》卷三十七云:"祖宗开国,尊崇儒术,士大夫耻留心词曲。"王骥德《曲律·杂论上》比较元、明两代的曲学成绩指出:"盖胜国时,上下成风,皆以词为尚,于是业有专门。今吾辈操管为时文,既无暇染指,迨起家为大官,则不胜功名之念。致仕居乡,又不胜田宅子孙之念,何怪其不能角而胜之也。"

才气勃勃，时见纰纇；常多侠而寡驯；西楼工短调，翩翩都雅；舜耕多近人情，兼善谐谑；杨较粗莽。诸君子间作南调，则皆非当家也。南则金陵陈大声（铎，1488?—1521?）、金在衡（銮），武林沈青门（仕，1488—1565）、吴唐伯虎（寅，1470—1523）、祝希哲（允明，1460—1526）、梁伯龙（辰鱼，1519—1591），而陈、梁最著。唐、金、沈小令，并斐亹有致；祝小令亦佳，长则草草；陈、梁多大套，颇著才情，然多俗意陈语，伯仲间耳。①

可知从明代中叶以降，曲坛上作家辈出，风格各异。但大要而论，则可分为南北两派：

（一）北派

代表人物是陕西的康海、王九思，山东的李开先、冯惟敏，山西的常伦等人。他们的作品多具有高古雄浑的气质，往往在曲中寄寓自己的不平。如康海的〔北双调〕《雁儿落带过得胜令·饮闲》：

> 数年前也放狂，这几日全无况。闲中件件思，暗里般般量。真个是不精不细丑行藏，怪不得没头没脑受灾殃。从今后花底朝朝醉，人间事事忘。刚方，倭落了膺和滂。荒唐，周全了籍与康。

对被颠倒了的世界，作者流露了强烈的不满之情。又王九思〔北双调〕《水仙子带过折桂令·归兴》：

> 一拳打脱凤凰笼，两脚蹬开虎豹丛，单身撞出麒麟洞。望东华人乱拥，紫罗襕老尽英雄。参详破邯郸一梦，叹息杀商山四翁，思量起华岳三峰。思量起华岳三峰，掉臂淮南，回首关中。红雨催诗，青春作伴，黄卷填胸。骑一个蹇喂儿南村北垅，过几处古庄儿汉阙秦宫。酒盏才空，鼾睡方浓。学得陈抟，笑杀石崇。

表达的是对官场的厌弃，但写得极为雄爽粗豪。常伦〔南商调〕《山坡羊》云：

---

① 《中国古典戏曲论著集成》（四），第162页。

闷葫芦一摔一个粉碎，臭皮囊一挫一个蝉蜕，鸦儿守定兔窠中睡。曲江边混一回，鹊桥边撞一回。来来往往，无酒也三分醉。空攒下个铜斗儿家缘也，单买那明珠大似椎。恢恢，试问青天我是谁；飞飞，上得青霄咱让谁？

通俗本色的语言，表达了对大自由、大解脱的向往，具有豪放恣肆的韵味。作为明代北曲的殿军，冯惟敏的《海浮山堂词稿》上承元代前期散曲的传统，其内容不仅包括一般的抒情、言志、写景、咏物、赠答、谈禅，而且较为深刻地揭露了当时的社会矛盾和官场的黑暗腐败。他的〔正宫〕《端正好·吕纯阳三界一览》、〔般涉调〕《耍孩儿·骷髅诉冤》和《财神诉冤》，借用仙人之语，暴露人间罪恶。用思奇特，意味深长。又以曲为家训，在嬉笑中寄寓了人生哲理。这些都是他在题材上的新开拓。〔北中吕〕《朝天子·自遣》云：

海翁，命穷，百不会，千无用。知书识字总成空，浮世干和哄。笑俺奔波，从他盘弄，你乖猾，俺懵懂。就中，不同，谁认的鸡和凤。

《北双调·河西六娘子》"笑园六咏"之一：

笑倒了山翁老傻瓜，为甚的大笑哈哈？功名不入渔樵话。呀，打鼓弄琵琶，睡着唱杨家，用尽你机关笑掉了我的牙。

从中不难体味冯惟敏散曲的豪辣之气。

(二) 南派

代表人物是王磐、金銮、陈铎、沈仕、唐寅等。在北曲盛行的时候，南曲也在渐渐扩张其势力，到了明万历年间（1573—1620），南曲大兴，成为曲坛主流。《曲律》卷一《论曲源》指出："迩年以来，燕、赵之歌童、舞女，咸弃其捍拨，尽效南声，而北词几废。"沈德符《万历野获编》卷二十五"弦索入曲"条云："近日沈吏部（璟）所订《南九宫谱》盛行，而《北九宫谱》反无人问，亦无人知矣。"又"北词传授"条云："自吴人重南曲，皆祖昆山魏良辅，而北调几微。"南曲的风格，则以流丽柔媚为主。如王磐的〔北中吕〕《朝天子·吹喇叭》：

> 喇叭，锁哪，曲儿小腔儿大。官船来往乱如麻，全仗你抬声价。军听了军愁，民听了民怕，那里去辨甚么真共假。眼见的吹翻了这家，吹伤了那家，只吹的水尽鹅飞罢。

前调《瓶杏为鼠所啮》：

> 斜插，杏花，当一幅横披画。《毛诗》中谁道鼠无牙？却怎生咬倒了金瓶架。水流向床头，春拖在床下，这情理宁肯罢？那里去告他？何处去诉他？也只索细数着猫儿骂。

都是讽刺狐假虎威、肆虐下民的小人，但出之以谐谑戏弄之笔，其风格就不是粗豪，而是精细。金銮也是南派曲家中的重要成员，冯惟敏在《黄钟·醉花阴》"酬金白屿"中对他这样评价道："数算了金陵词派，傲梨园萧爽斋。清歌丽曲写胸怀，识谱明腔称体裁，换羽移宫谙韵格。"[①] 何良俊《四友斋丛说》卷三十七也评他"最为知音，善填词。其嘲调小曲极妙，每诵一篇，令人绝倒"。陈铎当时被许为"南词宗匠"（徐又陵《蜗亭杂订》），即使写北曲，也有柔媚之姿。如〔北正宫〕《小梁州·咏闺情》云：

> 碧纱窗外月儿高，秋到芭蕉，和衣刚得眼合着。谁惊觉？花底一声箫。吹来总是相思调，把闲愁唤上眉梢。展转听，伤怀抱。粉香花貌，一夜为君消。

沈仕是曲中"香奁体"的始作俑者，他的散曲集《唾窗绒》在嘉靖、隆庆的曲坛上风靡一时，梁辰鱼《杂咏效沈青门唾窗绒体引》中说："庶《金荃》之句，使复见于当年；而'香奁'之篇，不独称于前代。"也是说他的曲如同韩偓的诗，温庭筠的词。如〔南商调〕《黄莺儿·美人荐枕》云：

> 小帐挂轻纱，玉肌肤无点瑕。牡丹心浓似胭脂画，香馥馥可夸，灵津津爱杀。耳边厢细语低低骂：小冤家，颠狂忒恁，揉碎鬓边花。

[①] 《海浮山堂词稿》卷一，上海古籍出版社1981年版，第23页。

刻划得风流香艳，也引出了不少以"效青门体"为名的淫亵之作，导致了明代中叶以后散曲向冶艳方向发展的趋势。当然，就沈仕而言，他也兼写友情，写闺情，叹身世，内容并不局于一端。

（三）昆山派、吴江派和华亭派

晚明曲坛派别，大要为昆山和吴江两派所牢笼。任讷指出："起嘉、隆间以迄明末，将近百年，主持词馀坛坫者，文章必推梁氏（辰鱼）为极轨，韵律必推沈氏（璟）为极轨。此为昆腔以后的两大派。一时词林，虽济济多士，要不出两派之縠中也。其文章独不从梁，而韵律独不从沈者，剧曲则有汤显祖之《四梦》，散曲则有施绍莘之《花影集》。"（《散曲概论》卷二《派别》）无论是主文章还是主韵律，都显示了将曲进一步词化和雅化的努力，而施氏一方面是明散曲的集大成者，一方面也预示了散曲将衰的前景。

昆山派以梁辰鱼为代表。张旭初《吴骚合编》将他推为"曲中之圣"，凌濛初也指出："自梁伯龙出，而始为工丽之滥觞，一时词名赫然。"（《谭曲杂札》）他的散曲集《江东白苎》以词法、诗法为曲，追求典雅工丽的风格，因而被称作"白苎体"，风靡一时。如〔南仙吕入双调〕《玉抱肚·春郊邂逅》：

> 为贪闲耍，向西郊常寻岁华。霎时间遇着个乔才，想今年命合桃花。邀郎同上七香车，遥指红楼是妾家。

最后一句即用李白《陌上赠美人》中"美人一笑搴珠箔，遥指红楼是妾家"之句。又如〔南正宫〕《白练序·暮秋闺怨》的"西风里，见点点昏鸦渡远洲，斜阳外景色不堪回首"句，也是从秦观《满庭芳》的"斜阳外，寒鸦数点，流水绕孤村"中化出。这种文辞的典雅蕴藉，正是昆山派的特色所在。

沈璟（1553—1610）是吴江派的代表，特色在于尤其重视曲律。其弟子王骥德（？—1623）曾这样评价他："词隐所著散曲《情痴呓语》及《词隐新词》各一卷，大都法胜于词。《曲海青冰》二卷，易北为南，用工良苦。"①

---

① 《曲律》卷四《杂论》，《中国古典戏曲论著集成》（四），第166页。

沈氏的《二郎神》套数中说："何元朗，一言儿启词宗宝藏。道欲度新声休走样。名为乐府，须教合律依腔。宁使时人不鉴赏，无使人挠喉捩嗓。"①他为追求音律的吻合，宁使文字不工。所以当时与之相对的汤显祖（1550—1616），反对按字摸声、泥于格律，特别强调真情实感的抒发②。

在昆山派和吴江派声势浩大的曲坛中，能不为之左右的，是华亭（今属上海）人施绍莘（1588—1640），所以也有人将他独举为"华亭派"③。他尤其擅长于套曲，在其《花影集》四卷中，小令仅七十二首，套数则达八十六套，在明人中是量最多且质最高者。他既注重曲子的音律，又讲究文字的清丽，尤其善于运用白描手法，有很强的表现力。如〔北正宫〕《端正好·春游述怀》套中的《叨叨令》：

> 且寻一个顽的耍的真知音风风流流的队，拉了他们俏的俊的做一个清清雅雅的会。拣一片平的软的衬花茵香馥馥的地，摆列著奇的美的趁时景新新鲜鲜的味。兀的便醉杀了人也么哥，兀的便醉杀了人也么哥，任地上干的湿的混账啊便昏昏沉沉的睡。

这样的豪辣痛快之曲，只有关汉卿的《一枝花·不伏老》套中的结尾一段，差可媲美，其中表现出的是藐视一切的真趣，在明人散曲中数一数二。陈继儒评论他的散曲"才太俊，情太痴，胆太大，手太辣，肠太柔，舌太纤"（《花影集序》），基本上概括了其散曲的诸特征。

清人散曲据《全清散曲》的统计，虽然作者多达三百四十馀家，小令三千二百馀首，套数一千一百六十馀篇，但从成就上看，都不及元、明两代，在整体上呈现出衰落的趋势。④

---

① 《博笑记》附录，《古本戏曲丛刊》初集影印本。
② 其《牡丹亭记题词》云："天下女子有情宁有如杜丽娘者乎……如丽娘者，乃可谓之有情人耳。情不知所起，一往而深，生者可以死，死可以生。生而不可与死，死而不可复生者，皆非情之至也……嗟夫！人世之事，非人世所可尽。自非通人，恒以理相格耳。第云理之所必无，安知情之所必有耶？"（《汤显祖集》卷三十三）
③ 罗锦堂《中国散曲史》第三章"明人散曲"，第 206 页。
④ 清代散曲也有在思想上和艺术上较为成功的作品，关于这方面的一般情况，参见罗锦堂《清代散曲的发展》，载《中外文学》第 20 卷第 9 期，1991 年；谢伯阳《清代散曲研究中的若干问题》，载《中国文哲研究通讯》第 2 卷第 4 期，1992 年 12 月。

二、明代的小曲时调

民间流传的歌谣曲调，在每一时代都有，但保存至今的以明代数量尤多，影响甚广。所谓小曲，在当时是与昆弋大曲相对而言。它多采用白描的手法，率直地表现自己真实的感受，特多男女情歌。和当时的文人散曲比较起来，时调小曲显示了更强的生命力，成为明代散曲重要的分支。这些产生于民间的小曲，由于其自身的魅力，使文人也产生了收集整理的兴趣，并在理论上予以一定的注意。沈德符《万历野获编》卷二十五"时尚小令"条指出：

> 元人小令，行于燕赵，后浸淫日盛。自宣（德）、正（统）至成（化）、弘（治）后，中原又行《锁南枝》《傍妆台》《山坡羊》之属。李崆峒先生初自庆阳徙居汴梁，闻之以为可继《国风》之后……今所传《泥捏人》及《鞋打卦》《熬髽髻》三阕，为三牌名之冠，故不虚也。自兹以后，又有《耍孩儿》《驻云飞》《醉太平》诸曲，然不如三曲之盛。嘉（靖）、隆（庆）间，乃兴《闹五更》《寄生草》《罗江怨》《哭皇天》《干荷叶》《粉红莲》《桐城歌》《银纽丝》之属，自两淮以至江南，渐与词曲相远，不过写淫媟情态，略具抑扬而已。比年以来，又有《打枣竿》《挂枝儿》二曲，其腔调约略相似，则不问南北，不问男女，不问老幼良贱，人人习之，亦人人喜听之。以至刊布成帙，举世传诵，沁入心腑，其谱不知从何来，真可骇叹。

这一记载显示了当时小曲的流行状况。可知小曲是起于北方，其后风气逐渐南移，风靡于世。

当然，流行的小曲未必皆当时所产生，有的也是从前代传承下来的。如吴歌中"月子弯弯照九州，几家欢乐几家愁。几家夫妇同罗帐，几家飘零在它州"一曲，原见于宋人话本《京本通俗小说》卷十《冯玉梅团圆》，又记载于明代叶盛的《水东日记》卷五、田汝成的《西湖游览志馀》卷二十五等书中，冯梦龙《山歌》亦收入卷五《杂歌四句》[①]。但

---

① 叶德均《戏曲小说丛考》卷下《歌谣资料汇录》，此曲共见载于十二种文献中，中华书局1979年版，第783—784页。

主要的还是明代的民间创作,《水东日记》卷五载:"吴人耕作或舟行之劳,多作讴歌以自遣,名唱山歌。"范濂《云间据目抄》卷二载:"歌谣词曲,自古有之,惟吾松(江)近年特甚。凡朋辈谐谑,及府县士夫举措稍有乖张,即缀成歌谣之类传播人口……而里间恶少,燕集必群唱《银绞丝》《干荷叶》《打枣竿》,竟不知此风从何而起也。"可见小曲之风从北到南,流行甚广。

小曲时调的特色在于,其内容和表达"直出肺肝,不加雕刻,俱男女相与之情"①。所以其最大的特点是"真",故云"真诗只在民间"。袁宏道《小修诗序》曰:"吾谓今之诗文不传矣。其万一传者,或今间阎妇人孺子所唱《劈破玉》《打草竿》之类,犹是无闻无识之真人所作,故多真声。"②贺贻孙《诗筏》云:"近日吴中《山歌》《挂枝儿》,语近风谣,无理有情,为近日真诗一线所存。"这两种小曲集都是冯梦龙所辑。如《挂枝儿》别部《送别》:

> 送情人直送到丹阳路,你也哭,我也哭,赶脚的也来哭。赶脚的你哭的因何故?道是去的不肯去,哭的只管哭。你两下里调情也,我的驴儿受了苦。

又如咏部《甘蔗》:

> 甘蔗儿是奴心所好。猛然间渴想你,其实难熬。唤梅香是处都寻到。爱他段段美,喜他节节高。只怕头儿上甜来也,到梢来渐淡了。③

《山歌·私情四句》卷一《月上》:

> 约郎约到月上时,那了月上子山头弗见渠?咦,弗知奴处山低月上得早;咦,弗知郎处山高月上得迟?

卷二《偷》:

---

① 李开先《市井艳词序》,《李开先集》"闲居集之六",中华书局1959年版,第320页。
② 钱伯城《袁宏道集笺校》卷四,上海古籍出版社1981年版,第188页。
③ 《冯梦龙全集》第18卷,江苏古籍出版社1993年版,第43、87页。

>　　结识私情弗要慌，捉着子奸情奴自去当。拼得到官双膝馒头跪子从实说，咬钉嚼铁我偷郎。①

这样的小曲，也就逐渐引起文人的注意，于是或加以收集，如冯梦龙《序山歌》指出：

>　　书契以来，代有歌谣，太史所陈，并称风雅，尚矣。自楚骚唐律，争妍竞畅，而民间性情之响，遂不得列于诗坛，于是别之曰山歌，言田夫野竖矢口寄兴之所为，荐绅学士家不道也。唯诗坛不列，荐绅先生不道，而歌之权愈轻，歌者之心亦愈浅。今所盛行者，皆私情谱耳。虽然，桑间、濮上，国风刺之，尼父录焉，以是为情真而不可废也。山歌虽俚甚矣，独非郑、卫之遗欤？且今虽季世，而但有假诗文，无假山歌，则以山歌不与诗文争名，故不屑假。苟其不屑假，而吾藉以存真，不亦可乎……若夫借男女之真情，发名教之伪药，其功于《挂枝儿》等，故录《挂枝词》而及《山歌》。

或开始效作小曲，从而形成文人小曲。如李开先作《中麓小令》一百首，王九思继续和作，合刊为《傍妆台百曲》。袁宏道自谓"近来诗学大进，诗集大饶，诗肠大宽，诗眼大阔。世人以诗为诗，未免为诗苦，弟以《打草竿》《劈破玉》为诗，故足乐也"②。据李开先《词谑》记载："有学诗文于李崆峒者……崆峒教以若似得传唱《锁南枝》，则诗文无以加矣。"并且录《锁南枝》云：

>　　傻酸角，我的哥，和块黄泥儿捏咱两个。捏一个儿你，捏一个儿我。捏的来一似活托，捏的来同床上歇卧。将泥人儿摔碎，着水儿重和过。再捏一个你，再捏一个我。哥哥身上也有妹妹，妹妹身上也有哥哥。

这种生动活泼的小曲也就真正成为风靡一时的"新诗体"。甚至有人将小

---

① 《冯梦龙全集》第18卷，第7、20页。
② 《伯修》，《袁宏道集笺校》卷十一，第492页。

曲视为明代的"一绝",如卓珂月指出:"我明诗让唐,词让宋,曲让元,庶几吴歌《挂枝儿》《罗江怨》《打枣竿》《银绞丝》之类,为我明一绝耳。"陈宏绪继加发挥道:"此言大有识见。明人独创之艺,为前人所无者,只此小曲耳。"(《寒夜录》卷上)从语言上看,小曲是真正的白话文学。到了清代,虽然清人的看法与明人不一样,认为小曲"尽儿女之似,靡靡之音"(刘廷玑《在也园杂志》),但是像招子庸、李调元、黄遵宪等人也收集写作了大量的粤讴和山歌。这些诗歌,都为白话新诗的出现起到开路和铺垫的作用。

第十四章　从旧诗到新诗

　　1918年1月,《新青年》杂志第4卷第1号上刊出了九首新诗,胡适(1891—1962)四首,沈尹默(1883—1971)三首,刘半农(1891—1934)两首,拉开了现代新诗登场的序幕。新诗运动伊始,就带有和传统文学对立的意味。胡适在1916年提出的新文学的八项特点,就称作"文学革命":"一曰,不用典。二曰,不用陈套语。三曰,不讲对仗。(文当废骈,诗当废律。)四曰,不避俗字俗语。(不嫌以白话作诗词。)五曰,须讲求文法之结构。此皆形式上之革命也。六曰,不作无病之呻吟。七曰,不摹仿古人,语语须有个我在。八曰,须言之有物。此皆精神上之革命也。"[①]这里虽然是就文学全体而言,但新文学运动的最想要攻克的"壁垒"是诗[②],所以也不妨将它看作是"新诗运动"的宣言。然而从实际看,新诗与传统的旧诗仍然是有着不可分割的关系的。1918年,钱玄同(1887—1939)在《〈尝试集〉序》中,就指出"中国的白话诗,自从《诗经》起,直到元、明的戏曲,是没有间断过的"[③]。 1920年许德邻在《分类白话诗选》序言中写道:"我常想把古代的歌谣、乐府、唐宋的之小令、元曲,拣那些白描的纯洁的集成一种书,作一个诗界革命的'楔子'。"[④]胡适在1928年出版了《白话文学史》(此书草创于1921年),把白话诗的来源归于四个方面:民歌、嘲戏、歌妓的引诱和传教与说理,以为这是"一切

[①] 《寄陈独秀》,《胡适文存》卷一,亚东图书馆1930年版,第4页。这一内容在次年1月第2卷第5期《新青年》上刊出,题为《文学改良刍议》,内容一致,而次序有别。

[②] 胡适在后来写的《逼上梁山——文学革命的开始》中说:"白话文学的作战,十仗之中,已胜了七八仗。现在只剩一座诗的壁垒,还须用全力去抢夺。待到白话征服这个诗国时,白话文学的胜利就可说是十足的了。"《中国新文学大系·建设理论集》,上海文艺出版社1981年影印版,第19页。

[③] 陈绍伟编《中国新诗集序跋选(1918—1949)》,湖南文艺出版社1986年版,第12页。

[④] 同上书,第56页。

白话诗的来源"①。可惜他的《白话文学史》只写到唐代,而中国诗歌史上白话因素在作品中的加强,恰恰是从宋代开始的。新诗的写作或许带有偶然,但一经提倡,就能引起诗坛震动,并且迅速传播,从历史上看,也是有着必然性的。

第一节 传统诗词曲中白话因素的演变

中国诗歌发展的趋势,若从语言上加以考察的话,是向着符合自然语言的节奏方面逐步靠拢。从诗歌史上来看,其体式的演变是经过由诗到词到曲,最后为新诗;其句式的演变则是由四言而五言,而七言,而长短句,而自由体;其与音乐的关系,则是由合而分,诗词曲莫不如此。与音乐相合的时候,音乐的节奏占较大的比重,而与音乐相离的时候,语言的节奏就凸现出来。节奏的变化就导致了诗体的演变。五七言是中国诗歌的基型,即使在词体中有长短参差的变化,也还是以五七言为基本句式的。但到了散曲中,由于衬字的灵活使用,所以逐渐打破了五七言的基型,少则一字一句,多则二十几字一句。从句式上来说,也为自由体的新诗铺平了道路。所以胡适也认为诗和词的区别,重要的"乃在一近语言之自然而一不近语言之自然也";而"词之变为曲,犹诗之变为词,皆所以求近于语言之自然也"。②

除了节奏问题,诗歌语言中的另外一方面是使用白话入诗的问题。白话进入诗歌,由来已久。口头的歌谣,当然是接近口头语言的。当这种歌谣向四方传播时,由于中国幅员广大,各地方言不一,其交流往往依赖于文字。所以文字和语言的差别很早就出现。春秋时行人诵诗皆用雅言,而不用其方言,可知诗也是经过语言上的"雅化"的。"十五国风"更多的是就音乐而非语言所形成的区分。到了《楚辞》,其地方性似偏于文辞一端,所以黄伯思说:"屈、宋诸骚,皆书楚语,作楚声,纪楚地,名楚物。"(《东观馀论》卷下《校定楚词序》)从某种意义上说,这应

---

① 《白话文学史》,岳麓书社影印本1986年版,第217—222页。
② 钱玄同《〈尝试集〉序》引1917年11月胡适信,《中国新诗集序跋选》,第15、16页。

该就是以方言俗语入诗了。汉代的赋是一种极富于建筑美的文字，赋家所选择的，也大多是远离口头语言的精致而深奥的文字，所以他们大多也兼为小学家。①而乐府民歌却是用活生生的语言写成的，所以其句式或为五言（这是当时新兴的诗体），或为杂言，如《战城南》《有所思》《上邪》《孤儿行》等篇，句式长短错落，恰切地表现了作者的声情和语气。魏晋以来的诗歌多受赋体的影响，文字也渐趋华丽和雕琢。只有两类诗歌中使用了白话，即乐府民歌和佛教偈颂。②这里特别应该指出后者的影响。佛教在印度初起时，"是以'在野'的身份反抗当时正统的国教，即'在朝'的婆罗门教；它的宣传对象是一般老百姓，所以才采用俗语"③。所以在译经中也就包含了大量的口语。偈颂是佛教"十二部经"的组成部分④，汉代是五言诗初起的时代，较之于四言诗，显然是更为通俗的诗体，在民间的流传也更为广泛。所以东汉到三国时代的译经，其偈颂也以五言体为多。⑤从较为宽泛的意义上说，这也可以说是早期的白话诗。

正因为佛教词语对于白话文学的影响力，所以唐代出现的两个著名的白话诗人——王梵志和寒山，都是佛门弟子，也就不足为奇了。这两个诗人都有着扑朔迷离的谜一般的身世⑥，所以他们的作品也可能是以一人为主，同时又掺杂了其他人的诗作。结合敦煌卷子中所存的部分白

---

① 据《汉书·艺文志·六艺略》"小学类"的著录，司马相如有《凡将》一篇，扬雄有《训纂》一篇，《别字》十三篇。袁枚《随园诗话》卷一云："古无类书，无志书，又无字汇，故《三都》《两京赋》，言木则若干，言鸟则若干，必待搜辑群书，广采风土，然后成文。"其实并不仅仅依赖"搜辑群书"，赋家自身的文字修养也是重要的基础。

② 这里也许应该指出，三国时的诗人应璩（190—252）是一个例外。关于他的诗歌在口语方面的表现，参见张伯伟《应璩诗论略》，《钟嵘诗品研究》附录三，南京大学出版社1993年版。

③ 季羡林《原始佛教的语言问题》，中国社会科学出版社1985年版，第26页。有关佛教中的俗语以及对汉语发展的影响问题，参见朱庆之《佛典与中古汉语词汇研究》，台北文津出版社1992年版；俞理明《佛经文献语言》，巴蜀书社1993年版；梁晓虹《佛教词语的构造与汉语词汇的发展》，北京语言学院出版社1994年版。

④ "十二部经"又称"十二分教"，指的是佛教一切经的十二种类，其中的"祇夜"和"伽陀"都属于偈颂。

⑤ 此据俞理明《佛经文献语言》的统计表，第26页。

⑥ 王梵志当为初唐时人，但署名"王梵志"的诗未必出于一人之手。有关其身世的研究，参见潘重规《敦煌王梵志诗新探》，载台湾《汉学研究》第4卷第2期，1986年12月；项楚《王梵志诗校注》，上海古籍出版社1991年版。寒山则为盛唐到中唐时代的人，关于其生平和创作，参见张伯伟《寒山诗与禅宗》，《禅与诗学》"创作篇"，浙江人民出版社1992年版。

话诗,我们有理由推想,从初唐开始,诗坛上已经有了一批名不见经传的白话诗人。王梵志的诗就内容而言,大多是佛教的训诫,所以其中使用了大量的佛教语词①。"家有梵志诗,生死免入狱。不论有益事,且得耳根熟。白纸书屏风,客来即与读。空饭手捻盐,亦胜设酒肉。"这和寒山诗中"家有寒山诗,胜汝看经卷。书放屏风上,时时看一遍"一样,都表明这些诗的有着类似佛偈甚至胜过经卷的作用。王梵志的诗在当时流行颇广,王维诗中有《与胡居士皆病寄此诗兼士学人》二首,一本题下有"二首梵志体"五字,虽然未必出于王维的自注②,但皎然《诗式》中已经评论到王梵志,以其诗作为"跌宕格骇俗品"的代表,敦煌卷子的题记中也有"大历六年五月囗日抄王梵志诗一百一十首沙门法忍写之记",可见其流传地域之广。寒山诗的数量更多,据其自述云:"五言五百篇,七字七十九,三字二十一,都来六百首。"他的诗中,讽刺、戏谑的成分更浓,白话的因素也更为加重。例如:

  我见瞒人汉,如篮盛水走。一气将归家,篮里何曾有。我见被人瞒,一似园中韭。日日被刀伤,天生还自有。③

  老翁娶少妇,发白妇不耐。老婆嫁少夫,面黄夫不爱。老翁娶老婆,一一无弃背。少妇嫁少夫,两两相怜态。

  猪吃死人肉,人吃死猪肠。猪不嫌人臭,人返道猪香。猪死抛水内,人死掘地藏。彼此莫相啖,莲花生沸汤。

清代雍正帝的《御选语录》卷三专收寒山、拾得诗,其《御制序》称"读者或以为俗语,或以为韵语,或以为教语,或以为禅语……朕以为非俗非韵,非教非禅,直乃古佛直心直语也"④。《四库全书总目》卷一四九《寒

---

  ① 据梁晓虹的统计,王梵志诗用佛教语词有 121 个,参见其《佛教词语的构造与汉语词汇的发展》,第 216 页。

  ② 郑振铎认为这五字是出于王维自注,而任半塘云"他本皆未见,五字始出刘须溪所注,不能据此证明盛唐时,梵志诗曾流行大诗人间"。参见张锡厚《王梵志诗校辑》附编"王梵志诗评述摘编",中华书局 1983 年版,第 260、262 页。

  ③ 最后一个比喻在王梵志诗中曾经出现:"恶人相触忤,被骂必从饶。喻若园中韭,犹如得水浇。"在《敦煌变文集·下女夫词》中,也有"舍后一园韭,刈却还如旧"之喻。可见这是当时流行的一句俗谚。

  ④ 《卍续藏经》第 119 册,台北:新文丰出版公司 1983 年再版,第 363 页。

山子诗集》提要指出："其诗有工语，有率语，有庄语，有谐语，至云'不烦郑氏笺，岂待毛公解'，又似儒生语。大抵佛语、菩萨语也。"所以寒山诗在佛门中也最受欢迎。自五代以降，禅师们或将它作为参禅的工具，作为上堂的法语，作为模拟的对象。在文人圈中，则有王安石的《拟寒山拾得二十首》，朱熹、陆游、王应麟、方回等人对寒山诗也给予高度评价。这在客观上也推动了白话诗的发展。

文人诗中，从杜甫开始，也逐渐较多地使用俗语。张戒曾这样辩护道："世徒见子美诗多粗俗，不知粗俗在诗句中最难。非粗俗，乃高古之极也。"（《岁寒堂诗话》卷上）这种辩护当然与宋人有意识地避俗趋雅有关。但宋人同时也强调化俗为雅，因此有时又不避俗语。《西清诗话》卷上载：

> 王君玉谓人曰：诗家不妨间用俗语，尤见工夫。雪止未消者，俗谓"待伴"。尝有雪诗："待伴不禁鸳瓦冷，羞明常怯玉钩斜。""待伴""羞明"皆俗语，而采拾入句，了无痕颣，此点瓦跞为黄金手也。

黄朝英《缃素杂记》引用上文后指出：

> 余谓非特此为然，东坡亦有之。"避谤诗寻医，畏病酒入务。"又云："风来震泽帆初饱，雨入松江水渐肥。"寻医、入务、风饱、水肥，皆俗语也。又南人以饮酒为软饱，北人以昼寝为黑甜，故东坡云："三杯软饱后，一枕黑甜馀。"此亦用俗语也。①

庄绰《鸡肋编》卷中载：

> 谚有"巧息妇做不得没面馎饦"与"远井不救近渴"之语，陈无己用以为诗云："巧手莫为无面饼，谁能救渴需远井？"遂不知为俗语。世谓少陵"鸡狗亦得将"，用"嫁得鸡，逐鸡飞；嫁得狗，逐狗走"，或几是也。

---

① 此条今本佚，兹据《苕溪渔隐丛话》前集卷二十六引。《诗人玉屑》卷六引此条，误归入《西清诗话》，郭绍虞先生《宋诗话辑佚》亦承其误。

这除了诗人造句喜新厌旧的心理①,更重要的还是反映了诗歌向口头语言接近的趋势。所以在诗之外,宋代风行起词体,从句式上看,也更为接近自然的语言。

宋词中有一派为俗体,以柳永为代表,所以当时有"柳氏家法"之说,也就是指其"浅近卑俗,自成一体"(《碧鸡漫志》卷二)。虽然王灼说当时"十有八九不学柳耆卿则学曹元宠",是"不知书者"(同上),但从影响而言,却又是流传甚广的。《碧鸡漫志》卷二指出:

> 长短句中作滑稽无赖语起于至和,嘉祐之前,犹未盛也。熙、丰、元祐间,兖州张山人以诙谐独步京师,时出一两解。泽州孔三传者,首创诸宫调古传,士大夫皆能诵之。元祐间王齐叟彦龄、政和间曹组元宠皆能文,每出长短句,脍炙人口。彦龄以滑稽语噪河朔;组潦倒无成,作《红窗迥》及杂曲数百解,闻者绝倒,滑稽无赖之魁也……同时有张衮臣者,组之流,亦供奉禁中,号曲子张观察。其后祖述者益众,嫚戏污贱,古所未有。

这一段记载大概描述了北宋俗词流行的状况。

元曲兴起,其语言特色也正在于"少引圣籍,多发天然"(黄周星《制曲枝语》)。《中原音韵·作词十法》特别提出造语不可作者有"俗语、蛮语、谑语、嗑语、市语、方语、书生语、讥诮语",其实这也正是元曲中所常见者。任二北《作词十法疏证》中指出:"其意盖谓曲中须少用文言,多用语体。"俗语是俚俗之语,蛮语指少数民族语言,谑语是戏谑玩笑语,嗑语是唠叨琐屑语,市语为行话,方语为方言,书生语指典故,讥诮语为讥讽嘲笑语。除了"书生语"外,其馀都是和俗语有关的。另外从用韵的角度看,《中原音韵》的韵部大大简化,这也是中国音韵学史的趋向。如由《切韵》《唐韵》系统发展而来的《广韵》,共分二百零六韵,而《集韵》把《广韵》的二百零六部合并成一百零八,《壬子新刊礼部韵略》分为一百零七部,还有分作一百零六部者,传统的诗韵,即所谓"平

---

① 《诗人玉屑》卷六引《陵阳室中语》云:"古人作诗,多用方言;今人作诗,复用禅语。盖是厌尘旧而欲新好也。"这只是问题的一面。

水韵",就是指这一百零六个韵。但作为曲韵书的《中原音韵》,乃将传统韵书作重大改革,分作十九部,又将"入派三声",可以四声通押。这和现代北方曲艺中的十三辙及现代诗韵十八部已非常接近。这些用韵方面的简化,也是从旧诗到新诗的重要一环。①

宋末元初,随着市民文学的进一步发展,市民诗也成为一种不可忽视的现象。如吴渭主持的《月泉吟社》,曾以"春日田园杂兴"为题,征得诗作二千七百三十五篇,从中选取二百八十名。元朝末年,以杨维桢为中心,导致了南方市民诗的兴起。宋濂在《杨君墓志铭》中说:"元之中世,有文章巨公起于浙河之间,曰'铁崖君'……吴越诸生多归之,殆犹山之宗岱,河之走海,如是者四十馀年。"(《宋文宪公全集》卷十二)《列朝诗集小传》甲前集《张简传》引王世贞语云:"胜国时,法网宽大,人不必仕宦。浙中每岁有诗社,聘一二名宿如杨廉夫(维桢,1296—1370)辈主之,宴赏最厚。"这当指"吴间诗社"。杨维桢《香奁八咏序》云:"吴间诗社《香奁八咏》,无春芳才情者,多为题所困。"而他自己的作品,又吸收了元曲的风格,"句稍参差,便落王实甫、关汉卿"(胡应麟《诗薮》外编卷六)。沿着这样的风气,到了明代,对于诗歌中采用俗语的问题,也就有了一些新的认识。如谢榛(1495—1575)《诗家直说》卷三云:

> 诗忌粗俗字,然用之在人。饰以颜色,不失为佳句。譬诸富家厨中,或得野蔬,以五味调和,而味自别,大异贫家矣。

陆时雍《诗镜总论》云:

> 诗有灵襟,斯无俗趣矣;有慧口,斯无俗韵矣。乃知天下无俗事、无俗情,但有俗肠与俗口耳……夫虚而无物者,易俗也;芜而不理者,易俗也;卑而不扬者,易俗也;高而不实者,易俗也;放而不制者,易俗也;局而不舒者,易俗也;奇而不法者,易俗也;

---

① 如刘半农当时主张"破坏旧韵,创造新韵"。王璞的《京音字汇》将北京音分为二十三韵。赵元任在1923年出版了《国音新诗韵》,也是较为简便实用的。1965年中华书局出版《诗韵新编》,便分作十八部。

> 质而无色者，易俗也；文而过饰者，易俗也；刻而过情者，易俗也；雄而尚气者，易俗也；新而自师者，易俗也；故而不变者，易俗也；典而好用者，易俗也；巧而过斫者，易俗也；多而见长者，易俗也；率而好尽者，易俗也；修而畏人者，易俗也；媚而逢世者，易俗也。大抵率真以布之，称情以出之，审意以道之，和气以行之，合则以轨之，去迹以神之，则无数者之病矣。

这是诗中采用俗语形成风气之后，在诗歌理论上产生的新认识。甚至可以发现，胡适所说的文学改良之八事，如"须言之有物""不摹仿古人"，"不作无病之呻吟""务去烂调套语""不避俗字俗语"等，这样的意见在这里也已经出现。

明清的时调、山歌，无论是出于民间，还是出于文人学士，都能用口头语写出心中情。同时，他们或在理论上宣传鼓吹，或在实践上收集效仿。以清代而论，重要的小曲总集有《时尚南北雅调万花小曲》《霓裳续谱》《白雪遗音》等，文人的收集和效仿之作则有招子庸的《粤讴》、李调元的《粤风》和黄遵宪的《山歌》等。黄遵宪在《题记》中写道："十五国风妙绝古今，正以妇人女子矢口而成，使学士大夫操笔为之，反不能尔。以人籁易为，天籁难学也。"① 他这种早年就培养起来的对民间山歌的热爱，也导致了他后来积极投身于"诗界革命"的运动中。

近代诗歌史上，广东地区的山歌得到文人较多的重视，而"岭南诗派"也是最富于革新精神的。② 所以这一派诗人，也就成为近代"诗界革命"的主干。康有为（1858—1927）自评其诗："新世瑰奇异境生，更搜欧亚造新声。""意境几于无李杜，目中何处着元明？"（《与菽园论诗兼寄任公孺博曼宣》）丘逢甲（1864—1912）在《人境庐诗草跋》中说："茫茫诗海，手辟新洲，此诗世界之哥伦布也。"黄遵宪在《酬曾重伯编修》中也有"读我连篇新派诗"。他们将自己的诗称作"新派诗"，可能

---

① 钱仲联《人境庐诗草笺注》卷一，上海古籍出版社1981年版，第54—55页。
② 参见汪辟疆《近代诗派与地域》五"岭南派"，收入《汪辟疆文集》，第313—319页。

与日本明治以来的"新体诗"有一定的因缘①，但最重要的是要用通俗的语言，写现代的生活，反对盲目效古。黄遵宪在二十一岁时写的《杂感》诗中，已经提出了"我手写我口，古岂能拘牵。即今流俗语，我若登简编，五千年后人，惊为古斓斑"。其弟黄遵楷《人境庐诗草跋》引用他的话说：

> 人各有面目，正不必与古人相同。吾欲以古文家抑扬变化之法作古诗，取《骚》《选》、乐府、歌行之神理入近体诗。其取材，以群经三史诸子百家及许、郑诸注为词赋家不常用者；其述事，以官书、会典、方言、俗谚及古人未有之物、未辟之境，举吾耳目所亲历者，皆笔而书之。要不失为以我之手，写我之口云。

梁启超（1873—1929）在《饮冰室诗话》中说"诗界革命"的精髓是"能以旧风格含新意境，斯可以举革命之实矣"；而"近世诗人能熔铸新理想以入旧风格者，当推黄公度"。在传统诗歌的范围中，运用新名词，写作新题材，开拓新疆域者，至近代岭南派诸诗人而登峰造极。尽管限于历史条件，他们未能彻底改变旧体诗，但作为新文学运动中白话新诗的前驱，他们的改良最终迎来了真正意义上的"革命"，并且使"新诗运动"在不长的时间中，以摧枯拉朽之势取代了旧体诗在诗坛上的正宗地位。

第二节 新诗的发展

新诗创作，从 1918 年到 1949 年，虽然只有短短的三十多年，但恰逢动荡不安的时代，给诗歌带来的变化，无论是外形还是内质，其速度之快，是以往任何时代所不能比拟的。纵览新诗的发展，大致经过从破坏到建设，从侧重"白话"到侧重"诗"的过程。

---

① 在日本文学传统上，讲到"诗"指的是用汉字写作的"汉诗"，用日语写作的只是"歌"。明治时期开始了用日语写作的诗，也就是较为接近口语和体现现代意识的诗，为了区别过去的"汉诗"，所以用"新体诗"来命名。这与黄遵宪等人提倡用口语和新名词入诗有类似处，黄遵宪作为了解日本文化、熟悉日本国情的外交官，将自己提倡的区别于传统的诗风称作"新派诗"，进而简称为"新诗"（梁启超《饮冰室诗话》），两者间的关系是值得注意的。

一、新诗运动

新文学运动是从诗歌开始的。新诗运动的中心是要打破传统的文体,用自由的方式写出随心所欲的文字。胡适在1919年写的《谈新诗》代表了当时新诗运动的理论纲领:

> 文学革命的运动,不论古今中外,大概都是从"文的形式"一方面下手,大概都是先要求语言文字文体等方面的大解放。欧洲三百年前各国国语的文学起来代替拉丁文学时,是语言文字的大解放;十八十九世纪法国嚣俄、英国华次活(Wordsworth)等人所提倡的文学改革,是诗的语言文字的解放;近几十年来西洋诗界的革命,是语言文字和文体的解放。这一次中国文学的革命运动,也是先要求语言文字和文体的解放。新文学的语言是白话的,新文学的文体是自由的,是不拘格律的。初看起来,这都是"文的形式"一方面的问题,算不得重要。却不知道形式和内容有密切的关系。形式上的束缚,使精神不能自由发展,使良好的内容不能充分表现。若想有一种新内容和精神,不能不先打破那些束缚精神的枷锁镣铐。因此,中国近年的新诗运动可算得是一种"诗体的大解放"。因为有了这一层诗体的解放,所以丰富的材料,精密的观察,高深的理想,复杂的感情,方才能跑到诗里去。五七言八句的律诗决不能容丰富的材料,二十八字的绝句决不能写精密的观察,长短一定的七言五言决不能委婉达出高深的理想和复杂的感情。①

总括地说,即语言是白话的,文字是通俗的,音节是自然的,用韵是自由的,文体是解放的。朱自清(1898—1948)曾指出,胡适的"这些主张大体上似乎为《新青年》诗人所共信;《新潮》《少年中国》《星期评论》,以及文学研究会诸作者,大体上也这般作他们的诗。《谈新诗》差不多成为诗的创造和批评的金科玉律了"。②

新诗的形成,就其受到的影响而言,不外中国传统和外来文化之两

---

① 《中国新文学大系·建设理论集》,第295页。
② 《中国新文学大系·诗集》"导言",上海文艺出版社1981年影印版,第2页。

端。从初期《新青年》和《新潮》诗人群的白话诗创作来看，外来文化的影响主要在于观念上的解放。朱自清曾引用梁实秋（1902—1987）的话，说外国的影响是白话文运动的"导火线"①，胡适说当时的诗体大解放，"初看去似乎很激烈，其实只是《三百篇》以来的自然趋势。自然趋势逐渐实现，不用有意的鼓吹去促进他，那便是自然进化。自然趋势有时被人类的习惯性守旧性所阻碍，到了该实现的时候均不实现，必须用有意的鼓吹去促进他的实现，那便是革命了"②。鼓吹、促进，就是带着外来的观念而进行的革命。而在创作上，则仍然不脱传统的痕迹，尽管对这一现象的评价不一。如胡适说：

> 第一编的诗，除了《蝴蝶》和《他》两首之外，实在不过是一些刷洗过的旧诗……第二编的诗，虽然打破了五言七言的整齐句法，虽然改成长短不整齐的句子，但是初做的几首……都还脱不了词曲的气味与声调。③

> 我现在回头看我这五年来的诗，很象一个缠过脚后来放大了的妇人回头看她一年一年的放脚鞋样，虽然一年放大一年，年年的鞋样上总还带着缠脚时代的血腥气。④

朱自清评论俞平伯（1900—1990）的诗说：

> 俞平伯氏能融旧诗的音节入白话，如《凄然》；又能利用旧诗里的情境表现新意，如《小劫》。⑤

---

① 朱自清说："最大的影响是外国的影响。梁实秋氏说外国的影响是白话文运动的导火线：他指出美国印象主义者六条戒条里也有不用典，不用陈腐的套语；新式标点和诗的分段分行，也是模仿外国；而外国文学的翻译，更是明证。胡氏自己说《关不住了》一首是他的新诗成立的纪元，而这首诗却是译的，正是一个重要的例子。"《中国新文学大系·诗集》"导言"，第1—2页。但这里所讲到的，都偏于形式一端，至于诗的情调、语言、意象等，却与古典诗歌有着更为密切的联系。
② 胡适《谈新诗》，《中国新文学大系·建设理论集》，第299页。
③ 《〈尝试集〉再版自序》，《中国新诗集序跋选》，第35页。
④ 《〈尝试集〉四版自序》，《中国新诗集序跋选》，第44页。
⑤ 《中国新文学大系·诗集》"导言"，第3页。在《冬夜序》里，朱自清还这样评论俞诗："这种音律底艺术，大概从旧诗和词曲中得来……我们现在要建设新诗底音律，固然应该参考外国的诗歌，却更不能丢了旧诗，词，曲。"

胡适《〈蕙的风〉序》还说:

> 当日加入白话诗的尝试的人,大都是对于旧诗词用过一番工夫的人,一时不容易打破旧诗词的镣铐枷锁。故民国六七八年的"新诗",大部分只是一些古乐府式的白话诗,一些《击壤集》式的白话诗,一些词式和曲式的白话诗,——都不能算是真正新诗。①

真正在创作中强烈表现出外国影响的,是受到日本的俳句和印度诗翁泰戈尔(1861—1941)影响的小诗,和受到海涅(1797—1856)、雪莱(1792—1822),特别是惠特曼(1819—1892)影响的郭沫若(1892—1978)的诗。前者来自东方,而后者来自西方。前者建立了"说理诗"的典范,后者达到了"自由体"的高峰。这两者都是新诗初起时在观念上的理想和追求,到这里得到了初步的实现。②从新诗的发展来看,郭沫若的《女神》是划时代的。关于《女神》的诞生,作者自己曾这样说过:

> 当我接近惠特曼的《草叶集》的时候,正是"五四"运动发动的那一年,个人的郁积,民族的郁积,在这时找出了喷火口,也找出了喷火的方式,我在那时差不多是狂了。民七民八之交,将近三四个月的期间差不多每天都有诗兴来猛袭,我抓着也就把它们写在纸上……因而我有最初的一本诗集《女神》的集成。③

而郭沫若对于当时对于诗歌的看法,也在他给《时事新报》的《学灯》主编宗白华(1897—1986)的信中表现出来:

> 我想我们的诗只要是我们心中的诗意诗境底纯真的表现,命泉中流出来的 Strain,心琴上弹出来的 Melody,生底颤动,灵底喊叫;那便是真诗,好诗,便是我们人类底欢乐底源泉,陶醉底美酿,慰安底天国……诗不是"做"出来的,只是"写"出来的。④

---

① 《中国新诗集序跋选》,第 86 页。
② 朱自清在《中国新文学大系·诗集》"导言"中指出,胡适"提倡说理的诗";而"诗体的大解放"也正是新诗运动的目标。
③ 《序我的诗》,《中国新诗集序跋选》,第 375 页。
④ 《论诗通信》,《中国新文学大系·理论建设集》,第 347—348 页。

当内心深处不得其平的时候,大波大浪便形成"雄浑"的诗,如郭沫若;清风涟漪便成为"冲淡"的诗,如冰心、郑振铎(1898—1958)、王统照(1897—1957)的"小诗"。用简短的句式,表达瞬间的感受或是对某种哲理的领悟。特别是强调面对人生,因此说理的内容成为一时的风气。中国新诗社作为中国第一个新诗社团,其主要成员都出于文学研究会,他们创办的《诗》杂志,发表了大量有关"小诗"的创作、翻译和评论之作,即以题目上明确标为"小诗"的统计,在短短的七个月中,就刊发了四十五篇之多。这与"文学研究会"的"为人生"的艺术的主张是一致的①。虽然从根本上说,"为人生的艺术"正是中国传统诗学的精髓之一,但当时人似乎并未自觉到这一点,还以为这是受到外国诗歌的影响。②其实,影响的产生来自于接受,接受本身就是一种选择,而选择什么还是由选择者的情趣、立场和根深蒂固的文化所决定的。

二、新诗诗型的探求

新诗运动的功绩在于对旧诗的破坏,但并不同时意味着新诗诗型的建立。语言的白话,押韵的自由,感情的真挚,本身并不一定就能构成诗歌。诗歌作为文学形式之一,有两个重要的因素:一是其外在特征,如格律;一是其内在特征,如情志。前者是诗的形骸,后者是诗的灵魂。缺乏了前者,诗意可以在任何一种文学或艺术的样式中存在;缺乏了后者,则《汤头歌诀》、顺口溜以及"押韵就好"的"薛蟠体",也无一不可名之曰诗。在新诗运动中,后者的弊病也同时出现,成仿吾(1897—1984)在《诗之防御战》中对新诗的种种弊端作了严厉乃至不无尖刻的评论,而这种评论实际上是有着相当的普遍性的。如胡先骕《评〈尝试集〉》云:"诗之有声调格律音韵,古今中外,莫不皆然。诗之所以异于文者,亦以声调格律音韵故。"甚至讥讽胡适之作"仅为白话而非

---

① 《文学研究会宣言》中写道:"将文艺当作高兴时的游戏或失意时的消遣的时候,现在已经过去了。我们相信文学是一种工作,而且又是于人生很切要的一种工作。"即表达了这种宗旨。

② 如周作人在《论小诗》一文中指出:"中国现代的小诗的发达,很受外国的影响,是一个明了的事实。"即为一例。

白话诗"。①俞平伯也提出了"白话诗的三大条件",即"用字要精当,做句要雅洁,安章要完密……音节务求谐适,却不限定句末用韵……说理要深透,表情要切至,叙事要灵活"。②苏汶(即杜衡,1906—1964)在《〈望舒草〉序》中也说道:"当时通行着一种自我表现的说法,做诗通行狂叫,通行直说,以坦白奔放为标榜。"③以上三说,无论是来自新诗运动的对立面,或是白话诗人自身,或是新诗运动的修正者,从他们的意见中可见,人们往往一方面正努力从旧的格套中挣脱出来,同时又自觉不自觉地将自己挤进一个新的格套——白话的格套中(以打破一切格套为宗旨本身往往意味着一种新格套的出现)。所以从20世纪20年代开始,新诗人对于新诗本质的认识和新诗诗型的建立具有了某种自觉。它体现在两个方面:格律和象征。

在新诗运动的初期,开始对新诗格律作出探索的,一是刘半农和刘大白(1880—1932),另一个是陆志韦(1894—1970)。不过他们的取径不同,前者是吸收民歌体,而后者受到西方诗歌的影响。但真正有理论主张,又有创作实践,因而造成影响的是"新月派"的诗人。徐志摩(1896—1931)在1926年写的《诗刊弁言》中,讲到"闻一多的家是一群新诗人的乐窝,他们常常会面,彼此互相批评作品,讨论学理"。其共同的愿望是:"要把创格的新诗当一件认真事情做。"④"创格的新诗"就是指的新格律诗,闻一多(1899—1946)在《诗的格律》一文中对此有所说明:

> 只有不会跳舞的才怪脚镣碍事,只有不会做诗的才感觉得格律的缚束。对于不会作诗的,格律是表现的障碍物;对于一个作家,格律便成了表现的利器。
>
> 格律可从两方面讲:(一)属于视觉方面的;(二)属于听觉方面的。这两类其实又当分开来讲,因为它们是息息相关的。譬如属于视觉方面的格律有节的匀称,有句的均齐。属于听觉方面的有

---

① 《中国新文学大系·文学论争集》,上海良友图书印刷公司1935年版,第269、282页。
② 同上书,第263—264页。
③ 《中国新诗集序跋选》,第237页。
④ 《中国新文学大系·文学论争集》,第331、332页。

格式,有音尺,有平仄,有韵脚;但是没有格式,也就没有节的匀称,没有音尺,也就没有句的均齐。

诗的实力不独包括音乐的美(音节),绘画的美(词藻),并且还有建筑的美(节的匀称和句的均齐)。①

但新诗的格律并不是固定不变的框框,他们还是强调"相体裁衣",使精神与形体调和。从格律的角度看,他特别重视的是"建筑美",甚至说"增加了一种建筑美的可能性是新诗的特点之一"(《诗的格律》)。其代表作应该是《死水》:

这是/一沟/绝望的/死水
清风/吹不起/半点/漪沦
不如/多扔些/破铜/烂铁
爽性/泼你的/剩菜/残羹

每一行音尺的多少是固定的,三字尺、二字尺的数目也是相等的,虽然其位置可以不同。这就是"节的匀称和句的均齐"。闻一多的诗体约有十几种,其中以七字句到十三字句占绝大多数②,这也是符合语言的自然节奏的。

虽然把新月派诗人对于格律的追求看成是形式主义,是不尽合于实际的,但闻一多等人较多注意形式问题,也是一个事实。③所以徐志摩曾为之下一转语云:

正如字句的排列有特于全诗的音节,音节的本身还得起原于真纯的"诗感"。再拿人身作比,一首诗的字句是身体的外形,音节是血脉,"诗感"或原动的诗意是心脏的跳动,有它才有血脉的流转。要不然

---

① 《闻一多全集》三,生活·读书·新知三联书店 1982 年版,第 413—415 页。
② 此据陆耀东《论闻一多的诗》统计,载其《二十年代中国各流派诗人论》,中国社会科学出版社 1985 年版,第 225—226 页。
③ 如闻一多在给梁实秋和熊佛西的信中写道:"北京之为诗者多矣!而余独有取于此数子者,皆以其注意形式,渐纳诗于艺术之轨。余之所谓形式者,form 也,而形式之最要部分为音节。"《闻一多全集》三,第 625 页。

>   他带了一顶草帽到街上去走,
>
>   碰见一只猫,又碰见一只狗,
>
>   一类的谐句都是诗了!我不惮烦的疏说这一点,就为我们,说也惭愧,已经发现了我们所标榜的"格律"的可怕的流弊!①

而"象征派"和后来的"现代派"诗歌,恰恰是从另外一个方面对新诗诗型的建设作出了贡献。

象征原本是文学创作中常用的手法之一,但"象征派"却是诗歌史上的一个流派。它发源于十九世纪法国的波德莱尔(1821—1867),留法学生李金发(1901—1978)将这种诗风引入中国。他又翻译了另一位法国象征派的诗人马拉美(1842—1898)的诗,崇尚暗示的表达方式和神秘的诗歌氛围。他的诗以难懂著称②,除了其用思的刻挚以外,句法的过于欧化和简化,也是原因之一。象征派在理论上的代表是穆木天(1900—1971)、梁宗岱(1903—1983)。穆氏在1926年写的《谭诗——寄沫若的一封信》中,对于新诗运动进行了反省:

>   中国的新诗的运动,我以为胡适是最大的罪人。胡适说:作诗须如作文,那是他的大错。所以他的影响给中国造成一种 Prose in Verse(案:平铺直叙)一派的东西。他给散文的思想穿上了韵文的衣裳。③

---

① 《诗刊放假》,《中国新文学大系·文学论争集》,第336页。需要指出的是,徐氏用人的身体比喻文学,也是中国固有的传统。如《文心雕龙·附会》云:"夫才童学文,宜正体制。必以情志为神明,事义为骨髓,辞采为肌肤,宫商为声气。"李鹰《答赵士舞德茂宣义论宏词书》云:"文章之无体,譬之无耳目口鼻,不能成人;文章之无志,譬之虽有耳目口鼻,而不知视听臭味之所能,若土木偶人,形质皆具而无所用之。文章之无气,虽知视听臭味,而血气不充于内,手足不卫于外,若奄奄病人,支离憔悴,生意消削。文章之无韵,譬之壮夫,其躯干枵然,骨强气盛而神色昏瞀,言动凡浊,则庸俗鄙人而已。有体有志有气有韵,夫是谓之成全。"(《济南集》卷八)

② 苏雪林在《论李金发的诗》中说:"李金发的诗没有一首可以完全教人了解。"载《现代》第3卷第3期,1933年7月。

③ 《创造月刊》第1卷第1期,1926年7月。

诗的语言和散文的语言本来就是有区别的①，但这种区别如刚柔之相济，非如水火之不容，所以有"以文为诗"者，有"以诗为词"者，有"以词为曲"者。但过分强调诗文语言的相通，乃至认为非用散文的语言即不足以成诗，就造成诗歌语言的淡而无味、粗率浅薄。所以，象征派特别强调建立"纯诗"。虽然新月派的陈梦家也说过"我们欢喜'醇正'与'纯粹'"②，但他是偏重于格律和规范的利用而言。而穆氏所说，则强调诗意的扩展：

> 中国人现在作诗，非常粗糙，这也是我痛恨的一点。我喜欢 Délicatsse。我喜欢用烟丝，用铜丝织的诗。诗要兼造形与音乐之美。在人们神经上振动的可见而不可见可感而不可感的旋律的波，浓雾中若听见若听不见的情肠才是诗的世界。我要深汲到最纤纤的潜在意识，听最深邃的最远的不死而永远死的音乐。诗的内生命的反射，一般人找不着不可知的远的世界，深的大的最高生命。我们要求的是纯粹诗歌（The Pure Poetry），我们要住的是诗的世界，我们要求诗与散文的清楚的分界。我们要求纯粹的诗的 Inspiration（案：感兴）。

这里，无论是"最纤纤的潜在意识"，还是"最深邃的最远的"音乐，或是"内生命的反射"，都是从内在的诗意出发的。诗意不是明白如话，而是若有若无，若明若暗，如"蓝田日暖，良玉生烟"。而在语言上，则要严格诗文的界限。只有这样，才能建立起纯粹的诗型。如果结合王独清（1898—1940）《谈诗（寄给木天、伯奇）》中"要治中国现在文坛审美薄弱和创作粗糙的弊病，我觉起有倡 Poesie pure 的必要"③的倡导，不难发现，象征派诗人对于纯诗的提倡，正是针对新诗运动的弊端而发的。

---

① 以古人而论，吴乔《围炉诗话》卷一在回答"诗文之界"的问题时说："意同而所以用之者不同，是以诗文体制有异耳。文之词达，诗之词婉。书以道政事，故宜词达；诗以道性情，故宜词婉。意喻之米，饭与酒所同出。文喻之炊而为饭，诗喻之酿而为酒。文之措词必副乎意，犹饭之不变米形，啖之则饱也。诗之措词不必副乎意，犹酒之变尽米形，饮之则醉也。"这在古人的论述中是最有代表性的。

② 《新月诗选》"序言"，新月书店 1931 年版，第 9 页。

③ 《中国新诗集序跋选》，第 164 页。

重新认识传统，吸收中外诗歌的长处，以造就一代"新"诗，在 20 世纪二三十年代的诗人中带有一定的普遍性。闻一多说新诗"要做中西艺术结婚后产生的宁馨儿"①；周作人也提出新诗应该将外国的象征手法和中国的"兴"加以融合，因为"这是外国的新潮流，同时也是中国的旧手法；新诗如往这一路去，融合便可成功，真正的中国新诗也就可以产生出来了"②。新月派、象征派以及后起的现代派，他们都是朝着这一方向努力的。

1932 年创刊的《现代》杂志，标志着现代派的诞生，其代表诗人是戴望舒（1905—1950）。他们一方面重视诗意，"体味到诗是一种吞吞吐吐的东西，术语的地来说，它底动机是在于表现自己与隐藏自己之间"；另一方面也注重音律，"追求着音律的美，努力使新诗成为跟旧诗一样地可'吟'的东西。押韵是当然的，甚至还讲究平仄"。③虽然戴望舒后来更强调诗情，认为"诗的韵律不在字的抑扬顿挫上，而在情绪的抑扬顿挫上，即在诗情的程度上"；"韵和整齐的字句会妨碍诗情，或使诗情成为畸形的。倘把诗的情绪去适应呆滞的，表面的旧规律，就和把自己的足去穿别人的鞋子一样"。④此外，在对传统诗歌意象的吸收上，他也有积极的理论主张："旧的事物中也能找到新的诗情。""旧的古典的应用是无可反对的，在它给予我们一个新情绪的时候。"⑤即以他赖以获得"雨巷诗人"之名的《雨巷》而言，诗歌的意象既明晰又朦胧，既确定又飘忽。"也注重整齐的音节，但不是铿锵的而是轻清的；也找一点朦胧的气氛，但让人可以看得懂。"⑥但这首取法乎象征派的作品，在诗歌意象的涵蕴上，又吸收了古典诗词的传统。他创造的"一个丁香一样地／结着愁怨的姑娘"的形象，显然受到古典诗词中以丁香代表愁

---

① 《女神之地方色彩》，《闻一多全集》三，第 361 页。
② 《〈扬鞭集〉序》，《中国新诗集序跋选》，第 175 页。
③ 苏汶：《〈望舒草〉序》，载陈绍伟编《中国新诗集序跋选》，第 237、238 页。
④ 《诗论零札》，《戴望舒诗集》"附录"，四川人民出版社 1981 年版，第 162 页。
⑤ 同上书，第 163 页。
⑥ 朱自清《中国新文学大系·诗集》"导言"，第 8 页。

怨的启示。^① 至于诗中的重叠和复沓的手法，真说不清是受中国的还是外国的影响了。总之，努力寻找中外诗歌艺术的融会点，是现代派诗人共同的方向，在卞之琳和何其芳（1912—1977）等人的作品中，都不难发现这样的艺术追求^②。他们的作品，不仅使读者受到情绪上的感染和震动，而且能刺激起思想的活力。加上他们的富于弹性和张力的诗歌语言，明晰而又含蓄的诗歌意象，都代表了白话诗在走向成熟的道路上的迈进。

现代派诗歌运动在 20 世纪 30 年代后期归于沉寂，到 40 年代初又兴盛起来。在新诗诗型的建立上，他们又继续探求。如冯至（1905—1993）的《十四行诗》和"中国新诗派"（即"九叶派"）对于现代诗歌形式的民族化再造，在新诗型的发展中，其探索和努力无疑是有价值和意义的。只是在 1949 年以后，这样的探索被人为地中断，直到三十年后"朦胧诗"的兴起，才重新开始走上继续探索之路。

---

① 如李商隐《代赠》中的"芭蕉不展丁香结，同向春风各自愁"，李璟《浣溪沙》的"青鸟不传云外信，丁香空结雨中愁"，都是流传甚广的名句。

② 参看孙玉石《中国现代主义诗歌潮流的回顾与评析》，《中国现代诗歌艺术》，人民文学出版社 1992 年版，第 229—273 页。

参考文献

B

《白话文学史》，胡适，岳麓书社影印本1986年版。
《北史》，李延寿，中华书局1974年版。
《碧鸡漫志》，王灼，见《羯鼓录 乐府杂录 碧鸡漫态》，上海古籍出版社1988年版。
《避暑录话》，叶梦得，《景印文渊阁四库全书》本，台北：台湾商务印书馆1983年版。
《补闲集》，[朝鲜]崔滋，朝鲜群书大系本，朝鲜古书刊行会明治四十二年（1909）至大正五年（1916）版。

C

《禅与诗学》，张伯伟，浙江人民出版社1992年版。
《陈世骧文存》，台北志文出版社1975年版。
《陈书》，姚思廉，中华书局1972年版。
《陈垣学术论文集》第一集，中华书局1980年版。
《程千帆诗论选集》，张伯伟编，山西人民出版社1990年版。
《池北偶谈》，王士禛，中华书局1982年版。
《重订契丹国志》，《景印文渊阁四库全书》本，台北：台湾商务印书馆1983年版。
《重订中晚唐诗主客图》，李怀民，清嘉庆十年（1805）刻本。
《楚辞补注》，洪兴祖，中华书局1983年版。
《楚辞集注》，朱熹，上海古籍出版社1979年版。
《楚辞类稿》，汤炳正，巴蜀书社1988年版。
《楚辞学论文集》，姜亮夫，上海古籍出版社1984年版。
《传统文学与类书之关系》，方师铎，台湾东海大学1971年版。

《词话丛编》(子目略)，唐圭璋编，中华书局1986年版。
《词学理论综考》，梁荣基，北京大学出版社1991年版。
《词学论丛》，唐圭璋，上海古籍出版社1986年版。
《词学综论》，马兴荣，齐鲁书社1989年版。

D

《大历诗风》，蒋寅，上海古籍出版社1992年版。
《大唐新语》，刘肃，中华书局1984年版。
《登科记考》，徐松，中华书局1984年版。
《东人诗话》，[朝鲜]徐居正编，朝鲜群书大系本，朝鲜古书刊行会明治四十二年至大正五年版。
《东文选》，[朝鲜]徐居正编，朝鲜群书大系续续本，朝鲜古书刊行会1914年版。
《东瀛诗选》，俞樾，东京汲古书院影印本1981年版。
《敦煌曲初探》，任二北，上海文艺联合出版社1954年版。
《敦煌云谣集新书》，潘重规，台北：石门图书公司1977年版。

E

《二十年代中国各流派诗人论》，陆耀东，中国社会科学出版社1985年版。
《二十五史补编》，二十五史刊行委员会编，中华书局1955年版。

F

《法言义疏》，汪荣宝，中华书局1987年版。
《梵学集》，饶宗颐，上海古籍出版社1993年版。
《佛典与中古汉语词汇研究》，朱庆之，台北：文津出版社1992年版。
《佛教词语的构造与汉语词汇的发展》，梁晓虹，北京语言学院出版社1994年版。
《佛经文献语言》，俞理明，巴蜀书社1993年版。
《傅孟真先生集》，台北：联经出版事业公司1980年版。
《阜阳汉简诗经研究》，胡平生、韩自强，上海古籍出版社1988年版。

G

《高丽史》，[朝鲜]郑麟趾，汉城：亚细亚文化社1990年版。

《古今诗话续编》(子目略)，台北：广文书局1973年版。

《古事类苑》文学部，东京吉川弘文馆1983年版。

《古诗十九首初探》，马茂元，陕西人民出版社1981年版。

《古诗十九首集释》，隋树森辑，中华书局香港分局1958年版。

《古书疑义举例》，俞樾，中华书局1956年版。

《古诗源》，沈德潜，中华书局1963年版。

《顾学颉文学论集》，中国社会科学出版社1987年版。

《归潜志》，刘祁，中华书局1983年版。

《国语》，左丘明，上海古籍出版社1978年版。

《观堂集林》，王国维，中华书局1959年版。

《管锥编》，钱锺书，中华书局1979年版。

H

《海日楼札丛》，沈曾植，中华书局1962年版。

《汉代物质文化资料图说》，孙机，文物出版社1991年版。

《韩国古典文学原典集·诗歌篇》，[韩国]金智勇、金美兰编，汉城：明文堂1991年版。

《汉诗と日本人》，[日本]村上哲见，东京：讲谈社1994年版。

《汉诗研究》，方祖燊，台北正中书局1967年版。

《汉书》，班固，中华书局1962年版。

《汉魏六朝文学论集》，逯钦立，陕西人民出版社1984年版。

《汉魏南北朝墓志汇编》，赵超，天津古籍出版社1992年版。

《韩中诗话渊源考》，[韩国]许世旭，台北：黎明文化事业公司1979年版。

《鹤山樵谈》，[朝鲜]许筠，《稗林》本，汉城：探求堂1971年版。

《河岳英灵集研究》，李珍华、傅璇琮，中华书局1992年版。

《洪业论学集》，中华书局1981年版。

《后汉书》，范晔，中华书局1965年版。

《胡小石论文集》，上海古籍出版社1982年版。

《怀古录校注》，郑必俊，中华书局1993年版。

J

《迦陵谈诗》，叶嘉莹，台北：三民书局 1980 年版。

《近代中日文学交流史稿》，王晓平，湖南文艺出版社 1987 年版。

《金明馆丛稿初编》，陈寅恪，上海古籍出版社 1980 年版。

《金史》，脱脱等，中华书局 1975 年版。

《晋书》，房玄龄等，中华书局 1974 年版。

《经学历史》，皮锡瑞，中华书局 1959 年版。

《旧唐书》，刘昫等，中华书局 1975 年版。

L

《冷斋夜话》，惠洪，中华书局 1988 年版。

《历代名画记》，张彦远，人民美术出版社 1963 年版。

《历代诗话》（子目略），何文焕辑，中华书局 1981 年版。

《历代诗话续编》（子目略），丁福保辑，中华书局 1983 年版。

《离骚纂义》，游国恩主编，中华书局 1980 年版。

《两晋诗论》，邓仕樑，香港中文大学出版社 1972 年版。

《梁书》，姚思廉，中华书局 1973 年版。

《两小山斋论文集》，罗忼烈，中华书局 1982 年版。

《列朝诗集小传》，钱谦益，上海古籍出版社 1983 年版。

《灵谿词说》，缪钺、叶嘉莹，上海古籍出版社 1987 年版。

《六朝文学论稿》，[日] 兴膳宏著，彭恩华译，岳麓书社 1986 年版。

《六朝文学论文集》，[日] 清水凯夫著，韩基国译，重庆出版社 1989 年版。

《论中国诗》，[日] 小川环树著，谭汝谦等译，香港中文大学出版社 1986 年版。

M

《冒鹤亭词曲论文集》，冒广生，上海古籍出版社 1992 年版。

《牧女与蚕娘——法国汉学家论中国古诗》，钱林森编，上海古籍出版社 1990 年版。

N

《南村辍耕录》，陶宗仪，中华书局 1959 年版。
《南齐书》，萧子显，中华书局 1972 年版。
《南史》，李延寿，中华书局 1975 年版。
《能改斋漫录》，吴曾，上海古籍出版社 1979 年版。
《廿二史札记》，赵翼，中国书店 1987 年版。

Q

《清词史》，严迪昌，江苏古籍出版社 1990 年版。
《清代北京竹枝词（十三种）》，杨米人等著，路工编选，北京古籍出版社 1982 年版。
《清代海外竹枝词》，王慎之、王子今辑，北京大学出版社 1994 年版。
《清人诗说四种》，华中师范大学出版社 1986 年版。
《清诗话》，王夫之等撰，丁福保辑，上海古籍出版社 1978 年版。
《清诗话续编》，郭绍虞编选，上海古籍出版社 1983 年版。
《屈赋新探》，汤炳正，齐鲁书社 1984 年版。
《全辽诗话》，蒋祖怡、张涤云整理，岳麓书社 1992 年版。
《全上古三代秦汉三国六朝文》，严可均辑，中华书局 1958 年版。
《全唐诗》，上海古籍出版社缩印本 1986 年版。
《全唐文》，董诰等编，上海古籍出版社缩印本 1990 年版。
《全唐五代诗格校考》，张伯伟，陕西人民教育出版社 1996 年版。
《全唐五代词》，张璋、黄畲编，上海古籍出版社 1986 年版。
《全元散曲》，隋树森编，中华书局 1964 年版。
《群书类从》文笔部（子目略），[日本]续群书类从完成会 1932 年版。

R

《日本汉诗发展史》，萧瑞峰，吉林大学出版社 1992 年版。
《日本汉文学史》（增订版），[日本]冈田正之著，山岸德平、长泽规矩也补，东京：吉川弘文馆 1954 年版。
《日本における中国文学——日本填词史话》，[日本]神田喜一郎，东京：二玄社 1965 年版。
《日本儒学史概论》，[日本]阿部吉雄等著，许政雄译，台北：文津出版社 1993 年版。

《日本诗史》，[日本] 江村绶，"新日本古典文学大系"本，东京：岩波书店 1991 年版。

《日本学者研究中国史论著选译》，刘俊文主编，中华书局 1992—1993 年版。

《日本学者中国词学论文集》，王水照等编，邵毅平等译，上海古籍出版社 1991 年版。

《日知录集释》，顾炎武著，黄汝成集释，上海古籍出版社 1985 年版。

S

《三国史记》，[朝鲜] 金富轼，汉城：明文堂 1988 年版。

《三国遗事》，[朝鲜] 一然，汉城：乙酉文化社 1983 年版。

《三国志》，陈寿，中华书局 1959 年版。

《散曲通论》，羊春秋，岳麓书社 1992 年版。

《三唐诗品》，宋育仁，清考隽堂刻本。

《渑水燕谈录》，王闢之，中华书局 1981 年版。

《十三经注疏》（子目略），中华书局 1980 年版。

《诗比兴笺》，陈沆，中华书局香港分局 1965 年版。

《诗词散论》，缪钺，上海古籍出版社 1982 年版。

《诗话丛林》（子目略），[朝鲜] 洪万宗编，汉城：亚细亚文化社 1991 年版。

《史记》，司马迁，中华书局 1959 年版。

《诗集传》，朱熹，上海古籍出版社 1980 年版。

《石林燕语》，叶梦得，中华书局 1984 年版。

《诗品注》，钟嵘著，陈延杰注，人民文学出版社 1961 年版。

《诗人玉屑》，魏庆之编，上海古籍出版社 1978 年版。

《诗三百篇探故》，朱东润，上海古籍出版社 1981 年版。

《世说新语笺疏》，余嘉锡，中华书局 1983 年版。

《士与中国文化》，余英时，上海人民出版社 1987 年版。

《诗源辩体》，许学夷，人民文学出版社 1987 年版。

《说唐诗》，徐增，中州古籍出版社 1990 年版。

《说文解字注》，许慎撰，段玉裁注，上海古籍出版社 1981 年版。

《四朝闻见录》，叶绍翁，《景印文渊阁四库全书》本，台北：台湾商务印书馆 1983 年版。

《四友斋丛说》，何良俊，中华书局 1959 年版。

《四库全书总目》，永瑢等，中华书局 1965 年版。

《宋词三百首笺注》，上彊村民重编，唐圭璋笺注，上海古籍出版社 1979 年版。

《宋史》，脱脱等，中华书局 1977 年版。

《宋诗钞》，吴之振等选，管廷芬等补，中华书局 1986 年版。

《宋诗纪事》，厉鹗辑撰，上海古籍出版社 1983 年版。

《宋四家词选》，周济编，商务印书馆香港分馆 1959 年版。

《宋书》，沈约，中华书局 1974 年版。

《松窝杂说》，[朝鲜]李曁，《稗林》本，汉城：探求堂 1971 年版。

《宋元学案》，黄宗羲原著，全祖望补修，中华书局 1986 年版。

《隋唐五代燕乐杂言歌辞集》，任半塘、王昆吾，巴蜀书社 1990 年版。

《隋书》，魏徵、令狐德棻，中华书局 1973 年版。

《随园诗话》，袁枚，人民文学出版社 1982 年版。

T

《谈艺录》，钱锺书，中华书局 1984 年版。

《唐才子传》，辛文房，黑龙江人民出版社 1986 年版。

《唐代长安与西域文明》，向达，生活·读书·新知三联书店 1957 年版。

《唐代留华外国人生活考述》，谢海平，台北：台湾商务印书馆 1978 年版。

《唐代诗人与在华外国人之文字交》，谢海平，台北：文史哲出版社 1981 年版。

《唐国史补　因话录》，李肇等，上海古籍出版社 1979 年版。

《唐会要》，王溥，上海古籍出版社 1991 年版。

《唐声诗》，任半塘，上海古籍出版社 1982 年版。

《唐诗别裁集》，沈德潜，中华书局影印本 1975 年版。

《唐诗纪事》，计有功，上海古籍出版社 1987 年版。

《唐诗论考》，[韩国]柳晟俊，中国文学出版社 1994 年版。

《唐诗品汇》，高棅编选，上海古籍出版社 1988 年版。

《唐诗散论》，叶庆炳，台北：洪范书店 1981 年版。

《唐诗综论》，林庚，人民文学出版社 1987 年版。

《唐宋词论丛》，夏承焘，上海古典文学出版社 1956 年版。
《唐宋词人年谱》，夏承焘，上海古籍出版社 1979 年版。
《唐宋词通论》，吴熊和，浙江古籍出版社 1985 年版。
《唐宋名家词选》，龙榆生编选，上海古籍出版社 1980 年版。
《唐音佛教辨思录》，陈允吉，上海古籍出版社 1988 年版。
The Bell and The Drum, C.H.Wang, University of Callifornia Press, 1994.
《苕溪渔隐丛话》，胡仔，中华书局香港分局 1976 年版。

W

《晚晴簃诗汇》，徐世昌，中国书店 1989 年版。
《晚学盲言》，钱穆，台北：东大图书公司 1987 年版。
《汪辟疆文集》，上海古籍出版社 1988 年版。
《微睇室说词》，刘永济，上海古籍出版社 1987 年版。
《文镜秘府论校注》，弘法大师原撰，王利器校注，中国社会科学出版社 1983 年版。
《文史考古论丛》，陈直，天津古籍出版社 1988 年版。
《文体明辨序说》，徐师曾，香港太平书局 1965 年版。
《文心雕龙注》，刘勰著，范文澜注，人民文学出版社 1958 年版。
《文选》，萧统编，李善注，上海古籍出版社 1986 年版。
《文学理论》，[美国] 韦勒克、沃伦著，刘象愚等译，生活·读书·新知三联书店 1984 年版。
《闻一多全集》，生活·读书·新知三联书店 1982 年版。
《文苑英华》，李昉等编，中华书局影印本 1966 年版。
《文辙——文学史论集》，饶宗颐，台北：台湾学生书局 1991 年版。
《吴梅戏曲论文集》，中国戏剧出版社 1983 年版。
《五山堂诗话》，[日本] 菊池五山，"新日本古典文学大系"本，东京：岩波书店 1991 年版。
《五山文学集·江户汉诗集》，[日本] 山岸德平校注，东京：岩波书店 1966 年版。
《五山文学全集》(子目略)，[日本] 上村观光编，京都：思文阁 1973 年版。
《巫系文学论》，[日本] 藤野岩友，东京：大学书房 1969 年版。

X

《戏曲小说丛考》，叶德均，中华书局 1979 年版。
《先秦汉魏晋南北朝诗》，逯钦立辑校，中华书局 1983 年版。
《湘绮楼说诗》，王闿运，台北：鼎文书局 1979 年版。
《啸亭杂录》，昭梿，中华书局 1980 年版。
《新唐书》，欧阳修、宋祁，中华书局 1975 年版。
《续群书类从》文笔部（子目略），（日本）续群书类从完成会 1927 年版。

Y

《颜氏家训集解》，王利器，中华书局 1980 年版。
《养晴室笔记》，庞石帚，四川文艺出版社 1985 年版。
《阳羡词派研究》，严迪昌，齐鲁书社 1993 年版。
《一氓题跋》，李一氓，生活·读书·新知三联书店 1981 年版。
《艺文类聚》，欧阳询，上海古籍出版社 1982 年版。
《瀛奎律髓汇评》，方回选评，李庆甲集评校点，上海古籍出版社 1986 年版。
《意大利文艺复兴时期的文化》，[瑞典] 雅各布·布克哈特著，何新译，商务印书馆 1979 年版。
《慵斋丛话》，[朝鲜] 成伣，《大东野乘》本，朝鲜古书刊行会明治四十二年至四十三年版。
《元白诗笺证稿》，陈寅恪，上海古籍出版社 1978 年版。
《元明诗概说》，[日本] 吉川幸次郎，东京：岩波书店 1963 年版。
《元曲纪事》，王文才，人民文学出版社 1985 年版。
《元曲家考略》，孙楷第，上海古籍出版社 1981 年版。
《元散曲通论》，赵义山，巴蜀书社 1993 年版。
《元诗纪事》，陈衍辑撰，上海古籍出版社 1987 年版。
《元诗选》，顾嗣立编，中华书局 1987 年版。
《元诗研究》，包根弟，台北：幼狮文化事业公司 1978 年版。
《元西域人华化考》，陈垣，励耘书屋丛刻本，北京师范大学出版社 1982 年版。
《玉台新咏笺注》，徐陵编，吴兆宜注，中华书局 1985 年版。
《乐府补题研究及笺注》，黄兆显，香港：学文出版社 1975 年版。

《乐府诗词论薮》，萧涤非，齐鲁书社 1985 年版。
《乐府诗集》，郭茂倩编，中华书局 1979 年版。
《月轮山词论集》，夏承焘，中华书局 1979 年版。
《义门读书记》，何焯，中华书局 1987 年版。

Z

《詹安泰词学论稿》，广东人民出版社 1984 年版。
《战国策》，刘向辑，上海古籍出版社 1985 年版。
《张先及其安陆词研究》，刘文注，北京大学出版社 1990 年版。
《照隅室古典文学论集》，郭绍虞，上海古籍出版社 1983 年版。
《芝峰类说》，[朝鲜] 李晬光，朝鲜群书大系续编本，朝鲜古书刊行会明治四十二年至大正五年版。
《直斋书录解题》，陈振孙，上海古籍出版社 1987 年版。
《中国古代散曲史》，李昌集，华东师范大学出版社 1991 年版。
《中国古代铜镜》，孔祥星、刘一曼，文物出版社 1984 年版。
《中国古典戏曲论著集成》（子目略），中国戏曲研究院编，中国戏剧出版社 1959 年版。
《中国古史的传说时代》（增订本），徐旭生，文物出版社 1985 年版。
《中国の古代文学》，[日本] 白川静，东京：中央公论社 1980 年版。
《中国青铜时代二集》，张光直，生活·读书·新知三联书店 1990 年版。
《中国人性论史》（先秦篇），徐复观，台北：台湾商务印书馆 1984 年版。
《中国散曲史》，罗锦堂，台北：中国文化大学出版部 1983 年版。
《中国诗史》，[日本] 吉川幸次郎著、章培恒等译，安徽文艺出版社 1986 年版。
《中国文学讲演集》，钱穆，巴蜀书社 1987 年版。
《中国文学论集》，徐复观，台北：台湾学生书局 1982 年版。
《中国文学における孤独感》，[日本] 斯波六郎，东京：岩波书店 1990 年版。
《中国现代诗歌艺术》，孙玉石，人民文学出版社 1992 年版。
《中国新诗集序跋选》，陈昭伟编，湖南文艺出版社 1986 年版。
《中国新文学大系·建设理论集》，胡适编选，上海文艺出版社 1981 年影印本。

《中国新文学大系·诗集》，朱自清编选，上海文艺出版社1981年影印本。

《中国新文学大系·史料索引》，阿英编选，上海文艺出版社1981年影印本。

《中国新文学大系·文学论争集》，郑振铎编选，上海良友图书印刷公司1935年版。

《中国学术思想史论丛》（一——八），钱穆，台北：东大图书公司1976—1980年版。

《周书》，令狐德棻等，中华书局1971年版。

《中州集》，元好问编，中华书局1959年版。

《朱自清古典文学论文集》，朱自清，上海古籍出版社1981年版。

《注史斋丛稿》，牟润孙，中华书局1987年版。

《祖堂集》，[日本]柳田圣山编，京都：中文出版社1986年版。